新潮文庫

獅子の城塞

佐々木 譲著

獅子の城塞

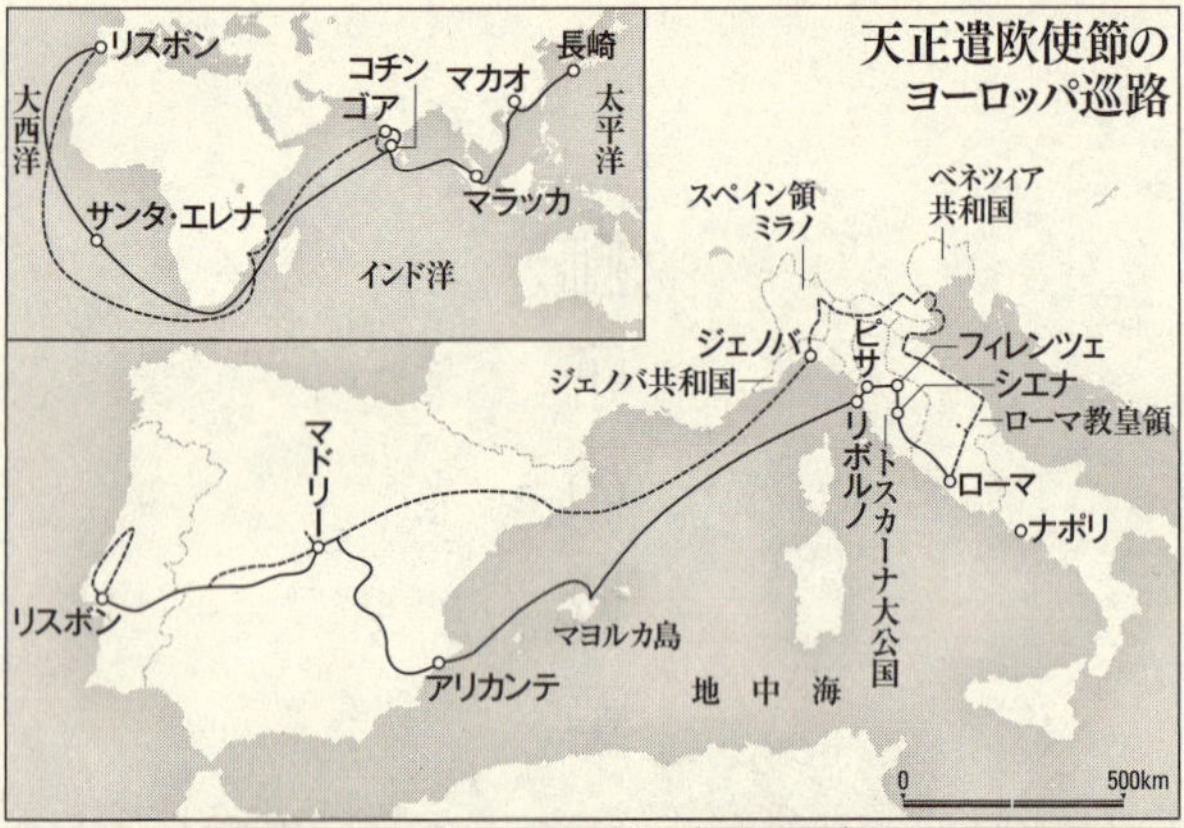

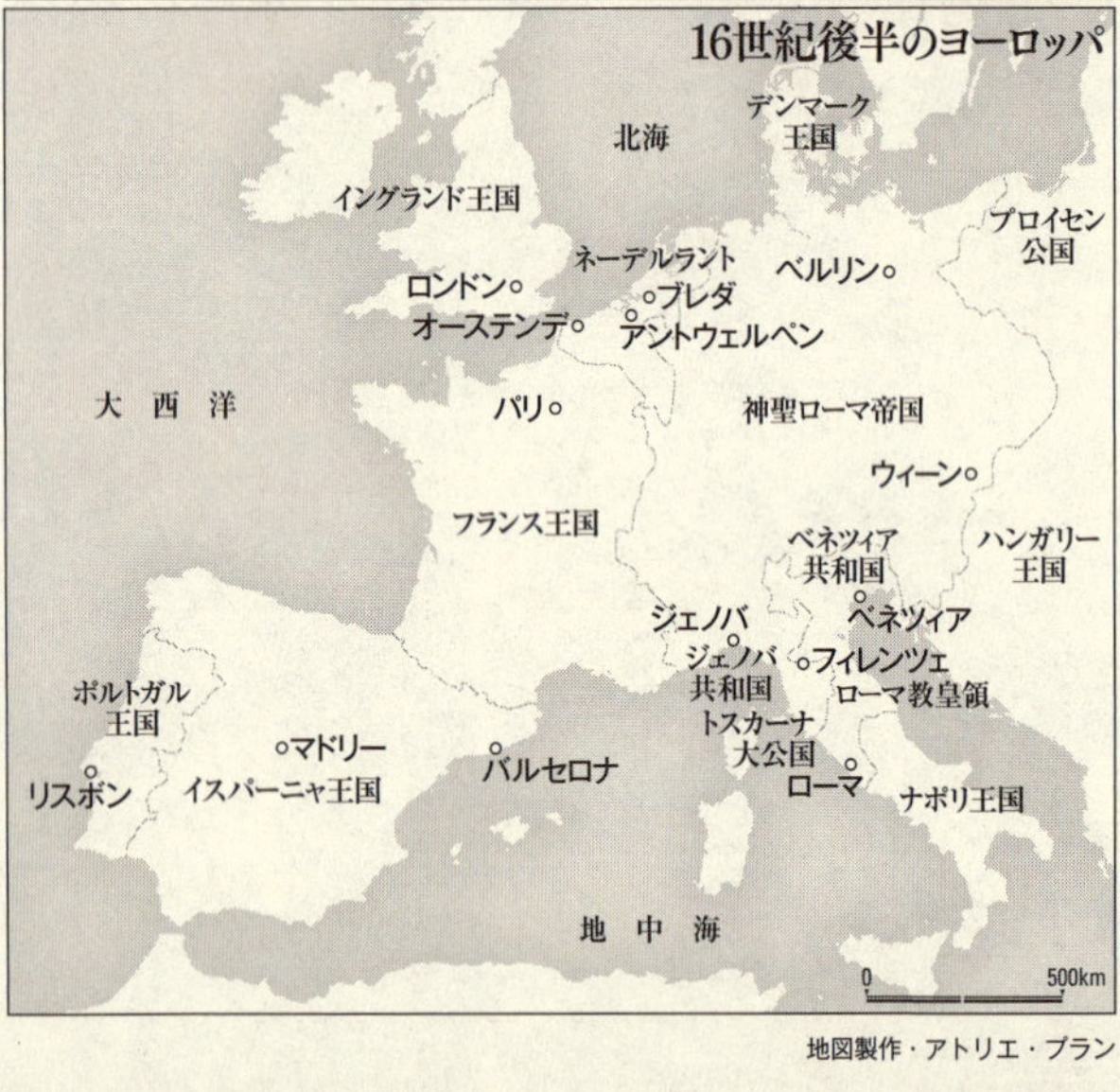

地図製作・アトリエ・プラン

ネーデルラント独立戦争
関連地図
グロニンヘン
フリースラント
ホラント
ネーデルラント
北部諸州
アムステルダム
デン・ハーハ
ユトレヒト
ゼーラント
ブレダ
オーステンデ
アントウェルペン
スペイン領
ネーデルラント
リエージュ
司教領
0
50km
アムステルダム
ナールデン
ネーデルラント
北部諸州
デン・ハーハ
ユトレヒト
フロール
レク川
ワール川
ブリーレ
ロッテルダム
ヘレフートスライス
ザルトボメル
ホランスディープ川
マース川
フラーフェ
ウィレムスタット
ブレダ
ボセンホーフ
ズンデルト
ウェルンハウツブルク
スライス
ウェールト
オーステンデ
アントウェルペン
ニーウポールト
ブリュッセル
マーストリヒト
リエージュ
スペイン領ネーデルラント
0
50km

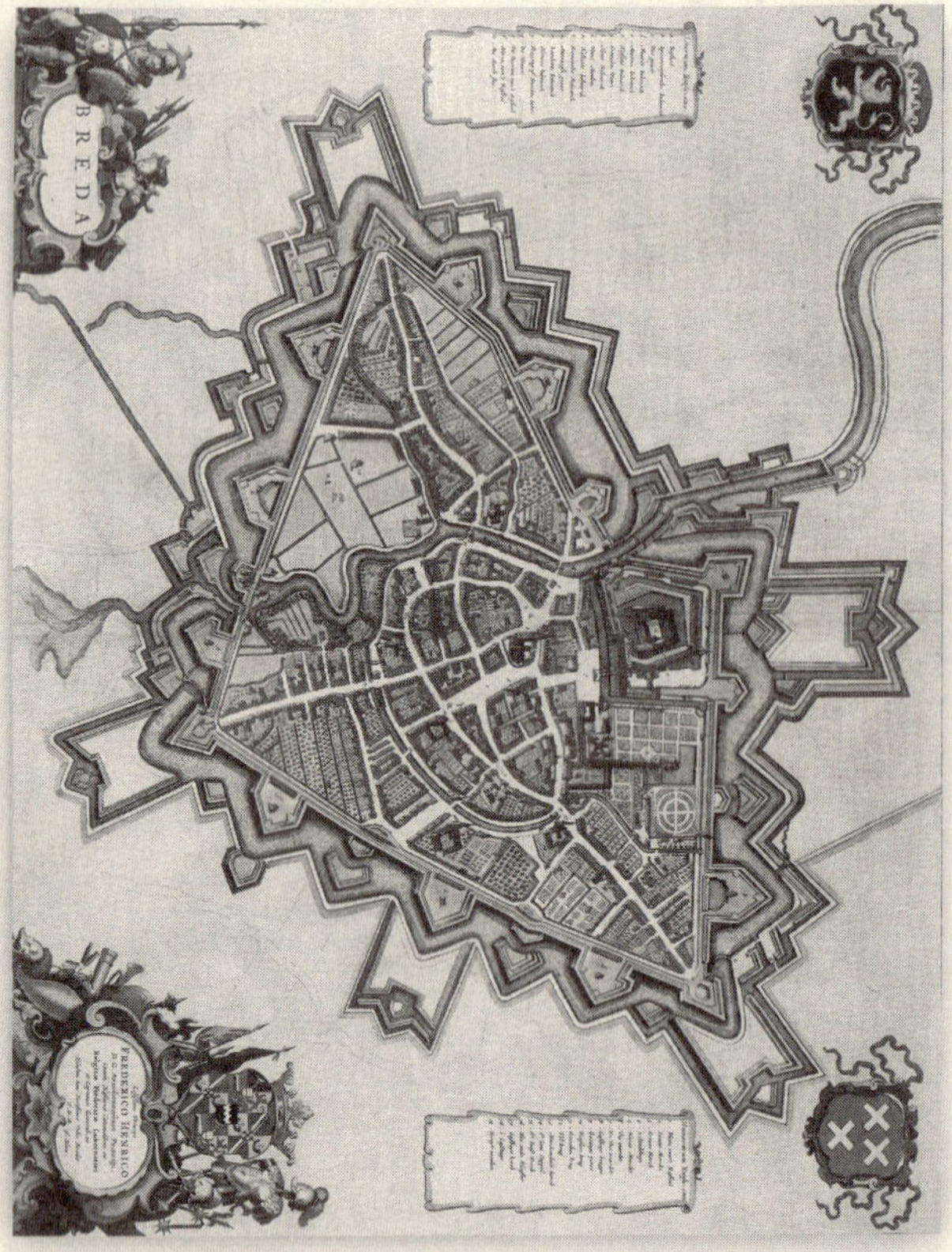

攻囲戦当時のブレダの城郭

1

馬の蹄《ひづめ》の音が聞こえてくる。

五騎か六騎、あるいはそれ以上の数かもしれなかった。早駆けさせている。この安《あ》土《づち》城下で、これほど大胆に馬に広小路を駆けさせる者が誰か、それを問うまでもない。織田信長が供の者を引き連れて馬を走らせているのだ。

蹄の音は、このイエズス会のキリスト教神学校、セミナリオに近づいて来る。

天正九年八月である。西洋式の暦で言うなら、一五八一年の九月であった。晴天の初秋の午後である。

戸《と》波《なみ》次郎《じろ》左《うざ》は、セミナリオ三階にある広い教場で、右足の上に置いた書板《タブレ》から顔を上げた。この教場では、寄宿生たち十五人がラテン語を学んでいるところだった。階下の教場では、上級組の十五人が、いま神学の講義を受けているところである。

教師を務める若い宣教師も馬の蹄の音を気にして、窓に目を向けていた。

馬の一行は、ゴンザの辻から折れてセミナリオの門の前に駆け込んできたようだ。信長は、このセミナリオに用があるということなのだろう。

ほどなくして、階段を大勢の人間が上がってきた。教師が、生徒たちに休むように指示した。すぐに廊下から顔を見せたのは、このセミナリオの校長であるグネッキ・ソルディ・オルガンティーノである。うるがんさま、と日本人たちに呼ばれて親しまれている宣教師だ。続いてその後ろから、イエズス会の巡察師アレッサンドロ・バリニャーノが姿を見せた。彼は布教の状況を視察に日本を訪れ、いま安土滞在中なのだ。一年前に仮に開校していた安土の神学校も、巡察師バリニャーノが承認したことで、イエズス会公認の正規セミナリオとなったのである。

ふたりとも裾《すそ》の長い黒い僧服姿だが、バリニャーノは六尺を超える大男。並ぶとオルガンティーノが少年のようにも見える。そのうしろに小袖袴《はかま》と肩衣《かたぎぬ》姿の信長がいた。小姓の森蘭丸《もりらんまる》と、バリニャーノから信長に献上された黒人奴隷《どれい》、弥助《やすけ》を従えている。その後ろにも、信長の馬廻り衆たち。

生徒たちは一斉に立ち机の後ろで起立した。

信長は教場の中に入ってくると、短く言った。

「いい。楽にしろ」

生徒たちはすぐに椅子《いす》に腰掛けなおした。

信長は次郎左に目を留めた。やはり自分に用があったのだ。

「次郎左」と信長が言った。「いよいよだ。心づもりはよいか？」

とうとう出立《しゅったつ》か。いっときは夢かとさえ思えたことが、実現するのだ。

次郎左はあらためて椅子から立ち、深々と頭を下げてから言った。

「はい。いつでも発《た》つ準備はできてございます」

「バリニャーノは、明後日安土を発って西南蛮に帰る。ローマにおわすという法主に、日の本の様子など報告するためだ。堺から豊後《ぶんご》を経て、西南蛮に行く。そのほうも、早々に安土を発ち、バリニャーノと同じ船で西南蛮に向かえ」

「はい」

「ローマの法主へは、安土の屏風絵《びょうぶえ》を持たせる。もう見たな？」

狩野永徳《かのうえいとく》に描かせたというその屏風絵は、先日来このセミナリオの一階にある。運びこまれたその日から大評判となり、毎日大勢の見物人がセミナリオを訪れていた。竣工《しゅんこう》したばかりの安土城の天主と、城塞《じょうさい》全体、そして安土城下の町の様子が、言わば鳥の視点から描かれている。外国に信長の威光とその城下の殷賑《いんしん》ぶりを伝えるには、これ以上のものはあるまいとも思える逸品だった。

「見事な絵にございます」

「法主も驚くであろう。このおれの名も記憶されようぞ」

信長が、オルガンティーノに顔を向けて言った。

「ローマへの出立は年明けになる。一月、季節の風が変わったところをとらえて、長崎という村から発つという」

自分の記憶にまちがいはないかと、問いながらの言葉であったように聞こえた。

オルガンティーノが、そのとおりだというようにうなずいた。

次郎左は、長崎という地名を聞いたことがなかった。

「平戸からではないのですか？」

平戸は早くから、明《みん》や西南蛮の船が入る港として知られている。次郎左はてっきりその平戸から出発するものと思っていた。でも、長崎という聞いたことのない土地からとなるとは。

次郎左の怪訝《けげん》そうな顔に気づいたか、オルガンティーノが答えた。

「大村純忠《おおむらすみただ》殿が、先年、長崎という村をイエズス会に寄進されたのです。商船は別として、わたしたちイエズス会は、もっぱら長崎の港を使うようになりました」

信長は、オルガンティーノの説明が終わったところで、教場の立ち机のあいだを歩いて後方の壁際《かべぎわ》に立った。後方の壁の窓からは、真正面に安土城が見えるのだ。

「来い、次郎左」

「はい」

次郎左は信長のもとへ歩いて、左後ろに立った。

八月の陽光を受けて、二年前に竣工したばかりの安土城天主は輝いて見える。朝鮮の陶工が焼いた青瓦《あおがわら》の屋根。漢土にならったという欄干つきの物見。階ごとに五色に塗り分けられた壁。なによりその高さが目を引く。五層七階建ての高楼。信長が天主と呼んでいる、城の主殿だった。

信長が、秋の日に照り映える安土城天主に目を向けたまま言った。

「そのほう、西南蛮で十分に学んでこい。そしておれのために、あの安土城がみすぼらしく思えるほどの城を築くのだ。城下もまかせる。総構えの、これこそ天下びとがいる場所と誰もがうなずく町を築け。西南蛮の坊主《ぼうず》どもさえ、驚嘆して声を失うような。いいな」

「はい」自分の声がいくらか気負ったものになったことを意識した。「戸波次郎左、一人前の石積み職人となって帰り、必ずやお屋形さまの城と城下を築きます」

次郎左は信長の家臣ではないが、安土城下に住む職人である。日頃から信長を、お屋形さまと呼ぶのが自然だった。

「頼もしい」

信長は振り返り、バリニャーノに目を向けた。バリニャーノが近づいてきて、首を傾けた。

信長は、バリニャーノと次郎左とを交互に見つめて言った。

「西南蛮では、イエズス会がお前の修業を助けてくれる。束脩料《そくしゅうりょう》のことなど心配せずともよいとのことだ。十分に技を身につけたと思ったところで、イエズス会の宣教師の乗る船で帰ってこい。それでよいのだな、坊主？」

オルガンティーノの通訳を聞いて、バリニャーノが微笑して言った。

「そのとおりでございます」

「修業にはどのぐらいかかる？」

「どれほどの術を身につけるかによりますが、名のある親方のもとで三年ほどかと」

「この次郎左は、すでに穴太衆《あのうしゅう》の石積みとして十分に学んできた」

「こちらの術とはいささかちがったものでございますから」

「次郎左の言葉は十分か？」

オルガンティーノが答えた。

「次郎左殿は、短い時間にラテン語の基礎をよく学ばれました。セミナリオではいちばんの上手です。あとはローマに着くまでに、ひとびとが普通に話しているローマの言葉を覚えれば、弟子入りには不足ありますまい」

「それにしても、三年か」

前後の旅に少なくとも二年。つまり帰国は早くて五年後、遅ければさらに一年か二年の後ということになる。そのころ信長は、天下びととなっているだろうか。それともまだ長い戦いの途上か。自分が石積み職人として信長のために働くことができる余地はまだあるのだろうか。

信長がまた次郎左に目を向けてきた。

「十分に修業してこい。半端な腕で帰ってくるくらいなら、帰国が遅れてもかまわぬ」

次郎左はかすかに微笑して言った。

「御意に」

信長は、振り返ると大股《おおまた》に教場の机のあいだを進み、階段へ向かっていった。おつきの者たちが信長のあとを追い、オルガンティーノ、バリニャーノが続いた。

教場を出て行くとき、バリニャーノが振り返り、次郎左を見てから何かオルガンティーノにささやいた。オルガンティーノも振り返り、次郎左を見てから首を振った。何かふたりのあいだで自分のことが話題になったようだ。表情は、いま信長の前でふたりが見せていたほど屈託のないものではない。よい話題ではないようだった。

信長たちがすっかり退出すると、ほかの生徒たちが次郎左に目を向けてきた。次郎左よりも七歳から九歳は若いという生徒たちだ。近在の領主や大名の子弟が多い。つまりは武家の出の連中だ。みな好奇心一杯という顔だった。

講師の宣教師がこほんと小さく咳《せき》をして言った。

「続けましょう」

次郎左は自分の書板に目を落とした。しかしもう、きょうこのあと自分はラテン語の講義には集中できそうもない。想《おも》いはすでに、西南蛮に向かっていた。

このとき次郎左、二十二歳であった。

その日、セミナリオでの講義が終わったあとだ。セミナリオを出ようとするとき、門の手前で次郎左はオルガンティーノに呼び止められた。

次郎左は振り向いてオルガンティーノを見つめた。

「あなたは」とオルガンティーノが訊《き》いた。「まだ洗礼を受ける気持ちにはなりませんか？　巡察師さまは、それを気にされておられます」

次郎左は首を振って答えた。

「いいえ、うるがんさま。そのつもりはございませぬ。でも、わたしが西南蛮に行くには、それが必要ですか」

こんどはオルガンティーノが首を振った。

「主は、そのような取り引きを望まれませぬ。ご安心を。あなたはエウロパに行けます」

次郎左は一礼して門を出た。

セミナリオを出てから、次郎左は往来を駆けて自分たちの町屋に飛び込んだ。

町屋は安土城下の南寄り、ゴンザの辻からもごく近い場所にあった。安土城の普請《ふしん》が始まったときから、次郎左は父親の戸波市郎太《いちろうた》、兄の太一《たいち》、それに穴太の石積み職人衆らと共にこの町屋に住んでいるのだ。琵琶湖南端の穴太の生家に帰るのは、年に数回程度となっている。

町屋には、父親も職人衆もまだ帰っていなかった。安土城がひととおり竣工したいま、父親の市郎太が率いる石積み職人の一党、穴太衆は、城外の水濠《すいごう》や運河部分の石積みにあたっていた。まだ日も明るい。父親たちはまだ普請場のほうで仕事中なのだろう。

次郎左は町屋に書板をくるんだ包みを置くと、広小路に飛び出した。一刻も早くきょうのことを父親や兄に伝えたかった。

次郎左は、広小路を北へと走った。父たち穴太衆はいま、市場に近い船着場あたりで、運河の石積みにかかっている。父はそこにいるはずだ。

開削された運河の石積み現場に、父や兄、それに穴太の石積み職人衆がいた。

「おとう、兄い！」

次郎左が現場に着くと、石垣の上にいた父の市郎太も兄の太一も、顔を向けてきた。その表情から、父は息子が何を報告にきたのかすぐに察したようだ。職人衆に合図して、作業を止めた。

次郎左は父を見上げて言った。

「いま、お屋形さまがセミナリオに来られて、わたしに西南蛮に行けと」

市郎太が、頰を輝かせた。

「出立は、いつだ？」

「近日中に。巡察師のバリニャーノさまが、明後日に安土を発つそうです。わたしも堺へ向かい、バリニャーノさまと同じ船で豊後へ、そして西南蛮へ向かえとのことにございました」

「とうとう決まったか。行かせてもらえるのか」

「はい。お屋形さまじきじきのご指示でした」

「お前は穴太で、母に出立のあいさつをしてゆかねばならぬ。明日にも安土を発て。豊後から西南蛮に向かうのは？」

「いったん長崎という港に移って、出港は明年一月」

「長旅になるのだろうな」

「どうしても八カ月や九カ月はかかると聞きましたが、それでは済まぬかもしれませぬ」

「では、帰ってくるのは、五年か六年の後ということになるか」

父も、西南蛮式の石積み修業には少なくとも三年かかる、と見ている。しかし、果たして三年で済むか、というのが次郎左の偽らざる気持ちだった。

「どうした？」と兄の太一が訊いた。「顔が曇ったぞ」

「あ、いや」次郎左はあわてて言った。「西南蛮での修業がほんとうのことになって、いささか心配になってきたのです。数年程度の修業で、築城術が身につくかどうか」

「お前は賢い。早いうちに読み書きも覚えた。何も案じることはない」

父が横から言った。

「存分に学んでこい。尾張守《おわりのかみ》さまがイエズス会と話をつけてくれているのだ」父は、織田信長のことをこう呼ぶ。細かく言えば正しい呼び方ではないのかもしれないが、十分に通じる。「穴太のことなら、太一がもう右腕だ。何の心配もいらぬ。おれも穴太衆に入るまでのあいだ長旅をしたし、一人前となるまで長い年月もかかった。急《せ》くことはないんだ」

父の半生については、よく聞かされてきた。父の市郎太は信州・佐久《さく》の出だったという。武田《たけだ》信玄《しんげん》が佐久を攻めたときに志賀城が落ちて、父は人買いに売られた。甲斐《かい》の金山で丸三年間、穴掘り衆として生きたが、信玄の戸石城攻めに駆り出されたときに隙《すき》を見て脱走、軍師・三浦《みうら》雪幹《せっかん》の弟子となった。東国から畿内、さらに西国までも雪幹に従って歩き、師の亡《な》くなったあと、穴太衆に拾われた。人買いに売られてから穴太衆の作兵衛《さくべえ》親方のもとで石積み職人となるまで、およそ七年の時間を費やしたことになる。作兵衛親方の弟子となってから、一人前になるまでそこからまた十五年もかかった。

回り道とも言える道を歩んできたが、いまや父は穴太の石積み、穴太衆の総棟梁《とうりよう》として、諸国にその腕を知られるようになった。ついには織田信長の壮大な安土城の石積みを任されるに至っているのだ。父は、近江や畿内に限っては、まちがいなくもっとも名のある石積みの親方である。

父が言った。

「安土城はできたばかり。尾張守さまが次の築城にかかるのは、お前が修業を終えてからだ。西南蛮ふうの城を築く職人がいないあいだは、尾張守さまは新しい城造りにはかからぬ」

次郎左は父が顎《あご》で示す安土城天主にあらためて目を向けた。

その天主は、父の市郎太が積んだ高石垣の上に建っているのだ。石垣の高さと合わせれば、天主は安土山の高さのほぼ半分にもなる。その高楼が、琵琶湖岸の小山の頂きの上で、すっくと背を伸ばしている。次郎左は近江や都周辺の城しか見たことはないが、日の本ではほかに例のない、大胆にして華麗な主殿だという。安土城全体も、日の本ではかつてないほどの規模の石垣で固められた、壮大なものだ。当然のことながら、その普請と作事には、日の本のもっとも優れた職人たちが投入された。職人たちは最新の技と腕をもって、あの安土城の建設にあたったのだ。

しかし信長は、竣工から二年、すでにその安土城の出来に不満を感じているらしい。ここ数年、キリシタン宣教師らとの接触が増えて、西南蛮の城や城下町の様子も詳しく知るに至った。いま信長は、すべて石を積んで造った主殿と、石の城壁に囲まれた総構えの城下町を理想とするようになっていた。次に信長が築く城と城下は、完全に西南蛮の意匠を持ったものとなる。職人さえいるなら。

ちょうどイエズス会は、バリニャーノという野心的な巡察師を日の本に送ってきた。彼がローマに帰ったときの報告次第では、日の本と彼の地との技術的な交流はいっそう活発なものになるだろう。信長はローマ教皇への土産として、バリニャーノに安土城と城下を描いた屏風絵を持たせることにした。屏風絵を描いたのは、安土城の天主の襖絵《ふすまえ》、天井絵も受け持った狩野永徳である。その屏風絵の土産は、むろん日の本の最大の実力者としてみずからを西南蛮社会、キリスト教社会に印象づけるためのものであった。それを贈るついでに、石積み職人も西南蛮に派遣しようということである。

そもそも次郎左を西南蛮にやると話が決まったのは、七カ月前、今年一月のことだ。新年の左義長《さぎちよう》の途中、セミナリオの石垣普請の場に立ち寄った信長が、石を積んでいる最中の父の市郎太にその思いつきを話した。市郎太が、では次郎左を西南蛮にやりたいと応《こた》えて、話はまとまったのだった。

次郎左は子供時代は叡山山麓《えいざんさんろく》、坂本で、里坊の老僧から読み書きを習った。元服後は兄の太一と共に父の石積み仕事を手伝ってきた。ただし、腕もよく、職人をまとめることにも長《た》けた兄とはちがって、次郎左はやや理が勝りがちな石積み職人と思われている。西南蛮に修業に出すのであれば、太一ではなく次郎左をというのは、自然な成り行きだった。次郎左にも、まったく異存はなかった。

その日以来、次郎左はセミナリオに通って、ラテン語と初歩の数学、自然哲学を学んできた。次郎左自身にも、安土城普請に関わったころから、いずれ西南蛮の石積み術、築城術の書物を読みたいという希望があった。もし西南蛮での修業がかなわなかったとしても、書物を通じて学ぶという方法は取れるかもしれないのだ。当初は七日ごとの受講ということだったけれども、すぐにそれでは飽き足らぬようになり、毎日通うようになった。

安土のセミナリオは本来日本人司祭を養成するために設立された寄宿制の初級神学校である。入学の年齢はおおむね十歳か十一歳であった。二十歳《はたち》も過ぎて、通いで受講するようになった次郎左は、神父を目指すつもりがない点でも、年齢でも、生徒たちの例外であった。

しかし西南蛮に石積み職人を派遣するという信長の意向を受けて、校長のオルガンティーノも次郎左の入学を受け入れざるを得なかったのだった。信長は、畿内ではキリスト教布教に寛容な最大の有力者である。信長はイエズス会の要請に応じて安土城下にセミナリオ設立の許しを与え、さらに土地も提供した。三階建ての建築物の屋根を安土城天主と同じ青瓦で葺《ふ》くことも許している。さらにセミナリオの敷地全体に石垣を築かせたのも信長である。日本国内でセミナリオの設立が認められたのは、肥前の有馬のほかにはこの安土しかないのだ。つまり信長がイエズス会にはかっている便宜は、カネには換算できないほどのものであった。ただしそれもキリスト教への共鳴からと言うよりは、セミナリオが西洋技術の受け入れと普及の拠点になるという観点からである。イエズス会もそれは承知していた。だから巡察師バリニャーノも、信長が石積み職人をヨーロッパへ派遣することに協力を惜しまないのだ。

次郎左自身は、セミナリオで学びだしてから、西南蛮式の石積み術を習得するためには、途方もない量の知識の裏付けが必要であることがわかってきていた。自然の理《ことわり》、数学、幾何学を基礎に、測地術、土木の術等を知らないことには、城の縄張りひとつ描くことはできない。知らないまま石積みだけを覚えたところで、できるのは石造りの小さな館《やかた》を建てることぐらい。城は築くことができぬ。ましてや城下町は。

父がまた言った。

「堺から出立なら、あの町の造りをよく見ておけ。作兵衛親方のもとでわしら穴太衆が石垣を積んだ水濠がある。しかも二重だ。ほかにない造りの町だぞ」

「なぜそのような造りになったのですか？」

「キリシタンの坊さまの進言だった。ザビエルというお方の」

「ということは、堺は西南蛮の町と同じ造り？」

「城壁には囲まれていないが、それでも濠を二重としたことで、守りは固い」

「たしか、堺には城はないのですよね？」

「ない。かつては町衆がみずから治めていた町だ。領主はいなかったからな。世話になった商人に手紙を書いてやろう。数日厄介になれるだろう」

日比屋了珪《ひびやりようけい》という豪商とのことだった。

父が、ポンと手を叩《たた》いて職人衆に言った。

「きょうはもう上がろう。次郎左が、西南蛮に向けて出立する。今夜はその壮行の酒宴とゆこう」

太一が、額の汗を手拭《てぬぐ》いでぬぐってから、次郎左の背を軽く叩いた。

言葉はなかったけれども、その意味はわかる。

「達者でな。無事に帰ってこいよ」

次郎左は兄の太一に微笑を向けてうなずいた。

太一も微笑を返してきた。

翌日、戸波次郎左は叡山の山麓、穴太の里の生家に帰った。琵琶湖を船で下ったのだ。

母の苗《なえ》に、西南蛮行きが決まったと告げると、苗は言った。

「とうとうその日が来たんだね」

次郎左は母の目を見つめて応えた。

「少しのあいだ、行ってまいります」

「異国では、苦労も多いことでしょう。無理をしないで、修業よりもお前の身体《からだ》のほうが大事だからね。いつでも待っています」

「はい」

こうと決めたらやり遂げるというのが次郎左の性格だ。かなり強情でもあるのだ。母はそれを承知で言っている。修業途中で帰ることも考えろと。でも、そうすることはありえないだろう。西南蛮から日の本までの帰路の長さを考えるなら、たいがいのことは彼の地で終わらせてしまったほうが楽なはず。ましてや、病気や怪我にでもなったらなおのことだ。自分はたぶん、修業を終えるまでは、帰路に就くことはないだろう。

翌朝、家を出るときに、母が小さな巾着《きんちゃく》をひとつ渡してくれた。中を見ると、護符だった。山王権現《さんのうごんげん》のものだ。山王権現は叡山山麓の坂本にあるが、ちょうど十年前、織田信長の比叡山焼き討ちのときに焼失した。その後慎ましく再建されたのだ。

次郎左はその護符を胸に入れてから、母に手を振って穴太の里を発った。

穴太を出たあと、逢坂《おうさか》を越えて山崎に向かい、山崎津から淀川を川船で下って河口の渡辺津で降りることになる。渡辺津で船を乗り換えて堺に入るのだ。

堺の町には、父が言っていたとおり、二重の環濠《かんごう》があった。外側の濠《ほり》から町までは、鉄砲玉の届かぬだけの距離がある。しかも海に向けて開けた町だから、包囲も難しい。なるほど町は攻めにくい造りだ。ザビエルという僧侶《そうりょ》の進言は的確だった。

この二重の濠が掘られたころ、堺は会合衆《えごうしゅう》と呼ばれる町衆が自治を敷く自由都市であった。会合衆はみずから堺の町を守るため、侍たちを傭兵《ようへい》として使っていたという。

しかし貿易と鉄砲などの工業製品の製造で繁栄するこの町を、畿内に勢力を伸ばした織田信長は放っておかなかった。十三年前の永禄《えいろく》十一年、信長は矢銭を堺の会合衆に要求、強談判《こわだんぱん》して堺を無血で我が物とした。いまは信長の代官がこの町を統治している。それでも堺はかつての自由な自治都市の空気をまだ失ってはいなかった。小さな町ながら、商いも活発であり、諸国から商人や旅人が集まる。その活気はまちがいなく都さえしのいでいた。また、信長支配下に入った後も、豪商たちの中にはなお私兵を雇っている者もいた。

町衆の中には、キリスト教に改宗した者も少なくなかった。父から紹介された日比屋了珪もそのひとりだ。彼の櫛屋町の屋敷の中には、三階建ての礼拝堂まで建てられていた。

日比屋了珪は恰幅《かっぷく》のいい老人だった。胸もとに、銀のクルスがのぞいている。父の市郎太からの書状を読むと、了珪はしげしげと次郎左の顔を見つめてから口にした。

「あの戸波の親方の息子さんかい。西南蛮に行かれるとは」

次郎左は深く頭を下げた。

「父がたいへんお世話になったと、よろしく礼を申し上げるようにとのことでした」

「なあに。せっかく親方に築いてもらった環濠も、けっきょくは使わないままに堺は織田さまに屈した。戦えば、なお会合衆が町を動かしていたでしょうに」

信長非難だろうか。次郎左は黙ったままでいた。

了珪は軽く首を振ってから言った。

「それで、あんさんはキリシタンですかな？」

「いいえ。安土のセミナリオに学びましたが、洗礼は受けておりませぬ」

「なのにローマの法主さまに会いに行かれる？」

「いいえ。わたしが西南蛮に行くのは、石積み術を学ぶためです。信徒としてではなく、一介の職人として行き、帰って参ります。尾張守さまから法主さまへの土産は、バリニャーノさまがお渡しするのでしょう」

「ま、信心はあんたのことや。それでかまいまへんが、それでも信心もないのにはるばる一年もかけて西南蛮に渡るとは、たいした心がけや」

了珪は振り返って、誰かひとの名を呼んだ。

「聞いておりますかな。親方の従妹《いとこ》さんがここにおります。佐久の生まれで、ひょんなことからうちで働くようになりました。いまではすっかり堺の商人です。よう助かっております」

もちろんそのことは、父から聞いてきた。ただ、父も佐久の生まれの女子がなぜ堺の商人のもとで働いているのか、その理由については詳《つまび》らかにしてくれなかった。苦労して堺にたどりついたのだ、という言い方で、それ以上は語らなかったのだ。

父の従妹は、千草《ちぐさ》、という名の中年女性だった。小袖を着て、たすきがけ。前掛けをつけている。忙しく働いている途中、とにかく従兄《いとこ》の息子にあいさつだけでもと駆けつけてくれたようだ。

千草が、次郎左の顔をしげしげと見つめて言った。

「市郎太さまに、よう似ている。市郎太さまは、達者でした?」

「安土城の普請で、ずっと安土につめております。でも、つつがなく働いておりますので」

「ここの環濠も、父ぎみのお仕事。まだ若い時分の」

「それもよく聞かされました。父の自慢のひとつです」

了珪が横から言った。

「とにかく旅の荷をおろしてしまいなされ。沖には、わたしどもが手配した南蛮船もすでに錨《いかり》を下ろしております」

「南蛮船が」驚いて次郎左は言った。「まだ見たことがありませぬ」

「帆柱が三本、帆の多い船です。櫓《ろ》は使いませぬ。巡察師さまがいらしたとき海賊に襲われたことを考えますと、とても燧灘《ひうちなだ》を通ることはできませぬ。土佐沖を回って豊後に、となると、やはり南蛮船のほうが」

「やはり外海《そとうみ》には強いのですか？」

「夜も走ります。天測儀やコンパスなる道具を使《つこ》うて。豊後には半月程度で着きましょう」

豊後までは、伊勢船にでも乗るのかと思っていた。いまから南蛮船に乗れるとはうれしかった。

了珪は続けた。

「バリニャーノさまも夕方には堺に着くはず。うちに泊まってゆかれる。堺を発つのは二日後になるでしょう」

「ご厄介になります」

その脇《わき》を、三人の侍が通っていった。腰に打ち刀と腰刀を差している。ひとりは中年だが、あとのふたりは二十代なかばぐらいかという年齢だ。月代《さかやき》を剃《そ》ってはいない。牢人《ろうにん》たちだろうか。三人は表通りに出ていった。

次郎左は了珪に訊いた。

「お侍の客人ですか」

了珪は、侍たちが歩いていった方向にちらりと目をやってから言った。

「うちの雇いのお侍たちですわ。武芸の稽古《けいこ》に行くところでしょう。濠の外に撃剣や槍術《そうじゅつ》の習練場がございます」

「お侍を雇っておられるのですか」

「ええ。この世の中、侍の手を借りたいときはようございますゆえ」

「この堺でも？」

「はい。今年初めバリニャーノさまが堺にいらしたときも、海賊に襲われましてな。あたしが堺じゅうのあのような侍たちを集めまして、無事にお連れしましたが」

了珪が黙礼して、店の奥へと入っていった。

海賊。バリニャーノが襲われた。

やはり、と次郎左は思った。この乱世、旅は命懸けだ。日の本から西南蛮への航海もそうであろうが、そもそも豊後に行くまでもまた難儀な道のりのようだ。バリニャーノたち宣教師は、よっぽどの強運と不屈の意志があって、西南蛮から近江にたどりつけたのだと考えるべきなのだろう。自分の堺へのこの旅から、その容易さを推して考えるべきではない。

次郎左は背の荷物を肩から提げ直し、千草のあとについて屋敷裏手の中庭に向かった。

いよいよ堺出発の日である。

波止の正面、三丁ばかり沖合いに錨を下ろしているのは、奇妙にも見えるかたちの南蛮船だった。船体は大きく反り返っている、と表現できる。斜めの柱を持つ船首と、箱型の船尾が、海面から持ち上がっているのだ。胴体部分は内側からふくらんでいるようにも見える。前と中央の帆柱には帆桁《ほげた》が二本架かっていた。ということは、帆の数もこちらの船の倍以上あるということだ。船脚はそうとうに速いのだろう。

いまバリニャーノたちの一行が艀《はしけ》で順繰りにその南蛮船に乗り込んでいるところだ。バリニャーノとその従者たち、日本人の雇い人たち、合わせて十人ばかりがすでに船の中にいる。さらに一行の旅荷も、艀で運ばれていった。波止では港人足たちが、畳ほどの大きさの荷を立てて支えている。厚みが一尺ほどの木箱だった。あれはたぶん狩野永徳が描いた安土城の屏風絵だろう。

艀が戻ってくるのを待っていると、横に立っていた了珪が言った。

「豊後までの船旅、海賊どもが心配なので、侍にも船を守らせます」

次郎左が了珪の視線の先を見ると、先日も了珪の屋敷で目にした武士のうち、若い侍がふたり、近づいてくる。脚絆《きゃはん》、手甲をつけての旅装だった。

了珪はふたりが目の前に立ったところで彼らに告げた。

「もうじきです。豊後まで、バリニャーノさまご一行を無事にお届けくだされ」

「ご安心を」

「こちらのご仁《じん》は、バリニャーノさまたちと一緒に西南蛮に向かう、穴太は戸波の次郎左さま。お若いが名うての石積みにございます」

ふたりが、ほうと言うように目を丸くした。

了珪が続けてふたりを紹介してくれた。

「瓜生《うりゅう》の小《こ》三郎《さぶろう》、勘《かん》四《し》郎《ろう》のご兄弟。北近江は浅井《あざい》の家臣にござったお武家さまです」

北近江の浅井、といえば浅井長政《ながまさ》のことか。八年前の天正元年、信長がその居城小《お》谷《だに》城を攻めて滅ぼした。家臣の一部は信長の配下となったが、逃れて牢人となった者も少なくないと聞いていた。

紹介されたふたりは、軽く頭を下げた。兄のほうは眉《まゆ》が濃く、大造りな顔だちの青年だった。話に聞く琉球《りゅうきゅう》の男のような顔だちとも見える。肩幅が広く大柄だった。歳《とし》はおそらく次郎左よりも二、三歳上だろう。弟のほうは、色が白く頬が赤い若者だ。上背は兄よりもあるが、細身だった。次郎左と同い年ぐらいか。浅井が亡《ほろ》びたときは、弟のほうは元服直後という年齢だったのだろう。

瓜生の小三郎と紹介された青年は言った。

「西南蛮に行かれると？」

「ええ。石積み術を覚えるために」

「覚えてどうする？」

「日の本で、西南蛮の造りの城と町とを築きます」

「誰のために？」

「織田尾張守さま」

小三郎、勘四郎の兄弟は顔を見合わせて笑った。

「これはこれは」

了珪が言った。

「まさか、わだかまりなどあらへんでしょうな。それでは困りますが」

「ない」と小三郎が言った。「信長には含むところはあるが、石積み職人には」

「とにかく」と了珪が強引に話題を変えた。「瓜生さまたち、豊後までしっかりとバリニャーノさまご一行をお守りください。いらしたときの働き、承知しておりますので、何の心配もしておりませんが」

「たしかに」

「先日来、バリニャーノさまの船には二十人の侍を同行させると、ほうぼうに言い触らしてまいりました。その噂《うわさ》を耳にしてなお、襲ってくる海賊もいやしないとは思いますが」

「二十人ぶん、働きましょう」

「豊後に着いたら、堺に向かう伊勢船で戻ってくだされ。揚銭は、堺に戻ったところでまとめて。これはとりあえず帰りに必要な船賃として」

了珪が革袋を小三郎に渡した。小三郎は中を確かめることもなく、その革袋を懐《ふところ》に収めた。

「さ、艀が来た。お乗りください」

次郎左が艀に乗ると、平底のその小舟はぐらりと揺れた。次郎左はよろめいて、船底に尻餅《しりもち》をついた。

瓜生小三郎と勘四郎が笑いながら艀に乗ってきた。

小三郎が言った。

「ほんとに西南蛮に行けるのか？　堺を出たところで海に落ちるぞ」

「すぐに慣れます」と、次郎左は船梁《ふなばり》に腰を降ろして言った。「心配ご無用」

艀は沖合に浮かぶ南蛮船に向かって進み出した。

小三郎がまた告げた。

「海賊に襲われたら、船倉に引っ込んでいろよ。職人が、侍の邪魔だてするな」

「見くびらないでほしい」と、次郎左はほんとうに腹を立てた。「わたしは、長篠城にも、設楽《したら》ヶ原の戦場にもおったのだ」

ふたりの顔色が変わった。

「設楽ヶ原に？」と小三郎。

「ほんとうですか？」と勘四郎も続いた。

「あの場にいた」

「どうしてまた」

「長篠城の曲輪《くるわ》の石垣を積んだのです。そのあとは設楽ヶ原で、尾張守さまのためにも働いた」

織田信長の依頼で、父は武田による攻撃が予想されていた奥三河の長篠城に派遣された。緊急に長篠城の防備を固めるためであった。このとき次郎左も職人三人と共に長篠城に赴いたのだった。武田の攻撃を退けて戦いが一時膠着《こうちゃく》したとき、父らと共に攻囲された城を脱出、織田・徳川の本陣へ状況を知らせた。そのあと連合軍本隊に従って設楽ヶ原へ赴き、ここで武田勢が総崩れとなるさまを見ている。勝ち戦のあと、徳川家康がじきじきに父に謝辞を述べ、銀二十枚を下賜《かし》した。この場には次郎左もいて、徳川家康と対面しているのだ。武田の凋落《ちょうらく》が決定的となった戦であるから、おそらく日の本の武士たちの耳には、その戦の様子はよく伝えられているはずである。

案の定、小三郎と勘四郎のふたりは顔を見合わせた。

次郎左は、得意な想いで言った。

「お侍さまたちよりは、戦場を多く見ているかもしれませぬ」

「戦ったわけではあるまい？」と小三郎。「それに、お主はまだ子供だったのでは？」

「十六でした。父について、石垣を積んだのです。武田の力寄せも城内から見てきました。設楽ヶ原では武田勢が大敗してゆくさまも、眼前でつぶさに見たのです」

小三郎は、次郎左を見くびっていたという顔となった。

「ただの石積みではないのか？」

「ただのお侍にはできぬことを、なりわいとしております」

それまで黙っていた勘四郎が、ふと思いついたというように口にした。

「我らが小谷城も、たしか穴太衆が石垣を積んだ」

勘四郎の声は、小三郎よりも少し高い。若い声音だ。

彼は続けた。

「小谷城が落ちてから耳にした話がある。信長は石積みの親方に小谷城の弱みを教えろと迫ったが、親方は刀を首に当てられても口を割らなかったそうだ。羽柴秀吉が小谷城攻めにあれほど苦労したのは、そのせいだとか」

「父が、首を賭《か》けて黙しました」

「小谷城を守ってくれたのか」

「石積みの掟《おきて》を守っただけです」

「首をはねられたかもしれぬのに？」

「武士と同じでしょう」

小三郎が、白い歯を見せた。

「次郎左と言ったか？」

「穴太の戸波次郎左」

「海賊に襲われたら、ほんとうに船倉に引っ込んでいろ。邪魔になるからではない。お主に、かすり傷ひとつ負わせたりはせぬ。守り抜いてやる」

勘四郎も言った。

「石積みにしておくのは惜しい」

「石積みを誇りにしております」

「設楽ヶ原の話、あとでもっと聞かせてくれませぬか」

「存分に」

艀の船頭が声を上げた。

「着くぞ。つかまってろ」

次郎左は船縁《ふなべり》に手を置いた。直後、艀は南蛮船の船体にごつりと当たって揺れた。小三郎がすっと手を伸ばし、次郎左の身体を支えてくれた。

堺から豊後への航海は、土佐沖を通る外洋航路となったために、案じたほど危ないものにはならなかった。日比屋了珪が撒《ま》いた、侍を二十人も乗り込ませた、という噂も効いたのかもしれない。

南蛮船は外海に出てからはすべての帆を広げ、追い風を受けて滑らかに走った。南蛮人の水夫たちは、帆を広げたり畳むときに、高い帆柱の上に上り、帆桁に腹這《はらば》いになって、作業をするのだった。次郎左は石積み職人として高い足場の上での作業には慣れていたが、それでも揺れる船の上の、帆柱の上端で平気で作業できるかどうか自信がなかった。また、船は夜になっても、航行を続けた。船長がコンパスなる道具と海図を絶えず見比べながら、的確な針路を指示して行くのだ。船長の言葉は、副長によって、水夫たちにどの作業を割り当てるかという、具体的な指示に言い換えられた。その指示によって、必要な帆が張られたり、向きが変えられたり、不要な帆は畳まれて、船は船長の指示したとおりの方向へと進むのだった。次郎左は、その様子を眺めていて飽きることがなかった。

船が蒲生田《かもだ》岬の沖を通るとき、次郎左は初めて船酔いを体験した。話には聞いていたが、堺出港後二日間はまったくなかったので、自分は船酔いにはかからぬものと根拠のない自信さえ持っていた。なのに、蒲生田岬沖を通るときには、何度も何度も胃の中のものを吐いた。吐くものがなくなったあとも吐き気は収まらなかった。その日深夜には、西南蛮に行くと決めたことを後悔した。これがあと数カ月続くというなら、自分には耐えられない。そのうち海に身を投じたくなるのではないか。

瓜生の兄弟たちも、かなり苦しそうではあった。しかし、顔色が白くなっている程度で、吐いたりはしていない。船で酔うかどうかは、ひとそれぞれということなのだろう。バリニャーノも、ほかの信徒たちも、酔った様子はまったく見せていなかった。ましてや船乗りたちは。それとも、彼らも初めて船に乗ったころは、このように苦しんだのだろうか。いつか慣れて、酔わなくなるものだろうか。

船酔いは、翌日まで続いた。そのころには少し海が凪《な》いだせいもあってか、船酔いは薄れた。

さいわい航海の大部分、天候には恵まれた。豊後水道に入る手前、宿毛《すくも》と、由良岬を通過するときだけ、少し北西からの風が出たが、このときは風下側の入江に入ってその悪天候をやり過ごした。

堺を出航して十五日後の天正九年九月六日、一行は豊後の臼杵《うすき》に着いた。佐賀関の岬の南側、小さな入江の奥にある町だ。

豊後はキリシタン大名大友宗麟《おおともそうりん》の支配する土地である。城下町は府内であるが、臼杵には名目上隠居した宗麟の隠居城、丹生島《にゅうじま》城があった。豊後水道に面しており、外洋に直接つながっている。この地の利もあって、南蛮船が入る港としても栄えていた。

またこの町は、イエズス会が日本で布教する上での拠点都市のひとつでもある。セミナリオの上級教育機関にあたる修練院ノビシャドがあった。司祭の養成が行われていたのである。当然ながら西洋人の姿も町には多かった。安土や堺よりもはるかに異国の香のする都市であった。いっぽう豊後・府内のほうには、イエズス会の日本に於《お》ける唯一《ゆいいつ》にして最高の教育機関、コレジオがある。

港に降り立つと、右手に見えるのが丹生島城だった。四面断崖《だんがい》の丹生島に築かれたものだ。橋は大手門のある西側に一本かかるだけ、東側の搦手《からめて》門は海に通じているという城である。

次郎左は断崖の上に覗《のぞ》く石垣に目を向けた。西南蛮の積み方ではないかと、思わず確かめてしまったのだ。しかし石垣は野面積《のづらづ》みで、規模も小さい。安土城や堺の環濠を見てきた目には、さして堅固にも威風あるものにも見えない。また城内には高層の天主も、石造りの建築物も見当たらなかった。安土城や多聞山城以前の様《さま》の城である。臼杵にも、西南蛮式の築城術は伝わっていないということだ。

次郎左は安堵《あんど》した。もし臼杵にその築城術が伝わっているようであれば、次郎左の西南蛮修業は必要なくなってしまうかもしれなかったからだ。

瓜生小三郎が、次郎左の横に立って言った。

「あの城がどうかしたか？」

航海のあいだに、瓜生の兄弟とはすっかり親しくなった。次郎左は瓜生兄弟に対しては武士として敬意を払い、口調にも気をつけてきた。しかしある日、小三郎が面倒臭そうに言ったのだ。そんな堅苦しい口のききかたはよせ、対等に話せと。それ以来、次郎左は身分の差を意識することなく、同世代の若者同士としてふたりに接するようになった。

次郎左は小三郎に顔を向けて言った。

「この地にも、西南蛮の城は築かれていない。となると、おれはいよいよ西南蛮に行く気持ちが強くなった」

「そう決めていたのだろう？」

「それでも、長旅だ。てっとり早く日の本のどこかで修業したいと、気持ちの萎《な》えることをおそれていた」

「そんなふうには見えなかったが」

波止には続々と西南蛮人たちがやってきた。バリニャーノ一行が戻ったと、報《しら》せが行ったのだろう。さらに日本人たちも多くなってきた。バリニャーノに深々とお辞儀し、手を合わせる者が何人もいた。

船頭が小三郎たちを呼んだ。兄弟は波止にいる船頭たちのほうに歩いていった。帰りの航海について話でもするつもりなのだろう。

バリニャーノが、日本人通辞を伴って近づいてきた。彼は次郎左に言った。

「わたしたちは、十日ばかり豊後に滞在した後、島原の有馬に向かいます」

次郎左は訊いた。

「山越えでしょうか」

「いいえ。また船に乗ります。日向灘《ひゅうが》の沖を南に向かい、九州島の南端をぐるりとまわって、島原へ。ひと月ばかりかかる船の旅となるでしょう」

「いま乗ってきた南蛮船ですか？」

「いいえ、この国のものです」バリニャーノは、波止の沖に停泊している伊勢船を指で示した。帆柱が一本で莚帆《むしろほ》の和船だ。水手《かこ》も乗っており、凪《なぎ》のときは櫓をこいで進む。船体の上部は、箱型をしている。

「あれです。出発まで、あなたはこの地のノビシャドに滞在することになります。修練院です。安土のセミナリオよりも上の級の学校ですが」

ということは、ラテン語についても、自然哲学や数学についても、続きを学ぶことができるわけだ。

「かしこまりました」

バリニャーノが離れてゆくと、小三郎たちが戻ってきた。

「おれたちは明後日、堺に帰る。一隻《せき》、堺に向かうという船があった」

次郎左は言った。

「おれは、十日ばかり後の出港となった。島原の有馬というところに向かう」

「有馬までの船旅、途中で海賊は出ないのか？」

「聞かなかった。どうしてだ？」

小三郎は笑いながら言った。

「船中、お前の話をずっと聞いていてな。おれも、もっと存分に、働きがいのある場所で生きてみたいと思うようになった」

船旅の途上、瓜生の兄弟は、浅井家が滅んだ後の流浪《るろう》の日々について少しだけ語ってくれていた。ふたりは諸国をめぐり、武芸者としてほうぼうで働いたという。織田信長と戦っている勢力なら、働き場所はどこでもよかった。どこかの武将なり大名なりが織田と戦う、あるいは背いたという話を聞けば、すぐにそこに駆けつけて雇われた。本願寺の牢人衆となったこともあるし、松永久秀や荒木村重の陣にも入った。ただ、片っ端から信長勢に敗れてゆくため、長続きはしなかったし、よその武将に召し抱えられるだけの武功を挙げることもできなかったという。

「堺はちがうのか？」

「雇いの侍は、堺でもじっさいは厄介者。争いがあるときだけは、多少は頼りにされるがな」

「ひとを守る。町を守る。船を守る。それも、よい生き方ではないか」

「どうせ誰か御館さまに仕えるのだとしたら、武芸者として、武芸を知る者のもとで働けるほうがよい。商人ではなく、な」

「九州も戦続き。侍を求める御館さまは、幾人もおろう。もしお主が御館さまを探しているということなら」

「そうだな」小三郎が空を見上げてから、口調を変えて言った。「これっきりかな」

この兄弟たちとは、なんとなくもう一度会いたい気分があった。

「明後日、朝にやってこよう」

波止の端のほうで、日本人キリシタン僧侶と見える男が手招きしている。ノビシャドの教師なのかもしれない。

「行かねばならぬ」次郎左は小三郎に言った。「明後日また」

その夜だ。臼杵の町のはずれにあるノビシャドで、質素な食事のあとにバリニャーノが次郎左に声をかけてきた。建物と築地塀に囲まれた中庭の隅である。

日本人信徒が、バリニャーノの言葉を通訳してくれた。

「この巡察のあいだに考えたことがありまして、わたしはローマに日本人信徒を連れて行くことにしました。教皇に拝謁《はいえつ》させます。有馬のセミナリオで学ぶ四人の男子たちです」

次郎左はバリニャーノに訊いた。

「男子、というと、歳は？」

「十二歳から十四歳とか」

「もちろんキリシタンなのでしょうね？」

「そのとおりです。信仰が篤《あつ》く、神学をよく学んだ、セミナリオで最優秀の生徒たちを選びます。家柄もよい男子たちを」

バリニャーノから、家柄、という言葉の出たことが少し意外だった。教皇に拝謁させる者は、それなりの出自でなければ駄目ということか。つまりは上級の武家以上の者、ということなのだろう。信心が深いか浅いかには、出自も家柄も無縁だろうに。その想いはもちろん口にはしなかった。キリシタンではない自分が関心を持たねばならぬことではない。

次郎左はただ確認した。

「その四人の信徒とわたしの、全部で五人が西南蛮に向かうのですね」

「九州の三人の国王陛下たちは、ほかにも職人を何人か使節に同行させようとしています」

三人の国王とは、キリシタン大名として知られる大友宗麟、大村純忠、有馬《ありま》晴信《はるのぶ》のことを指すのだろう。

「その職人というのは、やはりキリシタンの？」

「そのひとたちは、信仰よりも腕本位だそうです」そのことが気に入らないと言っているようにも聞こえた。「キリシタンの職人だって、いないはずはないのですから」

「わたしもキリシタンではありませぬ」

「あなたは、信長さまが派遣される職人。信仰のことは、あとまわしです。もっとも」

「なんでしょう？」

「石積み職人であればなおのこと、ローマを見たなら心を改めるにちがいありません」

「ローマには、何があるのです？」

「建築です」と、バリニャーノは妙に明瞭《めいりよう》な調子で言った。「われわれが何を造り上げたか、あなたはそれを知ったとき、仏教徒に留まっていられるはずがない」

「楽しみです」と次郎左は返した。「信心のことはともかく、それほどの建築をこの目で見るのが。一刻も早くローマに着きたいものです」

「一刻も早く。その想いはわたしも同じですが、長崎出航はどうしても来年となるでしょう」

「航海も、楽しみでなりません。途中寄るというマカオとか、ゴアといった町を見ることも」

「航海は生易しいものではありませぬ。大海原と風と波もそうですが、海賊たちも心配です。いや、賊でない住民たちもときに徒党を組んで船や町を襲う。覚悟をされておかれるよう」

「多いのですか？」

「ええ。東印度には。マカオから先、とくにマラッカという海の狭間を抜けるあたりが。いや、印度でもです。ポルトガル船はどの船も雇い兵たちを乗せていますが、マラッカやゴアでは、町が雇い兵を多く使って、町と港を守っています」

「以前の堺のように、ですね」

礼拝堂の方で、誰か少年の声がした。短い言葉を叫んでいた。

「夜のお勤めです」とバリニャーノが言った。「きょうぐらいは、あなたもいかがですか？」

次郎左は微笑して首を振った。

翌朝、次郎左は昨夜バリニャーノが話したことを小三郎に伝えた。小三郎の目が途中から輝いてきた。

「南蛮には、日の本以上に海賊が多いと？」

「だから、ポルトガルの船はすぐれた雇い兵を求めている。ポルトガル人の町でも多く雇っているそうだ」

「海賊は東印度に多いのだな？」

「そういう話だ」

「どのあたりなのか、見当もつかぬ」

「我らが言うところの南蛮だな」

次郎左はその場にしゃがんで、落ちていた棒を取り上げ、地面におおまかに日の本から印度にかけての地図を描いた。安土のセミナリオで繰り返し地球儀を見ては異国の事情を宣教師に聞いてきたから、おおよそのところは描くことができる。

「ここが日の本、ここが漢土。西南蛮はこの大きな土地の反対側にある。西南蛮に行くのは、島の多いこのあたり、南蛮の海を抜けて行かねばならぬ」

「ルソンという島のことを聞いたことがある」

「それはこっちだ。イスパーニャが領土とした。こんどの航海では、そこは通らぬ。東印度と呼ばれるこのあたりを通って、印度の大海原に出るのだ。マラッカとはこのあたり」

「島が多いところなのだな」

「堺から赤間関にかけての内海のようなところらしい。狭い場所なら、海賊も襲いやすい」

「そこから先は？」

「何十日も、いや何カ月も、まったく陸を見ない船旅が続くという。そしてローマに近づいたこのあたりでは、キリシタンに敵対する宗徒が住んでいて、キリシタンの船を餌食《えじき》にしようと狙《ねら》っているそうな」

「西南蛮人たちは、種子島《たねがしま》を持っておろう」

「それでも、船に乗り込まれたら、白刃で斬《き》り結ぶことになる。町を襲われたら余計だ。武芸者が必要になる。ただの力自慢ではない、本物の武芸者が」

勘四郎が小三郎の反対側から言った。

「つまり、わたしたちのような侍が」

「水夫や町衆よりも、よりよく闘える者が」

「兄者《あにじゃ》」と勘四郎が小三郎に視線を移した。

小三郎は腕を組んで呟《つぶや》いた。

「船だけではなく、ポルトガル人の町も、雇いの侍を必要としているのか」

小三郎が何を考えたか、わかったような気がした。

小三郎が、真顔で次郎左に言った。

「じつは南蛮船の上で、異人たちと一緒に飯を食いながら思った。異人の棟梁のもとで働くのも、そこそこ愉快かと。かつては考えたこともなかったが」

勘四郎が次郎左に訊いてきた。

「南蛮の、どこかの大名か武将が、侍を求めてはおらぬでしょうか」

次郎左は首を振った。

「おれにもわからない。行ったことはないんだ。働く気があるなら、行ってみて当ってみるしかないのかもしれない」

勘四郎も腕を組み、黙り込んだ。


小三郎たちが伊勢船で堺に向けて出港するという朝である。

次郎左は朝食をすませると、学課の始まる前にノビシャドを出て港へと向かった。

瓜生の兄弟たちに別れのあいさつをするつもりだった。

波止に着いたところへ、小三郎と勘四郎が駆け寄ってきた。まだ船には乗り込んでいなかったのだ。

小三郎が、頬を紅潮させて言った。

「決めた。おれたちは、堺には戻らぬ」

「え」と次郎左は驚いた。「どこへ行く気だ？」

「侍が必要とされているところだ。有馬でも、平戸でも、そこから先でも」

「しかし、お主たち」

次郎左は戸惑って、港に目を向けた。堺に帰らなければ、揚銭をふいにしてしまうことになるが。

勘四郎が言った。

「明日、伊予灘を抜けて筑紫に向かうという船があるのです。その船の船頭と、話がつきました。筑紫まで乗せてもらいます」

勘四郎の指差す先に、昨日はなかった船があった。小三郎が乗ると言っていた船とほぼ同じ大きさの伊勢船である。

「雇いではなく、客として？」

「いいえ。でも飯は食わせてもらいます。何かあれば、闘う」

「筑紫に着いたら？」

小三郎が答えた。

「また別の船と話をする。平戸あたりに行く船があるかもしれん。それとも明に行く船になるか。長崎という港に行くことになるかもしれんぞ」

「そうしていずれ南蛮までか？」

「成り行き次第だな。侍が求められている土地に行く」

「南蛮の海に果ててもよいと？」

「かまわぬさ。どっちみち戦に負けて生き残った身。このあとの生命、余りものだ」

「それにしても」

小三郎は不敵な笑みを見せた。

「石積みが西南蛮まで行くというのに、侍が見知らぬ土地をおそれていても始まるまい。もしかすると、お主が乗る船に、おれたちも雇われることになるかもしれんぞ」

たしかに、と次郎左は納得した。

雇った侍が帰ってこない、と日比屋了珪は驚くかもしれない。でも兄弟たちのためには面白いことになったように思える。主君を滅ぼされ、どこの大名にも武将にも家臣として召し抱えてはもらえず、商人の雇い兵として生きる日々。それとて、雇いである以上、長くは続くまい。いつかはまた牢人者となる。どうせ雇いの牢人者、日銭稼ぎの侍、という境遇から出ることができないなら、多少は夢のある土地へ出てみるというのは手だ。小三郎の言うとおり、石積み職人さえ西南蛮へ向かおうという世である。侍が、自らの武芸の腕を買ってくれる場所を求めて遠方を目指すというのは、讃《たた》えられてもよいことではないか。

次郎左は、共感の微笑を小三郎たちに向けた。

「その意気、喝采《かっさい》したいくらいだ」

「短いあいだだったが、お主が気に入ったぞ」

「おれもだ」

「もし天の気まぐれがあるなら、また会おう」

「そうだな」

次郎左は願った。筑紫や平戸に、兄弟の期待するような働き口があることを。目の高い雇い主がいることを。まさかこの先、どこかの地で再会できるとまでは期待しないが。

次郎左が臼杵を伊勢船で出港したのは、九月末のことである。

こんどはまず日向灘を南下する航海だった。小さな伊勢船だったため、沖合を航行することはできなかった。船は日中ずっと右手に陸地を見るように航行し、日が暮れると手近な港か入江に入って投錨《とうびょう》した。

十二日目、それまで右手にうっすらと陸地を見ながら南下していた船が、西寄りに針路を変えた。地図を思い起こせば、船は九州の南端を大きく西に回り込んだのだ。これから船は島原の有馬を目指して、北に向かって走ることになる。

その日の午後に、右手に船影が見えた。乗組員たちがみな甲板に出て船に目を向けた。最初、白っぽい帆が見えただけのその船は、やがて水平線に船体を現した。ちょうど次郎左たちの乗る伊勢船の後方を、すれちがってゆくような針路だった。もっとも近づいたときには、それが南蛮船だとわかった。船首と船尾が海面から持ち上がっており、中央部分はへこんでいる。堺から乗った南蛮船とよく似ていた。

バリニャーノと同行の宣教師が、小声で何か話している。

次郎左は、バリニャーノの従者である日本人信徒のひとりに近づいて訊いた。

「ポルトガルの船ですね」

その日本人は言った。

「奴隷船でしょう」

「奴隷?」驚いて思わず聞き返した。「奴隷を、どこからどこへ連れて行くのです?」

「日本の人買いから買って、東印度あたりで売るのでしょうか」

南蛮船が奴隷を商いしている、という話は、これまでも聞いていた。しかし、そのような非道に従事している船をじっさいに見て、次郎左は自分が動揺したのを感じた。おそらくそれは、父から昔話を何度も聞いていたせいだろう。父は武田信玄の佐久への侵攻で捕虜となり、人買いに売られて、三年間、甲斐の金山で奴隷として働いたのだ。その時期の労働の過酷さは、筆舌に尽くしがたいものであったという。しかし幸運にも父は、穴掘り衆として武田信玄の軍勢に従ったとき、負け戦となった隙に逃げることができた。もしあのとき逃げていなければ、その後数年のうちに衰弱して死んだだろう、と何度も述懐していた。武田軍の軍馬よりも悲惨な身、それが奴隷とのことだった。次郎左はそれを、古い時代の東国の野蛮さを伝える話として聞いてきたが、ひとの売買はこの西国では、いまでも堂々と行われているのだ。

次郎左は、その船がやってきた方向がどこか、あらためて頭の中で地図を思い描いた。

バリニャーノが舷側《げんそく》から離れた。そのとき次郎左と目が合ったけれども、彼は無表情だった。そこに次郎左がいたことさえ、意識していないかのようだった。バリニャーノはそのまま次郎左の横を通り抜けて、船室に入っていった。

船が島原の有馬に到着したのは、十月も末近い日であった。次郎左は有馬にあるセミナリオに滞在し、なおラテン語や基礎の自然哲学を学びながら、長崎へ移動する日を待つことになった。

セミナリオでは、イエズス会がローマに派遣すると決めた四人の少年使節と引き合わされた。十二歳から十四歳の四人で、どの少年も愛くるしいが、その信仰がどれほど確固たるものかは判断しがたかった。

また少年たちのラテン語の水準は、次郎左よりも低いと思えた。漢籍の素養もほとんどないようだった。次郎左は、叡山の麓《ふもと》、坂本の里坊の老僧に読み書きを学んできた身だ。比叡山を信長が焼き討ちしたあとも、坂本周辺には還俗《げんぞく》したかつての僧侶たちがひっそりと生きていた。彼らからも読み書きを習い続けてきた。その次郎左から見て、使節と決まった少年たちはあまりにも幼く、頼りなげだった。

しかしそれはイエズス会が考えるべきこと。自分はただ、修業できるだけの言葉と自然哲学を少しでも多く、深く学んでおくべきだった。

セミナリオの院長から告げられた。長崎に移るのはほぼ三カ月の後であると。三カ月あれば、またかなりのことを身につけることができる。

西南蛮へと向かう日がきた。

天正十年一月二十八日である。西暦では一五八二年三月二十日だった。

イエズス会が大村純忠から事実上寄進された長崎という村である。狭い入江の奥の寒村だ。入江の海面へと突き出た岬の突端、その高台には和風の建築であるが、キリシタンの教会があった。いま、この入江のもっとも奥、陸側から言えば手前に、一隻の南蛮船が投錨している。

小舟が、岸と南蛮船とのあいだを行き来し始めた。南蛮船は、日の本とマカオとのあいだを定期的に航行している、ポルトガルのキャラック船である。堺から臼杵まで乗った船よりも、数倍大きい。四本の帆柱を持ち、乗組員の数だけでも二百人を超えるという巨船だった。前年の末に日本の港に入ってそのまま冬を越し、いま風が北東に変わったこの時期を捉《とら》えて、出国しようとしているのだ。すでに交易品は平戸あたりで積み込んでいるはず。日本を出るにあたり、最後にイエズス会士と遣欧使節団を乗せるため、長崎に回航してきたのだろう。

巡察師アレッサンドロ・バリニャーノが、見送りにきた多くのキリシタンにあいさつしている。彼の後ろに並んでいるのは、四人の少年たち。ローマで教皇に拝謁すべくイエズス会が西南蛮に派遣する使節たちであった。少年正使が伊東《いとう》マンショ、千々石《ちぢわ》ミゲル。副使が原《はら》マルチノ、中浦《なかうら》ジュリアン。四人とも有馬のセミナリオで学んだ第一期生である。

バリニャーノに従うのは、修道士のディオゴ・デ・メスキータ、ファン・サンチェス、日本人修道士のジョルジェ・デ・ロヨラの三人。ロヨラは二十歳で、少年使節たちの兄修道士という立場となる。

さらに使節に随行する鋳物《いもの》と金細工の職人として、年若い男がいた。西南蛮での印刷技術の習得を、イエズス会に指示されている。旅のあいだは、使節の従者になるという立場である。十五歳とのことだ。彼は西南蛮ふうにコンスタンチーノ・ドラードと呼ばれているけれども、キリシタンに改宗してはいない。

次郎左は、その使節一行とは少し離れた場所に立って、そのいくらか大仰な見送りの一部始終が終わるのを待っていた。

使節の少年たちはみな、丈の長い西南蛮ふうの僧衣を身につけている。

それまで着物で通してきた次郎左にも、西南蛮ふうの衣類が与えられた。僧衣とはちがって、むしろ船乗りたちが着ているものに近い。前を紐《ひも》で止める西南蛮ふうの麻の襦袢《じゅばん》、木綿の軽衫《かるさん》、それに羊毛地の上着である。足には、中国で沓《くつ》と呼ばれているものを履いた。ドラードも、次郎左と似た服装である。

　その西南蛮ふうの衣類は、最初だけ着心地が悪かったけれども、すぐに慣れた。むしろ身体を使う仕事には向いているとさえ思えた。たぶん自分は最低でも五年、こういった衣服を着て過ごす。そのあいだは、着物の袖に手を通すこともないだろう。

　波止のほうから、体格のいい中年の南蛮人がひとり、バリニャーノに近づいてきた。南蛮船の船長、イグナシオ・デ・リマである。

　バリニャーノが振り返ると、船長《カピタン》デ・リマはバリニャーノに言った。

「そろそろ出港したい。揃《そろ》ったのか？」

　バリニャーノが、難しい顔で首を振った。

「もうひとり日本人職人が乗る予定だった。現れぬ」

「現れぬ？　どうしてまた？」

「わからぬ。ここにきて、長旅が恐ろしくなったのかもしれぬ。逃げたか」

「信徒なのか？」

「いいや。改宗しておらぬ。だから、その職人がいてもいなくても、この使節には不都合はないが」

「なんという少年なんだ？」

「アグスチーノ」

デ・リマ船長は次郎左に目を向けて、バリニャーノに訊いた。

「その日本人は？」

「石積み職人だ。エウロパで石工に弟子入りする」

「おれは、その男がアグスチーノであってもかまわない。待つことはできない。もう船に乗ってくれ」

バリニャーノがうなずいて、次郎左に数歩近寄ってきた。日本人修道士ロヨラがすぐあとに従ってくる。

「あなたの名前をどうしても覚えられないのだが」

次郎左は言った。

「戸波次郎左」

「呼びにくい。これからは、あなたはアグスチーノだ」

意味がわからず、次郎左は聞き直した。

「は？」

「あなたをアグスチーノと呼ぶ。エウロパに行くのなら、エウロパに通じる名でなければ」

「でも」

バリニャーノは、問答無用という調子で言った。

「アグスチーノ、あなたはローマまで、あの使節の少年たちの身の回りの世話もするように。彼らはまだほんの子供ですから」

バリニャーノは振り返り、少年使節や従者たちにも言った。

「出港です。船に乗ります。さ、もう十分に別れは惜しんだ」

船に乗り込むと、すぐに帆柱には何枚もの大きな帆が広げられた。折からの北東の風が強くなった。大勢の船乗りたちが巻き上げ機に取り付き、錨を巻き上げた。船は風下側に少し傾きながら、ゆっくりと長崎の入江を南下し始めた。

次郎左は、長崎の村が見えなくなるまで、船尾の手すりに身体を預けていた。入江を抜けてしまうまでのあいだ、次郎左はいま自分が見ている風景に、何度も西南蛮式の城塞と城下町の様子を重ね合わせて想像してみた。セミナリオで見せてもらった版画で知る、すべて石造り、あるいは煉《ね》り瓦《がわら》積みの建物と城壁の様子だ。

それが現実のものとなる日は、いつになるだろう。

2

海の色が青から茶色に変わった。水に泥がまじってきたのだ。戸波次郎左は最初の寄港地マカオに近づいていることを確信した。

長崎を出てから十七日目である。つまり堺から臼杵までの航海より二日長い船旅だった。

昨夜、船長のイグナシオ・デ・リマが、明日にはマカオに着くだろうと告げていた。しかし、今朝がたに小島の影を見て、さらにその島々の密度が高くなってからも、なかなか大陸の姿が見えない。ほんとうにその日のうちにマカオに着くのか、不安さえ感じていたのだった。

しかし、海はもう泥水と言っていい。つまり船は大河の河口近くにきている。マカオという町は、漢土の南、珠江《しゅこう》と呼ばれる大河が最後に枝分かれして大洋に注ぎ出る土地の端にあるという。南北一里、東西は半里ほどの半島の上に拓《ひら》けているとか。ということは、この泥の流れてくる先のほうにマカオがあるのだろう。

目を凝らして見ても、大気は梅雨どきの近江のように湿りけを含んでいる。見通しは悪い。ほんの半里の先も、靄《もや》の中と見える。マカオが船の前方、どの方角に見えるのかすら見当がつかなかった。

船の舳先《へさき》に立って正面を見つめていると、すぐ隣りにいるコンスタンチーノ・ドラードが言った。

「あれじゃありませんか」

彼は使節ではなく、その随員という立場でこの船に乗った少年だ。諫早《いさはや》の出で、父親は金細工職人だという。西洋式印刷術を身につけるため、西南蛮に送られることになったのだ。いわば次郎左とは立場が同じである。いつしか次郎左は、同じ日本人の中ではこの八つ年少のコンスタンチーノと、もっとも親しくなった。ドラード、というのはポルトガル語で金細工師のことだという。つまり職業をそのまま苗字《みようじ》のように呼ばれているのだ。

使節の四人の少年とはちがい、コンスタンチーノは士分ではない。にもかかわらず彼は、日の本の歴史から習俗まで、もっとも知識を持っていた。かなり漢字の読み書きもできたばかりか、ラテン語もポルトガル語も、使節の少年たち以上に達者だった。

コンスタンチーノに、日本名を訊《き》いたことがある。異国名はどうにも呼びにくかったからだ。しかし彼は、教えてはくれたけれども、どっちみち西南蛮に行けば異国名で通さねばならないのだからと、日本名で呼ばれることを嫌がった。いまから異国名に慣れていたほうがよいと。だから次郎左は、コンスタンチーノの日本名がなんであったか、すでに忘れてしまっている。太吉《たきち》だったか、太平《たへい》だったか、たしかそのような名だ。

そのコンスタンチーノが指差す先に、何か靄とはちがう色合いのものが見えた。桑茶色。あるいは白っぽい土器色《かわらけいろ》だろうか。水平線よりわずかに高い位置に延びている。振り返ると、船員たちも同じ方向を指さし始めた。どうやらそこがマカオらしい。

使節団を引率するバリニャーノが後ろから次郎左たちに声をかけてきた。

「さあ、下船の用意にかかってください。子供たち《バンビーニ》の荷物をまとめてやって、身支度も整えて」

子供たちとは、少年使節のことだ。ときどきバリニャーノは、本気なのか冗談なのかわからない顔で、使節の少年たちをこのようにローマの言葉で呼ぶのだった。

次郎左はコンスタンチーノと目を見交わしてから、言いつけられた従者としての仕事をするために船室に向かった。

マカオは、城壁にぐるりと囲まれた都市だった。話には聞いていた、西南蛮の造りそのままの総構えの街である。ポルトガル人がおよそ七十年前の西暦一五一三年に初来航、その後極東貿易の拠点として、次第に都市としてのかたちを整えた。およそ三十年前に明国が正式にこの半島を開港、その四年後にはやはり正式にポルトガル人の居住地として認められた。船員たちの口ぶりではまるでポルトガルの植民都市のように聞こえたが、じっさいはあくまでもポルトガル人の居住が許されているというだけの明国の一部である。ポルトガルは明国に対して、マカオの地代を支払っていた。

船は半島の西側、泥の大河の中に錨《いかり》を下ろした。小舟が接舷《せつげん》して、ポルトガル人の港役人と見える男が船に乗り込んできた。役人が立ち去っても、すぐに下船ということにはならなかった。

小半時の後である。ようやく使節団に上陸が指示された。次郎左たちは、身なりを整え、バリニャーノに続いて船を降りた。地上に立つと、数日前から感じていた熱気と湿気が、重みさえあるものに感じられた。

岸壁では、マカオの総督や司教など、町の重要人物たちが待ち構えていた。僧服姿の男たちも五十人以上見える。宣教師や神学校の学生たちが大勢集まっているようだ。彼らはみな好奇心を隠すことなく、こちらに目を向けてくるのだった。

バリニャーノが、総督と司教とにあいさつしてから、その後ろに並んだ使節団を紹介した。

「イエズス会は、このとおり日本に於《お》ける布教の最初の段階を成功させました。ローマに派遣されるこの少年使節四人は、有馬のセミナリオで神学を学んだ最優秀の生徒たちであり、日本の西部地方での有力な武士階級の血筋の者たちです」

バリニャーノや少年たちと、総督、司教らとのあいだで、格式ばったあいさつが交わされた。

そのあいさつのあと、バリニャーノが使節団員たちに言った。

「わたしたちは、マカオではイエズス会の学院《コレジオ》に寄宿し、次はゴアに向かう船を待ちます。船が来るまでは、使節のみなさんは学院で引き続きラテン語と神学、音楽を学ぶことになります」

次郎左は訊いた。

「わたしは？」

バリニャーノは、次郎左とコンスタンチーノの顔を交互に見て答えた。

「同じように学院で学んでください。あなたたちも、ラテン語については使節の少年たちと一緒に。これとはべつに自然哲学の基礎を」

「出航はいつになるのですか？」

「まだわかりません。マラッカを経由してゴアに行く船が来るのを待ちます」

「数週間はこの町にいるのですね？」

「あるいはそれ以上かも」

「荷をほどいたら、そのあと町を見学してもかまいませんか？」

「明日にも、見学させます。今夜は総督の公邸で、使節団の歓迎の宴があります。あなたたちも、使節の従者として共に公邸に行くように」

町の見学は翌日、と言われたことは残念だったが、しかたがなかった。

使節団が、宣教師の先導で歩きだした。次郎左も最後に続いた。

町並みも、ひとびとの姿も、ひとびとの営みの様子も何もかもが珍しかった。下帯ひとつで編笠をかぶった男たち、頭に籠《かご》を載せた女たちの姿。天秤《てんびん》を担《かつ》ぐ行商人たち。つばの広い帽子に白い肌襦袢を身につけたポルトガル人たち……。

花なのか果実なのか、通りには強い甘い匂《にお》いも満ちている。さらにこれに、魚とか何か食品の匂いも混じっていた。熱気と湿気の次に次郎左が意識したのは、この南国のむせるほどの強烈な匂いだった。

次郎左は好奇心のあまり、ついつい周囲のことを忘れた。何度も通行人にぶつかり、一度は道の先を行く使節団一行を見失いかけた。

町に、石造りの建物がほとんどないことが意外だった。ポルトガル人の住む町である以上、ここも話に聞く西南蛮ふうの石もしくは煉り瓦造りの建物が建ち並んでいるだろうと期待していたのだ。しかし、ほとんどが木造、あるいは木造に泥壁という造りだ。

イエズス会の上級学院コレジオに着いたときも、いささか拍子抜けした。この学校も安土のセミナリオや臼杵の司祭養成学校ノビシャド同様に、木造だったのだ。修道院はサン・パウロと名付けられた教会に隣接していたが、こちらも木造である。

次郎左は、コレジオの外観を眺めわたしながら思った。

この町には、西南蛮の石造りの建物を建てる石工がいないのか。それとも石がないのか。

泥の海と州が広がる様子を思い起こせば、石がない、という理由が最大のものかもしれなかった。

その夜、次郎左は少年たちが風呂を使うのを手伝い、新しい服を着せ、さらに衣類の洗濯までしてやった。少年たちの身支度が整ったところで、総督公邸での宴に向かった。公邸はコレジオから南にほんの二町ほどのところにあった。白っぽい壁の、やはり木造の二階家である。

公邸では、使節の少年たち四人が総督にあいさつし、さらに総督や司教たちの前で、聖歌を歌った。声変わり前の少年たちの歌声は、部屋の隅で聴いていた次郎左にも、どこか浮世離れした美しさに聞こえた。

次郎左は、総督や司教と並んでいるバリニャーノのほうを見た。彼はいくぶん得意そうだった。自分の飼っている小動物でも自慢しているように見える。その物珍しさか躾《しつ》けを誇っているかのような。

翌日、朝食のあとに、使節たちはコレジオの宣教師に連れられて、マカオの町の主要な施設を見て回った。

コレジオのすぐ裏手には小さな丘があった。宣教師は、そこにも学院の施設を建てる計画があると教えてくれた。

学院の北側へ歩くと、ほんのわずかの距離で城壁にぶつかった。半島の左右から延びてきているのだ。

次郎左は城壁に近寄って、その造りを調べた。すぐに落胆した。やはり石積みではなかったのだ。泥壁である。泥に藁《わら》と貝殻、さらに粉にした石灰を混ぜ、撞《つ》いて固めたもののようだ。これでは弓矢や火縄銃の攻撃には耐えられても、大筒にはひとたまりもないのではないか。次郎左は長篠城攻防戦のとき、織田信長が徳川家康に贈った小型砲、異風筒《いふうづつ》の威力を目の当たりにしている。大砲によるマカオ攻めの様子を想像することができた。

城壁に沿って海側に進んでゆくと、木造りで、部分的に煉り瓦を積んだ城門があった。門の外側は砂州である。砂州のさらに北側には明国の関があって、ポルトガル人の進入が禁じられているという。宣教師からは、この門から外には出るな、とも注意された。

学院の北西の方向に、マカオでもっとも古いという教会があった。サン・アントニオ教会である。これは木と竹を材料につくられた建物だった。

半島の南東側には丘があり、ポルトガルの軍が要塞《ようさい》を築いていた。ギア要塞という名だ。この城壁も、基礎部分は石積みであるものの、全体としてはさきほど見た城壁と同じ築地《ついじ》である。要塞の規模も、近江周辺の砦《とりで》程度の備えと見えた。

その感想を口にすると、日本人修道士のロヨラが宣教師の話を通訳してくれた。マカオではポルトガル王室は明と敵対していない。このギア要塞も城壁も、むしろポルトガル人海賊に対する備えとのことだった。かつて珠江河口域一帯はポルトガルの海賊船によって荒らされていたが、ちょうど三十年前、ポルトガル王室艦隊がこれらの海賊を掃討して明国に恩を売ったのだ。ただ、いまでも明国沿岸の月港や双嶼港は、ほとんど海賊と変わらないポルトガル人たちの根拠地である。海賊の脅威が消え去ったわけではない。

その日、コレジオに戻っての昼食どき、コンスタンチーノがふしぎそうに訊いてきた。

「どうされました。何かお困りのことでも？」

次郎左はそう言われて我にかえった。

「いや、ただ、この街がまるで西南蛮ふうでないことに驚いたのだ。話に聞く西南蛮のような、石の街だとばかり思っていた」

コンスタンチーノは微笑した。

「だからわたしたちはわざわざ西南蛮に行くのでは？　マカオで済むことなら、わたしたちはここでの修業でよかったのです」

そのとおりだ。次郎左は自分の胸から落胆が散っていくのを感じた。

その日の午後だ。案内されたコレジオの教場に、木製の円錐《えんすい》が置かれていた。高さ二尺あまり、底面の直径が六、七寸ほどの大きさのものである。

次郎左は、自然哲学の教師であると紹介された中年の宣教師にラテン語で訊いた。

「これは、何ですか？」

教師は答えた。

「アポロニウスの円錐、という」

「何に使うものです？」

「この中に、四つの曲線が隠れている。それらの秘密を教えるものだ」

教師は円錐の頂部をはずした。真横に引っ張ることができたのだ。断面に現れたものは、円である。

「これが真円だ」

ついで教師は、残った部分からさらに斜めに切り取るように一部をはずした。

「楕円《エリプセ》だ」

さらに残った部分から、縦に一部をはずすと、そこに現れたのは大きくしなった弓のかたちの線だ。

「これが双曲線《ハイパーボラ》」

そして残ったものからまた一部をはずした。

「この線は、放物線《パラボラ》。わかるかな」

次郎左は正直に答えた。

「あとのふたつの線のほうがわかりませぬ。何を表しているのです?」

「きょう、これから教えよう。たしか石積みについて修業する職人だな?」

「はい。石造りの伽藍《がらん》や町を日の本に築くのが、修業の目的にございます」

「必須《ひっす》の知識じゃ」

次郎左は、その円錐をもとのかたちに組み立て直し、また部分をはずしてはそこに現れる図形と線とに見入った。面白いことを覚えることになりそうだと、その喜びを隠すことができなかった。問題は、自分がそれを理解できるかどうかだ。

マカオについて二十日ばかりたった日である。コレジオでの学課のない安息日だったので、次郎左は船着場のほうへと歩いた。コンスタンチーノと一緒だった。

南蛮船を見るのがこの頃の楽しみだった。ポルトガル人は、このマカオと明国、そして日の本とのあいだの航路を持っており、何隻《せき》もの船が行き来している。マカオとマラッカとのあいだにも、この航路だけを往復する船があった。マラッカから先、ゴアやポルトガル本国へはまたそちらをもっぱらとする船が往復しているのだ。逆に言えば、ポルトガルから直接マカオにやってくる商船はないのだという。次郎左たちは少なくともあと一回は船を乗り換えて、西南蛮を目指すことになる。

蔵の並ぶ河畔に出ると、ちょうど一隻がゆっくりと船着場に近づいてきた。

港の男たちが、船を迎える準備を始めた。マラッカからの船のようだ。

その船が船着場に着くと、ひとりの役人ふうの男が渡し板を駆け下りてきた。若い従者がついている。多少なりとも地位のある男なのだろう。

彼は港の役人のそばに近寄ってなにごとか言った。港役人は船着場から駆け出した。船から降りたばかりの役人ふうの男と従者も、港役人のあとに続いた。

何か大事でも？　と次郎左は思ったけれども、それがどんなことなのかはまったく想像できなかった。

その夜、バリニャーノはコレジオの食堂に姿を見せなかった。

三日の後だ。

コレジオの晩課のあと、次郎左が中庭に出ていると、コンスタンチーノが近づいてきた。あたりを気にしながら、何か言いたげな様子だ。

次郎左はコンスタンチーノが横にくるのを待って、石畳の歩廊を歩き出した。コンスタンチーノが並び、前を向いたまま小声で言った。

「お聞きでしょうか？」

「何も」

何か起こったらしいことは見当がつく。それもイエズス会の幹部が困惑するようなことだろう。先日来、バリニャーノの顔は暗い。いや、日本人修道士ロヨラや、メスキータ修道士らも。屈託がないのは、使節の四人の少年たちだけだ。

コンスタンチーノが歩きながら言った。

「ポルトガルの事情が変わったそうです。イスパーニャ国王のフェリペ二世が、ポルトガルの国王を兼ねることになりました」

次郎左は、コンスタンチーノには視線を向けずに訊いた。

「どういうことだ？」

「ポルトガルという国が、イスパーニャの属国になったということではないでしょうか。戦があったようではないのですが」

「戦もなしに、どうしてそういうことになるんだ？」

「詳しくは聞いていませんが、ポルトガル国王に跡継ぎがいなくて、近い血筋がイスパーニャ国王のフェリペ二世だったということかもしれません」

「だからといって、別の国の殿様が、ポルトガルの国王を兼ねるのか？　薩摩の島津が豊後の殿様を兼ねるようなものだぞ」

「少し奇妙には感じますが」

「ポルトガルというのは、おれたちが思っているほど、西南蛮では大きくも栄えてもいないということなのだろうか。威勢を誇っているのは、むしろイスパーニャのほうなのかな」

「並び立つ大国と思うておりました」

「どうであれ、それがおれたちに何か不都合になるのか」

コンスタンチーノの声にいくらか不安が混じった。

「じつは使節は、大友、有馬、大村のお大名からポルトガル国王宛《あて》の書状も託されているのです。エンリケ国王の名前が記された書状です。そのままでは、フェリペ二世に謁見《えっけん》することはできません。書き直した新たな書状を持って出直すことになるかもしれません」

「日本にいったん戻るというのか？」

「書状の宛て名がちがうのですから」

次郎左は溜《た》め息《いき》をついてから言った。

「それは使節の事情だ。おれたちは、ポルトガル国王が誰であろうと、西南蛮で修業する。引き返さずに、このまま西南蛮を目指すのでいいのじゃないか」

「バリニャーノさまがそう考えてくれるのならよいのですが」

正面からロヨラとメスキータが並んで歩いてきた。次郎左は会話をそこでやめた。いまはまだ、バリニャーノの判断を待てばいいだろう。それにいまからもし長崎に引き返した場合、つぎの出発は来年のまた同じ時期ということになりかねない。バリニャーノはそれを望むまい。この使節団の最大の目的はローマで教皇に謁見すること。ポルトガル国王の謁見は二の次の用件のはずだ。教皇へのお目通りをあとまわしにして、もう一方の用向きのかたちを取り繕うことは、あまり意味あることではない。

ロヨラたちとすれ違ってから、コンスタンチーノが訊いた。

「ほんとうに使節団と別れても、次郎左さんは西南蛮に行きますか？　たったひとりででも」

次郎左は明瞭《めいりょう》に答えた。

「行く」

「このこと、バリニャーノさまが少年たちに言うまで、知らんぷりしておきましょう。使節たちの都合は、わたしたちには無縁ですから」

戸波市郎太は、築地の端を近づいてくる武士の一団に目を向けた。まっすぐにこの石積みの場に向かってくる。七、八人の侍たちだ。みな旅装束だった。

自分に用だろうか。

市郎太は、築地の端で石を運んでいる三人の若い男たちに合図し、休むように言った。

天正十年（一五八二年）六月二日、摂津の南、堺の町の海岸寄りである。蔵が並ぶ岸壁の普請《ふしん》の場であった。築地の沖合には、十艘《そう》ばかりの伊勢船が停泊しており、その向こうには一隻のポルトガル船も見える。

戸波市郎太はこの一月から、安土を離れて堺に住んでいた。正月、安土城の石垣の一部が崩れ、見物人たちが大勢死んだ。このため信長の怒りを買い、安土を追放となったのだ。市郎太は長男の太一を後継として穴太衆《あのうしゆう》のあいだに残し、自分は堺の石積みのひとり親方として生きる道を選んだのだ。いま堺の小さな石積み普請の場で使っているのは、弟子の職人ではない。日銭稼ぎの男たちだった。

市郎太のいる場所からは見えないが、町の北側にはいま大型の安宅船《あたけぶね》や関船《せきぶね》が四、五十隻以上もつながれていた。織田信長配下の丹羽長秀《にわながひで》が、四国攻略のために近隣から集めた軍船である。その丹羽長秀の軍勢はいま、町の外の海岸にあるという。近いうちに堺から渡海してゆくことになるのだろう。

近づいてきた侍たちの一団から、ひとりが市郎太に声をかけた。

「穴太の戸波の親方を探しておる」

歳《とし》のころ三十なかばと見える、細身の男だ。

市郎太は、その武士に身体《からだ》を向けて言った。

「わたしめにございます」

その男が、あとに続いていた一団を示して言った。

「三河守《みかわのかみ》さまじゃ。長篠《ながしの》城での、そのほうの働きを覚えておられる」

「三河守さまが」

市郎太はその場に土下座した。

七年前の天正三年、奥三河の長篠城をめぐる戦いの折り、市郎太は信長に派遣されて長篠城の曲輪《くるわ》を拡《ひろ》げ、城壁を積んでいる。そのせいもあって長篠城は武田勢の猛攻にもよく耐え抜き、結果として織田・徳川連合軍による設楽《したら》ヶ原での勝利をもたらしたのだった。合戦のあと市郎太は徳川家康からじきじきに銀二十枚の褒美《ほうび》をもらっていた。

見覚えのある顔の男が、進み出てきた。当時すでにじっさいの年齢よりも成熟して見える武将だった。いま徳川家康には、風格とも呼ぶべき雰囲気が備わっている。信長とはまたべつの種類の、男としての器を感じさせる。

「よい、よい」家康は言った。「楽にしてくれ、親方。久しぶりだな」

ほかの家来たちにも促され、市郎太は立ち上がった。家康がそばにあった角材の山の上に腰を下ろして、市郎太にも斜向《はすむ》かいの木箱を示した。市郎太は遠慮なく木箱に腰をおろした。

家康が、市郎太を見つめて微笑した。

「右府《うふ》さまに、安土城で饗応《きょうおう》を受けた」右府とは、織田信長のことだ。正しくは前右《さきの》府と呼ぶべきかもしれないが、誤解する者もいない。「素晴らしい城であった。城下も見事。親方の仕事とか」

「石垣普請はわたしがやらせていただきました」

「親方はどこか右府さまに訊くと、ところ払いしたとのお言葉だった。堺にいると」

「普請で、大きな不始末をしてしまいました。尾張守さまのお怒りはごもっともに存じます」

「親方の積んだ石垣ではなかったと聞いたが」

「わたしが総棟梁《とうりょう》でした」

家康は小さくうなずいた。その責任の取り方は納得できる、という意味だろうか。

家康はいったん視線を築地の沖合に向けてから、続けた。

「右府さまには、都と堺を見ておくように勧められた。どちらも初めての土地。見聞大いに広まった。思うところも大であった。とくにこの堺の栄えぶりときたら、えらいものだ」

「わたしが若い時分に環濠《かんごう》の石を積んだときよりも、はるかに隆盛しております」

「鍛冶《かじ》職人たちが種子島《たねがしま》を作り、商人たちは西国や西南蛮との交易。宿も馬借も大賑《にぎ》わいで、大路には旅人、行商人、南蛮人の姿。正直申せば、堺を手にした右府さまがうらやましい」

「たしかに、これほど商いと職人仕事の盛んな町は、日の本にはさほど数はありますまい」

「安土では、キリシタンの坊主《ぼうず》からも、西南蛮の様子を聞いた。うるがんさまと呼ばれている坊主じゃった」

「存じております」

「石の城壁に囲まれた総構えの街とか、石造りの伽藍、高楼、水をひく長い石橋、石畳の道に、馬に曳《ひ》かせた車。大海原を越えてゆく大船、にわかには信じられないことばかりだった」

「以前、わたしもこの堺で、ザビエルなるお坊さまから、西南蛮の様子をいろいろ伺いました」

「それで相談なのだ」家康は上体を屈《かが》めてきた。「親方が安土から離れたとなれば、このわしが親方に石積みを頼んでも、誰にも迷惑はかかるまい。やってもらえるだろうか」

「浜松城にございますか？」

「いや。駿府《すんぷ》じゃ」

「駿府？」

「城変えしたのだ。先般ようやく、積年の武田との争いにも決着がついて、武田は滅んだ」

そのことは聞いている。この三月、徳川勢に織田勢も加勢しての甲州攻めで武田がたは瓦解、寝返りも相次いだ。追い詰められた武田勝頼《かつより》は甲斐《かい》の田野で自害し、武田家は亡《ほろ》びた。勝頼が自刃《じじん》して果てたとき、彼につき従っていた家臣、女たちはわずか三百であったという。市郎太はその報《しら》せが堺にもたらされたとき、佐久の志賀城を武田信玄に攻められて一族が滅んだときのことを、いやでも思い出さないわけには行かなかった。男たちは皆殺しとなり、女と年少の男は売られた戦い。市郎太の運命を変えた戦のことを。

武田家は滅んだのだ……。

ふと気づくと、家康が不思議そうに市郎太の顔を見つめている。

市郎太はあわてて言った。

「失礼いたしました。武田が滅んだと聞いて、思い出すこともいくつかあったものですから。して、駿府に安土城のような城を、ということにございましょうか」

「というよりも、駿府をこの堺のような町としたい。ポルトガルとの交易ができる港町じゃ」

「つまり、城下は総構えで、港のある町ということになりますか」

「港は南蛮船も出入りできるような。海から堀を引き、大船も岸につけるような港じゃ」

思いがけない求めに、市郎太はとまどった。

「わたしはすでに穴太衆の棟梁から身を引きました。いまはこのとおり、堺でごく小さな石積みだけを手がけております。そのような大普請、手に余ります」

「面白うないか?」

「いえ。働きがいのある普請とは存じます。ただ、わたしにはもう」

家康は、手近にあった棒を拾うと、市郎太の言葉が耳にはいっていなかったかのように地面に図を描き始めた。

「南蛮船も着く港といっても、駿府は堺のような地のかたちではない。安倍川という川が駿河の海に流れこんでおるが、これがときおり暴れる。ただ、流れを変え、うまくこの川をなだめることができれば、このように堀と組み合わせ、大船も岸に着ける港となるのではないか」

「港の守りは？」

「入り口に、西南蛮ふうの付け城を築くことになるか」

市郎太がその図を見つめたまま黙っていると、家康は不安そうな顔になって訊いた。

「やってはもらえぬか」

市郎太は、頭を下げて言った。

「申し上げましたように、いまはひとりの石積み職人。これほどの大普請は無理にございます。また、南蛮船も入る港の造り、よう承知いたしませぬ」

「ううむ」と、家康は頭をかいた。「かといって、穴太のほかの親方には、この普請はできまい。そのほうの息子も、安土で右府さまの普請にかかりきりだな」

息子と言われて、思いついた。

「駿府のその普請、いつごろから始めるお考えにございますか？」

「一、二年のうちにはかかりたいが」

「わたしには、もうひとりの息子がおります。設楽ヶ原の合戦の折りにお目通りいただきました」

「あのとき親方に従っていた若党か」

「はい。次郎左と申します。次郎左はいま、尾張守さまの命を受けて、西南蛮に向かっております。西南蛮の石積みの技を身につけるためでございます。四年か五年の後に帰って、尾張守さまの新しい城と城下を造ることになっております」

家康の目が輝いた。

「親方の息子のひとりが、西南蛮で修業してくるということかな」

「西南蛮のような石造りの城を、日の本に造るためにございます」

「帰ってくるのが、四年か五年の後？」

「どうしてもそのぐらいの修業となるかと」

「そして、右府さまの新しい城と城下を築くのか」家康は、横に立っている配下の武士に目を向けて苦笑した。「駿府に来てもらえるのは、十年後か」

「お役には立てませぬか？」

「いや。親方の息子を当てにできるとわかっただけでもいい。十年などあっと言う間だ。それまでは、なんとか使える石積み衆でしのいでおく」

「せっかくのお話、申し訳ございませぬ」

「なんの。しかし息子の次郎左とは、もう約定《やくじょう》じゃ。必ずわしの城を築くと」

家康が立ち上がって、沖合のポルトガル船に目を向けた。

「その次郎左には、この件伝わるのか？」

市郎太もポルトガル船に目をやった。あの船はたしか、明日イエズス会の宣教師たちを乗せて臼杵《うすき》に向かうはず。彼らに手紙を託せば、教団を通じていずれ次郎左にも届くのではないか。

「はい。帰った後は三河守さまの城も築くことになったと、伝えておきまする」

家康が棒きれを放って立ち上がった。市郎太も、木箱の上から腰を上げた。

家康がまた市郎太に顔を向けた。

「親方ほどの棟梁、いっそ召し抱えてもいい。どうだ？」

市郎太は、あらためて深く頭を下げた。

「ありがたいお言葉とは存じますが、職人として大きな過《あやま》ちを犯してしまった身にございます。いま以上は望みませぬゆえ」

「そうか」

市郎太の応《いら》えに、家康は少し残念そうであった。ここまでいい条件を出したのに、という想《おも》いが見えた。

「わからぬでもない」

家康は供の者たちをうながすと、その場から立ち去っていった。

市郎太はその場で一行を見送った。築地の蔵の陰へ消えるまで、家康は沖合のポルトガル船に何度も目を向けていた。

一行が見えなくなってから、市郎太は雇いの者たちに石積み作業に戻るよう指示して、自分は日比《ひび》屋了珪《やりようけい》の店へと急いだ。次郎左への手紙の件、急がねばならない。

堺の町の大小路に出たとき、武士の一団とすれちがった。数は十ばかりだ。さきほどの徳川家康の一行とはちがい、みな汚れた身なりで、髭《ひげ》も伸び放題、月代《さかやき》も剃《そ》ってはいない侍たちだった。

堺は信長から、町としては雇い兵を持つことを禁じられていた。しかし大商人たちはそれぞれの店で雇い兵を使っている。だから町の中でも侍の姿はごく当たり前に見られるのだが、この男たちは雇い兵たちではない。戦場からやってきたばかりとも見える。放つ気配が荒《すさ》んでおり、とげとげしかった。うっかり肩でも触れようものなら、たちまち刀を抜かれそうな空気がある。

そこまで考えてから、思い至った。これは武田の侍たち？　主《あるじ》が倒れ、家康に召し抱えられることもなく、牢人者《ろうにんもの》となった侍たちか？

だとすると、いまこの狭い堺の町に、戦いの勝者と敗者の双方が、同時にいることになる。お互い、相手の存在を知っているかどうかはわからないが。

櫛屋町の日比屋了珪の店に入ると、了珪が帳場から顔を上げた。

市郎太は了珪に訊いた。

「いま沖にあるポルトガル船で、キリシタンのお坊さまが臼杵に向かわれますな？」

「ええ。三人、都にいらしたお坊さまとそのおつきの方たちですが」

「次郎左に手紙を送りたいのですが、お坊さまたちに託すことはできましょうか」

了珪は面食らったようだが、すぐに言った。

「そりゃあ、イエズス会の一門を通じての旅。どこかで渡すことはできましょう。ローマで追いつくことになるかもしれませぬが。しかし、どのような手紙を？」

「いま三河守さまにお目にかかりました」

「堺の見物にいらしていますな。お供三十人とか」

「三河守さまのお城と城下の石積み普請を頼まれました。わたしはもう城普請はできませぬが、次郎左のことを話すと、西南蛮から帰ったらぜひにもと。そのことを、次郎左に伝えておきたいのです」

「駿府のことですかな」

了珪は徳川家康が城変えしたことを知っているのだ。市郎太はうなずいた。

「ポルトガルとの交易もできるような港町にしたいと」

了珪はにやりと笑みを見せた。

「堺にならいたいということですか」

「この町の賑わいに驚かれていたご様子でした」

「わからんでもありません。筆をお貸ししましょうか」

「わたしはすっかり字も忘れてしまいました。代筆をお願いできますか」

「手代にやらせましょう。書き終えたら、わたしからお坊さまに託しておきます」

市郎太は、了珪の店の手代に口述して、次郎左宛の手紙を書いた。

要旨はこのようなものである。

この手紙が届くころ、お前はもうローマに着いているであろうか。

　さて、お前も一度設楽ヶ原で会ったことのある徳川三河守さまが、甲斐の武田氏との長年の争いについに決着をつけた。武田氏は滅び、三河守さまの威名が轟《とどろ》いている。その三河守さまが、お前に駿府の城と城下を西南蛮の様で築いて欲しいとのこと。帰国後、尾張守さまの普請のあとは、三河守さまの依頼を受けるよう。
　そのときのために、修業に励むように。

　口述したあとに、ふともうひとりの武将のことを思った。織田信長家臣の羽柴秀吉。普請と作事とに詳しく、早いうちから市郎太の腕と技を買ってくれた男だ。一度は信長から市郎太の生命を救ってくれたこともある。彼の居城である長浜城の石垣も積ませてもらった。信長の家臣の中ではもっとも勢いのある武将であり、諸将からの信望も篤《あつ》いとか。いずれ彼も、北近江程度の地では狭くなり、長浜から出るときがくるにちがいない。そのうちにはどこか国ひとつの支配を任されるようにもなるのではないか。そのとき羽柴秀吉は、誰に自分の居城と城下の建設をまかせることになるだろう。日の本の様の城と城下でよいなら、長男の太一が受ける。もし秀吉の望むものが西南蛮の様のそれであるなら、家康のために普請したあとに、次郎左が引き受けることになるだろうか。

いずれにせよ、と市郎太は思った。次郎左が無事に西南蛮での修業を終えて帰ってくることが前提であるが。

手紙は了珪を通じてイエズス会の宣教師に託した。次郎左の船は四カ月ばかり先行して西南蛮に向かっていることになるが、遅くともローマでは次郎左に届くだろう。そのころ次郎左は、誰かローマの石積み親方のもとで、修業中のはずである。

店を出るとき、ふと思い出して市郎太は了珪に訊いた。

「さきほど、牢人者と見える侍たちと行き合いました。戦場からまっすぐやってきたばかりのような男たちと見えましたが」

了珪は言った。

「武田のお侍でしょうな。このところ和泉では、ちょくちょく見るようになりましたから」

「雇いの口を求めて？」

「四国で戦が始まる様子です。長宗我部《ちょうそかべ》さまのもとに雇われるか、丹羽さまの軍勢に入るか、いずれにせよ堺には口がございます。しかもこのところは、南蛮あたりでも侍を求めるところが出ておるとか。明日出る南蛮船にも、お侍たちが乗ってゆくそうです」

了珪はふと笑った。何か愉快なことでも思いだしたのか？　市郎太は首をかしげて、了珪の次の言葉を待った。

了珪は言った。

「うちでも北近江の浅井《あざい》の一族の牢人者を使っていたのですが、ほら、次郎左さんの乗ったポルトガル船の用心棒として乗せてやったら、それっきり堺には戻ってきませぬ。おそらく西国で、どこかもっといい雇い主を見つけたのでしょうな」

次郎左たちがマカオに到着してから、三月の日が過ぎた。

「いったいいつまでここで待つんだ？」

次郎左は嘆きの声をもらした。

学院を見下ろすモンテの丘の上だ。隣りには、コンスタンチーノがいる。

マカオ出航の日については、まだバリニャーノからは何の通知もない。このあいだにマラッカ航路の船がもう何隻もマカオに着いては、またすぐに出航していった。しかしこのとおり、使節団はなおマカオに留まったままなのだ。

しかもバリニャーノは、ポルトガル国王が変わったことを、使節の少年たちには告げていない。つまり、いったん日本へ引き返すことになるかもしれないとは、少年たちに知らせていないのだ。学院でも彼らは無邪気なものである。言葉以上に、音楽を熱心に学んでいる。オルガン、クラボ、ビオラといった楽器と、歌である。四人とも、それぞれ楽器はかなりの上手となっていた。バリニャーノは教皇の前で、少年たちに滑らかなラテン語であいさつさせようとしているという。しかしじっさいには教皇が称賛するのは、彼らの音楽の腕のほうだろう。次郎左はもちろん音楽は学んでいない。

次郎左は、コンスタンチーノに顔を向けて続けた。

「ローマまでは、うまくいっても半年はかかるかという長旅、ここに三カ月も腰を据えている暇はないと思うのだが」

コンスタンチーノが言った。

「焦《あせ》らずとも、いつか着けます。ここにいれば、そのぶん十分に備えの勉学ができる、とわたしは考えることにしています」

まったく彼は、と次郎左は思う。子供のくせに、ときに自分よりも大人と思える。本来の気質なのか、みずからの身に起こるすべてのことを達観して受け入れている。ものごとがうまくゆかないからと焦らない。じたばたしない。天を呪《のろ》わない。次郎左にはなかなかできぬことだ。

次郎左は確かめた。

「国王が変わった件、使節の少年たちにはまだ秘密なのか？」

「明かしていません」とコンスタンチーノ。「話すなと、宣教師や信徒たちにはお達しがあったそうです」

「学院を出れば、ポルトガル人はふつうに話している」

「少年たちは、耳にしていないようです」

「やっぱり一度引き返して、新しい書状を書いてもらうのかな」

「バリニャーノさまは、いよいよの場合、新しい書状を、ロヨラさまに書かせようかと考え出したようです。ロヨラさまは筆が達者ですから」

「お大名がたの名を騙《かた》って？　それをするぐらいなら、先王の名の記された書状を持ってゆき、宛て名がちがうのはしかじかの理由でと、正直に話したほうがよくはないか？」

「西南蛮の礼法に背くのかもしれません。それより」

コンスタンチーノはこの話題には深入りしたくない様子だった。

「マラッカに出発できぬのは、使節一行十人を乗せてくれる船がなかなかみつからないせいかもしれません。いまはどの商船も、船に積めるだけの荷を積んで行き来しています。十人の人間を運ぶことを、船主は嫌がります」

「船さえ見つかれば、バリニャーノさまはいつでも出航する腹か？」

「長崎から乗ってきたあの船、デ・リマ船長は、ローマまで乗せて行ってもいいと言っていたそうです」

「大きな船だった。あれなら、十人の使節団を乗せても余裕があろうな」

「ただ、あの船がマカオにもどってくるのは十月ごろとか」

「四カ月先か」

「たとえ書状の件が解決したとしても、わたしたちの出航は十月よりもあと、デ・リマ船長の船が戻ってきてからになるのかもしれません」

コンスタンチーノがそのように読んでいるなら……。

次郎左はあと四カ月じたばたせずに学業に専念することに決めた。幾何学は存外に面白い学問とわかった。しかも自分の修業と仕事に直接役立つ。これを十分に学ぶため、次の四カ月を使うのは悪くない手だった。

ふと信長のことが思い出された。

お屋形さまは、自分の新しい城と城下の建設がどうしてもあと四年か五年後になってしまうことについて、焦りはないのだろうか。あのかたは、ひと一倍いらちなのだ。五年という時間は、お屋形さまには途方もなく長かろうに。

その報せは、市郎太が家康と対面した翌日に堺に届いた。夕刻近くになってからのことである。

石積み普請の場に日比屋了珪の手代が駆けつけて、教えてくれたのだ。

「右府さまが討たれました！　都の本能寺で」

市郎太は、手代の言葉を聞いてしばらく声も出なかった。その意味がわかるまで、少しのあいだ時間を要した。

やっとの想いで、市郎太は手代に訊いた。

「して、討ったのは？」

「惟任日向守《これとうひゅうがのかみ》さまです。中国へ向かえと右府さまに命じられ、軍勢を動かしておりました」

明智光秀さまか。あの光秀さまが、主君を討った。なんとまあ大胆なことを。

市郎太は光秀が信長に坂本をまかされたとき、琵琶湖畔の坂本城の築造に関わったことがある。普請時、言葉も交わしている。どこか暗い顔だちで、智将という印象の人物であった。とても主君を裏切るような、大それたことをなす人物とは見えなかったが、何かべつの事情もあったのかもしれぬ。

で、信長さまを討った明智さまが、安土城の城主となるのであろうか。いや、信長配下のほかの武将たちは、これにどう対処するのであろう。明智さまに従うのか、それとも歯向かうのか。とくに、いま中国を攻めている羽柴秀吉さまと、堺のすぐ北にいる丹羽長秀さまは。さらに今朝まで堺にいたはずの徳川家康さまは？ 忠臣の羽柴さま、幼馴染《おさななじ》みとも言える丹羽さまは無論のこと、信長さまとの交誼《こうぎ》の厚さを思えば、家康さまも明智さまの謀叛《むほん》を許すはずもないと思えるが。

市郎太は了珪の手代に言った。

「もっと詳しいことがわかりましたら、どうぞ教えていただきたい。そう日比屋さまにはお伝えください」

大商人たちは、集まりを持つと決めたらしい。堺に届く報せが断片的で、いまひとつほんとうのところがわからない。商人たちそれぞれのもとに届く報せを持ち寄って、何が起こっているのか見極めようということである。おそらく今夜は、堺は木戸を早目に閉じることになろう。商人たちの雇い兵たちも、木戸と柵《さく》の内側で合戦に備えるはずである。

了珪の手代が去ってから、市郎太は雇いたちにきょうの作業は中止と伝えた。

築地の沖に目を向けると、昨日はそこにあったポルトガル船の姿は消えていた。イエズス会の三人の宣教師たちを乗せて、臼杵へと発《た》ったのだ。宣教師たちには、次郎左に宛てた手紙を託していた。それは信長さまが存命であることを前提にして書いたものだった。

ことがはっきりし、ものごとが落ち着くところに落ち着いたら、次郎左にはあらためて手紙を書く必要がある。とりあえず、信長さまとの約束はなきものとなったと。たぶん使節のローマ行きそのものは、信長の死があろうとなかろうと続くはずである。イエズス会が後ろ楯《だて》となっての次郎左の石積み修業も、とりやめとなることはないと思えた。

それにしても、と市郎太は首を振った。わからん。あの信長さまが討たれたのだ。世の中はこの先どうなるか、まったくわかったものではなかった。次の手紙を書くのは、そうとうに先のことになるかもしれん。

大小路に出たとき、堺ではあまり見たことのないものを見た。甲冑《かっちゅう》をつけた侍たちが、三十人ばかり木戸の方角へ駆けていったのだ。そのうちの五人は、種子島を担《にな》っていた。

丹羽長秀の軍勢は、おそらくすでに都に向かっただろう。畿内では、国衆や土豪たちもそれぞれの思惑から兵を動かすにちがいない。

今夜は、了珪の屋敷に泊めてもらうのがよいかもしれない。

八月となった。

雨期もとうに終わり、マカオは連日猛暑が続いている。次郎左がこれまで体験したことのない暑さだった。日中、日向《ひなた》では、石積み仕事などとてもできそうもない。小半時も続けたなら、ひとは気を失って倒れてしまうことだろう。木陰で、じっとしているのがいちばんだ。汗もかく。一日着ていれば襦袢《じゅばん》は濡《ぬ》れ雑巾《ぞうきん》となるのだ。次郎左は毎日のように麻の襦袢や下帯を洗った。もちろん使節の少年たちの分も含めて。

その日、コレジオの外の木陰で休んでいると、バリニャーノが近づいてきた。その横にはロヨラだ。日本人のロヨラを伴っているということは、深刻な話題なのかもしれない。

バリニャーノが言った。

「きょう長崎から船が入りました。あなた宛の手紙があります」

バリニャーノが油紙の包みを取り出し、中から折り畳んだ紙を渡してくれた。

白い表紙部分に、筆で「戸波次郎左殿」と記されている。その左右の余白には、欧文手書きの文字。字体と字の大きさから、少なくとも三人がこの宛て名に注を書き加えているようだ。

次郎左はすぐに開いて中を読んだ。父からだった。父が堺から出したものだ。

徳川家康と会ったという。次郎左自身、設楽ヶ原では父と一緒に家康と対面している。父は書いていた。家康の駿府の城造り、城下造りを約束した、帰国後は信長の新しい城を築いたあと、家康の依頼を受けるように、とのことだ。

次郎左は苦笑した。父は、そんなにも先の自分の請負うべき仕事まで決めてしまったのか。相手に約束してしまったのか。もっともそれが家康だからであろう。一度次郎左を含めた穴太衆の仕事ぶりを褒め、銀までくれた武将だ。ほかの人物とはちがう。次郎左が引き受けるのは当然というつながりでもある。

読み終えて気がついた。バリニャーノが木陰に立ったままだ。何か言いたげにも見える。次郎左が手紙を読み終えるのを待っていたのか。

「お父上からですね」とバリニャーノが訊いた。「何か大事ですか？」

「いえ」次郎左は答えた。「帰国後のことです。徳川三河守というお大名の城造り、城下造りの仕事を受けるようにとの指示です」

「それだけ？」

「はい」

「日付はいつです？」

次郎左は手紙の末尾を見た。

「今年の六月一日です。日の本の暦で」

「じつはわたしのもとにも、日本の同僚から手紙がありました。織田信長さまが、家臣の謀叛に遭って死んだそうです」

次郎左は瞬《まばた》きして、バリニャーノと通訳してくれたロヨラの顔を交互に見た。いまロヨラが言ったとおりのことを、バリニャーノがほんとうに口にしたのか？

ロヨラがうなずいた。

「言葉どおりです」

「お屋形さまが討たれた？」

「日の本の暦で」とバリニャーノ。「六月二日の未明に、明智光秀という家臣が、都の本能寺にいた信長さまを襲ったのです」

「その報せは、いつのものです？」

「七月十日、長崎で書かれています。明智光秀は、六月十二日に都近くで羽柴秀吉の軍勢に大敗、明智光秀は死んだとのことです」

次郎左はよくわからないままに訊いた。

「いま日の本はどうなっているのです？」

「畿内は混乱しているのでしょう。イエズス会の宣教師は、信長さまの後継が誰になるか、見守っているそうです」

「わたしはローマに行けるのですか？」

「行けます。わたしは、ポルトガル国王が変わったということで、動揺しすぎました。そして日の本からはこの報せ。西も東も、確かなことなど何一つないのです。いちいち動じていては何も始まらない。船が手配でき次第、マラッカに向かいます。デ・リマの船が帰って来たら、乗せてもらうことになるでしょう」

バリニャーノはくるりと背を向けると、大股《おおまた》にその場から立ち去っていった。ロヨラが小走りに続いた。


そのデ・リマの船が再びマカオに入ってきたのは、十月ではなく、十一月のなかばだった。予定よりもひと月以上遅れてのことになる。

その報せがコレジオにまで届き、次郎左はコンスタンチーノやロヨラと共に船着場へ向かって駆け出した。バリニャーノさえも、僧服の裾《すそ》を持ち上げて駆けた。

船着場はほかの船に占領されていた。デ・リマの船は川の中ほどに錨を下ろしている。何度か小舟が船着場とのあいだを行き交った。デ・リマが降りてきたときは、バリニャーノが駆け寄って抱擁した。

航海士や上級の水夫たちが降りたあと、八、九人の若い男たちがまとまって小舟に乗ってきた。着ているものこそポルトガル人水夫のものと同じだが、顔だちや背格好は明らかに東洋人のものだった。長い髪を後頭部でまとめている者もいる。みな腰に大小の刀を差していた。

侍たちか？

次郎左が怪訝《けげん》な想いでその男たちを見ていると、小舟の舳先《へさき》近くにいる男の顔が輝いた。

次郎左も思い出した。

瓜生小三郎《うりゅうこさぶろう》だ。

小三郎の後ろで、べつの男も表情を変えた。

勘四郎《かんしろう》だ。

ふたりがなぜこの船に？　同じ小舟に乗っている侍ふうの男たちはいったい何だ？

船着場に小舟が接岸し、小三郎と勘四郎が船着場の板の上に駆け上がってきた。

「次郎左！」と、小三郎が無精髭の下の顔をくしゃくしゃにして寄ってきた。続いて勘四郎も。

思わぬ再会に、次郎左もすっかり頬がゆるんだ。

「お主たちはどうしてまた」

「平戸から乗った。明の船に乗っていたが、この船の船長が雇ってくれたのでな」

「うしろの侍たちは？」

小三郎は振り返ってから言った。

「武田の牢人者たちだ。流れ流れて、平戸に来ていた。おれが外国船に慣れていることを知って、どこにでも連れていってくれと」

「では、お主が大将なのか」

「ただの徒頭《かちがしら》と言うだけよ。おれは、牢人となってからの年月は長い。戦いの場数も踏んできた。だけど武田の連中は、いわば牢人としてはひよっこだからな」

「顔つきまで、ちがって見えるぞ」

「日に灼《や》けたせいだろう」と小三郎は白い歯を見せて笑った。「マラッカまでの海が、危ないそうだな。おれたちが役に立つ」

「あの船に乗り続けるのではないのか？」

「約束はマカオまで。ここで新しい雇い口を探す。それより」

小三郎は次郎左の全身をみやってから、怪訝そうな顔になった。

「西南蛮に行くのではなかったか？　とうに向こうに着いていておかしくはないのに」

「この船を待っていたんだ」

「いまどこに？」

「イエズス会の塾だ」

「町を案内しろ。風呂と酒と女が欲しい」

「詳しくは知らぬ。まずはそこの蔵のある通りの裏手に回れ。旅籠《はたご》はいくらでもある」

「今夜でも会えるか？」

「もちろんだ」

そこにバリニャーノとデ・リマが近づいてきた。小三郎は、あとでな、と言うようにうなずいてその場から離れていった。

バリニャーノが言った。

「この船長の船で、インドのゴアまで行くことになりました。船長は、この町の商人たちと交渉し、ゴアまでの積み荷を引き受けます。いろいろ支度もありますが、来月には出発できるでしょう」

デ・リマが言った。

「アグスチーノ、また乗せてやるよ」

「次郎左です」と、次郎左は訂正した。

「言いにくいんだ。こんどはゴアまで。大きな町だぞ」

「楽しみにしています」

その夜、次郎左は船着場近くの宿で小三郎勘四郎の兄弟と、酒を酌《く》み交わした。次郎左は酒がとくべつ好きなわけではなかったけれど、小三郎たちに合わせたのだ。彼らは侍だ。それも雇いの。酒でも飲まなければ気持ちもすさむという生き方をしている。それは承知していた。

小三郎たちは、マカオに着いて半日もたたぬというのに、早々に新しい雇い主を決めていた。それもマラッカ行きの船ではなかった。セレベス海南部のマルク諸島に向かう船に乗るのだという。九人まとめてだ。そこにはポルトガル人が香辛料のクローブ、メイス、ナツメグの交易のために築いた要塞、ティドーレがある。マルク諸島では現地のスルタンとポルトガル人とのあいだが険悪で、いつティドーレ要塞が襲われてもおかしくはない状況にあるとのことだ。もしかするとティドーレに着いたあとは、要塞の雇い兵になるかもしれない、と小三郎は言った。それをけっしていやがってはいない口調でだ。三日後の出航とのことである。

勘四郎が横で、兄のこうした言葉を愉快そうに聞いていた。


じっさいに次郎左たちがマカオを出航したのは、ひと月半の後である。ユリウス暦では一五八二年の十二月三十一日だった。

ヨーロッパではこの年の二月二十四日にユリウス暦に代わるグレゴリオ暦が発布された。切り替えはこの年の十月五日であり、この日が新暦の十月十五日となったのである。しかしマカオにはまだ新暦公布の報せは届いていない。次郎左はもちろん、ポルトガル人たちもイエズス会士たちも、ユリウス暦でこの日を記憶したのだった。すなわち一五八二年の大晦日《おおみそか》であると。

デ・リマの船がマラッカに着いたのは、翌年のユリウス暦一月二十七日である。ほぼ一カ月の航海だった。

3

使節団がマラッカを経由して、インドのコチンに着いたのは、マカオを発《た》ってからおよそ三カ月後のことであった。

そのコチンでも、また風待ちが続いた。風が変わらないままにやがて雨期となって、出航はいよいよ延びた。

コチンに到着してちょうど七カ月後、ようやく雨期が終わり、出航となった。ユリウス暦では一五八三年の十月三十日である。和暦では天正十一年の九月二十五日だった。

このあいだに、バリニャーノにはアジア管区長としてゴアに留まるよう、ローマ教皇庁からの指示が来ていた。引率者としてのバリニャーノの役割が終わるのである。

日本では、次郎左の兄、太一が、羽柴秀吉から大坂城の石垣普請《ぶしん》をまかされ、穴太《あのう》衆《しゅう》の棟梁《とうりょう》として大坂・石山の本願寺跡で大規模な平城の建設にかかったところだった。次郎左のもとには、その報《しら》せはまだ届いていない。

コチン出航から十二日後、次郎左たちの乗るデ・リマの船はゴアに到着した。ゴアはインド西海岸のマンドウィー川河口の島に建設されたポルトガルの植民都市である。

一五三〇年、ポルトガル領インドの首府はコチンからゴアに移され、インド総督あるいはインド副王がアジアの全植民地を統治することとなった。ローマ教会の大司教座も設置され、アジアに於《お》けるカトリックの中心都市ともなったのである。ゴアが、東のローマ、と呼ばれるゆえんのひとつだ。

ゴアとリスボンとの間には定期航路が開かれている。ただしポルトガル人だけがこの航路を使ったわけではなく、イスパーニャやイタリア諸国の商人たちもこれを利用した。繁栄ぶりは、マカオやマラッカの比ではなかった。

船は、島の西端からゆっくりとマンドウィー川をさかのぼっていった。大地はココ椰子《やし》の樹林に覆《おお》われていたが、やがて湿気の多い大気の向こうに、その都市が姿を見せた。これまで寄港してきたどの都市にも似ていない街である。川岸には延々と船着場が造られ、多くの船が繋留《けいりゅう》され、小舟が行き交っている。その沖合には、明らかに軍船と見える船も二隻《せき》、停泊していた。船着場の奥には石積みと見える城壁があって、島の東方向へと長く伸びている。城壁の奥には、いくつもの尖塔《せんとう》や、大きな建物の三角屋根が見えた。船着場の周辺にいるひとびとの姿は、マカオやマラッカよりも多様と見える。服装がまちまちだった。

ポルトガル船が五、六隻まとまって投錨《とうびょう》している川岸前まできて、デ・リマの帆船も帆を下ろした。すぐ錨《いかり》が投じられ、船は舳先《へさき》を川上に向けたまま止まった。真正面の船着場の奥には、城門があった。石造りの角柱型の塔のあいだに、アーチ型の出入り口がある。まちがいなくエウロパ様の造りだ。

船に近づいてきた小舟に、航海士が乗り込んでいった。使節の少年たちも、すでに甲板に出て、下船を待っている。身支度や荷造りは次郎左とコンスタンチーノが手伝って、すでに済ませていた。

やがて航海士が戻ってくると、報告を聞いたデ・リマがバリニャーノに言った。

「使節一行はサン・パウロ学院へ。今晩、副王ドン・フランシスコ・マスカレーニャスさまが、宮廷でみなさまを歓迎する宴を用意されるとのことにございます」

一行は船を降りた。船着場には、サン・パウロ学院から、若い宣教師がひとり迎えにきていた。フェリーペ・テヘーロという名の、歳《とし》のころ二十代なかばぐらいと見える青年だった。目が大きく、睫毛《まつげ》の長さの際立《きわだ》つ顔だちだ。

テヘーロが言った。

「みなさまをサン・パウロ学院までご案内します。使節のみなさまには、駕籠《かご》を用意しています」

上陸した船着場はサンタ・カタリーナ波止場と呼ばれているのだと、テヘーロが教えてくれた。正面にある豪壮な城門は、副王門である。使節の四人はそれぞれ、四人のインド人の担《かつ》ぐ駕籠に乗った。

城門の枡形《ますがた》を抜けて、次郎左は驚嘆した。石畳の幅広い大路が、一直線に続いている。これだけの幅の大路は、都でも見たことがなかった。しかもここには馬車が行き交っているのだ。左右に建ち並ぶ建物の一部は、石造りだ。街全体は川岸に向けて勾《こう》配《ばい》のついた、ゆるやかな谷あいに造られていると見える。

次郎左はテヘーロに訊《たず》ねた。

「この街には、石積みの親方はいますか？」

テヘーロは、次郎左からラテン語で問われて驚いたようだった。しかし、すぐにその表情を消してから答えた。

「ローマから来ている親方がいます。いま、大聖堂を建設中です。石積みの親方が何か？」

「わたしは、エウロパに石積み修業に行く職人なのです。この街に親方がいるなら、少しでも石積み術を学んでおきたくて」

テヘーロの顔に、こんどは好奇心が表れた。

「数日のうちに、ご案内しましょう」

通りには、さまざまな種類の商店が並び、路上の物売りも数多く出ていた。ひとびとの姿かたちもさまざまである。マカオで見たような男女の姿もあれば、マラッカに多かった背格好と顔だちのひとびと。コチンで見た肌の色と風姿の住人たち。ポルトガル人や、あるいはもっと北のエウロパのひとと想像できる背の高い男たち。それに、信長が従者としていた弥助《やすけ》のような、肌の黒い男女。通りの途中の空き地には、馬がいた。日の本の馬よりも大柄な、栗毛や鹿毛の馬だ。アラビアの馬を扱う商人がいるのだという。

一行は大路の交差する広場に出た。慈善院広場と呼ばれている場所だ。広場の一角では、明らかにひとを売買していると見える情景もあった。素っ裸にされた黒人の男女が、商人らしきインド人たちに身体《からだ》の隅々を調べられているのだ。

次郎左の視線に気づいたか、テヘーロが言った。

「奴隷《どれい》商人たちです。あの黒人たちは、アフリカから連れて来られたのです」

その声の調子には、かすかに憤《いきどお》りと慨嘆が含まれているように聞こえた。

テヘーロは続けた。

「いま歩いてきたこの大通りは直線通りと呼ばれているのですが、べつの名があります。競売《レイラン》通りというのです」

「競売？」

「あのような奴隷のせり市も立つからです」

広場の南側に達したとき、そこにも奴隷商と、五人ばかりの奴隷らしき男たちを見た。奴隷たちは黒人ではなく、マカオや日の本の男たちのように見える。大きく枝を広げた熱帯樹の木陰で、足を鎖につながれてうなだれていた。

それまで黙って次郎左の隣りを歩いていたコンスタンチーノが、うんざりという調子で言った。

「ひとが、馬と一緒に売られているとは」

そのとき、すぐそばの木陰にいたひとりが顔を上げた。コンスタンチーノの言葉を理解したと見えた。驚いて、目を丸くしている。

コンスタンチーノも気づいて、その男に声をかけた。

「どこの国から？」

相手が何と答えたかは聞こえなかった。使節の引率者のひとり、メスキータ修道士がコンスタンチーノの肩を押して、立ち止まらぬよう促したのだ。小突いたようにも見えた。

一行は広場を抜けると、右手斜め方向に延びる大路に入った。サン・パウロ学院はその通りの端にあるのだという。

コンスタンチーノが小声で次郎左に言った。

「エウロパでもこうなのでしょうか」

次郎左も同じ気分だった。あの黒人や日本人奴隷を扱っていた商人は、エウロパの男と見えた。彼はキリシタンなのだろうか。それとも、不信心者なのか。自分はローマで、石積みの宮殿や塔を見る一方、人買いたちと奴隷の姿も多く見ることになるのだろうか。

父も甲斐の金山で奴隷として働いていた。売買されるひとの姿は、次郎左にとってけっして他人事《ひとごと》ではなかった。

翌日、朝食のあとだ。バリニャーノが立ち上がり、使節の少年たちや次郎左たちを見渡してから言った。

「聞いてください。使節団はおよそひと月の後に出航し、いよいよエウロパに向かっての航海に出ます。つぎに船が入る港は、大西洋上の孤島サンタ・エレナ。ほぼ四カ月陸地を見ない長い旅になります。そこからさらに二月でやっとエウロパです」

少年たちが顔を見合わせてささやきあった。

バリニャーノは続けた。

「次はデ・リマ船長の船ではありません。また、先日も話したとおり、わたしはアジア管区長としてゴアに留まることになりました。みなさまとは、この地でお別れです」

少年たちの顔が曇った。どうしても？　と問うているような顔もあった。

「わたしの代わりにみなさんをリスボンに案内する兄弟を紹介しましょう」

バリニャーノは振り返って、後ろのテーブルに着いていた宣教師に顔を向けた。その宣教師がうなずいて立ち上がった。バリニャーノと同じような年齢と見えるが、背はかなり低い。

「ヌーノ・ロドリゲス宣教師です。彼があなたがたをリスボンまで連れてゆきます。ローマまでは、長崎から同道しているメスキータ師が引き続き引率し、みなさまを教皇に謁見《えつけん》させます」

少年たちは立ち上がって、日本式に頭を下げた。ロドリゲスもこれに応《こた》えた。

「もうひとつ、伝えたいことがあります」と、バリニャーノ。「わたしたちがゴアに向かっているあいだに、教皇さまはこれまで使われていた暦に代わり、新しい暦を発布されました。これまでの暦では、きょうは一五八三年の十一月十一日ですが、新しい暦ではきょうは同じ年の十一月二十一日です。もし記録をつけているひとがあれば、きょうからは新暦を使ってください」

ということは、ゴア出航は十二月二十一日前後ということになる。

さらにまた次の日である。

朝食のあと、街を歩いて見ようかと学院の出入り口に向かったとき、バリニャーノが次郎左を呼び止めた。

「学院長の部屋に来ていただけますか。手伝ってもらいたいことがあります」

行ってみると、部屋には日本人修道士のロヨラと、コンスタンチーノがいた。院長の大きなデスクの脇《わき》だ。デスクの上には、いくつもの書状らしきもの。それに和紙。

バリニャーノが訊《き》いた。

「日本の文字は書けますね？」

「多少は」と次郎左は答えた。

「筆にも慣れているでしょうか」

「久しく文字は書いていませんが、何か？」

コンスタンチーノが横から言った。

「九州の三人のお殿さまからの、ポルトガル国王宛《あて》の書状のことです。宛て名をすべて書き換えるので、次郎左さんにも一通書いてもらいたいと」

次郎左は驚いてバリニャーノに訊いた。

「事情を説明するのではなかったのですか」

「わたしが同行できなくなりました。説明する者がいなくなったのです」

「でも、偽《にせ》の書状を書けと？」

「宛て先を、正しいものに書き直すだけです。中身を書き換えるわけではありません。ここにもしお殿さまたちがいたら、書き直せと祐筆《ゆうひつ》に命じることでしょう」

「それでも、ここにいるロヨラさんのほうが文字は達者でしょう」

「三通、別々の人物が書く必要があります。同じ字では、偽書と疑われる」

「外国の文字です。そこまで区別できますか？」

「できます。少なくとも王室の秘書官たちなら」

バリニャーノがふしぎそうに訊き返した。

「このお願い、ただ書状の形式を礼にかなったものにしようということです。書状を代筆したからといって、あなたにとって何か不都合はありますか？　できないことですか？　使節派遣が成功するかどうかは、あなたの修業がうまくゆくかどうかにも関わってくるのです」

そこまで言われたなら、手伝うしかなかった。たぶんロヨラの書く宛て先に、本物の書状の文面を続ければよいのだ。自分は職人ではあるが、父の指示で読み書きも習ってきた身だ。なんとかそれらしい文字は書くことができるだろう。

けっきょく次郎左は、大友宗麟《おおともそうりん》の書状を書くことを引き受けた。

次郎左が書いたフェリペ二世宛ての書状の冒頭はこのようなものになった。

「カスティリャ、レオン、アラゴン、両シシリア、エルサレム、ポルトガル、ナバラ、グラナーダ、サルディニア、コルシカ……両インド、大洋中の諸島、及び大陸の王……ハプスブルク、フランデル、ブリターニャ、ならびにティロルなどの伯爵《はくしゃく》なるドン・フェリペ二世国王陛下……」

ゴアについて四日目だ。テヘーロが約束どおり、サン・パウロ学院から遠からぬ場所にあるセ・カテドラル（大聖堂）へと案内してくれた。先日通った広場の北側である。

広場を通るとき、先日日本人らしき奴隷が売られていた場所で、こんどはアジアの若い女たちを目にした。まだ子供と言ってよいほどの女たちが十人ばかりだ。男がふたり、ひとりの少女をあいだに手を振り振り話している。ターバンを巻いた男が奴隷商人で、帽子をかぶっているのが客の西南蛮人だろうか。テヘーロが顔を強張《こわば》らせ、唇をきつく結んだまま広場を横切った。次郎左も小走りに彼を追った。

広場の北側に切妻屋根の背の高い建物があった。全体が白い。白い石を積んだというよりは、表面に漆喰のような材料を塗って固めたように見えた。その建物の西側では足場が組まれている。石積み普請の最中だ。二層分の高さまで壁が積まれていた。ざっと見たところ、七、八十人の職人や人夫が働いているようだった。

テヘーロが、その普請現場を指さしながら言った。

「もともとここには小さな聖堂があったのですが、二十年ほど前にアジア一の大聖堂を建てようと普請が始まったのです。やっと祭壇のある内陣部分ができましたが、あとはまだこのとおりです」

次郎左は訊いた。

「あの足場を組んだ部分ができれば、完成なのですね？」

「いいえ。さらに右手に建物を伸ばします。身廊の中には列柱を立て、その外側に回廊ができる造りです」

「あと何年ぐらいかかるのですか？」

「ここまで二十年かかりました。あと三十年か四十年はかかるかと」

想像以上の時間だったので、次郎左は驚いた。

「そのくらいかかるのがふつうですか？」

「大聖堂ならば。ローマのサン・ピエトロ大聖堂は、たしか七十年以上前に起工式がありましたが、まだドームもできていません。わたしが五年前に教皇庁に行ったときは、ドームを支える基部ができていただけでした」

「ドームというのは、球体のような天井を持った屋根のことですね」

「ええ。ローマには、パンテオンという有名なドームがあります」

「やはり石造りですか？」

「煉《ね》り瓦《がわら》も、強石灰の練りものも使っているはず。わたしは詳しくはないが」

次郎左は質問をやめた。

それにしても、丸い天蓋《てんがい》のような形の天井を、石で造る。次郎左には、その仕組みも作り方もまったく想像ができなかった。しかしそれは、ローマには確実にある。それどころか、エウロパ全体にも、いくつもあるのだろう。

「ともあれ」とテヘーロが言った。「ここができたときは、エウロパでもなかなか見られないような壮大な聖堂になるはずです」

なぜかテヘーロの言葉には、あまり誇らしげな調子が感じられなかった。むしろ、どこかいまいましげにも聞こえた。次郎左にはその理由の見当がつかなかった。

次郎左はもうひとつ訊いた。

「その長い期間、たったひとりの親方が、最初から最後まで采配《さいはい》するのですか」

「まさか。何人も交代します。いまの親方も、先年イタリアからきたばかりのはず」

テヘーロはその普請場の中に入ってゆき、職人のひとりに何ごとか訊ねた。職人は、普請場の隅の天幕を指さした。そこに何かあるようだ。

その天幕まで行ってみると、つばの広い帽子をかぶり、白い襦袢《じゅばん》の袖《そで》をまくった髭《ひげ》面《づら》の男が外に出てきた。その物腰と雰囲気から、彼がこの普請の棟梁なのだとわかった。

テヘーロが棟梁に何ごとか話し始めた。次郎左のことを紹介しているようだ。しばらくすると、棟梁は次郎左に顔を向けてきた。珍しい動物でも見るような目と感じた。

次郎左はローマ語であいさつした。

「日本から来た石積み職人です。次郎左と言います。普請術を少々教えていただけないかと」

相手は目を丸くした。

「ローマ語が話せるのか」

「少しだけ。ラテン語も少し」

「おれはフェルッチョ・ダ・ザガローロ。まず案内してやろうか」

足場を組んだ普請場のほうには、赤っぽい石の山がある。次郎左は言った。

「石がきれいに揃《そろ》えて切られていますね」

「いや、石じゃない」とフェルッチョは言った。「ラテライトという土だ。固いけれども、表面がもろい」

「石に見えます」

「イタリアのような石はゴアでは手に入らない。あるもので造るだけだ」

「建物の壁は白く見えますが、この石が使われているのですか？」

「表面にチェロットを塗って固めているんだ。だから白い」

訊くと、それはどうやら南蛮漆喰とでも呼ぶべきもののようだ。

「チェロットを塗る理由は？」

「石じゃないからだ。表面を固めておかなければ、やがて水がしみこんで崩れるからな」

納得して次郎左はさらに訊ねた。

「親方は、イタリアでは石積みの建物を造っているのですね」

「ああ。必要とあれば、煉り瓦も使う」

次郎左はすでに足場がはずされた外壁面の外に立った。ラテライトを積み、その表面にチェロットを塗ったという壁面だ。石と石とのあいだには、薄く漆喰状のものがはさまっているのがわかった。これもチェロットかもしれないが、厚みがある。小指の太さ半分ほどだ。塗った、という程度のものではない。

次郎左は訊いた。

「ここにもチェロットですか？」

「それは石灰だ」とフェルッチョ。「日本では、目地《めじ》には何を使うんだ？」

穴太積みでは、目地には何も使わない。もしかすると、目地に泥や漆喰を塗り込む職人衆がいるかもしれないが、直接は知らなかった。

「使いません。これは石の隙間《すきま》を塞《ふさ》ぐためのものですか？」

「それだけじゃない。切り石の面は、どうしたって小さなとんがりやへこみができる。とんがったところから下の石に重みがかかると、いずれ下の石は割れる。そうならないよう目地には石灰を入れて、重みを均等に散らすんだ。もちろん、石灰には石同士をつなぎ固める役目もある」

フェルッチョに続いて次郎左は外壁面を右手に回った。そこは、すでに完成している内陣部分だ。横手に、重い木のドアのついた出入り口があった。中に入ると、建物の妻側、正面が祭壇だ。三段、総計七個のアーチがあって、最上部のアーチには、磔《たっ》刑《けい》にされたイエス・キリストの像。建物には似合わず、ごく簡素なものだ。木彫だろう。

次郎左たちのあとから内陣に入ってきたテヘーロが言った。

「大聖堂の建物全体が完成するころには、その祭壇も新しいものに変わります。たぶんイタリアから彫刻家が呼ばれて、インドでもっとも華麗で豪華な祭壇が、ここに設けられることになるでしょう」

テヘーロの華麗とか豪華という言葉に、次郎左はかすかに皮肉っぽい調子を感じた。

次郎左は天井を見上げた。外観から小屋組の天井かと想像していたが、筒型のアーチ天井だった。初めて見るものだ。

石で造った天井が、落ちてこない。屋根を支えている。次郎左はしばらく筒型アーチ天井を凝視してみたが、その造りの秘密を想像することができなかった。

次郎左は、横に立っているフェルッチョに言った。

「このようなアーチの仕組みが、よくわからないのです。どのように造られるのですか？」

「建築家が指図（設計図）を描く。おれはそれに従って石を揃え、積んでゆくだけだ」

「指図を見れば、造れるのですか？」

「きちんと寸法が指示されていればな」

フェルッチョは、地面にしゃがみこんで、棒切れで簡単な図面を描いた。二本の柱と、その上の弓なりの石積み。

「この曲線が何かわかるか？」

推測できた。アポロニウスの円錐《えんすい》に含まれた曲線の一部だ。

「円弧だと思います」

「そのとおりだ。中心はどこだ？」

次郎左は、二本の柱の頭頂部を結ぶ直線を引き、その中央を示して言った。

「ここでしょうか？」

「そうだ。このアーチがいちばん単純だ。円弧は、完全な半円形をしている」

「どうして石は下に落ちないのでしょう」

「アーチ型に積むことで、石の重みはそれぞれの石の左右に、つまり横にかかるんだ。

互いに互いの重さを支え合う。城門のように柱を太く頑丈にしてやれば、あいだにアーチひとつを設けることができる。アーチは連続させることもできる」

「この天井も、同じ原理でしょうか」

「同じだ。同じ寸法のアーチを並べれば、このボールト天井になる」

もう一度天井を眺めた。天井の曲面はなめらかにつながっている。円弧が乱れているような部分はない。つまり使われているラテライトは、きわめて厳格な精度で切り揃えられているということだ。そうでなければ、この天井は造り得ない。大きさがちがう石、かたちの歪《ゆが》んだ石に重さがかかり過ぎて、そこから崩れる。エウロパの石造建築は、優れた切り石の技術あってこそと言えるのかもしれない。

「そうだ」フェルッチョは言った。「このようなアーチもある」

フェルッチョは、弓なりの部分の下に一本の曲線を引いた。浅い弓形だ。

「中心はどこだ？」

次郎左は、目見当で半径の長さを出し、中心の位置を指さした。二本の柱のあいだ、いましがた示した中心点よりもずっと下だ。

「そうだ」フェルッチョは意外そうに言った。「わかってるじゃないか」

「当たっていましたか」

フェルッチョが次に描いたのは、剣先のように尖《とが》ったアーチだった。

「こういうアーチも、近頃は造られるようになった。尖塔アーチというんだ。これはどういう線になる？」

初めてみる形だ。次郎左は少し考えてから、ふたつの円弧の組み合わせだと気づいた。

「こっちの円弧は、中心がこのあたり。こっちの円弧は、同じ半径で中心はこのあたり」

二本の柱の外に、中心点がひとつずつできた。

フェルッチョは、脇に立っているテへーロに顔を向けて言った。

「日本ってのは、そこそこの文明がある国じゃないのか」

テへーロが肩をすぼめた。

「彼が野蛮な国から来たなんて、わたしが言いましたか」

「おれはどこかべつの島国のことと一緒くたにしていたかな」

次郎左はフェルッチョに訊いた。

「つまり指図に円弧の半径と中心が示してあれば、そのアーチは造れるのですね？」

フェルッチョは次郎左に向き直って答えた。

「半径と中心が示されれば、必要な石を切り揃えることができる。足場も造れる。あとは順に積んでいって、最後に要石《かなめいし》を入れるだけだ。それだけわかっていて、お前の国でやったことはないのか？」

「教えてくれる親方がいませんでした」

「ローマで修業するって？」

「そのつもりです」

「来い。普請の場をじっくり見せてやる」

普請の様子を見せてもらっているうちに、テヘーロは退屈そうにし始めた。たぶん彼はイタリア人のフェルッチョと次郎左とのあいだの通訳も務めるつもりだっただろうが、ここまでまったく必要がなかったのだ。次郎左が熱心に普請の技術について質問しているうちに、天幕に戻ってしまった。次郎左はあとは遠慮なくフェルッチョを質問攻めにした。

昼近くになり、フェルッチョはじめ石積み職人や地元の人夫たちも、昼休みのため帰宅することになった。

普請は、日差しがいくらか和らぐ時刻から再開するのだという。次郎左も学院にもどって昼食にすべきだった。

天幕の下まで戻ってから、次郎左はフェルッチョに訊いた。

「棟梁は、このゴアに家族をお持ちなんですか？」

先に戻っていたテヘーロが、ちらりと視線をフェルッチョに向けた。

フェルッチョは笑って答えた。

「五年働く契約だ。家族はローマに置いてきた。こっちにはこっちの家族ができたよ。女房はインド人だ」

どういう意味かはわかった。フェルッチョはずいぶん屈託のない顔だ。まったく悪びれていない。

「午後にも来るといい。教えてやれることは教えてやるぞ。手伝ってくれるなら、もっといい」

次郎左は思わず言った。

「手伝わせてください」

大聖堂の普請場からサン・パウロ学院に戻る途中、テヘーロが言った。

「あの親方は、仕事はできますが、信仰には問題があります。重婚している。しかも異教徒と」

日本では、と言いかけて、次郎左は言葉を呑《の》み込んだ。テヘーロは日本に行ったことがない。日本では力のある男は側女《そばめ》、側室を持つのはふつう。誰もそれを不道徳とは言わないのだと、口にしてみたところで仕方がない。

テヘーロはいまいましげに続けた。

「こんな地球の端っこのような土地です。職人や商人なら、故郷を離れているあいだにここで女を作り、子供までもうけてしまうのもわからないではない。でも聖職者までが」

「どなたのことです？」

テヘーロが次郎左に目を向けてきた。その目には、憤怒の色が明瞭《めいりよう》だった。

「教会のお偉いさんたちです。街に女を囲い、あるいは娼窟《しようくつ》へ通う。ローマから遠く離れているので、わたしたち下級の宣教師たちに隠そうという気すらないようだ。このソドムのような淫蕩《いんとう》と頽廃《たいはい》の街に、すっかり呑み込まれてしまっているのです」

「ソドム？」

「いえ、いいんです」

テヘーロは学院に着くまで、もうその話題を口にしなかった。

その午後、こんどは次郎左ひとりで大聖堂の普請現場に出かけた。ひとりきりだったので、途中の町並みの様子を遠慮なしに観察することができた。なるほどここは、マカオやマラッカの船着場周辺と同じく、ひとの欲望がむき出しになった街だと言うことができる。べつの言い方をすれば、ありとあらゆるものが商品として、あからさまに取り引きされている。しかも規模はこれまで寄港してきた街の数十倍だし、目に映るものが濃密だ。南国のせいか、人間たちの生の欲望には強烈な匂《にお》いさえ感じられた。ソドムという街がどこにあるのかは知らないが、ここがそのソドムに似た淫蕩と頽廃の街というテヘーロの言葉は、あながち誤りでもないのだろう。こんな街だからこそ、ローマ教会は神の権威を象徴するような、教会や礼拝堂や大聖堂をいくつも必要とするのかもしれない。

普請場に着くと、フェルッチョがうれしそうに迎えてくれた。

「指図を見せてやろう。興味があるだろう？」

「もちろんです」

「代々の棟梁が、この図面をもとにして、普請を続けてゆく。棟梁が代わっても普請を続けてゆけるのは、最初にこのようにしっかりした指図が造られているからだ」

天幕の下のテーブルに重ねられているのは、十数枚、いや二十枚近い紙と見えた。いちばん上の指図に触ってみると、紙ではなかった。

「羊皮紙だ」とフェルッチョが言った。「羊の皮を薄く薄くなめすと、こんな丈夫な紙ができる」

そこに描かれているのは、初めて見る図だった。大小の四角形をいくつも組み合わせたような形の枠取りがあって、その枠の途中途中に四角あるいは円形が置かれている。たぶん柱と想像がつくものだ。つまり外の枠は壁ということになる。枠の内側にも、いくらか小さな円形が規則的に並んでいた。内側の柱ということなのだろうか。さらにその図面には、いくつもの細い補助線が引かれ、数字が書き込まれていた。

フェルッチョが言った。

「これが平面図だ。柱と壁の位置を描いている」

想像したとおりだ。

フェルッチョは、その羊皮紙を横にのけると、下の羊皮紙の指図を示した。それは建物を横から見たものだった。一部は建物の内部を示している。列柱と、アーチ。そして筒型アーチの天井。補助線に書き込みがあることは、平面図と一緒だった。

「これが立面図。全体の図だ」

その下の羊皮紙は、部分部分の詳細な指図だった。最後に造られるという建物正面を描いたものもあった。左右に鐘楼の建つ、装飾の多い壁だ。

フェルッチョが言った。

「この図面を代々の棟梁が引き継いで建ててきた。おれの約束の期間はあと四年。たぶん側面の壁を積んだあたりで、交代だな」

次郎左は訊いた。

「この指図は、建築家が描くのでしたね。石積みの棟梁ではなく」

「ああ。これほどの大きさの聖堂ともなれば、設計は石積みの手に余る。建築家が、必要な柱の数や壁の厚さ、控え壁の場所などを計算して設計するんだ」

「城壁などもやはり、建築家が設計し、このように指図を描くのですか？」

「簡単な城壁なら、おれでもできないことはないが」フェルッチョがふいに怪訝《けげん》そうになった。「あんたがローマで石積みを修業したとしても、日本にはあんたのために指図を描く建築家はいるのか？　誰が日本の国王や領主のために、宮殿を設計するんだ？」

それはいま自分も意識した問題だった。徳川家康のために城と城下町の城壁に石を積むとして、設計をするのは誰になる？　ポルトガル人に頼むのか？　あるいはイスパーニャの建築家を呼ぶのか？

次郎左は不安な表情を見せてしまったようだ。フェルッチョが慰めるように言った。

「大聖堂は主のために建てられる。だからこれだけ手の込んだ建物になるんだ。昔ながらの居館か要塞《ようさい》なら、建築家が設計するまでもないだろうよ。石積み職人として三つ四つ大きな普請に関われれば、必要なことは覚えるさ」

三つ四つの大きな普請。それは、あまり力づけてくれる言葉にはならなかった。

フェルッチョが次郎左の肩を軽く叩《たた》いて言った。

「あんたの修業のこと、まだ親方が決まっていないなら、知り合いを紹介してやろうか。ローマで三本の指に入る石積みの親方と、友人同士だ」

願ってもない申し出だった。

「ぜひとも」と、次郎左は咳《せ》き込むように言った。

「代わりに少し手伝っていってくれ」

「はい」

その日の夕刻、普請場から戻った次郎左は、まっすぐ学院長の部屋に向かった。部屋に入ると、想像通りバリニャーノがいくつもの引き継ぎ状をペンで書いている最中だった。バリニャーノが顔を上げた。

「何か?」

次郎左はデスクの前に進んで言った。

「わたしのためにも、一通書状を書いていただきたいのです」

「どんなものです。誰宛てに？」

「紹介状です。イエズス会宛てに」

「紹介状？」

「はい、わたしが、日本でイエズス会の布教を支援している有力者たちがつかわした職人であると身元を保証して下さい。そして、イエズス会は、わたし戸波次郎左の建築と石積み術の学問、修業と、その後の帰国についても、最大限の便宜をはかるように、という内容のものです。ラテン語で」

バリニャーノの目の光がかすかに強くなったように見えた。

「それは、昨日お願いしたことの見返りにということですか？」

「いいえ。取り引きのつもりはありません。ただ、お願いです」

バリニャーノはいったんデスクの上の書きかけの書面に目を落としたが、やがて顔を上げて言った。

「書きましょう。イエズス会が、あなたの修業と帰国を支援するように」

「深く深くお礼申し上げます」

次郎左がフェルッチョの大聖堂建設現場に通うようになって四日目、ひとりの大柄な青年がその場にやってきた。

「日本人がいると聞いてきました」と青年はポルトガル語で言った。

「わたしです」と次郎左が、足場の横に出て名乗った。

青年は金髪で、頬にも顎《あご》にも髭が生えている。目も青い。西南蛮の北の地方の男なのだろう。

その金髪碧眼の青年は言った。

「ネーデルラントのリンスホーテンと言います。ヤン・ホイフェン・ファン・リンスホーテン。商人です」

「何かわたしに？」

「日本という国にとても興味があるのです。もしよければ、少し聞かせていただけないかと。あなたはネーデルラントの言葉は話せますか？」

「いいえ」

「イタリア語は？」

「ローマの言葉なら、少し」

「イタリア語で話しましょう。わたしもそのほうが得意だ」

リンスホーテンと名乗った青年は、好奇心が服を着ているような男だった。日本の風俗と習慣、それに産物とその価格について熱心に訊いてきた。日本ではエウロパのどんな品が高値で取り引きされているかとも質問してきた。次郎左は知っているかぎりを答えてやった。

リンスホーテンは帆布の背嚢《はいのう》を持っており、その中には紙を畳んで綴《と》じ、革の表紙をつけた帳面もあった。彼は質問し次郎左の答えを聞きながら、ペンではなく、ペンの柄だけのような道具でその帳面に横文字を書きつけてゆく。黒鉛の粒を用いる筆記具とのことだった。

一時間ばかり話したあと、リンスホーテンが、また明日ここに来てもいいかと訊いた。昼であればサン・パウロ学院にいると答えると、リンスホーテンは微笑して言った。

「わたしはカルバン派の信仰を持っています。あそこには行きにくい。いや、学院のほうが嫌がるでしょう」

エウロパには、ローマ教皇を法主とは仰がぬキリシタンの宗徒がいるとは、話に聞いていた。プロテスタントと言ったり、ルター派とかカルバン派と名乗っているとか。

その新教徒とローマの教会とは、エウロパのほうぼうで残忍な戦まで繰り返しているとも耳にしている。そもそもイエズス会自体、フランシスコ・ザビエルをはじめ熱心なローマ教会の青年信徒たちが、新教に対抗するために作った修道会のはずである。たしかにこの地の教会や学院は、リンスホーテンには居心地のよい場所ではないだろう。

「またここに来ますよ」

リンスホーテンはひとなつこい笑みで手を振って、普請場から去っていった。

翌日の昼休みどき、やってきたリンスホーテンの質問が途切れたところで、逆に次郎左が訊いた。ネーデルラントとはどんなところかと。

リンスホーテンは頬をゆるめた。故郷を思い出したのだろう。

「エウロパの北にあって、スパニィエの領土です」

「スパニィエ？」

「イスパーニャのことです。わたしたちはそう呼んでいる。独立の動きが盛んで、スパニィエ軍とは何度も戦っている」

「なんという方が治めているんです？」

「スパニィエ国王が元首で、総督が代わりに統治している。しかし北部では、自治の街がゆるやかに結びついて、独立を求めて戦っている。それがネーデルラントです」

それはつまり、かつての堺のような街がいくつもあるということなのだろう。

「独立は果たせそうですか？」

リンスホーテンはうなずいた。

「いつかは、必ず」

「イスパーニャはたいへんな強国と聞いています。ポルトガルまで併呑《へいどん》してしまった」

「せっかくの富も蕩尽《とうじん》してしまった国です。いずれネーデルラントにはいられなくなる」

「ネーデルラントは、そもそもどんな土地なんです？」

「平坦《へいたん》です。山はありません。北国なので夏は短く、冬はとても寒い。作物もこのインドのようには育ちません。海岸沿いの地方では、漁に従事する者も多い。ポルトガル人やベネツィア人にも負けぬ、いい船乗りがいます。船造りにも、長《た》けています」

「大きな都市や、石造りの大伽藍《だいがらん》はありますか」

「いいや。このゴアほどの街はありません。建物も、ふつうは煉り瓦造りです」

「街はみな、城壁で囲まれているんですね？」

「城壁と水濠《すいごう》です。スパニィエからの独立の動きが強まってから、ネーデルラントの街は、あらためて城壁と水濠で備えを固め直している」

「固め直す？」

「エウロパでは、鉄砲と大砲が戦のありさまを変えました。その二つにも強い街を作らねばならないからです」

理解できた。いま日の本がそうなっているのと同じく、本元のエウロパもひと足先にそのような世になっているということだ。

「ではきっと、石積み職人の引く手もあまたなのでしょうね」

「イタリアからも、築城家や石積みの親方が招かれているはずです」

「なぜイタリアから？」

リンスホーテンの答えは明快だった。

「築城と建築の技は、ローマが最高ですから」

次郎左は話題を変えて訊いた。

「ネーデルラントのひとびとの気質はどんなものです？」

「自慢じゃありませんが」とリンスホーテンは微笑した。「みな勤勉です。暮らしぶりは質素だし、華美なものは好まない。道理に合わぬものにはなじめない。だから、新教が広まったんです」

次郎左も、リンスホーテンの旅に興味を持って訊いた。

「あなたは、ポルトガル船に客として乗ってきたのですね？」

「ええ。いまエウロパには、インドを目指す商人が大勢います。ポルトガル船は、船賃を出すなら、どこの国の男でも拒まず乗せてくれますから」

「ちなみに、その船賃とはいかほどなのです？」

リンスホーテンは笑いながら言った。

「安くはありませんよ。運べばカネになる積み荷の代わりにひとを乗せ、その航海中の食料まで船倉に運びこむのですから」

「おおよそで結構ですが」

「二頭立ての馬車と、馬が二頭買えるぐらいの金額です」

次郎左はその額に驚きつつも訊いた。

「それほどの船賃を、あなたおひとりで支払ったのですか？」

「インドの事情を見聞してきてほしいと、後援してくれるひとたちがいました。わが国の裕福な商人たちです。そのひとたちが、出資してくれた」リンスホーテンはつけ加えた。「もっともわたしは、航海術を多少知っている。何かのときは一等水夫としても働くからと、船賃を安くしてもらいましたが」

そこに、フェルッチョが自宅から戻ってきた。

次郎左は立ってフェルッチョを迎えた。リンスホーテンは次郎左たちに会釈《えしやく》して、普請場を離れていった。

「まったくあのネーデルラント人ときたら」とフェルッチョはリンスホーテンの後ろ姿を見送りながら言った。「やたらに何でも知りたがる男、というのは本当だな」

「そういう評判なのですか?」

「乗ってきた船の船長が言っていた。航海中はしつこいくらいに、航路と港について訊いていたそうだぞ。海図が描けるくらいの細かさで」

たぶん自分も、と次郎左は思った。はたからはそのような男と見られているにちがいない。

ゴア到着からほぼ一カ月後、使節団はこのポルトガル領インドの首府を出港した。新暦となるグレゴリオ暦では、一五八三年の十二月二十日である。いったんコチンに寄った後、リスボンに向かうのだった。

　コチンを出ると、次の寄港地は大西洋上のサンタ・エレナ島である。

　コチンからサンタ・エレナ島までは、インド洋を横断し、アフリカ大陸南端の喜望峰を回って、大西洋を北上する長旅だ。順調に追い風を受けて航海しても、およそ三カ月かかる。もし喜望峰を抜ける前に季節風の向きが変われば、いったんポルトガルの植民都市モザンビクまで引き返し、風向きが変わるまでそこで半年待たねばならない。

　そのサンタ・エレナ島を出ると、順調に行けばおよそひと月半でリスボンだという。つまりこのゴア出港から六カ月以内に、次郎左はエウロパの大地を踏んでいるはずである。途中、遭難することがなければ。

　こんど乗った船は、サンチアゴ号という名だった。デ・リマ船長の船よりも少し小振りだ。とはいえ乗組員の数は百数十、さらに使節団のほかにも宣教師たち、司祭たちがいて、さらに数十の商人たちが乗っていた。ゴア勤務を解かれて帰国するポルトガル兵もおよそ三十。彼らはもし船が海賊に襲われた場合は、海兵として戦う任務を負っているのだろう。それに、黒人奴隷が数人だ。

　出港時、船着場にフェリーペ・テヘーロがいることに気づいた次郎左は、近づいて言った。

「あなたは帰国なのですね」

テヘーロは皮肉っぽい顔で言った。

「追放です。わたしはゴアで、司教やら学院長やら、高い地位にあるひとたちを非難しすぎた」

「エウロパに行くのでしょう？　どちらへ？」

「マドリーへ。イエズス会のほうで、いろいろ審理を受けることになるのでしょう」

「審理？」

「まあ、いろいろです。あなたもいずれわかる」

テヘーロは、異教徒には無縁のこと、とでも言うようにその場から立ち去っていった。

バリニャーノも船着場に見送りに来た。

いよいよ使節団が船に乗り込むというとき、バリニャーノが次郎左に近づいてきて言った。

「子供たちの面倒、よろしくお願いします」

次郎左はうなずいた。

「いままでと同じように、ということでかまいませんか？」

「ええ。ただ、エウロパに着けば、見るもの聞くものすべてが、子供たちを驚かせるでしょう。放っておけば、俗なものも知ってしまう。わたしはそれを望みません」

「エウロパのすべてを見せたいのではないのですか？」

「ちがいます。彼らにはローマ教会の威光と、信仰のありようだけを知ってもらいたいのです。彼らはやがて日本に帰り、司祭となる。エウロパの卑俗なものや頽廃、堕落などには、いっさい触れる必要はありません。子供たちにポルトガル語やイタリア語をあえて教えなかったのもそのためです」

「エウロパにいるあいだ、彼らの目をふさいでおけと？」

「いいえ。ただあなたは、言葉もずいぶん達者になった。子供たちよりも多くのことを見聞きすることになる。でも、それをいちいち彼らに教えないで欲しいのです」

「よいところだけを知って帰国させたいとおっしゃるのですね」

「そのとおりです」バリニャーノは次郎左の目を見つめてきた。彼の目にあるものは、要求ではなかった。それは懇請と見えた。「お願いできますか？」

「できるだけのことを。ただ、エウロパの裏も真実も知らない子供たちが、帰国してよい司祭になれるのですか？」

「美しいものだけを見て育った人間は、心の底から確信を持って美しいものについて語れるのですよ」

使節のひとり、伊東マンショが近づいてきた。バリニャーノは、よろしくと言うように頭を下げて次郎左から離れていった。

インド洋を横断して大西洋に向かう航海は、苦しいものだった。長崎からマカオ、そしてマラッカに至った船旅とは較《くら》べものにならない。万が一のことを考えて、食事の量も水の支給も制限されたのだ。新鮮な野菜や果実はすぐに出なくなり、水も腐ってきた。熱病や、あるいは食物の偏《かたよ》りのせいか、倒れる者が続出し、すでに二十人以上の乗組員、乗客が生命を落としている。リスボンに着くまでには、いま寝込んでいる者たちもおそらく息絶え、最後には死者の数は三十人を超えることになるだろう。一緒にゴアを出た僚船も、大西洋に入ってからの嵐《あらし》で船体を大きく損傷、いつしか付いてこなくなった。

しかも狭苦しい船に、男たちが二百人近くも乗っている。僚船の遭難、相次ぐ死者、食料の欠乏。次第次第に、乗組員も乗客たちもいらだってきた。些細《ささい》なことで口論となったり、つかみあいが起こるようになった。乗組員同士の場合は、上級の船員たちがこれをたしなめ、ときには当事者を制裁したりしたが、乗客同士でいったんことが起こると、わだかまりは双方にしばらく残った。

コチンを出航しておよそ三カ月目の午後である。

主帆柱の上で声がした。

「陸だ！　陸だ！」

次郎左は主帆柱の上の最上部、見張り台を見つめた。水夫がひとり、船の左斜め前方を指さしている。

乗組員たちが声を上げ始めた。

「どっちだって？」

「北？」

「針路左前方だ」

甲板にはどんどんひとが出てくる。乗組員たちの一部は、後部の甲板の上に駆け上がっていった。

航海士が、遠眼鏡を背に主帆柱の縄梯子《なわばしご》を上っていった。

コンスタンチーノが、戻ってきて次郎左と肩を並べた。

「陸というのは、サンタ・エレナ島なのですね？」

「たぶん」

次郎左は頭の中で日数を考えた。長崎を出てから、たぶんきょうで二年と一カ月ばかりのはずである。

船長も急階段で後部甲板の上に上がっていった。

次郎左はほかの乗客たちにまじって、船長のその背を見守った。いま中央甲板には、ほとんどの乗客や兵士などが集まって、船長からの発表を待っている。ほんの少し前、陸が見えたという見張りの言葉を聞いたし、じっさい遠目の利《き》く者たちは、真正面に陸の影を見ているらしい。次郎左にはまだそれは見えていない。船長からのはっきりとした告知を聞きたかった。

後部甲板の手すりに近づいた船長が、中央甲板の乗客たちを見渡してから、謹厳な様子で言った。

「長旅も終わりです。いま、行く手に見えてきます。エウロパ、ポルトガルの陸地です」

わっという歓声が上がった。次郎左は思わず横を見た。コンスタンチーノが、微笑している。その後ろでは、使節団の少年たちが踊りだしかねない笑い顔だ。日本人修道士のロヨラや、引率のヌーノ・ロドリゲスらも、これまで見たことのないような歓喜の表情だった。

船長が続けた。

「今夜はいったんカスカイス沖に投錨します。明日、夜明けを待ってテージョ河に入り、リスボンの港に向かいます」

次郎左はこの前日、航海士から、緯度ではすでにリスボンよりも北にあることを聞いていた。インド航路のポルトガル船は、イギリスの海賊船にとって何よりの獲物である。最短の航路には海賊船が待ち構えている心配があったのだ。なのでいったん大西洋を北に上がり、ついで東へと針路を取ってリスボンに向かうとのことだった。行く手に目をこらすと、ようやく次郎左にも見えてきた。水平線にかすかに陸地の影。とうとう、エウロパだ。

翌朝、サンチアゴ号は、川幅およそ半里はあるかと思えるほどの大河をさかのぼった。

左右に見える陸地は、全体に乾いているようだ。地表のむき出しとなった部分は、白っぽかった。ずいぶん遠くまで、くっきりとした輪郭で見えている。靄《もや》や霞《かすみ》があるようではない。ここの大地は、日の本の陸地ともインドともまったくちがった空気に満たされているようだ。

陸地には民家が少しずつ現れてきた。赤っぽい瓦屋根と白い壁の家だ。

やがて左手の岸に、石造りと見える木箱のような建物が見えてきた。巨大な物見矢倉とも思えるし、リスボンを守る砦《とりで》のようでもあった。その建物から突き出た曲輪《くるわ》の上で、兵士らしき男たちが動いている。石の矢狭間《やはざま》のあいだに、黒い大砲らしきものも置かれていた。

サンチアゴ号がその建物の真横に達したと思えたときだ。砲声が響いた。白い煙がぱっと散った。砲弾が飛ぶかと、次郎左は一瞬腰を引いた。しかし、砲弾は落ちない。乗組員たちも驚いた様子は見せなかった。歓迎の号砲だったようだ。

その砦を通りすぎると、ふいに左手に街が開けた。河に向かって浅く開けた谷全体が、白い建物で覆われているのだ。窓が小さく、それでいて三層四層の建物の多いことから、ほとんどが石か煉り瓦造りだと想像がつく。どの建物も壁が白く見えるのは、ゴアでフェルッチョが言っていたチェロットでも塗っているせいか。街の左手の丘の上には、巨大な聖堂と見える灰色の建物があった。河の奥方向の丘には黒っぽい城壁がある。人口二十万と聞いたゴアよりも小さくまとまった街かもしれない。

その谷の開口部にあるのが港だ。白い帆に赤く十字を染め抜いた船が五十、いや百隻近くも投錨している。その周囲には、それを数倍する数の小型船。これほどの規模の港は、この航海中見たことがなかった。この港の様子だけで、なるほどリスボンは海の帝国の首都であると納得できる。

やがて船は、街の真正面、石畳の広場の真ん前に錨を落とした。

コンスタンチーノが、次郎左の横に来て言った。

「やっと着きましたね」

感激が半分、生きて着くことができたという安堵《あんど》が半分という口調だった。

次郎左は、コンスタンチーノに顔を向けた。彼はこの二年半の航海のあいだに、すっかり一人前の男の見てくれとなった。無精髭も濃くなっている。

彼は目の前のリスボンの街に目を向けながら、感極まったように続けた。

「ゴアよりも美しい。建物も、あんなに大きなものがいくつもあるなんて」

次郎左が黙っていると、コンスタンチーノが不思議そうに言った。

「あまり、驚いている様子でもありませんね？」

次郎左は少し強がって言った。

「おれは、安土城も安土の城下も知っている。この街で珍しいのは、すべて石造りらしいということだけだ」

この街では、と次郎左は思った。そんなに驚いてはやらぬ。口をあんぐりと開けたりはせぬ。おれにはローマがある。腰を抜かすのは、ローマでやっても遅くはないのだ。

そのローマまで、あと半年ぐらいだろうか。

グレゴリオ暦の一五八四年八月十一日だった。二カ月弱滞在したサンタ・エレナ島を出てからまたさらに二カ月と少しの日が経っていた。長崎を出港してからは二年半である。戸波次郎左、二十五歳になっていた。

4

リスボン港に投錨《とうびょう》したその日、使節団一行は夜まで船に留まるよう指示された。なんでもリスボン市民のあいだに、東方の日本という国から王子を交えた少年使節がやってきた、という話が広まっているのだという。不用意に上陸すれば、野次馬たちにもみくちゃにされる心配があるとのことだ。次郎左たちは、リスボンの街並みを目前にしながら、焦《こ》がれるように夜を待たねばならなかった。そのあいだに、商人や兵士たちが下船していった。フェリーペ・テヘーロも、舷側《げんそく》に立っていた次郎左に黙礼して、船を下りようとした。

「お達者で」と、次郎左はラテン語でテヘーロに声をかけた。

テヘーロは足を止めると、皮肉っぽい笑みを次郎左に向けてきた。

「いつまでも少年たちに目隠しをしておくことはできない。棄教することにならなければよいのですが」

「その心配がありますか？」

「エウロパの半分が、すでに教会を見捨てたのですから」

海面の小舟の上から、船員が怒鳴っている。

「早く。下りるなら下りろ」

テヘーロは舷側から身体《からだ》を外に出すと、次郎左を見つめて言った。

「ローマでまたお会いできるでしょう」

テヘーロは小舟に乗り換えて、リスボンの船着場へと向かっていった。

使節団にようやく上陸の指示が出たのは、日も完全に沈んでからのことだった。

案内されたのは、リスボンの西側の丘に建つサン・ロケ修道院だった。三十年ほど前に、ときのポルトガル国王ジョアン三世がイエズス会に寄進した施設だという。七十名の司祭のほかに、数百の修道士が住んでいるとのことだ。礼拝堂はこの前年に竣《しゅん》工《こう》したばかりだった。一行は修道院長らに歓迎され抱擁されて、一般の修道士とは異なる宿坊に案内された。次郎左はひさしぶりに、揺れぬ寝台で熟睡することができた。

翌朝は、コンスタンチーノと一緒に四人の少年使節たちの身支度を整えることから始まった。湯を汲《く》み、航海中にたまった垢《あか》を落とし、さらに髪も切ってやった。四人には、修道院長から新しい僧服が与えられた。

次郎左も、こざっぱりとしたエウロパの衣類をもらった。ふつうの男たちが着る襦《じゅ》袢《ばん》と上着、それに軽衫《かるさん》だ。靴下も革の靴も、また帽子も与えられた。少年使節とはちがう外見になることができて、次郎左は喜んだ。これからの自分に似合っているのは、この土地の職人が身に着ける服だ。着物でもないし、エウロパの僧服でもないのだ。

朝のお勤めの折り、次郎左は礼拝堂をじっくりと観察した。サン・ロケ修道院の真新しい礼拝堂は、屋根が小屋組で、天井が張られていた。回廊部分には列柱とアーチがあった。堂内全体に、きらびやかな装飾がほどこされている。とくに祭壇の装飾が精妙で、職人たちの技術の水準にうならされた。

礼拝のあと、次郎左はディオゴ・デ・メスキータに訊《き》いた。

「リスボンの親方が建てたお堂なのですね？」

メスキータは答えた。

「そうだと聞きました。ただ、祭壇の装飾はローマで作られたものだそうです」

「わざわざローマで？」

「ローマの職人のほうが、腕がありますから」

その日、フェリペ二世の名代、アルベルト・アウストリア枢機卿《すうききよう》がリベイラ宮殿に使節団を招いた。まるで少年たちがほんとうに日本の王子なり貴公子なりと信じているかのような、きわめて鄭重《ていちよう》な扱いだった。枢機卿はラテン語で少年たちに年齢や健康について問うた。

さらに枢機卿は、離宮であるシントラの王宮にも後日ぜひ、と使節団を招待した。そのとき必ず日本の衣服を着てくるようにと要望があった。

バリニャーノの指示は、エウロパではとにかく目立たぬように振る舞うことというものであったが、国王名代が使節団を賓客のように扱うことについては、拒むことはできなかった。一行は、まずシントラ近くのペニャ・ロンガ修道院に向かい、そこからシントラの離宮へと出向くことにした。

ペニャ・ロンガ修道院では、次郎左たちは少年たちに着物を着せ、袴《はかま》をはかせた。九州の三人の大名が少年たちに持たせたものだ。着物は白地で、花や鳥など日本の自然が描いてあった。

枢機卿は少年たちの姿に感嘆し、しごく満足した様子だった。

メスキータの指示で、枢機卿には織田信長が教皇に贈る予定の屛風絵《びょうぶえ》も披露された。枢機卿はたいへんな関心を示してしきりに少年たちに質問したが、少年たちはよく答えることができなかった。次郎左は、描かれた風景をよく見知っているが、使節の少年たちは安土については何ひとつ知識を持っていなかったのである。

このとき次郎左は、織田信長の死がまだポルトガル王室には届いていないことを知った。イエズス会の報告が、途中どこかで止まってしまっているのかもしれない。もしイエズス会が、何らかの理由で信長の死を王室には報告していないのだとしたら、あえて事実は明かさないほうがよいだろう。キリスト教の庇護者《ひごしゃ》である信長がまだ日本で大きな権力を握っていると、エウロパの支配層には思わせておいたほうがよい。自分の修業のためにもだ。

リスボンに戻ると、使節たちはあらためて市内の教会や修道院を見学することになった。

ジェロニモス修道院を訪れたとき、次郎左は素直に驚嘆した。

八十年前に着工したというその修道院は、なお足場を組んでの普請が続いていた。装飾の多い外観で、中庭とこれを取り巻く長い回廊がある。聖堂は、祭壇部分と身廊部分とではっきり区別ができるほどに、様式が異なっていた。長い時間をかけて造営してきたせいで、表面部分は当世風になったということなのかもしれない。祭壇は簡素と言ってよいほどの造りであるが、身廊側は過剰なまでに飾りが多く、細工が緻密《ちみつ》だった。

聖堂の高い位置に窓があり、色のついた瑠璃《るり》がはめられている。その瑠璃を通じて、外の陽光が差し込んでいた。

また、天井は、初めて見るかたちだった。アーチが使われているが、筒型ではない。身廊内の主だった柱からアーチが八方へと伸びている。反対側、あるいは隣り合う柱からも同じようにアーチが伸びているから、天井にはアーチが何本も組み合わさった不規則な格子模様ができている。大木の枝がからみ合っているさまを、下から見上げているようだ。ほんとうに枝がからみ合っているのであれば抜けている空の部分が、天井として埋められている。しかも柱の高さは、およそ六丈はあるだろうか。

アーチの組み合わせだから、原理はわかる。しかし、この天井を作る技術が現実にあろうとは。途方もない時間をかけねば作り得ないこの天井を、じっさいにひとが作ってしまったとは。この天井を作る親方と職人衆が、じっさいにエウロパにいるとは。

ゴアでイタリア人の石積み親方フェルッチョが教えてくれた天井の普請《ふしん》も、この天井の精緻さ精妙さに較《くら》べたら、積み木細工程度の難度のものでしかないかもしれない。自分はこの技術をほんとうに修得できるのか？　それも数年の間に？

　次郎左はこの旅で初めて、己の目標の遠大さにおののいた。自分はこの技を身につけて日の本に帰国できるのだろうか。できたとしてそれは、いつのことになるのだろう。

　使節団は、その後もリスボンの多くの建築物や施設を見学した。メスキータは一刻も早くローマに向かって出発したがったのだが、枢機卿が了解しなかったのだ。十分にリスボンの栄華を見てからローマに向かえということだった。一行は毎日のように市内の教会や聖堂、修道院を訪問し、歓迎を受けた。枢機卿は、造船所や畜産場、ローマ式の競技場の見学にも便宜をはかってくれた。

　サン・ジョルジェ城に案内されたとき、次郎左はようやくエウロパの様の石積みの城と城壁を見た。意外だったが、さほどの驚嘆も感激もなかった。サン・ジョルジェ城は切り石を使っている点で穴太《あのう》積みとはちがうけれども、追いつけぬ、あるいはまるで別物の技、という印象は持てなかったのだ。切り石職人さえ大量に集めることができるなら、この程度の城は自分も日の本に築き得る。

それでも次郎左は、持参したタブレにその縄張りや目測での数字を書き込み、記憶に留めた。

建築ばかりではなく、この貿易港ではひとの姿も見ものと言えた。ゴアにもさまざまな肌の色をした、さまざまな風俗を持ったひとびとがいたが、ひとびとの多様さではこの街はゴアの比ではなかった。インドやアジアのひとびとに加え、この街にはギニアやアナトリア、それにエウロパの他地域のひとびとも多く住んでいた。フランス人、イスパーニャ人、イタリア人、ネーデルラントやイングランドのひとびと、さらにザクセンやスイスといった地方、国のひとびとがいた。話されている言葉もさまざまだった。

身なりこそエウロパのひとびとのようであったが、もしや日本人か、という顔もいくつも見かけた。バリニャーノの話では、少年使節たちの前にベルナルドという日本人青年がひとりエウロパに渡っているというから、この街で日本人を見かけてもおかしくはないのだった。

歓迎攻めの日々も、ようやく終わった。リスボンに上陸してから二十五日目、ローマに向かうべく、一行はリスボンを発《た》つことになった。まず陸路でイベリア半島横断である。途中、マドリーを経由する。ここでイスパーニャとポルトガルの国王、フェリペ二世に謁見《えっけん》することになっていた。ローマを目指す一行のために、アウストリア枢機卿が豪華な輿《こし》馬車を用意してくれた。

サン・ロケ修道院を出るときだ。メスキータが一行にひとりの少年を紹介した。従者として一行に加えるという。日本人に似た顔だちの少年である。マカオの出身で、アグスチーノ、という欧州名で呼ばれていた。

コンスタンチーノが笑いながら次郎左に言った。

「まぎらわしいですね」

次郎左は言った。

「おれは最初から次郎左だ。アグスチーノじゃない」

「船員たちには、そう呼ばれていたじゃありませんか」

「いちいち、ちがうと言うのも面倒だったからな」

リスボン出発後は、もう一行の誰も、次郎左をアグスチーノとは呼ばなくなった。

マドリーまでの旅の途中、次郎左は建築物、建造物をいくつも見て狂喜することになった。

イスパーニャとの国境の街エルバスでは、ちょうど建造工事中の長大な水道橋《すいどうきょう》を目にした。

完成すると全長二里弱、ヨーロッパで最も長い水道橋になるというアモレイラの水道橋である。石造でアーチが延々と連なる美しい橋だった。

国境を越えイスパーニャ領に入って、メリダの街にも一泊した。ここには、ローマ帝国が築いたいくつもの巨大石造建築があった。円形劇場やローマ劇場、さらに円形競技場、アーチ構造のローマ橋、水道橋、凱旋門《がいせんもん》などである。それらはリスボンの聖堂や修道院とはちがって、まず何よりも石の量感で次郎左を圧倒した。またこれだけの量の石を集め、切り、積み上げて、堂々たる建築物を完成させる技術もさることながら、指揮する親方の采配《さいはい》術と、それを支える組織の能力を想像して、敬服するしかなかった。リスボンのジェロニモス修道院などは職人技の極限という趣があるが、メリダの石造建築群は、大勢の技術者や職人衆、商人たちの座などを巧みに関わらせる術、さらに運漕《うんそう》や馬借《ばしやく》や駅逓《えきてい》といった世のあらゆる仕組みを秩序立てて動かす力と技の顕現と言える。いくつもの大きな普請に関わってきた穴太衆の棟梁《とうりよう》の息子として、次郎左にはそれを理解することができた。

さすがにメリダの街を出るときには、次郎左は感嘆の声を出す余力もなくなった。圧倒され、打ちのめされていた。

「どうしたんです？」と、コンスタンチーノが訊いた。「昨日はあれだけうれしそうだったのに」

次郎左は、苦笑しながら言った。

「腹がふくれて苦しいんだ。あまりにも見事なものを見すぎて、げっぷが出る」

「ローマに着くまでは何ごとにも驚かぬと決めていた様子でしたが」

「早めに驚いておいたほうがよい、という気持ちになってきた」

リスボンを出発してほぼひと月半の後の十月二十日、一行はマドリーに到着した。マドリーの貴族たちが提供した豪華な輿馬車に、使節ひとりひとりが乗っての王都入りである。使節団一行は、市内のイエズス会学院に旅装を解いた。

マドリー王宮でのフェリペ二世の謁見は、ポルトガルのシントラで行われたものを、より華麗にした儀式となった。

王宮はマドリー西部、マンサナレス川に近い場所に建つもので、かつては同じ場所にムーア人の砦《とりで》アルムダイナがあったという。この世紀に入ってから宮殿の建設が進められ、およそ二十年前、フェリペ二世が王宮をトレドからここに移したのだ。ほぼ同時期にフェリペ二世はマドリー西方十二里のエスコリアールに宮殿と修道院を建て始めており、使節の到着二カ月前に竣工を見ているとか。瑠璃をはめた窓が二千六百もあるという明るい宮殿らしい。使節の見学予定にも入っている。そのエル・エスコリアール宮殿と較べると、マドリーの王宮はいくらか質素で小規模である、と教えられた。

このときも少年たちは、着物に袴、腰に大小の刀、足袋に草履履きという日本の武士の姿で出向いた。宮殿の大広間には、この街にいる貴族や高位の聖職者、外国大使らが大勢詰めかけており、好奇のまなざしで王の引見を見守った。

通訳も務めているメスキータが、使節の少年たちをフェリペ二世に紹介した。王は口髭《くちひげ》、あご髭を生やしており、黒いビロードの衣服をまとっていた。腿《もも》の途中までの短い袴に、股引《ももひき》姿だ。金の飾り紐《ひも》や鎖を首から胸にかけていた。エウロパ最大の王国の君主である。

王は玉座を下りると、使節の少年たちの姿をしげしげと見つめてから、イスパーニャ語で訊いた。

「長旅、何か不自由はなかったか？」

訊《たず》ねられた伊東マンショは、イスパーニャ語がわからなかった。

メスキータが言った。

「使節はラテン語を学んできましたが、イスパーニャ語は知りませぬ。三年近い長旅、病気にかかった者もおりましたが、主のご加護のおかげでいまこうして正副四人の使節は、王の前に進み出ることができる次第です」

メスキータの合図で、伊東マンショと千々石《ちぢわ》ミゲルが日本語であいさつし、漆塗りの箱から三通の書状を取りだした。大友、有馬、大村の三人の大名からイスパーニャ国王に宛《あ》てた書状である。日本人修道士のロヨラがこれを朗読し、メスキータがイスパーニャ語に通訳した。

この間、次郎左はコンスタンチーノ、マカオの少年アグスチーノと共に、少年使節たちの後方に立って、一部始終を眺めていた。

次郎左は、賓客たちの中でひとり、ひときわ眼光の鋭い中年男が気になった。緋色《ひいろ》の僧服を身に着けており、その装飾からかなりの高い地位にある聖職者とわかる。やせて、頬がこけていた。彼は王の左側に立って、使節の少年たちをまるで馬のよしあしを見分けようとでもいう目で凝視していたのだ。

その日、書状伝達式が終わったところで、次郎左はメスキータに訊いた。

「ひとり、厳めしい顔だちのお坊さまがいました。使節の様子をじっと見つめておりましたが」

メスキータが言った。

「枢機卿のキロガ猊下《げいか》ですね。トレドの大司教で、宗教裁判長です」

「宗教裁判長?」

「異端を審問にかける責任者です。有能なお方です」


使節団は毎日、貴人たちに招かれ、方々の宗教施設を見学し、さらに宿舎に客を受け入れてはあいさつを受けた。リスボン滞在時と同様に、なかなかローマに向けて再出発することはできなかった。

連日の歓迎の宴や行事に四人の少年が疲れきって寝込んでしまった日、次郎左はメスキータから自由に市街地に出ることを許された。次郎左はコンスタンチーノに声をかけ、帽子を目深にかぶってふたりで宿舎を出た。

目立つ建物や馬車の行き交う通りの様子、広場の造りや記念碑などを丹念に眺めながら歩いた。ある広小路に入ったとき、ひとの動きが一方向に流れていることがわかった。小走りになっているひとびともいる。何やら行く手に見ものがあるようだ。

次郎左たちも、そのひとの流れに身を任せた。耳に入ってくるイスパーニャ語から、行く手にあるマヨール広場というところで裁判があるらしいとわかった。イスパーニャ国王臨席でのお裁きらしい。

突き当たった通りでは、ひとの動きが少し滞っていた。広場に入るのではなく、この通りでなにごとか待つということのようだ。石畳を踏みしめる靴の響きが聞こえてくる。兵士か役人たちが行進しているような音だった。次郎左はコンスタンチーノの袖《そで》を引いて立ち止まった。

次郎左は、そばに立つ僧服の男にラテン語で訊ねた。

「何があるんですか？」

その老僧は、一瞬だけ驚いた表情を見せたが、すぐに謹厳な顔にもどって答えた。

「異端者たちに、判決の言い渡しがあるのです」

「異端者と言いますと？」

老僧は顔をしかめて答えた。

「冒瀆《ぼうとく》者、重婚者、隠れユダヤ教徒、隠れイスラム教徒、魔女といった罪人たちです」

老僧の言う罪人たちの列が近づいてきた。列の前方は、揃《そろ》いの黒っぽい服を身に着け、腰に剣を差した男たちだ。役人なのだろう。そのうしろに、うつむいて歩く一団が続いている。罪人たちだった。女もまじっている。彼らはみな、くるぶしまでの白い長襦袢のような服を着ており、胸には炎のような印が描かれていた。ろうそくを手にしている。

白い長襦袢を着た罪人たちは、全部で三十人以上もいるようだった。通りを埋めた群衆が、罪人たちに盛んに何か言っている。声の調子から、それは悪罵《あくば》か嘲笑《ちょうしょう》の言葉だろうと想像がついた。

「彼らはどんな罰を受けるのですか？」と、次郎左は老僧に訊ねた。

老僧が答えた。

「罪の重さによって、いろいろです。鞭打《むちう》ち、鞭打ちに加えてガレー船での懲役。それに火あぶり」

「火あぶり？　宗門が違うというだけで？」

「異教徒という以上の重い罪はありません」

コンスタンチーノが老僧に訊いた。

「火あぶりは、マヨール広場で？」

「いいえ。アルカラ門の外の広場で。そこに火刑場が作られています」

罪人たちの最後尾近くに、睫毛《まつげ》の長い青年がいた。うなだれたほかの罪人たちとはちがって、昂然《こうぜん》と胸を張って歩いている。口元に見て取れるのは冷笑だ。彼と目が合って、それが誰かわかった。フェリーペ・テヘーロだ。テヘーロも次郎左に気づいた。目がみひらかれた。

声をかけようとしたが、何も出てこなかった。コンスタンチーノも隣りで驚いている。

テヘーロが通り過ぎていってから、次郎左は老僧に訊いた。

「いまの彼は何の罪でしょう？」

テヘーロはゴアで、高位の聖職者たちの堕落に憤《いきどお》っていた。それを非難したこともあると。そのため追放にとどまらず、異端者として最も重い処分を受けたということなのだろうか。

老僧はテヘーロの後ろ姿に目をやって答えた。

「同性愛でしょう。ひと目でわかる」

「刑罰は？」

「火あぶりです」

声を失いつつも、事情は理解した。教会は、上級者を告発した司祭に対しては、異端の罪で応《こた》えるということだ。

学院に戻ると、休んでいた少年たちが、外出の支度をしている。

次郎左はメスキータに、どこに行くのか訊いた。行き先次第では、従者として自分もついて行かねばならない。

メスキータが言った。

「アルカラ門です」

いましがた聞いたばかりの地名だった。では、少年たちがいまこれからそこに行く理由は？

「異端者の最期《さいご》を見せようと思っています」

「バリニャーノさまは、子供たちにはエウロパの醜いものは見せるなと、わたしに指示されました」

そのことをメスキータに指摘するのは初めてだった。差し出がましいだろうかとも一瞬思ったが、テヘーロの火刑を少年たちの慰みにはしたくなかった。

メスキータの右の眉《まゆ》が持ち上がった。

「少年たちに何を見せるかは、わたしが決めます。これは見せるべきものです」

次郎左は少年たちに目を向けた。四人とも、疲れなど忘れたという顔だ。うれしそうに小声でおしゃべりしている。

千々石ミゲルが、屈託なく次郎左に言った。

「一緒に行きましょう。異端の火あぶりがあるそうですよ」

次郎左は首を振った。

「よしておきます」

コンスタンチーノも、すっと少年たちから離れた。

マドリーを出発したのは、十一月二十六日である。メスキータがやきもきして出立を焦《あせ》ったけれども、けっきょくひと月と一週間、使節団はこの街に滞在したのだった。

マドリーからはイベリア半島を南東へと進み、アリカンテの港からふたたび船に乗る。地中海を横断してトスカーナのリボルノの港に向かい、リボルノから再び陸路でローマをめざすのだ。フェリペ二世が使節のために王室専用の輿馬車を提供してくれたし、旅費として大金も贈られた。また国王から関係機関に対して、使節の旅のために最大限の便宜をはかるよう命令が出された。さらにイエズス会のペント・ロペスという司祭が、ローマまで付き添うことになった。

行く先々で使節一行は、マドリーまでの旅程のとき以上の歓迎を受けた。どこに行っても貴族や豪族、教会やイエズス会が、四人の少年たちを歓待したのだ。出される食事は豪華であり、宿舎は高位の聖職者と同じ水準のものが提供された。フェリペ二世に謁見するまではかなり遠慮がちであり、歓迎それ自体に臆《おく》したところのあった少年たちも、次第次第にその待遇に慣れていったようだ。貴人、あるいは貴公子然として振る舞うようになった。

次郎左にとっても、それは不都合なことではなかった。使節一行の様子を見てエウロパの関係者やとくにイエズス会が、勝手に期待をふくらませてくれたほうがいい。日本での布教がつつがなく進行しており、今後は交易やひとの交流が活発になると、彼らが信じてくれるなら、自分の修業にも障害は生じてこないだろう。

イベリア半島を横断しているあいだに、年が明けた。グレゴリオ暦の一五八五年である。その日、日本は天正十二年の十二月一日だった。

一月十九日、使節団はイベリア半島の東海岸、アリカンテ港でイスパーニャの軍艦に乗り込んだ。地中海にはイスラム教徒の海賊が多く、もしものことが懸念《けねん》された。フェリペ二世は使節団を安全にローマに送るべく、軍艦を手配したのだった。

出港してほどなく、北東に向かう次郎左たちの船に、右手から一艘《そう》の細長い船が近づいてきた。帆船ではない。船体から櫓《ろ》を突き出した船だった。日本の伊勢船にも似たかたちをしている。船の接近に連れて、あまり心地よくは感じられない臭気も追いかけてきた。

次郎左はメスキータに訊いた。

「あの船は何なんですか？」

メスキータが顔をしかめて答えた。

「ガレー船。あれもイスパーニャの軍艦です。航海のあいだ、この船に付き添って、わたしたちを海賊から守ってくれます」

「この臭《にお》いも、あの船からですね？」

「そうです。ガレー船の漕《こ》ぎ手は、囚人か奴隷《どれい》です。艪についているあいだ、その場を離れることはできないのです」

「つまり」

次郎左はその状態を想像して、あらためて鼻をつまみたくなった。航海中、漕ぎ手たちは小便も糞《くそ》も垂れ流しにするしかないということなのだろう。あとは口にする気も失《う》せた。

「艪で走る船ですから、速い。しかも手強《てごわ》い兵士たちが乗っています。イスラム教徒の海賊船も、ガレー船が見えたら逃げ去ります」

「イタリアまでずっとついてくれるのですか？」

「はい。リボルノまで、護衛してくれます」

そのあいだ、ガレー船には風下側にいてほしいところだった。

さいわい船は、海賊に襲われることもなくイタリア西海岸のリボルノの港に着くことができた。トスカーナ大公国の軍港、貿易港である。ここまで来れば、ローマまでは陸路十日ばかりのはずである。

リボルノは、小さいが活気ある港街だった。次郎左はわずかの時間、一行とは別に市内を見てまわった。

二日後、次郎左たちはリボルノの北方にあるピサの街に入った。かつては良港を持ち、リボルノ以上に交易と海運とで栄えた都市である。いまは大学と大聖堂で有名であるとのことだった。

ピサでは、トスカーナ大公フランチェスコ一世の宮殿に泊まることになった。大公と公妃は、市内の別邸に滞在中だという。着いたその日、一行は大公のもとに伺候《しこう》して、手厚い扱いに謝辞を述べた。大公は、小柄で、少し気難しくも見える人物だった。錬金術と博物学に凝っており、美術にも詳しいという。

翌日、一行は大聖堂でのミサに出席した。大聖堂は、白い大理石造りの巨大な伽藍《がらん》である。奥行きが五十間以上もあった。十字型の縄張りを持つ建物だった。ほかに洗礼堂、鐘楼、墓所回廊が同じ場所にあって、これらをまとめて大聖堂と呼んでいるようであった。洗礼堂の屋根は、話に聞いていたクーポラ、円蓋《えんがい》型だ。鐘楼は円筒形の矢倉であるが、斜めに傾いている。そのように造ったわけではなく、築いているあいだに傾いてしまったとのことだった。

とうとう円蓋型の天井を目の当たりにしても、次郎左は予想していたほどの驚きを感じなかった。リスボンからここまで、満腹を感じるほどに見事な石造建築を見てきたせいだ。その築造法を自分はいま解くことはできないが、石積みの親方から言葉で説明されれば確実に理解できるだろう。それは、これまでさんざん見聞きしてきたアーチ造りの術の、その先にあるもののはずだ。自分がまったく知らぬ、ちがう術であるはずはない。

使節団はピサに五日滞在した後、フィレンツェに入った。トスカーナ大公国の首都である。ピサを流れるアルノ川の上流にあった。

メスキータが教えてくれたところによれば、かつてこの街はフィレンツェ共和国と呼ばれる都市国家の中心地であったが、前世紀にリボルノ、ピサを併合、以降急速に繁栄したのだという。文化、芸術も隆盛した。およそ三十年前にはフィレンツェの旧家であるメディチ家のコジモ一世が、この地方で激しく覇権を争ってきたシエナをついに屈伏させた。これによりメディチ家はトスカーナ地方を完全に掌握、大公国が誕生したとのことだった。

フィレンツェでは、フランチェスコ一世が、街の中心にあるベッキオ宮殿に一行を招待してくれた。宮殿は、共和国時代に政庁として建てられたという装飾の少ない建物である。巨大なサイコロのような形をしており、高い鐘楼が付属していた。

着いた当日、すぐにベッキオ宮殿の「五百人広間」で歓迎の祝宴があった。

その夜の舞踏会のときだ。使節一行がピサでの歓迎会のときと同様に大公夫妻や賓客たちと踊っているとき、ひとりの中年男が次郎左のほうに近づいてきた。メスキータを伴っている。口からあごにかけて髭を生やした男で、右手に瑠璃の盃を持っていた。黒っぽい上着姿だ。

男は次郎左の前に立ってローマの言葉で訊いてきた。

「あなたは建築家とうかがったが」

次郎左はとまどった。少年たちがいつのまにか王子たちに格上げされているように、自分の身分も誤解されて伝わっているのか？ 次郎左は答えた。

「石積みの職人です。ローマで建築を学ぶためにやってきました」

「職人なのか」

メスキータがその男に言った。

「若いけれども、日本でいちばん優秀な職人です」

男はまた次郎左に顔を向けてきた。

「ピサの大聖堂は見たかな？ 日本の建築と較べて、どんなものだ？」

「素晴らしいものでした」と次郎左は答えた。「あのような建築を、いつか日本で造ってみたいと望んでおります」

「日本の建築とはどんなものだ？ 石を使うのか？ それとも煉り瓦か？」

「土台は石。建物は木製です」

男の顔にわずかに侮蔑《ぶべつ》が表れた。

「どのくらいの大きさのものがある？」

イタリアの長さの単位で一ブラッチャが、およそ二尺である。

次郎左は安土城の規模を思い起こしながら答えた。

「わたしの父が造った要塞《ようさい》と宮殿は、石垣の高さが、二十五ブラッチャ。建物はその上に六十ブラッチャ」

男の表情が一変した。目をみひらいている。

次郎左はつけ加えた。

「兄はいま、もっと大きな城を築いているところです」

「ローマ語が上手だな」

「イタリア人宣教師のもとで、自然哲学を学びましたので」

メスキータがつけ加えた。

「彼はラテン語も堪能《たんのう》です」

男はいよいよ感嘆の顔となった。

「ずっとイタリアに留まるのか？」

「ローマで、エウロパの建築術を学びます」

「そのうち、日本の建築について話を聞かせてもらいたいものだ。わたしの名は、ベルナルド・ブオンタレンティ。この町に住んでいる。明日、案内しようか。わたしの仕事なども見せてやろう」

「ありがたく存じます。ぜひ。わたしは戸波次郎左です」

「ジロウザ、明日また」

ブオンタレンティと名乗った建築家は、次郎左のそばから離れていった。

次郎左はメスキータに訊いた。

「高名な建築家なのでしょうね？」

メスキータはうなずいた。

「もっぱらメディチ家の仕事をしているひとだそうです」

お抱えの建築家ということか。次郎左は、広間の奥にもどってゆくブオンタレンティのうしろ姿に目をやった。

少しの後、こんどはフランチェスコ一世がやってきた。一礼すると、彼は次郎左を上から下まで遠慮のない目で観察してから、ラテン語で言った。

「ローマの学院で建築術を学ぶとか？」

次郎左は、自分についての誤解にまた戸惑いつつ、ラテン語で答えた。

「そのために、日本から旅してまいりました」

「ピサの大学に入ってはどうか？ ローマで学ぶよりもよいと思うが」

次郎左はどう答えてよいものかわからず、メスキータに助けを求めた。

メスキータが言った。

「ローマで、イエズス会が面倒を見ることになっております」

フランチェスコ一世は、肩をすぼめた。それならばしかたがないとでも言いたいようだ。

「それにしても、この若者にはもっとましな身なりをさせてやってはどうか。これでは下男か作男だ。建築家にも学生にも見えぬ」

メスキータはいま初めて気づいたというように言った。

「御意にございます、殿下。さっそく」

「教皇に拝謁するときは、これではいかん」

「かしこまりました」

フランチェスコ一世が離れてゆくと、ちょうど楽士たちの奏《かな》でる音楽も終わった。客たちのあいだから拍手が起こった。大広間の中央で、それまで婦人を抱いてぎこちなく踊っていた伊東マンショと千々石ミゲルが、それぞれ婦人から離れたところだった。


翌日、一行が市内見学に出るとき、ブオンタレンティも同行してきた。

フィレンツェでの見ものはなんといっても、サンタ・マリア・デル・フィオーレ（花の聖母マリア）のドゥオーモだった。巨大、という形容でもまだ慎ましく感じられるほどの、大きな円蓋《クーポラ》を載せた建築物である。高さも、そしてその直径も、それは次郎左の想像を超えた寸法だった。ピサの礼拝堂で、と次郎左は思った。驚かなかったのは正解だった。驚くべきは、ここだった。

聖堂内でのミサのあいだも、次郎左はずっと円蓋の内側を凝視していた。

ミサが終わったとき、ブオンタレンティが言った。

「何か腑《ふ》に落ちないという顔だな」

次郎左はブオンタレンティに顔を向けた。

「ええ、ふたつ」と次郎左は言った。「ピサの洗礼堂のドームは、円蓋の頂き部分はふさがっていました。でもこのドームは、頂きに穴が空いています。その外に、円塔が載っている。頂きに穴があるのに、この円蓋ができていることがわからないのです」

ブオンタレンティが訊いた。

「アーチ構造はわかるのか？」

「はい。このドームも、八本のアーチを組み合わせて円蓋を作っているのだと思いますが、でも要石《かなめいし》を置く部分が穴となっています。要石なしになぜこの円蓋が作れるのでしょう」

「よく見てみろ。要石はほんとうにないか？」

そう言われて、次郎左は円蓋の頂き部分にあらためて目をこらした。やはりそこは穴が空いている。穴があると見せただまし絵が描かれているようではない。要石は見当たらなかった。

焦点を少しだけ引いてみた。円蓋をもう少し広く観《み》るようにだ。

「あ」と、思わず次郎左はもらした。

「わかったか？」

「もしかすると、あの穴の外の輪が、要石の代わりでしょうか」

「そのとおりだ。石を組み合わせて、圧《お》し輪《わ》を作っている。下から子午線のように伸びてきたアーチは」

ブオンタレンティが言葉を切って次郎左を見つめた。

「子午線はわかるか？」

次郎左もブオンタレンティを見つめ返して答えた。

「はい」

「子午線状に造られたアーチの重さは、その輪にかかって石を中心方向に押す」

ブオンタレンティは両のてのひらでいったん輪を作ってから、締めるように輪を小さくした。

「圧し輪はアーチと同じ原理で作られている。水平にしただけだ。真ん中がなくても、崩れない」

「要石がない、と見えてしまいました」

「なしでは、ドームは造れない。ただ、この大きさだ。ドームの下部では重さは外側へ水平方向にも働く。基部と違って控え壁は造れないから、帯鉄を使って力を抑え込んでいる。素材は石だけじゃない」

次郎左は思わず首を振った。鉄も使われているのか。

「もうひとつは？」とブオンタレンティ。

「クーポラを作っている壁の厚さもふしぎです。外径と内径の差を見ると、壁の厚さは八ブラッチャ以上はあるでしょう。その厚さの石の重さを、あの曲線が支えているとは」

ブオンタレンティは、次郎左の言葉に驚いたように言った。

「強石灰も使っているし、クーポラは二重になっている。外側の屋根と、円天井とのあいだには隙間《すきま》があるんだ。中に階段があって、頂きまで登ることができる」

「二重でしたか。いつごろ造られた建物ですか」

「およそ二百九十年前に着工だ。それから百四十年かかってできた」

使節一行が移動を始めた。メスキータが目で、早くこちらにと合図してくる。次郎左は少年たちを追いかけた。

フィレンツェには七日間の滞在だった。つぎはシエナの町を経由し、いよいよローマである。

フランチェスコ一世は教皇領との境まで、軍隊を出して一行の護衛にあたらせた。いったん都市を離れれば、街道沿いでも強盗、山賊が跋扈《ばっこ》していたからである。国境では教皇派遣の兵士三百が待っていて、使節一行への随伴を引き継いだ。

三月二十二日の夜、一行はポポロ広場のフラミニア門をくぐってついにローマ市内に入った。長崎を発ってから三年とひと月というときが経過していた。

遥《はる》か地球の反対側からやってきた使節についての噂《うわさ》は、一行を先回りしてローマにもたらされていた。しかもそれは、実際よりもはるかに大げさに語られていた。ローマの教会関係者はもちろん、各国の外交官や一般市民まで、キリスト教徒であるその少年使節を歓迎すべく待ち構えていた。

翌日、教皇庁へ向かう輿馬車は、凱旋将軍を迎えたかのような大行列となった。先頭を教皇庁の騎兵隊が、熱狂する市民をかき分けるように進み、その後ろにスイス人衛兵部隊、教皇庁の職員、家臣団が続いた。各国の大使たちもこの行列に加わった。さらに鼓手が続いて、行進のリズムを刻んだ。鼓手たちの後ろには二人の大司教だ。その二人に曳《ひ》かれるように、伊東マンショ、千々石ミゲル、原マルチノの三人が着物姿で馬にまたがっていた。使節の四人のうち、中浦ジュリアンは高熱を出したため、馬車でべつに教皇庁に向かった。三人の使節のうしろに、イエズス会のメスキータである。次郎左やコンスタンチーノは、さらにその後ろについて歩いた。

この日次郎左は、フランチェスコ一世から贈られた、ゆったりした黒ビロードの上着と、共布の膝下《ひざした》までの軽衫《かるさん》を身につけている。ブオンタレンティが着ていた服によく似ていた。たぶんこの服であれば、教皇の前に出ても眉をひそめられることはないのだろう。

行列を後方から守るように、多くの騎乗の騎士たちが続いてくる。その列が進む通りの両側を、ぎっしりと市民が埋めていた。

サンタンジェロの橋を渡り、要塞からの祝砲を聞きながら、一行は教皇庁に達した。隣接する広場では巨大な足場が組まれて、大聖堂が普請の途中であった。まだ円蓋型の聖堂は姿を現していない。かなりの高さまで積まれているはずの柱も壁も、足場に隠れて見えなかった。いま職人や工夫たちはみな地上に降り、手を休めて、一行の到着を見守っている。

教皇庁に入ると、少年使節たちは帝王の間に通され、皇座に腰掛ける教皇グレゴリオ十三世の前に進み出て、御足に接吻《せっぷん》した。高齢の教皇は、少年使節の拝謁に感激した様子で、涙を流した。それにつられたように、列席した多くの枢機卿たちも目を赤くした。

この日は、とくにそれ以上の儀式はなかった。ごく簡単に終了したのだ。おおげさにも感じられる格式張った宗教行事や公式行事は、翌日から始まったのだった。

四月三日、少年使節たちは日本からの贈呈品を教皇に渡すべく、あらためて拝謁を願い出た。

教皇の執務室に通されると、そこには多くの枢機卿たちも待機していた。使節たちは、まず織田信長が教皇に贈った屏風絵を披露した。中央近くに描かれた安土城天守の、五色の壁の色がまばゆかった。

教皇はいたく感動した様子で、少年たちにラテン語で訊いた。

「この町は日本のどのあたりにあるのか？　都とはちがうのか？　誰が統《す》べているのか？　人口はどのくらいか？」

アウストリア枢機卿の前でのときと同じことが起こった。伊東マンショら少年たちは困惑した様子で、互いに顔を見つめ合った。三人の中に、安土を知っている者はいない。

沈黙がしばらく続いた。居合わせたひとびとがいぶかりはじめ、ささやきが部屋に広がった。それはおそらく、使節はラテン語を解さないか、それとも屏風に描かれた町について何の知識も持っていないのでは、という疑念であったろう。つまり、使節たちはけっして日の本の学のある身分ではないという認識につながる。歓迎の気持ちは、一瞬にして侮蔑へと変わろうとしていた。

次郎左は、意を決して一歩前に進み出た。

「おおそれながら」

そのラテン語に、教皇も枢機卿たちも一斉に次郎左を見た。

横でメスキータが身を固くしたのがわかった。

次郎左は続けた。

「使節たちは若く、このような場には慣れておりませぬ。猊下の前で、緊張のあまり言葉を失っております。差し支えなければ、従者であるわたくしめが使節に代わってお答えいたします」

教皇が次郎左を見つめ、先を、と促すように小さく手を動かした。

次郎左は屏風絵を示しながら言った。

「ここに描かれている安土は、日の本の中央、都に近い土地にある町にございます。織田信長さまという有力なる大名が、先年この地に宮殿を移し、町を築きました。新しい町ですので人口はまだ一万弱、でも信長さまの庇護のおかげで商いが活発となり、ひとの数はなお増え続けております」

その場の空気がまた変わっていった。使節の身分、素性についての疑念がすっと消えていくのを次郎左は感じた。

次郎左はさらに続けた。

「キリスト教徒の数も少なくはなく、日本のセミナリオふたつのうちひとつも、この町にございます。中央に描かれておりますのが、信長さまの宮殿、安土城とその高楼にございます。都の帝の宮殿をしのぐ豪壮さと評判の城にございます」

すでに信長は亡《な》く、安土城は焼失したとつけ加えることはあるまい。

教皇が二度三度とうなずいて、あらためて屏風を凝視した。メスキータが後ろから次郎左の上着の裾《すそ》を引っ張った。次郎左は一礼して後ろに下がった。

教皇の執務室を出て、廊下を歩いているときだ。ひとりの枢機卿が一行を追いかけてきた。三十代なかばと見える人物である。みなその場に立ち止まり、廊下の片側に寄った。

その枢機卿は、次郎左の前までやってくると、ラテン語で訊いてきた。

「フィレンツェのブオンタレンティから手紙をもらっている。あなたが日本の建築家だろうか?」

次郎左はほかの面々の耳を意識しながら答えた。

「自分は石積み職人にございます」

「職人?」枢機卿は、次郎左がラテン語を間違えているのでは、という顔になった。

「ここにいる面々のほかに、使節団員はいるのかな?」

「もうひとり副使の少年が。いま、熱で伏せっておりますが」

枢機卿は、まだ合点がいかぬという顔で言った。

「安土という町の話、興味深く聞いた」

枢機卿はくるりと踵《きびす》を返すと、廊下を戻っていった。

メスキータが、案内してくれていた教皇庁の司祭に訊いた。

「いまのお方は?」

その若い司祭は、ちらりと廊下を振り返ってから答えた。

「フェルディナンド枢機卿にございます。トスカーナ大公の弟ぎみです」

司祭がまた廊下を歩きだした。次郎左たちも彼へ続いた。

教皇庁の出口へと向かいながら、次郎左は思った。

いまの教皇への言葉で、自分は信長から受けた指示のうち半分は果たしたことにならないだろうか。いや、これからの修業のことを考えるなら、それは十分の一程度のものだろうか。

ともあれ、ここはローマだ。旅の目的地なのだ。

5

城壁の上の歩廊で、戸波次郎左は顔を上げ、息をついた。

改修と補強の普請《ふしん》仕事が片づき、次郎左はきょう半日、細部の仕上がりをいま一度点検していたのだった。

城壁の内側は、バチカン宮殿のある一帯である。いくつもの礼拝堂や聖堂の建つ土地であるが、その中心部、聖ピエトロの埋葬地だという広場では、高さ四十丈にも達しようという巨大な足場が組まれている。中ではサン・ピエトロ大聖堂の円蓋《クーポラ》部分が工事中なのだ。足場の木材の隙間《すきま》からも、円蓋はほぼ完成に近づいていることがわかる。あと二年ぐらいのうちには、円蓋は頭頂部の圧《お》し輪《わ》を入れて完成することだろう。その前後左右、身廊や祭壇部分の普請も、どうやら終わりにかかっているようだ。およそ八十年かけて続けられてきたというこの大普請も、いよいよ終了、数年の後に足場の大部分は取り払われる。教皇庁が金庫を何度となく空にしても竣工《しゅんこう》を目指した大聖堂が姿を現す。次郎左が師事する建築家ドメーニコ・フォンターナの言葉に従えば、それはピサの大聖堂やフィレンツェのドゥオーモを凌《しの》ぐ、エウロパで最大にして最も豪華な建築物になるのだという。

その足場の右手方向には、丸太を輪切りにしたようなサンタンジェロ要塞《ようさい》が見える。要塞のすぐ脇《わき》をテベレ川が流れており、川の対岸に広がる家並みがローマの市街地である。赭色《あかっちいろ》の瓦屋根《かわらやね》と白っぽい壁の建物が、高い密度で集積した大都市だ。パンテオンをはじめ、いくつかこぶりの円蓋がそのローマ市街地のほうぼうから突き出ている。

いま次郎左が立っているのは、バチカン宮殿を取り巻く城壁の上だ。南側のサント・スピリト門の北西である。

グレゴリオ暦の一五八八年三月一日だ。

次郎左が少年使節の随員としてローマに到着した日から三年が経《た》っていた。

とうぜんこのあいだに少年使節たちはローマから日本に向けての帰路に就いた。ローマ滞在はひと月ほどであった。使節たちが謁見《えっけん》したグレゴリオ十三世はその直後に没し、使節たちはその葬儀にも、また新教皇シスト五世の即位式にも立ち会ったのだった。

使節たちがローマを発《た》ったのは、六月三日である。次郎左に代わり、リスボンから加わったマカオ出身の少年が従者として少年使節たちの世話を焼くことになった。そのマカオ人の少年はアグスチーノというエウロパ名を持っていたから、使節は行きも帰りもアグスチーノという男を従者として従えていたことになる。

それから三年、使節はもうそろそろ日本に帰り着いていてよいころだった。

次郎左はローマではイエズス会のジェズ教会付属の修道院に寄宿し、これまでよりもいっそう熱心に自然哲学を学んだ。またわずかな暇を見つけては、ローマの多くの建築物を見学した。コロッセオはもちろんのこと、巨大な円蓋のある古代の建物パンテオンや、競技場、橋、大浴場、街を取り巻く長大な城壁、アーチを三段、四段にも積み上げた水道橋などである。コロッセオの西側、古代ローマの中心部が埋もれているというフォロ・ロマーノの放牧場では、地面から突き出たギリシア式の円柱に、遠い過去のローマの様子やその規模を想像した。さらに石を敷きつめた街路や、地下に掘られた下水道の設備にも感嘆せざるを得なかった。そしてもちろん、街の造りそのものにも。

そのローマが、わずか六十年ほど前に、大軍勢に攻められて略奪に遭ったという事実にも驚かされた。これほど堅固に見える都市が、攻められ、守りを破られ、乱取りに遭っている？　それもつい六十年前に。

イエズス会の同い年の修道僧が教えてくれた。

「神聖ローマ帝国のカール五世が当時のクレメンス七世教皇猊下《げいか》と対立、ついに戦となって、神聖ローマ帝国の軍勢がローマを襲ったのです」と彼は言った。「憎むべきルター派の傭兵《ようへい》隊と、イスパーニャ、イタリアの雑多な兵士たち二万です。彼らを迎え撃ったのは、教皇庁のスイス人衛兵と、メディチ家の黒旗隊、それに神学校の生徒たち八千でした。ローマの城壁は長い平和の時代に荒れてろくに修復もされておらず、容易に異端たちの侵入を許してしまったのです。

当時のローマは、人口が六十万ともいいました。外国人も多く、イスパーニャ人は七千、フランス人もいて、その多くは菓子職人でした。宿屋や肉屋、それに印刷業ではドイツ人が多く働いていました。金貸しや宝石細工などはユダヤ人たちです。

カールの軍は、その繁栄するローマに侵入すると、無法と狼藉《ろうぜき》の限りを尽くしました。教会や修道院、尼僧院、大邸宅は片っ端から襲われ、財物が略奪されたのです。金持ちたちは捕まって、カネや財物の隠し場所を明かすよう拷問《ごうもん》を受けました。貴族階級の婦人や修道女たちはみな餌食《えじき》となって凌辱《りょうじょく》を受けたそうです。

このときの市民の犠牲者は一万二千とも二万ともいいます。ローマ始まって以来の大きな災厄、戦禍でした。教皇様はサンタンジェロ要塞に籠城《ろうじょう》し、ついでそのまま軟禁となって、多額の身代金を求められました。神聖ローマ帝国軍がこの地を撤収したのは、一年も経ってからだったといいます」

そのイエズス会士はさらに教えてくれた。

それからローマがなんとか復興するまで、十五年も要した。一五三四年、教皇パウルス三世の時代以降は、災禍の痕跡《こんせき》はローマの表面からはほぼ消えた。もちろんこのローマ劫掠《こうりゃく》以前の栄華が完全に戻ることはなかったけれども、たとえば何度か普請が中断されたサン・ピエトロ大聖堂が、いま竣工を目前にしている。その程度にはローマは立ち直ったのだ。

ただし、外国人の数は減ったという。ローマ劫掠がイスパーニャ人やルター派のドイツ人によるものであったことから、戦災後は外国人や異教徒に対する視線がきわめて厳しくなったせいだ。そのうえ教皇パウルス四世は、ローマのユダヤ人を公職や組合から追放、居住区も隔離するよう勅書を出した。さらに教皇ピウス五世は、熱心な反宗教改革支持者だった。彼はユダヤ人の教皇領からの完全な追放を命じ、異端審問所の権限を強化した。禁書目録も膨大な長さとなり、印刷業に従事していたドイツ人の多くもローマを去ることになった。

次郎左がやってきたのは、そのような時期のローマだったのである。

いま次郎左の右手にあるサント・スピリト門は、神聖ローマ帝国軍に最初に破られた城門である。ここを抜けて北進すればわずか三、四町でバチカン宮殿という位置にあった。侵攻のとき、クレメンス教皇は火縄銃による狙撃《そげき》を避けつつ、宮殿から石の通廊の上を駆けてサンタンジェロ要塞へと逃れたそうだ。

ローマ劫掠後、城壁はバチカンから南方向、ジャニコロの丘の稜線《りようせん》上にも延ばされた。トラステベレ地区を囲む城壁のさらに外側、アウレリウス門やポルトス門を内側に取り込む格好に建設され、要所に稜堡《りようほ》が設けられたのだ。

さらにいま、サント・スピリト門内側には枡形《ますがた》がつけ加えられ、北西側には城壁と稜堡が拡張、新設されていた。これにより、バチカン宮殿とローマを取り囲む城壁は一部では二重となり、その二重の城壁の外側にさらに突き出す格好で、いくつもの当世ふう稜堡が設けられているのだった。

門の内側、サント・スピリト病院の脇の通りを、男が四人、門の方向に向かってくる。ひとりは芸術家ふうの身なりである。その帽子から、次郎左の師匠である建築家、ドメーニコ・フォンターナであることがわかった。

ローマに留まった次郎左は、イエズス会の修道院で六カ月自然哲学を学んだあと、石積み親方、フィリッポ・コレッリのもとに弟子入りした。ゴアにいたイタリア人の親方、フェルッチョ・ダ・ザガローロから紹介状をもらっていたので、イエズス会を通じて引き合わせてもらったのだ。コレッリはちょうどサン・ピエトロ大聖堂の普請を請け負っていた。コレッリを監督しているのが、サン・ピエトロ大聖堂建設にあたっての次席の建築家、フォンターナである。

次郎左は修道院で寝起きしつつ、サン・ピエトロ大聖堂の普請現場に通うようになった。八百人の職人や人夫が働くこの大普請の場では、石積みの実際を知っており、しかも図面の読める次郎左は重宝された。コレッリは次郎左を助手のひとりとして使うようになった。次郎左のラテン語とイタリア語の力は、このころすでに親方と職人衆や人夫たちとのあいだに入って仕事をするには十分なだけの水準だった。

去年になってから、フォンターナとコレッリは、教皇庁からサント・スピリト門北西側の城壁の改修と補強工事も命じられた。サン・ピエトロ大聖堂の普請と同時に進めよということだから、人手が足りなくなった。そのため次郎左は、兄弟子のひとりと共に、もっぱらこちらの城壁と稜堡の石積みを受け持つことになった。このとき次郎左はフォンターナの測量と製図も手伝い、この技術を身につけた。

サント・スピリト門北西側の城壁補強工事は、先日終わった。昨日のうちに足場は完全に取り払われ、周辺が清掃された。きょう、普請の担当枢機卿《すうききょう》であるフェルディナンドが出来具合を確認して、正式に工事は終了ということになる。

見ていると、四人の男たちは城門内側の階段を昇り始めた。次郎左は上着の前釦《まえボタン》をはめて、フォンターナを含めた男たちが城壁の上に上がってくるのを待った。

城壁上に姿を見せた男たちの中に、緋色《ひいろ》の法衣《ほうえ》の枢機卿がひとりいた。三年前、使節団謁見の場にもいたフェルディナンド枢機卿だ。あのときの印象よりもいまはもっと活動的で健康そうに見える。目にも精力がみなぎっていた。

イエズス会修道院の副院長もいる。デムーロだ。彼はすぐに次郎左に冷ややかな目を向けてきた。枢機卿と同じ用事でやってきたようには見えない。彼は彼の用事で、次郎左に会いに来たようだ。

もうひとりの僧服の男は、枢機卿の部下と見えた。フェルディナンドの後ろでかしこまっている。

フェルディナンド枢機卿は少しの時間城壁上を歩いて、工事の仕上がり具合を確かめていた。城壁の矢狭間《やはざま》から外にも何度も目を向けた。表情から見るかぎり、この改修と補強工事には満足しているようだった。

やがて彼はバチカン宮殿を背に振り返ると、フォンターナに訊《き》いた。

「二重の城壁と稜堡。これでもう破られることはなくなったのだな？」

フォンターナがおおげさにうなずいて言った。

「二重の城壁は、マキャベリさまの薦める様式。これに稜堡の組み合わせです。もう一度カール五世が攻めてきても、ここを突破することはできません」

バチカン宮殿をめぐる城壁と城門の整備は、この場所だけで行われたのではなかった。城壁全体について、もう五十年もの歳月をかけて改修と補強がなされてきた。稜堡が採用されたのはわりあい近年になってからだという。このサント・スピリト門北西側の改修と補強が終われば、引き続いて東側、テベレ川までの補強工事となる予定だった。

フェルディナンド枢機卿が、もう一度城壁の外に目をやって言った。

「城の造りが、近年一変してしまったな。ローマ劫掠は、それまでの用兵術、築城術を一瞬で時代遅れにしてしまった」

「大砲の進歩が大きうございますな」

「故郷の街が心配になる。あそこも、古いローマのような街だ」

「フィレンツェにございますか」

「六十年前のローマのようにはしたくない。わたしがいる限りは」

「と言いますと？」

フェルディナンドがフォンターナに向き直った。

「昨年、兄の急死を受けて、わたしがメディチ家の当主となった。となると、わたしには枢機卿の仕事よりもトスカーナ大公としての仕事のほうが重要になる。昨年猊下にお目にかかって、枢機卿を辞する許しを得たが、いよいよフィレンツェに帰って、正式に大公の座に就くことになったのだ」

「それはおめでとうございます。しかし、猊下には大聖堂の完成、見ていただきとうございましたが」

「あと二年か？」

「二年で円蓋が完成。その上に塔を載せる工事にあと三年かと」

「残念だが、そのとき見に来る暇もあるかどうか。そのほう、それまではローマを動けぬな？」

「大聖堂につきましては、次席を拝命しておりますゆえ」

「フィレンツェにも仕事はたっぷりとあるのだが」

「お故郷《くに》には、ベルナルド・ブオンタレンティがおりますな。建築だけではない、多才な人物とか」

「舞台美術も手がけるし、料理も考案する。ピッティ宮殿の洞窟《どうくつ》を作ったのも彼だ。ただ、忙しすぎる」

フェルディナンドがふと次郎左に目を向けてきた。いま初めて気がついたという顔だ。

「次郎左と言ったか？」

次郎左はフェルディナンドの姿をこれまでも目にしてきた。大聖堂建設の担当枢機卿として、彼は普請の場にはよく足を運んでいたのだ。フォンターナと打ち合わせている姿も何度か見かけてきた。ただ、声をかけられたのはあの謁見のとき以来だ。

次郎左はかしこまって答えた。

「さようにございます。いま師匠《マエストロ》フォンターナさまの指導を受けているところです」

フォンターナが言った。

「幾何学も理解しているし、測地術も、製図も学んだ。図面が読めるので、いまはコレッリの助手を務めております」

「助手を？　優秀なのだな」

「コレッリは、こちらの普請をこの者にまかせきりです」

じっさいは兄弟子もいる。フォンターナの言葉には誇張があるが、次郎左は黙っていた。聞いていて、不愉快なことではない。

フェルディナンドが次郎左に訊いた。

「日本に帰るのだったか？」

「はい。いつかは日本に帰って、ローマのような城塞や城壁、城門を築きたいと願っております」

フェルディナンドの横で、デムーロ副院長が少しだけ眉《まゆ》を上げた。次郎左の言葉に何か引っかかるところがあったようだ。

フェルディナンドがさらに訊いた。

「十分学んだか？」

「いいえ。けっして十分とは」

「謙遜《けんそん》か？　まだ日本には帰れぬと？」

そうだ。この国では、謙遜は美徳ではない。何もできなくても、自分は天才であると主張するのが、この国の男たちの流儀だ。できないと言えば、そのとおりに受け取られる。無能であると認めたことになる。

「日本に帰れば、この城壁や稜堡と同じものを造れましょう」

「いつ帰るのだ？」

「こちらの普請が一段落したら」

「大聖堂の竣工後、という意味ではあるまい？」

「じつは、そろそろと思っております。日本には、わたしの働き場が多いかと存じますので」

「もしあと数年、イタリアで働いてみるつもりがあるのなら、フィレンツェに来るがよい。あの街にも、仕事は山ほどある。いや、仕事が生まれる」

「もし機会がございますれば」

フォンターナが横からフェルディナンドに訊いた。

「フィレンツェを、ローマにするおつもりなのですな」

フェルディナンドは不愉快そうに首を振った。

「まさか。こんな薄っぺらで不自由な街にするものか。フィレンツェどころか、トスカーナ全体を、外国人も異教徒も異端もユダヤ人も、自由に工房を興し、自由に交易や商いのできる国にするのだ。芸術をもっと花開かせるのだ。ローマなど、いずれ遺物だけの街になる」

フェルディナンドは踵を返すと、城壁を降りていった。従者とフォンターナがこれに続いた。

あとに、副院長のデムーロが残った。痩《や》せた、謹厳そうな顔で次郎左を見つめてくる。

次郎左は訊いた。

「日本から何か手紙でも?」

「いや。それより大事なことを」

「なんでしょう」と、次郎左は身構えた。もしかすると、それはつまり。

修道院副院長のデムーロが言った。

「承知かと思うが、修道院にはキリスト教徒でもない者をなぜ寄宿させるのかという声がある」

そのことか。それは、自分とイエズス会との契約があるから、という理由では不十分なのか?　次郎左は言った。

「アジア管区長のバリニャーノさまからの書状をご覧いただいたかと。帰国まで便宜をはかるように、と書かれていたものです」

「承知しておるが、織田信長という大名は亡《な》くなった。安土城下のセミナリオも閉じられておる。織田という大名が派遣したあなたを、イエズス会が保護すべき理由も薄くなったのだ」

「バリニャーノさまの保証があればこそ、わたしはローマまで使節団の従者としての務めも果たしたのです。その後の修業についても、支援していただけるからと」

「それから三年経った。イエズス会の支援も限界に来ている」

「バリニャーノさまとは、期間については取り決めておりませぬ」

承知だ、と言うようにデムーロはうなずいて言った。

「あなたは異教徒だ。いまだに改宗していない」

「バリニャーノさまも、改宗を条件とはしておられませぬ」

「でもあなたは、三年間修道院で修道僧たちと寝起きを共にした。信徒しか生活できぬ場所で、異教徒ながら信徒と同じ待遇を受けてきたのだ。それでもなお改宗の意志はないのか？」

次郎左は、一瞬だけ自分の答が呼び込む事態について考えてから言った。

「ございませぬ」

「キリスト教徒にはどうしてもならぬと」

「わたしは神を見ておりませぬ」

皮肉に聞こえたかと次郎左は思った。イエズス会の特徴は、比叡山《ひえいざん》延暦寺にも似た荒修行にある。身体をとことん苛《さいな》んで、気持ちを高ぶらせた中で神を見る、神の言葉を聴く。残念ながら、自分はその荒修行をやってみるつもりはない。自分がやるべきこと、見るべきものは、イエズス会の修道僧とはべつのものだ。神を見るために、自分はエウロパまではるばるやってきたのではなかった。

デムーロは、次郎左のその答には固執せずに言った。

「イエズス会は、あなたが大聖堂の普請の技を学ぶものだと思っていた」

「学びました。コレッリ親方のもとで、一年と六カ月」

「でもいまあなたが働いているのは、ここだ。城壁の石積み現場だ」

言われたことの意味がわからずに、次郎左は訊いた。

「いけませぬか？」

「イエズス会は、あなたが日本に帰った後、大聖堂を築いてくれることを期待している」

「わたしの次の雇い主は、たぶん城塞と城壁を築けと言ってくるでしょう」

「誰がです？」

父からの手紙を思い出しながら、次郎左は答えた。

「たとえば、そのおひとりは徳川三河守というお大名です」

「約束でも？」

「父がそう約束したのです。エウロパとの交易も盛んにできるような、総構えの港街を造ると」

「イエズス会としては、まずあなたに日本で最初のエウロパふうの聖堂を築いて欲しいところだ」

「なぜです？」

「神の威光をもっともわかりやすく表すものは、聖堂だからだ。あなたがローマで見るような大聖堂が、ひとびとに神の偉大さを教えるのだ」

「わたしが大聖堂に見るものは、造った人間たちの偉大さです」

デムーロは肩をすぼめた。

「きょうは、あなたのその意志を確認しにきたのだ。そして院長の言葉を伝えに」

この話の流れだ。つぎにどのような言葉が発せられるか、もう見当はついた。

「イエズス会は、あなたに三つの道を示そう。ひとつは改宗すること。ならば会は引き続きあなたの修業を助け、帰国のときは便宜をはかるだろう。然《しか》るべき時にあなたを日本に帰国させる」

黙っていると、デムーロは続けた。

「二つ目。改宗はせずとも、大聖堂建設の仕事に携わってもらえるなら、会は大聖堂を必要としている土地にあなたを送り届ける」

「大聖堂を必要としている土地？」次郎左は確かめた。「日本のことをおっしゃっているのですか？」

デムーロは首を振った。

「マラッカだ」

「マラッカに大聖堂を建立《こんりゅう》しろと？」

次郎左はマラッカの街の様子を思い起こした。中心部の丘の上にポルトガル人が建てた教会があるが、たしかにそれは貧相と言うしかない規模のものだった。あの教会では、現地の信徒には、神の威光どころか、エウロパ人の威光すら示すことはできまい。もっともそれは、信仰が富と技術力への拝跪《はいき》と一体となっているひとびとの場合だが。

「そうだ」とデムーロはうなずいた。「マラッカで大聖堂建設の仕事を引き受けてくれるなら、改宗を条件とはしない。リスボンをこの五月に出発する船がある。すぐにもローマを発ち、その船に乗ってもらう」

五月にリスボン出港ということは、半年後にゴアということになるか。ゴアで風待ちし、早ければまた半年後にはマラッカに着く。日本はかなり近くなる。たぶんマラッカからまたふた月の航海で長崎に到着できるだろう。

いや、と思い直した。その条件では、早々の帰国は考えられない。大聖堂の建設が終わるまでは、自分はマラッカに縛られるようなものだ。ましてやその大聖堂の規模が、二十年三十年という時間のかかるものであれば。

「もうひとつ」とデムーロ。「あなたが、改宗もマラッカ行きも受け入れぬ場合だ」

「どうなります?」

「修道院を出ていただく」

「すぐにですか?」

「二週間、猶予《ゆうよ》を上げよう」

デムーロはすっと次郎左に背を向けると、城壁裏手の階段方向へ歩いていった。伝えるべきことは伝えた、ということのようだ。あとは質問を受けるつもりもないのだろう。

改宗か。マラッカ行きか。それとも路頭に迷うか。

次郎左は、城壁上に吹いてきた風に顔をそむけ、いまいちどその三つの途《みち》を較《くら》べてみた。

改宗は、つまり以降の人生を欺瞞《ぎまん》で通すということだ。信じてもいない神を信じると言い、礼拝やら祭やら、あるいは人生のありとあらゆる場面で、偽りの面をかぶって通すことでもある。論外だ。自分にはできぬ。

マラッカ行きはどうだ？　マラッカに大聖堂を建てる。その親方として、彼の地に長く住む。それがどのくらいの長さになるのかはわからない。ゴアのイタリア人親方フェルッチョは、五年の約束で働いていると言っていた。五年経てば次の親方がやってくるのだと。五年ならば、できないことはない。イエズス会が自分を親方として認め、ひとつの普請をまかせてくれるのだ。さほど悪い途ではないと思える。しかし、それはもう何も学ばないという意味でもあった。新しい術を知ることも、新しい技を磨くこともなく、ここまで身につけた技術だけで、石積みを続けねばならないということだ。

また、それは五年では終わらぬ。眼前のサン・ピエトロ大聖堂の普請がそうであるように、それは五十年、へたをすると百年という単位の普請となるのではないか。つまり、自分は生涯をその普請に捧《ささ》げることになるやもしれぬ。ついに日本に帰ることもなく、日本の街や城塞を築く夢をかなえることなく、自分が信じてもいない神のための聖堂を、生涯かけて建てて果てるのだ。

無理だ。やはり自分には選び取れぬ途だ。

では、素直にイエズス会の修道院を出るか。

その場合、当面はコレッリ親方のもとに住み込むことはできるだろう。フォンターナにどこかべつの親方を紹介してもらえるかもしれぬ。しかし、イエズス会と離れた場合、日本への帰国が難しくなる。ゴアで会ったネーデルラント人は、リスボンから東印度や漢土までの船賃は、馬二頭に馬車が買えるほどの金額だと言っていた。一介の石積み職人がそれだけの金を貯《た》めるには、いったい何年働けばよい？　日本で仕事ができる年齢のうちに、果たして船賃を用意することができるかどうか。

厳しい。これも選び取るのが難しい途だ。

どうするか。どうすべきか。

数日は、ひたすら考え続けねばならないようだ。

次郎左は強くなってきた風に、あらためて上着の襟をかき合わせた。

次郎左は足場から降りてきたコレッリに近づいた。

コレッリは、歳《とし》のころ四十くらい。目も鼻も丸い、愛嬌《あいきょう》のある顔だちの石積み親方だった。父親の代から、サン・ピエトロ大聖堂の普請に従事している。息子ふたりも、彼のもとで働いていた。

コレッリは、次郎左の顔を見てうれしそうに言った。

「フェルディナンド枢機卿は、ご機嫌だったのだろう？」

「はい」次郎左は答えた。「フォンターナさまがご案内しました。枢機卿からはとくに不出来のご指摘もありません」

「お前にやらせてみて、間違いはなかったな。おれはこっちに専念できて、助かった」

「枢機卿は、フィレンツェもこのような城壁にしなければ、とおっしゃっておりました」

「ちがいない。シエナをものにしたからといって、安心はできないからな」

それからコレッリはふしぎそうな顔になった。

「困ったことでも？」

「はい」

「どうした？」

「宿なしになりそうなのです」

「どういう意味だ？　イエズス会が面倒みてくれるのではないのか」

「そろそろ改宗しなければ出て行けと」

「改宗？　お前さん、キリスト教徒じゃなかったのか？」

「仏教徒です」

「それじゃあ、イエズス会も改宗を迫りたくなるだろうな。異教徒にただ飯を食わせるのは、面白くなかろう。ローマに来て何年だ？」

「丸三年になりました。親方は、わたしが仏教徒だと、困りますか？」

「いいや。おれは信心深いが下手な職人よりは、異教徒でも腕のいい職人のほうが欲しい」

「わたしを住み込みで雇ってもらうことはできませんか？」

「内弟子が五人いる。狭いぞ」

「台所の隅にでも置いてもらえれば」

「飯代は労賃からさっ引くが」

「もちろんそうしてください」

コレッリが水場のほうに歩いたので、次郎左も続いた。コレッリは、桶《おけ》にくまれた水で顔と手を洗うと、手拭《てぬぐ》いで顔をぬぐってから言った。

「お前さん、いつかは日本に帰るんじゃなかったか？」

「そのつもりです。ただ、イエズス会はわたしが改宗しないかぎり、日本には送り返してくれないようなのです。かといって、わたしには日本までの船賃は出せません」

「どうするんだ？」

次郎左は、いましがた思いついたことを口にした。

「わたしはエウロパで石積みを修業した、たったひとりの日本人職人のはずです。日本の有力な人物が必ずわたしを買ってくれます。いずれそのことを船主に信じてもらって、前借りで船に乗ります」

「日本がもっと近けりゃ、手紙のやりとりもできるんだろうがな」

「必ず買ってもらえると自信が付くまでは、親方のもとで修業いたします」

「あと二年、円蓋積みだ。でも、それだけうまくなっても仕方がないだろ。日本に帰ったら、ひとりで聖堂から宮殿から城門から、何もかも積まなきゃならないんじゃないのか」

「そのとおりです。正直なところ、城門と城壁を積む仕事は、楽しくやらせていただきました。わたしには、聖堂普請よりも、城壁や城塞の仕事が向いているような気がします」

「イエズス会の修道院にいるから、いずれ日本で布教と聖堂積みを両方引き受ける坊《ぼう》主《ず》になるのかと思っていた」

「まったくの誤解です」

「じゃあ」コレッリは真顔で次郎左を見つめてきた。「女がいらないってことではないんだな？」

思いがけない問いに、次郎左はまばたきした。

「どういう意味です？」

コレッリは少し笑いを見せながら言った。

「坊主になるつもりがないなら、所帯を持つべきだ。お前さん、何歳になる？」

「二十七です」と、次郎左はエウロパ式の数え方で答えた。

こちらでは、誕生日が来るごとに一歳年を取る。日本の数え方より、一歳若く勘定される。しかし次郎左は自分の答えに驚いた。自分は二十二歳で堺の港を出た。そのときは、二十七歳になったころには修業を終えて日の本に戻っているはずだと思っていたのだ。エウロパ往復に二年、修業に三年という心づもりだった。なのに、いま自分は二十七歳、日本の数え方なら二十九歳だ。まだエウロパにいる。そもそも堺を出てからローマに着くまでに三年半もかかったのだ。

コレッリが言った。

「一人前になったら、所帯を持つべきだ。職人としてやってゆくには、女房が必要だ」

「でも、わたしはいずれ日本に帰るつもりでおります。そのとき、日本までの航海に家族を連れてはゆけません」

十日や二十日の船旅ではないのだ。半年ものあいだまったく陸地を見ないような航海である。狭い船の中に女がいたら、男たちはおだやかではいられない。必ずもめごとが起きる。東印度航路のどの船の船長も、わざわざ災厄のもとになるような乗客を船には乗せまい。日本に帰るつもりである以上、このエウロパの地で所帯を持つことはできなかった。

コレッリが言った。

「その若さで、坊主のような生活が苦しいことはわかる。修業にも身が入らないだろう?」

次郎左はやせ我慢で言った。

「そんなことはありません」

「絶対に女房は持たないと？」

そうするしかない。

その答を口にしようとしたとき、コレッリを呼ぶ者があった。

「親方。ちょっと来てくれませんか」

コレッリが振り返った。足場の下のほうで、兄弟子のひとりが、大車輪式の巻き上げ機を指さしている。コレッリが巻き上げ機を見上げた。次郎左も見た。巻き上げ機から垂れる綱の端に、円蓋の外殻に使う石材が吊《つ》り下げられている。その石材はいま地上に下ろされているところだった。

コレッリが言った。

「どうしてせっかく吊り上げた石を」

弟子のひとりが近寄ってきてコレッリに言った。

「また寸法違いです。切石を取り違えたのか」

「このところ、続いてるぞ。石切りのガルッピ親方は、何をやっているんだ？」コレッリは歩き出しながら言った。「次郎左、お前も来い」

何が起こったのか、弟子として知らねばなるまい。対処法も覚えよう。次郎左はコレッリのあとに続いた。

ともあれ、明日イエズス会の修道院を追い出されても、行くところはあるわけだ。帰国のための障害は数多くあるにせよ、異国で路頭に迷うことはなくなった。もう少し修業を続けよう。

瓜生小三郎《うりゅうこさぶろう》は、ふと我にかえった。

すでに要塞の内部は沈黙している。阿鼻叫喚は聞こえない。金属同士が激しくぶつかる音も、銃声も、意味のわからぬ鬨《とき》の声も、もう何もしなくなっている。どうやら自分たちは、この島のイスラム教徒たちをもう一度撃退できたようだ。要塞を守り抜いた。

セレベス海南部、マルク諸島にあるポルトガルの要塞、ティドーレの中である。自然石を積んで築いたこの小さな要塞は、今朝からの二度にわたるイスラム教徒の攻撃で、内郭の砂も赤く染まっていた。何十もの半裸の男たちの死体が転がっている。城壁の上にも、突入直前に死んだ男たちの死体がいくつも。その数は合わせて五十から六十というところだろうか。

全身から汗が噴き出していた。まとわりつくような熱暑の中、十人近くの男たちと白刃を切り結んだせいだ。たぶん自分の刀は、かなり刃こぼれしているはず。打ち直しが必要なほどに傷《いた》んだはずだった。しかしさいわいなことに、自分は無傷だ。

小三郎は内郭を見渡した。城壁からの侵入を許したときは、もはやこれまでかとも思ったものだった。縄を使って城壁をよじ登り、次々と内郭に飛び下りてくる敵兵。しかし我らが郎党はよく耐えた。一歩も退くことなく、イスラム教徒に立ち向かった。最初は火縄銃の発砲だった。これで五、六人を倒してから、斬《き》り合いとなった。乱戦の中、イスラム教徒の頭領と見える男を斬ったのは、弟の勘四郎だ。頭領が倒れたのを見ると、イスラム教徒たちがひるんだ。一瞬、寄せる力が止まった。そこを捉《とら》えて、押し返した。小三郎たち日本人傭兵が寄手の数人をほとんど同時に斬り伏せると、わっと敵は引いた。浮足立ち、腰を引いた。後ろの男たちが我先にと城壁によじ登り、外の濠《ほり》に飛び込んだ。逃げ後れた二十人ばかりの者は、ひとりひとり血祭りに上げられて、先ほどついに、最後のひとりも倒されたのだ。

ポルトガル人の傭兵たちは、内郭の奥部分や要塞の搦手口《からめてぐち》にあたる升形で奮戦した。たぶんあちらには、三十か四十のイスラム教徒が攻撃をしかけたはずである。

武田の牢人者《ろうにんもの》たちが、ひとりひとり転がった死体をあらためている。息のある者には、太刀で止《とど》めを刺していた。

勘四郎が、物見の下の石壁の前で、ゆっくりと刀を鞘《さや》に収めたところだった。彼のすぐ前には、ふたつの半裸の死体。勘四郎はいっとき、そのふたりに石壁まで追い詰められたのだろうか。目が合ったので、小三郎は無事だとうなずいて伝えた。手傷ひとつ負ってはいないと。勘四郎もうなずき返してきた。彼の頰は返り血なのか赤く見えるが、やはり傷は受けていないようだ。

武田の牢人衆の中でひとり、倒れたままの者がいる。ほかの武田衆がその男のそばに駆け寄った。小三郎も、周囲に目を配りながら倒れた者のそばに寄った。

戸田勝助《とだしょうすけ》だ。武田衆の中でも剣術の巧みな男だった。そのため、多くの敵を引き受けてしまったか。勝助の肩から胸にかけて、大きく傷口が開いている。出血はもうかなりのものだ。身体の下の砂に血溜《だ》まりができていた。目を開けてはおらず、息もかすかだった。もう助かるまい。

武田衆の中のもっとも若い侍が、その瀕死《ひんし》の侍の横に膝《ひざ》をついて言った。

「兄者！」

戸田平助《へいすけ》だ。兄の勝助は応《こた》えない。その力がもうないのだろう。

内郭の奥のほうから、金属を触れ合わせる音が聞こえてきた。小三郎は顔を上げた。ポルトガル兵たちが、内郭の様子を見ながら用心深げに歩いてくる。彼らはみなまだ抜刀していた。

先頭を歩いてくるのは、要塞守備隊長カピタン・カベサダスだ。革の胴着を着ている。その下の白い襦袢《じゅばん》は、返り血を浴びて赤く染まっていた。

小三郎はカベサダスに向き直り、報告した。

「すべて撃退しました」

「被害は？」と、カベサダスはその大きな黒目を左右に動かして訊いた。彼は小三郎と同じ程度の上背だが、肩幅が広く、堂々たる体軀《たいく》である。じっさい以上に大きな男と見えた。

小三郎は答えた。

「部下がひとり。助からないでしょう」

「ポルトガル兵は四人やられた」

「最初のときと合わせて、被害は十人ですか」

「兵力の三分の一が失われた。もう一度あったら、持ちこたえられるかな」

「彼らの被害も甚大。もう一度攻撃する余力はありますまい」

「ここは彼らの土地だ。兵士はいくらでも補える」

そのとき、物見の上から声が上がった。

「船だ！　ポルトガル船だ！」

内郭にいた男たちは、わっと叫んで城壁に駆け上がった。小三郎も城壁に近寄り、狭間から外に目を向けた。要塞の正面は泥の川であり、左手の岸に集落が開けている。クローブやメイス、ナツメグといった香辛料の交易がおこなわれている町だ。その利権をめぐって、地元のスルタンとポルトガルは、およそこの三十年間、衝突を繰り返してきたのだった。

町の背後、熱帯樹の森陰から、船が姿を現している。河口からゆっくりと泥の流れをさかのぼってきたのだ。白い帆に赤い十字。まごうことなくポルトガル船である。このティドーレに来航する今年最初の船ということになる。

小三郎は、配下の日本人傭兵たちと目を見交わし、微笑した。きょうはもう攻撃はない。いや、あと数年はないかもしれぬ。おれたちは生き延びたのだ。カベサダスのもとに雇われて三年あまり、最大の死闘を自分たちは生き延び、勝利した。

一時間後だ。郭内のイスラム教徒の死体はすべて川に投げ込まれ、死んだポルトガル兵たちは要塞の外の墓地に横たえられた。船から降りた三十の兵士たちと共に、箇単な葬礼が営まれた。

それが終わったときだ。カピタン・カベサダスが小三郎に言った。

「おれは本国に戻る。交代だ。そのほう、ついてくる気はないか？」

小三郎は驚いてカベサダスの顔を見た。

「部下として、ポルトガルに？」

「そうだ。おれは兵士を十人失った。補充せねばならぬ。お前たちさえよいなら、雇う」

「みなまとめてでしょうか？」

「そのつもりで言っている」

小三郎は、横に立っていた勘四郎を見た。彼は興味を示している。乗り気と見えた。

「ポルトガルには」と勘四郎がカベサダスに訊いた。「わたしたちの働き場がありますか？」

「エウロパにはいくらでもある。イスパーニャはちょうど、罰当《ばち》たりの北方人どもとの戦いに明け暮れている。喉《のど》から手が出るほど、強い兵士を欲しがっているのだ。おれもイスパーニャ軍に雇われることになるだろう」

小三郎は勘四郎に日本語で言った。

「ポルトガルまで行けば、おそらく二度と日の本には帰れぬ」

勘四郎が笑った。

「帰るつもりだったのですか？」

「そうだな。この地の果てのような南蛮でも生き延びた。つぎはエウロパも面白いか」

小三郎は、少し離れた場所に立っている五人の武田衆たちに声をかけた。

「カピタンがおれたちを引き続き雇うと言っている。ポルトガルに行く。行かぬという者はおるか？」

武田衆の中には、この土地の女に惚《ほ》れ、子供までもうけた者もいた。そんな侍は、ここに残りたいと思うかもしれぬ。

しかし誰も、自分は残ると名乗り出ない。カピタン・カベサダスのもとでなお傭兵を続けるということだ。

「決まった」と小三郎はみなに大声で言った。

「我らは、つぎはエウロパで働くぞ」

みなが、おう、と応じた。

いま足場のその板の上には、珍しく次席建築家、ドメーニコ・フォンターナがいる。緊張した面持ちだ。たったひとつのことしか眼中にないという顔。彼の視線の先には、巻き上げ機の腕木から吊るされた、ふた抱えほどもある大きさの要石《かなめいし》があった。

西暦一五九〇年の五月である。

サン・ピエトロ大聖堂の中心部分を包みこむように設けられた巨大な足場の最上段だった。地上からおよそ四十五丈の高さ、次郎左の知っている安土城天主の四倍もの高さである。次郎左はこの二年間、コレッリ親方のもとでこの円蓋積みにあたってきたが、いまだに下を見下ろすときは足がすくむ。すっと血の気の引く感覚がある。

足場は、大聖堂中心部の外側に垂直に建てられているが、さらに直径十四丈の円蓋の外殻にも木材の下端をつけるかたちで設けられている。もちろん内側にも頑強な足場が組まれ、木製のせり枠が、内側からの円蓋と円蓋外側の足場を、がっしりと支えていた。

大車輪式の巻き上げ機は足場の南北に二基据えられており、精確に切られた石はいったん円蓋基部の足場の上に乗せられる。ここからさらに、足場上部に設けられたこぶりの巻き上げ機で、円蓋外殻の必要な位置に運ばれるのだ。巻き上げ機からは左右に振れる腕木が伸びており、その下には綱が垂れている。綱の下端には、二本の鉤《かぎ》で石が吊るされる。一見頼りなげに見えるが、二本の鉤は重さが下方向にかかっているあいだ、しっかりと石を摑《つか》んで、けっして落とすことはない。鉤のある腕木の反対側も長く伸びており、こちらには錘《おもり》の石がゆわえつけられている。きょうの記念すべき仕上げの作業のために、最後の要石は、昨日のうちに足場最上段に運び上げられていた。

足場上段の端、巻き上げ機を操作する車輪の横に、次郎左の兄弟子のアントニオ・イモラがいた。さらに五人の職人を含めた二十人の人夫たちが、腕木から伸びる綱に取りついている。綱は足場に作られた引っかけ棒に巻かれて留められていた。

次郎左は、フォンターナの立つ板の真正面にいる。コレッリ親方の隣りだ。ほかの五人の職人たちも一緒だった。

フォンターナとコレッリとのあいだに、円形の空間がある。直径二十ブラッチャほどだろう。ここに開口部があるのは、円蓋の頂部にさらにもうひとつ小塔を築くためである。完成後は下からだと、下部の壮大な円蓋の先端中央部に丸い開口部があり、その上にもうひとつ小さな円蓋を仰ぎ見る格好となる。つまり天蓋は二段の構えとなる設計なのだ。

その円形の開口部には、木材の型枠が詰められている。型枠の外側に圧し輪を設け、それ自体を全体の要石とするのだ。このサン・ピエトロ大聖堂の円蓋の場合、八個の石によって全体が真円のかたちの大きな圧し輪が作られようとしていた。つまり要石自体が真円アーチ構造となるのだ。古代ローマ人がパンテオン建設のときに完成させた技術の応用である。

この五日間、その圧し輪を作るために、石は慎重にひとつひとつはめられてきた。いましがたまで、その最後の一個の石、アーチ構造で言うならば要石のための空間にも、扇の一部を切り取ったようなかたちの型枠が詰められていた。しかしいまはこれも内側から取り払われた。

ここに最後の石がはめこまれると、ついにサン・ピエトロ大聖堂の円蓋が完成したということになる。外側にモルタルを塗り、さらに頂部に塔を積む普請は残っているが、聖堂のもっとも重要な部分は出来上がったといっていい。あとはさほどの技や術は必要ない。コレッリの読みどおり、あと三年の時間をかけて完成するだろう。

フォンターナが、足場の上で深呼吸してからあたりを見回した。足場の下、頂部がよく見える位置には、主席建築家であるジャコモ・デッラ・ポルタがいまここを見守っているはずである。

フォンターナが配下の親方たちに、支度はよいかと目で訊いた。コレッツリに視線が向いたところでコレッリがうなずいた。

「いつでも」

「上げろ」

コレッリが巻き上げ機の脇のイモラに指示した。

「要石を、位置まで」

イモラも職人たちに指示した。

「巻け。留め綱、ゆるめろ。ぐずぐずするなよ」

腕木から垂れた綱の先で、ゆっくりと要石が持ち上がった。要石がひとの頭ほどの高さに持ち上がったと見えたときだ。

「駄目だ、駄目だ」とイモラが叫んだ。何か不手際《ふてぎわ》でもあったのか。「右手、離せ!」

腕木がふいに横に振れた。綱が一本ゆるんだのかもしれない。要石が大きく揺れた。

「押さえろ!」とイモラが叫んだ。「早く!」

下の足場の上で、職人ふたりが要石の前に飛び出し、石を押さえようとした。しかし、ひと十人分ほどの重さはある石だ。押さえきれなかった。ひとりが、揺れた石にはじき飛ばされた。職人は足場の上の狭い板の上で転がった。

見ていた誰もが悲鳴じみた声を上げた。へたをすると、職人は地上へ落下する。足場の木材に何度もぶつかりながら。

職人はそのまま板から落ちた。周囲の者も見ているしかなかった。その板の六尺ほど下にもう一枚、板の床ができている。職人はその上に落ちると、手近の丸太に両手でしがみついた。両足がぶらりと振れた。すぐにひとりの職人が下段へと駆け下りて、その職人のからだを板の上にひっぱり上げた。次郎左は安堵《あんど》の息を漏らした。

イモラが指示して、要石はまたいったん板の上に置かれた。

コレッリがいまいましげに言った。

「あいつはいつも怒鳴りまくる。失敗を責めたてる。だから職人たちは怯《おび》えるんだ。かえって不手際がおこる」

助け上げられた職人に、イモラが怒鳴っている。

「馬鹿野郎。何年巻き上げ機を使ってるんだ。役立たず」

コレッリが次郎左に言った。

「イモラと代われ。この大事なときに、もういちど失敗はできない」

「はい」

次郎左はすぐに巻き上げ機へと向かった。

コレッツリがイモラに言った。

「次郎左と代われ」

コレッツリの声に、イモラが首を傾《かし》げた。指示が聞き取れなかったかのような表情だった。

コレッツリは、もう一度イモラに穏やかに言った。

「代われ。お前は、落ちた職人の綱を受け持て」

イモラは目を吊り上げた。

「おれは親方の一番弟子です」

「一番とは言ったことがないぞ。一番歳上ってだけだ」

「だけど」

「ぐずぐずするな」

イモラが不服そうに唇をとがらせ、その場から退いた。次郎左はその位置に立って車輪に手を添え、コレッツリたちに向き直った。

フォンターナがコレッツリに訊いた。

「いいのか？」

「いつでも」

フォンターナは、要石が入る空間の真ん中を指さして言った。

「要石を、ここに」

コレッリが次郎左に目と手で合図を送ってきた。次郎左もうしろの職人たちに合図した。要石をもう少し上げてから、腕木を振る。慎重に。しかし滑らかに。一度でフォンターナが指し示す位置にゆくように。

次郎左は要石とフォンターナを両方視野に入れながら、大きな手振りで綱をたぐり出す速度を指示した。ふたりの職人が腕木をゆっくりと円蓋頂部へと動かしていった。

次郎左は車輪に手をかけ、もしものときいつでも綱を止められる態勢を作った。

要石が、円蓋真上に着いた。フォンターナが要石に手をかけ、少し回して位置を調整した。コレッリが次郎左に、下げろと合図してきた。次郎左も職人たちに合図して、綱を少しずつゆるめた。鉤に引っかけられた要石は、円蓋頂部のすぐ上、指一本ほどの高さで静止した。

フォンターナが言った。

「下ろせ。まっすぐに。そっと」

要石の半分が空間に埋まった。ちょうど石を吊り下げる鉤の部分までだ。次郎左の目には、要石は少しの傾きもなく、空間の中に収まったように見える。

「はずせ」とフォンターナが言った。

　コレッリともうひとりの職人が、石の両側から鉤を外に引いた。ごつりと鈍い音がして、要石は埋まった。外殻とほんの少しの高さの差もなく。組み合わさった位置にほんの少しの隙間もなく。

　次郎左は息を呑《の》んだ。石に罅《ひび》が入ったり、割れたりする音はしなかったか？　石積みの円蓋が振動してはいないか？

　足場の上の誰もが、身を堅くしていた。何度も設計変更になった円蓋である。当初の設計ともっとも大きく変わった部分は、半球型から尖塔《せんとう》型ドームとなった点だったという。その設計変更が基部の石積みに無理な力を与えていないか、石の重力の計算に何か誤りはなかったか、それを心配しているのだ。繰り返し検討され、計算されてきたことではある。外側にかかる重力を押さえるため、箍《たが》として十本の鉄鎖も埋め込んだ。しかし、設計変更が正しかったかどうかは、要石を入れてみないことには証明しようもないのが事実だった。

　どのくらいの時間がたったろうか。次郎左が息苦しさを感じてきたころだ。要石を凝視していたフォンターナが、ふと息を吐き、頬をゆるめた。

　計算どおりだ。円蓋は、完成した。

その場の男たちがみな、わっという歓声を上げた。

次郎左も、巻き上げ機の横で思わず声を上げていた。声にならない声だった。やった。自分はこの巨大な石造建築の、その普請の歴史的瞬間に立ち会った。この大聖堂については自分がなしたことなどなにひとつないに等しいが、それでも難しい普請の最後の段階に少しだけ関わることができた。自分も歓声を上げる権利はあるだろう。それを喜ぶことができるだろう。

そうだろう、と同意を求めるつもりもなかったが、次郎左は背後の職人たちを振り返った。いくつもの感動し興奮した面持ちの中に、ひとつだけ憎悪《ぞうお》と怨嗟《えんさ》の顔があった。イモラが次郎左をにらんでいた。

足場の下のほうからも、歓声が聞こえてくる。多くの職人衆や人夫たちもまた、この瞬間に気づき、これを祝っているのだ。次郎左はコレッリとうなずきあってから、地面を見た。教皇庁の建物の外にも、多くの聖職者たちがいて、円蓋頂部を見上げている。遠目だが、みな歓喜の表情をしているとわかった。

その夜、サン・ピエトロ大聖堂主席建築家ジャコモ・デッラ・ポルタの屋敷で、職人衆を招いての祝宴があった。

次郎左も、コレッリに従って、レクタ通りにあるポルタの屋敷へと出向いた。テベレ川の東岸で、教皇庁にも近い一角だ。イモラほか、コレッリの弟子たち五人も一緒だった。

屋敷に入ってみると、中庭にはテーブルがいくつも並べられ、五十人近い客が同時に席で飲食できるようになっていた。次郎左たちが着いたとき、すでに席は半分がた埋まり、大工や石切り衆、ガラス職人らの親方と弟子たちが、葡萄酒《ぶどうしゅ》を飲み始めていた。

中庭の隅のほうには四人の楽団がいて、ひとりが歌い、あとの三人が笛や琵琶《びわ》のような楽器で伴奏していた。次郎左がイエズス会の修道院で聴いてきた聖歌とはちがい、ずっと耳になじみやすい歌曲ばかりだった。もっとも歌詞が全部聞き取れたわけではないが。

さらに女たちが、奥の厨房《ちゅうぼう》と中庭とのあいだを、皿を持って行き来していた。

楽団に近い席のほうで、次席建築家のフォンターナがコレッリを見つけて呼んだ。

「フィリッポ、こっちへ来い」

きょうの足場の上とはちがい、フォンターナはすっかり頬をゆるめている。顔は葡萄酒のせいなのか、それとも大仕事に区切りをつけて上機嫌なのか、真っ赤だった。

コレッリがフォンターナに近寄ると、フォンターナがコレッリの肩を抱いて言った。

「よくやってくれたぞ、フィリッポ。こんな難しい仕事だったのに」

コレッリが言った。

「まだせり枠をはずしていません。じつを言うと、それまでは、喜ぶのは控えておこうかと」

円蓋の普請が成功したかどうかは、内側の足場からせり枠を取り払ってみたところではっきりする。はずしたとき、積み方のわずかな歪《ゆが》みやずれのせいで、円蓋がそれ自体の重みに耐えきれず崩落することがあるのだという。チェロット職人や強石灰職人とうまく結んで普請ができなかった場合も、結果は悲惨なものになる。じっさいに石を積んだコレッリが、結果について慎重になるのも当然だった。

円蓋内側のせり枠は、あとひと月ばかり後、チェロットや強石灰が完全に乾いたことを確かめてから撤去される。そのあと足場はそのままに、画家や彫刻家によって円蓋の内側を装飾する作業が始まるのだ。

フォンターナが言った。

「ひと月後には、せり枠を取っ払う。きょうの仕舞いを見てもおれは何も心配していないが、お前は不安の種でも？」

「いいえ、とくには」

「あとは円蓋の上に塔を積むだけだ。こっちは、人数も少なくていい。いままでの三分の一でいいだろう。そっちもまかせていいのか」

「もちろんです」

「飲め。お前の弟子たちも」

「いただきます」

コレッリの指示で、次郎左たちはフォンターナの席に近いテーブルに着いた。イモラは次郎左の真正面だ。

目の前には、大皿に盛られたフォカッチャやパスタ、野菜、塩漬け肉がある。次郎左は、修道院では細長い麵《めん》のかたちのパスタはほとんど食べたことがなかった。こういったパスタはチーズをかけ、手で頭の上まで持ち上げて下から食べる。この食べ方が、修道院の食堂の謹厳な空気には似合わないのだろう。しかし職人たちが客であるこの宴では、パスタが出るのは自然だった。

しばらく弟子たちのあいだで、普請を振り返っての思い出話が続いた。弟子たちの誰もが、この円蓋積みを誇りにしたし、コレッリ親方の名もいっそう上がるだろうと口にした。なんといっても、建築の都とも言うべきローマで、最大級の円蓋積みに関わったのだ。自分たちは石積み職人として、一段階格が上がったという想《おも》いなのだろう。もっとも、昼間に落ち度があったイモラは、心の底からは宴を楽しんでいない様子だった。コレッリに、次郎左と代われ、と指示されたことがわだかまっているのかもしれない。ときおり怒りとも憎悪ともつかぬ目を次郎左に向けてきた。

葡萄酒も進んだころだ。フォンターナがコレッリのそばに近づいて言った。

「大聖堂の円蓋とは別の仕事の話がきている」

「なんです？」とコレッリ。

「大きなものじゃない。教皇庁の城壁の北側に、もうひとつ稜堡を設けるという計画がある。サン・ピエトロ大聖堂の普請で、半端ものの石材が大量に出た。あれを生かさない手はないと、猊下《げいか》が思いつかれた」

たしかに、切石の現場には大量の屑石《くずいし》が出ていた。石切り場からおおまかに整形されて運ばれた石は、建築現場で必要なかたちに精密に切り揃《そろ》えられる。残った部分は、さほど大きなものではないし、もう建築物には使えない。道路の敷石の下に埋めるとか、煉り瓦の壁の隙間などに詰めるというのが主な使い道だった。もしくは、当世風の城壁にも使える。砲撃に備えるために、当世の城壁はかつての土塁のように背後を厚くするのだ。そうした城壁であれば、外壁部分はともかくとして、屑石にも使い道がある。この数年間にサン・ピエトロ大聖堂の普請《ふしん》で出た屑石だけでも、新たに小さな稜堡をふたつみっつ築くだけの分量はあるだろう。教皇庁としては、あまり材料費をかけずに、城壁を強化できるわけだ。稜堡の増設を計画するのは当然と言える。

フォンターナが言った。

「単純な仕事だ。面白みはないが、お前、受けるか？」

コレッリが、次郎左たち弟子の顔を眺めわたしながら言った。

「そうですね。職人衆をまたふた組に分けてもいい。おれは両方を行き来して、弟子たちの仕事を監督する」

「どういう分け方にするんだ？」

「腕と、向き不向きで」

イモラが一瞬だけ不安そうな目となってコレッリを見つめた。

そこに、大皿を抱えた中年女がやってきた。ポルタの屋敷の女中頭だろうか。頭ではないとしても、そこそこ力のある雇い人なのだろう。

大皿をコレッリの前に置いたところで、その女が次郎左に目を向けた。興味深げな顔だ。

「このひと、日本人かい」と、女は次郎左から視線を離さずにコレッリに訊いた。

「そうだよ、マルタ」とコレッリ。「おれの弟子だよ」

マルタと呼ばれた女中が言った。

「わたしも行列を見たよ。きらびやかだったね。あのあと日本に帰ったんじゃなかったんだ」

「使節の男の子たちは、もうとうに帰った。こいつは、石積み修業にローマに来た日本人だ。だからおれの下で働いているんだ」

「変わった顔なんだね。鼻筋が細い」

よく言われることだ。次郎左はもともと信濃人の父親の血を引いているから、近江でも異相だと言われていた。東国の男に特徴的な、ごつごつとした顔の造作なのだ。ただし親族たちによれば、目元や鼻筋に近江人の母親の面影があるとか。マルタが言ったのは、その細い鼻梁《びりょう》のことだ。

マルタが視線をそらさないので、次郎左は気まずさを感じた。

コレッリが言った。

「ジロウザ、と言うんだ。誰かこいつの世話してくれる女を知らないか。いずれ日本に帰るが、いい若い衆だ。ローマでひとりにしておけない」

世話、というのはどんな意味だろうか、と次郎左は考えた。単に洗濯や食事のことを言っているのか。それとも。

マルタがカラカラと笑って言った。

「あたしじゃ駄目かい？」

「お前は素晴らしすぎてさ。おれの弟子とは釣り合わない」

「うまい言い方をして」マルタは空になった大皿を持ち上げてから、次郎左に訊いた。

「言葉は話せるの？」

「ええ、少しなら」と次郎左は答えた。

コレッリが言った。

「ラテン語の読み書きもできる。一番弟子だ」

その言葉は、ここでは使って欲しくなかった。そばにイモラがいるのだ。彼は、親方の冗談を真に受けるかもしれない。その結果、仕事が少ししづらくなる気がする。ただでさえきょう、親方はイモラを無能扱いしてしまったのだ。次郎左のほうが優秀だと、ほかの職人衆の前で評価を下したも同然だった。あの自尊心の強いイモラが、そのことを屈辱と感じなかったはずはない。

マルタは中庭を見渡した。誰かの姿を探すような目だった。

「ちょっと心あたりがないでもないよ」

マルタは大皿を持って奥の台所のほうに歩いていった。

そこにデッラ・ポルタがやってきた。フォンターナと話がしたかったようだ。

「フィレンツェのブオンタレンティが、いよいよ大普請にかかるらしいぞ。聞いているか？」

フォンターナが言った。

「ピッティ宮殿裏手の要塞のことかな。葡萄畑をつぶして、稜堡様式の要塞を築く、と聞いているが」

「それだけじゃない」とポルタが首を振った。「リボルノの町を丸ごと、稜堡様式の城壁と水濠《すいごう》で囲むそうだ。フェルディナンド大公が、とうとう決断した」

フォンターナは、うなずきながら言った。

「話半分に聞いていたが、とうとう始まるんだな。掛かりも莫大《ばくだい》なものになるだろうに」

「大公は、トスカーナをローマよりも繁栄させるつもりらしいぞ」

「聞いている。あのひとなら、たしかにそれを本気で求めるだろうな」

「ブオンタレンティは、ローマからも親方や職人衆を大勢呼ぶつもりらしい。お前には声はかかっていないのか？」

「おれにはサン・ピエトロ大聖堂の普請がまだ残っている。トスカーナには行けん。それに」

「なんだ？」

「どんなに規模が大きくても、要塞や城壁は格下の仕事だ。難しいことは何もない。おれは、ローマのサン・ピエトロ大聖堂を建てた建築家として名を残したい」

ポルタが笑って言った。

「主席建築家はおれだ」

「たとえ次席であってもだ」

そこに、いくらか若い女が水差しを持ってやってきた。葡萄酒の瓶が空になっていないか確かめている。

女は頭巾《ずきん》をかぶり、前掛けをつけていた。目が大きく、睫毛《まつげ》が長い。次郎左もいまは、ローマの女たちの顔だちがひとりひとり区別がつくようになっていた。その女は、日本人の次郎左の目で見ても、美しいと思える女だった。日の本の言い回しが使えるなら、愁《うれ》い顔とも言える顔だちだ。歳は、二十代半ばだろうか。つまり自分と似たような年齢。娘ではない。子供が四、五人いてもおかしくはない歳だった。ただし、エウロパの、子供がたくさんいる母親のような体型には見えない。ゆったりした服を身にまとっているから、はっきりしたことは言えないが。

イモラが、その女に言った。

「葡萄酒、注いでくれないか」

「はい」と素直な調子で女は応え、イモラのグラスに葡萄酒を満たした。

「姐さんは、何か飲まないのか？」

「わたしはお客じゃないので」

「かまわないさ。さ」と、イモラがその女の腕を取った。「ここで一杯やってゆけよ」

女は困った様子を見せ、よそに目を向けてから言った。

「はあい、ただいま参ります」

女が腕を引くと、イモラも手を離した。

次郎左は、女が誰に応えたのか確かめた。女の視線の先にはマルタがいたが、顔はこちらを向いてはいない。マルタに呼ばれた振りをしただけなのだろう。

女が離れてゆくと、イモラは少し鼻白んだ顔になった。

やがて中庭の中央で、踊りが始まった。男が女を連れて出てゆき、女に向かい合って身体に手を添え、音楽に合わせて身体を揺らし始めたのだ。女たちは、親方衆が連れてきた女房なのだろうか。

次郎左は五年前、ピサのトスカーナ大公の屋敷で舞踏会を初めて見たときのことを思いだした。あのときは少年使節たちが、エウロパの女性を相手に踊ったのだ。フィレンツェでも同じことがあった。今夜の踊りは、あのときと較べてずっと動きが大きく、賑《にぎ》やかだった。靴が石の地面を踏む音も騒々しい。まわりから喝采《かっさい》が起こり、またひと組、さらにまたひと組と、踊りに加わる男女が増えていった。

そこにまたマルタがやってきた。果実の入った籠《かご》を手にしている。そのうしろに、さきほどイモラに手を引っ張られた女がいた。

マルタは次郎左の横に立って言った。

「ええと、なんという名前だったたっけ、日本人」

次郎左は答えた。

「次郎左」

「ジロウザ、こっちの女はルチア。後家さんだけど、いい女だよ」

次郎左はルチアと紹介された女を見た。

ルチアは、少しだけ照れたような顔で次郎左を見つめてくる。

「よろしく、ルチア」と次郎左はあいさつした。

「日本人なの？」とルチア。

「そうだと困るのかな？」

「いいえ。初めて見るから」

マルタが横から言った。

「さ、仲よくなっておきなよ」

マルタがその場から立ち去ると、ルチアが言った。

「マルタったら、お節介でしょ。あなたのことを心配している。遠い国から修業に来ているから、いろいろ不便なんだって」

それは事実であるが。

コレッリが口をはさんできた。

「いい男だろ、ルチア。もうじき一人前になる弟子だ」

ルチアがコレッリに訊《き》いた。

「親方のところにいるんですって？」

「ああ。だけど、いつまでもおれのところにいちゃ、いけないよな」

「親方のところにいるのに、どうして不便なの？」

ルチアはコレッリの答を待たなかった。自分で答を見いだしたようだ。ふと真顔になり、失礼、と言って次郎左たちのそばから離れていった。

次郎左は、ルチアが怒ったのだろうかと不安になった。コレッリがルチアに何を期待したのか、彼女も察したのだ。彼女はこのポルタの屋敷で働く女中だ。日本の木銭宿の飯盛女《めしもり》とはちがうだろう。後家ということだったが、それはつまりきちんと教会で結婚して亭主を持った女ということだ。コレッリの言葉を失礼だと感じてもおかしくはなかった。

目の前でイモラが立ち上がった。次郎左が目で追うと、彼は踊りの後ろを抜け、台所の入り口へと向かうようだ。ルチアがいま去っていった先である。

コレッリが、次郎左に言った。

「聞いていたと思うが、このあと大聖堂の石積みは、人手を減らしてもよくなる。新しい稜堡《りようほ》の仕事も来た。職人衆を二手に分けようと思うが、お前、大聖堂を積むだろうな？」

それは指示ではなく、問いだった。次郎左の自発性を尊重してくれている。次郎左はコレッリに感謝しつつ、彼を見つめて答えた。

「わたしは、稜堡のほうをやらせていただきたく思うのですが」

「どうしてだ？」

「円蓋のある建築については、最小限のことは学んだ気がいたします。でも、日本に帰れば、使い途《みち》のあるのは、むしろ城壁や要塞《ようさい》を築いた腕です。サン・ピエトロ大聖堂造営の経験ではなくて」

「大聖堂を積んだほうが、名声は高くなるぞ。円蓋の圧《お》し輪《わ》の最後の石を積む名誉は、なかなかにあるものじゃない」

「わかりますが、日本では誰にも認めてもらいようがありません」

「ふむ」とコレッリは考え込んだ。「お前がどうしても稜堡だと言うなら、文句は言わん。大聖堂には、やはりイモラを使うか。二週間ぐらい後からのことになるが」

中庭の中央で、歓声とも嘲笑《ちょうしょう》ともつかぬ声が上がった。次郎左は視線を向けた。

ひとごみの中で、イモラがよつんばいになっていた。転んで起き上がったところのようだ。その先に、ルチアの後ろ姿。大股《おおまた》に台所に向かっていた。イモラがルチアに抱きつくか腕を取ろうとして、するりとかわされたのかもしれない。

イモラがいまいましげな顔で立ち上がった。ありがたいことに、すぐに次郎左の視線はさえぎられた。踊る男女が、イモラの姿を隠してしまったのだ。

目が合わなくてよかった、と次郎左は安堵した。きょう彼は足場の上で十分に屈辱を感じている。なのにまた恥ずかしい姿を次郎左に見られたと知るなら、彼は次郎左をうとましく思うようになるはずだ。一緒に仕事をしてゆくうえで、けっして好ましいことではない。

次郎左がふと気づくと、宴ももっとも陽気なときを過ぎたようだった。客の姿が少し減ってきている。さきほどまでいたはずの席から消えている者が多い。テーブルの上に突っ伏して眠っている者もいる。テーブルの下で横になり、おおいびきをかいている者もいた。ずっと歌曲を奏《かな》で続けていた楽団も、いまは椅子《いす》に腰をおろして休んでいる。

コレッリやフォンターナ、デッラ・ポルタら、この場の重鎮たちは奥のほうのテーブルを囲んで、歓談を続けている。彼らには彼らにだけ理解し合える共通の話題があるのだろう。

目をこらすと、中庭の暗がりのあちこちに、身体《からだ》を寄せ合っている男女の姿が見える。いつのまにか、べつの種類の女たちが中庭に招じ入れられているのかもしれなかった。

数人の女中たちは、まだ皿を取り替えたり、葡萄酒の瓶を運んだりと働いている。

次郎左は我知らず首をめぐらしてルチアの姿を探していた。

そこにマルタがやってきた。

「次郎左、あんたはまだ酔いつぶれたりしていないね」

次郎左は軽口で答えた。

「たぶん。まだ転んだりしていない」

「ついておいで」

「何か？」

「野暮なことを訊くもんじゃないよ。せっかく橋わたししてやろうとしてるんだから」

マルタが中庭の奥、屋敷の出入り口のほうへ向かって歩いていった。次郎左は彼女のあとを追った。屋敷の中に入るとき、中庭の隅にいたイモラと視線が合った。おや、という顔をしたのがわかった。

屋敷に入ると、マルタはろうそくのほの明かりのもと、階段を昇っていった。次郎左は黙ってあとに続いた。次に起こることが想像できた。

マルタは二階の奥へと進み、小さな木のドアの前に立った。腰をかがめなければ通れないようなドアだ。マルタがそのドアを開けた。ドアは少しきしみ音を立てた。中にはやはりろうそくの黄色い明かり。ごく狭い部屋のようだ。

マルタが次郎左の背を押して言った。

「暗いうちに、屋敷を出るんだよ。それだけは約束しておくれ」

ああ、と次郎左は答えた。声が少しかすれた。

背後でドアが閉じられた。

黄色い明かりの向こうにあるものが見えてきた。人影だ。暗がりから進み出てきたのだ。

ルチアだった。

ルチアが、ひそやかな声で言った。

「こっちへ来て、ジェローザ」

次郎左はルチアの前へと進んだ。

目が慣れてきた。ルチアは微笑《ほほえ》んでいる。マルタがルチアに話を伝え、もしかすると説得もしてくれたのかもしれない。ルチアに自分のことがどう伝わったのかはわからないが、自分はきょうこの建築家ジャコモ・デッラ・ポルタの屋敷に呼ばれた職人のひとりなのだ。少なくともこのローマで、どこの馬の骨かもわからない、と言われずにすむだけの者であるはずだ。

ルチアが頭巾をはずした。黒い髪があらわになった。次郎左は自分がどきりとしたことを意識した。エウロパでは、というかこのキリスト教徒の土地では、既婚の女たちはふだん髪を隠している。髪をさらすのは身内の前だけだ。つまりそれは裸身をさらしたに等しいことなのだ。

ルチアが頭巾を床に落とすと、右手を伸ばしてきた。次郎左はその手を取った。ルチアが次郎左を見上げ、その手を自分のほうに引いた。次郎左は身体を倒すようにルチアに近づき、ルチアの背に両手をまわして身体を抱き寄せた。やわらかな身体がぴたりと次郎左に預けられた。次郎左は、自分の顔がルチアに吸いよせられることを意識しなかった。気がつくと、彼女の唇に自分の唇を重ねていた。この土地の男たちが、ときに往来でも女房衆にするように。ルチアも、それを自然なことと感じているようだった。彼女の唇が少し開き、次郎左の唇を受け入れた。

深い接吻のあとに、ルチアはいったん身体を離し、次郎左の襦袢《じゆばん》の前紐《まえひも》をすばやく解いた。次郎左は襦袢を脱いで放った。ルチアが自分の襦袢をはずし、ゆったりした腰布の帯を解いた。ろうそくの黄色い光の中に、ルチアの白い裸身が浮かび上がった。

ルチアがまた次郎左の手を引いた。ルチアのすぐうしろの床には、藁《わら》が敷いてあった。さらに麻布がその上にかかっている。ルチアがその上に膝《ひざ》をつき、足を伸ばした。次郎左もその横に身を横たえた。

次郎左は告白した。

「おれは、女をよく知らない。まかせていいか？」

ルチアが意外そうに言った。

「初めてなの？」

「いいや。ちがうが」

ゴアに滞在しているとき、フェルッチョ・ダ・ザガロ一ロ親方に連れられて、一度だけ印度の女のいる屋敷に行ったことがある。でもそれだけだ。日の本を発《た》ってからずっと、自分は少年使節の世話をし、戒律の厳しさではキリスト教会随一のイエズス会の修道院で過ごしてきた。修道院を出たあとの二年間は、仕事に追われた。カネもない。女を買いに行っている余裕はなかったのだ。ましてや、堅気の女とは親しくなる機会も、またそんな意志もなかった。

ルチアが次郎左の首に手をまわしながら言った。

「あたしは、一度結婚していた。言うとおりにしてくれる？」

「ああ。ご亭主は事故で死んだと聞いたが」

「ええ。石積み職人だった。去年、サン・ピエトロ大聖堂の普請場の足場から落ちて」

その事故のことは、覚えている。たしかローマには珍しい嵐《あらし》の翌朝のことではなかったろうか。足場が崩れていないか職人たちが点検しているとき、まだ濡《ぬ》れていた板で足を滑らせて職人のひとりが転落死した。あの男のことだろう。アントネッリという親方の下で働いていた石積み職人のはずだ。

「それは、災難だったな」

「石積み職人らしい男っぽい男だった。コレッリ親方も、あなたを買っているのね」

「親方はおおげさに言った。まだひとり立ちできるほどじゃない」

「一番弟子だって、親方が言ったと聞いた。うちのひとも、アントネッリ親方にはとても買ってもらっていたんだけど」

次郎左はふと気になって訊いた。

「子供は？」

「いないの」とルチアの声が少し小さくなった。「わたしは石女《うまずめ》なの。それがあのひとにはとても申し訳なかった」

「いつかはできたろう」

「結婚は三年と少し。なのにとうとう授からなかった。だからもうあたしと所帯を持とうという男はいない」

「こんなにきれいなのに」

ルチアが苦笑したように見えた。

「いいのよ。そんなこと言ってくれなくても」

ルチアの右手が背中から横腹のほうにまわってきた。

小半時の後だ。

ルチアが上半身を起こして言った。

「そろそろ行って。ここはマルタの床《とこ》なの」

彼女の身体からも汗がすっかり引いている。次郎左は素直に身体を起こして、身支度を整えた。

一瞬、ルチアに礼をすべきなのかどうか考えた。マルタは何も言っていなかった。暗いうちに帰れということだけだ。多少のカネはある。出すべきなのか。でももし必要なのだとしたら、マルタはそれをきちんと伝えてくれたのではないだろうか。それに、礼としていくばくかのカネを出せば、ルチアを娼婦《しょうふ》として扱ったということになりはしないか。ルチアはそれを侮辱と受け取らないだろうか。

考えているあいだに、ルチアは服を身につけて立ち上がった。

「ほんとうに、そろそろ」

カネを期待するような素振りはまったくなかった。

次郎左は立ち上がって、ろうそくを持つルチアに並んでドアの前まで進んだ。ルチアがドアに手をかけた。

次郎左は思わず口にしていた。

「ありがとう。また会えるだろうか？」

言葉が出た直後に、自分でも驚いていた。

いまこの女に何を言った？　自分は何を望み、何を彼女に期待させたか、わかっているのか？　お前は彼女とどうなりたいと願ったのだ？

わからなかった。

たぶん自分は、とても大きな失策を犯した。せっかくここまで修業し、ローマで最大級の天蓋《てんがい》の石積みに関わってきながら、いまその成果をふいにしかねない不用意な言葉を吐いた。

しかし、一度口に出した言葉だ。もう取り消しようもない。

ルチアは控えめに微笑して言った。

「どうして？」

「好きになった」

また正直な想いが口に出てしまった。

「日本人って、そうなの？」

「何が？」

「簡単に女を好きになるの？」

「簡単じゃない。日本の男が、みんなどうなのかも知らない。きょう限り？」

「たとえばひと月もたって、あなたがまだ望むなら」

「そのときはどうすればいい？」

「まただこの旦那《だんな》さまが、宴を催すでしょう。ひとを招いて食べたり飲んだりするのが大好きなの。そのときに、会えない？」

「それがいつになるのか、おれが来られるかどうかわからない」

「わたしたちがまた会えるよう定まっているなら、きっとあなたはまた来る。自分で何かしなくてもね。そうじゃないなら、もう何ごともおきないでしょう」

ずいぶん醒《さ》めた言い方とは思ったが、納得はできた。自分の軽率な言葉にこう応《こた》えてくれるのなら、それは受け入れてもいい。ここで無理を言うべきではない。

「では、またそのときに」

「さ、ほんとうに出なければ」

ルチアはドアを開けて廊下に出た。ついてきて、とその目が言っている。次郎左はルチアの後ろを、足音を立てぬように歩いた。やがて階段に出た。ここから先は、ルチアの案内なしでも出口に向かうことができる。次郎左はいま一度ルチアを抱き寄せて、その身体のぬくもりとやわらかさを確かめた。身体を離すと、次郎左は階段を慎重に降りた。

中庭に出ると、驚いたことにまだ宴は続いていた。方々のテーブルに職人たちが集い談笑している。その数こそ少なくなっているが、けっしておひらきという様子には見えなかった。いま中庭から見えなくなっている客も、帰ったのではなく、屋敷の中でそれぞれべつのささやかな愉《たの》しみを持っているのかもしれない。次郎左がそうしていたように。

コレッリ親方が、さきほどまでとは別のテーブルで、ほかの親方衆や職人衆と語っている。次郎左はその方向へ歩きだしてから振り返った。屋敷の二階、階段の踊り場にあった小さな明かり取りの窓の鎧戸《よろいど》が開いていた。そこにひとつの影。ルチアだった。次郎左を見つめている。次郎左はうなずいた。それを待っていたかのようにルチアは微笑し、鎧戸をすっと閉じた。

コレッリ親方のいるテーブルへと視線を戻したときだ。真正面の橄欖《かんらん》に似た木の下に、イモラの姿を見た。長椅子の上で、だらしなく身体を伸ばしている。右手には盃。

不意にイモラと目が合った。イモラが、鼻で笑ったように見えた。もしかして、先ほどのやりとりを見られたのか？　ということは、自分がルチアと何をしてきたのか、そこまで見破られたということだ。

やりにくくなるな、と次郎左は思った。イモラはたぶんきょう、次郎左に背中を脅かされたと感じた。そしてこの宴の小さな出来事。自分はべつにイモラを競争相手とは考えていないが、今後イモラはこの自分を、追い落とすべき男、遠ざけるべき男として振る舞ってくるのは確実だ。仕事がやりにくくなる。

いや、と思い直した。コレッリ親方は、このあと職人衆を二手に分けると言っていた。サン・ピエトロ大聖堂の天蓋の頂きに小塔を積む普請と、教皇庁を取り巻く城壁にもうひとつ稜堡を築く普請。自分は稜堡をやらせてくれと頼んだ。イモラは大聖堂の普請場に残る。やりにくくなることはないだろう。

二日後、教皇庁の横の広場に建つ木造の作業場に、主席建築家のジャコモ・デッラ・ポルタが、普請に関わる親方衆を招集した。

いよいよサン・ピエトロ大聖堂の円蓋部分の最後となる普請が始まるのだ。円蓋の要石周辺の強石灰が完全に乾いたことを確認した後、円蓋の上に小塔を積むのである。

デッラ・ポルタの見通しでは、この小塔の完成まであと三年だった。つまり一五九三年には、その頂き先端までの工事を終える。

ただし、大聖堂のほかの部分の普請は遅れがちだ。何度も設計変更が行われ、それまでの工事で完成していた部分まで取り壊して、新しい設計で建て直すということまでやっているせいである。ラファエロやミケランジェロの再設計によって進められてきた工事であるが、完成前にすでに欠点や使いにくさが明らかになり、不満が出ている。さらに設計をやりなおすことさえ議論されていた。円蓋の基部以外の建物が完成するまで、あと三十年ばかりはかかりそうだというのが、関係する建築家たちの見通しだった。

いま、こぶりの聖堂ほどもあるその天井の高い作業場には、四十人ばかりの男たちが集まっていた。大工、石切り、石積みほか、普請に関わっているすべての職人衆の親方とその弟子たちが、小塔の木製模型を囲んでいるのだ。模型は高さ五ブラッチャほどで、一部は中の構造が見えるように作られている。その模型の横の広い作業台には、羊皮紙に書かれた円蓋と小塔設計図面が広げられていた。

次郎左も、イモラほかふたりの弟子たちと共に、コレッリに従ってこの場に立ち会うことを許された。これから、ポルタとフォンターナによる小塔の構造と普請の手順の説明が始まるのだ。稜堡の普請までまだ日にちがある。損はないから聞いておけ、とコレッリから言われたのだ。

ポルタとフォンターナが作業場に入ってきた。その場の親方や職人たちは、私語をやめてふたりを見つめた。

「集まっているか？」とポルタが、親方たちの顔を見渡しながら訊いた。

親方衆はうなずいた。

フォンターナが首をかしげた。

「アントネッリはどこだ？」

イッポリト・アントネッリは石積み親方のひとりだ。ルチアの亭主が弟子入りしていたのが、アントネッリである。

コレッリが答えた。

「やつは天蓋の圧し輪が完成するまでの契約と聞いていましたが」

ポルタがフォンターナに顔を向け、そのとおりだというようにうなずいた。

「あいつとはここまでなんだ。もう一昨日までみたいな数の石積みはいらないから」

フォンターナは納得したような顔になった。

「やつは、次は何をやる気なんだ？」

「トスカーナに行くと言っていたな。ブオンタレンティのもとで働くとか」

そのときだ、作業場にいる全員の顔が、正面の入り口を向いた。次郎左も入り口に目をやった。緋《ひ》色《いろ》の僧服の枢機卿《すうききよう》がひとり、臙脂《えんじ》色《いろ》の服を着た教皇庁の職員がふたり、中に入ってくる。ポルタとフォンターナに用があるようだ。職人たちは三人のために道を空けた。

枢機卿は、教皇庁でたしか異端審問を担当している人物である。デラロサという名だったろうか。イスパーニャ出身だと耳にしたことがある。

デラロサ枢機卿は歩きながら言った。

「ポルタ、フォンターナ、話がある」

呼びかけられたふたりは背を伸ばした。枢機卿の言葉は、次に何か重大事が告げられる予告と聞こえたのだ。

枢機卿は模型の前まで歩いてきて、模型の基部に目をやってからポルタに訊いた。

「塔を載せる普請はいつから？」

「強石灰がすっかり乾き、内側のせり枠も取れてからにございます。それが何か？」

「ひとつ妙なことを耳にした。先日積まれた石のひとつに、異教徒が呪《のろ》いをかけたというのだ」

「石に呪いを？」

「何者かが、異教の印をひそかに石に彫り込んだという。つまりこの小塔の真下、円蓋を下から見上げるときにほぼ天頂にあたる位置に、異教の印が隠されているそうだ」

フォンターナが訊いた。

「それは、たとえばダビデの星のようなものでしょうか？」

「わからぬ。心当たりはないか？」

ポルタが言った。

「圧し輪の石のひとつひとつは、わたしが点検した上で足場の上に運び上げております。そのようなものはまったく見ておりません」

「圧し輪以外では？」

「正直なところ、全部は見ておりませぬ。円蓋には、何千個の石が積まれたかご存知でしょうか」

「問題は圧し輪じゃ。異教徒が呪いをかけるにも、それ以外の石ではありえまい。ひそかに何者かが目立たぬ位置に彫り込んだということはないか」

「圧し輪を積むとき、足場のてっぺんにいたのは、身元のしっかりした親方や職人衆ばかりです。ありえませぬ」

枢機卿はすっと視線をめぐらしてきた。視線は次郎左の顔で止まった。

枢機卿は次郎左を見つめたまま、ポルタに訊いた。

「異教徒はおらなかったと？」

「はい」

「この者は？」

次郎左は名乗り出ようとした。そのとき真横にいたコレッリが、背中の腰帯をぐっとつかんだ。

「この者は」とコレッリが言った。「日の本の少年使節と一緒にやってまいりました。ローマで建築を修業中の職人にございます」

「キリスト教徒か？」

「イエズス会の修道院で寝起きしてまいりました」

二年前にそれは終わっていたことである。しかもコレッリの言葉は、返答になっていなかった。でも、彼は次郎左に余計なことを言わせまいと必死だ。背中の腰帯をつかむ手に力が入っている。

枢機卿は、次郎左から視線をそらした。

「とにかく放っておけぬ噂《うわさ》だ。真偽のほどを確かめる。建築家のおふたりには、何か思い出せることがあったら思い出しておいてほしい。教皇庁の大聖堂の頂きには、異教徒の印が彫られている、との噂が広まったなら、教会の権威は地に落ちる。それは教会への嘲笑であるし、挑発であり、呪いだ」

「はい」「御意に」と、ふたりが同時に言った。

デラロサ枢機卿たちがくるりと背を向けて入り口のほうへ去っていった。

次郎左は身を固くしていた。いまこの瞬間に、イモラの視線を感じるのだ。異端審問を司《つかさど》る枢機卿が、一瞬であれ次郎左に異教徒という疑いを抱き、何者かが異教の印を彫った、という噂と結びつけようとしている。イモラがこの事態をどう利用しようとしているか、それがわかる。いまもし振り返ってイモラと視線を合わせたなら、自分がそれを恐れていることもわかってしまうに違いない。

もうひとつのことに思い至った。

イモラは、次郎左が稜堡の普請に回ることを知らない？　自分が円蓋の普請からはずされたと、勘違いしているということはないか？

枢機卿の姿が消えたところで、コレッリが帯から自分の手を離した。

そのとき、次郎左はとつぜん思いついた。そのとんでもないでたらめを教皇庁で広めたのも、もしやイモラということはないか？　そんな噂を異端審問の枢機卿が耳にすれば、足場の上にいる職人の中から、疑わしき男として次郎左を思いつくのはごく自然だ。自分は苛酷《かこく》な取り調べを受ける。拷問《ごうもん》も受けるかもしれない。

次郎左は、マドリーで見た異端裁判の罪人たちの列を思い起こした。アジアの教会の腐敗と堕落を告発しようとしたあの若い宣教師は、同性愛の濡《ぬ》れ衣《ぎぬ》を着せられて、処刑されたのだ。キリスト教会が、反逆者や破戒僧とみなした者、それに異端や異教徒にどう接するか、自分は知っている。母がくれた巾着の中には、山王権現《ごんげん》の護符もある。次郎左はいま、己がきわめて危ない場所にいるのを意識した。

ポルタが、親方衆を眺め渡して言った。

「じゃあ、始めよう。最後の普請だ。円蓋の上に、この美しい塔を積む。これを積み終えると、円蓋が完成したことになる」

次郎左にはポルタの言葉が半分も耳に入らなかった。

その夜、夕食前にコレッリが自宅を出ていった。使いが訪ねてきて、一緒に出ていったのだ。誰かから呼び出されたらしい。出て行くときの表情を遠目に見ることができたが、かなりの重大な用件らしいとわかった。いやでも日中の枢機卿の言葉を思いだした。異教徒が、円蓋の頂きの石に異教の印をひそかに彫り込んだと。

コレッリが帰ってきたのは、夕食も終わって、家中の者がみなそろそろ眠りに就こうかというころだった。中庭の隅の木椅子に腰をかけていると、コレッリが近づいてきた。周囲に誰か家族や弟子の姿がないか、気にしながらという様子だった。

コレッリは、次郎左のテーブルの斜向《はすむ》かいに腰をおろすと、ろうそくを脇《わき》によけて言った。

「いま、デッラ・ポルタさまの屋敷に行ってきた。今朝のデラロサさまが言っていた一件だ」

やはりその用件だったのだ。次郎左は黙ってコレッリの次の言葉を待った。

「明日から、枢機卿は、異教徒が石に異教の印を彫り込んだりしていないか、石切り、石積みの親方衆ひとりひとりを尋問するそうだ。ほんとうに普請の重要なところで異教徒を使っていないかも調べるとのことだ」

次郎左は言った。

「親方に迷惑がかかりますね。わたしは確かに異教徒です。イエズス会の修道院ももう出てしまっている。イエズス会では、改宗しないことも明言してきました。すぐに枢機卿はわたしがあやしいと睨《にら》むでしょう」

「お前、仏教徒の印か何かを石に彫り込んだりしていないな」

「まさか。そんなことはしていません」

「もし枢機卿がお前が異教徒だと知り、しかも石に印を彫り込むなり、書くなりすることができたと知れば、お前はすぐにサンタンジェロ要塞の地下牢《ちかろう》に連れてゆかれる。厳しい尋問がある」

「身に覚えのないことだと言うしかありませんが」

「デラロサ枢機卿は、イスパーニャ仕込みの異端審問をやるはずだ。一度疑いをかけられたなら、お前はけっきょくのところ、異教の印を石に彫り込んだと告白するしかない。拷問に耐えかねてだ」

次郎左は黙り込んだ。拷問を受けた場合、たしかに、事実だけを言い続けることは不可能だ。相手の望むとおりの答を口にしてしまうだろう。拷問がそれで終わるというなら、自分は悪魔と契約し百人のキリスト教徒の血を吸ったとさえ告白するかもしれない。つまり捕まったが最後だ。

コレッリが言った。

「デッラ・ポルタさまもフォンターナさまも、こんどのことを心配している。もしお前が捕まって拷問を受け、石に異教の印を刻んだと答えてみろ。コンクリートはまだ生乾き、せり枠も取っ払われていない。教皇庁は普請のやりなおしを命じる。圧し輪を解体して検《あらた》めると言い出す」

「せっかく要石を埋めたのに？」

「教皇庁はやる。それを命じてくる。これまでだって、普請の途中でやりなおしが命じられたことは何度もある。あのひとたちは、職人の気持ちなどわかっていない」

「受け入れられませんね？」

「あたりまえだ。デッラ・ポルタさまもフォンターナさまも、裏を読んでいる。その噂ってのは、自分たちを妬《ねた》んだローマの建築家の誰かが流したことだと。すっかりお見通しだ。だけど」

コレッリの顔がわずかに哀願気味になった。

「次郎左、お前が捕まってしまったら、間違いなく円蓋の圧し輪は解体、普請はやりなおしということになる。すまないが、ローマを出てくれないか。もうおれの弟子にはしておけない。逃げてくれ」

思いがけない懇請だった。逃げる。ローマを出る。なるほどそれであれば、円蓋の普請はやりなおしをせずにすむ。どっちみち足場のあの高さに上ることのできた異教徒は自分ひとり。自分が消えたならば、デラロサ枢機卿は次郎左がその噂に類することをやったのだと疑う。とはいえ、大がかりなやりなおしを命じるには、当人の告白が必要だ。それなしでは、いくら枢機卿といえども、建築家たちに円蓋の要石の解体は要求できない。デッラ・ポルタもフォンターナも、無体な求めを避けることができるのだ。

ローマから脱出する。逃げる。悪くない手かもしれなかった。しかしどこへ？

その想《おも》いが顔に出たようだ。

「フィレンツェに行け」とコレッツリが言った。「ブオンタレンティに紹介状を書く。やつはフェルディナンド大公の命を受けてフィレンツェとリボルノで大きな普請にかかる。石積み職人はいくらでも欲しいはず。どうだ？」

「親方がそう言うなら、そのとおりにします。ローマから逃げますが、門を抜けることはできますか？　わたしはこのとおり、ひと目でアジアの男とわかる顔だちです。手配がまわれば、門衛に捕まる」

「数日後、アントネッリ親方も家族職人を引き連れてフィレンツェに向かうようだ。その一行に紛れ込め。話はつける。デラロサ枢機卿はお前がひとりで逃げたと考える。アントネッリ一家のローマ出立など、気にも留めない」

コレッツリの企《たくら》みはいささか安易に思えた。

「そうでしょうか。ローマを出ることが出来たとしても、教皇領とトスカーナとの国境まで、何度も身元を検められるのでは」

「お前はローマのどこかに潜んでいるという噂を広めてやるさ」

そのとき、表の扉が激しく叩《たた》かれた。中庭にいる次郎左たちが、思わずびくりとするほどの激しさだ。

すでにデラロサ枢機卿の配下の者が来た？　教皇庁の兵士か、あるいは枢機卿の私兵たちとか。コレッリが目で、隠れろと合図してくる。次郎左は立ち上がって、裏手の路地に通じる扉へと駆けた。扉を開けると四間ほどの長さの通路があり、反対側の端に裏口の扉がある。もしこれが兵隊であれば、入り口も裏口も押さえた上で、ドアを叩いているのだろうが。次郎左はドアの背後に半分だけ身を入れて振り返った。中庭の反対側、暗い通路の先で、まだ扉が叩かれている。

コレッリの声が聞こえた。

「誰だ？　何の用だ？」

相手の返答は聞こえなかった。しかし、コレッリは扉を開けたようだ。靴音が駆け込んできた。ひとりだ。デラロサ枢機卿の配下の者ではない？　次郎左を捕縛にきた者ではないのか？

駆け込んできたのは女だった。

「次郎左！」と女は呼んだ。「どこなの、次郎左」

ルチアだった。

次郎左はドアを開けて、中庭に戻った。

「次郎左！」

ルチアの顔に安堵《あんど》が走り、ついで笑みとなった。次郎左のもとに駆け寄ってくる。

次郎左は彼女を受けとめて、抱擁した。

ルチアが次郎左を見上げて、咳《せ》き込むような調子で言った。

「旦那さまたちの話が耳に入ったの。あなた、異端審問にかけられるんですって？」

「ちがう」次郎左は否定したが、いますべてを説明するのも厄介だった。「フィレンツェに行くことになった」

「それも聞いた。すぐにも行くんですって？」

コレッリ親方がルチアの後ろに立った。教皇庁の兵士でなくてよかった、と苦笑している。

「明日にも、ローマを出る」

「それを聞いて、自分でわかった。あなたについてゆきたい」

「ついて来る？」

「いけない？　あなた、また会いたいと言ったわ。嘘《うそ》だった？」

「そんなことはない。でもルチア、あんたはものごとには定めがあるって言ったぞ。あの言葉、おれは会いたくないという意味に取った」

「ちがうわ。そういう定めが欲しいってこと。きょうあなたがフィレンツェに行くと聞いた。わたしは思わず駆け出していた。何も考えずにね。あなたが、一緒に来いと言ってくれるなら、行くのがわたしの定めだわ」

「おれたちはたった一度床を共にしただけだ。そう言い切れるのか？」

「あなたは立派な石積み職人で、わたしにも優しい。十分じゃない？」

「軽率すぎないか」

「わたしは小娘じゃない。自分に大事なひとは誰か、一度抱かれたらわかる」

次郎左は、自分が女の熱情に流されているのを感じながらも言った。

「来てくれ」

「ああ、うれしい」

ルチアがまた強く次郎左の背を抱いてきた。次郎左も強い抱擁で応えた。

「家族は知っているのか？　ローマにいるんだろう？」

「あとから手紙で知らせる」

コレッリが、こほんと咳をした。

次郎左はコレッリに顔を向けて、目で伝えた。こういう事情があります。おれは彼女とフィレンツェに向かいます。

コレッリは言った。

「門を抜けるのがふたりなら、ちがう手を考えねばならないな」

「うまい手がありますか？」

「ひとつ思いついた。デラロサ枢機卿とは仲の悪い枢機卿のことだ。ファルネーゼという。一度、卿の愛人のために、ローマ市内に瀟洒《しょうしゃ》な家を建ててやったことがある。カネは教皇庁から、城壁補修の費用として出た」

「それが何か？」

「借りを返してもらうときだ」

ファルネーゼという名に思い当たった。次郎左が少年使節と共にローマに入る直前、カプラローラという町でひとりの枢機卿の豪壮な邸宅に泊まった。その枢機卿の名は、アレッサンドロ・ファルネーゼといったのではなかったろうか。

コレッリが、中庭の右手に顔を向け、顎《あご》をしゃくった。

行け、と言っているのだろう。あとの手配のことはまかせろと。次郎左はルチアの手を引くと、いましがたルチアが駆け込んできた通路へと向かった。台所の脇の階段の下に、自分の寝床があるのだ。このあとは、ルチアと一緒に過ごそう。

翌日は、仕事は休みだった。まだ圧し輪周辺の強石灰が乾いていない。次の普請が始まるまでの、束《つか》の間《ま》の休日だった。ほかの弟子たちは、朝から町に遊びに出ている。次郎左はルチアとふたり、中庭にも出ず、部屋で身を隠していた。

昼過ぎになって、フォンターナのもとからコレッリに使いが来た。デラロサ枢機卿が、本気になって噂の真偽を確かめにかかっているという。デッラ・ポルタもフォンターナも、昼前に教皇庁に呼ばれて事情を訊かれた。ついで職人の親方衆がひとりひとり、サンタンジェロ要塞に呼ばれて、思い当たることはないかと訊かれているとのことだ。いずれコレッリのもとにも、出頭の指示が来るだろう。

コレッリが次郎左に言った。

「昨日はあんな言葉でごまかすことができた。だけど、デラロサ枢機卿はもうたぶんお前のことを、イエズス会に問い合わせているはず。改宗を拒んだ異教徒だとわかってしまう。呼ばれたらおれは、お前のことを訊かれることになる」

次郎左は言った。

「わたしは、すぐにもここを出ようと思います。親方に迷惑はかけられません」

「アントネッリ親方のところに行け」コレッリは次郎左の隣りにいるルチアに顔を向けた。「親方とは親しいよな」

「ええ」とルチアはすべて察したという顔で答えた。「亭主が、アントネッリ親方のもとで働いていました」

「お前さんたちふたり、今夜ひと晩匿《かくま》ってもらえ。きょうのうちに、おれたちはファルネーゼ枢機卿と話をつける」

おれたち、というのはデッラ・ポルタやフォンターナを含めてのことだろう。

コレッリは、ふっとひとつ何か決心したような吐息をもらしてから言った。

「さ、出頭してくる。お前たちも急げ。誰にもあいさつなんかしてゆくなよ。次郎左、逃げたと見せろ」

「はい」

コレッリは、上着を着ると、表通りへと出ていった。

次郎左はルチアに言った。昨晩も心配して口にしたことだった。

「もし捕まった場合、あんたまで異端だと疑われるかもしれない。ほんとうに、残ったほうがよくはないか？」

ルチアはきっぱりと首を振った。

「まだ言っているの。ついて行くわ。捕まることは心配していない」

そこまで覚悟を決めてくれているなら。

次郎左はルチアの背を押した。

「行こう」

すでに荷はまとめてある。わずかな衣類と、仕事の道具類だ。差し金とコンパス、定規、円規、筆記具。タブレ。幾何学と測地術、建築術の本が一冊ずつ。それですべてだ。護符は竈《かまど》に放り込み、手を合わせて燃やした。ルチアのほうはもっと少ない。肩から提げる小さな駄袋《だぶくろ》ひとつ。中身は着替えだけだという。ルチアは、駄袋に収まらない身の回りの品も、所帯道具も、すべて捨てて次郎左のもとに駆け込んできたのだ。逃げるには好都合の身軽さではあるが。

次郎左はその軽い駄袋をルチアの肩にかけてやったあと、いとおしさに思わず彼女を抱きしめていた。

翌朝である。ポポロ広場のフラミニア門の前では、教皇庁の衛兵たちによる検問が始まっていた。ローマを出ようとする通行人の顔がひとりひとり検められていたのだ。

馬車が止まったので、次郎左はそっと上体を起こし、門の方角を窺《うかが》った。門の手前で、二十人ほどの旅装束の一団が兵士たちに止められているところだった。青と黄の制服を着た兵士たちの検問を、騎馬の将校が指揮している。止められている一団は、石積み親方のアントネッリとその家族、弟子たちだ。彼らはトスカーナに向かうのである。女子供は驢馬《ろば》に乗っており、二台の馬車が荷を満載していた。明かり取りから窺っていると、騎馬の将校がその一団から離れ、馬でこちらに向かってきた。

その狭い馬車の中で、緋色の服の男が言った。

「隠れろ」

ファルネーゼ枢機卿だ。彼の右隣りにいるのは、ルチアである。裕福な家の女主人というみなりだ。もちろん衣服は借り物だ。次郎左はふたりの足もとにいる。ファルネーゼに言われて、次郎左は輿馬車の床にもう一度横たわり、ケープを引っ張った。ルチアが手を伸ばし、そのケープを掛け直して、次郎左の身体を完全に隠した。

蹄《ひづめ》の音が近づいてきた。ケープごしに、ファルネーゼがルチアのほうに身体を移動させたのがわかった。枢機卿は肥満体だ。ほんの少し動くだけでも、気配はよく伝わった。そして衣擦《きぬず》れの音。ファルネーゼが兵士たちの目を欺《あざむ》くために何をやろうとしているかはわかっていた。ただし、あまり面白くないこともたしかだ。

蹄の音が止まった。

輿馬車のすぐ横手に、騎馬の将校がやってきたのだ。たぶんいま、明かり取りから中を覗き込んでいる。

ファルネーゼが、厳しい調子で言った。

「なんじゃ？ 邪魔をするな」

若い男の声がかえった。

「失礼しました、猊下。異教徒の捜索です」

「急ぐ。通せ」

「はい」

蹄の音が離れていった。

「まだだぞ」と、ファルネーゼが小さな声で言った。

いまの騎馬の男の声が聞こえてきた。

「猊下の馬車を先に通せ」

御者が二頭の馬の手綱をゆるめたようだ。停まっていた馬車はぎしりと音を立てて動き出した。馬車は石畳の上を、ゴッゴッと音を立てて前進した。やがてふっと音が変わった。門を抜けたようだ。

ファルネーゼが言った。

「もういい」

次郎左はケープを押しやった。ファルネーゼが緋色の帽子の位置を直しているところだった。ルチアは襦袢の襟元を掻《か》き合わせていた。表情は硬い。

次郎左は、ルチアから目をそらし、窓の外のローマ市外の風景に目をやった。まだ人家や建物こそあるが、その密度は大きく減っている。これからすぐに人家も建物もなくなり、トスカーナ大公国に通じる街道はゆるやかに起伏を繰り返す丘陵地の中を貫いてゆくのである。アクアペンデンテで教皇領を出るまで、およそ六日、フィレンツェまではそこからさらに四日の行程だった。五年前、少年使節の随員としてこの街道を逆に通ってきたときのことが思いだされた。


ファルネーゼの輿《こし》馬車に乗せてもらったのは半日だけだ。カプラローラの手前で次郎左たちは馬車を下り、ローマに戻るファルネーゼに礼を言った。ファルネーゼは鷹《おう》揚《よう》にうなずきながらも、次郎左に言った。

「ローマには二度と戻るな」

次郎左は約束した。

やがてアントネッリ一族とその弟子たちの一行が追いついた。次郎左たちはそこから先、アントネッリの一族にまじって、トスカーナを目指したのだった。途中、山の中では追剝《おいはぎ》が出るとのことだったので、毎日同行者が固まっての旅となった。それが功を奏したか、さいわい追剝には遭遇しなかった。

アントネッリは、コレッリとは対照的に、口数が少なく細やかな気質の男だった。次郎左が自分の弟子の後家といい仲になっていることを喜んでくれた。

ローマを出て十日後の夕刻、次郎左とルチアはフィレンツェのローマ門に到着した。

ローマ門は、薄茶色の石を積んだ、いくらか古い様式の門だった。装飾も少なく、無骨で、アーチのある主門の前に枡形《ますがた》が突き出している。アーチはもともと、いまの倍ほどの高さがあったようだ。後年に上部が埋められたらしい。その改修痕《あと》が歴然としている。門の左右には城壁が伸びており、その高さは三丈ほどと見えた。濠《ほり》はない。

次郎左たちは、内側の枡形も抜けてフィレンツェ市内に入った。枡形の裏手に、広場がある。

アントネッリ親方が次郎左を誘った。

「すぐに、ブオンタレンティのところに行こう」

家族たちを広場に残し、次郎左たちはブオンタレンティが普請を監督中だという要塞を目指した。ピッティ宮殿の東側、葡萄《ぶどう》畑のあった丘をつぶして、稜堡式要塞が造られているのだという。サンタ・マリア要塞と名付けられているとのことだった。

行ってみると、普請はまだ始まったばかり、地面が掘り下げられ、基礎部分が造られているところだった。さほど規模の大きな要塞ではない。半町四方ほどの大きさになるものだろうか。

工事の監督詰め所まで行ってみると、五年前にも会ったことのある建築家ベルナルド・ブオンタレンティがいた。図面をあいだに、職人の親方衆にしきりに何か指示しているところだった。

手すきになったと見えたところで、アントネッリがブオンタレンティにあいさつした。

「書状、ありがとうございました。ローマの石積み、アントネッリです」

ブオンタレンティがアントネッリに顔を向け、おおげさな調子で言った。

「よく来てくれた。サン・ピエトロ大聖堂の普請は終わったんだな？」

「いえ、円蓋ができただけですが」

「五年がかりの大普請が始まる。助かる」

ブオンタレンティはすぐに次郎左に気づいた。

「あのときの日本人か？」

次郎左は頭を下げてから言った。

「わたしもぜひ使ってください」

「日本には帰っていなかったのか」

「まだ修業が十分ではありません。師匠の普請を学びたく思っております」

ブオンタレンティはアントネッリに顔を向けた。

「あんたの弟子か？」

「いや」とアントネッリ。「コレッリ親方の一番弟子でさ。次郎左。サン・ピエトロの円蓋の石積みが一段落したので、フィレンツェで働きたいと、あたしと一緒に」

「腕はもう一人前なのか？」

「コレッリは、もう少し手元に置いておきたい様子がありましたよ」

「あんたの下で働いてもらうのでいいか？」

「いいや」と、アントネッリは首を振った。「この男、本も読める。幾何学も知っている。あたしに使いこなせる職人じゃない。師匠が直接そばに置くといい」

ブオンタレンティは、二人の顔を交互に見てから、次郎左に言った。

「おれの助手をやれ」

喜んで、と次郎左は答えた。一五九〇年の六月であった。

6

西から伸びてきた台地は、ここが端だった。台地の端にもうひとつ、平たい小島のような土地があって、西の台地とは細い鞍《くら》のような地形でつながっている。たしかにこの地で城を築くとすれば、この小島のような台地以外ではありえまい。

徳川家康は、その台地の中でもっとも高い場所にある曲輪《くるわ》で馬を降りると、かつては矢倉が建っていたにちがいない土盛りの上に上がった。腹心の部下や供の者たちも従ってきた。江戸城である。いや江戸城址《じょうし》と言うべきか、石垣ひとつない粗末な城の、その一の曲輪にあたる場所である。

かつて太田道灌《おおたどうかん》が築いたというその江戸城に入ったのは、家康以下その側近や小姓たち三十騎あまり。しかしその場は狭すぎた。十数人の侍や供の者しか、立つことができなかった。

家康はその土盛りの上の平坦地《へいたんち》を東端まで歩き、周囲に目をやった。台地が切れて、その向こう側は広い砂地となっている。右手の江戸湊《みなと》からは、入り江が北に深く入り込んでいた。日比谷入り江と呼ばれているのだという。その対岸に見える州のような土地は、江戸前島である。台地のすぐ下を通っているのが鎌倉街道であり、鎌倉街道はこの江戸湊の奥で川越街道につながっている。

日比谷入り江の奥の平地には川が流れているのが見えた。集落がある。鎌倉街道と浅草方面とをつなぐ位置にあたり、宿場町ができているのだ。戸数は百ほどだろうか。なんともわびしい村と見えた。

徳川家康は、西側の台地を振り返った。

側近たちの背後に広がっているのは、雑木に覆《おお》われた、起伏の多い丘陵地だ。ほとんど平坦地がない。田は拓《ひら》けそうもなかった。

この丘陵を城の後背地としてゆかねばならないとしたら、城下の町衆たちの暮らしぶりはけっして豊かなものにはならぬ。ここだけでは直参の家臣たちに不自由をさせぬだけの富を期待できない。この丘陵地だけでは。

もちろん、豊臣秀吉が小田原攻めの褒賞《ほうしょう》として家康に与えたのは、北条氏の旧領六カ国であるが、このうち四カ国には有力武将がいる。彼らがすんなりと渡すはずもない。犠牲を払っての戦も必要となろう。駿河や遠江、三河ほか自分の旧領五カ国の代わりに与えられた土地としては、ここはどうにも釣り合わなかった。徳川家のこれ以上の隆盛をなんとか押さえようとする秀吉の意図は、明快すぎる。小田原城や鎌倉では、家康に与える褒賞としては大きすぎたのだ。

家康は、先遣隊を率いて一足先に江戸に入っていた家臣の内藤清成《ないとうきよなり》に訊いた。

「この西側の丘には、何か名はついておるのか？」

内藤清成は、西の方角を振り返って答えた。

「余戸橋《よどばし》台と呼ぶそうにございます」

「その先、土地の様子はどんなものであった？」

「は。餅《もち》を平たく伸ばしたような低い丘が広がり、雑木林に覆われ、水田はございませぬ。村落があっても、その周囲に見たのは、芋か豆を植えた畑だけでございました」

「そうか」

家康は、もう一度正面に目を向けた。土塁と空堀とに囲まれた郭内には、満足な建物すらない。三河や近江、都周辺の城を見慣れた目には、この城はあまりにも貧相だ。自分の居城とするには、かなり手を入れるか、築き直さねばならないだろう。しかしいま、居城の普請に手間や財を投じている余裕はなかった。そんなものはあとまわしでもよい。領国をどのように富ますか、そちらを先に考えねばならなかった。

天正十八年（一五九〇年）八月である。

武蔵野からの風の吹き渡るその台地の上で、家康はなお続けて思った。

この粗末な城に転封《てんぽう》されたことを、自分は嘆かぬ。広大ながらまだまだ荒れて未開の土地も多いこの東国に遠ざけられたことも、奇貨としよう。貧しい辺境に追いやったつもりでほくそ笑んでいるに違いない秀吉を、いつか見返してやる。家康に江戸と関東の六カ国を与えたことは誤りであったと、悔やませてやる。いつか。

であれば、この江戸城に拠《よ》って、自分は何をなすべきか。徳川家を富ませ、強大にしてゆくためには、何が必要か。そう自問したつもりであったが、すぐ背後から答があった。

「水にございますか？」

大久保藤五郎《おおくぼとうごろう》だった。自分はその問いを言葉にしてしまっていたのだろう。

「なぜか」と、家康は大久保藤五郎に訊《き》いた。

藤五郎は答えた。

「ここは入り江が深く、町を作るに平坦地を求めれば水は塩混じりとなります。上水が必要にございます。やがて移り住む城下の町衆にも十分に清水が行き渡るだけの」

すでに藤五郎は、この地について地侍や漁民たちから様子を聞いていたにちがいない。

家康は藤五郎を見つめて言った。

「そのほう、上水を引け。城下全体に足りるだけの水を、西から引くのだ。たしか西には」

藤五郎は家康にみなまで言わせなかった。

「およそ四里のところに、七井の池と呼ばれる池がございます。湧《わ》き水豊かな池で、この水をこの地まで引けましたら、ここは大坂にも負けぬ城下町となりましょう」

家康はうなずいた。

「まかせる。ほかに、この地をいかに治めるか、思うところある者は？」

板倉勝重《いたくらかつしげ》が、数歩前に歩み出てきた。

「日比谷入り江を埋め立ててはいかがかと存じます。これだけ丘と谷とが入り組んだ地形でありますれば、城下を作るにはまず土地が入り用にございます。いくつもの汐《しお》入地《いりち》も埋めてよかろうかと」

「埋め立てのための土は？」

「そのあたりの小山をひとつふたつ削っては。また濠《ほり》を掘るときにも、十分なだけの土は出ましょう」

「城下の造りは？」

「は。この地形でありますれば、埋め立て地の方角に小身《しょうしん》の家臣、足軽たちを住まわせ、町衆はさらにその外。城下は東に広げてゆくのがよいかと」

「すでに腹案があると見えるな」

「土地を見て思いついただけにございますが、城の南と西側は、二重の濠で固めたうえで、重臣たちの屋敷で囲んではいかがかと存じます。小田原城や西南蛮にもならった総構えの城とすることを、いまより見越しまして」

「総構えの城を築くはまだ早い。いつなんどきまた転封があるかわからぬ。まずはいまをしのぐ城。それに城下じゃ」

「入り江を埋め立てるため、ひとを使ってもよろしゅうございますかな」

「かまわぬ。城下の普請《ふしん》が始まったと、関八州に告げて、男たち、職人衆、商人たちを集めよ。そのほうが奉行となれ。いま言ったとおりの城下を築け」

「かしこまりました」

家康は、ほかの家臣たちの顔を見渡しながら言った。

「この寒村をいかに栄えさせるか。ほかに案を持つ者はおらぬか？」

うしろのほう、旧臣の大久保忠隣《ただちか》と並んでいた男が進み出てきた。大久保長安《ながやす》という男だ。歳《とし》のころは五十前か。数年前から、大久保忠隣の家来としてよく顔を見るようになった。見るからに才気煥発《かんぱつ》という顔だちをしている。家康自身、何度か直接に彼の判断を訊いたことがあった。

「よろしゅうございますか」

長安は武田の遺臣で、猿楽師の家の出だとも聞いた。諸国を歩いており、そのため物識《ものし》りで、侍にはなかなかない思いつきをする。大久保忠隣は、この男を高く買い、まるで軍師のように遇しているらしい。

「申してみよ」

「は」長安は言った。「江戸は関八州と上方とを結ぶ要衝の地ではありますが、城下を養うには賑《にぎ》わいも銭の動きもそれだけでは足りぬかと。西国の例を思えば、異国との交易も富の大きな源泉。江戸湊を、イスパーニャとの交易の場とされては」

それは自分もかねがね思っていたことだった。駿府を、そのような交易の港にできぬかと夢想したこともある。じっさい、堺で石積みの親方に、南蛮のような港町を築けぬかと打診したこともあった。あのときその親方は、自分の息子が西南蛮での修業を終えて帰ってきたら、やらせてほしいと応《こた》えていたが——。その職人は、いまどうしているのだろう。日の本に帰ってきているのか？　それともまだ西南蛮で修業中か？　江戸城を広げ、異国交易のための港を築くには、その職人の帰りを待たねばならないか。それとも日本の職人にまかせられるのか。

　その想《おも》いは口に出さず、家康は長安を試すつもりで訊いた。

「この江戸城の眼前に、イスパーニャの船を着けろと言うのか？」

「いいえ」と長安。「江戸湊の入り口に、浦賀という港がございます。あの港を、異国との交易のためにあらためて造り直してはいかがかと愚考いたします。ポルトガルは西国の諸大名に任せ、イスパーニャとの交易を、上さまが浦賀で一手に引き受けるのでございます」

「できるか？」

「上さまさえそれをお望みであれば。イスパーニャも日の本の有力大名との交易を強く望んでいるとのことにございます」

「なぜそれを知っている？」

「無駄に諸国を歩いてきたわけではございませぬ。イスパーニャはいま、ポルトガルに代わって明や日の本との交易をなんとかそっくり我が物にしたいのだとか。西南蛮で続く戦のために、彼らもまた交易で利益を上げねばならないと耳にしております」

「つまり、矢銭が足りぬと？」

「さようにございます。なのでいま、商いの言葉を使いますれば、イスパーニャとはうまみある取り引きができましょう。彼らは日の本の産品に高い値をつけ、船に積み込んでゆきまする」

「わしはやつらから何を買える？」

大久保長安は、その問いを待っていたとでも言うように微笑した。

「いちばんのものは、石から銀《しろがね》を取り出す技にございます。イスパーニャの編み出した技が、世の中で図抜けております。もしこの技をものにできるならば、日の本の銀すべてを握ったも同然。銀を握れば、上さまが天下びとになることも夢ではございませぬ。職人を呼ぶか、技の伝授をイスパーニャに求めるべきかと」

大久保長安の言葉は、いささか馴《な》れ馴《な》れしい口調にも聞こえた。しかし家康はとがめなかった。その話自体はじつに興味深いものだ。

「いずれじっくり聞きたい」家康は大久保忠隣に顔を向けて訊いた。「この男、預かってもよいか」

大久保忠隣が、髭面《ひげづら》をほころばせて言った。

「御意に。使える男にございます」

「関東には代官を何人も置く。いまさら代官職を歴戦の家臣たちにやらせるのは忍びん。この男を代官頭にしたい」

その場の面々が一瞬驚いたようだった。

大久保長安は、わずかに意外そうな表情となった。しかし、滅相もないと辞退する素振りはない。どこかで期待どおりという顔とも見えた。

家康はもう一度、江戸湊の方向に顔を向けた。イスパーニャとの交易のために、浦賀を南蛮船の着く港とする。イスパーニャとの交易を一手に引き受ける。それはたしかに、莫大《ばくだい》な富をもたらしてくれる策のはずである。もちろん世の中には同じことを思いつく者は少なくない。ぐずぐずしていては出し抜かれる。やるなら早いほうがよいし、始めたならそのうまみは我が手に握り続けてけっして離すべきではない。徳川家の隆盛を願うなら。絶対の安泰をたしかなものにしたいなら。

家康は、堺のあの石積みの親方が語った言葉をいま一度思い起こした。西南蛮で修業中の息子がいる、その普請は息子にやらせて欲しい、というあの言葉。

その職人は、いつ日の本に帰ってくる？　いつまで待てばよい？　自分には、お前を待つだけの余裕はあるのか？

次郎左とルチアのためにブオンタレンティが世話をしてくれたのは、サンタ・マリア要塞《ようさい》の普請現場にも近い住戸だった。

アルノ川の左岸で、ベッキオ橋にもほんの二町ほどの距離、金銀細工の職人たちが多く住む一角だ。この町のほかの民家同様、石造りの建物で、空いていたのは二階にある一室だった。北向きの窓の外は斜面で、その斜面を登った先には城壁がある。小さな寝台がひとつ、それに竈《かまど》がひとつあるだけの部屋だった。厠《かわや》は一階である。

ふたりとも、あわただしくローマを脱出してきたのだった。もとより持ってきた荷はひとつずつ、ふたりが寝台に腰を下ろしても、部屋が息苦しくなることはなかった。それに次郎左は、船やイエズス会の修道院やコレッリ親方の家で、長いこと必ず誰か他人と一緒に寝起きしてきた。ルチアとふたりきりになれるというそれだけでも、幸福を感じることができた。

次郎左はルチアを抱き寄せてから言った。

「部屋があるというだけでは、暮らしてゆけない。鍋《なべ》や食器を買いに行こう。お前の着替えもいる」

ルチアが、うれしそうに言った。

「まるでもう一度嫁にきたみたい」

「そうだな」次郎左は同意した。「まるで夫婦になったようだ」

「ちがうの？」

「何が？」

「わたしたちは、夫婦になったのではないの？」

やはり、ルチアはそう思っているのか。次郎左は、うしろめたさを意識した。この逃避行のあいだ、折に触れてほのめかしてきたことだが、やはりきちんと言っておか
ねばならなかった。

「ルチア、お前をここまで連れてきて言うのもつらいが、おれは異教徒だ。お前を妻
にすることはできない」

ルチアの大きな目が、いっそう大きくみひらかれた。

「司祭の前では、ということでしょう？　わたしはあなたが異教徒であることを承知
している。仏教徒は、異教徒を妻にしてはならないの？」

「そういうわけじゃないが、この国では教会に認められない夫婦は生きにくいと聞い
ているぞ」

「わたしがそれを考えずに、あなたを追ってきたと思うの？　世の中には、教会が認めていない夫婦がどれだけ多いかも知っている。わたしはそれでもかまわない」

その覚悟があるなら、では次の言葉も冷静に聞いてもらえるだろう。

「おれは修業を終えたら、故国に帰る。数年がかりの長い航海の果てに、やっと行き着けるような遠い土地だ。お前を連れてゆくことはできない」

「それも聞いている。いつか帰ってしまうひとだということは承知しているわ。でも、明日にも、ということはないでしょう？」

「ブオンタレンティ師匠は、要塞とリボルノの街の大普請は、五年がかりと言っていた。五年後には、おれは修業を終えることになる。それが帰国する日の目処《めど》だ」

「どうしても帰らねばならないの？」

「父にそう命じられている。日の本には、一人前の石積みになったおれの帰国を、待っているひとがいる」

ルチアが口ごもりながら訊いた。

「女のひと、ではないのね？」

「日の本にエウロパのような城と町を築きたいと願っている人物だ」

「帰ると約束してきたの？」

「ああ」

次郎左が思い起こしたのは、あの日安土のセミナリオに馬でやってきた織田信長の顔だった。イエズス会で聞いた話では、信長はちょうど次郎左が西南蛮に向ったその年、家臣の謀叛《むほん》に遭い、落命しているという。つまり信長との約束は宙に浮いた。しかしイエズス会を通じて受け取った父の手紙では、父は徳川家康にも、西南蛮式の城と町の普請を約束し、次郎左に任せてほしいと言ったという。父が穴太衆《あのうしゅう》の親方のひとりとして約束した以上、息子であり弟子でもある次郎左はその約束に縛られる。自分が帰国するかしないかを、次郎左は勝手に決めることができない。

仕事を託すことのできる弟子でも持てるなら別だが。帰国は、ルチアの言葉を借りるなら、定めだ。

次郎左の短い答に、ルチアはいったん目を伏せた。それはきっぱりしすぎる答と感じられたのかもしれない。次郎左がおののくような想いでルチアを見つめていると、彼女は視線を窓の外に泳がせてから言った。

「五年間、わたしをいっぱいに愛してくれる？」

「もちろんだ」次郎左は強い調子で答えた。「でも、お前はそれでいいのか？」

「何が？」

「五年たったときに、またひとりになってしまうことだ」

「だって、あなたを引き留めてはおけないでしょう？　立派な職人には、やらねばならない仕事がある。わたしは職人の妻だったから、それはわかっている。引き留めて、あなたの重しにはなりたくない」

その言葉の語尾がかすれた。

次郎左は思わずルチアを強く抱きしめ、うなじに手を這《は》わせた。

「すまぬ」と次郎左は、自分がひとでなしになったような気分で言った。「すまぬ、ルチア。薄情けと思うだろうが、許してくれ」

「いいのよ」とルチアが次郎左の耳元であえぐように言った。「誰にも待たれることのないような職人を、わたしは愛せない。五年たったら、あなたは帰って。わたしはあなたがいなくなっても、生きてゆける」

次郎左はルチアへのいとおしさに言葉がなかった。いったんルチアから上体を離すと、涙目のルチアを見つめ、その唇に自分の唇を近寄せた。

瓜生小三郎は、その騎馬の列を見て、廃材からのっそりと腰を上げた。

勘四郎ほかの侍たちも、小三郎の視線の先にあるものを認めて立ち上がった。

イスパーニャの首都マドリーから、はるか北に位置する土地、ネーデルラントである。ウェルンハウツブルクという寒村だった。小三郎たちは二年前、アジアからポルトガル本国に渡った。その後、雇い主であるカピタン・カベサダスがポルトガル人傭《よう》兵《へい》部隊としてネーデルラントに行くことを請け負い、彼に率いられてこの土地に移駐してきたのだった。イスパーニャ本国から地中海という海原を渡り、ジェノバという港に上陸、属領ミラノを通過し、陸路このネーデルラントまでを進んだ。その道はイスパーニャ回廊と呼ばれているということであった。ジェノバに上陸してからは、ほぼふた月の行程となった。一年前のことである。

このネーデルラントは、イスパーニャ本国の乾いた大地とはちがい、湿潤で緑豊かな土地であった。ほとんど山らしい山はない、平坦な地方である。ゆったりと流れる川と、川筋をつなぐ無数の運河や水路が、土地に水を満たしている。なるほど気候こそ厳しいし日照りも十分とは言えないが、代わりにこれだけの水があるのだ。作物を育てるにはけっして不向きではない。

住人はおおむね大柄で、寡《か》黙《もく》だが勤勉であった。髪は金色が多く、目は青い。肌は白桃色だ。黒髪、黒い目の多いイスパーニャ本国の民びととは見た目から違っている。

もちろん話す言葉も。彼らはイスパーニャのことを、スパニィエと呼んでいる。

その住人たちが、およそ二十年前に反乱を起こした、と小三郎たちに、カピタン・カベサダスが教えてくれた。反乱の直接の理由は、重税と苛酷《かこく》な新教徒弾圧であったという。もちろんイスパーニャはこの反乱を鎮圧すべく、数万という軍勢をこの地に派遣、当初はほうぼうの都市で反乱軍を粉砕した。反乱に参加した兵や市民は、容赦なく殺戮《さつりく》された。そのためにネーデルラントの住民たちは独立への決意をいっそう固めた。

カベサダスの見方では、イスパーニャが優勢であったのは、反乱の初期だけだとのことだ。南部での反乱はなんとか押さえ込んだものの、ネーデルラント北部諸州は九年前に完全にイスパーニャの支配下を離れ、共和国を名乗って意気軒昂《けんこう》だ。イスパーニャにしてみれば、属領のこれ以上の離反を食い止めるためにも、傭兵たちを必要としているわけだった。

小三郎たちのいるこの駐屯地は、すでに独立を宣言したそれらの北部諸州同盟の、南の境界に向い合っている。駐屯地の北東方向、およそ五里にあるブレダという自治都市が、この地方一帯を平定するには欠かせぬ拠点である。

そのブレダは、この二月、ナッサウ伯マウリッツ率いる共和国軍に奪われた。街の防備を固めるイスパーニャのイタリア人守備隊六百が、わずか七十弱という共和国部隊による奇襲を受け、放逐されたのだ。

いま小三郎たちは、追われたその守備隊の残兵五百五十余に合流して、この駐屯地にいるのだった。守備隊のふがいなさに激怒したネーデルラント執政、エルンスト・フォン・マンスフェルトが、守備隊の再配置を認めず、ブレダ奪回を命じたのだ。しかし、ろくに銃を持ち出すこともできずにブレダを脱出した兵士たちである。部隊には砲もなく、銃も弾も刀剣などの武器も足りなかった。イタリア人部隊だけでのブレダ奪回など冗談でしかない。マンスフェルトはやむなくイスパーニャ本国や南ネーデルラント各地に置いた傭兵たちを、この地に向かわせたのだ。南ネーデルラントに到着していたカピタン・カベサダス率いる二十の傭兵たちも、急遽《きゆうきよ》ウェルンハウツブルクへ集められた分隊のひとつだった。

しかし、いまだいつどのように奪回に出るのか、指示はきていない。また兵士、傭兵たちには、二カ月前の四月末を最後に、食料も給料も支給されていなかった。支給の遅れは、ブレダを守れなかった守備隊への懲罰という意味があるのかもしれないと、当の守備隊の兵士たち自身が語っていた。ところが増強された傭兵部隊にさえ、何も与えられていないのだ。懲罰なのではなく、イスパーニャにはいまや軍や傭兵を養うだけの資力がなくなっているのでは、と疑う者が多くなってきている。じっさい、二十年前に反乱が始まったときにも戦費を国庫でまかなうことができず、周辺諸国からの負債でしのいだ。しかし戦争は長引き、負債は膨れ上がった。けっきょくその負債を弁済できず、イスパーニャは二度、国家破産を申し立てて、支払いを免除してもらったというのだ。

小三郎の知る日本語と知識を使って解釈すれば、それはすなわち、将軍が豪商や大名たちからの借金を踏み倒したということに近い。ネーデルラントに向う途上マドリーを見たときには、その富は無尽蔵であるかと思えたイスパーニャであるが、あの栄華もじつは書き割りに近いものであったのかと、小三郎は思い始めているところだった。

とにかく、腹が空いている。この三日間、薄い粥《かゆ》のようなものを一度すすっただけだ。その前だって、与えられるものはろくな食事ではなかった。空腹はもう限界に近い。それは小三郎たち日本人傭兵だけではなく、イタリア人兵士も、ほかの地方の傭兵たちにとっても同じことだろう。

ブリュッセルにいる執政マンスフェルトには、何度も給料と糧食を求める使いが送られた。あと半月待て、という返事の来たのが、ちょうどふた七日前である。あの騎馬の列を見ると、執政は一日早く、給料を支払ってくれるのかもしれぬ。

駐屯地の多くの兵士たちが立ち上がって、騎馬の列に視線を向けた。

アントウェルペンを経由しブリュッセルへと通じる街道上、騎馬の数もわかるようになった。八騎いる。先頭の兵士が誇らしげに掲げているのは、オーストリア公家の旗印だろうか。荷駄は二頭だ。二頭の馬で、いまや七百になろうかという軍勢の糧食は運べないから、おそらく彼らはカネだけを持参してきたのだろう。兵士の給料と、武器弾薬をまかなうために、必要なだけのカネを。

小三郎は、騎馬の隊列を見つめながら、隣りに立った弟に言った。

「やっと食えるか」

勘四郎が少し皮肉な調子で言った。

「どうでしょうか。イスパーニャにはほんとうにもう矢銭がないのでは」

イスパーニャの慣習では、戦は司令官がその費用を含めて引き受ける。戦費は司令官が立て替え、戦が終わった後に王室から支払いを受けるのだ。司令官に資力がない場合、そして商人や銀行家たちが王室を信用していない場合、司令官は配下の軍勢に給料も糧食も武器弾薬も支給できないことになる。勘四郎の言うとおり、もろもろの支給が遅れているというよりは、もう逆立ちしても出るものがないということなのかもしれない。

勘四郎が続けて言った。

「イタリア人の兵士の中では、執政のもとまで反乱の進軍を始めるかという話まで出ているとか」

「おれも聞いた。あの使いたちが持ってきた話次第だろうな」

「片一方で、ザクセン人の傭兵からも聞きましたよ。北部諸州の街では、砲手たちを求めている。イスパーニャ軍並みの給金で雇ってくれるそうです」

砲手は、エウロパの戦場ではもっとも熟練の腕が必要とされる兵種だった。五人、もしくは六人でひとつの組を作り、号令あれば流れるように滑らかに砲を用意、火薬と弾をこめ、狙《ねら》いをつけ、発射する。発射が終わればただちに砲身を掃除し、次の装《そう》塡《てん》に備える。鍛冶場《かじば》の職人衆にも近い、手練《てだ》れの組が求められるのだ。大国の軍隊であれば軍の中で養成されるが、市民兵が中心の北部諸州では、こうした砲手たちが不足している。

砲手なら雇ってくれる……。

小三郎はその言葉を吟味してみた。

自分たちはポルトガルの植民地の要塞を守るため雇われた。このときは、火縄銃と剣を使えることが、いわば自分たちの売りだった。じっさいそれでかなりの働きをしてきた。その後アジアからエウロパに渡るとき、軍船の中で砲の扱いも覚えさせられた。人の数に限りのある軍船では、乗り組んだ兵たちには、砲にも習熟が求められたのだ。自分たちは、いま砲手としてもこのエウロパで食べてゆけるだけの腕はある。

日本の太刀はとうの昔に捨てていた。打ち直しも補充も難しくなったし、手近にある武器に慣れるしかなかったのだ。小三郎たちは使い手に頼み込んではエウロパ式の長剣術を習い、片手での立ち回りに熟達していった。いまやみな、並以上の長剣の腕前である。中でも弟の勘四郎は、誰もが認める長剣の使い手だった。

それればかりではない。身なり出《い》で立《た》ちも、完全にエウロパの武士《もののふ》のものだった。軽衫《かる》《さん》に襦袢、革の胴着と上着。長靴につば広の帽子、革帯、エウロパ式の長剣と短剣。革帯の上には、朱色の絹のサッシュを巻いていた。このサッシュが、武士であることの証《あかし》である。日本人傭兵たちはみな、同じ朱色のサッシュをつけていた。

ただしこの出で立ちも、と小三郎はちらりと自分の衣服に目を落として思った。ネーデルラントに着いたときの様子とは大違い。汚れ、ほころび、汗にまみれて、武人のはしくれにも見えぬのではないか。よく言ったところで、落ち武者である。主や郎党からはぐれ、飢えて山中をさまよう敗残の武士同然である。

小三郎はネーデルラントに来てからの日々を思い返して、小さく嘆息した。イスパーニャの雇い兵となることが、これほどまでに惨《みじ》めになることであろうとは。武士の誇りも心意気も萎《な》えさせるまでに。

勘四郎の言葉が、頭の中で反響した。

砲手なら雇ってくれる……。

やがて騎馬の隊列は街道からはずれ、粗末な木柵《もくさく》で囲まれた駐屯地に入ってきた。

騎馬兵たちは、どれも汚れのほとんどない軍服姿だ。

駐屯地の兵士、傭兵合同部隊の指揮官は、ジャコモ・カピッツィというミラノ人だった。ブレダ守備隊の隊長が召還されたあと、イタリア人部隊の小隊長から抜擢《ばってき》されたのである。

駐屯地は接収した農家だった。その母屋《おもや》が、カピッツィやほかの士官たちの宿舎となっていた。

騎馬の隊列はカピッツィのいる母屋の前まで進んで止まった。待っていたカピッツィが騎馬隊の前に進み出ると、騎馬隊の指揮官と見える男が言った。

「イブン・デ・ラ・サバテロ。執政からの使いだ」

「どうぞ、中へ」

サバテロと名乗った男は馬から降りた。部下たちも続いた。騎馬の兵士のうちふたりが、荷駄から振り分けの駄袋をはずして、脇《わき》に抱えた。小三郎はその様子を注視していたが、さほど重みのある荷とは見えなかった。これがイスパーニャ人の兵士であれば、運んできたのが銀貨ではなく金貨だからだろうと言うところだ。しかし小三郎にはそうは思えない。サバテロの顔がこわばっている。いやな任務を引き受けてきたという顔なのだ。あの袋の中身は、駐屯の兵士たちを歓喜させるようなものではない。

小三郎が振り返ると、背後にはこの駐屯地の大勢の兵士たちが集まってきていた。もし食料なりカネなりを得るのが早いもの勝ちだとしたら、絶対に遅れはしないというこどだろう。いまここにいないものは、おそらく空腹のあまり、その競争に加わる気力もないのだ。

カピッツィはサバテロたち三人を案内して母屋の中に入っていった。

四人が母屋の中にいたのは、わずかの時間だった。何がどのくらい運ばれてきたのか、駐屯の兵士たちが焦《じ》れる暇もないほどの短いあいだしか、彼らは滞在しなかった。

母屋から出たサバテロは、すぐに部下に騎乗を命じた。

サバテロの後を追って母屋から出てきたカピッツィが、すがるような顔で馬上のサバテロに言った。

「われわれはすでにひと月飢えております。完全に糧食は尽きたのです。いま受領しました銀では、ここにおります七百の兵、一週間しか食うことはできませぬ。商人たちにも、掛け売りしてもらった分を支払わねばなりません。なのに次は約束できぬとは」

サバテロが、不快そうにカピッツィを見下ろして言った。

「ブレダを守っておれば、飢えることもなかったであろう。どうしてもというなら、ブレダを奪回すればよい」

「その作戦のために、いまここに集められているのだと思っておりました。いつ奪回命令は下されるのでしょうか」

「準備が整い次第」

「ですから、いつまで飢えながら待てと」

「くどいぞ」とサバテロは怒りを含んだ声で言った。「わずか七十のネーデルラント兵に体もなく追い払われて、何を要求できるというのか。陛下はブレダを奪われたという報告すら耳にしたくはあるまい。貴公がいつ奪回に出ようと、それはそれでかまわぬ。いまならまだ、ブレダ落城はなかったことにできる。貴公がそれをやることを、止めるものはおらぬ」

「つまり」カピッツィが、信じがたいという表情で訊いた。「どなたの命令を待つこともなく、わたしの判断でブレダ奪回に出よということにございますか」

「飢えを拒むのであれば」

「しかしわれわれにはいま」カピッツィは自分たちを囲む飢えた兵を見渡してから言った。「一門の砲も、兵士の数だけの銃もございませぬ。火薬も弾も不十分です。引き換え、ブレダ城内には、いまやマウリッツ公麾下《きか》の一千七百の反乱軍がおるのです」

「ブレダを襲った反乱軍たちは、砲を持っていたのか？」

カピッツィは黙り込んだ。

その奇襲は、泥炭運搬船に身をひそめた共和国軍兵士たちが、積み荷あらためを欺《あざむ》いてブレダの城壁内に侵入し、成功させたものだという。泥炭《でいたん》船にひそんでいた兵士たちは、深夜に一気に船から飛び出してイスパーニャ守備隊が守る市役所に突入したのだ。小三郎はそのときの様子を、逃げてきた兵士たちから何度も聞かされてきた。なんでも、トロイ戦争という故事を思わせる作戦であったとか。不意を突かれた守備隊はろくに応戦することもできないまま、ブレダの城壁外へ逃れた。四十名ほどが戦死している。当然ながらこの奇襲攻撃で、共和国軍は砲など使っていない。いわば豪胆さだけで、ブレダの街をイスパーニャから奪ったのだ。それを指摘されれば、カピッツィには返す言葉もあるまい。

サバテロは馬の向きを変えてから、もう一度カピッツィを見下ろして言った。

「当然のことではあるが、戦場以外では勝手な略奪は許さぬ。ネーデルラントの人心がここまで離反したのは、反乱の初期、我が軍勢が略奪暴行を繰り返したせいだ。やつらにこれ以上の反乱の根拠を与えてはならない。街を落としたときだけ、異端者どもから好きなだけ奪うがいい。軍規は厳しく守らせよ」

矢銭も兵士たちの給料も支給することはできぬが、強制徴発はまかりならぬということだった。それは軍勢丸ごと飢えよと言っているに等しい。それともサバテロの命令には何か含みがあるのか。これをすることだけは認めてやる、というような。まさかブレダ攻撃は本気ではあるまいが。

いや、と小三郎は戦慄《せんりつ》しながら思った。聞き取れなかった部分はあるが、執政の使いはカピッツィにじっさいにブレダ攻撃をそそのかしたのではないか。この兵力でできるものならやれと。それならば飢えることはないと。

使いの騎馬兵士たちが駐屯地を出てゆくと、集まった兵士たちの顔が一斉にカピッツィに向いた。執政は何を送ってくれたかと、その顔が訊いている。自分たちはこれで飢えずにすんだのだろうと。

カピッツィが、もう一度兵たちを見渡してから言った。

「小隊長以上の者は、集合せよ」

腹をくったな、と小三郎は思った。

カピッツィが、攻撃の目標として明らかにしたのは、北部州に属する三つの町だった。

駐屯地からブレダに向う街道の途中およそ二里の位置に、ズンデルトという町がある。ここにもイスパーニャの守備隊が置かれており、ブレダと向かい合ういわば南ネーデルラントの最前線の町にあたる。この町から北西のボセンホーフという町に道路が伸びており、道路沿いには三つの町がある。これらの町には、ブレダ奪取後、共和国軍が守備隊を置いたとの情報があるというのだ。

カピッツィは小隊長たちに説明したという。本格的なブレダ奪還は、守備隊を町から引き出しての野戦ではなく、攻囲戦となるであろう。このときのため、ブレダ南西側を押さえることは、ブレダ守備隊であった自分たちの使命である。この三つの町の共和国軍を撃破し、自分たちが遠くない将来にできるであろう攻囲網の一部を形成する。

そこまで言うと、カピッツィはあまり乗り気とは見えぬ小隊長たちにたたみかけたのだった。

「飢えて靴まで売ることになるか、戦って再び兵としての誇りを取り戻すかだ」

異議を申し立てる者はなかった。三日前のことである。カピッツィはサバテロに、まずはブレダ前面の反乱軍の撃破に出ると伝令を送り、執政が当座をしのげと送ってきたカネを貯《た》め込むことなく二日分の食料調達に使い切った。二日間兵士たちに存分に食べさせたうえで、昨日進軍を開始、きょう、街道沿いの南東寄りの町から順に攻略を開始したのだった。

小三郎たちが驚いたことに、説明を受けていた町というのは、どれも城壁さえ持たない寒村だった。つまりどこにも反乱側の兵士の姿などない。しかしカピッツィは、村に到達するごとに、発砲があったと言い立てて攻撃を命じ、村の手前で少数の兵士に火縄銃を撃たせた。それから、隠れた反乱軍兵士がいるはずだと、二個小隊に村じゅうの家、納屋《なや》の家捜しを命じた。つまり略奪を許可したのだ。逃げ遅れ、さらに食料の提供を拒んだ村人のひとり、白い髭の老人が通りに引き出され、剣で斬り殺された。制圧を受け持ったそのふたつの小隊は、そのまま町を確保し続けるよう命じられた。

次の村でも同じことが繰り返された。ここでも二個小隊が略奪を許され、その戸数十いくつかの寒村に襲いかかった。ここではふたりの男が斬り殺され、四人の女が隠れ場所から引きずり出されて、兵士たちにたちまち服を剝《は》がされ、納屋に連れてゆかれた。

小三郎たちは、三つ目の町まで進んだ。もう四分の一里ほどでボセンホーフの町という位置である。

カピッツィは、イタリア人部隊と、傭兵混成部隊を村の手前で止めると、上気した顔で命じた。

「攻撃があった。反乱軍どもをあぶり出せ。容赦なく殺せ」

イタリア人兵士たちは、どっと街道を駆け出した。その先に、逃げてゆく農民たちの姿が見える。女子供も交えて二十人ばかりいるだろうか。イスパーニャ軍の接近を見て、略奪が始まると正確に読んだのだろう。街道の行く手右方向に森がある。その森に逃げ込むつもりのようだ。あるいはボセンホーフの町まで逃げるつもりなのかもしれない。

イタリア人兵士の一部、十人ほどは、略奪をあとまわしに、村を通り抜けて農民たちを追っていった。

カベサダスは、まだ配下の傭兵たちに何も指示を出さない。小三郎たちも、黙って立ったままでいた。

カピッツィが怪訝《けげん》そうにカベサダスに訊いた。

「どうして命令に従わない？」

カベサダスが、カピッツィに真正面から向き直って言った。

「反乱軍兵士が見えません。どこにおります？」

「だから家捜しだ」

「本気で言っているのですか？」

「何を？」

「これは戦ではありませんよ」

「銃を撃つときだけが、戦ではあるまい。もう戦は二十年も続いているんだ」

「われらは、戦うために雇われました。戦って、殺した敵から武器を奪いはします。降伏せず食料供出も拒んだ民びとからは、無理にでも食料を奪い、金目のものを巻き上げるでしょう。だけど、戦があってのことだ」

「何を言っている？」

「これは盗賊がやることです。身体《からだ》にサッシュを巻いた男のすることじゃない」

「どう違うのだ？」

カベサダスは苦笑した。

「違わないと言うのですか？　イタリア人にとっては、兵士と盗賊は同じだと」

「何？」と、カピッツィは目を吊《つ》り上げ、剣の柄に手をかけた。

小三郎が前に進み出て、あいだに入った。

「われわれは、村の裏手の警戒にまわります。かまいませんか？」

カピッツィは小三郎に顔を向けてきた。目はいっそう吊り上がったかもしれない。

「そんなことをしていては、飢えることになるぞ」

「そうさせたら、イスパーニャ国王の恥です」

「貴族みたいな言いぐさだ。雇われ兵が」

「わたしたちは武士です」

「いいや、猿《シンミア》だ」

そのイタリア語は知っている。この部隊に合流してから何度か聞いたことがあるのだ。日本人傭兵たちを嘲《あざけ》るとき、イタリア人はよくこの言葉を使う。

背後で、勘四郎以下の日本人傭兵たちが息を殺したのがわかった。

こんどはカベサダスが割って入ってきた。

「村の裏手を警戒します。行くぞ」

カベサダスが小三郎の二の腕を叩《たた》いてうながした。小三郎はカピッツィから視線をそらした。振り向くと、日本人傭兵たちは剣の柄に手をかけて、いつでも斬りかかる姿勢だった。勘四郎が、恐ろしい形相でカピッツィをにらんでいる。

「行こう」と、小三郎も勘四郎の腕を叩いた。

「あいつ、言ってくれたぞ」と勘四郎。

「聞き流せ」

小三郎たちは、散らばって手前の農家の裏手、村の北側の畑に回り込んだ。

村の北西端に出たときだ。逃げた農民たちを追っていた兵士たちが戻ってきた。女を三人連れている。若い娘。頭巾《ずきん》をかぶった三十女。それにもうひとりは子供だ。十歳か十一歳という年齢と見える。少女は泣き叫んでいた。

家捜しを終えて路上に出ていた兵士たちが、にやにやと集まってきた。真正面には、カピッツィがいる。

小三郎の目の前を、三人の女が引っ張られていった。三十女が、激しい憎悪《ぞうお》を浮かべた顔で、何か激しく言っている。懇願ももう諦《あきら》めたという顔だ。女と目が合った。女は小三郎の顔を見て、それまでの罵倒《ばとう》とは調子のちがう声で短かく言った。

「アープ」と聞こえた。

これもこの地方の言葉で猿という意味のはずだ。

小三郎は苦々しい想いで、街道の先を見つめた。死体らしきものが路上に転がっている。五つか六つあるようだ。女を逃がそうと抵抗したのだろう。

女を引っ張っている兵士たちは、集まってきたほかの兵士たちの前で止まった。その場で何か野卑なやりとりがあったようだ。少女を引っ張っている兵士ふたりが、すぐ脇の農家の中に少女を押し込もうとしている。

小三郎の胸は激しくささくれだっていた。捨て鉢な気持ちさえあった。意識することなく前へと進み、兵士のひとりの手を取って力を入れた。

その兵士が足を止め、もうひとりも立ち止まった。

「何をする」と、手を押さえられた兵士が言った。

「離してやれ。まだ子供だ」

「女だよ」

もうひとりの兵士が右側で言った。

「すぐにお前の番がくる」

小三郎は右手を払った。兵士の顎《あご》に、拳《こぶし》が食い込んだ。うっと兵士はうめいて、少女から手を離した。周囲がどよめいた。面白い見せ物でも始まるかという調子だ。

「この野郎」と、いままで手を押さえていた男が少女を離した。

視界の隅に、勘四郎たちが近づいてくるのが映った。

少女は泣きながら地面に両手をついた。勘四郎が少女の背を叩いて起こし、自分の後ろに回した。少女はすぐに、助けてもらえるとわかったようだ。勘四郎の背中にしがみついた。勘四郎は少女の手をひきはがすと、後ろにいる日本人傭兵たちのほうに追いやった。

少女を引っ張っていた兵士ふたりが、短剣を抜いた。またまたどよめきが起こった。殴られたほうの男が言った。

「殺してやる」

短剣を突き出してきた。小三郎はさっと右によけてこれをかわし、相手の右腕を取ってねじった。ゴツッという鈍い音と同時に、兵士が悲鳴を上げた。たぶん肘《ひじ》の関節が折れたはずだ。腕を離すと、兵士は肘を押さえて地面に転がった。悲鳴は収まらない。

もうひとりが、勘四郎に短剣を突き出した。勘四郎はこれをかわして、短剣を叩き落とした。その兵士は一瞬呆気《あつけ》に取られた顔をしていたが、すぐに二歩退いて、こんどは長剣を抜いた。

どよめきに、こんどはよせという調子がまじった。兵士は本気だ、こんどはひとが死ぬぞ、とわかった声だ。

兵士は勘四郎に切りかかった。勘四郎も長剣を抜いた。左手からの太刀をかわし、ついで相手が右から振り下ろしてきた太刀をかわした。そこまでは相手も予測していたようだ。振り払われた剣で円弧を描くと、次のひと太刀を真正面から振り下ろしてきた。勘四郎は一歩前進しながら相手の胸を突いた。周囲から悲鳴が上がった。殺されるのはどっちか、予測がはずれたのだろう。

勘四郎が剣を引き抜くと、兵士は右手の剣をゆっくりと下ろしながら、膝《ひざ》から地面に倒れ込んだ。

囲んでいる兵士たちは、口々に小三郎たちを罵《のの》り始めた。その罵倒には、はっきりと殺意がこめられていた。

カピッツィが、兵士たちに向って怒鳴った。

「こいつらを捕らえよ。重罪だ。処罰だ！」

兵士たちの輪が縮まった。小三郎はさっとカピッツィに近づくと、右腕をうしろにまわして首に短剣を突きつけた。

「処罰だと？」

カピッツィは、目をみひらいて言った。

「ああ。死刑だ。お前たちは死刑だ」

金属同士のすれる音が立て続けに響いた。兵士たちの何人かは、すでに長剣を抜いていた。ちらりと後ろに目をやると、日本人傭兵たちも剣を抜いている。勘四郎が小三郎の左前に出ると、カピッツィの長剣と短剣を鞘《さや》から抜いて地面に放った。すぐにほかの日本人傭兵たちが、小三郎を囲む格好となった。

カピッツィが、嘲笑《ちょうしょう》するように言った。

「お前たち七人だけで、百人もの兵士を相手にできるか？　みな殺しだ」

小三郎はカピッツィに言った。

「もう一度、それを大声で言え」

カピッツィが同じ言葉を繰り返した。

囲んでいた兵士たちのあいだから、笑い声がもれた。たしかにカピッツィの言うとおり、戦えば自分たちに勝ち目はない。

小三郎は、やはり兵士たちにも聞こえるように大声で言った。

「勝てない。だが、お前は最初に死ぬ。約束する」

首に当てた短剣に力をこめた。カピッツィは黙り込んだ。

小三郎はなお大声で言った。

「みなに、下がるように命じろ。絶対に手を出すなと。おれたちは、この村を出る。女たちも一緒だ」

「言う」と、カピッツィが小声で言った。「助けてくれ」

小三郎は短剣から力を抜いた。

ぐいと腕をねじったまま背を起こしてやると、カピッツィが兵士たちに向って、叫ぶように言った。

「手を出すな。女たちを離せ」

兵士たちは少しのあいだためらっていた。顔を見合わせている者もいる。

カピッツィが、こんどは悲鳴のような調子で言った。

「聞こえたろう！　手を出すな！　女たちを離せ！　この猿どもは村を出る！　放っておけ！」

兵士たちは、合点がゆかぬという顔でしぶしぶと囲みを解き始めた。女たちが解放された。三人は、事情もよくつかめぬという顔のまま、街道を駆けだした。いましがた逃げて行こうとしていた方向へ。

小三郎たちは、カピッツィをあいだに用心深く後退した。兵士たちはいま、みな小三郎たちの正面にまわっている。短銃を取り出した者もいるが、たぶんまだ弾はこめられていない。

カベサダスと目が合った。彼は申し訳なさそうに首を振った。やりすぎだぞ、とでも言いたげな顔と見えた。小三郎は、御免、という意味でカベサダスにうなずいた。

小三郎たちはやがて村をすっかり出た。兵士たちは動かない。

カピッツィが言った。

「もう十分だろう。早く離せ」

「まだだ」と小三郎は言った。「村が見えなくなるまで」

「部隊を離れて、どこに行く気だ？　勝手に盗賊になるのか？」

「雇ってくれる誰かのもとだ」

「お前には、すでに雇い主がいる」

「給金をくれてこその雇い主だ」

「日本の武士は、カネのことしか頭にないのか？　大事なものはカネなのか？」

「飢えても、盗賊の真似《まね》はせぬ」

村から一町ほども離れたところで、小三郎は後ろ向きに歩くのをやめた。カピッツィを自分の前に歩かせ、足を早めた。勘四郎たちは小三郎の背後を、なお兵士たちを警戒しながらあとずさってくる。

農民の死体の脇を通りすぎると、道は少しだけ湾曲していた。村が見えなくなった。前方に、町が見えてきた。教会の塔がある。ボセンホーフの町だろうか。だとしたら共和国側の守備隊か市民兵がいるはずである。

カピッツィが、その町に目を向けながら言った。

「そろそろ離せ。もうお前たちは、あの叛逆者たちの町に逃げ込める」

小三郎はカピッツィを小突いた。

「お前は手土産だ」

「何？」カピッツィは心底驚いたようだった。「おれはブレダの守備隊にいたんだ。副隊長だった。八つ裂きにされる」

「それだけのことをしたんだろうな」

「離せ。ここで離せ」

小三郎はカピッツィの嘆願を無視し、仲間の日本人傭兵たちに大声で言った。

「相談なしに始めてすまなかった。これからは、共和国軍に雇われてはどうかと思う。どうだ?」

左右に目をやると、仲間たちはみな頬をゆるめている。いやだと言っている顔はなかった。

あとは、先方がわれらを受け入れてくれるかどうかだ。


ベッキオ宮殿の執務室は、段通が敷かれ、繊細な装飾を施した家具や、大理石の彫刻、油絵などで飾られていた。エウロパの工芸品の価値はわからない次郎左にも、それが並の宝物でないことは想像がついた。

次郎左はこの日、師匠であるブオンタレンティにしたがって、こんどの普請《ふしん》の施主であるトスカーナ大公フェルディナンドの執務室に出向いたのだった。フィレンツェのシニョリーア広場南東側、塔がある宮殿の中である。この宮殿には、少年使節のローマ訪問時に一度入ったことがある。大広間の奥が大公の執務室のひとつだった。

その部屋に入ってフェルディナンド一世にお辞儀をすると、大公は次郎左を見つめて愉快そうに言った。

「そのほう、名をなんと申したか？」

「戸波次郎左にございます」

大公とは、ローマで二度会っている。声をかけてもらっていた。日本の城や街に興味がありそうな口ぶりだったが。

「サン・ピエトロの円蓋《クーポラ》の要石《かなめいし》まで積んだとか」

「最後のところを、コレッリ親方のもとでやらせていただきました。教皇庁周囲に新しく築いた稜堡《りようほ》の普請も」

「修業は終わったのか？」

「まだまだです。いまブオンタレンティ師匠のもとで、築城術を学んでおります」

「五年かかる仕事だぞ」

「それでなんとか区切りにしようと。五年後には帰国せねばなりませぬ」

フェルディナンド大公は、ブオンタレンティに顔を向けた。

「図面ができたのだな？」

「はい」ブオンタレンティは、とくべつかしこまる様子も見せずに言った。「リボルノで測地をすませ、おおまかな図面を引いてみました」

次郎左はブオンタレンティに従って、この一カ月リグリア海に面した港街、リボルノに赴いていた。フェルディナンド大公は、この街を大がかりに改造、ジェノバやベネツィアに匹敵する交易の港とする構想だ。街全体は、城壁と水濠《すいごう》によって囲む。砲による攻撃にも耐えうる、当世ふうの街とすることが、ブオンタレンティに命じられていた。ブオンタレンティは、次郎左をはじめほかの弟子や石積み親方たちを使って、リボルノで測地にあたっていたのである。測地が終わり、きょうの昼に、フィレンツェに帰って来たところだった。次郎左はまだルチアの待つ家にも帰っていない。大公が待っているとのことで、ブオンタレンティの屋敷からそのまま駆けつけてきたのだった。

ブオンタレンティの合図で、次郎左は持参した図面を大公の机の上に広げた。大公が身を乗り出してきた。

それは、五基の稜堡を持つ城壁で街をそっくり囲むという指図だった。いまも町は港の背後に城壁で囲まれているが、その城壁を取り払い、街をひとまわり大きくするかたちで、城壁と水濠を設けるのだ。下を向いた五角形の指図である。

ブオンタレンティが説明した。

「全体のかたちは、すでにご了解いただいているとおり、稜堡様式です。死角がなく、軍勢の接近を容易には許さぬ造り。もちろん砲による攻撃を想定して、城壁は低く、砲弾による破壊を低減する勾配《こうばい》を設けます。内側の土盛りも十分に厚くいたします」

「城壁は、石か？」

「煉《ね》り瓦《がわら》を多く使うことになるかと」

「港側の守りは？」

「いまあるベッキオ要塞が港の北を、新たに設ける南西角の稜堡が、港の南を固めます」

「城壁の普請に合わせ、街なかの改造はどうなる？　税もかけぬし、信仰の自由も保証する。ひとも増えるぞ。異端だろうが、異教徒だろうが、かまわず呼び寄せるからな」

大公は次郎左に顔を向けて、笑いながらつけ加えた。

「仏教徒だって来る」

次郎左は、その顔を見て理解した。大公は、次郎左が急遽ローマを離れてトスカーナに来た理由を承知しているのだ。

ブオンタレンティが答えた。

「運河を広げ、多くの荷の積み下ろしをさばきます。古い城壁は解体して、その材料は新しい城壁の普請にあてますが、城壁跡の空き地は、土地を求める町衆に入れ札で売られてはいかがでしょう。道路は格子《こうし》状とし、下ろした積み荷の運搬のために、荷馬車がゆうゆうと行き交えるだけの幅といたします」

「城門は？」

「ピサに通じる運河方向に一カ所。城門は、最初から低めに築きます。塔は建てませぬ」

城門は、かつてはフィレンツェでも塔を付属させるのがふつうだった。しかし砲による戦があたりまえとなったいま、塔は格好の目標となる。塔が崩されると、城門を抜くことはいとも容易になる。そのためフィレンツェでも、たったひとつ、サン・ニッコロ門を残して、ほかはすべて塔を解体した。城門には塔を設けぬのが当世ふうなのだ。

「掛かりは？」と、大公がブオンタレンティに訊《き》いた。

これだけの大がかりな普請だ。サン・ピエトロ大聖堂の普請に教皇庁がかけたほどの金額にはならないだろうが、それでも莫大《ばくだい》なもののはずである。

ブオンタレンティが、数字で答えた。

大公は一瞬、予想とはちがう、という表情を見せた。

ブオンタレンティが言った。

「ベネツィアが、近々パルマノーバで、これと似た星型の都市の建設を始めるとか」

その言葉が効いたか、大公は言った。

「いいだろう。いつから始める？」

「お許しをいただけるのでしたら、明日からでも」

「そのほうの自慢の作品となるな」

「殿下にとっても」と、ブオンタレンティが微笑した。


ベッキオ宮殿を出ると、いったんブオンタレンティの屋敷に寄ったあと、次郎左は自宅へと急いだ。一カ月ぶりの帰宅だった。

部屋ではルチアがつくろいものをしていた。ドアを開けた瞬間にルチアは立ち上がり、歓喜をあらわに次郎左に駆け寄ってきた。

「次郎左！」

抱擁し、倒れ込むように寝台に移動して、次郎左はルチアと愛を交わした。

終わったあとのまどろみのときだ。ルチアが次郎左の胸に顔をつけたまま言った。

「あなたが喜んでくれるかどうかわからないけど」

かすかにおののきを感じさせる声だ。次郎左はルチアに目を向けて言った。

「何か？」

ルチアは少しのあいだためらった様子を見せてから言った。

「月のものがないの。もうふた月も」

それが何を意味するのかという程度の知識はあった。でも、そんなことが？

「もしかして、それって」

「ええ。子供ができたみたい。近所の女たちにも訊いてみた。ふた月なければ、まちがいないって」

当惑しつつ、次郎左は言った。

「石女《うまずめ》だと言っていた」

「子供ができなかったのは、わたしのせいではなかったみたい」

「ということは」

「あなたの子供が、できたのだと思う」

黙ったままでいると、ルチアの顔が曇った。

「やっぱりね。故国に帰ってしまうひとには、うれしいことではなかった」

「そんなことはない」

「驚いているだけだ。お前が子供を産むなんて、思ってもいなかったから」

「大丈夫。あなたが帰っても、しっかり育てるから」

「水を飲ませてくれ」

「瓶《かめ》に。汲《く》んできたばかり」

次郎左は立ち上がり、部屋の隅の竈《かまど》の前まで歩いて、水瓶から水を杓《しゃく》ですくって飲んだ。三口目を飲んだときには、当惑も消えて落ち着くことができた。その事実を受け入れて、自分がどうすべきかも決まった。寝台に戻ると、もう一度ルチアに並んで身体を横たえ、ルチアを見つめた。ルチアは、不安そうなままだ。

次郎左は言った。

「男の子だといいな」

ルチアは疑わしげだ。

「喜んでくれるの？」

「もちろんだ。おれに子供ができるんだ」

「あなたは日の本に帰ってしまう。子供は連れてゆけないでしょう？」

「まだ先のことだ。当分帰ることにはならない」

「喜んでいないわ」

「日の本でエウロパふうの城を築くのは、おれの息子でもいいんだ。息子を、おれは立派な石積み職人に育てる。おれはお前と一緒にいる」

ルチアの目が、次郎左を見つめて左右に揺れた。次郎左の言葉が真実かどうか、目に冗談の色でもにじんでいないか、探っているかのような目だった。

やがてルチアの表情が、すっとゆるんだ。

「ああ、次郎左。信じていいの？」

「当たり前だ。丈夫な子を生んでくれ」

「女の子だったら、がっかりする？」

「石女じゃないとわかったんだ。次は息子だ」

「また女の子だったら？」

「かまわない。もうどちらでもいいぞ」

「次郎左」と、ルチアが感極まった声でしがみついてきた。

次郎左は、ルチアを強く抱きしめながら思った。

想像してもいなかった生き方が、どうやら始まったのだな。

それはけっして悪い気分ではなかった。思うに自分をエウロパに送り出したときの父だって、その胸のうちはけっして無念ではなかったはずだ。父はたぶん、それを誇りに思った。自分を引き継ぐ者がいることを、喜んでいた。父はまた、信濃の故郷に帰ることなく、畿内で生きたことを悔いてもいなかったはずだ。

自分はここに残り、石積み職人となった息子が日の本に帰って城を築く。悪くはない。

次郎左の脳裏に一瞬、一人前になった息子の姿が生き生きと浮かんだ。ルチアと自分の特徴を、少しずつ受け継いだ顔だちの青年。黒い髪に黒い瞳《ひとみ》。エウロパの衣服を身につけており、その手には差し金とコンパス。

その子が日の本でエウロパ式の城を築く。悪くない。

いずれにせよ当分は、日の本に帰るあてもないのだ。身ごもったルチアに余計な心配をさせる必要はない。

フィレンツェの建築家ベルナルド・ブオンタレンティの臨時の仕事場は、リボルノ港に近い古い民家の中にあった。

かつては毛織物を収める倉庫として使われていた建物だという。いまここはブオンタレンティとその弟子や、親方衆派遣の職人たちが指図を引く作業場となっていた。

じっさいにリボルノの大がかりな普請が始まったときは、この建物がブオンタレンティの事務所、親方衆の詰め所となるのだろう。

フィレンツェからブオンタレンティに従ってやってきたその弟子と次郎左たちは、この建物に泊まり込んで、普請の詳細な指図の作成作業に従事していた。先日、おおまかな指図はフェルディナンド大公に見せていたが、あれは施工主に工事の全体を伝えるためのもの。じっさいに工事を始めるにあたっては、工事に関わるそれぞれの職種の親方たちが理解でき、指示が伝わる指図が必要だった。なのでいまリボルノの街の測量図をもとに、城壁と水濠と城門をブオンタレンティが改めて設計中なのだ。弟子たちがじっさいの指図を引く作業を受け持った。

フィレンツェでやはりブオンタレンティが設計して普請中のサンタ・マリア要塞《ようさい》は、広さでいえばせいぜい半町四方ほどの規模の砦《とりで》である。しかしリボルノの城壁造りは、広さで言うならその五十倍もの都市をそっくり囲む規模のものとなる。そのすべての場所について、詳細な図面が必要だった。

ブオンタレンティはこの図面作りのために、自分の弟子や、縁のある学生などをリボルノに集めた。工事に関わる石積みの親方衆も、指図を描くことのできる弟子たちを派遣した。さして広くもない建物一階のその部屋で、十二人ばかりの男たちが毎日、測量図面とブオンタレンティが描いた概略図をもとに、精密な指図を描いた。

リボルノの大規模な城壁造り、街の総構えの造り直しは、五つの部分に分かれる普請だった。まず、いまある港口を固める砲台、ベッキア要塞の改修。これが、五角形の城壁の北東部分の稜堡として用いられることになる。そしてあと四基の稜堡を持つ城壁の普請である。同時にかかるのではなく、部分ごとに時期をずらして進められることになる。

ブオンタレンティは、港口のベッキア要塞の改修には、サンタ・マリア要塞の建設にあたっている石積みの親方を当てるつもりでいる。その普請が終わり次第、その親方と一党はリボルノに移り、また同じ様式の要塞の改修と補強の普請に着手するのである。

残りの四つの部分の普請は、北側から順に右回りに進めて行くことになるという。水濠を掘り、城壁を積む。これが繰り返される。本来ならば水濠は二重にしたいのだが、とブオンタレンティは言っている。一重の計画となっているのは、掛かりとの兼ねあいなのだろう。

最初の普請場で石が積まれているあいだに、隣の普請場では濠《ほり》の掘削と斜堤の普請が進む。最初に作業した部分の城門の仕上げにかかるころには、職人衆の一部はやはり隣の普請場の城壁積みにかかっている。とにかく集めた職人や人夫たちに、自分の仕事がないとは言わせないように、段取りを組むのだ。

次郎左はそれまで、城壁や砦の全体的な指図は描いたことがなかった。もっぱら指図を読んで、その指示どおりに石を積む側にいた。バチカンの稜堡や城壁の普請にあたっているとき、自分のために、複雑な形態や普請の手順の面倒な部分について、図面を描いたことがあるくらいだった。

リボルノでは、ブオンタレンティの測地に加わり、ようやく測量図を引く経験をした。ブオンタレンティは次郎左の腕を認め、引き続き普請の指図作りの作業に入るよう指示したのだった。指図の作成はおそらく七月一杯で終わり、大公臨席による普請の安全を願うミサと起工式のあと、すぐに実際の作業が始まることだろう。

城門部分の指図は、ブオンタレンティが直接自分で引いた。引きながらブオンタレンティは言った。ひとは街を城門で記憶する、と。それは建物の前面と同じであり、人間で言うならば顔だった。他人《ひと》まかせにはできないのだという。城壁普請の場合、建築家の才能と個性がもっともよく表現されるのも、城門である。このリボルノの城門でも、堅牢《けんろう》さ、強固さと、当世ふうの美しさ、そうしてブオンタレンティ自身の美的感覚が調和していなければならなかった。ブオンタレンティは、塔のない石積みの城門を構想し、これを精緻《せいち》な指図として描いていった。

次郎左たちがリボルノに移って三週間目、夏の真っ盛りに指図はすべて出来上がった。

ブオンタレンティは、その数十枚にも及ぶ指図を一枚一枚点検した後、弟子たちに言った。

「いよいよリボルノの大改造だ。明後日には大公殿下がいらっしゃる。起工を宣言していただいて、普請が始まる」

その日、仕事場では指図をすべてテーブルから片づけて、ささやかな酒宴となった。

この席で、次郎左はブオンタレンティに訊いた。

「師匠、リボルノには、わたしはこのあとどのくらい滞在することになりますか？」

ブオンタレンティは機嫌よく答えた。

「普請がすべて終わるまで、いまから五年だ。それまでよそに移ることは許さんぞ」

「それは承知しています。こんど、わたしがこのリボルノにいるべき期間、という意味です。三週間フィレンツェを離れていましたので」

「まずは最初のふた七日というところか。そのあいだはおれもリボルノで普請を直接監督する。お前にはそのあと、フィレンツェとのあいだを行き来してもらうことになるが。どうしてだ？」

「女房が身重ですし、往復するには四日もかかります」と次郎左は答えた。少し顔が赤らむのを感じた。「このあと長いこと留守にするようなら、むしろ女房を連れてリボルノに移ったほうがよいかと思いまして」

「ルチアと言ったか？」

「はい。ローマの女です。フィレンツェには身内もいないものですから」

「別嬪《べっぴん》と聞いた。言い寄る男のことも心配だな」

「そういうことは、案じておりませんが」

「お前はリボルノに移ることはない。ここでおれの代わりに親方衆をまとめるのは」

ブオンタレンティは振り返って呼んだ。

「ジョバンニ」

呼ばれた男が、奥のテーブルの後ろで立ち上がった。ジョバンニ・カゾーネ。ブオンタレンティの年長の弟子だ。歳は三十代なかばだろうか。顔だちが謹厳で、じっさいきわめて几帳面な男だった。

「はい」

「あとでみなに言うつもりだったが、ちょうどいい。おれはリボルノに常駐はできない。リボルノにおれがいないとき、おれの代わりを務めるのは、ジョバンニだ」

きょう発表されるまでもなく、次郎左を含め弟子たち三人はみな承知していたことだった。

ブオンタレンティはまた次郎左に顔を向けて言った。

「あとふた七日留守にすると、お前の女房殿には伝えるようにする。屋敷から使いを出してやる。それくらいなら、お互い我慢もできるだろう」

「はい」

「なんなら、女房ともどもおれの屋敷に移るか？」

ブオンタレンティはメディチ家お抱えの建築士として、フィレンツェではいい暮しを送っていた。屋敷は街の中心部、ドゥオーモにも近い一角にあった。たしかにそこに移って暮らせるなら、自分がいないあいだもルチアのことは心配せずともよくなる。ただし、あのふたりきりの小さな部屋で暮らした幸福は捨てなければならないが。

答えにためらっていると、ブオンタレンティは言った。

「腹がでかくなりゃ、そばに女たちが大勢いるってのは心強いものらしいぞ。そうしろ」

次郎左は頭を下げた。ルチアの身体のことを考えるなら、たしかにあの小部屋にひとり置いておくよりはいいにちがいない。

翌日、ブオンタレンティの仕事場に親方衆が集められた。図面をもとに、このたびの大普請を説明するためであった。二十人ばかりのさまざまな職種の親方衆が、図面の広げられたいくつものテーブルを囲んで、部屋は息苦しいほどになった。

大公がリボルノでの信仰の自由を保証したので、ブオンタレンティはこの大規模な普請のために、北部エウロパからも何人かの親方や職人衆を呼び集めていた。ザクセンやネーデルラントといった国や地方の、カルバン派の職人たちである。もちろんトスカーナの各地から親方衆は呼ばれていたし、教皇領やミラノ公国、ジェノバ共和国、フランスなどからもやってきているという。

奥の漆喰壁には、全体の平面概念図が掲げられた。先日フィレンツェでフェルディナンド大公に承諾をもらったときの図面と同一のものである。その横には、城壁の立面図、そして城門を正面から見た図面。

ブオンタレンティは壁の前まで進むと、集まってくれと親方衆をうながした。親方衆はみなその壁に向かい合った。どの目も物珍しげであり、顎《あご》に手をやりながらうなずく親方もいた。しきりに首をかしげている者もいる。

ブオンタレンティは、まず全体平面図を示しながら言った。

「リボルノを、新しい時代の戦から守る。大砲による攻撃を受けつけず、寄せ手を絶対に城内には入れない。そのために、この稜堡様式の城壁で街をぐるりと囲む。あの『フィレンツェ史』を書かれたニッコロ・マキャベリさまが、ローマ劫掠《こうりゃく》を前に提言されていた様式だ。完全にそのままというわけではないが、その卓見に依《よ》った様式の城壁だ」

次郎左は、同じ言葉を設計中のブオンタレンティからすでに何度も聞いていた。しかしあらためて耳を傾けた。いずれ、自分が息子に伝えて日の本に造らせることになる城塞も、都市の総構えも、この様式になることはほぼ確実なのだ。その原理を、完全に自分のものにしておかねばならない。

ブオンタレンティが親方衆を見渡して訊いた。

「この中で、この様式の城壁造りの経験のある者はいるかな？」

親方たちは顔を見合わせた。ひそひそ声も聞こえた。でも、自分には経験があると名乗り出るものはなかった。

最前列にいた親方のひとりが手を上げて、言った。

「自分が手がけたわけじゃありませんが、最近はこの稜堡を持った砦がほうぼうに造られていますな。この街のベッキア要塞も、いわばこの様式の城塞の赤ん坊みたいなものでは」

ブオンタレンティは言った。

「そのとおりだ。砦ほどの規模であれば、四稜、五稜のものはすでに造られている。フィレンツェのサン・ジョバンニ・バッティスタ要塞も五稜形だ。しかし稜堡の型が進歩している。また街がまるごとこの様式の城壁で囲まれたところは、わたしが寡聞《かぶん》なだけか、イタリアにはまだいくつもないはず。ベネツィアが建設を始めたとは耳にしたが」

べつの親方が訊いた。

「このとんがった角を持つ城壁だと、どうして大砲では攻められないのです？」

「死角が、まったくないのだ」とブオンタレンティは平面図を示し、指を払うように伸ばした。指図の上に、架空の直線を何本も示したように見えた。それはたぶん、砲弾の飛ぶ方向を意味しているのだろう。

「いいか」とブオンタレンティが続けた。「ひとつの稜堡に設置した砲は、射程を互いに少しずつ重ね合わせている。守備範囲を互いに覆《おお》っているのだ。攻撃側から見て、弱点に当たるところがない。どこかに攻撃を集中しようと攻撃部隊を前進させても、隣り合う稜堡から側面に攻撃を受ける。射程内に砲を進めることもできない。接近すれば砲で反撃されるんだ」

ブオンタレンティは、ついで立面図の前に移った。

「こんどの城壁は、このように幅の広い環濠の内側に築かれる。城壁は斜堤と低い石の壁からなる。城壁背後の土盛りは厚い。砲弾では破壊しきれない。なんとか一カ所を破壊し、突入のための穴を開けても、そこに殺到する敵には両側の城壁に着いた守備兵が鉄砲を撃ちかける。とても壁を越えられるものではない」

多くの親方衆が、立面図を子細に眺めながらうなずいた。その多くが、納得したという顔だ。

先ほどと同じ男が、さらに質問した。

「それでも命知らずの兵士が筏《いかだ》か小舟で水濠を渡って攻撃をかけたら？　このような低い城壁であれば、簡単に乗り越えられるのでは？」

ブオンタレンティは、すべて織り込みずみという顔で答えた。

「小舟か筏を使う場合、攻撃側はとにかく攻めやすそうな場所を探す。稜堡のとがった先が正面にあれば、これを避けて進路を左右どちらかに向けるし、とっかかりのない城壁が続けば、低い斜堤のある場所へと誘導される。見ろ」

ブオンタレンティは、また平面図の前に戻り、稜堡の基部を指さした。その稜堡は、遊びに使うカルタのスペードのような形をしている。あるいは葡萄《ぶどう》の葉のような。つまり基部は、葉柄のように細くくびれているのだ。逆の言い方をすれば、水濠はそこで深く稜堡の裏手内側に食い込んでいる。

「稜堡の裏側の、この攻撃側には見通せぬ枡形《ますがた》に、敵は誘い込まれるのだ。ここで、守る側は容赦なく上から横から、鉄砲を撃ちかけ、槍《やり》を突き出す。小舟や筏で、少人数で寄せるしかない枡形だ。敵と呼べるほどの脅威にもならない」

その親方は、まだ得心がゆかぬという顔だった。

「では、攻める側がもし大砲を数多く揃《そろ》え、寄せ手を繰り出す前に砲弾をさんざんに撃ち込んできたら」

「だから」と、ブオンタレンティはいくらか苛立《いらだ》ったように言った。「砲は守備側の射程には入ってこれない。格好の目標になるからだ。また、稜堡は低く造られるから、砲座を狙《ねら》うのも容易ではない。いいか、おれがこの図面に何もかも書き込んだとは思うな。普請のための大事な図面だが、すべての砲座をどこにどのように設けるかまでは、記していない。それは城壁が完成するころ、あらためて指示することになる。この城壁では、砲座もまたきわめて破壊しにくい場所に設けられるのだ」

ひとり北部エウロパの職人と見える金髪の男が、横にいる石積み衆のひとり、レッコ親方に何かささやいた。レッコ親方が、ブオンタレンティに質問した。

「ということはこの様式の街は、絶対に攻め落とされないということですか？」

金髪の男に代わっての質問かもしれなかった。金髪の男は、たぶんこの土地の言葉が不自由なのだ。

ブオンタレンティは、首を振った。

「絶対とは言わない。しかし、難しい。兵の犠牲は甚大なものになる。この城壁を前にして、それでも力寄せする軍勢があるとは思えぬ」

レッコ親方が、金髪の男に何か言った。ブオンタレンティの答を伝えたのだろう。

ブオンタレンティが、つけ加えるように言った。

「攻撃側ができることは、砲の射程外に軍を置いて攻囲戦に持ち込むことだけだ。しかし新しいリボルノの規模の都市を攻囲するのは、一万二万という軍勢では不可能。五万の大軍をもってしてようやく可能だろう。つまり、リボルノは攻囲することすら困難な都市になるのだ」

攻める側は、攻囲戦に持ち込むことしかできぬ、か。しっかりと胸に焼きつけておこう。

その翌日、リボルノの大聖堂にフェルディナンド大公が姿を見せ、神を賛える祭儀に列席した。この式には、ブオンタレンティをはじめ、多くのカトリックの職人や普請の関係者が臨んだ。次郎左は祭儀のあいだは大聖堂の外にいた。

祭儀がすむと、大公はお供たちを引き連れて大聖堂から出てきた。大聖堂の前の広場には、市民のほか、数百の職人たちが集まっていた。

フェルディナンド大公は大聖堂の出入り口で立ち止まると、広場を埋めた多くの職人や市民たちの顔を見渡した。祭儀に列席していた街の有力者たちも、大公のうしろで足を止めた。ひとりが、市民たちにひとこと、と大公に言葉を求めた。

大公は満足げに群衆を見渡してから、大声で言った。

「リボルノはきょうから生まれ変わる。見違えるような港街となる。ベネツィアやジェノバに匹敵する繁栄を手に入れるのだ。わたしは約束する。商いの自由を保証する。交易の品に関税はかけぬ。住む者に条件をつけぬ。リボルノは自由都市である。エウロパじゅうから、いやオリエントからも、自由を求めるひとびとは来るがよい。リボルノは彼らを歓迎する！　どんな信仰を持とうと、その者が物を作り、商いし、働いて、我らがよき隣人たろうとする限り、リボルノは彼らを差別することはない！」

群衆たちは拍手喝采《かっさい》に沸いた。

次郎左は、大公のすぐうしろにいたブオンタレンティが大公にささやいたのを聞いた。

「普請の始まる前から、これほどのひとが街に集まってきている。大改造は、すでに半分目的を達成しましたな」

大公は、群衆たちに笑みを向けたまま、ブオンタレンティにささやき返した。

「それだけに、周辺諸国や教皇の妬《ねた》みが心配になる。リボルノを六十年前のローマの二の舞にしてはならぬ。城壁、頼んだぞ」

「おまかせあれ」

大公は広場の脇《わき》に停めてあった二頭立ての馬車に乗り込んだ。このあと、最初の城壁普請の場に赴くのだ。ちょうど城門のできる場所が開削され、普請のための土場となっている。多くの石や木材も、運河から引き上げられ、山積みされていた。職人や人夫たちの飯場も急ごしらえされている。そこで大公は親方たちに声をかけ、祝儀《しゅうぎ》を渡すことになるのだろう。

馬車が動き始めた。ブオンタレンティは、徒歩で大公を追った。次郎左たち弟子らも、ブオンタレンティに続いた。

ブオンタレンティは、歩きながら弟子たちに言った。

「おれも大公も、リボルノが大改造されたあとのことについて、見積りを誤っていたかもしれぬ。ひとはいまの五倍にもなるだろう。城壁内では家が足りなくなる。小さな家は取り壊し、石造りの三階家、四階家にしなければならぬ」

ジョバンニが言った。

「もっと多くの石積み衆が必要になりますね」

「あとはもう、放っておいても集まってくるだろうが」

歩きながら、次郎左にもこのリボルノの街の様子全体が、遣欧使節の随員として上陸した五年前よりもずいぶん違っていることが実感できた。仲間の話では、リボルノにゆけば仕事がありそうだと、手に職を持たぬ男たちも大勢集まってきているらしい。これら新しく街にやってきた数百の男たちのために、いくつもの商売が必要となっているとか。仕立屋や靴屋、下宿屋、宿屋、賄《まかな》い飯屋などが店を広げ、あるいはひとを新たに雇った。さらに教皇領を追放されたユダヤ人たちも、大勢リボルノに集まってきていると聞いた。金銀細工職人や、金貸し、宝石商といった職種の一族である。街からは空家がなくなり、宿はどこも満員となったとも教えられた。リボルノは街の大改造を前にしていま、かつてなかったほどの賑《にぎ》わいを見せているのだった。

城門建設予定地に着くと、大公が待機していた親方衆や職人たちに親しく声をかけた。親方衆のほとんどは、昨日、指図の説明にも集まっていた面々である。ひとりと目が合った。昨日、レッコ親方に代わって質問してもらっていた金髪の男だ。髭面《ひげづら》だが、少しその顔に慣れたせいで、歳《とし》の見当もついた。次郎左と同年配だろう。相手も次郎左の顔を認めて、小さく黙礼してきた。次郎左も返した。

やがて、大公やブオンタレンティ、それにリボルノの司教、そして親方衆が、城門建設予定地の外の空き地に集まった。ふた月ほど前、ブオンタレンティはローマ人が街道上に置いた三角点を基準に、リボルノの街の外周を測量している。城壁と環濠の建設予定地外側に数百の測点を定め、そのすべてに木柱を立てたのだ。きょうはそのうち、この城門建設地のすぐ北側にあたる位置の木柱を、石柱に代える儀式があるのだった。

石積みのアントネッリ親方が、すでに石柱を用意していた。長さ四尺ばかり、断面の大きさが三寸四方ほどのものである。司教がその石柱に、清めの祈りを捧《ささ》げた。建築物の場合は、最初の礎石を置くときに行われる、普請の安全を祈る儀式である。こんどの城壁普請の場合は、いまこの時機に執り行うしかなかった。司教によるお清めがすむと、アントネッリ親方が大公の合図を受けて、木柱を抜いた穴に正確に石柱を半分埋めた。

その瞬間に、親方衆は弟子や職人を連れて一斉に散った。それぞれの職人衆が石柱の測点やその左右に延びる木柱の測点を基準に、あらためて測量を始めた。方々で杭《くい》を打つ音が響いてきた。杭と杭とのあいだには、水引き糸がピンと張られた。日の本で言う「丁張り」である。次郎左はアントネッリ親方の職人衆に加わり、城壁のための測地を手伝った。待機していた数百の人夫たちも、それぞれ手に道具を持って、丁張りされた普請の場に入っていった。

リボルノの大改造が開始されたのだった。

普請が始まって最初の安息日に、次郎左はリボルノの街を歩いた。

街は、六日前よりももっと、身なりも姿かたちも違う人々が増えたように思えた。エウロパまでの航海途中、ゴアでひとびとの姿にはこれほど差があるものなのかと驚き、リスボンではそれをなおのこと強く感じた。しかしリボルノのいまの様子は、リスボンの比ではない。何よりユダヤ人の姿が目につくし、北部エウロパの男たちも多かった。それに、浅黒い肌にターバンを巻いたひとびと。イスラム教徒なのだろう。たしかにリボルノは、先日フェルディナンド大公が宣言したとおり、異端であろうが異教徒であろうが歓迎される都市となっている。もしかすると、自分以外の仏教徒もいるかもしれない。

馬車が行き交う大通りの先に、つばの広い帽子をかぶった男を見た。先日の髭面の職人だ。黒っぽい上着を身につけている。作業着ではない。何かあらたまった行事でもあるのかという格好だ。次郎左は歩きながら目で追った。その大男は、ほかにふたりの金髪の男と一緒に大通りから折れて、中通りに入っていった。

何かあるのか？

次郎左も中通りに折れた。大男が入っていったのは、通りの先にある石造りの小さな建物だ。古い様式の礼拝堂のように見えないこともない。少なくとも倉庫とか民家ではなかった。

表に立って、外壁を見上げた。大きな観音開きのドアの上に、小さな木製の十字架が掲げられている。やっとわかった。カルバン派のキリスト教徒たちの教会のようだ。この街にやってきた信徒たちが、古い礼拝堂を借り受けるか買うかして、ここを自分たちの信仰の拠《よ》り所にしたのだろう。マドリーやローマ教皇領では考えられないことだった。次郎左は若い時分に通った安土のセミナリオを思い出した。考えてみれば、あの安土も、商いが自由で異教徒も迫害を恐れることなく暮らすことのできる町だった。織田信長がそのような町を構想、建設したのだ。いや、短期間しか滞在しなかったが、堺だって同じように自由都市であった。あの町の中には、いったいいくつローマ教会の礼拝堂があったことか。

次郎左はもう一度大通りまで戻り、行き交う人々の多彩な身なりをしみじみと眺めた。ここでは日の本からやってきた自分さえ、特別目立つことはない。少なくとも異物のような目で見られることはなかった。金髪の男やユダヤ教徒やムスリムと同じ程度にほかと外見は異なっているが、同じ程度に街になじんでいるとも言えるのだ。次郎左は自分がこの町を守るための城壁造りに関わっていることに喜びを感じた。このような街こそ、自分が精魂傾けて石を積み、城壁をめぐらす甲斐《かい》があるというものだった。

普請がふた七日めに入った最初の日、作業が終わって、職人や人夫たちが土場の隅の井戸で身体を洗っているときだ。次郎左は、またあの金髪の男を見つけた。レッコ親方と一緒だった。

次郎左が、イタリア語であいさつの言葉をかけると、相手も同じように返してきた。

「どこから？」と次郎左は訊いた。

男は、首を振って、横にいるレッコ親方に何ごとか言った。親方が次郎左に顔を向けてきた。

「こいつはネーデルラントからきたんだ。言葉はわからない。あんたは？」

次郎左は名乗って言った。

「ブオンタレンティ師匠のもとで、助手をやっています」

「建築家なのか？」

「石積み職人です」

「石積みなのに、ブオンタレンティの助手？」

「築城術を学んでいるのです」

「こいつも」と、親方は大男を指さした。「石積み職人だが、新しい築城術を学びたいと、リボルノにやってきたんだ」

親方が金髪の男に何ごとかうながした。男は手を差し出しながら言った。

「ピーテル。石積み《ムラトーレ》のピーテル」

石積み、という言葉はイタリア語だった。

ピーテルと名乗った男は、またレッコ親方に何か伝えた。どこの言葉か、やっと聞き取れた。フランス語のようだ。フランス語を使って、ピーテルと親方は意思を通じさせているのだ。親方はおそらく、フランスに近いジェノバあたりの出身なのだろう。

親方は言った。

「おれはレッコのジョゼッペ。ジェノバから来た」想像が当たった。「ピーテルは、ネーデルラントのナールデンって町から来た」

「ネーデルラントのナールデン？」

次郎左は、まだエウロパの地理には疎《うと》い。それでも、インドのゴアで会った好奇心の旺盛《おうせい》なネーデルラント青年のことを思いだした。ヤンなんとやらのリンスホーテンと名乗った男。彼からネーデルラントのことを多少教えられている。冷涼な気候で勤勉なひとびとが質素に暮らしている土地。苛酷《かこく》な課税を拒み、信仰の自由を求めて、イスパーニャからの独立を求めて戦っている土地。まだ戦いは続いているはずである。

「遠いところなのでしょうね」と、次郎左はあたりさわりなく言った。

「御国ほどではありません」ピーテルの言った言葉を、レッコ親方が通訳してくれた。

「陸続きです。三月《みつき》ほどの旅でした」

「インドで、御国の方と会ったことがあります。イスパーニャから独立しようと、多くの町が蜂起《ほうき》して、イスパーニャ軍と戦っているとか。独立を望む多くの町が、城壁を築き直していると聞きましたが」

「町がそれぞれ、石積みの親方を呼んでいることでしょう。でも、まだネーデルラントには、このような当世ふうの城壁の町はいくつもない。学ぶ場所が少ないのです」

「それは、領主殿や町衆が望まないということですか？」

「いいえ、どんな城壁がもっとも理に適《かな》っているのかを、よく知らないのです。それで、わたしはもっとも新しい城壁造りを学ぼうとここまでやってきた」

「あなたの町の守りは、どのようなものなのです？」

「小さな町で、古い楕円《だえん》型の環濠に囲まれているだけです。濠は一重です。それにやはり古い様式の垂直の城壁」

「では、いま戦になると、守るのは難しい」

「そのとおりです。二十年近く前、わたしがまだ子供のころに、スパニィエ、こちらの呼び方ではイスパーニャですが、彼らの軍に攻められて、虐殺《ぎゃくさつ》が起きました」

ピーテルの顔が曇った。おぞましいことを思い出したという表情だった。

「いまスパニィエ軍は引き揚げていますが、いずれ町の城壁を築き直すことになるでしょう。それでリボルノまでやってきたのです」

次郎左は、思わず頬をゆるめていた。

「わたしと同じだ。わたしも、日の本にエウロパのような城、エウロパのような町を築くために、父や故郷のお屋形さまに送り出されたのです」

「お父上も石積みですか？」

「日の本のいくつもの城の石垣を積みました」

レッコ親方が、そこで通訳を中断した。

「お前さんたち、あいだに入って言葉を伝えてやるのは疲れる。通訳にはべつの誰かを探せ。この町には、フランス語のできる女だって何人もいるさ。食わせてやれば、通訳してくれる」

ピーテルが無精髭の下に白い歯を見せて言った。

「行きましょうか？」

次郎左も笑って言った。

「一軒、石積みたちがよく行く酒場を知っています。ご案内しましょう」

ピーテルがうなずいた。酒場への道の途中で、ピーテルは苗字《みょうじ》がホーヘンバンドだと教えてくれた。

その酒場には、たしかに少しフランス語を話す女がいた。母親がフランス人だという女だった。

ピーテルは、十七歳のときに親方に従って南ネーデルラントのブリュッセルという町で働いたことがあるのだという。フランス語を話す住人も多かったので、女のフランス語はなんとかわかるとのことだった。次郎左とピーテルは、女の通訳をあいだに、数時間話し込んだ。

次郎左はピーテルに、なぜネーデルラントはイスパーニャから、いや、スパニィエから独立すべく戦争に打って出たのか聞かせてくれと頼んだ。ピーテルがはるばるその土地から城や町造りを学ぶためにやってきた動機を、もっと詳しく知りたかったのだ。

「そんなに奇妙か？」とピーテルは訊き返してきた。「遠い土地にいる国王の無駄遣いのために重い税を課せられ、自分たちの信仰の自由は認められず、少しでも反抗すればたちまち虐殺や処刑に遭うというのに」

「信仰は、それほどちがうのか？　カルバン派も、同じキリスト教徒ではないのか？」

次郎左には、日の本の仏教を思い描きつつ想像するしかないことだった。比叡山と三井寺《みいでら》との対立は近江ではよく知られているが、しかしローマ教会がカルバン派を異端としてその信徒を火あぶりにするほどであることが、どうしても理解できないのだ。

いま目の前にいるピーテルは、次郎左がエウロパに来て初めて出逢《であ》うカルバン派の信徒だった。訊いてみる必要がある。

「ちがうんだ」とピーテルは言った。「ローマの教会は、ひとは善行を積めば救われるという。でも、神は人間ひとりひとりの善行を注視して、その量をはかったりしていない。人間、誰が救われ誰が救われないかなど、善行に関係なく最初から決まっている。ひとは、生きるも死ぬも神の思《おぼ》し召《め》しとして生きるしかない」

「信仰を持とうが持つまいが、救われる者は決まっていると？」

「そのとおりだ」

「自分は救われないかもしれないのに、なぜそんな神を信仰する？」

「選べることか？　神が宇宙を創《つく》ったというのに。ひとは、宇宙を創ったものを信仰するしかない。あんたは、選んで仏教徒となったのか？」

「いいや」

そもそも仏教徒であるという自覚さえ、安土のセミナリオで初めて持ったのだ。自分には信仰を選んだ覚えはない。物心ついたときには、仏教徒として宇宙のなりたちを頭に入れていた。仏教が自分を救ってくれるから、仏教徒になったわけではなかった。

その意味をなんとか女のフランス語を通じて伝えると、ピーテルが言った。

「そうだろう？　それが信仰ってものだろう。でもローマ教会はちがう。善行を積めばひとは救われると説く。でも彼らの言う善行とは、聖書に記された言葉を実践することじゃない。教会に寄進することだ。多く寄進したひとが救われる。聖職者たちの淫蕩《いんとう》と贅沢三昧《ぜいたくざんまい》を許してやった者が救われるんだ。あんた、ローマにいたなら、きっと教皇庁の連中がどれほど神の言葉から遠い暮らしを送っていたか、承知しているだろう？　ひとが神と向かい合うために、あんな教会や儀式や大勢の聖職者が必要と思うか？　聖職者の椅子《いす》は、カネで売買されているんだぞ」

次郎左は、ファルネーゼ枢機卿《すうききょう》のことを思い浮かべた。自分とルチアを救ってくれたあの好色な人物。ローマ郊外の贅を尽くした彼の屋敷。たしかにあの暮らしが信徒の寄進で支えられているとなれば、貧しい信徒たちの中には教会という制度を疑いたくなる者も出てこよう。

そうは思ったが、次郎左は訊いた。

「カルバン派の聖職者たちは、もっと質素なのか？　おれはイエズス会の宣教師たちと身近に接してきたが、彼らの暮らしぶりはまちがいなく質素だし、戒律も厳しかった」

「カルバン派には聖職者なんていない。信徒の代表は長老と呼ばれる。特別な人間じゃない」

「僧侶がいない？」

「神学を学んだ者はいるが」

「それを、なぜローマ教会は目の敵にするんだ？」

ピーテルは肩をすぼめた。

「彼らの権威を認めないし、教会にカネも出さないからだ」

「だから火あぶりに？」

「もっとひどいことも」と、ピーテルは視線をそらした。

「ひとつだけ教えてくれ。カルバン派は、異教徒や異端にはどう臨むのだ？　改宗を迫るのか？　火あぶりか？　ユダヤ人とは共存しているのか？」

「おれは小さな町の出だからな。町ではカルバン派しか見たことがない。だけど、ネーデルラントのもっと大きな町でも、ローマ教会はあるし、異教徒もふつうに隣人として生きているよ。このリボルノみたいに」

「争ったり、迫害したりはしないと」

「フランスでは、カルバン派が虐殺されたことがあった。二十年近く前のことだ。でも、ネーデルラントでは、起こっていない」

どうやら、と次郎左は思った。エウロパの教会のありようについて、考えをあらためなければならないようだ。イエズス会の宣教師や修道僧たちと旅をし、ローマでは教皇庁の普請仕事に従事していたから、自分にはローマ教会以外の視点からエウロパが見えていなかった。カルバン派のことは、最近になって知識を得た。でも、ローマ教会があれほど目の敵にするのだ。カルバン派はけっして少数の者だけに広まった、特異な信仰ではないのだろう。少なくともエウロパの一部には深く根付いている。だからこそ、ローマ教会は恐れているのだ。その広がりと浸透を。そういうことなのだろう。

次郎左はもうひとつ訊いた。

「重税と、信仰が、ネーデルラントが独立しようとする理由だということはわかった。それで、戦いの行方はどうなっているのだ？　独立派の諸都市は優勢なのか？」

ピーテルが、言葉を選びながら答えた。

「この二十年、ほうぼうの州や町が独立を宣言しては攻められ、再びスパニィエの支配下に入るってことを繰り返してきた。それでも北部の諸州は結束し、なんとか独立を維持している。中部から南部にかけては、一進一退かな。町ひとつ、独立したり、スパニィエに奪い返されたり。戦争はまだまだ続くだろう。おれがここにいるのも、だからなのだ」

「スパニィエの軍が、一気にネーデルラントを制圧するということはないのか。マドリーを見てきたが、スパニィエはネーデルラントよりも豊かな大国とちがうのか？」

「落日の帝国だ。いまや借金だらけの国だ」

「それでも、まだ多くの軍勢を動かせるだろう。その大軍をもって、ネーデルラントのお屋形さまの居城を攻めて降伏させるとか」

ピーテルは、首を振った。

「日の本とは事情はちがうのだろうが、ネーデルラントの町の大半は、自由な市民が作っている。領主を持たないところが大半だ」

つまりかつての堺だ、と次郎左は自分の頭の中でピーテルの言葉を置き換えた。

「では、いま、結束したネーデルラント北部を統《す》べているのは、なんという方だ？さぞかし人望あるお屋形さまがいるのだろうが」

「だから、ネーデルラントには国王はおらぬ。しかしオランイェ家のマウリッツさまが、いくつかの州の総督として、ネーデルラント軍を率いておられる。ナッサウ伯《はく》爵《しゃく》だ。おれの町が解放されたのも、マウリッツさまのおかげだ」

そこに声がかかった。アントネッリ親方だった。葡萄酒の盃を持ち上げている。

「次郎左、そこで何をわけのわからぬ話をしている？」

次郎左は答えた。

「ネーデルラントの話を聞かせてもらっていました」

「この次はネーデルラントに行くのか？」

それは考えたことがなかった。しかし少なくとも、いまのピーテルの話では五年後にも仕事の口がなくなることはなさそうだ。

五年後か、と次郎左はその時間を思った。そこからまた五年、同じような普請の仕事が続くとして、おれの息子はその仕事の終わるころやっと、物心がつく。一人前の職人にするまで、そのあともまだまだ自分は、仕事を求めてエウロパを移動しなければならない。

アントネッリが言った。

「こっちへ来い。一緒に酒を飲め」

次郎左はピーテルに一緒に行こうとうながしてから、アントネッリ親方のいるテーブルに向かった。

7

その年十一月の初頭に、次郎左はフィレンツェに帰った。

もちろん夏のあいだもずっと、リボルノとフィレンツェとのあいだを往復していた。建築家であるブオンタレンティは、フェルディナンド大公のためにも、またメディチ家全体のためにも、この街でやるべきことは多かったのだ。起工式以来、ブオンタレンティがリボルノにいたのは、毎月の半分程度であった。彼がリボルノを不在にしているあいだ、普請《ふしん》の総監督を務めたのは一番弟子のジョバンニであり、ブオンタレンティとジョバンニ、そして現場の親方衆とのあいだに入って動いたのが次郎左だった。ジョバンニは有能な男だが、理屈っぽい物言いが時に現場の親方たちの反感をかうこともあったのだ。

すでに町の北側には二重の空濠《からぼり》が掘られており、やはり二重の城壁が積まれている。城門も七割がた完成していた。しかし季節は晩秋である。これからは、石と石とのあいだ、煉り瓦と煉り瓦とのあいだに詰める石灰が乾きにくくなる。次の雨が降るころに、石積み作業はひとまず中断となるだろう。再開は来年春である。冬のあいだは、濠の開削と石切りの作業だけが続けられることになる。

つまり次郎左にとっても、少し身体《からだ》に余裕ができるのだった。

いま次郎左は、サンタ・ルチア・デ・マニョーリ教会前の広場の隅に腰を下ろしていた。ここは次郎左とルチアが最初にフィレンツェで住んだ地区の中にある。アルノ川沿いには名家の豪壮な屋敷が並ぶが、通りの一本裏手は家具職人や建具の職人たちの工房がずらりと連なる職人街である。近くにサン・ミニアート門があって、その向こう側には丘が広がっている。門の左右に城壁が伸びており、城壁に並行する通りを左手に行けば、フィレンツェで唯一《ゆいいつ》残る塔のある門、サン・ニッコロ門に着く。城壁の右手はローマ門へとつながっているが、途中にブオンタレンティが建設中のサンタ・マリア要塞《ようさい》がある。

サンタ・ルチア・デ・マニョーリ教会は、アルノ川左岸のこの地区の教区教会だった。かつて聖人のひとりであるフランチェスコという僧侶《そうりょ》が泊まったこともあるのだと、地区の信徒たちは自慢している。小屋組天井の、けっして大きくはない古い教会だ。ルチアはフィレンツェに逃げてきたときからこの教区教会が好きになり、とくに年嵩《としかさ》の司祭のことを気に入っていた。きょうもその老司祭にひとつ相談があるのだといって、ここにやってきた。告解ではないと言う。ルチアは相談の内容を教えてくれなかった。司祭に相談と聞いて、深刻な悩みごとかと心配したが、さほどでもないようだ。ただ信仰のことで確認したいことがあるというだけかもしれない。

いずれにせよきょうルチアは、フィレンツェに帰ってきたばかりの次郎左をともない、ブオンタレンティの屋敷からここまでやってきたのだった。アルノ川にかかるアッレ・グラーツィエ橋を渡ってだ。

次郎左は、いったんルチアと一緒に教会の内部に足を踏み入れたが、その造りをざっと眺めただけですぐに出てきた。ルチアが入っていってから、もう軽い食事もできたかもしれないというほどの時間がたっていた。

やがて重い木製の扉を開けて、ルチアが出てきた。その表情には、少しの困惑がある。ということは、司祭からはよい言葉をもらえなかったのだろう。期待とはちがう回答なり助言があったのかもしれない。次郎左は腰を上げた。教会の建物まで少し距離があったから、次郎左は近づいてくるルチアの全身をじっくりと眺めることができた。

ルチアを軽く抱擁したときに、いま感じたことを思わずもらした。

「太ったかな」

ルチアは、腹のあたりをなでながら微笑して言った。

「赤ん坊が、大きくなっているのよ」

「腹だけじゃない」

「赤ん坊を産むために、女の身体ってそうなるんですって。嫌い？」

「ちがう。そういう意味じゃない」

次郎左はルチアの額に軽く唇をつけた。

ルチアが、真顔になって言った。

「いま司祭さまに相談したの」

「どんなことだ？」

「生まれてくる子供には、洗礼をしてもらえるのかって」

「どういう答だった？」

「わたしがあなたとは教会で結婚式を挙げていないこと、あなたが仏教徒であることを伝えると、はっきり言われたわ。このままでは子供に洗礼を授けることはできない。男を改宗させ、子供が生まれる前にきちんと結婚しなさいと」

「洗礼ってのは、必要なことか？」

「ええ。だって、子供がこの土地でキリスト教徒として生きてゆくなら」

「もしそれをしなければ？」

「この子は主の祝福を受けられない。わたしたちが結婚していなければ、私生児として蔑《さげす》まれる」

「おれたち両親がしっかりしていてもか？」

「ええ。子供は親の元だけで育ってゆくわけじゃないもの。子供はその、ご近所の中や、世間さまや、うまく言えないけど、わたしたちの外でも生きてゆく。わかりにくい？」

「それほど大事なことなのか？」

「だって、それ以外のことって考えられない。キリスト教徒でなければ、教会のどんな行事にもまじわれない。復活祭とか聖体祭とか、町がお祭で賑《にぎ》わうときにも、この子は仲間はずれなのよ。それって、かわいそうだわ」

ローマでの見聞では、と無言のまま次郎左は思った。貴人たちの不義の密通による子供や、聖職者たちの隠し子だって、みな祝福され、洗礼を受けて不自由なく育っているようだった。そもそも教会の定めによらぬ結婚も、けっして少なくないと見えた。定めや法はともかくとして、また裕福な家の人々は別として、ふつうの町人衆の、それも貧しい職人家族などのじっさいの暮らしは、もう少しおおらかなものではないのか。結婚の前に生まれる子供もけっして皆無のはずはないし、僧侶による承認、祝福があとになることだって、ないはずはない。日の本のことを考えてもそうだ。町衆は、日々間違いも犯すし、道を踏み外すこともある。弱さともろさにすべてうち克《か》って生きるのは至難のわざだ。ひとは誰しもが叡山の学僧やイエズス会の修道士のように生きられるわけではないのだから。

でも、ルチアがそれほどに教会で結婚したいと願い、子供を洗礼させたいと望んでいるなら……。

それは日の本に置き換えれば、世間が認めた夫婦となり、その世の中で子供を育てるという誓いを意味するのだろう。ひとの倫《みち》を知った者として生き、ことの善悪を承知する子供として育てるという意志の証《あかし》、と言えるのかもしれない。ならず者や犬畜生同然になったり、そうなるよう放ったりするのではなく。

次郎左はルチアを見つめて提案した。

「リボルノに移らないか」

ルチアは黒い目をみひらいた。

「どうして？」

「あの町なら、仏教徒のおれにも暮らしやすい。大公は、異教徒も異端も拒まぬと宣言した。じっさい北エウロパからカルバン派の職人たちも大勢来ているんだ。ユダヤ教徒も多い。あの町でならおれたちも、その子も、あまり信仰についてとやかく言われずに暮らせるように思う」

「教会で、式を挙げてくれるの？」

「カルバン派の長老に、結婚を祝ってもらおう。おれは、改宗を迫られることはないと思う。イエズス会では食事の前に主の祈りを唱えた。それでよいなら、おれは喜んで教会で祈る。アーメンと唱える」

ルチアは困ったように言った。

「わたしは、カルバン派に改宗するの？　異端になってしまうの？」

「エウロパの貴族や王族のあいだでは、この数十年、同じようなことがずいぶんあったと言うぞ」

「わたし、キリスト教徒として育ってきたのよ」

「信仰を捨てろと言うわけじゃない。通う教会がちがってくるだけだ」

「カルバン派って、わたしにはずいぶん遠いひとたちのように思える」

「カルバン派の教義はよく知らないが、改宗の儀式などないのかもしれない。長老の前で、夫婦になります、と言って、祈るだけでよいのではないか？」

ほんとうのところがどうなのか、次郎左には確信がなかった。しかしピーテルの言葉を聞いたかぎりでは、カルバン派の教義はローマ教会のものほど堅苦しくはないようだった。異教徒にも異端にも寛大だというから、ルチアと自分が結婚式を挙げたいといえば、彼らの言うところの主、自分の理解で言えば大日如来《だいにちにょらい》の名で、ふたりを夫婦として認めてくれるのではないか。やがてルチアが彼らの教会に通うようになり、子供が生まれて幼児洗礼を受ければ、それでルチアは事実上改宗したと判断されるだろう。カルバン派の場合、子供は子供で、育った後にあらためて堅信礼《けんしんれい》という儀式を受けて信仰を誓うらしいが、しかしそれはずいぶん先のことだ。

ルチアが言った。

「カルバン派だとこの子がいろいろ苦労するんじゃない？」

「教皇領やイスパーニャならばな。でも、リボルノなら」

「そんなにいいところ？」

「おれにも住みやすいんだ」

「あなたは、リボルノに住むことはできるの？　お師匠さんの助手なのに」

「普請が始まってみてわかった。おれがリボルノにいたほうが、いろいろと都合がいい」

「どうして？」

このところ、そう思うようになっていた。大きな原因はブオンタレンティの一番弟子、ジョバンニの仕事の監督ぶりだ。少し気になっていた。しかし仕事のことだ。次郎左は詳しくは答えなかった。

「普請に慣れた弟子がひとり、現場にいるほうがいいんだ」

「次郎左」とルチアが言った。「あなたがそう言うなら、わたしもリボルノに行く」

次郎左はあらためてルチアの腹に触れて言った。

「産まれるのは来春になるのか？」

「産婆《さんば》さんは、三月か四月、復活祭の前後あたりだろうって」

「腹が大きくなってからの旅はたいへんだな」

「リボルノまで、たった二日じゃない」

「驢馬《ろば》に揺られるって、いいことじゃないんだろ？　すぐにも移るか？　移ったその日のうちに、職人仲間を集めて祝言《しゅうげん》だ」

ルチアが、すべて同意するというように微笑してうなずいた。

次の日の午後、次郎左はブオンタレンティに従って、またベッキオ宮殿の大公のもとに出向くことになった。ブオンタレンティが普請の進捗《しんちょく》状況を大公に報告するのである。

外出の支度を整えてからブオンタレンティの書斎に行ったが、彼はいなかった。女中が、いま厨房《ちゅうぼう》にいると教えてくれた。食事中なのではなく、何か料理を作っているところだと。次郎左は厨房に向かった。

ブオンタレンティは、料理人としても有名な男である。これまでいくつもの料理を考案しては、みずからの屋敷で開く宴会でこれらの料理を披露してきた。メディチ家での晩餐会《ばんさんかい》でも、彼の考案した料理がよく出されているという。とくに前大公は、ブオンタレンティが作った冷菓がお気に入りだった。ジェラートと名付けられた菓子だ。彼は建築にかけるのと同じくらいの情熱を、料理作りにもかけていた。どちらも同じように芸術なのだという。いまも何か、まったく新しい料理を試作中なのかもしれない。

厨房に入ってゆくと、ブオンタレンティが大テーブルの前に立っていた。手にした皿から、何か平べったいものを口に入れている。

ブオンタレンティは顔をしかめてから、皿をテーブルに置き、次郎左を振り返った。

「いいところにきた。手伝え」

「はい」と、次郎左は腕まくりした。

「そこのパスタ生地から卵半分ほどの量を手に取って、円形に平たくのばせ。大きさはフローリン金貨をひと回り大きくしたほど。厚さはその半分」

次郎左は両手を洗い、指示されただけの生地を、ボウルの中のかたまりからひねり取った。

ブオンタレンティが訊《き》いた。

「ローマでは、パスタを食べたか？」

「職人衆のあいだでは、食べておりました」

「細長く切って茹《ゆ》でたものだな。フォークは使うのか？」

「いえ。指でつまみ、顔の上まで持ち上げて」

「やはりか。うまい食べ物だと思うが、大公や貴人たちに、そんな品のない格好で食べさせるわけにはゆかん。そうしたら、ジェノバのレッコ親方が教えてくれた。あっちでは、パスタをこのようにコイン状に広げて、クルミのソースで食べるのだそうだ。これならフォークが使える。大公にもお出しできる」

ブオンタレンティは、目の前の擂鉢《すりばち》の中に、塩らしきものを少し振りかけ、へらでかき回した。慣れた手つきだ。

「何か言いたげだが」と、背中を向けたままブオンタレンティが言った。

次郎左は、金貨大のパスタを作りながら言った。

「普請のことで、ひとつ考えていたことがあります」

「何だ？」

「わたしがリボルノに居つきになるのはどうかなと。フィレンツェに住み、リボルノとのあいだを行き来するよりも、仕事がしやすくなるように思うのです」

ブオンタレンティが、口をへの字に結んでから言った。

「気づいていたか？」

「何がですか？」

「ジョバンニだ。親方たちから、苦情を耳にする」

次郎左はとぼけて訊いた。

「苦情ですか。知りませんでした」

ブオンタレンティは首を振りながら言った。

「味が足りん。パスタにこれ以上塩味をつけることは避けたいし、ソースを濃くすると、呑《の》み込んだあとも舌に塩味が残る」

ブオンタレンティの皿の上に載っているのは、円形に平たくのばしたままのパスタだ。表面が平滑だった。

次郎左は思いついて言った。

「ソースがよく絡《から》めばよいのですね？」

「そうだな。うまくたっぷり絡んでくれたら、パスタもソースもこの薄味で十分だ」

「金貨と同じように、表面に模様の凹凸をつけてはどうでしょう。表面積が増えて、ソースはよく絡みます」

ブオンタレンティが、いいことを教えてくれたというように目をみひらき、うなずいた。

「そうだ、それぐらいの手間はかけてもいい」

ブオンタレンティは、雇い人のひとりに言った。

「書斎から、わたしの印章を持ってこい。ちょうど金貨の大きさのものを」

男の使用人が厨房から小走りに出ていった。

ブオンタレンティは次郎左に顔を向けると、話題を戻した。

「ジョバンニはボローニャの大学で自然哲学を、ピサの大学で建築を学んだ。親方たちにはそれなりの敬意を払っているが、職人衆にはどこか見下した様子が出てしまう。職人衆は、敏感にそれを察する」

「そのことが苦情に？」

「親方を差し置いて、職人たちに直接指示することもあるようだ。親方たちは、それにも我慢がならない。おれが同じことをやるのとは話がちがう」

「そういえば」と次郎左は、いま初めて思い当たったというように言った。「なんとなく親方たちが面白くなさそうな顔をしていたことがありました」

「優秀な男だ。何をやるにも、遺漏はない。安心してまかせられる。ただ、ひとを使うのは、どうも苦手のようだ」

「言葉がひとつひとつ厳しいという話も耳にした気がします」

「そうなんだ。頭がよすぎて、短い言葉でも指示は伝わるものだと思っている。ところが、職人ってのは誰もがやつほど賢いわけじゃない。それに短い言葉は、ひとを犬扱いしているようにも聞こえる」

次郎左はこの秋、ブオンタレンティが城壁の石積みの微妙な誤りを指摘した場面を思い出した。まだ城壁が下から三尺ほどしか積み上がっていないときだ。

ブオンタレンティはアントネッリ親方に言ったのだ。

「親方、あの壁を見てくれ。向こう端から十五か二十ブラッチャのあたりだ。十二歳の娘っ子の胸みたいに、ほんの少し膨らんでいないか？　このままだと、あっと言う間に胸は十六の娘のものになりそうな気がするが、どう思う？」

アントネッリ親方はその部分に目を凝らしてから言った。

「たしかです、マエストロ。あたしが気がついているべきでした」

「毎日見てるものは、違いがよくわからない。おれはいまリボルノにやってきたばかりだからな。たまたま目に入った」

アントネッリは自分の落ち度を指摘されたことに不機嫌になることはなかった。すぐに職人たちを集めて、積み直しにかかったのだった。この呼吸なのだと、横で見ていて次郎左は思った。ただ、自分は土地の人間のように滑らかに、深い意味を含ませて言葉を使うことはできない。どうしてもジョバンニのような物言いになってしまいがちだが。

自分の場合、とそのとき次郎左は考えたのだった。言葉の不自由な分は、身体で補うしかあるまい。ジョバンニとはちがって、自分は普請現場の経験だけは豊かなのだ。この普請に集まった多くの親方衆並みにだ。自分は身体を、言葉の代わりに使うことができる。たぶん。

書斎から使用人が戻ってきた。大きな印章を手にしている。濁った白い石。瑪瑙《めのう》かと見える貴石だ。

「よく洗え」と、ブオンタレンティが指示してから、また次郎左を見た。「あいつも、そろそろ会話の呼吸ってのがわかってきたと思ったんだがな。おれとのあいだだけのことだったかな」

使用人が、水で洗った印章をブオンタレンティに差し出した。ブオンタレンティはそれを受け取ると、次郎左が作った円形のパスタの上に押しつけた。印章をはずすと、くっきりとブオンタレンティ家の紋章が現れた。彼は、さらに二枚目三枚目のパスタにも押しつけていった。

「これはいい」とブオンタレンティは、紋章入りパスタが十枚ほどできたところで料理人に指示した。「鍋《なべ》を。湯は新しいもので」

ブオンタレンティは竈《かまど》でそのパスタを茹で始めた。次郎左が黙っていると、鍋の中で木のへらを動かしながら言った。

「あいつに期待したのは、親方衆とおれとのあいだでゆきちがいがないように、現場を見ることだ。ときに親方衆のあいだに入ることも必要になるが、まだ荷が重かったか」

「しっかり務められていると思います」

「パスタを、もう少し作ってくれ。印章を押したものを」

「ひとり分くらい？」

「ふたり分だな」

出来上がったものを皿に載せて、ブオンタレンティの脇《わき》のテーブルに置いた。彼は、鍋から茹で上がったパスタを笊《ざる》に取って、湯を切った。

ブオンタレンティは、パスタを皿に移すと、擂鉢から薄い紫色とも見えるソースをすくってかけた。皿の上に湯気が上がり、クルミの香りがかすかに次郎左の鼻に達した。次郎左はふいに空腹を感じた。

ブオンタレンティは、二本歯のフォークでパスタの一枚を取り、目の前に持ち上げた。クルミのソースが、パスタから少し垂れた。

「絡んでいる」ブオンタレンティは満足そうに言った。「平たいままのときの二倍のソースが、このパスタ一枚にまとわりついたぞ」

フォークを口に運び、一枚を食べてから、ブオンタレンティは顔を輝かせて言った。

「行ける。これなら、薄い味つけで十分だ。しかも手を使わずにすむ。大公にお出しできる料理になった」

「大公がパスタを召し上がりますか？　町衆や職人の料理なのに」

「味と見た目次第だ。これなら晩餐会に出しても、下賤《げせん》な食べ物には見えない。レッコ親方にも自慢してやろう。お前たちが食ってるものは、まずすぎるだろうと」

「レッコ親方が怒りますよ。故郷の料理をけなすのかと」

「早いうちに、リボルノに戻って、レッコ親方に言ってくれ。近々おれがジェノバのうまいパスタを作ってごちそうする。それまで、早まるなよ、と。ジョバンニのことは、承知していると伝えるんだ」

「わたしはそのままリボルノに住んでかまいませんか？」

「ルチアも一緒だな」

「子供が生まれますので」

「指図を引いたあの建物を使え。二階に住んでいい」

「ジョバンニの仕事については、わたしはどのように振る舞ったらよいでしょう」

「もっとぴったり横にいて、補佐しろ。職人たちに何か直接言いそうになったら、親方を通せと。親方と話が通じないときには、自分が話すと。あいつが言いたそうなことを先回りして、道理があることなら、お前が口に出してしまえ」

「ジョバンニは一番弟子です。わたしにそうされることを、嫌がるかもしれません」

「おれが心配していると、戻ったらまず言っておけ。自分が叱《しか》られた、次郎左がきちんと補佐をしないから、ジョバンニが非難されているのだとな」

聞き慣れない言い回しだったので、次郎左はいったんブオンタレンティの言葉を頭の中で吟味してから言った。

「そうします」

「レッコ親方には、もうひとつ用事だ。訊きたいことがある」

「はい？」

「このパスタ、ジェノバでは何と呼ばれているのか。何か呼び名があったと思うが、覚えていないんだ」

次郎左はくすりと笑いたい気分になった。

「それは知っています。ジェノバではこのパスタを、コルゼッティと呼ぶのだそうです」

「そうだ、コルゼッティだったな」

ブオンタレンティは、お前も食べろと皿を次郎左に差し出してきた。

石積みの普請は、翌年三月のなかばに再開された。

再開して二週間目の昼近くである。城壁の石積みの現場に、少年が駆け込んできた。住んでいる通りの近所の子だ。顔なじみだった。

少年は駆けながら、ひとを探すように左右に目をやっている。

次郎左は足場の上から少年に声をかけた。

「おれに用事か？」

このとき次郎左は、レッコ親方が切石につけた番号に従って、順に石を巻き上げ機に送り出す役についていた。レッコ親方の四人の徒弟たちが次郎左の下についている。

少年は足を止め、地面から足場の上に立つ次郎左を見上げてきた。

「はい。おっ母さんから言われました。すぐに家に帰れと伝えろと」

そう言われれば、意味はひとつしかなかった。たぶんルチアの出産が迫っているということだ。陣痛が始まったか、あるいはもう生まれたかだ。今朝のルチアの様子は昨日と変わりないものだったが、陣痛というのは不意にくるものなのだろう。もしかして、難産なのだろうか。

こんな日、男がそばにいたところで何か手伝えるわけでもないが、ルチアの不安が少し和らぐぐらいの効果はあるのかもしれない。だからこそ、少年の母親はわざわざ自分に報《しら》せてくれたのだ。

次郎左は手袋をはずし、厚手の前掛けを取りながら少年の顔を見た。少年の顔はとくに暗くもないし、悪い報せを伝えるために緊張しているようでもなかった。

次郎左は最年長の徒弟に、あとをまかせると言って足場を降りた。

城壁の内側に土場が設けられている。土場にはいま、冬のあいだに石切り職人たちが切った切石が、ぎっしりと並べられていた。次郎左はその切石の間を抜けて、土場の端にある小屋へと歩いた。中ではジョバンニがひとり、図面を広げたテーブルの脇で、タブレに何かしきりに書き込んでいた。計算をしているようだ。

ジョバンニが顔を上げたので、次郎左は言った。

「ちょっとうちに帰ってきます。少しのあいだ、よろしく頼みます」

ジョバンニが言った。

「現場を？」

「少しのあいだです」

ジョバンニはまたタブレに目を落とし、黙ってうなずいた。

「すみません」

次郎左は道具を収めた布袋や前掛けを壁に引っかけて、小屋を出た。

住居に帰り着くと、ドアを開けて大声で階段の上に向かって言った。

「ルチア、帰ったぞ」

いま部屋には、近所の産婆のほかに、こちらで親しくなった女たちが何人も出産の手伝いにきているはずだった。

上で部屋のドアの開く音がした。赤ん坊の泣き声が漏れてくる。生まれたのだ。報せてくれた少年の母親が顔を出した。ロッセラという名の女だ。亭主は靴職人と聞いている。

「お帰りなさい。無事に生まれたよ。少し待っていて」

いま、ちょうど生まれた瞬間なのかもしれない。次郎左は素直に通りに戻り、しばらくのあいだ熊のように、敷石の上を行ったり来たりした。

ほどなくして、ドアが開いてロッセラが顔を出した。

「上がっていいよ」

次郎左はロッセラの脇を抜けて階段を駆け上がり、部屋に飛び込んだ。三人の女たちが、振り返って次郎左を見つめてきた。みな笑顔だ。奥の寝台の上で、ルチアが上体を起こし、白い布にくるまれた赤ん坊を抱いている。頭がほんの少しだけ見えた。もう泣いてはいない。

ルチアが次郎左に顔を向けてきた。目の下には、隈《くま》ができている。必ずしも安産というわけではなかったのかもしれない。

次郎左はルチアの真横まで歩いて言った。

「見せてくれ」

ルチアが微笑した。

「女の子よ」

「女の子」

駆けてくるあいだ、それが女の子かもしれないということは考えなかった。もちろんきょうまで、ルチアとはどちらだろうと何度も話してきた。この元気さは男の子だわとルチアが言い、何を根拠にしていたのか、産婆も近所の女たちもきっとそうだろうと口を揃《そろ》えた。なのに女の子だったのか。

ルチアが訊いた。

「やっぱり男の子がよかった?」

「いや」あわてて次郎左は首を振った。自分は別に失望も落胆もしていないが。「どちらであっても、うれしい。女の子か」

ひとつだけ思った。女の子であれば、石積み職人にするというわけにはゆかない。子供を一人前の石積みにして日本へ送る、という希望は改めねばならなくなった。

ルチアも、同じことを考えたようだ。

「あなたの跡取りにはなれないわね」

「女の子には、女の子の生き方があるさ」

「つぎは必ず男の子を産むわ」

「抱かせてくれ」

ルチアが赤ん坊を両手で次郎左に渡してきた。

産婆が横から手を出して言った。

「まだ首が座っていない。頭をしっかりと支えて」

赤ん坊はしわくちゃで、目を開けていなかった。でも、元気そうだ。

ルチアが赤ん坊をみつめたまま言った。

「名前を考えて」

「名前なんて、思いもつかない」

「カルバン派では、司祭さまが洗礼名をつけてくれたりしないのよ。あなたの好きな名を」

「ルチア」

「別の名で」

「少し考えさせてくれ」

赤ん坊を抱きながら、次郎左は部屋の隅の椅子《いす》に腰を下ろした。

名前か。

エウロパで育つ女の子なのだ。日の本の女のような名である必要はない。しかし、キリスト教の聖人の名の、女性っぽい変わり名にする必要もないだろう。むしろ聖人由来の名はあえてはずしたい。

いずれにせよ、生まれたばかりだ。赤ん坊がこのまま元気に育ってくれるかどうかは、まだわからない。日の本の慣習同様、名前をつけるのは、ちゃんと育つとわかってからでも遅くはないはずだ。ふた月三月の余裕はあるだろう。それまでに何かよい名を考えておこう。というか、ルチアとよく相談しておこう。

先日ぼんやりと考えていたことを思い出した。生まれてくるのが男の子なら、いずれ日の本に行って働くことになるかもしれない。そのときのために、エウロパでも日の本でも職人たちが呼びやすい名にしようとは考えていた。できれば、エウロパでも日の本の親方やも、どちらでもふつうに通用する名にと。むかし父が会ったことがあるというイエズス会のフランシスコ・ザビエルという宣教師には、アンジローという名の従者がいたという。日の本では安次郎と呼ばれ、エウロパの人々からはアンジェロと呼ばれていたとか。そんな名がいい、とは、なんとなく思っていたのだった。

赤ん坊が泣き出した。次郎左はとまどって赤ん坊を左右に揺すった。泣き声がいっそう大きくなった。

ルチアが寝台から言った。

「赤ん坊を、ください」

次郎左は立ち上がって、ルチアの手に渡した。


城壁の上にまで、笑い声や陽気な話し声が聞こえてくる。手拍子に靴音も混じるのは、踊っている人々もいるということか。

瓜生小三郎《うりゅうこさぶろう》は、ちらりと城壁内の町並に目をやった。小半時ほど前に日は落ち、いま空もすっかり暗くなっている。昨日までならもう、ひとの声もあまりしなくなっているころだが、きょうは町の方々に火が灯《とも》っている。その灯《ひ》が、町を薄ぼんやりと浮かび上がらせていた。石畳の街路が格子《こうし》状に走り、通りの両側には煉り瓦造りの二階家が並ぶ町。家々の煙突からは、泥炭を焚《た》く黒い煙がたなびいている。町のほぼ中央に、尖塔《せんとう》を持つ教会がある。かつてはローマ教会の司祭がいたというが、いまはカルバン派の町民たちの拠《よ》り所だ。城壁の外には環濠《かんごう》がある。城門はひとつだけで、南の街道の方向を向いている。モエラス、という名だ。もともとはこの地が沼地、湿地だったことに由来するという。

町の戸数はおよそ百二十と聞いた。ネーデルラントの中ではごく小さな町だろうが、このあたり三里四方ではただひとつの町である。町の東方向十数里に、イスパーニャ軍が放逐されたブレダの町がある。

このあたり、独立した町と、いまなおイスパーニャ＝スパニィエ統治下にある町とが複雑に入り組んでいる地である。そのため、給料の遅配からなかば夜盗化したスパニィエ兵や傭兵《ようへい》たちが、ひんぱんに無法や狼藉《ろうぜき》を繰り返していた。じっさい三年前にも、町は百人あまりのスパニィエ兵に襲われ、虐殺《ぎゃくさつ》と略奪を経験している。

去年、小三郎たちは雇い主であるポルトガル人カピタン・カベサダスのもとを離れ、傭兵を求めているというネーデルラントの反乱軍のもとに身を投じた。かつてブレダの守備隊の副隊長であったミラノ人を手土産にしたせいもあり、また守った農民たちが証言してくれたおかげもあって、まずブレダの傭兵となることができた。この時期ブレダはナッサウ伯爵《はくしゃく》マウリッツ公が、独立の最重要拠点として守備部隊を強化、多くの市民兵を送り込んだ。そのため、傭兵を雇い続ける必要がなくなり、小三郎たちはすぐにつぎの雇い主を探す必要にせまられた。そこにモエラスから、日本人七人をまとめて雇いたいという話がきたのだ。小三郎は喜んでモエラスの町の傭兵となって移ってきた。それが去年の霜月のことである。七人を指揮するのは、ネーデルラント人の中年男だ。マウリッツ公に従ってネーデルラント北部を転戦したことがあるという大男だった。ハンス、という名だ。苗字《みようじ》のほうは、小三郎はいまだに覚えられないでいた。

小さな町だから、砲はない。七人の傭兵には、二挺《ちよう》の火縄銃が貸与された。あとは各人が持つ剣と、二柄の長槍《ちようそう》だけが武器だった。

町衆たちは、もしスパニィエの正規軍に攻められた場合は、女子供を逃してすぐに降伏すると決めている。水濠と、古くて低い石の城壁があるだけの町だ。小三郎が知っている日の本の城郭と違い、曲輪も枡形《ますがた》もない単純な造りだ。砲を持った軍勢に攻撃された場合、この町は一瞬も持ちこたえられない。またわずかでも反撃しようものなら、破られたあと虐殺が起こるのは目に見えていた。無駄な抵抗はしないと、あらかじめ決めていたのだ。

ただし、これが夜盗化したスパニィエの兵であった場合は別だ。彼らは砲を持って移動はしていないし、降伏しようがしまいが、略奪は避けられない。ときに虐殺も。しかし、戦いかた次第では、町を守ることはできる。百以下の数の敵であれば、傭兵と民兵たちとが合同で、なんとかこれを退けることができるだろう。町衆はそう踏んでいた。だから七人の日本人兵たちが雇われたのだった。傭兵の使命は、なにより先《せん》鋒《ぼう》で戦い、民兵たちの武装と集合までのときを稼ぐこと。少しでも多くの敵兵を倒し、後続の民兵たちの戦闘を楽にすることである。

スパニィエ兵たちが飢えているにちがいない冬のあいだ、気の休まる日はなかった。小三郎たちは昼間は城門の上で見張り、門衛として出入りする者たちを警戒した。日没後、門が閉じられ、跳ね橋が上げられてからは、城壁の四方で寝ずの番をした。もちろん交替で少しずつ眠ったが、いつだって靴をはき、帯剣のままである。熟睡することはかなわなかった。それがこの寒い冬のあいだ、ほぼ四カ月続いた。五日ほど前に町にやってきた行商人の話では、五里ばかり南の森の中にスパニィエ兵たちがひそんでいたとか。飢えに耐えかねて、反乱側の土地まで食料の調達に出た部隊があるのかもしれない。まだ気は抜けなかった。

この北国の寒気も、先日来、ようやくゆるんだ。夜明けが早くなり、日差しに力が感じられるようになった。彼岸を過ぎたのだ。

明日の日曜日は住民たちが、春の訪れを祝う日だ。復活祭、と呼ぶのだという。祭の前のひと七日のあいだ、住民たちは肉を食べず、卵も口にしていなかった。でもその慎ましく過ごす週が終わったのだ。きょうこの土曜日、日が暮れてから、ひとびとは肉や卵を食卓に出して祝い始めたらしい。だからさっきからずっと、城壁の上にまで肉を焼くいい匂《にお》いが漂ってきていた。胃袋を刺激してやまぬ匂いだった。かすかに酒の匂いも混じっている。麦で作った、黄色もしくは薄茶色の酒の匂いか。あるいは葡萄《ぶどう》で作った、日の本の酒にも似た酒の匂いか。

城門の右手、石段のほうで靴音がした。小三郎は城門の真上の城壁から身体を離し、石段のほうに目をやった。上ってきたのは、帽子をかぶり、マントをまとった若い男だ。民兵のひとりだった。籠《かご》を抱えている。

「町長が」と、若い民兵は言った。「復活祭だから、みなさんにも食べてもらえと」

籠を小三郎に差し出してきた。中には、山盛りのパンと、豚の腸詰めの料理。薄く切った豚のモモ肉、それに茹で卵が入っていた。

城門上の見張り台から、ハンスが出てきてこれを受け取った。

「さっきから、待っていたんだ」

「もしよければ、お酒もどうぞとのことです。町長の家では、お客も大勢集まっています」

ハンスが言った。

「おれたちは、町衆と一緒に酒を飲んでいるわけにはゆかない。明日あらためて」

「わたしは、戻ります」

「ああ。酒は、飲みすぎるなよ」

若い民兵は、笑って城壁上を戻っていった。

ハンスが小三郎に言った。

「みなを呼べ。夜食だ」

声をかける必要はなかった。城壁上に散らばっていた男たちが、みなこちらに向かって歩廊を歩いてくる。弟の勘四郎などは、小走りだ。もっとも、城門のちょうど反対側にいる男、甲斐《かい》の重太郎《じゅうたろう》は、ここに馳走が運ばれたことには気づいていないだろう。

城壁の内側で、傭兵たちはそれぞれ石の上に腰を下ろし食べ始めた。当番の民兵たちはさっきから交替で城壁を下りて、それぞれの家庭で食べている。

ハンスが訊いた。

「北は誰だ?」

「重太郎」と小三郎は答えた。

「あっちは、呼ぶわけにはいかないな。やつの分を持っていってやれ」

同じ甲斐の出の武三《たけぞう》が、おれが行くと言って、籠からふたり分の食べ物を取り分けた。

武三の足音が城壁の反対側に遠ざかっていってから、ハンスが言った。

「スパニィエ兵たちは腹をすかしている。キリスト教徒にとって大事なきょうの日を、飢えて過ごすのだ。ひもじさは、耐えがたいぞ」

小三郎は、どうにか覚えてきた土地の言葉で言った。

「明日あたりが、危ない？」

「近くにいるならな。昨日まではどの町も、台所にはろくなものがない。しかし今夜はべつだ。室《むろ》を探すまでもなく、食卓には温かくてうまい食い物が並んでいる。冬を無事に越して、気もゆるんでいる」

「では、明日の朝か？」

「ああ」ハンスは真顔でうなずいた。「南にいたというスパニィエ兵たちの話、気になる」

「ほかにも町はある」

「ここは、スパニィエ支配地から距離もある。その分、守りも薄い。雇い兵はたった八人だ。おれなら、途中のほかの町は通りすぎて、この町を目指す。ウェルンハウツブルクあたりにいる兵たちなら、ここは目指すに悪くない町だ」

そのとき小三郎の横で勘四郎がすっと立ち上がった。城門の右手、石段の方向に目を向けている。小三郎もその視線の先を見た。

女が立っている。この町の娘だ。手に小さな籠を持っている。勘四郎を見つめて微笑していた。

勘四郎は女のほうに近寄っていった。

小三郎は苦笑した。あいつ、いつのまに。

娘は勘四郎に籠を渡すと、くるりと背を向けて石段のほうに去っていった。

勘四郎が、籠を手に提げて戻ってきた。

「くれた」と、勘四郎が小三郎の横に座り直した。

籠の中にはパンやら豚のモモ肉などが入っている。ただし、ひとり分と見えた。雇い兵全員で食べろという意味はないようだ。

「どうしてお前だけに？」と小三郎はからかって訊いた。

「知らぬ」

「あの娘、お前の名を呼んだか？」

「いや」

「どうして自分にくれにきたとわかった？」

「わかったんだ」

「いい仲なのか？」

「まさか。あの娘は、身持は固いぞ」

「どうしてそんなことまで知っているんだ？」

「もうよしてくれ」と勘四郎はうるさそうに首を振った。「おれは、言葉もろくにわからぬ。自分に何が起こっているのかも知らぬ」

ハンスが、厳しい調子で言った。

「雇い兵が町の者と間違いを起こすな。町が給金を支払うのは、そんなことのためではない。間違いを起こしたら、即座にここを追い出すからな」

勘四郎が、何と言ったのだと小三郎に顔を向けてきた。

小三郎は、腸詰めを頬張りながら答えた。

「町の娘に手を出すなと」

勘四郎は小さな籠からパンをひときれ取り出すと、また立ち上がって歩廊を石段とは反対の方向へ歩いていった。

ハンスの懸念《けねん》は、的中した。

翌日の未明だ。小三郎は、金属同士の触れ合う音を聞いた。

耳をすませたが、数呼吸のあいだ、何も聞こえなかった。気のせいか、と思った刹《せつ》那《な》、また聞こえた。明らかに、武器を持った何者かが近くにいる気配だ。小三郎は城門上の見張り台から出ると、鋸歯《きょし》状の胸壁のあいだから身を乗り出し、外に目を向けた。曇り空であり、星も月もない。真っ暗である。何も見えない。水濠と岸の区別もつかなかった。その闇《やみ》の奥でまた物音。左手方向だ。金属同士が触れ合う音に加え、いまは水音もした。

ハンスが城門左手についている。彼も音には気づいていた。小三郎と目が合うと、無言でうなずいてくる。来た、と言っている顔だった。

ハンスが城門の左右に着いている武田のふたりの侍に合図した。信吾《しんご》と貫平《かんぺい》だ。ふたりはすぐに火縄銃を取り出し、弾をこめて装薬した。

きょうの当番の民兵たち十人は、酒が入ったせいか、城壁上で眠りこけている。勘四郎が、ひとりひとりを足で小突いて起こした。

この町の城壁は、高さおよそ一丈半である。筏《いかだ》か小舟を使ってひそかに城壁の下に先鋒隊を送り、梯子《はしご》を水の中になんとか立てることができるなら、乗り越えることはさほど難しくはない。ただし、兵士ひとりひとりが、順繰りに守備兵の正面へ飛び込んでゆくことになる。先乗りの兵にはかなりの豪胆さと剣術の腕が必要である。城壁

の守りをどうにか突き破ったとしても、素早く石段を駆け下り、城門の内側に回って
あらためて守備兵と戦わねばならない。守備兵を蹴散《けち》らしてから、跳ね橋を下ろす。
跳ね橋が下りたところで、外に待機していた本隊が城内に突入という首尾になる。も
ちろんこれは、軍を離れて夜盗化した兵士たちの戦いかただ。このような城壁を持つ
町であれば、正規の軍勢ならば城門に向けて真正面から砲弾を数発放つだけでいい。
それで戦いの決着はつく。
勘四郎が、松明《たいまつ》をかざして左手の歩廊を歩き、ひとつひとつの胸壁のあいだから外
を見下ろしている。
物音が右手でも聞こえた。先鋒は二手か？
小三郎は城門の右手に出た。かがり火から松明を一本取ると、勘四郎と同じように
胸壁の隙間《すきま》から下を見ていった。
数間ほど右手に動いたときだ。勘四郎の声がした。
「敵襲じゃ！」
続いて、剣を打ち合わせる音。どすりどすりと、石の上に物が落ちた音。火縄銃を
持った信吾が、すぐに勘四郎のほうに駆けていった。
ハンスが、駆けながら叫んだ。

「襲撃《アンバル》！　敵《ビヤンド》だ！」

城壁の内側、城門の裏手でも、民兵たちが大声を上げ始めた。

「敵だ！　攻撃だ！」

小三郎も剣を抜いた。すぐ右手の胸壁のあいだに、ふいに人影が現れた。剣を抜いて歩廊に飛び下りてくる。

「こっちもだ」と大声を出しながら松明を捨て、小三郎はその敵に向かった。敵兵は、剣を突き出しながら突進してくる。小三郎はその剣を受け流しながら後退した。五、六度流した後、相手の剣からわずかに力が抜けたように感じた。小三郎はその剣をためて払い上げた。相手は剣を離した。

その後ろで新手がまた城壁内に飛び下りた。

梯子を、押し倒さねば。

小三郎は相手をひと突きして倒し、ふたり目に向かった。その後ろで三人目が飛び下りてきて、石段の方向へ駆けだした。その先から、武三が槍を持って駆けてくるところだった。

ふたり目とは、二度剣を合わせただけだった。二度目で相手の剣を押し、返して胸を裂いた。相手は上体をひねりながら、その場に崩れ落ちた。小三郎の横で、火縄銃が放たれた。銃声と閃光《せんこう》があって、白い煙が散った。城壁の上に現れた新手が、のけぞって闇の中に消えていった。勘四郎のいる方でも、銃声があった。大きな水音。いま撃たれた男の体が、水面に叩《たた》きつけられたのだ。

前方で武三が倒れた。倒した敵兵は石段に向かった。

走り出した小三郎の眼前に、もうひとり敵兵が飛び下りてきた。小三郎は駆け抜けざまにその敵兵の脇腹を切った。

石段を、槍をもった民兵がふたり駆け上がってきた。ひるんで後退してきた敵兵に、小三郎は切りかかった。敵兵はひと太刀で、石段の下へと落ちていった。

歩廊上を取って返した。

ちょうど梯子がかかっていると思えるあたりで、混戦となっている。小三郎は苦戦中の民兵の前に出て、ひとりを引き受けた。少しでも前に出て、梯子を押し倒さねばならなかった。小三郎は一気に相手をひとり倒し、さらにもうひとりに剣を浴びせかけた。後ろから、石段を駆け上がってきた民兵ふたりが、正面の敵ふたりに槍を突き出した。敵兵は後退し、梯子のある位置に隙間ができた。そこにまたひとり現れた。剣を抜こうとしている。小三郎はその敵兵の股《また》ぐらを突いた。敵兵は悲鳴を上げて真後ろに落ちていった。

小三郎は胸壁に寄って、隙間から下を見た。続いていた敵の頭が見えた。左手で外壁をまさぐると、丸太の感触があった。小三郎はその丸太を押した。その手を、昇ってきた敵兵がつかんだ。小三郎はかまわずに丸太を外側へと押した。下端が泥にでも埋まっているのか、ぴくりとも動こうとしない。小三郎は腕をつかんでいる敵兵を上から剣で突いた。敵兵は小三郎から手を離し、ずるりと下に落ちていった。

「槍《スピア》!」と小三郎は叫んだ。

ふたりの民兵が小三郎に代わった。ひとりが真上から槍を突き出し、もうひとりは槍を梃子《てこ》にして梯子を押した。そのあいだに、小三郎は別の敵兵を倒した。その向こう側では、ハンスがひとりを倒したところだった。城門の右手側の城壁上に、敵の姿は消えた。勘四郎たちの守っている方向では、激しい斬《き》り合いの音がしている。薄暗がりの中で、勘四郎が奮戦しているのかもしれない。さっき火縄銃を使った武田の信吾も、城壁上を駆け出していた。小三郎はあとを追った。

城壁の曲がるところ、塔の後ろで、ハンスがまたひとりと斬り合っていた。ハンスは、巨漢である。剣を大きく振り回している。小柄な敵兵がその剣の下に飛び込んで、ハンスの腿《もも》を刺した。ハンスが小さくうめいて、その場に膝《ひざ》を折った。小三郎は信吾を追い抜くと、その小柄な敵兵の剣を叩き落として斬った。

さらに歩廊を駆けた。ひとり、倒れている仲間がいた。貫平だ。その向こうで、勘四郎がふたりを相手に斬り合っている。その手前にも、四人の男が倒れていた。敵兵だ。いや、ひとりは仲間だ。平助《へいすけ》だった。倒れ方を見ると、すでに死んでいる。城壁を飛び越えて、また新手がきた。小三郎は駆けながらその男の脛《すね》を払い、勘四郎に斬りかかっている男を背中から斬りつけた。並んでいた敵兵が、気を取られた。そこに勘四郎がひと太刀。その敵兵も、腹を押さえてうずくまった。

梯子を。

小三郎は、梯子がかかっていると思える場所で、胸壁のあいだから下をのぞいた。ちょうどもうひとりが城壁の端に手をかけたところだった。小三郎は剣を突き出し、この男をそのまま後方へと押した。ぐらりと梯子も揺れた。そこに民兵が加勢した。二柄の槍を同時に男の胸に突き刺した。男はゆっくりと、梯子と一緒に後方へ倒れていった。水面から大きな水音が響いてきた。

小三郎は勘四郎のほうを見た。彼は無事だ。傷を負ってはいない。

城壁の外のほうからは、切迫した声がいくつも聞こえてきた。スパニィエの言葉だろうか。それともイタリア人たちの言葉か。どうであれ、調子から意味の想像はつく。引き上げろとか、よせとか言っているのだろう。波の音もする。筏か小舟が水面を動き始めたか。

小三郎は城壁の内側を見渡した。もう敵兵はいない？　いないな？

ハンスが、脚を歩廊上に伸ばして言った。

「撃退したか？」

「たぶん」と小三郎は答えた。「梯子はふたつとも、押し返した」

石段から、民兵たちがひと固まりとなって上がってきた。倒れている者の数を見て、驚いているようだ。

ハンスがまた訊いた。

「味方の被害は？」

小三郎は、城壁上を見やって数えた。

武三。平助。貫平。

たぶんひとりが死んだ。傷を負った者はふたりだ。城壁の北にいる重太郎はおそらく無事だろう。

「仲間がひとり死んだようだ。ほかに、ふたり倒れている」

「民兵は？」

「やられていないようだ」

ハンスは大きく息を吐いた。

「よかった。ひとりも死なせるわけにはゆかなかったんだ」

「もう一度寄せてくるかもしれない」

ハンスは首を振り、東の方角に目を向けた。ぼんやりと空は白み始めている。

「夜が明ける。もう無理だ」

そこに駆けつけてきた者があった。昨夜の若い民兵だった。

「大丈夫ですか」と、心配そうにハンスの横に膝をついた。

「おれは心配いらない」ハンスが言った。「ほかの雇い兵たちの傷を診てくれ」

「はい」

若い民兵は立ち上がって、ほかの傭兵たちのもとに駆け戻っていった。

そこにもうひとり、歩廊を駆けてくる者がある。民兵ではなかった。女だ。小三郎はそれが、昨夜勘四郎に食べ物の籠を持ってきた娘だと気づいた。不安が顔に張りついている。口が半開きだった。

振り返ると、勘四郎も娘のほうに目をやりながら、剣を鞘《さや》に収めたところだった。

娘は倒れた者たちのあいだをすり抜けて、勘四郎の前までやってきた。足元に何があるか、まるで目に入っていないかのようだった。勘四郎の前に立つと、顔に安堵《あんど》が浮かんだ。

「カンシロ」と娘が言った。

小三郎は横から勘四郎をとがめた。

「手を出すなと忠告されたろ」

勘四郎は応《こた》えなかった。娘を見つめてうなずいただけだ。娘は棒立ちのまま、顔を両手でおおった。勘四郎が近づいて、その肩に手を置いた。ふいにその血腥《ちなまぐさ》いはずの戦闘の場に、そこだけ何かべつの好ましいもの、微笑《ほほえ》ましいものが降りてきたように感じられた。小三郎は、自分のささくれ立った気分が、わずかになごんだのを意識した。

小三郎はハンスに訊いた。

「追い出すか？」

ハンスが苦笑して言った。

「きょうのあいつなら、許される」

いくつもの人声が聞こえてくる。小三郎は城壁の内側に寄って、町を見下ろした。もう敵は退けられたとわかったのだろう。町民がぽつりぽつりと街路に出てきていた。

小三郎は自分も剣を鞘に収めて、右手をはずそうとした。指がこわばって開かなかった。小三郎は左手を使い、右手の指を一本一本、柄《つか》から離していった。

ブオンタレンティが、内城壁の上、次郎左の横で指示を出した。

「始めろ。砲を運べ」

その声を合図に、二十人ばかりの男たちが動き出した。内城壁と市街地とを結ぶ通路の上に、砲を押し出してきたのだ。鋳鉄製の砲身は、低い砲車の上に載っている。砲は長さ一間ほどで、砲尾の直径は一尺以上はありそうだ。このリボルノの鍛冶場《かじば》で鋳《い》られたものだという。できたばかりのせいで、黒光りしている。重さは、同じ体積の石よりもずっとあるはずだ。

砲はこれから、町の南東側にある稜堡《りょうほ》のひとつ、稜堡を木の葉にたとえるなら、その幅広の葉柄《ようへい》の部分に据えられるのだ。すでに砲座の普請《ふしん》は終わっている。土盛りの内側、中段が平坦《へいたん》に固められており、石を敷いた砲座となっていた。砲車はその砲座にぴたりと載る。

次郎左はこのひと七日、アントネッリ親方の組に混じって、この砲座造りに従事していたのだった。

砲座の前面、幅五間ほどの土盛りには、古い城の呼び方で言うならば矢狭間《やはざま》にあたる溝《みぞ》が切ってある。矢狭間は細長い楔《くさび》の形をしており、先端、砲弾が出てゆく側の狭間の幅はほんの一尺ほどしかない。その矢狭間の真後ろに、砲は据え置かれることになる。砲を撃ったとき、砲弾は隣接する稜堡の根元部分、その手前に着弾する。敵が城壁の最も弱いと見える稜堡根元部分にまで達したとき、背後から砲弾が撃ちかけられることになるのだ。

狭間の口がそのとおり狭いから、砲は固定されており、左右には動かすことができない。射角も同様だ。だから発射のとき、砲手たちは狙《ねら》いを定める必要はない。そこに敵が迫ったとき、ただ手順通りに火薬を装塡《そうてん》し、砲弾を詰め、点火すればよい。撃ち出せば二発目、三発目も、ほぼ同じ場所に着弾する。さほど手練の砲手がいなくても十分である。

稜堡の奥、葉柄の部分に設置された砲であるから、これを敵が狙って破壊するのは容易ではない。正面からは見えず、矢狭間の真ん前にきて、初めてその位置を確認できる。事実上、これらの砲の破壊は不可能であり、城への攻撃はきわめて難しい。

いま砲は、稜堡の底にあたる通路から、緩い斜面を使って中段の平坦部分まで押し上げられた。次郎左の位置から見て左手である。ここに一門置かれることになっていた。

もちろん稜堡の葉柄の部分だけではなく、稜堡の先、三角形の左右の辺の部分にも砲は置かれる。これらの砲は、いくらか遠距離の寄せ手に向けて弾を放つ。砲車は左右に、わりあい大きな角度で動かすことができた。

逆に言うならば、いま設置した砲が必要となるのは、稜堡前面の砲が沈黙し、手練の砲手たちの被害も甚大というときである。結果として寄せ手がいよいよ城本体に迫ったという場合に、さほど熟練していない砲手たちでも砲弾を撃ち出すことができ、それ以上の寄せ手の接近をくい止めることができるという造りだった。守備の用兵についても、構えは二重となっているのである。

次郎左は、この日もあらためて感嘆した。この様式の要塞《ようさい》、この様式の城の構えときたら、どこにも隙がない。ただただその縄張りの巧みさに唸《うな》るばかりだ。

砲が設計どおりの位置に収まったところで、押していた男たちが砲から離れた。その男たちの指図役らしき男が言っている。

「次だ。戻れ」

男たちは、底の通路に下りて、城壁の内側へと入っていった。

ブオンタレンティが次郎左に、いくらか得意気な顔を向けてきた。

「わかるか。この砲座を持つことが、小さな稜堡様式要塞との違いだ」

ブオンタレンティが何のことを言っているのか、次郎左にはわかった。彼はフィレンツェのサンタ・マリア要塞や、このリボルノのベッキア要塞について口にしたのだ。四角形の曲輪《くるわ》のその角に、三角形の尖《とが》った稜角をつけた要塞。これらは小ぶりのため、ふつうは稜堡の根元部分に、真横を狙う砲を置かない。もちろんこのリボルノの大稜堡と同じく寄せ手を近づけまいとして設計されているが、大軍を相手にした場合は、必ずしも死角がない、隙がないというわけではなかった。ただし、小ぶりの四稜郭は、主城に対する付け城としては使える。その役目を果たすことができる。サンタ・マリア要塞やベッキア要塞は、その役割を担《にな》う砦《とりで》だった。

一五九五年の九月である。

このリボルノの大普請が始まってから五年の時が経《た》っていた。いよいよブオンタレンティがフェルディナンド大公に約束したとおり、リボルノの街をすっかり囲む稜堡様式の城壁と環濠とが完成するのである。

ただし、工事は遅れぎみであった。二年前の秋は雨がちで、強石灰の乾きが遅かった。その遅れが翌年に持ち越されたが、こんどは石の切り出しが遅れて、普請はしばしば止まることになった。今年は今年で、春先に長雨が続いた。作業はしばしば中断した。城門だけはなんとか先に完成し、堂々たる姿を市民や旅人、船乗りたちに見せていたが、城壁と環濠はまだ五分の一が普請の途中だ。街の南西側、直接港と接する部分である。

このため、掘削と城壁の石積み、土盛りとが、このところ日がすっかり沈むまで続けられていた。仕事がきついと、職人衆の一部や人夫たちのあいだから不満も出ている。親方たちからの、これほど急《せ》かされるのであれば請負賃を考え直してほしい、との声がブオンタレンティには伝えられているとか。ともあれ、秋が終わるまで、つまり完成を約束した期日まで、あとふた月を切っているのだった。

砲二門が左右の砲座に収まったところを見届けると、ブオンタレンティが言った。

「さて、外城壁を見てくるか」

彼はこの半月あまり、リボルノには来ていなかったのだ。着いたばかりのきょうは、新しく砲二門が出来上がったということで、まず最初にこの設置を指図した。ほかの普請現場の様子はまだ見ていない。

ブオンタレンティは、留守中も普請の進み具合が心配でならなかったろう。今年じゅうに城壁と環濠が完成するかどうか、あやういところなのだ。もしあとふた月のうちに完成できなければ、作業の大半は中断せざるを得ない。冬は石積み作業ができないからだ。来春四月ごろに再開、竣工《しゅんこう》は来年初夏ということになる。トスカーナ大公国の莫大《ばくだい》な国家資金を投入した事業であるが、さしものフェルディナンド大公だって、尽きぬ金蔵は持っていない。大勢の親方衆や職人衆、それに人夫たちをあと半年雇い続けなければならないというのは、かなり痛いはずなのだ。そしてその責はすべてブオンタレンティが負っている。

次郎左は、歩き出したブオンタレンティに続いて、内城壁から下りた。

ブオンタレンティが訊《き》いてきた。

「息子は、元気か？」

次郎左は答えた。

「ええ、元気に育っています」

娘が生まれて二年後、息子が生まれたのだ。いま次郎左はふたりの子持ちである。娘には、ニナと名付けた。エウロパにはよくある名だというが、音の感じは日の本にもありそうである。次郎左には、耳にしても口にしても心地よい音だった。いま四歳になる。

息子は二歳。トビア、と名付けた。ルチアの友人たちの助言を聞いたのだ。やはりエウロパの、というか、イタリアの名のようだが、次郎左の頭の中では、漢字も当てられている。わずかに音はちがうのだが、飛矢、だ。

ブオンタレンティが言った。

「跡を継いでくれそうか？」

「まだ、何もわかりません。このまま育っていってくれるかどうかも」

「丈夫な子なんだろう？」

「いまのところは」

「さて、おれの息子の仕事ぶりはどうかな」

すぐにそれが、ジョバンニのことだとわかった。

「どうだ」と、ブオンタレンティが訊いた。

「この半月のあいだにも、いろいろ面倒が出て、マエストロと親方たちとのあいだで苦労しています」

「遅れる理由には、不自由しなかったからな」

「春先の悪天候続きがいまだに響いています。煉《ね》り瓦《がわら》も不足がちで、石積みの親方衆が往生していました」

「ジョバンニも毎日そうしたことを報告してきていた」

次郎左たちは、城壁の内側の歩廊を通って、街の南西側にあたる稜堡の普請現場に出た。普請の最後にある部分で、城壁と濠《ほり》がまだ出来ていない。大勢の職人や人夫たちが、いくつかの大きな組に分かれて作業中だった。

ブオンタレンティが、歩きながら唸った。

「二週間前と変わっていないぞ」

次郎左は言った。

「南面の城壁は、かなり整いました」

「まだまだ子供の泥遊びのように見えるが」

稜堡の先端近く、石積みの足場の上にジョバンニが立っている。大きな紙を広げていた。横にいるのは、パンカーロ親方のようだ。

近づいて行くと、ジョバンニもブオンタレンティの姿に気づいた。足場を駆け下りてくる。彼はまだきょう、ブオンタレンティの姿を見ていなかったのだ。

次郎左たちは、城壁の上から、その稜堡の基部にあたる場所に下りた。土が固められ、切石を運ぶためのコロが並べられている。その脇《わき》で人夫たちが七、八人、地面の上に腰をおろして休んでいた。みな、そうとうに疲れているという顔だ。

紙を丸めてジョバンニが近づいてきた。彼はブオンタレンティに会釈《えしゃく》してから、脇で休んでいる人夫たちに、鋭く言った。

「今日の仕事は終わっちゃいないぞ。さぼるんじゃない、お前たち」

人夫たちはジョバンニを見やってから、のっそりと立ち上がった。そのうちの何人かは、露骨に不服げだった。

ブオンタレンティが、目の前に立ったジョバンニに言った。

「見た目じゃ、あまりはかどっていないな」

ジョバンニがうなずいた。

「ここにきて、なぜか日雇いの人夫の集まりも悪くなりました。それに、石も、煉り瓦も、石灰も、相変わらず必要なときに届いていないことが多くて」

ジョバンニが丸めた紙を広げた。それは普請のすべての過程を図にしたもので、城壁の完成までに何がどのような順序でいつまでに進められねばならないかが、記されている。人手はいつどれだけ要るか、資材もいつどれだけの量届いているべきか、細かく示されていた。五年前、ジョバンニが作成したこの図を最初に見たとき、それは普請の容易さを示すかのようにすっきりとしたものだった。しかし次郎左はその後何度も確認してきたが、いまの図は書き込みや修正だらけで、全体が黒くなっている。普請が混乱しきっているかのようにも見えるのだった。

ジョバンニが図の右端を指で示して言った。

「ふた月後の竣工を動かせないなら、それぞれの親方の組で、毎日の作業量を一割がた増やさねばなりません。ところがあいにく、日の長さが毎日三分ずつ短くなってきている。日毎《ひごと》に作業できる量は減っているのです」

「お日さまに、もっとゆっくり回ってくれと頼むわけにもゆかんしなあ」

「大公には、普請の遅れをご理解いただいているのでしょうか」

「再来月末の竣工を夢にも疑っていない。おれが今回フィレンツェでお目にかかっていろいろ指示されたのは、竣工の祝宴の趣向と、出す料理のことなんだ」

「親方衆にあらためて追加の請負賃を支払って、人手を増やしてもらうということはいかがです？」

「一度やってる。もう一回お願いして、大公が了解してくれるかどうか」

「再来月、どうしても完成させねばならないなら、やってみるべきです」

「考えておく」

ブオンタレンティは、先に立って稜堡の先端に向かった。ジョバンニがあわてて後を追った。

いましがたジョバンニに叱責《しっせき》された男たちが、恨みがましい目で彼の背を見つめていた。彼らは雑仕事や力仕事が専門で、その日稼ぎの男たちのはずだ。どこかの親方にそのつど雇われ、その日の終わりに日当を受け取る。翌日また来るかどうかは、気分次第。城壁の普請場の仕事はきつい、という評判が定まってしまえば、ここで働くことが敬遠されるようになっても不思議はなかった。

稜堡の先端まで行くと、ブオンタレンティのもとには四人の親方衆も駆け寄ってきた。アントネッリ親方やレッコ親方もいる。親方衆は一様に、ブオンタレンティの前で普請の遅れを恐縮しているように見えた。

ブオンタレンティは、ざっとその稜堡の普請の様子を眺め渡してから、陽気な調子で言った。

「おお、進んでるじゃないか。ここまで丁寧な仕事で、この進み具合だ。もう遅れ分は取り返したんじゃないか」

ジョバンニが、紙を広げてあわてた様子で言った。

「いえ、それが」

「なあに、部分的にはちょっとまだってところがあっても、最後には帳尻が合うさ」

ブオンタレンティは、アントネッリに顔を向けて訊いた。「長い普請ってのは、そういうものだろ？」

アントネッリは、いきなり問われて面食らったようだったが、すぐにうなずいた。

「そうですな。きょうは予定どおりのところまで進まなくても、今週末には間に合っているかもしれない」

横でレッコ親方が言った。

「五年かかった長普請で、ここまで目算どおりに進んでいるというのも珍しい。一年遅れたっておかしくはない普請ですからな」

「そのとおりさ。さ、見せてくれ。おれたちの城壁を」

ブオンタレンティは、そう言いながらも自分が先に足場の上に上がっていった。親方衆が後に続いた。

土盛りの上に残ったジョバンニが、当惑したような顔で次郎左を見つめてきた。自分は何か間違いをやったのだろうか、と問うているような顔だ。

次郎左は微笑をジョバンニに向けて首を振った。


その夜、次郎左とジョバンニは、ブオンタレンティに料理店に呼ばれた。図面を引いた建物の並びにある店だ。ふつうの職人たちが行くような、ごく庶民的な店である。次郎左たちが入ると、ブオンタレンティは奥のテーブルに着いていた。日中とちがい、かなり渋い顔をしている。彼にしては珍しいことだ。

次郎左たちは、ブオンタレンティに向かい合う席に着いた。

ブオンタレンティは、次郎左たちに葡萄酒《ぶどうしゅ》を勧めてから言った。

「昼間は親方たちにあのように言ったが、遅れは深刻だ。おれは、明日またフィレンツェに戻る」

ジョバンニが、安堵の表情になった。師匠も自分の判断の正しさを理解してくれたと思ったのだろう。

「どうするのです？」とジョバンニが訊いた。

「親方たちとも話し合った。いまの親方衆のところに人手を増やしても、遅れは取り戻せない。持ち場を分ける」

「というと？」

「南の城壁を、新しい親方に丸々まかせようと思う。レッコ親方には、いまかかっている稜堡だ」

「新しい親方を呼ぶにしても、どこにいます？　ベネツィアでも、ここ並みの大普請です。方々から集められた石積み親方が、あっちで働いている。もしいま手すきの親方が近在にいたとしたら、それは仕事をまかせられるような親方じゃない」

「フィレンツェにいる。大公のために、ピッティ宮殿の増築を手がけているファルチャーニ親方」

次郎左は驚いて言った。

「ファルチャーニ親方だって、あちらの普請を放り出して、リボルノに来るわけにはゆかないでしょう」

「だから、おれが直接大公と談判する。親方をひとり助けによこしてくれ、ピッティ宮殿の増築は、あとまわしにしてくれと」

ジョバンニが納得したというように言った。

「大公なら、リボルノの城壁の完成を優先させるはずだ」

ブオンタレンティもうなずいた。

「おれが次に戻ってくるときは、ファルチャーニ親方の一党と一緒だ。また一週間かそこいら留守にすることになる。ジョバンニ、親方たちを、頼んだ」

ジョバンニが、まかせてくれと、胸に手を当てた。

ブオンタレンティがフィレンツェに戻って三日目だ。午後遅い時刻から、雨が落ちてきた。

どの普請場でも、親方たちは作業中止の指示を出した。職人衆や人夫たちはみな、普請場近くの小屋に入って、雨をやり過ごそうとしていた。

これを見ていたジョバンニが、空を見上げて言った。

「空は明るい。本降りにはならない。職人たちを戻さなければ」

次郎左は心配して言った。

「親方たちに、それを言うんですか？」

「普請も大詰めなんだ。精を出してもらわなければ」

「よければ、わたしが言いますよ」

「お前なら、押し切られる。おれなら、親方たちもいやだと言えない。おれの言葉は、マエストロの言葉だからな」

「親方たちは、職人たちを少し休ませようとしているんです」

「そのまま日没を待って帰る気なんだ」

「親方がそのつもりなら、それが必要なんです。職人たち、疲れも溜《た》まっているんでしょう」

「ずいぶん石積みたちの肩を持つんだな」

「彼らがいてこそ、城壁は出来るんです」

「マエストロが帰ってくるまでに、もっと進めておかなければ。マエストロも、おれにそれを指示していった」

そうだったか？　と次郎左は首を傾《かし》げた。親方たちを頼んだ、という言葉はあった。でもあれは、普請を進めておけという意味だったのだろうか。自分には、いささか疲れの見える親方たちをよくねぎらっておけ、という意味に聞こえたが。

それを指摘しないうちに、ジョバンニは小屋の中のアントネッリ親方に向かって歩きだした。止める間もなかった。ジョバンニは歩きながら言ったのだ。

「親方、もう雨は上がった。職人たちにいつまでもおしゃべりさせていないで、もうひと働きしてくれ」

親方が戸惑った顔を見せた。周りの職人たちも、目を大きくみひらいた。意外すぎる指示と聞こえたのだろう。

ジョバンニにも、小屋の中にいきなり反発の空気が満ちたことは感じ取れたはずだ。しかし彼は、睥睨《へいげい》で返した。丸めた図面を手にして、小屋の中の職人衆をゆっくりと見渡していったのだ。次郎左には、ジョバンニの持つ図面は棍棒《こんぼう》のようにも見えた。文句があるならこれにものを言わせることになるぞと、ジョバンニはそう言っているかのようだ。たしかに職人衆にとっては、指図や段取図は絶対だ。棍棒並の力を持つ。目の前に差し出されて、そんなものは知らないと言うことはできない。

アントネッリ親方が、職人たちに向かって言った。

「そろそろ、やるか」

ひと呼吸置いてから、職人たちがのっそりと腰を上げた。

その翌日の午後だ。

次郎左はジョバンニに従い、先日ブオンタレンティも立った足場の下で、運ばれていた切石の数を数えていた。石の届くのが遅れがちなので、このところジョバンニは、いったん運ばれた石を、普請の進み具合を見ながら現場のあいだで融通していたのだ。

次郎左が、丸太で組まれた足場の下に身を入れたときだ。うしろで何かが地面に落ちた音がした。

石か？

振り返った。足場の外では、ジョバンニが棒立ちになって、上を見上げている。足元に、ひとの頭ほどの切石が転がっていた。足場の上から落ちてきたもののようだ。

次郎左はジョバンニの脇まで駆けて、足場の上に目をやった。誰もいない。作業中に職人が手を滑らせた、というわけではないようだ。つまり、この石は故意に落とされた？　それも、ジョバンニがひとりになった瞬間を見はからって。

次郎左はジョバンニの肩を軽く叩《たた》いた。彼は凍りついたままだ。足がすくんでいるのだろう。

「ジョバンニ」と、次郎左は言った。「城壁から離れよう」

やっとジョバンニが動いた。

「誰かが落した」とジョバンニが、次郎左に支えられるように歩きながら言った。

「おれを狙った」

「手を滑らせたんだ」

「危ないと、誰も叫ばなかった。お前も見たろ？　上には誰もいなかった」

「お前が大丈夫だとわかったんで、首を引っ込めたんだ」

「いや、おれに落とした」

「どうしてそんなに自信を持って言える？」

「そりゃあ、恨みも買う立場だ。マエストロには誰も歯向かえないが、代弁するおれになら、反抗できるからな」

「考えすぎだ」

城壁から十分に離れたところまで歩いた。まだ掘削中の濠の底である。振り返ると、その位置からは足場の上やその奥の土盛りの上の職人たちの姿が見えた。三十人ばかりの姿がある。誰ひとり、こちらに注意を向けていない。アントネッリ親方も見当たらなかった。死角にいるのだろう。

ジョバンニは青ざめた顔のままで言った。

「それとも、いまのは警告かな？」

「事故だ」

「な」と、ジョバンニが顔を向けてきた。目には、請《こ》うような色。「次郎左、きょうはずっとそばにいてくれないか。お前が一緒なら、誰もおれに石を落としたりしてこないだろうから」

「かまわないが」

親方衆に作業の手伝いを頼まれたらどうしようと、次郎左は考えた。そのときはジョバンニに、お前がおれのそばにいろと言うしかないか。

そのあとは、次郎左たちのそばには小石ひとつ転がることもなかった。

それから二日たった日、石積みが終わった普請場で、アントネッリ親方と一緒に石積みを点検していたときだ。職人たちは、足場の解体にかかっていた。そのとき、縄のほどきかたを誤ったか、一本の丸太がごとりと音を立てて下の段に落ちた。

「危ない！」と、その場の何人かが叫んだ。次郎左も、音がした瞬間にそれに気づいた。

丸太は、すでに足場からはずされていた四、五本の丸太の山にぶつかると、これを崩した。何本もの丸太が、足場の最上段から転がり出した。

「逃げろ！」とアントネッリが怒鳴った。「早く」

次郎左はジョバンニを突き飛ばすようにして、逃げるようにうながした。

足場の下にいた者はみな飛びのくように、丸太の転げ落ちる方向から離れた。大きな衝撃音を立てつつ濠の底まで落ちてきた丸太は、切石の山に次々とぶつかって止まった。一本だけ、はねてその山を飛び越えたものもあった。

「何やってるんだ！」と、アントネッリがあらためて足場の上の職人たちに怒鳴った。

「上《うわ》の空でやるな！」

次郎左は、隣りに立つジョバンニが小さく震えていることに気づいた。顔は先日よりも青い。血の気がまったく引いていた。

「また狙われた」と、ジョバンニは言った。「こんどはほんとうにおれに当てるつもりだったんだ」

次郎左は、ジョバンニの背中を叩いた。

「何言ってるんだ。見てのとおりだ。事故だ」

「ちがう。連中、おれを怪我《けが》させようとした。殺すつもりだったのかもしれない」

「違うって。職人たちの疲れも、もうここまでというところに来てるってことだ」

「おれは戻る。あとを頼む」

「どういう意味だ？」

「危なくて、普請場にはいられない。引っ込む。土場の小屋のほうにいる」

「石積みをあらためるのは、どうするんだ？」

「お前のほうが得意だろう」

ジョバンニは、足場からいったん遠ざかって、濠から城壁上に通じる斜面を上がっていった。

ブオンタレンティがいったんフィレンツェに戻っていった日から八日目、彼が石積みの一党を引き連れてリボルノに帰ってきた。ファルチャーニ親方と、その配下の職人衆二十人ばかりだ。大公への説得が功を奏したのだろう。

土場の小屋でブオンタレンティを迎えると、彼はすぐにファルチャーニ親方を次郎左に引き合わせてくれた。

「親方には、南面の城壁の仕上げをまかせることにした。無理を言ってきてもらったんだ。親方の頼みには、何をさしおいても応えてやってくれ」

はい、とうなずいて、次郎左はファルチャーニ親方に頭を下げた。

ブオンタレンティが不思議そうに言った。

「ジョバンニが見えないな」

「ジョバンニは」次郎左は少しためらってから答えた。「今日は姿を見せていません」

「普請場に来ていない？」

「はい」

「身体の具合でも悪いのか？」

「よくわかりません」

「何か知っているという顔だぞ。おれがいないあいだに、何かあったな？」

「じつは」

次郎左は先日の石の一件と、足場解体時の事故のことを話した。

「ジョバンニは、自分が職人たちに恨まれていると思い込んでいるようです」

「それで怖くて、出て来れないと？」

「様子を見てきましょうか」

ジョバンニも、次郎左の家族が住む通りに部屋を借りている。女房と、二人の息子が一緒だ。五年も近所で暮らしているのだ。家族同士、そこそこ仲よくなっていた。

ブオンタレンティが言った。

「あいつは、几帳面《きちようめん》だし、思い詰める質だ。気鬱《きうつ》なのかな。もしベッドで震えているようなら、無理して引っ張りださなくてもいい。休みがいちばん必要なのは、あいつだったかもしれん」

家を訪ねてみると、ジョバンニは寝てはいなかったものの、妙に精気のない顔でテーブルに着いていた。彼の前には、葡萄酒の瓶と杯。女房のソフィアが申し訳なさそうな顔をして脇に立ち、ジョバンニの肩に手を置いた。

次郎左はジョバンニに言った。

「マエストロがお帰りになった。お前のことを心配している。無理せずに、ゆっくり休めとのことだ」

ジョバンニが首を振りながら言った。

「べつに病気じゃないんだ。ただ、きょうはどうしても出て行く気力が出なかった」

「疲れているのさ。職人たちもみなそうだ」

「明日からは必ず出ると、マエストロには伝えてくれ」

「それが無理だって。気が晴々するまで、休んでいろ」

「おれは、マエストロの代わりを務めなければならないんだ」

「忘れろ」

「お前にも面倒をかける」

「まったく気にならない」

押し問答をそれまでにして、次郎左はジョバンニの部屋を辞した。

翌朝も、予想したとおりジョバンニは普請の場に姿を見せなかった。


十月も半ばを過ぎると、遅れはさほど目立たなくなった。秋が終わるまでに竣工、という目標は、どうやら達成されそうな様子である。ブオンタレンティの顔からも、焦慮の色は消えた。彼は大公のリボルノの別荘で開かれる祝賀会、晩餐会《ばんさんかい》の企画に、力を入れ始めたように見える。大公お抱えの料理人との打ち合わせに時間を割くようになった。もう普請の進捗《しんちょく》には何の懸念《けねん》もないということだった。

ジョバンニも、一日おきぐらいには普請の場に顔を出すようになった。職人たちに狙われているという怯《おび》えは、かなり薄れたということだ。それでも次郎左は、ジョバンニがやってきた日はできるだけ彼のそばにいるよう努めた。彼は日中の短時間だけ普請場に出ては、早めに帰宅していった。

水濠《すいごう》の西の端、水止めの上に十数人の男たちが進んだ。

城壁の西の端にあたる場所だ。水濠はこの水止めの外で、港につながる。城壁が積まれているあいだ、ここに水止めが置かれ、内側は空堀となっていた。水止めは、土《ど》嚢《のう》を積んだものである。幅の狭い運河や濠であれば、矢板を立てて水止めとすることもできるが、この水濠の幅はこの場所でおよそ十五間、土嚢を積むしかなかった。土嚢も、石積み職人たちが切石を積む要領で積んできたのだった。水止めの上部は、ひとがふたり並んで歩けるほどの幅がある。

とうとう十一月の初頭である。この空堀に水が引き込まれて、市壁を囲む水濠が完成する。

レッコ親方の合図で、男たちは水止め中央部の土嚢の麻袋をどけはじめた。水止めの裏手、空堀の側からだ。

次郎左は城壁の上に立って、作業の様子を見守っていた。ほんの少し前、左手方向の水止めも土嚢が取り除かれた。水濠はもう市壁の四分の三を囲んでおり、この南面西側の濠だけが空堀だったのだ。水が空堀の中に流れこんできている。底面がすっかり水にひたっていた。完全に水が引き込まれたとき、水濠は四尺弱の深さで水をたたえることになる。敵の攻撃を退けるには十分な深さだった。

目の前の水止めの上でも、上から二段目あたり、かろうじて水の圧力に耐えていた土嚢が取り除かれたところだった。引き込み口ができた。港側から、水が流れ込み始めた。

レッコ親方が叫んだ。

「ようし、それでいい。引き揚げろ」

男たちは、その水の流れを飛び越えて、全員が水濠の向かい側の岸に上がった。あとは水がこの空堀に満杯となり、水濠のほかの部分、それに港と一体となるのを待てばよい。麻袋で作った土嚢はいずれ腐食して、中の土を散らす。土は水濠の底にたまり、一部は港の海底に流れるが、水濠を埋めてしまうほどの量ではない。もう放っておけばよいのだった。

ともあれ、数時間後には、リボルノの町は完全に水濠で囲まれる。事実上、城壁と環濠の普請は終わったのだ。このあとは、石材の屑《くず》や足場とした木材などを片づけ、木工部分の製作を済ませれば竣工ということになる。大公にお披露目できる。

次郎左は、空堀を満たしてゆく水を眺めた。五年に及んだ普請だった。毎年同じような手順で城壁と環濠の普請を繰り返し、城門も積んだ。この手の様式の普請を繰り返してその技術を身体で覚えたのだと考えることもできる。いい体験だった。たぶん日の本に帰ったとき使いでがあるのは、サン・ピエトロ大聖堂の円蓋《クーポラ》を積んだ経験よりも、こちらのほうである。

ただ、いまはまだ日の本に帰ることができるわけではない。息子はまだ二歳だし、妻子を引き連れて帰国する目処《めど》が立っているわけでもない。まだまだインド航路は、女子供が同行できる航海ではなかった。そのうち安全に乗れるようになるはずだという話は聞くが、一年二年先のことにはなるまい。だいたい自分には、船賃もない。ブオンタレンティの助手として、かつかつの給金をもらっているだけだ。貯《た》める余裕などなかった。

ふと気がつくと、横にピーテルが立っていた。彼も感無量という顔だ。故郷を離れて五年、彼はこのあいだにリボルノでアンジェリカという名の器量よしと所帯を持った。子供もいる。このあとは妻子を連れてネーデルラントに帰ると聞いている。

「次郎左」と、ピーテルは少しうるんだ目を向けてきた。「あんたはこのあと、どうするんだ？」

「どうするとは？」と、次郎左は訊いた。「どこの普請に雇われるかということか？」

「ああ。そのつもりで訊いた。あんたはどの親方の徒弟でもないだろう。どうするのかと思って」

「マエストロがまた面白い普請に使ってくれるかもしれない」

「もう話は出ているのか？」

「いいや」

「ならば、おれの国に来ないか。あんたになら、仕事はあるぞ」

前にもその話は聞いた。イスパーニャからの独立を求めて、ネーデルラントの多くの町が反旗を掲げ、町の備えを固めているとか。しかし、このリボルノのような様式の町はまだネーデルラントには少ない。いま様の城壁を設計し、築くことのできる親方が求められている、とのことだった。

「どこの町で？」と次郎左は訊いた。

「帰ってみなければわからない。だけど、リボルノの城壁の話は伝わっているはず。その普請に関わった石積みなら、どの町も放っておかないだろう」

「おれは、弟子を抱えた親方とはちがう。ひとりきりの石積み職人だ。誰か親方に雇われない限りは、そのような普請には関われないだろう」

「あんたにどれだけのことができるか、おれはそばでよく見てきた。ローマでサン・ピエトロの円蓋を積み、トスカーナではリボルノの街の新しい城壁を積んだ。指図も引き、マエストロや親方衆の右腕になって、この城壁を築いてきたじゃないか。同じことが、ネーデルラントでもできる。謙遜《けんそん》するな」

それは確かに、このイタリアでは多少は誇りにしてよい経験と実績かもしれないが。だからといって、ネーデルラントという北国で、その経験と実績がすんなりと認められるものかどうか。見知らぬ土地のどんな親方が、自分を一人前の石積み職人と認めて使ってくれるか。

「だいいち」と次郎左はピーテルに言った。「おれは、ろくにあんたたちの言葉も知らない」

「あんたにもしネーデルラントに来る気があるなら、おれは喜んであんたと組むよ。通訳もやってやる。言葉の心配はいらない」

「ほんとうに？」

「来る気はあるのか？」

「あんたが組んでくれるというなら、少し気持ちは動く」

「決まりだな」

「でも、これから冬になる。ネーデルラントまでの旅は厳しかろう」

「そのとおりだ。日もどんどん短くなる。一日に行ける距離も知れてくる。おれはひと冬をこちらで過ごす。来春、陽気がよくなったころに、帰るつもりだ。一緒に行くというのはどうだろう」

悪くない誘いだった。ピーテルとその家族という同行者がいるなら、家族を連れての、未知の土地への旅も安心だ。

次郎左はピーテルに言った。

「ネーデルラントに行くかどうかについては、まずルチアに相談する。彼女が二の足を踏むようなら、おれはトスカーナにとどまる。マエストロにもお伺いを立てる。恩があるんだ。マエストロがまだ自分のもとで働けというなら、おれはそうする」

ピーテルは笑った。

「ルチアは、女房を通じてその気にさせる。マエストロにも、ネーデルラントにはあんたの愛弟子《まなでし》が必要なんだと訴えるさ」

「おれはマエストロの弟子とはちがうって」

「マエストロは、あんたを弟子扱いしているように見えるが」

「雇い人のひとりだ」

「マエストロに雇われたということだけでも、立派な箔《はく》だよ」

左手で、大きな笑い声があった。ブオンタレンティだ。親方衆のあいだで、上機嫌だ。白い歯を見せて、親方たちの肩を叩いたり、抱いたりしていた。なんとか普請は、計画どおりに終わったのだ。大声で笑いたい気分でもあるだろう。

少し首をめぐらしたとき、ジョバンニと目が合った。彼はこのところ、普請の場には毎日出てきている。いっときのように目はつり上がっておらず、口元もゆるんでいた。気鬱からはすっかり回復したようだ。彼はいままた、ブオンタレンティの助手として普請全体に目配りしていた。

ジョバンニが近づいてきて言った。

「お前には、ずいぶんかばってもらった。感謝している」

「そんなことを言わないでくれ」と次郎左は言った。「マエストロが案じていたんだ。おれは、マエストロの言いつけでお前を支えただけだ」

「礼をさせてくれ」

「何もいらないって」

「このままでは気がすまない」

「では」

「なんだ？」

「冬のあいだ、少し建築学のてほどきをしてもらえないだろうか？」

「どんな？」とジョバンニ。

「建築の、重さと力の計算を」

「建築の設計もやりたいってことか？」

「指図の意味を、よく理解できるようになりたいんだ」

「代数は学んでいるか？」

「いや。おれは幾何学の初歩しか知らない。無理か？」

ジョバンニは少し考える様子を見せてから言った。

「それも含めて、お前がわかる範囲で教える」

言ってから、ジョバンニが苦笑したような表情を見せた。

「何か？」

「いや、ふと思ったんだ」

「おれには建築学は無理だと？」

「ちがう。逆だ。お前はもしかしたらいつか、エウロパでも名のある築城家になるんじゃないかと」

「エウロパの築城術は、きちんと自分のものにするつもりでいるよ」

「知っているさ。だから将来、お前は敵味方を超えて知られるような城造りになる。おれはその手伝いをするんだと」

またブオンタレンティの笑い声が聞こえてきた。

その夜、ブオンタレンティが親方たちや主立った職人衆を、料理店に招いた。きつい普請を無事に期限までに終わらせたことに謝意を表し、慰労する宴を開いたのだ。

この席で、次郎左はブオンタレンティに訊いた。

「このあとも、わたしにはマエストロのもとで仕事はありますか？」

ブオンタレンティは、酒のせいか頬を光らせて逆に訊いてきた。

「これほど大きな普請は、しばらくないだろう。どうしてだ？」

「じつは、ネーデルラントから来ているピーテルに、誘われているのです。自分の故郷で働かないかと」

「どんな普請なんだ？」

「町の城壁です。イスパーニャからの独立を求めて、備えを固めている町が多いのだとか。わたしにも、仕事がありそうです」

ブオンタレンティは真顔になった。少しのあいだ眉間《みけん》に皺《しわ》を寄せていたが、やがて言った。

「お前はおれの徒弟というわけじゃない。この普請も終わったし、働き場所はお前が選べ」

「マエストロが設計したような城壁造りに関わってもかまいませんか？　リボルノのような、攻め落とされることのない町造りに」

「おれが止められることじゃない。もしおれがイスパーニャ人なら、絶対に許さないだろうがな」

「ありがとうございます」

「あっちの言葉はできるのだったか？」

「いいえ。もし仕事が見つかったなら、ピーテルと組んでやろうと思っています。必要なことは、彼が通訳してくれるでしょう」

「ネーデルラントにはいつ出発するんだ？」

「この冬はトスカーナで過ごし、来春に」

「それまでのあいだは？」

「ジョバンニに、建築学の初歩を教えていただくことになりました」

「いいだろう」

ブオンタレンティは、ご苦労さま、とでも言うように、盃を顔の前まで持ち上げた。

宴が終わり家に帰ったところで、次郎左はルチアに訊いた。

「ピーテルから、ネーデルラントで働かないかと誘われている。どう思う？」

ルチアは愉快そうに言った。

「とうにそのつもりだけど」

「どうしてだ？」

「この一年ばかり、あなたは何度ネーデルラントの町のことを話したと思っているの？　とっくに決めていたことでしょう？」

そうだったのか。次郎左は苦笑した。自分は誰にも告げずに、その道もありうるかと考えていたつもりだったが。

それでも次郎左は、ルチアの本心を確かめるために言った。

「行けば長いことになる。この町や故郷に戻れるのはいつになるかわからないぞ。二度と戻らないかもしれない」

ルチアが、不安も不満のかけらも見当たらない笑みで応えた。

「あなたと子供たちのいるところが、どこでもわたしの故郷だわ。出発はいつ？」

来年春、と次郎左は答えた。

明日はいよいよ大公の屋敷で、竣工を祝う宴が開かれるという夜だ。

ブオンタレンティから、呼び出しが来た。馬車を差し向けるから、身だしなみを整えて乗ってこいと。理由は知らされなかったが、誰か高位の人物に引き合わされるのではないかと思った。次郎左は翌日の宴のためにあつらえておいた堅苦しい上着を着、丈の短い軽衫《かるさん》という姿で馬車に乗った。

馬車が着いたのは、北の城壁に近い一角だった。家具職人や建具職人たちが工房を並べている通りだ。大工や石積み職人たちも多く住んでいると聞いている。

ここに何があったろう？

怪訝《けげん》に思いつつ馬車を下りると、目の前の扉が開いて、ジョバンニが姿を見せた。

彼は笑みも見せずに、次郎左に黒い布を差し出してきた。

「これで目隠しをしろ」

「は？」と、意味がわからずに次郎左は訊いた。

「目隠しだ。黙って言うことを聞け」

ジョバンニの気鬱がまた戻った？　自分はジョバンニに、いたぶられるのだろうか。

そうされねばならぬ理由もないはずだが。

「早く」と、ジョバンニが急《せ》かした。「何も質問するな」

好奇心から、次郎左はその黒い布を手にとって、両目を覆《おお》うように頭に巻いた。

ジョバンニが、次郎左の横に立ったのがわかった。

「一緒に、中に入れ」

右腕を取ってくる。扉の開いた音がした。次郎左はジョバンニに腕を取られたまま建物の中に入った。部屋を通り、もうひとつのドアを抜けると、ひとの気配がある。それも何人もの男たちの。

「前へ」と、ジョバンニがさらに次郎左を歩かせた。

「ここでいい」

ジョバンニが腕を離した。

黙ったままでいると、正面から男の声がした。

「お前の名前は？」

知った声だ。誰か親方のひとりではなかったろうか。

「次郎左」と名乗ってから、姓をつけ加えた。「戸波」

父が、義理の父親の苗字《みょうじ》を受け継いだのだ。自分にとって義理の祖父にあたるその人物は、かつては姓も持たない石積み職人だった。いや、姓を持たなかったのは祖父ばかりではない。当時は石積み職人の地位とはそのようなものだったという。祖父が働いているころに、ようやく穴太《あのう》の石積み親方たちも、苗字を持てるようになった。その技が、評価されるようになったのである。

正面の男が、また訊いた。

「仕事は？」

「石積みです」

正面の男が、少し顔を動かしながら言葉を発したようだ。

「ジロウザ・トナミは石積みだと名乗っている。確かか？」

こんどは大勢の声。

「確かだ」「その通りだ」「間違いない」

十人ばかりの男が、この部屋にはいるようである。

「違うという者はいないか？」と、また正面の男が言った。

「いない」と、ひとりがきっぱりと言った。この声も知っている。これは……

誰かが次郎左の背後に立って、目隠しをはずした。

次郎左はまばたきして、目が部屋の明かりに慣れるのを待った。見えてきたのは、普請に関わった石積みの親方衆だ。

ブオンタレンティもいる。ピーテルもいた。

正面に立っているのは、フィレンツェの親方、パンカーロだった。声に聞き覚えのあるわけだ。彼は親方衆の中の最年長だ。

パンカーロが、真正面から次郎左を見つめてくる。髭の濃い、目の大きな偉丈夫だ。間近にその顔を見ると、閻魔《えんま》さまとはこのような顔かとさえ思った。

彼は言った。

「ジロウザ・トナミ。ここにいる石積み衆、石工たちは、お前を一人前の石工と認めた。お前が次に言うことを誓うなら、お前を我らが石工組合に加える。加わる意志はあるか？」

驚いて次郎左はブオンタレンティに目を向けた。世の中に熟練の石工の組合があるということは、もちろん聞いていた。親方衆となると、ほとんどがその組合の一員であるとも。いったん組合に加えられると、その腕は同業者たちが保証したものとされ、エウロパのどこの土地に行っても組合仲間の助けや協力をあてにすることができるとか。もちろん組合員は自分自身もほかの組合員に対して同じように接する、全力でその仕事を助けるという義務を持つ。ただし、自分が加入したいと希望するだけでは一員になることはできない。周囲が十分にその技量と経験を認め、保証人が現れて、はじめてその石工に対して、組合加入の意志のあるなしが問われるのだ。もし問われた場合、加入しないと答えることはじっさいにはできるものではないだろう。

ブオンタレンティが、うなずいてくる。諒《りょう》とせよと言っているようだ。

次郎左はパンカーロの目を見つめなおして言った。

「入りたいと懇願します」

パンカーロは、親方衆を振り返って言った。

「前掛けを」

アントネッリ親方が進み出てきた。手にしているのは、厚手木綿の前掛けのようだ。胸当てのついた前掛けは、石積み衆の作業着である。アントネッリが、手早く次郎左にその新しい前掛けをつけてくれた。

パンカーロは言った。

「お前は、石工の名誉にかけて、いついかなるときも誠実に、全身全霊をかけて仕事に当たることを誓うか」

答えに逡巡《しゅんじゅん》はなかった。

「誓います」

「お前は仲間の石工を、いついかなるときも、兄弟として支え、助けることを誓うか」

「誓います」

パンカーロは大きくうなずいて言った。

「お前を、石工組合に迎え入れる」

親方衆がみな笑顔となった。彼らも当然ながら全員組合員なのだろう。次郎左の入会を歓迎してくれている。よかった、という顔ばかりだ。ブオンタレンティがこの場にいるということは、彼も石工組合の一員なのか。そして若いピーテルも。

「よかったな」と、レッコ親方が平たい布袋を手に近づいてきた。「入りたくないと言うんじゃないかと、少し心配もしたんだ」

「どうしてですか？」と、次郎左は訊いた。

「いつか日の本に帰るとも聞いているからさ」

「まだまだ先のことです」

レッコ親方は、手にしていた袋の口を開けて、中のものを取り出した。コンパスと、差し金だった。黄銅製の新品だ。ふたつとも、石工の必需品であり、石工の身分証明とも言える道具である。次郎左が持っているのは、ローマで職人仲間から買った古い品だった。

レッコ親方は言った。

「組合が、お前に贈る。差し金の裏を見てみろ」

次郎左は、差し金を受け取ってひっくり返してみた。細長い金属の表面に、目盛りとは別に文字が彫り込まれている。すぐにそれが、ひとの名だとわかった。名の頭文字と、苗字。七、八人の姓名が彫られている。

レッコ親方が言った。

「ここにいる親方衆全員の名だ。おれたちがお前の技量を保証したんだ。お前はこれで、エウロパじゅうどこに行っても、石積みの仕事ができる」

次郎左は両手でその差し金とコンパスを捧《ささ》げ持ち、深々と頭を下げた。

「ありがとうございます」

ピーテルが近づいてきたので、次郎左は言った。

「あんたも組合員だったのか」

ピーテルは言った。

「そうでなければ、ネーデルラントからはるばるやってこれるものじゃないよ」

「たしかにそうだ。当然だったな」

ブオンタレンティも、次郎左のそばにやってきた。

次郎左はブオンタレンティにも頭を下げた。加入にあたっては、たぶん彼がいろいろ尽力してくれたはずだ。

「ネーデルラントに行ったら」と、ブオンタレンティは言った。「この自由港のことを広めてくれ。せっかく城壁もできたんだ。大公が望んでいる以上に栄える町にしたい。ネーデルラントの商人たちが、どこよりもリボルノと取り引きしたいと考えるようになってほしい」

「マエストロの名と一緒に、大いに広めます」

ブオンタレンティは、次郎左の後ろに立っていたジョバンニに言った。

「葡萄酒だ。みなに盃を。明日は大公主催の大祝賀会だが、石積みたちは今夜、竣工を祝う」

ジョバンニが隅のテーブルのほうに歩いていった。

それからおよそ四カ月後の晴れた朝に、次郎左は家族を連れてリボルノを出た。ピーテルとその家族も一緒である。ネーデルラントまで、子供たちは馬借の騾馬《らば》に乗せての旅となる。北部エウロパのひとびとが春を祝う祭の日のころまでには、ネーデルラントの南端あたりに着いていることだろう。

グレゴリオ暦一五九六年三月末、和暦では文禄五年の三月頭であった。

8

ネーデルラントへ向から次郎左たちを追い越して、春が北上していった。

次郎左とピーテルのふた家族が南ネーデルラントに達したとき、すでに季節は初夏と言えるだけのものになっていた。五月一日、その午後に次郎左たちはウェールトに入った。リエージュ司教領内の小さな町だ。イスパーニャ＝スパニィエの支配地ではない。

エウロパのどこの町でもこの日はそうであったろうが、町は夏の到来を祝うひとびとの高揚した気分で浮き立っていた。誰もが笑みを見せており、軽やかな足どりで石畳の通りを行き交っている。聖堂前の広場では、麦酒《ビール》や葡萄酒《ぶどうしゅ》の匂《にお》いをさせた男たちが談笑し、歌っていた。広場の中央では、楽隊が陽気な音楽を奏《かな》で、この楽団を囲んで男女が踊っていた。

次郎左たちは、まず旅籠《はたご》に入って旅装を解き、町に繰り出した。妻や子供たちと一緒に菓子を買って食べ、次郎左は麦酒も少し飲んだ。

日没もすっかり遅くなっている。子供たちが眠そうにする時刻になっても、空はまだ明るかった。次郎左とピーテルは家族をいったん宿に帰し、子供たちを眠らせてから、あらためて一緒に町に出た。

聖堂からさほど遠からぬ通りで、大きな建物の普請《ふしん》が行われていた。規模から見て、商家などではないようだ。公的な施設なのだろう。足場が組まれ、煉り瓦が二階ほどの高さまで積まれている。もちろんこの日のこの時刻だ。作業は行われていない。脇《わき》の小屋の前で、職人たちが二十人ばかり、卓を囲んで酒を飲んでいた。

ピーテルがその職人たちのそばに近づいていってあいさつした。

「こちらの親方はどなたになるかな?」

職人たちは、ひとりの初老の男を指さした。がっしりとした体格で、顔も粗削りの花崗岩《かこうがん》を思わせる男だった。黒っぽい上着を着ており、つばの広い帽子をかぶっている。イタリアではあまり見ないかたちの帽子だが、ネーデルラントではよく目にする。スパニィエの兵士たちも、この帽子を好んでいると聞いた。

「旅人か?」と、その親方が訊《き》いた。

「はい。石工です。ネーデルラントはナールデンの出です」

「仕事を探しているのか? あいにくおれのところじゃ間に合っているが」

「石工を求めている町を探しています」

「町を？　どういう意味だ？」

「トスカーナのリボルノという町で、城壁を積んできました。ネーデルラントで、城壁造りに熟練した石工を求めている町はないかと思って」

親方は、陶器の盃を持ち上げて言った。

「まあ、一緒に飲んでゆけ。知ってるところを聞かせてやる」

親方は、次郎左の顔に目を留めた。不思議そうな表情となったのは当然だ。イタリアでなら、次郎左のような東洋人にも見える顔立ちの男は皆無というわけではないが、このネーデルラントでは滅多に見ることはあるまい。

「そっちの男は？」

ピーテルが次郎左に顔を向けて答えた。

「同じ石工です。リボルノで働いてきました。一緒に働けないかと」

「どこの出身なんだ？」

次郎左は自分で答えた。

「ヤパンです。アジアの東端」

親方はピーテルに訊いた。

「ヤパンの石工なんて初めて見るが、仕事はできるのか？　こんなに小さい男が」

たしかにネーデルラントに入ってからは、次郎左は自分の体格を意識してきた。この男たちはみな大柄だ。ならすと次郎左よりも頭ひとつぐらいは大きいかもしれない。そんな男たちと並ぶと、次郎左は子供のようにさえ見えるのだ。

ピーテルが、自分のことのように自慢げに言った。

「ローマはサン・ピエトロの円蓋も積んだ男です」

親方の目が見開かれた。

「ほんとうに？」

次郎左は答えた。

「三年だけ関わりました。円蓋の圧《お》し輪《わ》も積んでいます」

「組合員か？」

「はい。トスカーナのリボルノで、加えていただきました」

「名前は？」

「次郎左です」

親方はそばの職人に言った。

「このジロウザにも酒を。皿にも食い物を取り分けてやれ」

親方のそばの席が空けられた。次郎左とピーテルは並んで椅子《いす》に腰掛け、酒と料理を振る舞われることになった。

最初のあいさつ代わりの乾杯が済むと、親方は言った。

「おれはローマは知らぬ。サン・ピエトロ大聖堂の大普請の話は若い時分から聞いてきたが、あの大聖堂はけっきょく出来上がったのか？」

親方に問われるままに、次郎左は自分が関わった普請のことを話した。リボルノの城壁の話になると、職人たちもその縄張りや造りについて、熱心に質問してきた。次郎左はネーデルラントの言葉はまったく不十分だったから、ピーテルの助けを借りつつ語った。ピーテル自身も、より細かな説明が必要な部分では言葉が多くなった。

かれこれ一時間も話していると、さすがに陽も陰り、涼しくなった。親方は、次郎左たちを居酒屋に誘ってくれた。南ネーデルラントをよく回っている行商人がいるという。城壁の普請直しにかかっている町の情報なら、その男のほうが詳しかろうとのことだった。

案内された居酒屋は、聖堂前の広場の近く、旅籠の並ぶ小路の中にあった。

親方が紹介してくれた男は、ネーデルラント人には珍しく黒髪で、瞳《ひとみ》も黒かった。歳《とし》は三十歳ぐらいだろうか。まだ口を開かないうちから、陽気な男だとわかった。ベルナルトという名だという。薬を扱っているとのことだった。

「なんでも訊いてくれ」とベルナルトが言った。「おれは半年かけてネーデルラントを回る。各地の事情をよく知っているぞ。旅籠の噂話《うわさばなし》だけじゃない。議会の話も、軍のことも、教会のあれやこれやもだ」

まずピーテルが、ベルナルトの盃に葡萄酒を注いでから訊いた。

「戦はどうなっている？　六年間ネーデルラントを離れていたので、詳しいことは耳にしていないのだ」

もちろん旅の途中でも、少しずつ事情は耳に入ってきた。でも、どれだけ信用してよいものかわからなかった。あるところでは共和国軍が優勢だと聞くし、またべつのところではスパニィエが巻き返しているのだとも聞く。つまるところ、相変わらず一進一退が続いているのかとも思えるのだ。じっさいにいま、どの町が独立し、どの町がスパニィエに奪い返されたのか、ほんとうのところはわからなかった。

ベルナルトは言った。

「六年前にネーデルラントを出たなら、その翌年から始まったマウリッツ公の進軍のことは知らないかな」

「トスカーナにも少し伝わってきた」とピーテルが答えた。「マウリッツ公が、共和国の北からネーデルラント南部へと軍を進めたときのことだろう」

マウリッツ公というのは、ナッサウ伯爵《はくしゃく》マウリッツのことだ。次郎左もピーテルから聞かされてきた。公はまだ若く、この年三十歳にはなっていない。父であるオランイェ公ウィレムが、およそ三十年前、ネーデルラントの独立をはかって蜂起《ほうき》したが、十二年前、スパニィエの刺客に暗殺された。ウィレムの次男マウリッツはホラント州とゼラント州の総督の地位を引き継ぎ、共和国軍を率いることになった。彼はまず軍制を改革し、スパニィエ軍とは較《くら》べ物にならないぐらいによく訓練され、規律に厳しい精強の軍隊を作り上げた。そうして一五九一年、ネーデルラントの北部から、まだスパニィエ支配下にある南ネーデルラントの町まちの解放に出たのだ。

そのマウリッツ公が率いる軍勢は、いまおよそ二万。これに対してスパニィエはネーデルラントに八万の軍勢を派遣している。ただしその大部分は各都市の守備兵である。スパニィエが共和国側都市の攻略や戦役に動員できる軍勢はせいぜい二万。つまり数の上では両者は拮抗《きっこう》しており、しかもマウリッツは情勢次第では各州の軍や町の市民兵の参加も当てにできるのだった。

それにスパニィエは、いま三度目の国家破産の危機にあるとか。兵士にはもうろくに給料が支払われていない。軍はこの数年、支配地内で略奪を繰り返している。民心はすっかりスパニィエから離れているのだった。

ベルナルトが言った。

「マウリッツ公は、五年前の進軍でエイセル川沿いのかなりの町をスパニィエから解放した。大きなところを言えば、ズトフェン、デフェンテルといった町が、いまでは共和国についている。だけどもそれより南のマース川沿いの町はいまだスパニィエの支配下にある。だから公はマース川沿いの町を解放すべく、再度進撃の準備にかかっているそうだ。マース川沿いの町まちを解放したなら、スパニィエの支配地は分断される。あいだに取り残されたスパニィエ側の町は、黙っていても陥落する。そういう企てだとか。来年にも再び遠征が始まるらしい」

ベルナルトは、盃を持ち上げて喉《のど》を湿してから続けた。

「中には共和国についたはいいが、孤立した町もある。放っておけば、またスパニィエに奪われ、虐殺《ぎゃくさつ》と略奪が心配される町があるんだ。ただ、世の中をよく見ている町長のいる町では、城壁の普請直しにかかっている。マウリッツ公の五年前の進撃では、城壁が古すぎて、一発の砲弾で陥落したズトフェンみたいな町もあったしな。スパニィエ派の町でも、城壁の築き直しは焦眉《しょうび》の課題になっているんだ。マーストリヒトとか」

ベルナルトが、試すような表情になってピーテルに訊いた。

「あんたは、共和国側、スパニィエ側、どちらの町でもかまわず働きたいのか？」

ピーテルは首を振った。

「故郷のナールデンでは、スパニィエ軍による虐殺があったんだ。スパニィエ側の町で、仕事をするつもりはないな。たとえ払いが倍であったとしてもだ」

「オーステンデという町が、北海沿いにある。知っているか？」

「名前は知っている。ブルッへの西にある港町だな。まわりの町は全部スパニィエに支配されたままと聞いているが」

「そのとおりだ。孤立した共和国側の町だ。いずれスパニィエはあの町に攻勢をかけるだろう。城壁の築き直しに懸命だぞ」

次郎左は、ピーテルの顔を見た。そこはどうだ？　と訊いたつもりだった。ピーテルは表情を変えない。

「内陸の町では、どんなものだ？」

「ワール川沿いのザルトボメルの町も、スパニィエ軍に抗してよく自治を守っている。地形に助けられているという側面はあるが」

「ザルトボメル？　ずいぶん前に蜂起し、共和国側についた町だな」

「七二年に、海乞食《こじき》たちが奪った」

海乞食というのは、平たく言えば独立派、共和国派の活動家たちのことだ。当時スパニィエ側の支配層は、この「反乱分子」をさげすんで乞食党と呼んだ。海乞食とは、その中でもとくに船の扱いに長《た》けて、河や海での戦いで活躍した一団を指す。逆に内陸で戦った活動家たちは「森乞食」である。

ベルナルトが言った。

「あの町は、小さいけれども、蜂起が始まった早い時期に共和国についた。いわば戦いの大義を示す町だ。スパニィエは奪い返したいが、マウリッツ公も絶対にスパニィエに奪い取らせるつもりはない。今年か来年か、あの町をめぐって戦があるぞ」

次郎左はまたピーテルの横顔を見た。そこなら？　しかしピーテルは、まだ心を動かされたようには見えない。

ベルナルトが、不思議そうに訊いた。

「いったいどんな町でなら、仕事をしたいんだ？」

ピーテルが答えた。

「本気でいま様の城壁造りを考えている町だ。ザルトボメルは、さして豊かな町とは聞いていない。スパニィエが放ったままにしているのも、あの町が貧しいからだろう。城壁普請の掛かりを、あの町が出せるのだろうか？」

「マウリッツ公は、なんとか資金を援助する意向のようだ。あんたは、アントニスゾーンという男の名を聞いたことがあるか？」

ピーテルがやっと感情を見せた。まばたきして彼は訊いた。

「それは、アドリアーン・アントニスゾーンのことか？」

「そう。彼のことだ」

次郎左は、それが誰かわからなかった。

「誰なんだ？」

ピーテルが次郎左に顔を向けて答えた。

「築城技師だ。ネーデルラントでは最高の築城家だという。おれがリボルノに行く直前、かつてライヘンヒルという名前だった村を、マウリッツ公の指示でいま様の城塞《じようさい》都市に作り変えたとか。その村はいま、マウリッツ公の父君の名を戴いて、ウィレムスタットと呼ばれているんだ」

「稜堡《りようほ》様式の城壁を持つのか？」

「そう聞いている。といっても、規模はリボルノには及ばないはずだが」

「稜堡様式の城壁が、もうネーデルラントにもあったのか」

「優れた術が伝わるのは早いな。あのマエストロだって、リボルノの造りを秘密にはしていなかった。そしておれたちのような石工は、エウロパじゅうを動く。優れた築城術はやがて、べつの優れた築城家がものにすることになるさ」

ベルナルトが口を挟んだ。

「そのアントニスゾーンが、マウリッツ公に請《こ》われてザルトボメルに入った。城壁を築き直しにかかるらしい」

「けっこうなお歳のはずだが」

「まだまだお元気のようだ。石工を探していると聞いたぞ」

「集まっていないのか？」

「あんた同様、ザルトボメルが貧しいってことは、ネーデルラントの誰もが知っている。払いを心配しているのだろう」

ピーテルが次郎左に顔を向けてきた。

「どうだ？」

次郎左は答えた。

「どうだも何も、おれはその町のことも、その築城技師のことも知らない。決めようがない。あんたが決めたら、おれもそこに行くだけだ」

「決めた」とピーテルが言った。少し高ぶったように見える。「おれは、アントニスゾーンの下で、ネーデルラントでいちばんの固い城壁を造るぞ」

翌日、次郎左とピーテルの家族は、夏祭の終わったウェールトの町をあとにした。目指すはおよそひと七日の道のり、マース川の北、ワール川に面した、いわば中州にある町、ザルトボメルだった。

ネーデルラントの内陸は、次郎左には真っ平らとしか見えない土地だった。歩いても歩いても、四方どの方角にも山らしきものは見えてこない。いくつも渡り、下ってきた川も、多くはほとんど流れがないようにさえ感じられた。

また道中、小さな町を通り過ぎながら気がついたことがあった。ネーデルラントでは、石造りの建物がほとんどないのだ。大部分が煉り瓦積みである。石を使っているとしても、全体の一部だけだ。教会だけはおおむね石造りだが、煉り瓦積みのものも少なくない。

それを口にすると、ピーテルが言った。

「ネーデルラントには、石を切り出せるような山がないんだ。だから石は高価だ。どうしても煉り瓦になる」

次郎左は不安に感じて言った。

「おれは石積みだ。小さな煉り瓦を一個一個積むのは得手じゃない。ネーデルラントの普請場に、働き口があるだろうか」

「リボルノの城壁にだって、煉り瓦を使ってきたじゃないか。何を心配することがある？」

「それでも」

「おれたちは、どこの普請場でももう徒弟として使われることはない。一人前の職人なんだよ」

「まさか。それにザルトボメルには、ネーデルラント一の築城家がいるんだろう。そんなことができるはずもない」

「どうであれ、煉り瓦工のあいだでも、おれたちはきちんと仕事ができるはずだ」

ネーデルラント出身のピーテルがそう断言するのだ。自分が心配することではないのかもしれない。次郎左はもうそれ以上そのことを口にするのはよした。

ウェールトの町を発《た》って四日目の午後である。次郎左たちは、ザルトボメルの町に入った。ワール川の上流側から、川船で至ったのだ。

町の港側から見ると、なるほど城壁は古い様式のものだ。垂直で、上端には鋸歯《きょし》状の矢狭間《やはざま》。稜角はない。港の上流側の端に煉り瓦積みの台場が一基設けられていた。

ただし、稜堡ではなかった。これも古い様式のものだ。

町には尖塔《せんとう》を持つ教会が三つか四つあるようだ。しかし港側のどこにも、普請場は見当たらない。アントニスゾーンという築城家はいま、町の南側で城壁造りにかかっているのだろうか。

栈橋に降り立って、次郎左たちはまず家族を旅籠に連れていった。港に面した倉庫街の、その一本裏手の通りだ。すれ違った町民たちが、ルチアたちの南国ふうの身なりが珍しいのか、好奇の目を向けてくる。黒い髪黒い瞳の次郎左の子供たちに、微笑してくる住人たちもいた。

次郎左はルチアに言った。

「少し待っていてくれ。ピーテルと一緒に、働き口があるかどうか見てくる」

ルチアが少し意外だという顔で言った。

「大普請が行われているのかと思っていた」

「おれもだ。拍子抜けだな」

「でも、ひとは親切そうね。わたしをカトリックだとは思わなかったのかしら」

「そういうことは気にしないひとたちなんだろう」

次郎左とピーテルは、旅籠の主人に普請の場がどこかを訊いた。やはり町の南で、これまでの城壁の外に稜堡を築いているところだという。町の中心を通り抜けて、その普請の場に行ってみた。ちょうど南の城壁の外側に当たる場所だった。

たしかに新たな濠《ほり》が掘られており、稜堡の土盛りも行われている。しかし、新たな城壁は、まだ高さが六尺もなかった。普請途中と見えるが、石工や煉り瓦工の姿も見当たらない。働いている男の数も、想像以上に少なかった。全体でもせいぜい二十人ばかりだろうか。

土盛り途中の稜堡の上に、ひとりだけ身なりのよい男が見えた。白髪で長身だ。初老と呼んでよい年齢だろうか。アントニスゾーンのようだ。

内側の城壁から稜堡へと渡された木橋を渡り、次郎左とピーテルはその男に近づいていった。男が振り返った。男は次郎左たちを目に留めると、頬をゆるめた。

ピーテルが帽子を脱いで、男に言った。

「石工のピーテル・ホーヘンバンドです。アントニスゾーンさまでしょうか」

「そうだ」と男は言った。「どちらの親方のところから？」

「とくに誰も。石工を集めていると耳にしましたので」

「必要としている。それも早急に、大勢」

「この男は」とピーテルは次郎左を指で示して言った。「リボルノで一緒に城壁を積んでいた石積みです」

「リボルノで？　ということは、フィレンツェのブオンタレンティのもとでということかな」

「五年間働いてきました。おれはナールデンの出。こいつはヤパンです」

「そういう石工が欲しかった。働く気はあるのか？」

「条件次第では。こちらの親方はどなたです？」

アントニスゾーンの顔が曇った。

「いないのだ。去年の暮れに、辞めてしまった。職人衆を引き連れて去ってしまったのだ。いまここで働いているのは、石積みたちじゃない」

「親方が辞めた理由を伺ってもかまいませんか？」

「払いだ」とアントニスゾーンが言った。「去年の約束の請負賃が、支払われていない」

次郎左とピーテルは顔を見合わせた。この町は、親方に支払うカネがない？　城壁の普請のためだというのに？

アントニスゾーンが言った。

「小さな町だ。毛織物の工房ひとつあるわけでもない。中州に孤立して、ひとの行き来にも物の出入りにも不便なのだ。貧しいことは承知しておいてもらいたいのだが」

「職人だって、食べてゆかねばなりません」

「食べさせる。食い物は出す。城壁が完成した暁には、きっと不足分もまとめて支払われるだろう。お前さんたち、働くつもりでここにやって来たんだろう?」

「そうですが、おれたちには家族もいます」

「この町にいま様の城壁を築くことは、意義あることだぞ。ネーデルラント中に、自分たちはザルトボメルの城壁を積んだと自慢できる」

「それでも、家族を飢えさせてまでは」

次郎左は、いましがたからアントニスゾーンの脇の床几《しょうぎ》の上に、図面が丸められていることが気になっていた。城壁の指図なのだろう。

次郎左はピーテルの通訳でアントニスゾーンに言った。

「次郎左と言います。わたしはローマでサン・ピエトロの円蓋を、トスカーナではリボルノの城壁を積んできました」

「ローマでサン・ピエトロの円蓋を? 難工事だったと聞いているが」

「緻密《ちみつ》で繊細さの必要な普請でした。差し支えなければ、指図を見せていただけますか」

「組合員か？」

「ふたりとも」

アントニスゾーンはうれしそうに言った。

「見れば、その気になるぞ」

アントニスゾーンが広げて見せてくれた図面は、なるほどいまの町の城壁の外に、もうひとつ城壁と水濠《すいごう》を造るという計画のものであった。城壁を残したまま、稜堡様式の城壁で新たに町全体を囲むのだ。ただし普請中なのは、南側にある城門の外の部分、構想されている十基の稜堡のうちのひとつのようだ。リボルノの大普請に関わってきた身からすると、さほどの規模のものではない。雇う職人と人夫の数にもよるが、二年あれば十分に築きうる。

「どうだ？」とアントニスゾーンが次郎左たちに訊いた。「リボルノの城壁も、この形だろう？」

「基本的な形はこのとおりです」

「何か違いはあるか？」

「稜堡の先端が丸まっているのはなぜです？」

「ブオンタレンティの稜堡では？」

「角を断ち落とします」

「石を積むのだな？」

「稜角については、だいたい石積みです」

「トスカーナもローマも、この三十年間、戦なんぞ経験しておるまい。だけどネーデルラントでは三十年間ずっと戦だ。わたしたちは戦の中で学んだ。稜堡の先端を鋭角にすると、ここに横から砲弾を撃ち込まれて城壁が崩される。さいわいネーデルラントでは、煉り瓦を積む。稜堡の先に丸みをつけることは容易だ。全体はともかく、稜堡の先端については、このほうが合理的だ」

次郎左は納得してうなずいた。

ピーテルが焦《じ》れったそうに言った。

「アントニスゾーンさま。お邪魔しました。おれたちはこれで」

アントニスゾーンがピーテルに訊いた。

「この普請、加わってはくれないのか？」

意外そうだった。

「親方もいない普請に、おれたちができることはありません」とピーテル。

「払いのことなら、殿下がすぐにもなんとかしてくれるはずだ。殿下がわざわざわたしに、ザルトボメルを頼むと言ってきたのだ。忘れてはいない」

「殿下が、親方を送り込んでくれますか？」

「手紙を書く。いい職人がふたりいるとも」

「せっかくのお言葉ですが」とピーテルは半分身体の向きを変えながら言った。「家族を食べさせてやらねばなりませんので」

「待て」とアントニスゾーンは手で制した。「町長に会おう。一緒に来てくれ」

アントニスゾーンは指図を丸めると、木橋の方向へ大股《おおまた》で歩きだした。

ザルトボメルの町長は、計量所の所長も務めている中年男だった。ヤン・ルイエンダイクという名だ。彼がいる計量所は、船着場に面した通りにあった。

窓から船着場を見る事務所で、アントニスゾーンは言った。

「何度も言ってきたことだが、このままでは、たぶん二百もスパニィエ兵士が押し寄せれば、町はあっさり落ちる。城壁の築き直しは、何よりも優先する課題と思うが」

ルイエンダイクは、計算高そうな目で言った。

「だからといって、この町の財政のどこから、その費用が出る？　いま町は三十の傭《よう》兵《へい》を抱え、先日もマスケット銃五挺《ちょう》を買い込んだばかりだ」

「市債を発行してでも、城壁を築くべきだと思うがね」

「思い出して欲しいが、五年前あんたがここにやってきたとき、殿下がその掛かりを持つという話だったぞ。なのにいまになって、全部町が負担するのか？　そりゃあ一部を町で持つことはやぶさかじゃないが」

「大戦《おおいくさ》となって事情は変わった。殿下も、いまは軍を養うのに精一杯なのだろう。切り詰めて切り詰めて、それでもこの町の城壁普請の費用までは出せないのだ。それはわかってやってくれ」

「この町だって、これ以上どこからも出しようがない」

「再びスパニィエの支配下に入って、一割税を受け入れるのか？　カトリック教会が戻ってきて、異端を殺せ、もっと寄進しろ、と求められるのがいいのか？　いま城壁のために出費するほうが、絶対に得だ」

「元を取るのに、おそらく三十年はかかる」

「この町が共和国についている限り、元は取ることができる。しかしスパニィエ軍に攻められたら、あんたたちは何もかも失うことになるんだぞ。家も船も焼かれ、カネ、器に装身具、銀《しろがね》、錫《すず》、銅《あかがね》の器や道具類すべてだ。あんたたちが営々と働いて造ってきた身上《しんしょう》が、一瞬でゼロになるんだ。立ち直れないぐらいに、一切のものを奪われるんだ」

ルイエンダイクは、少し考える顔になった。

アントニスゾーンがたたみかけた。

「城壁のための債券なら、引き受ける組合はある。アムステルダムかロッテルダムには必ずあるはずだ。城壁がいったんできてしまえば、あんたたちの商売はいっそうしやすくなるだろう。借金返済も容易になる。いま投資すべきだよ」

端で聞いていても、次郎左には何が語られているのかよくわからなかった。何か商いに関係することなのだろうと想像がつくだけだ。いや、そもそもネーデルラントの世の仕組み自体がよくわかっていない。

アントニスゾーンが、これで最後だという口調になっていった。

「あんたたちが新しい城壁を造る意志がないなら、わたしもここを去る。来てくれと頭を下げてきている町はいくつもあるんだ。殿下にはお詫《わ》び申し上げて、わたしはよそに移る。あの親方がそうしたようにな」

ルイエンダイクが、手を打とうという顔になった。

「今夜、この件を町の寄合にかける。ただし、町の防衛に殿下が百の軍を置くことが条件だ」

「兵士百人？　共和国の軍から、それだけの数をこの町のために割けというのか？」

「城壁が完成するまでのあいだでいい」

「無理だとは思うが、殿下にはお伝えする」

「それでもあんたが先日言っていた金額は無理だ」

「こちらも折れよう。攻撃は心配だが、あんたたちがそういうなら三年に分けての普請でもかまわぬ。いずれにせよ、石積みの親方とその一党を至急この町に呼ばねばならない。この町はいったん信用をなくしたんだ。前金が必要になるかもしれないが」

ルイエンダイクはふいに次郎左とピーテルに顔を向けてきた。

「この男たち、石積みと言っていなかったか？」

ピーテルがうなずいた。

「そのとおりですが」

アントニスゾーンがつけ加えた。

「トスカーナでリボルノの城壁を積んだ石工だ。そっちの男は、ローマでサン・ピエトロの円蓋まで積んでいるんだ」

ルイエンダイクがピーテルに言った。

「あんたが親方をやればいい」

ピーテルは面食らったように言った。

「おれは、ひとりの職人も持っていない」

次郎左は、ピーテルが自分にはその力はないと断らなかったことに気がついた。問題は、配下の職人ということだ。

ルイエンダイクは、こともなげに言った。

「普請が始まれば、集めることはできるさ」

「季節が悪い。もう夏だ。いい職人たちはもう仕事に就いている」

「大聖堂の普請とはちがう。城壁だ。手練《てだれ》の職人がそんなに大勢いなくても、できるんじゃないか？」

「それでも、職人があと三人はいなければ。その下に人夫たちも」

アントニスゾーンも、ピーテルに顔を向けた。

「やるつもりになっているんだな？」

「いや」狼狽《ろうばい》したようにピーテルが言った。「請負賃を前金でもらえるなら」

「半額、出してもらうのでどうだ？」

ルイエンダイクがあわてて言った。

「おれはいま何も約束できんぞ。それが条件だということは、町の寄合に伝えるが」

ピーテルが次郎左に顔を向けてきた。お前はどう思うと訊いている。

次郎左はピーテルに言った。

「あの指図どおりの城壁ができるなら、働いてみたい」

「親方がいないんだぞ」とピーテル。

「あんたがやれ。あんたには、少なくともひとり職人がついてる。条件のことはあんたにまかせる」

ピーテルは、しばらく迷った様子を見せていたが、やがて言った。

「半分前金でもらえるなら、請け負う」

ルイエンダイクが確認した。

「親方としてだな？」

「ああ」

「今年じゅうにどこまでできる？」

アントニスゾーンが、丸めた指図を軽く叩《たた》きながら言った。

「工程と費用については、いまからわたしと詰めさせてもらう。いいかな」

ルイエンダイクがうなずいた。

旅籠に向かいながら、ピーテルが言ってきた。

「町長はああ言ったが、絶対に請負賃は値切られる。支払いは滞るぞ」

次郎左は訊いた。

「そのときはどうする？」

「次の町を探すさ。カネをきちんと支払ってくれる町を」ピーテルが次郎左の横顔を見た。「かまわないよな？」

「あんたについてゆく」

「中途で去ることをうれしいとは思っていないな」

「アントニスゾーンさまの指図は面白い。あの方がこの町にいる以上、ネーデルラントでほかにあの稜堡様式の城壁を造ろうとしている町はないのだろう？」

「エウロパじゅうに広まった造りだ。誰かがよそで始めていてもおかしくはない。ネーデルラントの若い築城技師とかが」

「請負賃さえしっかり出してくれるなら、最後まで関わってみたいものだ」

「町の寄合衆が賢いひとたちであることを祈ろう」

旅籠のある通りに入った。ちょうど旅籠の前の路上に、トビアを抱いたルチアがいる。ピーテルの女房、アンジェリカとそのふたりの子供たちも。さらに見知らぬ母子も。長女のニナはすっかりその場になじんだ様子で、歓声を上げてほかの子と遊んでいた。

近づいてゆくと、ルチアがトビアを抱きながら微笑して言った。

「どうだったの？」

次郎左は答えた。

「ピーテルが、親方として仕事をすることになった」

アンジェリカがこれを聞いて、まあと驚きの声を上げた。

「ピーテル、あんたが親方なの！」

「小さな普請だ」とピーテル。「そんなにびっくりするな」

ルチアが言った。

「よかった。もう親しいひとたちができたの。わたし、この町が好きだわ」

おれが城壁を造ったあとには、と次郎左は思った。きっともっとこの町が好きになっているはずだ。

北国の冬は、トスカーナよりもひと月早くやってきた。十月の末には、もう煉り瓦も石も積むことができなくなった。気温が低すぎて、目地の強石灰が乾かなくなったのだ。こうなると、石積みの作業は翌春まで休みということになる。濠を掘り、土を盛る作業だけはもう少し続くが、やがて土も凍る寒さとなるのだ。そのときは完全に普請は止まる。

　南側の城門前の稜堡はなんとか完成した。アントニスゾーンは、とにかくすぐに使えるように、計画を少し修正したのだ。四角く曲輪をせり出させ、その左右に小さな稜角の砲台を持つ稜堡とした。翌年は、西側城壁の外の稜堡を築くことになる。もちろん工費の工面がつけば、さらに普請を進めることになるが。

　十一月の初旬、作業が完全に止まったあとに、アントニスゾーンはデン・ハーハへ移ってしまった。また来春復活祭のころに戻ってくると言い残して。

　さらにピーテルも言った。

「ナールデンに帰ってくる。両親に、孫の顔を見せてやってくるんだ」

「この寒い中、旅をするのか？」

「いまのうちなら、動ける。十二月になってしまったら、子供たちにはきついから」

「帰ってくるのは？」

「アントニスゾーンさまが帰ってくる前だ」

　次郎左には、どこにも行くところがない。そのままザルトボメルでひと冬を過ごすしかなかった。しかし、仲のよい家族もできた。ルチアたちも、ピーテル一家と離れるからといって、さほど寂しく感じることはあるまい。

アントニスゾーンとピーテルがザルトボメルを離れて二週間ほどした頃だ。

次郎左たちが借りている煉り瓦造りの小さな家に、ロッテルダムからだという客が現れた。大家に呼ばれて、次郎左はそれが誰かいぶかりながら階下に下りた。

ふたりの男だった。ひとりは商人ふうの身なり、もうひとりは船乗りふうだ。

ひとり、顎《あご》ひげを生やした年長の男が言った。

「デン・ハーハにいるアントニスゾーンという築城家からたまたま耳にしてやってきました。この町に、ジロウザさんという日本人がいると」

「わたしのことです」と次郎左は言った。「ジロウザ・トナミといいます」

その男たちは、想像したとおりひとりが商人だった。年長の男がヨーハム・ファン・ダイクといい、ロッテルダムで貿易業を営んでいるという。船乗りふうの男は、ヤン・ヨーステンという名だ。苗字《みょうじ》はファン・ローデンスタインだと名乗った。航海士だという中年男だ。次郎左は彼の苗字のほうは覚えられなかった。

ファン・ダイクは、次郎左一家の家の居間、泥炭《でいたん》を焚《た》く暖炉の前で言った。

「わたしたちは、来年アジアに向けて船団を出します。ついては、アジアに関してできる限り多くのことを知ろうとしていたところ、日本人がこの町にいるという話を耳にしました。わたしの言葉は、おわかりになりますか？」

「もう少しゆっくりとお話しいただけると助かります」

「わたしたちに、日本の事情、周囲の国々の事情について、教えていただけるとありがたい。来年船団に乗り組む誰ひとりとして、あなたの御国まで、いやその近海までも、行ったことのある者はいないのです」

「わたしの知っていることであれば、何でもお話ししますが」

ヤン・ヨーステンと名乗った航海士が口を開いた。

「まずあなたが、どのような航路で日本からエウロパにやってきたのか、教えていただけませんか？」

ヤン・ヨーステンは、世界地図を用意してきていた。彼がテーブルの上にその地図を広げたので、次郎左は上から見つめた。長崎からリスボンに至る船旅の途上で、何度かこれに似た地図を見たことがある。地図のどこが地球上のどのあたりにあたるのか、次郎左は容易に示すことができた。

「わたしたちは」と次郎左は、日の本として描かれている大小三つの島々の一点を指さした。「日の本の南端、この島の深い湾の奥から出発しました。マカオ、マラッカ、ゴアに寄港し、喜望峰をまわって、リスボンに入ったのです」

ヤン・ヨーステンは、うなずきながら言った。

「かつて、ファン・リンスホーテンという男がポルトガル船に乗ってこの航路を航海、帰国の後に航路とアジアの地理について、教えてくれました」

横からファン・ダイクが言った。

「じつを言えば、こんどの船団の派遣も、彼がもたらした情報に基づいているのです」

ふと気がついた。

ファン・リンスホーテン？

「ヤン・ホイフェンという名のネーデルラント人とは、インドのゴアで会ったことがありますが」

「やっぱり」とファン・ダイクが顔を輝かせた。「ヤン・ホイフェンは、ゴアで会ったという日本人たちのことも教えてくれました。イエズス会士たちと一緒にローマを目指す使節の一行だったとか」

「わたしはその使節一行の従者でした。石積みを学ぶために、使節と共にエウロパにやってきたのです」

ヤン・ヨーステンがまた言った。

「わたしたちは、ポルトガルが開いたこの航路を採りません。一路アメリカ大陸を目指し、南アメリカの南端、マゼランが発見した海峡を通過して太平洋に出ようと考えています」

「地球の反対側を通る航路ですね？　途中には、食料や水を補給できるネーデルラントの港や植民地はあるのですか？」

「いまはまだ。しかし、アムステルダムの市民のあいだでは、アメリカ大陸に植民しようという動きが出ています。数年以内に、入植を希望する家族を募って、船団が出航することになるでしょう。航路が作られます」

「その植民というのは、男だけではなく、家族で？」

「当然です。新天地には、女子供を含めた家族が必要です」

「大西洋を横断するだけでも、航海は危険でしょう」

「航路を、いつまでも荒くれ男だけのものにしてはおきません。ほどなく、新大陸やアジアとの航路は、女子供連れの市民が難なく使えるものとなるでしょう。またいつまでも、インド洋航路をポルトガルに占有させてはおきません。ここにも航路を開きます」

その断言が胸に響いた。アジアとエウロパをつなぐ海の道は自分がやってきた当時と様変わりするのかもしれない。博打にも似た冒険ではなく、お伊勢参り程度の旅になりつつあるのだろうか。いまはまだそれが言い過ぎだとしても、ちょうどその様変わりの途上にあると考えてもかまわないだろう。

ヤン・ヨーステンが訊いた。

「この航路について、何かご存知のことはありますか？」

「まったく何も」

「では、東インドについては、いかがでしょうか。どんな土地で、どんなひとが住み、どんな産物があるか、ご存知ですか？」

「マラッカやゴアで耳にしたことはあります」

次郎左は、ファン・ダイクやヤン・ヨーステンに問われるままに、自分が知っていることを話した。航路、気象、海流、土地の様子、習俗、名産品、エウロパ人の進出の具合、土地のひとびととの諍《いさか》いについての伝聞などだ。ふたりは次郎左の言葉を克明に帳面に記していた。しかし、いっときほども話すと、次郎左は疲れ切ってしまった。

「申し訳ありません。外国語で語るのは骨が折れます。きょうはこのぐらいにしておいていただけませんか」

ファン・ダイクが残念そうに言った。

「明日またお訪ねしてかまいませんか」

「どうぞ。お昼前に」

翌日、ふたりはまたやってきた。

その日も、次郎左は何度か休みを取りながら、ふたりの繰り出す質問に答えた。ファン・ダイクのほうは、なにより名産品の現地価格や交易の仕組みについて知りたがったが、次郎左にはろくに知識もなかった。またヤン・ヨーステンはアジアの島々周辺の気候や潮流、海の様子を細かく知りたがった。やはり次郎左に答えられることには限りがあった。

午後には、日本の社会や風土についての質問が続いた。誰が統《す》べ、どのような制度で土地は統治されているのか。エウロパと特別ちがった習俗はあるか。信仰はどのようなものか。カトリック教会が精力的に布教活動を行っているようだが、キリスト教はどれほど広まっているのか。新教徒の迫害はないのか？

そういったことだった。

次郎左は、どの質問にも慎重に答えた。

「自分が日の本を出たときとは、事情がちがっているかもしれません。わたしの故国は、戦乱の中にありました。多くの諸侯が、互いに領地の拡大、覇権の伸長を目指して、戦いを繰り広げていたのです。わたしがエウロパの築城術を学びたいと願うのも、故国がそのような戦乱の中にあるからです」

ヤン・ヨーステンとファン・ダイクは、顔を見合わせて言った。

「戦乱の中にあるという点では、ネーデルラントと似ていますな。もっとも、ネーデルラントにとって敵はひとつだけ、という違いはありますが」

「その差は、とてつもなく大きい」

その日の夕方、ようやくふたりの質問は途切れた。

ふたりは次郎左に礼を言って、銀貨を差し出してきた。次郎左の一週間分の労賃にあたるだけの金額だった。多すぎると口にすると、ファン・ダイクが言った。

「あなたの言葉には、それだけの価値があります。余人が語り得ぬほどの体験をされてきたのですから。むしろ、少ないと言われるかもしれないとさえ考えておりました」

「十分です。ありがたくいただきます。ただ、わたしのほうからもひとつお願いがあるのですが、聞いていただけますか?」

「なんなりと」とファン・ダイク。

「あなたたちの船団が首尾よく日の本に達することができたら、土地の役人を通じてなんとか伝えていただきたいのです。徳川三河守というお大名に、ネーデルラントに戸波次郎左という石積みがいると。その男が、堺での父・戸波市郎太との約束、忘れてはおりませぬと言っていたと。呼んでいただければできるだけ早く帰国して働きますと話していたとも、つけ加えてください」

ふたりとも、次郎左の頼みに驚いたようだった。

ヤン・ヨーステンが言った。

「日本の役人には、たしかにその旨《むね》を伝えましょう」

ファン・ダイクが、確認した。

「あなたは、いつかは日本に帰るおつもりなのですな？」

「最初に申し上げたとおりです。そのためにわたしはエウロパにやってまいりました」

視界の隅で、ルチアが次郎左を横目で見たのがわかった。驚くのは当然だ、と次郎左は思った。ルチアが長女を身ごもったとき、おれは日の本には帰らぬと言った。ずっとルチアのそばにいると。しかし、航海の事情もあのときとは大きく様変わりしているようではないか。ならばおれはルチアと別れることなく、日の本に帰ることができる。

ファン・ダイクがさらに訊いた。

「もし、ですが、もしあなたが帰るとき、わたしたちの船団の案内役や通辞となっていただくことは可能でしょうか？」

「仕事の切りがよい時期で、そうすることがわたしが日の本で築城家となることを妨げないものなら」

「よい話を伺えました。はるばるロッテルダムから来た甲斐《かい》がありました」

ふたりが腰を上げた。ファン・ダイクはそう言ってくれたけれども、自分は十分な情報を伝えられただろうか。

船着場まで送って行くと、桟橋でふいにヤン・ヨーステンが言った。

「ネーデルラントには、日本から来た銃士たちがいるそうです。ご存知ですか？」

次郎左は驚いた。その話は初耳だ。

「日本人の銃士？」

「はい。最初スパニィエ軍の傭兵であったそうですが、スパニィエに愛想を尽かして離れ、いまは共和国のどこかの町の傭兵となっているとか。じつはあなたに会いに来る前、その日本人銃士たちにも話を聞けないかと、どこにいるかいろいろ探したのです」

「見つかりました？」

「いえ。一時期、ブレダの町の傭兵であったことはわかっているのですが」

「銃士たち、とおっしゃいましたが、何人ぐらいの日本人なのでしょう？」

「最初七人だったとか。いつも戦いでは先頭に立っているので、倒れた者も増えて、いまは三人だけと聞きました」

思い出したのは、マカオで再会した北近江出身の瓜生《うりゅう》兄弟のことだった。小三郎と勘四郎。あのふたりはいつのまにか、武田の牢人《ろうにん》たちも仲間に加えて、マルク諸島に行く船に雇われたとのことだった。彼らはマカオまで来ていたのだ。その後、スパニィエ軍に組み入れられてエウロパまでやって来ていたとしても、おかしくはない。もちろん瓜生兄弟以外にも、武術の腕を活《い》かしてエウロパで生きている日本人がいても不思議ではないが。

その日本人銃士たちにいずれ会いたいものだ、と次郎左は願った。さいわいネーデルラントにいるというのなら、その機会を捕まえることはさほど難しいものではあるまい。いずれ会える。

家に帰ると、ルチアが訊いてきた。

「あなたは、日の本に帰るの？」

少し不安げだ。彼女はいま身重なのだ。三人目の子供が、腹の中にいる。

「聞いていたろう」と次郎左は言った。「女子供も連れて行けるようになれば、おれはお前たちと一緒に日の本に帰るよ。いやか？」

「まさか。あなたと一緒なら、世界の果てまで行くつもりなんだから」

「なら、何にも心配することはない」

「ひとつだけ」とルチアの顔はまだ不安げだ。「あなたの話を横で聞いていた。日本では、わたしは改宗しなければならない？」

「いいや。カルバン派の教会はまだないはずだが、改宗しなくても生きてゆける。大丈夫だ」

「よかった」とルチアはやっと笑みを見せた。「いまさら、仏教徒になるのは難しいから」

安心していい、という意味をこめて、次郎左はルチアを抱き寄せた。

次郎左たちがザルトボメルで城壁造りにかかって、丸三年たった。

四年目の普請が始まってふた月というその朝である。借りている家から次郎左が普請場に向かおうとしたとき、通りで知り合いの錫《すず》細工師一家に出会った。みな大きな背嚢を背負い、手にも荷物。引っ越しでもするのかという様子だった。

「どちらへ?」と次郎左が聞くと、主人は答えた。

「しばらく、町を離れます。また戻って参りますが」

主人はそれ以上言葉をかわすこともなく、家族を連れて船着場のほうに歩いていった。

町を離れるのかと見える家族は、それだけではなかった。普請場に着くまでに、三組とすれちがった。

その日次郎左たちは、町の東側にある城壁の外で、新たな稜堡の建設にかかっていた。親方ピーテルのもとで、職人は次郎左を含め四人。つまりまだ小規模過ぎるほどの普請である。アントニスゾーンの指図でも、ここまででようやく構想の二割が出来たに過ぎない。いまもしスパニィエの軍勢に攻められれば、せいぜい一週間守り抜くのが精一杯だろう。もしそのあいだに救援の軍が到着しなければ、町は破壊され、略奪が繰り広げられることになる。

普請の場に着いた次郎左は、ピーテルの顔が暗いことに気づいた。

ピーテルはいつも通り職人たちにその日の手順を指示した。若い職人たちがそれぞれ城壁積みの場に向かっていったあと、残った次郎左はピーテルに訊いた。

「心配ごとでも？」

ピーテルは、ぎくりとしたような顔を次郎左に向けてきた。見透かされていたとは、思っていなかったようだ。

「スパニィエ軍のことだ」

十日ほど前に、スパニィエ軍が動くという話が、ザルトボメルの町にも伝わってきた。

この年、スパニィエ軍の司令官となったのは、アラゴン提督のフランシスコ・デ・メンドーサという人物である。提督ながら将軍に任じられ、陸兵を率いることになったのだ。彼は四月、軍を動かし、ライン川沿いの共和国側諸都市の攻略にかかった。小さな町を落としつつ進軍し、シェンケンシャンツの町を攻囲して、降伏、開城を迫った。しかし、進軍の速度が早すぎて、兵士たちは疲弊していた。この攻囲戦での勝利は覚束ないと判断したのか、メンドーサはシェンケンシャンツ攻囲網をいったん解いて、軍勢の隊列を整え直した。

メンドーサが次にどこに向かうか、共和国は心配することになった。ライン川から西に転進して、マース川沿いに軍を進めてくる可能性も高かった。そうして十日前に町に届いた話では、メンドーサ提督はついに軍を西に向けて進発させたという。マース川とワール川との、いわば中州にあるザルトボメルは、その進軍方向にある。

ピーテルが言った。

「女房が、町から逃げたいというんだ」

「逃げるって、どこにだ？　お前と別れてという意味か？」

「少しのあいだ、離れる。近くのスパニィエ側の町にだ」

「何のために？」

「スパニィエ軍の攻撃が心配だ。この町が攻められたら、いまの城壁ではたぶん守りきれない。たとえすぐに降伏したところで、スパニィエの軍が略奪と暴行に出るのは目に見えている」

「だったら、共和国側の大きな町に避難したほうがいい。ブレダとか、デルフゼイルとか」

「こんどのメンドーサ提督は、手ごわそうだ。共和国側の大きな都市でも、攻略するのではないか。ブレダでも危ない」

「だから、なぜスパニィエ側の町に避難する？」

「略奪と暴行から逃れるためだ。もしそこが共和国軍によって開城しても、略奪も暴行もない。女房子供の身は安全だ。これが逆なら、悲惨だ」

思いがけない思いつきに、次郎左は言葉を失った。

ピーテルが続けた。

「いまのこの町の城壁では、おれはここに家族を置いてはおけない。アンジェリカの言うことはもっともだと思うのだ。お前、ルチアたちも避難させないか」

次郎左は首を振った。

「いやだ」

「どうしてだ？」

言葉を選んでから、次郎左は答えた。

「おれたちは石積みだ。アントニスゾーンさまのもとで、町を守るための、いま様の城壁を積んでいる。なのに、当の石積みの家族が町から逃げたら、町のひとびとはどう思う？　おれたちの仕事を疑うぞ」

「普請は途中だ。堅固になるのは、竣工《しゅんこう》したときだ」

「ちがう。普請が途中でも、守りは少しずつ強くなっている。いまでも攻撃には一週間は耐えられる。この秋にはそれが二週間になる。来年ならひと月。竣工した暁には、六カ月守り抜ける城壁となる」

「たった一週間では、援軍は期待できない。裸と同然だ。町が城壁にかけるカネを渋るからだ」

「どうしても、家族を出すと？」

「大事な女房子供たちだ」

「止めぬ。だが、おれはルチアたちをこの町から出さぬ」

「家族を守れ。それが家長の務めだぞ」

「家族の安穏がいちばんなら、おれたちはここではなく、スパニィエの町で働くべきだったんだ」

そのときだ。城壁の裏手、内側で大声が上がった。次郎左は耳を澄ました。蹄《ひづめ》の響きが聞こえてくる。それも、いく頭ものだ。行進する軍靴《ぐんか》の音らしきものも。軍勢？スパニィエ軍が入った？　まさか。何の前触れもなしに。

声は次第に近づいてくる。恐怖の声はまじっていない。歓声だ。

共和国軍がやってきたのか？

次郎左はピーテルに声をかけた。

「行ってみよう」

東の城門をくぐり、教会前の広場に通じる通りに出た。通りにも、住民たちが次々に飛び出してくる。

「軍隊が」という声が聞こえた。

ということは、スパニィエ軍の攻撃に対して、共和国軍が先手を打って軍を動かしたということだろうか。

教会前まで出ると、石畳の広場に軍隊が整列している。軍服にまだ汚れも見えない男たちだ。マスケット銃隊がいて、その後ろに長槍《ちょうそう》の部隊。ざっと見て千ほどはいるだろうか。これを、続々と集まってきた住民たちが囲んでゆく。騎兵が六騎か七騎、広場の隅を固めるように静止していた。隊列の先頭右手で、長身の兵士が掲げ持つのは、「プリンスの旗」と呼ばれるネーデルラント共和国の旗だ。オレンジ、白、青の、ごく単純な三色旗。オランイェ公ウィレムが蜂起したときに掲げたものだという。

やがて船着場から続く大通りにまた蹄の音が響いてきた。住民たちが通りを空けた。広場に入ってきたのは、騎兵が十あまりだった。先頭の騎士が掲げる旗は、金色の獅子《しし》の紋章。獅子は剣を右手でかざしている。ナッサウ伯爵家の紋所である。

その騎兵のうしろに、甲冑《かっちゅう》姿の騎士。ひとめでそれがナッサウ伯マウリッツ公だとわかった。細面、自信たっぷりに見える面構《つらがま》えだ。薄い口ひげを生やしている。

次郎左は一瞬、安土のセミナリオで自分にエウロパで築城術を学べと指示した織田信長のことを思い出した。とくに風貌《ふうぼう》が似ているというわけでもなかったけれど。彼のうしろにも、身分が高いと見える騎士がいる。マウリッツよりも二、三歳年下だろうか。

「殿下だ」と、ピーテルが帽子を脱いで胸の前に置いた。次郎左もならった。

マウリッツ公が隊列の先頭へと回り込み、馬を止めた。ルイエンダイクが、大慌《おおあわ》てでやってきたという様子で、上着の釦《ボタン》を止めながら一礼した。彼のうしろの正装した男たちは、町の寄合衆たちなのだろう。そこにアントニスゾーンも駆けつけてきた。

マウリッツの従者が馬に近寄って、頭絡《とうらく》を手に取った。マウリッツはその大柄な馬から石畳の上に降り立つと、ルイエンダイクと握手した。

次郎左にも、マウリッツの言葉が聞こえた。

「共和国陸海軍総司令官ナッサウ伯だ。メンドーサの西進を阻止すべく、軍を動かした。心配をかけたが、このとおりだ。まだあとにも続いている。しばし駐屯を許してもらいたい」

ルイエンダイクはかしこまった調子で言った。

「光栄に存じます、殿下。なんなりとお申しつけくださいますよう」

マウリッツは、後ろの若い騎士を示して言った。

「従兄弟《いとこ》のエルンスト・カシミールだ」

エルンスト・カシミールが会釈《えしやく》し、ルイエンダイクも頭を下げた。

マウリッツは続けた。

「ほかにも従兄弟がふたり。さらに連邦議会の議員たちも、視察にきた。様子を教えてほしい」

「なんなりと」

マウリッツは、ルイエンダイクの横に立っていたアントニスゾーンに目を向けた。

「しばらくだ、アントニスゾーン。まず、城壁を見たいのだが」

アントニスゾーンが頭を下げて言った。

「ご案内いたします」

まずアントニスゾーンが案内したのは、南の稜堡だった。マウリッツ公について、エルンスト・カシミールを含めた三人の従兄弟や、法律顧問であり連邦議員であるオルデンバルネフェルト、さらにほかの議員たち、将校たちが続いた。

マウリッツは、南と西の稜堡については満足した様子を見せた。しかし、東側の古い城壁の上から稜堡の普請を見たときには、露骨に失望を表わした。こちらはまだ、稜堡ひとつと空濠がようやく姿を見せているだけに過ぎない。

アントニスゾーンが弁解した。

「普請の費用が、なかなか出ないのです。少しずつ進めてゆくよりほかありませぬゆえ」

「スパニィエ軍は、ライン川から西進しているのだぞ」

「どうやっても、ザルトボメルをただちにいま様の要塞とするのは不可能にございます」

そこに、早駆けする馬の蹄の音が響いた。その場にいた全員が顔を上げた。町の城門に通じる街道を、一騎が疾駆してくる。ロスムの村の方向から駆けてきたということである。騎馬はいったん東の城門から町に入った。ほどなくして、城壁の内側にその騎手が姿を見せた。軽装だ。伝令だろう。彼は馬を下りると、石段を駆け上がってマウリッツの前へと進み出た。

「中せ」とマウリッツがうながした。

「は、殿下」伝令は短く敬礼してから言った。「スパニィエの軍の先鋒《せんぽう》が、クレーフエクールに達しました」

軍の高官たちが、顔を見合わせた。その土地は、ザルトボメルから南東に一日の距離にある。先鋒が到達したということは、本隊も一日二日のうちに達するということだ。両軍は、指呼《しこ》の間《かん》にまみえることになったと言ってもよい。いや、もっと言うならば、ザルトボメルはこの瞬間、事実上包囲されたことになる。

次郎左はマウリッツの顔を見ながら思った。

野戦で挑むか？　それともこのザルトボメルに拠《よ》って戦うのか？　総司令官がここにいる以上、まさか退却はありえないだろう。それにいまここで大軍が反転すれば、スパニィエ軍にとってはキツネがニワトリを追い回すのと同じような、やりたい放題の追撃戦となる。退却はできまい。

マウリッツは、報告を聞いてもさほど動じたふうではなかった。彼は従兄弟や軍の側近たちの顔を見渡してから言った。

「ここをスパニィエ軍の墓場としてやる。われらはザルトボメルに拠る。エルンスト」

「は」とエルンスト・カシミールが前に進み出た。

マウリッツは言った。

「お前はフリースラントの五個中隊を率いて、ザルトボメル東側前面に堡塁《ほうるい》を設けよ」

「は」

「残りの部隊は南と、町の中だ。オルデンバルネフェルト」

「ここに」と、法律顧問が一歩前に出た。

「手筈《てはず》どおり、イングランド、スコットランド、フランスに、ここへ援軍の要請を」

「すぐにも」

マウリッツがそう指示したということは、すでにこれらの諸国の軍勢はネーデルラントに上陸しているのかもしれない。いつでも、どこに向けてでも進発できる態勢なのだろう。少なくとも、派遣の約束はできている。

マウリッツはまたアントニスゾーンに顔を向けた。

「こちら側の城壁、濠の掘削と稜堡の土盛りは兵士たちがやる。市民にも、手伝いを出してもらおう。城壁の石積みは、職人にまかせる。援軍が来るまでこらえて、一気に攻勢に出る。それまで耐える城壁、造り得るか？」

アントニスゾーンが愉快そうに言った。

「そうと目標が絞られれば、工夫のしようもございます」

マウリッツが次郎左に不思議そうな目を向けてきた。

「そのほうは？」

次郎左は一歩右足を下げ、頭を垂れてから名乗った。

「石積みにございます。アントニスゾーンさまのもとで、城壁を積んでまいりました」

「外国人だな？」

「ヤパンからやってまいりました」

「城壁、頼んだ」

マウリッツはくるりと身体《からだ》の向きを変えると、城壁を下りていった。軍の将校や連邦議員たちが、あとに続いた。アントニスゾーンも一緒だ。

城壁の上で、ピーテルと目が合った。

次郎左は訊いた。

「アンジェリカたちを、スパニィエの町に避難させるか？」

ピーテルはばつが悪そうに言った。

「意地の悪いことを言うな」

「でも、ここが戦場となるのだぞ」

「殿下の顔を見て安心した。共和国軍は負けぬ」

ピーテルはいったん自分の前掛けをはずすと、あらためて身体につけ直し、紐《ひも》をきつく結んだ。もう顔には、今朝のような不安や逡巡《しゅんじゅん》の色はなかった。

次郎左は、寝台の上で跳ね起きた。

外が明るすぎる。いくら夏至になろうという季節だからといって、自分が目覚めたときに空がこんなに明るいとは。もう昼間のようではないか。

あわてて襦袢《じゅばん》を着て起き出すと、食卓を整えていたルチアが愉快そうに言った。

「どうしたの？」

「寝過ごした。まさかもう昼ということはないだろうな」

「いつもの朝食どきだけれど」

食卓の上には、新しいパンが置かれている。攻囲戦が始まってほぼ一カ月、このあいだに何度か食料が不足がちとなったことはあったが、スパニィエの軍は町を完全に包囲することはできなかったのだ。西に延びる街道筋はどうにか共和国軍が掌握していたし、川も同様だ。戦闘、それも砲戦はもっぱら町の東側で行われていた。

初めて気がついた。

「砲の音がしないぞ」

ルチアが言った。

「今朝はただのひとつの音も聞こえていない」

いつもなら、夜明けと同時に、ときには未明にさえも、スパニィエ軍が砲撃を始める。その音で目を覚ますのだ。なのにきょうは、まだ一発も撃たれていない？　寝坊したわけだ。

次郎左は身支度を整えた。すぐにも町の東側の普請場に行ってみるつもりだった。出るとき、ルチアがパンの包みを渡してくれた。子供が戸口までやってきて、不思議そうに見上げてくる。三番目の子供、次男のハンスだ。ネーデルラントらしい名前をつけたが、次郎左の頭の中では、この子の名は「半次」だった。次郎左はハンスに微笑を向けてから、家を飛び出した。

通りには、市民が大勢出てきている。ほんとうに砲戦が終わったのかどうか、半信半疑という顔ばかりだ。砲戦が終わったからといって、それは戦いが終わったことを意味しない。むしろスパニィエの軍が、あらたな作戦に出る前兆なのかもしれなかった。

出来たばかりの東側の稜堡に達すると、すでにピーテルもアントニスゾーンも来ていた。城壁の上から身を乗り出し、東側方向をみやっている。この城壁から真東に半里のフルウェネンの村に、スパニィエ軍は一基堡塁を築いた。しかしちょうど射程ぎりぎりの距離の堡塁だったから、町の中にはこれまで一発の砲弾も落ちてはいない。外側の城壁、あるいは外側の水濠に達する砲弾があったくらいだ。もちろん町の東の稜堡の砲も、このフルウェネンのスパニィエ軍堡塁を攻撃してきた。稜堡は内側水濠から十五間ばかり外側に突き出しているから、ここから砲撃すると砲弾はスパニィエ軍堡塁に達するのだった。

またスパニィエ軍は、町の東南四分の三里のロスムの村にも、もう一基堡塁を築いている。しかしマウリッツの従兄弟のひとりエルンスト・カシミールが、これを抑える堡塁を築き、この一カ月間、砲戦を続けてきた。また攻囲戦が始まってから、ホラント州が五千の兵と騎兵八個中隊を送ってきたので、スパニィエ軍のザルトボメル攻囲は完璧《かんぺき》なものとはならなかった。

マウリッツが要請していた同盟国の部隊も、そろそろザルトボメルに到着しようというのが、きょうこの日だったのである。同盟国軍が結集したとき、マウリッツは戦いの前に宣言していたとおり、一気に攻勢をかけるだろう。

次郎左は、ピーテルとアントニスゾーンのあいだに身体を入れ、東方向を見やりながら訊いた。

「スパニィエ軍、どうなっているのです?」

朝もやのせいで、半里先にあるはずのスパニィエ軍の四稜の堡塁はよく見えなかった。

アントニスゾーンが言った。

「どうやら、昨晩のうちにあの陣地を放棄したようだ」

「放棄?」ということは、撤退にかかったということか?

スパニィエ軍は、ザルトボメルを攻略しようと、いわば中州に主力を置いた。いま共和国の同盟軍がここに到着したら、川の両側から挟撃されることになる。そこにマウリッツの主力が町から押し出した場合、逃げ場はなくなるのだ。一カ月かけてこの町を陥落させることができなかった以上、利口な司令官なら撤退を考える。メンドーサ提督は、愚かでもなければ蛮勇をふるう種類の司令官でもなかったわけだ。

しかし次郎左はまだ信じきれずに訊いた。

「エルンストさまの堡塁は?」

こちらもよく見えなかった。朝もやの向こうだ。

ピーテルが言った。

「こっちも、砲撃は行われていない。撃ち返してもいないようだ」

アントニスゾーンが言った。

「街道の向こうにひとが見えるように思うが」

カシミールの陣地の北には、市《いち》が立っている。鼻の利《き》く商人たちが大勢集まり、共和国軍兵士のために必要なものすべてを売っているのだ。衣類、酒、食料、薬、それに女も。この市はいわば非武装の中立地帯である。スパニィエの砲の射程内にあるが、砲撃を受けたことはない。

その市の南側をロスムと通じる街道が通っているが、たしかに一騎が疾駆してくる。砲座についていた兵士たちも、いまみな立ち上がって、その騎馬に目をこらした。馬に乗った伝令は、水濠のすぐ端まで駆けてきて止まった。手にしているのは、ナッサウ伯爵家の金の獅子の旗だ。つまりエルンスト殿下からの直接の伝令ということだった。

その伝令は、旗を持った右手を突き上げると、稜堡の兵士たちに向かって大声で言った。

「スパニィエ軍は、消えた！」

おおっというどよめきが、城壁内に広がった。

次郎左はピーテルに顔を向けた。

ピーテルは、やったな、という顔だ。町は攻囲に耐えたのだ。彼が親方として初めて積んだ城壁は、攻囲戦に負けなかったことになる。親方として、どこに行っても誇りうるだけの実績ができたのだ。

ピーテルは、頬をほころばせて拳骨《げんこつ》を突き出してきた。次郎左も拳骨を造り、突き合わせた。

一五九九年六月十三日。夏至まであと少しという夏の朝だった。

9

その日ザルトボメルは、まだ四月なかばだというのに五月に入ったかのような陽気だった。この数日、好天が続いているのだ。

次郎左は自宅で家族と一緒に昼食をとったあと、借家から普請場《ふしんば》へと向かっていた。船着場に通じる大通りに入ってからも、教会前の広場を通るときも、旅人と見える様子の男たちの姿が多い。別の町から来た人々のようだ。長く厳しかった冬が終わり、ネーデルラントをひとびとが行き来する季節となったのだ。ほとんどがふたりもしくは三人連れの中年男たちで、通りの左右に目をやりながら語りつつ歩いている。すれ違うとき次郎左の前掛け姿に、目を向けてくる者もいた。

昨年スパニィエ軍の攻囲を退けたせいか、この小さな町にも商人や織物業者などがよく顔を見せるようになっていた。スパニィエの支配地域で孤立したような町だったから、大都市の商人たちも、それまではこの町で商いすることをためらっていたのかもしれない。しかしいまや城壁は強化され、守備兵も増えた。そもそもマウリッツ公が自ら守り抜いた町だ。今後も公はやすやすとスパニィエ軍に町を明け渡したりはしないだろう。さまざまな商いも栄えるはずである。ネーデルラントの計算高い商人たちにはそう踏まれているはずだ。旅人が多くなるのも、当然と言えば当然だった。

普請場は、城壁の東側である。昨年マウリッツ公とその麾下《きか》の軍が駐屯していたとき、水濠《すいごう》と土盛りについては普請がかなり進んだ。マウリッツ公が数千の兵士を作業にあててくれたおかげだった。いま次郎左とピーテルたちがかかっているのは、城壁部分の石積みだ。これだけは、兵士にまかせてできることではない。職人たちがやる以外になかった。

水濠にかかる仮橋を渡って、稜堡《りようほ》に入った。ここにも旅人の姿がある。ふた組、あるいは三組くらいか。土盛りの上に立って、外水濠の外を指さしたり、あるいは振り返って城壁や城門を眺めている。アントニスゾーンは、まだデン・ハーハから戻っていなかった。彼は今年はほかの町の城壁の設計と普請の監督にもかかると聞いている。

そちらの町に回っているのかもしれない。

ピーテルがもう昼食から戻っていた。稜堡の先端に立って、三人の旅人と話している。その近くにはもうふた組の旅装の男たちがいた。

次郎左が近づいて行くと、ピーテルが顔を向けてきた。笑顔だ。

ピーテルが言った。

「故郷ナールデンの町会のひとたちだ」

そして旅人たちに、次郎左を石積み職人だと紹介した。三人の旅人が、次郎左に会釈《えしゃく》してきた。

次郎左も名乗って頭を下げた。

ピーテルが言った。

「このひとたちは、ザルトボメルの城壁を見たいと、はるばるやってきてくれたんだ。スパニィエ軍の一カ月の攻囲に耐えたということで、この町の名はずいぶん高まっているそうだ」

その場の最年長と見える男が言った。

「我がナールデンも、かつてスパニィエ軍に攻められ、略奪と虐殺《ぎゃくさつ》を被《こうむ》りました。この町が攻撃によく耐えたという話を聞いて、どんな城壁の町なのかぜひ見てみたいと」

「ご覧のとおりです」と次郎左は振り返りながら言った。「築城技師アントニスゾーンさまの設計です。いま様の稜堡様式としたことで、スパニィエの砲も兵も近づけませんでした」

「この町までの旅の途中でも、このような城壁と水濠を築き始めた町をいくつか見ました」

「みなさまの町も、もし古い城壁のままなら、一刻も早く築き直したほうがよいでしょう」

「この町を見て、その気持ちが固まりました」

ピーテルが言った。

「この町の城壁は、この秋で竣工《しゅんこう》する。いま、ナールデンで城壁普請をやれないかと打診されたところだ」

「お前の故郷の町だろう。いい話じゃないか」

「お前はどうする？」

そのときだ。稜堡先端にいたもうひと組の旅人たちから声があった。

「ちょっと待ってくれないか」

次郎左たちは旅人たちのほうに顔を向けた。

こちらは四人の男たちだ。

ひとり、銀髪の中年男が進み出てきた。

「わたしたちも、石積み衆を探しているんだ。あなたたちがこの城壁を積んだのなら、こちらの話も聞いてもらえないだろうか」

ナールデンの年配の男が言った。

「おあいにくだが、もう話はついてしまった」

ピーテルがあわてて言った。

「いや、おれはナールデンに帰ると決めたが、次郎左はまだ何も決めていない」

次郎左は驚いてピーテルを見た。こいつは、おれを連れてゆくつもりはないのか？

ピーテルが言った。

「お前はもうずいぶん言葉も話せるようになった。おれがそばにいなくても、ネーデルラントの石積みとしてやってゆけるよ」

「お前ひとりで、ナールデンの城壁を築くつもりか？」

「石と煉り瓦を積んだリボルノとはちがう。ネーデルラントは煉瓦だけだ。石積み職人の数は少なくていい」

「それでも、ひとりでは無理だろう」

ピーテルは、このザルトボメルに来てから五人の若い徒弟を使うようになった。ただし、徒弟だから腕はまだまだだ。細かに指示をしなければ使えない。何人かの職人が必要だ。

ピーテルは言った。

「お前ほどの職人でなくてもいい。それより、もうお前はひとりで、築城技師としてやってゆくべきだ」

「誰もおれをそんなふうには見てくれていない」

横から、いましがた声をかけてきた銀髪の男が次郎左に言った。

「こちらのご仁と話せるといいのだが」

ピーテルが目で、そうしろと言ってきた。

銀髪の男は言った。

「わたしはフロールという町の者だ。バンネクークという。少し話を聞いてもらえないだろうか」

その場にもうひとり男が割って入った。三十代くらいか、どことなく石工っぽい雰囲気がある。

「お邪魔して悪いが」とその石工ふうの男が言った。「ジロウザさん、あなたを待っていた。オーステンデからやってきたリートヘルトといいます。ブロンクホルスト親方のもとで働いているのですが、先に話ができませんか」

ピーテルが言った。

「そちらの話は、お前を名指しだ。待ってもらっていた」

バンネクークがその石積みふうの男に言った。

「わたしたちの後にしてくれないか」

リートヘルトと名乗った男はかぶりを振った。

「おれは、このジロウザさんを待っていたんだ。おれが先に話す権利を持つと思う」

次郎左は言った。

「ちょっと待ってくれ。みなさんがしたいというのは、城壁普請の話なのだろうか。仕事をやらないかという?」

「そのとおりだ」と、バンネクークもリートヘルトも同時にうなずいた。

「わたしは石積み職人だ。こっちのホーヘンバンド親方のもとで働いている。あなたたちは、石積み職人としてのわたしに、どなたか親方のもとで働けという話を持ってきてくれたということなのか?」

ピーテルが言った。

「それでもかまわないと思う。どうであれ、次郎左、お前はもうおれの下で働くことはない」

「お前の右腕として働いていたつもりだった」

「徒弟たちには、お前に代われる者がもう育っているよ」

「一緒に行かなくていいと？」

次郎左はまだピーテルの真意が読めない。彼は本気で次郎左がひとり立ちできると信じて言っているのか？　それとももうおれと組むのをよしたいということか。

バンネクークが、焦《じ》れったそうに言った。

「よければ、城内のどこかで腰を落ち着けてでも」

リートヘルトが、割って入るように言った。

「それをするなら、おれが先だ」

次郎左はふたりから一歩離れて言った。

「いまはこのとおり、まだ普請を続けねばなりません。夕刻、城内の旅籠《はたご》でというのはいかがですか？」

バンネクークが言った。

「午後の六時ではどうだろう。われわれは船着場に近い水車亭に泊まっている」

リートヘルトも言った。

「六時半に、同じ水車亭で」

町の公会堂の塔には、ぜんまい式の時計が掛けられているのだ。正確な時刻がわかる。

次郎左は言った。

「フロールのかたがたとは六時に。オーステンデからのリートヘルトさんとは六時半に。ただ、お話はうかがうだけだ。親方はどなたなのか。いつからの普請なのか。全部聞いてからでなければ、何も決めることはできない。お返事は明日するということでよろしいですか」

「いいでしょう」と、またバンネクークとリートヘルトが同時に言った。

リートヘルトが立ち去ろうとするとき、次郎左は気になって訊いた。

「ブロンクホルスト親方は、わたしの名前をどこで知ったのでしょうか？」

リートヘルトが立ち止まって答えた。

「今年の冬、築城技師のアントニスゾーンがオーステンデに来たのです。城壁の設計について助言をされていった。そのとき、あなたとホーヘンバンド親方のことを教えていただきました。親方とあなたは、トスカーナのリボルノで城壁を積んだとか」

「たしかに」

「あなたはサン・ピエトロの円蓋も積まれたというのは、ほんとうですか？」

「三年だけ。最後の圧《お》し輪《わ》を積む前後です」

リートヘルトは、感に堪えぬという表情になった。

「素晴らしい。ぜひ後ほど、詳しく」

その日、ピーテルとふたりきりになったとき、あらためて次郎左は確かめた。

「おれをナールデンに連れてゆく気はないのか？」

ピーテルは、何の裏もないという表情で答えた。

「おれは徒弟たち五人を連れてこの町を離れる。お前は、もうひとり立ちしていいころだ。なぜそう思えないのだ」

「ネーデルラントでは、この町以外に何の経験もない。使える職人も知らない。親方にはなれない」

「おれたちは、ここでやってきた。いちおうは名前だけおれが親方だったが、どっちが親方であってもよかった。まわりも、それに不服そうだったか？」

「お前はともかく、おれはお前なしに、ひとりではやれない」

「ときどきおれは」とピーテルが苛立《いらだ》つように言った。「お前が自分について謙遜《けんそん》しすぎるように感じる。ひどく自分を小さく語る。それって、お前の生まれつきか？日本人みながそうなのか？」

「知らん。だけどおれは、自分がどの程度のものかについては、よく承知しているつもりだ」

「いいか、いまネーデルラントでは、ありとあらゆる町が城壁の築き直しにかかっている。職人の手が足りない。こんな機会には、一気に自分の立場を引き上げてしまっていいんだ。誰かが親方と呼んでくれるなら、そのとおりだと引き受けていいのさ」

「石を買う呼吸さえ、おれは知らないのだぞ」

「またそんな言い方をする」ピーテルは首を振った。「どうしてもまだ自信がないと言うなら、誰かこのひととはという親方と組め。オーステンデの町からの話は、そういうものではなかったか？」

「夜に詳しく聞くが」

「おれも水車亭に行こうか」

「頼む」

夕暮れ前に仕事を終えて、次郎左はうちに帰った。

来年以降の仕事の話がきていると伝えると、竈《かまど》の前にいたルチアは少しだけ悲しげになった。

「ピーテルの家族と離れたら、寂しくなるわ。子供たちも、とても仲がいいのに」

「おれもやはりナールデンに行ったほうがいいか」

「いいえ」ルチアはあわてた様子で首を振った。「あなたは自分の考えで仕事を選んで。ピーテルが言うのはそのとおり。あなたは、いまはあなたが思っている以上の職人になっている。わざわざあなたを訪ねて、ひとがやってくるんだもの」

「マウリッツ公と、アントニスゾーンさまのおかげだ」

「それ以上、つつましい言い方をしないで。わたしも子供たちも、どこに行っても幸せに暮らしてゆける。あなたがいちばんやってみたい仕事を選んで」

次郎左は、さきほどのピーテルの言葉に感じたのと同じ疑いを感じた。ルチアは本気でそう言っているのか？　無理していないか？　女房としておれを立ててくれているだけで、ほんとうはやっぱり親しいひとたちのあいだで生きてゆきたいのではないか？

その疑念は顔に出たにちがいない。ルチアは微笑しながらもきっぱり言った。

「わたしがあなたに付いてローマから逃げたことを思い出して。わたしはどこにでも慣れる。子供たちも。いつか日本に帰ったときも、わたしは日本に慣れるわ」

「わかった」と、次郎左はルチアの肩を抱き寄せた。「夕食は、帰ってから食べる」

「ひと口食べていって」と、ルチアは皿を差し出してきた。きょうのスープなのだろう。キャベツにまじって、腸詰めが一本入っていた。

「子供たちにやれ」

「これ一本しかないの。あなたが食べて」

「カネが足りないのか？」

「復活祭のとき職人のみなさんにごちそうしたので、少し節約してるんです」

「おれはいい」

次郎左は帽子をかぶり直すと、家を出た。

船着場に近い旅籠の水車亭に行くと、飯屋にはふた組の男たちがいた。それぞれべつの卓に着いている。ピーテルも隅の席に着いていた。その奥の方にはナールデンから来たという男たち。

次郎左はまず、フロールからの旅人たちの卓に向かった。ピーテルと一緒に卓に着くと、バンネクークと名乗っていた銀髪の男が言った。

「さいわいまだフロールは、蜂起《ほうき》後はスパニィエに攻められてはおりません。しかし城壁は古い様のもので、夜盗を退けるのがやっとです。もしここにスパニィエ軍が寄せてきたなら、町はひとたまりもない。ザルトボメルを見て、そう確信を強めました」

フロールは、このザルトボメルから東に三十里ばかり、神聖ローマ帝国との国境にも近い位置にある町だという。かつてはハンザ同盟の一員で、周囲は豊かな穀倉地帯である。スパニィエ統治下にあるときは重税を課せられ、町は疲弊した。

バンネクークは、できれば普請は長引かせることなく、一気に終わらせたいという。せめて二年で。

となると、と次郎左は計算した。二重の環濠を持った稜堡様式の町とすることは難しい。稜角を持った多角形の城壁で町を囲み、水濠は一重、というのが精一杯だろう。外側の環濠と城壁の普請をやろうとすると、三年目以降のことになる。次郎左はそれをバンネクークたちに伝えた。さらに、一気に普請を進めるとなると、やはり職人と徒弟を二、三十人抱える親方でなければ請け負うことは無理なのではないかとも。もちろん親方のひとりが何組かの党を束ねて、総棟梁《そうとうりょう》として監督するというかたちでもできる。いずれにせよ、自分はそのとき、職人として使われる以外には働きようもないだろう。

親方の目途《めど》は立っているのか、とバンネクークに訊《き》いた。

バンネクークは、当惑を見せて言った。

「じつは、きょうまで普請にかかれなかったのは、親方がいないからなのです。いまネーデルラントの多くの町が、城壁の普請直しに親方を雇っている。ザクセンやスイスからも来てもらっている。スパニィエ支配下の町々では、フランスから来た親方も多いとか。なかなか親方を招くことができないのです」

「わたしを親方に迎えるという話ではないのですね？」

「職人のひとりとして来てくれないかと。ここの普請の様子や、ピーテルさんからの話を聞いて思いましたが、わたしたちにはやはり、普請を丸ごと請けてくれる親方が必要なようですから」

「まったく当てはないのですか？」

「いいえ。これまで断られた親方に、条件を変えてもう一度相談することはできるでしょう」

「どんな親方に当たられたのです？」

バンネクークは、一瞬答えをためらったように見えた。

「デン・ハーハのバレンツ親方」

ピーテルが横で驚いて言った。

「もう隠居されているのでは？」

バンネクークがピーテルにうなずきながら言った。

「なんとかもうひと働きしてもらえないかと、頭を下げに行きました。断られましたが」

「バレンツ親方は、いま様の城壁を知っているのだろうか」

「ご本人もそれを気にされていた。職人を使うことはできるが、自分は新しい城壁の細部を知らないと。でも」バンネクークはまた次郎左に顔を向けてきた。「あなたが職人として下で働いてくれるなら、バレンツ親方も考え直してくれそうな気がする」

次郎左はバンネクークに、答えは明日まで待ってくれと伝えて、次の卓に移った。

そこで麦酒《ビール》の盃を前に待っていたのは、オーステンデから来たリートヘルトという男だ。

リートヘルトは、次郎左が向かい側の椅子《いす》に腰を下ろすと、少し不安そうに言った。

「あちらとの話はどうなりました？」

「返事はしていません」

「よかった。あなたからよい返事をもらえないと、オーステンデには帰りにくくなるんです」

「お話を聞かせてください」

ピーテルも次郎左の横に来て、リートヘルトの話に耳を傾けた。

リートヘルトは言った。

「オーステンデでは、今年もまた城壁を広げようとしています。大がかりな普請になりますが、職人が足りません。うちの親方が、ぜひあなたに会って連れてこいと。オーステンデはご存知ですか？」

「名前だけは」

北海に面した共和国側の町だ。アントウェルペンにも近いし、スライスやニーウポールト、ブルッヘなど、周囲一帯はすべてスパニィエ側の町。ザルトボメル同様に、スパニィエの大海に浮かぶ孤島のような町と聞いている。スパニィエ側にしてみれば、瘤《こぶ》のように目障《めざわ》りであろうし、放っておけば共和国側による南ネーデルラント攻略の拠点になる。早めに奪いたくてたまらない町だろう。ただしこれまで奪取が成功していないのは、北海に面しているため、完全な攻囲が不可能であるからだ。城壁も改修や拡張を繰り返して、蜂起が始まったころと較べれば、ずいぶん強化されていると聞いていた。しかし、飛び地のような町では、まだまだ枕《まくら》を高くして眠ることはできないのだろう。

リートヘルトの話は、おおむね次郎左も耳にしているとおりだった。北海に面して孤立しているが、良港を持つという地の利を生かして、なんとか自治を維持している町だと。対岸のイングランドから羊毛を輸入し、毛織物業で栄えているとのことだった。

しかし、とリートヘルトは言った。

「そろそろスパニィエにとっては、目障りとなってきているはずです。もしフランドルで大きな戦役が始まった場合、オーステンデはスパニィエ軍の背後を突く拠点となります。いえ、オーステンデがあるというだけで、スパニィエ軍は自由な移動を封じられてしまう。わたしがスパニィエ軍の将軍なら、一刻も早くオーステンデの攻略を考える。でも、城壁は不十分です」

次郎左は確かめた。

「それであなたのブロンクホルスト親方が、職人を集めにかかっているのですね」

「はい。腕の確かな、篤実《とくじつ》な親方です。正直なところを話しますと、親方のもとにいた職人のひとりが、仲間や徒弟数人を連れて、よその普請に引っ張られていったのです。すぐにも補わねばならなくなり、わたしがあなたのもとに出向いてきました」

「デン・ハーハとか、ロッテルダムとか、あちらの大きな町でも、職人は見つからないのですか？」

「わたしたちが必要としている職人は限られる。どうです、ザルトボメルの普請が終わったら、オーステンデにいらしていただけませんか？　面白い仕事ができる普請場です」

「きょうは決めることができません。明日まで考えさせてください」

ピーテルが横から、からかうように言った。

「こいつは何ごとも、女房どのに相談するんだ。自分では決められない」

リートヘルトが、微笑して言った。

「この場に奥さまを呼んで説得すべきでしたか」

「明日まで」と言って、次郎左はリートヘルトに会釈し、椅子から立ち上がった。

ピーテルはまだ残るようだ。ナールデンから来た町会の面々と、積る話でもするのかもしれない。

出入り口へと向かおうとしたとき、奥のほうの卓でもひとりの男が立ち上がったのがわかった。次郎左のほうに顔を向けている。黒っぽい身なりの、商人ふうの中年男だった。

水車亭の玄関口の戸を開けて通りへと出ると、すぐにその黒っぽい身なりの男も出てきた。

「ジロウザさん」と呼びかけてくる。

次郎左は立ち止まった。

男は微笑をたたえた顔で言った。

「ウーレンベックといいます。失礼ながら、みなさんとの話を少し耳にしてしまった。わたしの話も聞いてもらえませんかな」

「どんな話です？」

「同じことです。あなたは、スライスという町の城壁普請には、興味はありませんか」

スライス。その名を聞いて驚いた。先ほどのリートヘルトが働いているオーステンデの町は、そのスライスから西南に十里ほどとか。スパニィエ側の町である。そのスライスも、ネーデルラントで石積み職人を探しているのか？　こちらはカルバン派の職人が多いだろうに。

男は、次郎左の前に進んできて言った。

「この向かいに、居酒屋がありますな。そちらで、一献傾けながらいかがです？」

「あまり長くはなれませんが」

「手短にお話しします」

その酒場でウーレンベックという男が話したことも、ほかの町の面々が語ったことと同じだった。城壁普請を緊急にやらねばならないのだが人手が不足している、そのための職人や親方を探している、ということだ。

「カルバン派の職人でもかまわないのですか？」と次郎左は訊いた。改宗してはいないが、自分はローマ教会からはカルバン派とみなされるはずだからだ。

ウーレンベックは言った。

「石積みの技術に、宗派の違いは表れますか？　いい腕なら、異端でもかまいません」

「教会は、そうは考えないでしょう。いつなんどき、カルバン派の住民は投獄だということになるかもしれない」

「スライスには、カルバン派の住人もいるのですよ。少数ではありますが、迫害や差別は受けていない」

だからといって、自分はローマを追われてきた身だ。のこのことスパニィエ支配の町に行き、カトリック教徒ではないことを明かして生きるのは危険だ。スライスで働くことは論外だった。考えるまでもなく、これは断るべき話だった。

口を開こうとしたとき、ウーレンベックは手で制した。

「ほかのみなさんは、あなたに支度金を出すという話はしましたか？」

「いいや」

「スライスは、出しますよ」ウーレンベックは革の巾着《きんちゃく》を上着の内側から取り出してテーブルに置いた。金属、それも比重の高いものが入っているような音がした。

「いますぐスライスに来てくれるなら、スパニィエの二エスクード金貨で十枚。今年の秋に来てくれると約束してくれるなら、五枚。いまお渡しします」

ウーレンベックはテーブルの上で巾着を傾けて口を開けた。スパニィエの金貨が見えた。次郎左は視線をそらした。金貨を見て迷うことはない。自分はもう結論を出していた。

ウーレンベックは言った。

「奥さんや子供さんたちに、新しい服を作って上げるといい。小間使いも雇えるでしょう。いま五枚受け取って、秋にやってきてくれるのでも全然かまわないのですよ。

一筆、行くと書いてくれるなら、それで十分です」

ウーレンベックが巾着を次郎左のほうに押してきた。

「どうぞ、受け取ってください」

次郎左は巾着を押し返した。

「じつは、もう決めてしまいましたので」

ウーレンベックの顔から微笑が消えた。

家に帰ったところで、次郎左はルチアに言った。

「この普請が終わったら、おれはフロールに行こうと思う」

ルチアが意外そうに次郎左を見つめてきた。自分に相談なしに決めたことが意外だったのかもしれない。しかしルチアの表情には、それをとがめるような色はない。

「いいお話だったのね」とルチアが言った。

「ああ。デン・ハーハのバレンツ親方につけるかもしれない。それなら、やれそうだ」

「フロールというと、東のほうの町ね。いつから？」

「この普請が終わり次第。早ければ、今年の八月末には」

そのころには、バレンツ親方もきっとフロールの町に入っているのだろう。何人か職人を引き連れてきているかもしれない。どんな職人と一緒に新しい仕事ができるのか、それも楽しみになってきていた。

沖合に、三本帆柱の南蛮船が浮かんでいる。

豊後からこの大坂天満《てんま》沖まで回航してきたばかりの船だ。帆はすっかり畳まれており、錨《いかり》が下ろされている。そのまわりを、四艘《そう》か五艘の小型の伊勢船が囲んでいた。

徳川家康は、押し送り船の中からその船を見つめた。自分のすぐうしろには、あの船に乗っていて豊後に漂着し、この大坂までひとり送られてきたイギリス人が乗っていた。ウィリアム・アダムスという名の偉丈夫だ。彼は、イエズス会の宣教師たちとは、顔だちが少しちがう。頬は紅色であり、眉《まゆ》や髭《ひげ》は黒くない。

家康はおよそふた月前にこの男を引見、あいだにイエズス会の宣教師を入れてのやりとりで、なんとか相手の言葉の一部を理解していた。つまり、船はネーデルラントの商人たちが派遣した商船であり、日の本との交易を求めているのだということ。彼らは日の本の役人と諍《いさか》いを起こすつもりは毛頭なく、布教なども考えてはいない。ただ、今後ネーデルラントの船が安全に寄港できる港を指定してほしいのだとのことだった。船の名はリーフデ号という。地球の反対側になるネーデルラントの港を出航したとき、船は五隻《せき》で船団を組んでいた。しかし大西洋、太平洋を横断する途中でつぎつぎと僚船は脱落、難破して、日本にたどり着いたのはこのリーフデ号だけだというのだ。

豊臣家五大老のひとりとして、大坂城西ノ丸でリーフデ号漂着の報《しら》せを受けた家康は、ただちに航海士であるイギリス人を大坂に呼び寄せて事情を訊いたのだった。敵意ある来航ではないことがはっきりしたので、すぐに豊後に使いをやり、リーフデ号を大坂に回すよう命じた。船にはあと二十三人の船員が乗っているという。

船の舷側《げんそく》に、南蛮人たちの姿が見える。アダムスに似て髪が金色の男たちだ。押し送り船がその南蛮船の船体に横付けした。船頭がすぐに綱を投げ上げた。もやい綱が結ばれたところで、上から縄梯子《なわばしご》が下ろされてきた。家康付きの者がふたり甲板に上がってゆき、ついでアダムスが梯子を上った。家康はそのあとである。

甲板に降り立つと、アダムスの前に二十人ばかりの南蛮人が並んだ。みな痩《や》せている。彼らの航海と漂流がどれほど苛酷《かこく》なものであったか、その姿から想像できた。

アダムスが、家康のことを紹介したようだ。彼の言葉の中に、トクガワという音が聞こえた。そのとき、乗組員の中でひとり、目をみひらいた者があった。がっしりとした体格の男だ。まばたきしながら家康を見つめてくる。遠慮のない視線であり、もし相手が武士であれば、家康は無礼と感じていたことだろう。

アダムスが乗組員たちに短く何かを言った。

乗組員たちは、のそのそと帽子を取り、家康にお辞儀した。帽子を取ると、その乗組員たちの髪はみごとにどれも金色だった。

家康はきょうここに、日本人の通辞をひとり連れてきた。イエズス会の宣教師の従者のひとりだ。パウルという洗礼名を持っている。彼はネーデルラントの言葉も、アダムスの言葉も話せなかったが、さいわい乗組員の中にポルトガル語を少し話す者がいた。パウルとその乗組員は、ほんのわずかではあったが、互いの意思を確かめ合うことができた。

パウルが家康に言った。

「この者たち、親方さまのご寛大な取り扱いに、ありがたきことと感謝を述べております。ネーデルラントから、交易を求めてはるか大海原の彼方《かなた》からやってきたそうで」

家康は訊いた。

「してネーデルラントと日の本とのあいだを、南蛮船はどのくらいの日数をかけて航海したのか？」

アダムスに一度訊いていたことではあったが、家康はその答をまるごとは信じてはいなかったのだ。別の口からも聞かねばならなかった。

通辞が乗組員の言葉を伝えた。

「およそ二年」

「イエズス会の宣教師たちは、早ければ一年と言っていたが」

「航路が違いまする。それに、風と波はままなりませぬゆえ」

「交易を許すとして、ネーデルラントは何をこの地に運んでくるのか？」

「鉄砲、大筒《おおづつ》、甲冑《かっちゅう》、剣。ぎやまんに、毛織物。航海に必要な品々など」

「銀を取り出すよい方法は伝えてもらえるか？」

「はあ？」

通辞は家康の言葉を伝えられなかった。相手の船員たちも、何を問われたのか首を傾《かし》げるばかりだ。

家康はべつのことを訊いた。

「築城の技は、どうであろうか」

やはり通辞は、その言葉を乗組員たちに伝えられなかった。

家康は、あきらめて通辞に言った。

「交易の件、考える。まずは船を江戸表へ回航するように伝えよ。江戸でしかるべき者がその者たちの世話をする。そこで次の沙汰《さた》を待つようにと」

自分は近々会津征伐のために大坂から江戸に戻る。そのときにゆっくりと、この面々と話すことができるだろう。

押し送り船で陸地に戻るとき、自分の名を聞いて瞬《まばた》きした男の表情が思い出された。まさか自分の名をすでに知っていたはずもないと思うが、なぜ彼はアダムスが徳川の名を口にした瞬間に反応したのだろうか。いずれアダムスやあの男がもっと言葉を覚えたときに、確かめてみなければならないが。

それより気がかりは、と家康は陸地石山の上に建つ大坂城天守閣を見やりながら思った。石田三成《いしだみつなり》だ。自分の会津征伐の隙《すき》に西国大名とはかって挙兵、徳川家を滅亡させようという彼の企てはもう、秘密でも密謀でもなかった。いまはただそれがいつどんな陣容で実行に移されるかだけが問題だった。もちろん自分も、手は打ってきた。いざその企てが坂を転がり出したとき、ほぞを嚙《か》むのは治部《じぶ》めのほうだ。最後の勝者として立つのは、この自分である。
そのときが、迫っていた。

西からの風が、海岸の砂丘一帯をわたってゆく。湿った、重い風だ。空は晴れてはいるが、ときおり陽は走る雲の陰に隠れた。
瓜生小三郎の前方には、スパニィエの軍勢が見える。大軍ではあるが、小三郎はこれ以上の敵の軍勢を見たことがある。自分の初陣《ういじん》であったあの姉川河原の合戦がそのときだ。あのときの織田・徳川連合軍は、眼前の軍勢よりもはるかに多かった。ネーデルラント執政のオーストリア大公アルブレヒトが直接指揮する大軍である。見たところ、一万弱と見える軍勢のうち、騎兵はおよそ一千ばかりか。密集隊形の歩兵を両側から囲むように、左右に分かれて陣容を整えている。いま彼らとの距離は、四分の一里ほどだろうか。砂丘上で向かい合ったために、これだけの距離しかないのに砲撃はない。砲車はこの砂丘上では事実上身動きできない状態だった。左手の沖合には、ネーデルラントの補給船団の姿がある。従軍していた市民や議員たち、商人たち、さらに輜重《しちょう》隊などを乗せて、今朝がたこの地から脱出したのだ。

いま小三郎がいるのは、共和国軍が陣を敷いたその最左翼だ。もっとも海岸寄りの、小高い砂丘の上である。

小三郎は、列の左手を見た。すぐ隣りに、弟の勘四郎がいる。少し青ざめた顔を小三郎に向けてきた。彼の首には、銀のクルスがかかっている。彼はモエラスの町の製粉所の娘ユリアと結婚し、このとき改宗したのだ。いまそのユリアと、ふたりのあいだの娘リーケはデン・ハーハに住んでいた。つまり堅苦しい言い方をすれば、勘四郎はもはや傭兵《ようへい》ではなく、市民の資格を持った共和国軍の正規兵だった。

その勘四郎の向こう側に、甲斐の三科《みしな》重太郎がいる。日の本を出てからきょうまで戦場をいくつも渡り歩いて、とうとう生き残った日本人はこれだけとなったのだ。自分たちを部下として使ってくれたハンスも、モエラスで手傷を負って軍を辞めた。いま自分たち日本人三人を束ねているのは、ネーデルラント人の下士官だ。アントン・プレスマンという三十代なかばの男だった。

小三郎たちは、イングランド軍とネーデルラント軍混成の銃隊に組み入れられていた。全体で二百五十である。

すでに兵士たちは銃に弾を装塡《そうてん》し、構えている。銃隊は一列二十五人ずつ、前後に十列で編制されていた。前列の銃士が射撃後すぐに後ろに回って、次の列の銃士に射撃をまかせるのだ。装塡に時間を取られることなく、間断なく敵に銃弾を浴びせられる。反転行進射撃と呼ばれる、マウリッツ公が考案した編制と射撃の方式である。これに対して、スパニィエの軍隊は、銃隊と長槍《ちようそう》部隊とが密集隊形を取るのが特徴だ。テルシオと名付けられた部隊編制である。銃の装塡にかかる時間を、長槍部隊の前進によって支えるのだ。このテルシオで敵に掛け矢をぶち当てるように戦うのが、スパニィエの野戦の戦法である。近接攻撃に強い代わり、砲撃には弱い。そしてマウリッツ公考案の絶え間のない銃撃の戦法にも、脆弱《ぜいじやく》なはずだった。共和国軍とスパニィエ軍はこれまで、野戦、会戦でほとんど干戈《かんか》を交えていないから、きょうがマウリッツ公の戦法と兵の反転行進射撃の練度が、初めて試される戦いということになる。

小三郎たちの陣取る砂丘の、右手から右手後方にかけて、共和国軍の主力が布陣している。その数およそ一万四千とのことである。ネーデルラント軍は最初、スパニィエ側の私掠《しりやく》船の根拠地となっているニーウポールトの町を攻略しようと軍を進めたのだった。一万二千の歩兵、二千の騎兵、それに三十八門の砲を牽《ひ》いた砲兵部隊から成る軍勢である。マウリッツ公率いる共和国軍はまず北海に面した共和国側の町、オーステンデに上陸、エイセル川沿いのニーウポールトの町を目指した。主力が干潮時のエイセル川を渡り、攻囲戦のために布陣、一部がエイセル川の東側、砂丘の広がる海岸に残った。このときアルブレヒト大公率いるスパニィエ軍もごく近くにあったことを、マウリッツ公は知らなかったらしい。

スパニィエ軍は即座に動き、オーステンデと共和国軍とのあいだに陣を敷いた。退路が絶たれたのだ。共和国軍としては、ニーウポールトの町を背に、反転して野戦で戦うしかなくなった。そして正面のスパニィエ軍を撃破しない限り、オーステンデには戻れない。へたをすると降伏して全軍武装解除だ。そのとき、共和国は息の根を止められるかもしれないのだった。

この日早朝、砂丘側に残った後衛部隊が牽制《けんせい》するあいだに、共和国軍主力はふたたびエイセル川を渡って、後衛に合流した。

朝には布陣が完了した。東洋で言うところの、背水の陣である。この陣を敷いて対《たい》峙《じ》すること数刻、もう陽は正午近いことを告げている。

小三郎が焦れったい想《おも》いを持て余し始めてきたころだ。列の中から声が上がった。

「動いた」「来るぞ」

小三郎は正面に目を凝らした。スパニィエ軍の中央のテルシオ群が、たしかに前進を始めたようだ。長槍の身が、陽光に細かくきらめいている。甲冑も光っていた。風が途切れたときには、押し太鼓の音もかすかに聞こえてくる。二拍子の、正確な繰り返しだった。

いよいよだ。

小三郎はごくりと唾《つば》を呑《の》み込み、横抱きにした銃をあらためて持ち直した。小三郎たちの真正面のテルシオの前面は銃隊だ。ざっと見たところ、横に並ぶ銃士の数は共和国軍の中隊と同じくらいだ。しかし縦には倍の列があるはずである。まっすぐにこの砂丘を目指してくる。

開戦となった場合、この砂丘の争奪が戦いの要《かなめ》となるだろうことは、小三郎も予測していた。野戦では、少しでも高い位置を占めた側が有利なのだ。スパニィエ軍もとにかくこの砂丘の奪取に精鋭を送り込んでくる。

馬にまたがった味方の将校が、小三郎たちの銃隊の前に出てきた。

将校は、前方のスパニィエ軍のテルシオを一瞥《いちべつ》してから、大声で言った。

「聞け。我らに後ろはないぞ。ここを退いたら、勝利はない。わかっているな」

おう、と兵士たちが声を上げた。

「ここで我らが負けたら、共和国もない。死に物狂いで戦え！」

ふたたび喚声。

将校は最前列の前を馬で横切りながら叫んだ。

「自由万歳！」

「自由万歳！」と兵士たちも唱和した。

「独立万歳！」

「独立万歳！」

「共和国連邦万歳！」

「共和国連邦万歳！」

イングランド人たちはさらにつけ加えた。

「女王陛下万歳！」

銃隊の士官が命じた。

「かまえ」

真正面でスパニィエ軍の歩調が早くなった。大股《おおまた》に前進している。ざっざっという靴音さえも聞こえてきた。いま互いの距離は五町を切ったろう。あと少しで、双方が銃の射程に入る。

士官がまた叫んだ。

「早まるな。引きつけろ。命を待て」

そのとき、スパニィエ軍の銃士のうちひとりが発砲した。テルシオの中で白煙が上がった。銃声が聞こえてきたのはそのあとだ。恐怖に耐えきれなくなった若い兵士が、命令を待たずに発砲してしまったのだろう。

「まだだ！」と、士官はもう一度怒鳴った。

彼我の距離が三町を切ったと思えるころだ。スパニィエ軍銃隊の左側にいる将校が、さっと剣を振り下ろした。間髪を入れずに、味方の士官も命じた。

「撃て！」

真正面にぱっと白煙が散った。ほとんど同時に、小三郎も引き金を引いた。細かな破裂音が凝縮し、耳元で砲の発射があったように聞こえた。


小半時の後だ。敗走するスパニィエ軍を追っていた騎兵たちが、共和国軍の陣に向かって戻ってきた。いまスパニィエ軍は、数千の死体を海岸に残して、北東方向レフイゲの橋に向かって撤退している。勝ち戦だった。

一度は砂丘を奪われ、完全に劣勢になったかという瞬間もあった。小三郎たち二百五十の銃隊が陣取る砂丘に対して、まずスパニィエの銃隊五百が突撃、ついで主力のテルシオが歩を進めてきたのだった。小三郎たちは繰り返し交代しては射撃を続け、スパニィエ軍に損害を与えた。しかしスパニィエ軍は、主力のテルシオの右翼側すべてを使って砂丘の奪取にかかってきたのだった。ネーデルラントとイングランドの混成銃隊は、いったん砂丘から放逐された。いや、共和国軍全体が、エイセル川に向けて押された。

しかしマウリッツ公は、スパニィエ軍の攻撃が鈍った瞬間を逃さなかった。三度の突撃で被害も大きかった騎兵隊に、いま一度の突撃を要請、予備の騎兵隊も投入して、スパニィエ軍の主力に横から突入させた。それまでの激戦で消耗の激しかったスパニィエ軍は、この騎兵の突撃に耐えられなかった。波打ち際《ぎわ》にあった砲隊もこのとき戦場に到着、密集するテルシオに対して砲撃を始めた。

騎兵の突撃に加えて砲撃である。スパニィエ軍は、立ち往生し、散らされ、やがて押し返された。そうして小三郎たちが砂丘を再び奪取したときだ。敗走が始まった。後衛が後退を始めたのだ。後ろ楯《だて》が当てにできぬと気づいたとき、前衛もよく戦えるものではない。スパニィエ軍は総崩れとなった。

小三郎は、砂丘の上で立ち上がった。周囲には数十の仲間が倒れている。みな血まみれだ。砂は一面、血を吸って褐色に変わっている。

小三郎の横で、勘四郎も立ち上がった。彼の頬には血がついているが、傷を負ってはいないようだ。小三郎は、重太郎が立ち上がらないことに気づいた。さっきまで足を投げ出して背中を丸めて苦しんでいたのだが、いまはもう動いていない。近寄って顔をのぞくと、彼はすでに絶命していた。胸が真っ赤に染まっている。

勘四郎が言った。

「だめか」

小三郎はうなずき、重太郎の死体を地面にそっと横たえた。

小三郎はあらためて立ち上がると、海岸一帯を見渡した。双方合わせて二万以上の軍勢が激突した戦場だった。まだ空気には硝煙の匂《にお》いがまじっている。濃い血の匂いもだ。

味方の被害はどのくらいなのだろう。累々《るいるい》と屍《しかばね》が重なる砂丘を見ながら、小三郎は思った。千ということはない。二千か。あるいはそれ以上か。そして味方を数倍するスパニィエ軍の死体。どうであれ、小三郎が何度も経験したことがないほどの激戦だった。最後には白兵戦となったのだ。自分がいま無傷で立っていることが奇跡のように思えた。

周囲には倒れた馬の数も多い。ひとりの騎兵が、砂丘の下で傷つきもがく馬の眉間《みけん》に銃弾を撃ち込んだ。馬は首を地面に倒して動かなくなった。

小三郎は勘四郎に言った。

「とうとうおれたち兄弟だけになっちまったな」

勘四郎が言った。

「考えたくないぞ。次はどっちだろうなどとは」

「せめて軽く負傷していれば、退役してユリアたちと暮らせたのに」

「馬鹿馬鹿しい」

勘四郎は、小三郎を見ることもなく、背を向けて離れていった。戦闘の直後だ。彼はすさんでいる。

余計なことを口にした、と小三郎は悔やんだ。ユリアや家族のことを思い出せば、彼は生き残れたことを喜ぶよりも、次の戦いでの死を恐れなくてはならなくなる。それは、いま彼が何より向き合うことを避けたい事態のはずだったのだ。

小三郎は、ぐるりと身体《からだ》を回して戦場全体を眺め渡した。右手、砂丘の中央を、十数騎がゆっくりと進んでいる。先頭の騎兵が持つ旗印と、男たちのみなりから判断するに、ふたり目はおそらくナッサウ伯マウリッツ公だろう。その後ろに、公の弟や甥《おい》たち、それに幕僚たちが従っているのだ。マウリッツ公も、勝利とはいえ味方のこの大損害に、言葉を失っていることだろう。

小三郎はふと思い出した。小谷城が落ちて降伏したとき、草地に集められ座らされた自分たちの前を、ひとりの武将が馬で通っていったのだった。馬廻り衆やお付きの者を従えてだ。南蛮胴の鎧《よろい》をつけ、マンテルをひるがえした、敵方の総大将、織田信長。いま遠目で見るマウリッツ公の姿が、あの信長に似ているというわけではないが、なぜか小三郎は唐突に信長のことを思い出したのだった。

小谷城が落ちたのは、弟の勘四郎が元服したばかりの天正元年のことだった。エウロパの暦で言うならば、それは一五七三年のことになる。あれから二十七年。

遠くまで来たな、と小三郎は、マウリッツを遠目に見ながら、小さく息を吐いた。

フロールの町の城門は、なるほど塔のある古い様のものだった。当然ながらこれに連なる城壁も、垂直の壁を持つ古い様式である。砲のない時代で、また敵が夜盗の類だけであればともかく、いまのスパニィエ軍が本気になって攻略にかかれば、この町は一週間と持つまい。城壁のどこかに集中して砲撃があり、やがてそこに開いた突入口に歩兵が殺到して城内に攻め込む。市民兵は、そう長いこと抵抗もできない。素直に降伏しなかった懲罰として、スパニィエ軍は兵士たちに掠奪を許す。女たちも片っ端から兵士たちに襲われることだろう。再建まで、三十年かかるか。あるいは一世紀か。

いま次郎左は塔の上にいる。先日ザルトボメルまでやってきた町衆が一緒だ。バンネクークたちだ。デン・ハーハから呼ばれたバレンツ親方もいる。

次郎左の隣りで、町長のバルネフェルトが言った。

「共和国側について蜂起したとき、当然城壁の改修も話題になった。いま様の城壁にすべきだとな。しかし誰も、いま様の城壁にすることがどれだけ価値のあることか、知らなかった」

もちろん次郎左は耳にしている。反乱、蜂起が始まって以来、多くの町が攻防戦の舞台となった。早々といま様の城壁にした町でも、攻略されたところはあったし、古い城壁だからと言って、簡単には落ちなかった町もある。たしかにカネを出すことになる市民の中には、築き直しの意味を疑う者も出ておかしくはない。

「そうこうしているところで」とバルネフェルトが言った。「ザルトボメルの攻囲戦だ。メンドーサ提督の大軍に攻囲されて、ひと月耐えた。聞けば、町なかにはただの一発の砲弾も落ちなかったというではないか」

「マウリッツ公の敷いた陣が、強固でした」

「城壁と水濠は、アントニスゾーンの指図。まったくいま様のものだそうだな」

「攻囲されたとき、まだ完全にはできておりませんでしたが」

「それでも、落ちなかった。いま様の稜堡式城壁がこれほどのものとは、誰も思っていなかった。ザルトボメルがその城壁で耐えたのなら、わたしたちもカネを出す理由が出来るというものだ」

バレンツ親方が言った。

「何度も言うが、おれはそんな城壁は築いたことがないんだぞ」

彼はもう六十を越えた歳《とし》だろうか。いくらか耳が遠いようだ。

バルネフェルトが言った。

「大丈夫だ。親方、あんたは普請場で職人たちを監督してくれ。指図を作るのも、大事な部分の石や煉り瓦を積むのも、この男がやってくれる」

バレンツが、かまわないというようにうなずいてから、次郎左に訊いてきた。

「ひとつだけ教えてくれ」

次郎左はきょう、このフロールの町に着いて初めて、バレンツ親方と会ったのだ。彼は、デン・ハーハから職人をひとり、徒弟を三人従えてやってきていた。

「なんでしょう？」と次郎左は首を傾けた。

「ザルトボメルでは、城内にいて不安はなかったのか。その城壁は絶対に破られないと、信じていたのか？」

この答えは、町長やほかの町衆に聞かせておかねばならなかった。

次郎左はきっぱりと言った。

「当然です」

「絶対に落とせないと？」

「もし援軍が来るまで三月かかるとしても、それまでは持ちこたえると。さいわいマウリッツ公は素早く駆けつけてくださいましたが」

バレンツもほかの町衆も満足そうにうなずいた。

「よし」バレンツは言った。「きょうの午後から、測地にかかるとしよう」

塔を降りて、町衆と一緒に小麦商組合の事務所に行った。町長がふだんいるのは、この建物の中なのだ。

若い事務員が、次郎左に声をかけてきた。

「石積みのジロウザってひと宛《あて》に、組合の行囊《こうのう》で手紙が届きましたが」

「おれに？」

封筒が手渡された。次郎左はバンネクークに、読んで欲しいと頼んだ。

バンネクークは封筒を受け取り、リートヘルトからの書状だ、と言った。オーステンデの町からだと。

春に自分を誘いに来た男だ。

バンネクークは、中の書面をざっと読んでから言った。

「オーステンデはあんたを待っているそうだ。いつでも来てくれと。ニーウポールトの戦いに勝ったおかげで、町はスパニィエ軍の目の敵にされた。城壁の築き直しは急務だと」

「それだけ、ですか？」

「もうひとことある」バンネクークはもう一度書面に目を落して言った。「この町にはいま、共和国軍の銃士としてふたりの日本人がいるそうだ。ウリュウ兄弟、というふたりだという」

「あ」と、思わず次郎左は声を上げていた。

瓜生兄弟が、ネーデルラントの兵士として、オーステンデの町にいる！

なるほど、これは、と次郎左は思った。自分をオーステンデに呼び寄せるいい理由だ。いま自分は契約したばかり。すぐには動くことはできないにせよだ。

バレンツ親方が、不思議そうに首を傾けた。

次郎左は言った。

「一度わたしを誘ってくれた職人からの手紙です」

「行くのか？」

「この町の普請が終わってから考えます」

行くのは、二年後か、それとも三年後か。仕事とは別に、冬のあいだ普請が止まる時期にでも足を向けてもよいかと思った。もしいまあの兄弟と会えるなら、自分が日本人に会うのは、十五年ぶりになるのだ。

一六〇〇年の八月だった。

10

かつて見たときは、その一帯は入り江だった。漁師たちの小舟が浮かぶ浅い海だったのだ。人家と言えば、入り江の奥の方向に数十戸あるだけの寒村でしかなかった。

しかしいま、入り江は埋め立てられ、正面の小島とつながって、その築地の上に武家屋敷が建ち並んでいる。漁村のあった方角には、多くの町屋。江戸の町は、十数年で一変していた。

鎌倉と川越とを結ぶ街道が入り江の際《きわ》に延びていたが、この街道も広げられていた。多くの人馬が行き交う大往還の様相である。

この街道に直角につながるように、江戸城の大手口が作られている。その真正面、武家屋敷の並ぶ土地の先の運河一帯は、いつのまにか八重洲《やえす》河岸と呼ばれるようになっていた。もともとの地名ではない。ここに住居を与えられたオランダ人ヤン・ヨーステンの名から来ている。彼は耶揚子《やようす》という日本名を持っていたため、その住居のある一帯が、日本語の響きとして自然な八重洲という呼び名に落ち着いたのだ。

徳川家康は、この一帯を見下ろす小高い丘の上にいる。いまここには物見の矢倉が建て直されており、息子の秀忠《ひでただ》や側近、配下の者たち三十人ばかりが、矢倉の建つ背後の曲輪《くるわ》を埋めていた。

家康は昨日、伏見から江戸に到着したばかりだった。関が原の勝利から丸三年、この年の二月には征夷《せいい》大将軍に任じられて、武家の頂点に立った。以来九カ月あまり、伏見を拠点に、朝廷や諸大名との煩瑣《はんさ》な儀式やら手続き、そして政《まつりごと》の諸事をこなしていた。そしてようやくみずからの本拠地・江戸に帰ることができたのだ。きょうかららしばらくは、江戸と関東の支配を安定したものとするため、大名としての政に専念しなければならなかった。

すっかり変わった城下を見渡し終えると、秀忠の附家老、大久保《おおくぼ》忠隣《ただちか》が言った。

「いかがでござりますか、江戸の町。十三年前はなんとも寒々しい漁村であったことが、嘘《うそ》のような賑《にぎ》わいにございます」

家康はうなずいた。

「たしかに。だが、城はまだまだ備えが甘い。広げて、築き直すぞ。将軍の城にふさわしいだけのものにする」

「総構えにございますか。小田原城のような」

「いや、日の本にはまだないような」

「親方がおりまするか？」

家康は振り返った。いまここに、家臣として取り立てたヤン・ヨーステンを呼び出していた。江戸の側近から伏見への書状で、ヤン・ヨーステンが城造りのことで何か言上したいことがあると伝えられていたのだ。初めて大坂で会ったとき以来丸三年、日本人の妻をめとったせいもあるのか、彼は言葉も達者になっているとか。

「耶揚子」

「はい、お屋形さま」と、側近たちのうしろから声があった。頭ひとつ大きいから、目立つ。武士の格好で、ヤン・ヨーステンは歩み出てきた。

側近たちの中には、顔をしかめた者もいる。将軍が声をかけたというのに、この男ときたらまるで陣中の武将同士のような顔で御前に出てきた、ということなのだろう。しかし宮中とはちがう。家康はこの場を堅苦しい儀礼の場にするつもりはなかった。

「おひさしゅうございます。ヤン・ヨーステンにございます」

「ほう、言葉も上手となったな」

「お屋形さまのおかげにございます」

「して、申すことがあるとか？　城造りのことだと？」

「はい。三年前は言葉もわからず、お目通りもなかなかかなわないため、申し上げる時機を逸してしまいました。わたし、ネーデルラントからの言伝てを頼まれておりました」

「故郷から言伝てを？　わしにか？」

「はい。ネーデルラントにいる、日の本から来た石積み職人からのものにございます」

「そちの国に、日の本から来た石積みがいると？」

驚いたが、家康はふいに、堺で穴太衆《あのうしゅう》の親方に会ったことを思いだした。あれはもう二十年以上も前のことになるか。本能寺で変のあった前日のことだ。戸波市郎太という名の親方で、家康はその前にも一度、長篠《ながしの》城をめぐる戦いのあとに彼と会ったことがある。駿府城を南蛮ふうに築いてくれぬかと頼んだとき、その親方は息子にやらせてほしいと言ってきた。息子はいま織田信長の命を受け、ローマへの使節に従ってエウロパに向かっているが、帰国したらやらせていただきたいと。ヤン・ヨーステンが言っているのはその男のことか?

いや、その職人はローマに向かったのだ。ネーデルラントではなかったはずだが。

「そのほう、会っているのか?」

「はい。航海に出る前、その職人が城壁普請《ふしん》にかかっている町に出向いて、日の本の事情などつぶさに教えていただきました」

「名前はなんという男だ?」

「それが」ヤン・ヨーステンは、顔を曇らせた。「難破で帳面を失いました。記憶が定かではございませぬ。ジロ、とか。トナとか」

「穴太衆の戸波という親方が、息子をエウロパにやったはずだ」

「トナミ。ああ、トナミであったと思います。トナミ・ジロー。いや、ジロザ」

「してその石積み職人がなんと?」

「はい。日の本に着いたならば、なんとか三河守の徳川さまという……」

その場の空気が一瞬凍りついた。将軍の名をそのように口に出すとは。

しかしヤン・ヨーステンはその場の緊張に気づいたふうもなく続けた。

「お大名に伝えてほしい。役人を通せば、きっと伝わるはずだからと」

「だから、なんと?」

「自分は、お屋形さまが招《よ》ぶのであれば、帰国してエウロパの様の城と町とを築きまする」

「いつのことだ?」

「六年。いや、七年前になりましょう」

突拍子もない話とは思ったが、嘘ではあるまい。あの親方の息子がエウロパを修業して廻り、いまはネーデルラントにいるということなのだろう。エウロパの事情は詳しくは知らぬが、ローマとネーデルラントとのあいだはおそらく、職人や商人たちがあたりまえに行き来しているのだ。

家康はヤン・ヨーステンに訊《き》いた。

「その戸波の職人、腕はよいのか?」

「そのように聞きました。だからこそ、ネーデルラントのあの町が、城壁造りをまかせたのでしょう。ローマでは、もっとも壮麗な寺院の大天蓋《だいてんがい》造りにも関わったと言っておりました」

「お主の国に、書状を出す術はないかな」

「わたしがその石積みに会った当時、わたしたちのほかにも、東インドや日の本に向けて船団を出そうという商人たちは多くおりました。ほどなく、そうした交易船も着くことでしょう」

「ネーデルラント人の来航を待つしかないか」

「いずれ、まちがいなく来ます。そのときに、書状を託すことはできましょう。ネーデルラントの石工の組合を通じて、書状はたしかにその職人に届くはずです」

「お前たちが船を造って、故郷に帰るというのはどうか？」

「船大工がおりませぬ」

家康は、顔を横に向けて言った。

「石見守《いわみのかみ》」

大久保忠隣が、自分のうしろにいる男に目を向けた。

「は」と、大久保長安《おおくぼながやす》が進み出た。彼はいま石見守であるが、さきほど佐渡の金山の奉行も兼任するよう命じたばかりだ。

家康は言った。

「そのほう、この耶揚子から、西南蛮の城と町の様子を聞き出しておけ。その職人が戻ってきたとき、すぐにも城と町造りにかかれるよう、備えておくのだ」

「かしこまりました。して、それまでの普請は?」

「江戸城は、すでに徳川家の城ではなくなった。将軍の城だ。諸大名にも普請を請け負わせる。天下を制した者の城にふさわしいだけの構えと大きさにする。日の本の一番の石積み衆や大工を使ってだ」

そこまで言うと、家康は曲輪の門へ向かって歩き出した。側近や配下の者たちがぞろぞろと続いた。ヤン・ヨーステンも最後に門を出た。


左手に、オーステンデの町並みが見えてきた。

砂州の向こう側に、垂直に建つ古い様式の煉り瓦の城壁がある。その奥に町並み。町は全体に黒っぽく見える。高い塔はない。

城内にもかなりの砲撃を受けたせいなのだろうか。何度か火災も起こったのかもしれない。町はおそらく破壊と硝煙のせいで、あのように黒っぽく汚れているのだ。

舷側《げんそく》に貼《は》りついて見ているトビアが言った。

「父さん、あれがオーステンデなの？」

次郎左は十歳になるトビアの後頭部に手を当てながら言った。

「そうだ」

「ひとが住んでいる？」

「そのはずだ。だからこそ、戦が続いているんだ」

一六〇三年の十一月である。

次郎左はいったんフロールを離れ、息子のトビアを連れて、すでに攻囲戦が二年を超えたオーステンデにやってきたのだった。仕事で雇われたのではない。まったく様変わりしたという攻城戦の様子を、実地に見るためである。フロールを出発した次郎左親子は、ヘレフートスライスの港で川船を降りると、この地に向かう小型の海船に乗り換えた。その船で北海を海岸沿いに西に航行し、いまオーステンデの町を南に見ている。

十一月だ。北海の海面を吹き渡る風は厳しかった。次郎左はありったけの衣類を身にまとい、襟巻きもしていたが、それでも寒さがじんわりとしのびこんでくる。

次郎左の手元には、いくつかの新聞や巷片《こうへん》のかたちの戦況報がある。オーステンデの防衛戦が長引いてから、その戦の様子がひんぱんにこうした印刷物で知らされるようになったのだ。

もちろん次郎左がこの町にやってきたのは、直接には石積み職人リートヘルトからの「日本人銃士がいる」という手紙のせいだ。しかしこうした新聞や巷片にも激しく影響された。これらによれば、オーステンデ防衛戦、スパニィエ側から呼ぶならオーステンデ攻囲戦は、いまや戦いの学校であり、博覧会の様相でもあるのだという。エウロパじゅうの軍人、技術者、築城技師や若い貴族、冒険心ある青年たちが、最新の戦いぶりをこの目でみようとひっきりなしに視察に訪れているとか。新兵器も現地で開発されては即座に投入されているようだ。外科医たちも大勢やってきて、野戦病院で働いている。短期間でたっぷり経験を積むことができるとか。瓜生《うりゅう》兄弟と会うことができれば、たぶん彼らからも戦況や城壁のありようについて、いろいろ有益な話が聞けるだろう。

フランドル地方の北海沿岸にあるこのオーステンデは、スパニィエ側支配地の中に孤立した共和国側の町だ。三年前のニーウポールトの戦いのときも、ナッサウ伯マウリッツが率いた共和国軍はこの町の港に上陸、海岸沿いにスパニィエの私掠《しりゃく》船の根拠地、ニーウポールトの攻略を目指したのだった。野戦で勝利した後、共和国軍はオーステンデの守備兵を増強して、この地から撤収した。

翌年早々、スパニィエは、ニーウポールトの報復としてオーステンデの攻略にかかってきた。およそ一万のスパニィエ軍は陸地側を完全に押さえ、四稜《りょう》の堡塁、小砦《しょうさい》を無数に築くことでネズミ一匹這《は》い出る隙間《すきま》もないほどの攻囲陣地を完成させた。

しかし、オーステンデは北海に面しており、良港がある。共和国からの補給には何の問題もなかった。同盟国イングランドも、オーステンデ防衛に限ってという条件で、数千の軍を送った。ニーウポールトの戦いの立役者のひとりフランシス・ビアー率いる軍勢である。これに少数の共和国軍部隊が加わって、オーステンデは攻囲戦に耐えることになった。

攻めるスパニィエ軍も、ザルトボメルのときのような、城壁を遠巻きにしての単純な砲撃は行わなかった。砲の射程距離内まで接近すべく、さまざまな種類の攻城用新兵器を繰り出して、町に砲撃を加えた。最初の半年で、町なかでは砲弾を浴びていない建物など一軒もないまでとなった。しかし勝敗が決まるほどの大損傷を被《こうむ》ったというわけでもない。町は攻囲下でも城壁の拡張、増設を続け、防御はむしろ日毎《ひごと》に堅くなっていった。一六〇二年一月、スパニィエ軍はしびれを切らしたように総攻撃にかかったけれども、このとき総数一千二百だったオーステンデ守備隊も猛烈に反撃した。最後には水濠《すいごう》の水門のひとつを開けて、空濠《からぼり》にいたスパニィエ軍兵士たちを溺死《できし》させ、この総攻撃を退けたのだった。

しかし残念なことに、ニーウポールトの戦い以降、共和国軍の主力はラインベルク、スライス、フラーフェ、デン・ボス各都市の攻略にかかっていて動けなかった。攻囲陣の外側からスパニィエ軍を攻める手は採れなかったのである。以降、戦は長引いて膠着《こうちゃく》したままである。攻囲開始からすでに二年半がたとうとしていた。ビアー将軍はすでに交代し、いまはネーデルラント人のフレデリク・ファン・ドルプ将軍が守備隊を率いている。

膠着に業を煮やしたスパニィエも、この年、司令官を交代させた。新たに軍司令官に任命されたのは、イタリア人のアンブロジオ・スピノラ将軍である。彼はこの秋、イタリアから大勢の軍事技術者を引き連れてオーステンデにやってきた。この後、戦いの様相が激変したという。

こうした事実を、次郎左はフロールの町にも届く新聞や巷片で知ったのだった。町会に行けば主要な新聞を読むことができたし、行商人から巷片を買うこともできた。オーステンデの戦いの現況は、いまやネーデルラント人の多くにとって常識だった。

もちろん石工たちのあいだにも、それが城塞《じょうさい》都市の攻防戦であることもあり、かなり詳細な情報が伝わっていた。

「あ、光った」とトビアが言った。彼が指差したのは、左手の海岸近くにある堡塁《ほうるい》のひとつだ。スパニィエ軍のものだった。おそらくこの船に向けて威嚇《いかく》射撃したのだろう。しかし海岸まで、船は十分な距離を取っている。砲弾が船に届くことはない。

「この船を狙《ねら》ったんだ。でも距離がある。大丈夫だ」

ほどなくどおんという鈍い音が聞こえ、それから船のずっと海岸寄りの海面で水柱が上がった。

船が向きを変えた。左手の砂州の西側から回り込むようだ。城壁の背後に、船着場があるのだろう。

次郎左はトビアに言った。

「荷物を背負え。船はじきに港に入るぞ」

およそ半刻《はんとき》後に、次郎左たちは船を降りて、オーステンデ港の岸壁に立ったのだった。

降り立つなり、トビアが顔をしかめた。

硝煙の匂《にお》いだ。フロールでは、守備隊の訓練のとき以外では嗅《か》げぬ匂い。トビアはたぶんザルトボメル攻囲戦のときも、この匂いを意識していなかったろう。

「戦場なんだ」と次郎左は言った。「大砲の弾が飛ぶ。兵士たちは小銃も撃つ。この火薬が燃えた匂いにも、すぐに慣れる」

船着場では、荷下ろしの作業があわただしく進められている。いまスパニィエ軍の砲は射程外にあるとはいえ、いつなんどき、守備隊の裏をかいて接近してきた砲が火を噴くかわからない。荷下ろしでぐずぐずしてはいられないのだ。船の上の船員たちの声も、切迫していた。

船から多くの麻袋や籠《かご》、木箱が下ろされたけれども、積み荷は少なめだった。毛織物工業で栄えていたはずの町だが、攻囲戦が長引いてからは、やはり閉鎖した工房も出てきているのだろう。織機やそのほかの道具類を運び出すのはなかなか手間のはずだから、丸ごと避難した工房はそんなにないかもしれないが。いまこの町には、織物業に携わる職人や商人よりも、軍と戦争に関わる男たち女たちのほうが多いのかもしれなかった。

船着場の左右にも城壁があって、稜堡が設けられている。海に向いた砲狭間《はざま》から、砲口が見えた。町に塔はなく、全体に平たく見える。高い建物や塔は、あらかた砲撃で崩されたのだろうか。

城壁は、拡張と増設を重ねていると聞いている。次郎左はその全体を見てみたかった。そのためには高いところに立たねばならない。ふつうの町であれば教会の塔がもっとも高いが、ここでそれに代わる場所となると——。

船着場から町の中心部方向へ延びる街路の先に、わりあい高めの建物が見えた。屋根が一部崩落し、小屋組がむき出しになっている。何か公的な施設だろう。織物の取引所とか、あるいは商工業者の寄合所とか。おそらく砲弾を受けて屋根が崩れたが、再び標的になることをおそれて、修復はしないままなのだ。

あの壁の上からならばどうだ？

次郎左はトビアを連れて、その建物へと歩いた。

石造りのその建物の前まで来て通行人に訊《たず》ねると、そこは想像したとおり、織物業者たちが使う取引所の建物だった。攻囲戦が始まってごくはじめのころに砲弾を受けたのだという。取引所は別の建物に移ったので、いまは放置されているとのことだった。玄関の扉はふさがれているが、横手の窓から中に入ることができそうだ。

次郎左はトビアに、建物の外で待つように言った。自分だけ、高い位置から町の城壁の様子を眺めてみるつもりだった。

三階までは階段を使うことができた。しかし三階の天井はなく、小屋組の木材が三階の床に崩れ落ちていた。その床もいまにも抜けて下に落ちそうに見える。次郎左は、転がっている木材を内壁に立てかけ、なんとか壁の上から外をのぞいてみた。

それを四方の壁で繰り返してみてわかった。なるほど、リボルノのように、最初から町全体を囲む稜堡様式の城壁を築いたのではなかった。最初はごく小さな、古いかたちの城壁の町だったのだ。その後、城壁の外に水濠を掘削、稜堡を付け足し、さらに付け足するかたちで、いまの城壁が造られた。環濠は場所によっては二重であり、四重となっているところもある。もっとも外の濠の向こうにも、いくつか稜堡が見える。稜堡の配置はきわめて複雑で、はたして両隣り相互の関係が考慮されているのか疑わしい部分もあった。攻囲戦が始まってから、砲撃を受けて弱点とわかった場所に次々と、あまり計画性もなしに稜堡を設けていったせいではないかと想像できた。とくに南側の稜堡の数が多く、配置も入り組んでいた。

攻囲するスパニィエ軍は、守備側の砲の射程外ぎりぎりのところにぎっしりと、堡塁を設けているように見える。おそらくはその背後に、スピノラ将軍の司令部や軍の野営地があるはずだった。

そこまで確かめると、次郎左は階段を降りて取引所の建物を出た。建物の正面入り口の階段で、トビアが待っていた。階段の石の上に石蠟《せきろう》で何か書いているところだった。文字の練習かと思ってのぞくと、それは通りの向かい側にある荷車の絵だった。車輪も、遠近感も、わりあい正確に描かれていた。次郎左は、息子がもうそれだけの観察力と描写力を持っていることに驚いた。幾何学の初歩を教えるのもまだ早いかと思っていたのにだ。

「父さん」とトビアが顔を上げた。

「普請場に行くぞ。来い」

トビアは立ち上がってついてきた。

通りを南に向かって歩いてゆくと、ところどころに砲弾の痕《あと》も生々しい建物があった。壁に大穴が開くか、崩れたりしている。完全に崩れ落ち、瓦礫《がれき》の山になっているものもいくつか見た。素材は煉瓦が多く見えたが、石材もある。フランドルでは、石は手に入りやすいのかもしれない。

最初の城壁には、すぐに行き当たった。船着場からわずか二町ほどである。城戸口を抜けると、すぐに環濠があって、左右に稜堡が並んでいる。兵士たちの姿が目につくようになった。稜堡を抜けて、次の城戸口に達した。その外にもさらに環濠が掘られていた。つまりこのあたり、城壁と水濠は三重ということになる。右手では、稜堡の土盛りと城壁積みの普請が行われている。リートヘルトがいるとしたらあのあたりだろう。リートヘルトが見つかれば、瓜生兄弟がどこにいるかも教えてもらえるはずだ。

次郎左はその普請場の方に続いている砕石敷きの塁道を歩きだした。左手から、銃を持った小柄な男がふたり、塁道を横切るように歩いてきた。つばの広い帽子をかぶった銃士たちだ。次郎左は立ち止まって道を開けた。

ひとりが次郎左に顔を向けてきた。その目が大きく見開かれた。次の瞬間、男の顔に驚嘆と歓喜が広がった。

「次郎左！」懐《なつか》しい言葉だった。「お前だな？」

声は忘れていた。しかも男は髭面《ひげづら》ときている。しかし、瓜生小三郎であることは間違いない。

「小三郎、久しぶりだ」

そのうしろの男も足を止めて、次郎左を見つめてくる。

「次郎左、なんてところで会うんだ！」

勘四郎だ。

小三郎が真正面に歩いてきて、がっしりと次郎左の両肩をつかんだ。

「ここの石積み職人から、あんたたち兄弟がいると聞いていた。おれはいまネーデルラントで働いているんだ」

「おれたちは」と、小三郎は腕を離し、自分の風体を見てから言った。「いろいろあったが、いまは共和国軍の銃士だ」

「ポルトガルにも雇われたんだろう？」

「スパニィエにもだ。反対側で戦っていたこともある」

勘四郎が、小三郎の横にまわってしげしげと次郎左を見つめてきた。

「マカオ以来か」

小三郎が訊いた。

「その子は？」

次郎左はトビアを示して言った。

「息子だ。トビアという。トスカーナで所帯を持ったんだ。三人の子持ちだ。お前は？」

「おれはひとり身だ。こいつは」小三郎は勘四郎を指さした。「ネーデルラント人の女房を持った。子供もいる」

「この町に？」

「いや、デン・ハーハだ」

勘四郎が、次郎左とトビアを交互に見ながら言った。

「積もる話をしたい。オーステンデにはしばらくいるのか？」

「数日のつもりだ。いちばん新しい築城術を見るために来たんだ」

そのときだ。勘四郎が城壁の外のほうにふいに顔を向けた。

「来る！」

ひゅるるという音がする。鋭い叫び声もいくつか聞こえた。次の瞬間、小三郎がトビアを突き飛ばすようにして言った。

「飛び込め！」

塁道の左手が、一段低い曲輪状の平坦地《へいたんち》となっている。ひとの胸ほどの深さだ。勘四郎がその段差を飛んだ。次郎左も、トビアの手を取って飛び下りた。ついで小三郎が飛び下りた刹那《せつな》、城壁の外で衝撃音。砲弾が、水濠に落ちたようだ。水しぶきの上がる音が聞こえた。

すぐに二発目の着弾があった。こんどは城壁に直接着弾したようだ。バリバリと激しい破壊音がした。煉瓦か石の破片が空に飛んだ。ついでもう一発の着弾。こんどはさっきの砲弾よりも右手方向の城壁に当たったようだ。また石の欠片《かけら》が飛び散って、鉱物の匂いがあたりに漂った。

次郎左たちが内壁に背を預けて身を縮めていると、小三郎が言った。

「三日前から、ここを狙っている。届くようになった」

叫び声が飛び交っている。士官たちが、部下に何ごとか指示しているようだ。

小三郎が言った。

「いかねばならん。あとで会おう」

「攻撃があるんじゃないのか」

「今夜はない。新しい砲座からの試し撃ちだ」

「どこで会える？」

「内城門で」

小三郎たちは、再び稜堡上の塁道に上がると、振り返りながら稜堡の先にある城壁の方へと駆けていった。

トビアが不思議そうに次郎左を見上げてきた。彼にはいまの日本語のやりとりは、ほとんど理解できていなかったはずなのだ。

「父さんのくにのひとたちだ。何度も話したろう。日の本というくにだ。あのふたりは、父さんの古い友人だ」

「銃士なんだね」

「日の本にいたときから、ずっと戦い続けている男たちさ」

トビアは空に目を向けてから訊いた。

「まだ大砲の弾が飛んでくる？」

「わからん。しばらくこうしていよう」

また大きな音。すぐ近くの砲座から、味方が撃ったようだ。四発、発射音が続いた。しばらく次郎左はその場を動かなかった。やがてひとの声が聞こえるようになり、城壁上を動き回る足音も聞こえてきた。応酬は終わったのだろう。

「ここにいろ」とトビアに指示して、次郎左は塁道の上に上がり、しゃがみこんだ。城壁の内側で、銃士たちがすでに戦闘態勢になっていた。砲手たちも砲に取りついている。士官らしき男がひとり、砲の横手で遠眼鏡を使っていた。

そのうしろを、身を屈《かが》めて走ってくる男たちがいる。七、八人だ。石積み職人たちのようだった。彼らはいまの砲撃まで、城壁の外側で作業をしていたのかもしれない。

職人たちの先頭にいた男が、次郎左の前まで来て、足を止めた。驚いた顔で、次郎左を見つめてくる。無骨そうな大男。

「ジロウザさん？」

「リートヘルトさんか？」

「とうとうやってきてくれたのか」

「ちがう」とあわてて次郎左は首を振った。「ただ、石積みや築城家ならここを見ろと聞いたんだ。多くのことが学べると」

「血なまぐさい学校だ。毎日のようにひとが死んでいる」

すでに親しくなっているかのような口調だった。同じ石積み職人同士だ。次郎左は気にしなかった。

「砲弾が届くまで敵が迫っているとは」

「スピノラ将軍がやってきてから、戦法が変わったんだ」

リートヘルトは、ほかの職人たちに言った。

「飯場に戻っていろ。落ち着いたようなら、また石を積み直す」

職人たちは背を低くして、稜堡から城戸口にかかる橋の方へと駆けていった。

リートヘルトは次郎左に顔を向け直して言った。

「スピノラ将軍は、おとりや斥候《せっこう》を使って、守備の手薄な場所や死角を探り出した」

「さっき高い建物の上から城壁を見渡したけれど、死角なんてあるのか？」

「つぎはぎを繰り返して造ってきた城壁だ。知らぬうちに死角は出来ていた。砲の足りない稜堡もある。スピノラは、そこに集中的に攻撃をしかけ、こちらの砲を沈黙させては、砲台を前進させてきた」

「どうりで、城内に着弾の痕が目立った」

「いま守備兵は一千二百だ。全体に満遍なく配置されているわけではないし、どこかが砲撃されればそこの守備に駆けつける。するとべつのところがまた手薄になる」

「歩兵が城壁に近づく前に、砲撃で退けられるのではないか」

「この二年半のあいだに、連中も学んだ。身をさらしては来ぬ。塹壕《ざんごう》を少しずつ掘り進めてくるのだ。ジグザグに、砲弾をうまくよけるように。そうして十分に近づいた場所から、小銃で攻撃をしかけてくる。堡塁の砲台からの砲撃と合わせてだ。これまではなんとかしのいできたが、厳しい」

「マウリッツ公は後詰めを出さぬのか？」

「共和国軍の主力も、身動きが取れぬようだ」

「では、このままだと、町は危ないのではないか」

「ああ」リートヘルトは上着の胸を掻《か》き合わせて言った。「破壊された城壁を直そうにも、こんな季節だ。目地《めじ》の石灰が乾かぬ。いったん破壊されると、あとは手の打ちようがない。同じ場所にさらに砲弾を打ち込まれて、突破口を作られてしまう」リートヘルトはとつぜんよいことを思いついたという顔になった。「あんた、手伝っていってくれぬか。ブロンクホルスト親方にすぐ引き合わせる」

「手の打ちようがないのに？」

「石灰が固まらなくとも、とりあえず穴はふさがなくてはならない。職人が必要だ」

「おれは、働くつもりで来たのではないんだ。数日いたら、フロールに帰る。女房や子供たちが待っている」

　リートヘルトは乞《こ》うような顔になって言った。

「ほんの数日でも」

　ふと思いついたことがあった。次郎左は訊いた。

「いま安全な場所で、その破壊された城壁を見ることはできないか？」

　リートヘルトは、左手を示して言った。

「先週破壊された城壁がある。こっちからも敵の塹壕や堡塁を砲撃したんで、向こうはその場の攻撃をあきらめた。そこなら」

　次郎左は、下の曲輪にいるトビアに言った。

「一緒にこい」

　トビアは、かすかに不安げな顔を見せた。

「もう大丈夫だ」と次郎左は微笑を見せてやった。「父さんのそばにいれば心配ない」

「うん」

トビアが塁道に上がってきた。

リートヘルトが歩き出した。次郎左たちも続いた。

そこは町の南西側にある城壁の外側、稜堡の左斜堤だった。石を積んだ城壁の一部が、砲撃によって破壊されている。上端がえぐられている部分と、へこみのできている部分が二カ所あった。直径で言うと、一間半から二間という大きさだ。えぐられた部分には、細かく砕かれた石や煉り瓦が詰め込まれている。

次郎左はその修復の様子を見て、言葉を失った。

「これでは……」

「わかっている」とリートヘルトが言った。「次は砲弾でなくても、棒を突っ込むだけで崩れる。しかし、目地を固められない以上、これしかできることはない」

次郎左は言った。

「ここだけでも、補修してしまおう」

リートヘルトが驚いた顔で言った。

「これ以上の何ができる?」

「くにの石積み術が使える」

「ヤパンの？」

「ああ、穴太《あのう》積みというんだ。目地に石灰を使わない」

「使わずに、積めるのか？　イングランドの田舎じゃ、やってるらしいが」

「垂直の壁なら無理だ。だけど、この勾配《こうばい》のある壁ならできる。人手を集めてくれ。この詰め石を取り除く」

「代わりに何を積むんだ？」

「城内の瓦礫の中から、切り石を選んで運ぶ」

「すぐに」

次郎左はリートヘルトが預けてくれた職人たちと一緒に、町の瓦礫の中から切り石を選んで、荷車に乗せた。切り石はおおむね長さが二尺ぐらい。木材でいえば小口にあたる部分の大きさが一尺四方前後だった。もちろんそれより大きいものもあれば積んだし、部分的に欠けた切り石も選び出した。

破壊された城壁に戻ると、リートヘルトたちがすっかり詰め石を取り除いていた。そばに立って作業を指示している初老の男が、ブロンクホルスト親方のようだ。鼻の赤い、たぶん大酒呑《の》みとわかる中年男だった。

リートヘルトが親方に次郎左を紹介してくれた。

「ヤパンの積み方だと？」と親方は不審そうに訊いた。「ここで使えるのか？」

「城壁の補修にならな」

次郎左は、城壁と石を交互に指さしながら説明した。

「石は、壁面の勾配に直角に。つまり後方に傾斜をつけたかたちで置く。奥行き方向に長辺を使うんだ」

リートヘルトが首をかしげた。

「せっかくの切り石の大きな面を、正面に使わないのか」

「ここに必要なのは、美しさじゃない。強さだ」

「積み方は？」

「互い違いでいい。石灰《フーテン》は使わない。前面に隙間ができたら、そこには小石を詰める。石の後ろは砕石を二尺ぐらいの厚さで。その後ろは土を搗《つ》き固める。あとはほかの城壁部分に合わせて土を盛る」

ブロンクホルスト親方は、さすがに専門の職人だった。すぐにその積み方の有効性に気づいたようだ。

「なるほど十分だ。春までしのげる」

リートヘルトが親方に言った。

「上端が吹っ飛ばされた箇所なら、これで補修できます。でも、壁の真ん中に開けられたへこみはどうします？」

ブロンクホルスト親方が言った。

「崩れが大きくなってからの補修でいい。この積み方なら、手間はかからない。この程度の穴なら、一日で直せる。守備隊に応射してもらっているあいだにもやれるな」

ブロンクホルスト親方は、次郎左に言った。

「職人たちに指図してやってくれ」

リートヘルトも言った。

「ここまで関わったんだ。あとはまかせたなんて言うなよ」

しかたがない。石を選びに行ったときに、それはもう覚悟していた。

次郎左はトビアのことを思い出して、あたりを見渡した。

トビアは、稜堡の先端に立っていた。横に男がいる。何か胸の前に広げていた。画家？

この攻囲戦について、あれだけ絵入りの新聞や巷片が印刷されているのだ。この町には銅版画を描く画家たちも、ひっきりなしに訪れているはずだ。トビアの横に立っているのは、そのひとりなのだろう。

次郎左はトビアを呼んだ。何日かこの町で働くことになると、言っておかねばならなかった。

トビアは次郎左のもとに近寄ってきて、言った。

「あのひと、絵描きさんなんだって。鉛筆で、ここの城壁の様子を描いていた」

「面白かったか?」

「うん」とトビアは、絵描きだという男を振り返って言った。「絵がとっても上手だった」

「そりゃあそうだ。絵描きなんだ。お師匠さんのもとで修業している。それより、父さんはこの町にあと何日かいることになったぞ。働くんだ」

「ぼくは?」

「父さんの仕事をそばで見ていろ」

「あの絵描きさんの仕事を見ていちゃいけない?」

自分の言いつけに従わないのかと、次郎左は一瞬寂しく思った。しかし、子供のことだ。すぐに飽きるだろう。

「かまわないが、邪魔をするなよ」

「うん」

ブロンクホルスト親方が、まわりにいる職人や徒弟たちに声をかけた。

「始めるぞ。集まれ」

次郎左は、襟巻きを巻き直してから、一歩前に出た。

城壁の修復は陽が完全に落ちてからも、かがり火を焚《た》いて続けられた。もともと砲弾が当たって吹き飛んだ部分だから、さほどの規模の作業にはならない。ただ、攻囲戦のさなかということもあり、可能ならば早く済ませてしまうに越したことはないのだ。途中、この修復のことを聞きつけたファン・ドルプ将軍も見にやってきた。現在の守備隊の司令官だ。

ブロンクホルスト親方はファン・ドルプ将軍に言った。

「春までは、この積み方でなんとか時間を稼ぎます。援護の砲撃があれば、明日はきよう破壊された部分を修復いたしまさあ」

ファン・ドルプ将軍は心強いという顔になって言った。

「やってやる。城壁を直してくれるなら、いくらでも撃ってやる」

その夜、小三郎、勘四郎の兄弟とは、ふたりがよく行くという旅籠《はたご》で酒を飲むことになった。トビアは夕食を食べたあとは、旅籠の寝台で眠ってしまった。

三人は泥炭《でいたん》を燃やす暖炉のそばで、ひたすら麦酒《ビール》を飲み続け、互いが生きてきた歳月を語り合った。

途中、小三郎は何度も言った。

「堺でお前に初めて会ったとき、おれは自分がエウロパで侍となることなど、夢にも考えてはいなかった。ただ、おれの腕を買ってくれる親方がいるところならどこにでも行こうという気持ちがあっただけだ。そうしたらいつのまにか、ネーデルラントにいた。まったくわからぬものよのう、ひとの運命というのは」

次郎左も何度も同意した。

「エウロパで石積みを学んだら、すぐにも日の本に帰るつもりだった。なのにいつのまにか所帯を持ち、この北国まで来て石を積んでいる。出航の前も、航海中も、こんなことは夢にも見なかった」

勘四郎だけは、ちがう想《おも》いを持ち続けていたようだ。

「考えたことはなかった。だがおれは、どんな運命でも受け入れてやろうとは思っていたぞ。たとえ地獄で閻魔《えんま》さまの片腕になるというのでも、それが運命なら、喜んで引き受けてやろうと思っていた」

それぞれの話が一段落したときに、小三郎が訊いた。

「それでお主、いずれは日の本に帰るつもりなのか？　そのとき女房子供はどうする？」

次郎左は答えた。

「父と三河守さまとの約はもう古いものだ。まだ三河守さまがおれを必要としているかどうかはわからぬ。だが、もし帰ってきて約束通りのエウロパの様の城壁を築けと言ってくれるなら、おれは帰ろうと思う。そもそもエウロパで築城術を学ぶのはそのためだった。日の本でその術を生かすためだ」

「大航海となる。女子供には厳しい旅となろう。そもそも船は女を乗せてくれるのか？」

「そのうちネーデルラントは、女子供も連れて大海原を渡ると聞いている。新天地を築くために」

勘四郎が言った。

「その話は聞いている。たしか新大陸にはもう移民の家族が向かったとか。日の本にも、いずれ女子供が行けるようになるのではないか」

次郎左は言った。

「築城術がエウロパで一変したように、航海術も日々優れたものになっている。日の本は確実に近くなっているんだ。お主らは、帰るつもりはないのか？」

「もうここでいい」と、小三郎は首を振った。少し寂しげな笑みだった。「こっちにもなじんだ。言葉も使えるようになった。いまさら日の本に帰ったところでこの歳《とし》だ。もう侍となるのは無理。ならば、この地であと数年、身体《からだ》が動くうちは銃士をやるさ」

「そのあとは？」

「こんな酒場の下働きでも」

勘四郎も言った。

「女房子供がいる。戦争が終わったら、おれは女房子供と暮らす。女房の故郷の町で、何か仕事を探してもいい。デン・ハーハにも働き口はあるかもしれない」

「戦争が長引いたら？」と小三郎が訊いた。

勘四郎が答えた。

「つぎはもう召募に応じない」

ふたときばかりも歓談したところで、旅籠の主人が言った。

「そろそろ店を閉めたいのだが」

おひらきにすることにした。また明日にでも会おうということにして。

翌日、次郎左はブロンクホルスト親方のもとで、城壁の別の部分の修復作業にあたった。

この日トビアは午前中も昨日の絵描きにくっついていった。よっぽど絵描きの仕事が面白いと見える。半刻もしたころに、トビアは絵描きと一緒に作業の場に戻ってきた。

絵描きがあいさつするので、次郎左も会釈《えしやく》した。ウィレム・フィクトルスだと彼は名乗った。三十歳ちょうどくらいと見える男だ。背はあまり高くなく、黒髪だった。

フィクトルスは言った。

「仕事の様子を写生させていただいてかまいませんか？」

「おれはかまわないよ」と、次郎左は親方に顔を向けながら言った。親方もうなずいた。

「あなたは日本人だとか。息子さんから聞きました」

「ああ。そのとおりだ」

「イタリアにもいたそうですね」

「たしかに。ローマ、フィレンツェ、リボルノ。リスボンもマドリーも通ってきた」

「うらやましい。いつかわたしもイタリアに行きたいものです」

「絵の修業に？」

「芸術を学ぶなら、ローマですから」

「建築については、たしかにそう思えたし、みなもそう言うな」

トビアが自慢げに言った。

「父さんは、ローマでサン・ピエトロ大聖堂の円蓋も積んだんだよ」

フィクトルスは目を丸くした。

「そんなに素晴らしい石工が、わたしの目の前にいるんだ！」

「あんたはどこで修業したんだ？　親方のもとについたんだろう？」

「ライデンです。ヤーコブ・ファン・スブァーネンブルフ師匠のもとで、建築画、風景画を学びました。いまも師匠のもとにいますが、聖ルカ組合の一員です」

一人前の絵描きだということだ。

ふと気になって、次郎左はフィクトルスに訊いた。

「あんたは、そういう絵を一方の側からだけ描くのか？」

「いいえ」とフィクトルスは笑った。「明日は、スパニィエの側にまわってみるつもりです。遠回りして、包囲陣の外から近づくことになりますが。向こう側の様子を描いた絵は、たぶんフランドルやフランスでも売れるでしょう」

「鉛筆の絵が？」

「銅版に彫り直します。ライデンの印刷工房が、これを何百枚と刷るのです」

「あっち側に行って、密偵と間違えられたりする心配はないのか？」

「大丈夫です。いま、この戦場にはエウロパじゅうから観戦者が来ているのです」

「知っている。おれもそのひとりだ」

「最前線まで行こうとしない限りは、むしろ絵描きは歓迎されるでしょう。この三年のあいだに、何十人もの絵描きがそうしてきましたから」

フィクトルスは城壁の上に小さな折り畳みの椅子《いす》を置くと、その上に腰をおろした。

四日間で次郎左は崩れた城壁の修復をずいぶんこなした。七、八カ所、直したことだろう。もちろんまだ崩れた箇所は多いが、大急ぎで修復しなければならない部分だけはなんとか終えたと思えた。

四日目の夜、リートヘルトとブロンクホルスト親方が、夜食に誘ってくれた。礼としてごちそうするという。ありがたく受けることにした。

麦酒を飲み出したときに、親方が言った。

「どうしても帰ってしまうのか？」

次郎左は、その話題かと苦笑した。きっとまだいてくれと誘われると予想していたのだ。

「女房にも、すぐに帰ると言ってきたのです。これ以上いると心配します」

「手紙を出せばいい。使いをやってもいい」

「勘弁してください。何の準備もせずにやってきたんですから」

「フロールだって、普請は止まっているんだろう？」

「終わりました。冬なので、そのまま滞在しているだけです」

「このあとの予定は？」

「まだ決めていませんが」

「ここにいてくれ。マウリッツ公が主力をこっちにまわしてくれたら、そこで戦は終わる。それまでなんとか、持ちこたえねばならないんだ」

「無理です」

「どうしてもか」

「申し訳ありませんが」

リートヘルトが、やっぱり駄目か、というように頭を大きく振った。

翌日、昼近くに船着場に向かうと、ちょうど着いたばかりの船から、フィクトルスが降りてきたところだった。画架や椅子をくりつけた大荷物を背負っている。スパニィエ側の陣を見てきたところなのだろう。

次郎左は彼を呼び止めて訊いた。

「あっちの様子はどうだった？　苦戦しているという見方なのかね」

フィクトルスは言った。

「どうなんでしょうね。攻めあぐねているけれど、いよいよ勝てると思っているのかもしれません。少なくとも焦《あせ》りはないようだ。補給も十分のようですし」

「向こうにもやはり、大勢の軍人や築城家が観戦に来ている？」

「ええ。スパニィエ本国、ポルトガル、フランス、スイス、ナポリ、ベネツィア、ローマからも。そうそう、スピノラ将軍が連れてきた技術者たちの中には、トスカーナの築城家がいたそうです」

誰だろうと、次郎左は気になった。ブオンタレンティ？　まさか。

「名前は訊いた？」

フィクトルスは答えた。

「高名な建築家ブオンタレンティの弟子という築城家です。ジョバンニ・カゾーネという人物だとか」

あのジョバンニ？　彼がこのオーステンデにいるのか？　それはブオンタレンティが派遣したということか？　それともジョバンニは独立し、自分の意志でやってきているのか？

フィクトルスが言った。

「カゾーネは、たいへんに有能な築城家だと聞きました。スピノラ将軍のもとで、四稜の堡塁の建設を指揮、監督しているとか。またあなたと同じ、サン・ピエトロの円蓋を積んだという石工もローマから来ているそうですよ」

「その石工の名は？」

「アントニオ・イモラという職人とか」

イモラ。

忘れられない名前だ。おそらくは自分を恨んで教皇庁に売った男。次郎左が異教の印をサン・ピエトロ大聖堂の円蓋の石に刻み込んだ、と讒言《ざんげん》した男だ。次郎左がローマを逃げなければならなくなったのは彼のせいだった。そのイモラもまたここにいて、スピノラ将軍の攻撃を支えているというのか。

「いいことを教えてもらった」

次郎左は礼を言って、船着場を離れようとした。

フィクトルスが、トビアに訊いた。

「まだ描いているか？」

「うん」とトビア。

「もっと描きたくなったら、ライデンのぼくを訪ねてこいよ。ファン・スファーネンブルフ師匠の工房だ」

「うん」

町の通りを歩き出してから、トビアが不思議そうに訊いてきた。

「うちに帰るんじゃないの？」

「気が変わった」と次郎左は言った。「それより、あの絵描きがお前に言ったのは、どういう意味なんだ？」

「絵が好きなら、ライデンで修業しろと」

「お前は父さんの息子だ。石積みを覚えるんだ」

「うん」

トビアの言葉は少し不服そうにも聞こえた。

修復の場に着くと、リートヘルトとブロンクホルスト親方が意外そうな顔を向けてきた。

リートヘルトが言った。

「きょう帰るのだと思っていた」

次郎左は、リートヘルトと親方の顔を交互に見ながら言った。

「働く気になりました。使ってください」

トビアが横でぽかりと口を開けたのがわかった。

次郎左はトビアに言った。

「ひと冬、お前はここで父さんと過ごすんだ。いいな」

リートヘルトが次郎左に近寄ってきて、背中に手をまわした。

「どうして気が変わったのかは知らんが、歓迎する」

ジョバンニとイモラのことは、言わなくてもいいだろう。

「ひと冬だけだ」と次郎左はリートヘルトに言った。「復活祭までには、おれは女房子供のもとに帰る」

ブロンクホルスト親方が言った。

「いいだろう。それだけでもありがたい。春までには、この戦は終わる」

しかし翌年三月、次郎左がオーステンデを離れるときも、戦は終わっていなかった。マウリッツ公率いる共和国軍の主力は、なおオーステンデ救援には動かなかったのだ。スパニィエ側であるスライス、スヘルトヘンボスのふたつの都市の攻略にてこずっていた。オーステンデは、補給だけはあるものの、孤立したままの戦いを続けていた。

その行方について、住民のあいだには悲観的な見方が広まっていった。織物業者たちがついに工房を畳み、町を出る例が増えていった。町には、空き家が目立つようになった。通行人の数もめっきり減っていた。

ありがたいことに、真冬はスパニィエ軍の動きも止まった。土が凍結し、塹壕を掘り進めることができなくなったのだ。堡塁の建設も進まなくなった。このあいだに次郎左たちは、崩落したり破壊された城壁の修復をひとつひとつ着実に終えていった。

やがて復活祭が近づいてきた。春となった。

気温が上がり、石灰が使えるようになれば、もう穴太積みを知る職人の出る幕もなくなる。次郎左はオーステンデを出るとリートヘルトと親方に告げた。ふたりは承諾した。

出発する朝、船着場にはリートヘルトのほかに、小三郎、勘四郎の兄弟も見送りにきた。

次郎左は三人と交互に軽く肩を抱き合ってから、トビアをうながして船に乗った。次に瓜生兄弟とはどこで会えるか、それが気になったけれども、互いに何ひとつ約束めいたことは口にしなかった。

「また、近いうちに、どこかで」

それを言うのが精一杯だった。

フロールの町に戻って、次郎左はルチア、それにニナ、ハンスを抱きしめた。ほぼ五カ月の留守だった。ましてや次郎左たちが行ったのは、攻囲戦さなかの町である。旅人や行商人に三度手紙を託して無事を知らせたけれども、ルチアはたぶんこの日夫の顔をじっさいに見るまでは、耐えがたいまでの不安にさいなまれていたにちがいない。

帰宅を喜びあったあとに、ルチアが訊いた。

「次の仕事はもう約束してしまった？」

「いいや」と次郎左は言った。「まだ、何も。でも決めたことがある」

「何を？」

「働くなら、戦争さなかの町じゃないところにする」

ルチアは微笑して言った。

「ピーテルとバレンツ親方から手紙が来ているわ」

「何と？」

「読んではいないけれども、きっと仕事の誘いでしょう？」

ふたりからの手紙を、バンネクークのもとに持ち込んでまた読んでもらった。

ピーテルは、ナールデンの城壁普請が終わったので自分はアムステルダムに行くと書いていた。あの町は、近々大規模な城壁の拡張にかかるのだという。さいわいアムステルダムはスパニィエ軍には攻められておらず、東インドとの交易も盛んになってきたことで、たいへんな隆盛ぶりらしい。旧市街ではもう移住してくる人々、商人たちや工房を始める職人衆を収容しきれない。城壁もないままに、市街地は外へ外へと拡大しているとのことだった。城壁と運河の拡張が、必要とされているという。

バレンツ親方からの手紙も、自分のもとで働けという誘いだった。彼も今年はアムステルダムで城壁を積むという。

手紙を自宅に持ち帰って、次郎左はルチアに言った。

「ふたりの男が同時にアムステルダムで働こうと言ってきている。不思議な縁だ。縁には乗ってみようと思う」

ルチアはうれしそうに言った。

「賑わっている町なんですってね。楽しみだわ」

「すぐにも引っ越しの支度をしよう」

五日後、次郎左一家はアムステルダムに向けて出発した。


ついに後詰めの戦いはなかった。

マウリッツ公はこの八月、ようやくスライスの町を落としたけれども、そこから西に十里ほどのオーステンデに救援の軍をまわすことはなかったのだ。スライス攻囲戦での損害が大きすぎて、オーステンデ救援にまわす余裕がまったくなかったのかもしれない。あるいは連邦議会が、かさみ過ぎている戦費に悩み、オーステンデ救援を先送りしたということかもしれない。

どちらであるにせよ、春になってからのスピノラ将軍は強気だった。ひとつひとつ外濠のさらに外に築かれた稜堡を破壊して、攻囲の輪を縮めてきた。城内への弾着があたりまえになり、三月以来、将校、指揮官の戦死も増えていった。スパニィエがイングランドと休戦条約を結んだことも、オーステンデには痛手だった。この条約で、イングランドはスパニィエ領ネーデルラントには軍を送らないことが定められたのだ。

そうしてとうとう九月、指揮官のダニエル・デ・ハルタイングはスピノラ将軍に対して降伏を申し出たのだった。デ・ハルタイングは守備兵の指揮を執ったが、軍人ではない。連邦議会から送られた、いわば知事代行という立場の市民であった。

何回か使者が行き来したあと、デ・ハルタイングは南の城壁の外で、降伏文書にサインすることになった。オーステンデの町を明け渡すのである。守備兵には、名誉ある撤退が許された。各人が持つ剣も槍《やり》も小銃も引き渡すことなく、船着場から船で共和国側の都市へ引き揚げることが認められたのだ。

南の城門の外で、小三郎たち守備隊の大部分が整列した。そのあいだを、荷車に載せられたデ・ハルタイングが通っていった。彼は左脚と右腕を失っており、歩くことはできない状態だったのだ。おそらく、残った左手で降伏文書にサインするのだろう。

士官の捧《ささ》げ銃《つつ》の合図で小三郎たちは銃を垂直に持ち直し、この辛《つら》い役目に当たったネーデルラント人を見送った。

小半刻の後、城門にデ・ハルタイングが戻ってきた。謹厳な顔だちの彼の目には、涙が浮かんでいた。

小三郎は勘四郎を見た。勘四郎が気づいて、小三郎の顔を見つめてくる。

同じことを思い出したな、と小三郎は胸のうちで言った。

あの負け戦。我らが小谷城が落ちた日のことを。織田信長の軍門に下ったときのことを。

一六〇四年九月十六日である。

11

いま次郎左がアムステルダムでかかっているのは、城壁普請《ふしん》ではなかった。五階建ての倉庫と屋敷を兼ねた建物だ。もともとここに二階家を持っていた顔料商人が、屋敷を建て直すことになったのだ。カネに余裕のある商人なので、部分的には石材を使うが、大部分は煉り瓦である。バレンツ親方が受けた仕事で、親方は煉り瓦職人もふたり、自分の下に雇い入れていた。これとは別に大工が、煉り瓦と石の積み上がった下層の階から作事を進めている。

建物裏手の足場の階段を、軽快な足音が上ってくる。長男のトビアだろう。次郎左は煉り瓦の上に置いた水準器から目を離した。水準器は文字のAのかたちをした道具で、頂点から錘《おもり》のついた糸が垂れている。煉り瓦を積んでゆく普請では、大きな石積みの普請のときよりもずっと頻繁に使わねばならない道具だった。

足場の上に上がってきたのは、やはりトビアだった。

「親方が」とトビアは言った。「そろそろ上がれって」

西の城壁の方角を眺めた。陽が沈もうとしている。きょうの仕事を終える頃合いだ。

「わかった。降りてろ」

そうトビアに指示してから、次郎左はふたりの職人と三人の徒弟たちにも言った。

「よし、上がろう。片づけてくれ」

一六〇六年の九月である。次郎左が家族を連れてアムステルダムに移ってきてから、二年がたっていた。

水準器を煉り瓦の上からはずして足元に置くと、まだトビアはその場にいた。何か言いたげにも見える。

「どうした？」と次郎左はトビアに訊《き》いた。「何か？」

「ううん」

トビアは首を振ると、階段をまた軽やかに駆け下りていった。

次郎左はいま一度、西陽に映えるアムステルダムの街並みを見渡した。まったく、この殷賑《いんしん》ぶりときたら。二年前と較《くら》べてもはっきりと、その勢いがわかるほどのものだ。二年前でさえ次郎左たち一家が城門をくぐったとき、ルチアが思わず、リボルノに来たみたいと言ったほどだ。もちろんリボルノは白っぽい石材とオレンジ色の瓦屋根《かわらやね》の街であり、赤い煉り瓦の壁がほとんどのアムステルダムとは趣はかなりちがう。ルチアの言ったのは、ひとの多さと商いの繁盛ぶりだ。その活気と賑《にぎ》わいは、フィレンツェにも匹敵するか、あるいは上回っているだろう。しかし、もともとは川沿いの湿地であった場所らしい。地盤がよくないせいか、フィレンツェのドゥオーモとかベッキオ宮殿のような巨大建築はない。宗派の違いのせいもあるのか、どの教会もこぶりだ。

とはいえ街の至るところで、建物の改修や建て直しの普請が進められている。普請に関わるさまざまな種類の職人たちの声や歌が、街路の方々から聞こえてくる。商人たちが店を広げ、市場は物売りの天幕で埋めつくされる。買い物に出た女たちは、走り回る子供たちをよけながら通りを歩かねばならない。夜になれば、職人、商人、そのほかの働く者たちも酒を飲みに繰り出してきた。飯屋や酒場のある裏通りも賑わい出す。リボルノのあの大普請をした最後の春を思わせる浮かれぶりとも言えた。

城壁内はすでに手狭だが、市域を広げることについて、市議会はまだ合意に至っていないのだという。まずは城壁内の建物のうち、二階家など低いものを取り壊して、四階あるいは五階建てにすることでしのごうとしている。新たに南ネーデルラントやスパニィエ占領下の町から移ってきた商人たちは、今年も市域拡大、いま様の城壁の建設を市議会に陳情したらしい。運河をさらに外側に二重三重に掘り、その外にいま様の稜堡《りょうほ》のある城壁を築こうというのが、有力市民の構想であるし、市議会もそれには賛同している。問題は普請の掛かりだ。運河の掘削と城壁の普請にかかる費用を、新市街地の売却だけでまかなえるものか。十分な資金調達の目処《めど》もつかないままに普請を始めて、そこにスピノラ将軍の軍が攻めてきたら、町は果して耐えうるのか。この町の殷賑ぶりはスパニィエにも聞こえているはず。すでに国家破産が三度目となったスパニィエには、いまやこの町はネーデルラントのほかのどの町よりも欲しい都市のはずなのだ。少なくともこの町の商人たちはそれを疑っていない。

ただ、いくらか慎重な市民は、新城壁の普請はもう少し待ってもよい、という考えだという。四年前の一六〇二年、ネーデルラント諸州の有力商人たちが株を分け合うかたちで東インド会社なる寄り合いのような集まりを作った。かつてポルトガルとスパニィエが占有していたインド洋経由の航路に、ついにネーデルラントの船乗りたちも割り込むことができたためだ。航海期間の大幅な短縮により、東インドとの交易は今後莫大《ばくだい》な富を生むだろうと期待されている。株式会社設立に参加した有力商人たちは、連邦との取り決めで喜望峰以東マゼラン海峡までの交易権を独占、さらには交戦権や植民地の経営権までを手にした。彼らはまだほんの数回の航海の成果しか手にしていないけれども、ほどなくこれまで投資した分は利益に変わる。数年後には、新城壁の普請など何の負担にもならないだけのカネがもたらされる、と株主たちは豪語しているらしい。だから、それまではいまの城壁でしのぎ、むしろ傭兵《ようへい》たちの数を揃《そろ》えておいたほうがよいと言っているとか。たしかに次郎左も、それには一理あると思う。オーステンデのように、十分な資金を調達できないままに、行き当たりばったりに城壁を継ぎ足していっては、けっきょく弱みの多い城壁にしかならない。リボルノがそうであったように、仕上がった姿を想定しながら一気にやるべきだ。

職人たちが徒弟を連れて階段を降りていった。次郎左はきょう作業した箇所をいま一度点検し、不都合や忘れ物などないか確かめてから、最後に足場を下りた。

地上ではバレンツ親方が、椅子《いす》に腰をかけ、杖《つえ》を股《また》のあいだに立てて両腕を預けている。職人たちが、親方と談笑していた。

「どうだ？」と親方が訊いた。

「あと五日です」と次郎左は答えた。「妻側の壁も見ていただいているとおりです。五日後、あとは大工にまかせて、わたしたちは引き揚げられます」

「そうか。計画どおりだな」

バレンツ親方は足がかなり弱っており、もう足場に上がることは困難なのだ。この普請を最後に引退すると言っている。もともと一度は引退を決めて、デン・ハーハに引っ込んでいた親方である。行きがかりからここまで仕事を続けることになったが、身体《からだ》にはやはり無理がきていたのだろう。引退したあとは、ふたりの職人を引き受けてくれないかと打診を受けていた。つまり次郎左に、跡を引き継げということだ。次郎左は、まだその時期ではありませんと答をはぐらかしてきた。もう次郎左も四十六歳。エウロパ流の石積みについての修業を始めたのが遅かったとはいえ、親方になってもまったくおかしくない年齢であり、必要なだけの経験も積んできた。年齢や経験不足を言い訳に、これを断ることは難しい。とはいえ職人をふたり持つということは、その下で働く徒弟たちを含めて、六、七人の男たちの暮らしに責任を持たねばならないということでもある。自分はこれ以上、いずれ荷物に変わるかもしれぬものを持つことはできない。

同じ年にナールデンからアムステルダムに移ってきたピーテルは、べつの建物の普請を請け負っていた。彼はもうとうに、実績も豊かで名のある親方である。暑い盛りなどはよく一緒に麦酒《ビール》を飲んだものだが、この一週間ばかり会っていなかった。

前掛けをはずして丸め、背嚢《はいのう》に収めてから、次郎左はトビアと一緒に普請場を離れようとした。

そのとき、ひとりの少年が近寄ってきた。身なりから、彼も石積みの徒弟かと見える。

「トナミ親方は？」

次郎左は少年を見つめた。

「親方じゃないが、トナミはおれだ」

「石工組合から、言いつかってきました。お客が来ています。仕事が終わったら、集会所に来てくれないかと」

「ホーヘンバンド親方かな」

「いえ。それに、お客はひとりじゃありません。それに、ええと、息子さんも一緒に来てほしいというひとがいます」

「息子も一緒に？」

「ええ」

駄賃を渡すと、少年は短く、ありがとう、と礼を言って駆け去っていった。

「トビア、一緒に来い」と次郎左は言って、普請場をあとにした。

アムステルダムの石工組合の集会所は、市街地の東寄り、セント・アントニウス門に近い通りにあった。石と煉り瓦を組み合わせた二階家である。扉に架けられた板には、コンパスと差し金を組み合わせた石工組合のマークが、目立たぬ大きさで描かれている。さすがにアムステルダムは大都市なので、組合員の数も多く、組合は独立した建物を持っていたのだ。一階が集会室で、二階に事務所があった。組合員への手紙などもここに届く。仕事の口の情報もこの掲示板に出ることが多かった。一階の集会室では酒を飲むこともできたので、夕刻にはいつも大勢の男たちで賑わっている。次郎左も、週に一度は必ず顔を出していた。

扉を開けて次郎左が集会室に入ると、さっと顔を向けてきた男が三人、目についた。ひとりは見覚えがある。黒い髪の小柄な男だ。ひとりは、金髪の見知らぬ中年男だった。身なりから判断するに、こいつは石工だ。もうひとりの中年男は、商人だろうか。

トビアが言った。

「フィクトルスさんだ」

そう言われて、黒髪の男が何者だったか思い出した。オーステンデで戦況を絵に描いていた男だ。フィクトルスが立ち上がって近づいてきた。

金髪の男も、商人ふうの男も立ち上がったが、フィクトルスが先に次郎左に向かったので、ふたりとも椅子に腰を下ろし直した。

フィクトルスが懐《なつ》かしげに握手を求めてきた。次郎左は彼の手を握った。何かよからぬ話だろう、という想《おも》いがよぎった。何かはわからないけれども、たぶんこの男はろくな用ではやってきていない。それでも次郎左は愛想よくフィクトルスの手を握った。

「お久しぶりです。オーステンデが陥落したのは残念ですが」

「後詰めの戦いがなければ」と次郎左は言った。「どんな町だって落ちる。オーステンデはそれなしに四年耐えたんだ」

フィクトルスはトビアに顔を向けた。

「大きくなりましたね。十三歳になったのでしょう?」

「ああ」

トビアの背はいま、次郎左の肩を越えたあたりだ。ローマ人のルチアと次郎左の血を引いているから、同い歳《どし》のアムステルダムの男の子と較べたら小柄ではあるが、それでもきょうのように職人の手伝いをできる程度の体格にはなっている。

「用件に入る前に、麦酒をごちそうさせてくれませんか」

「いや」とすぐに次郎左は断った。「ここは石工の集会所だ。よその組合の者に払わせるわけにはゆかない」

「聖ルカ組合員は、駄目ですか」

「駄目だな」

隅のテーブルで、次郎左は麦酒の盃を手にフィクトルスと向かい合った。トビアにはリンゴ汁を注文してやった。

乾杯してから、フィクトルスはトビアにちらりと目を向けて言った。

「息子さんを、わたしに預けてはもらえませんか」

それか、と次郎左は衝撃に耐えた。よりによって、用件というのはおれから息子を取り上げようってことか。世の中には、悪い要求などほかにもいくらでもあるだろうに、それか。

しかし、いましがたのように、即座に断りの言葉は出なかった。次郎左は訊いた。

「どういう意味なんだ？」

「息子さんを、わたしの助手にしたいのです。息子さんぐらいの年齢で、しかも絵心もある弟子が欲しいのです」

「あんたの？」

「正しくは、ファン・スプァーネンブルフ師匠の工房です。弟子をひとり増やすことになりました。直接はわたしが指導します」

トビアを見た。ぽかりと口を開けてフィクトルスを見つめている。驚いてはいるが、嫌がってはいない顔だった。むしろその言葉に感激している。

駄目だ、と次郎左は小さく溜《た》め息をついた。止められることじゃない。

それでも次郎左は言った。

「まだ子供だぞ」

「親方が石積みの手伝いを始めたのは、何歳でした？」

次郎左は答えずに訊いた。

「こいつが一人前の絵描きになるか。何も知らないのに」

「一人前になれないと思っているなら、わざわざライデンからやってきません」

「ずっとおれの仕事を見てきた。石積みとして一人前になるほうが早い」

「わたしもそう思うから、いまここに来ているのです。この子を弟子にするなら、いんじゃないか？」

「絵描きというのは、石積みや指物師とはちがう職のはずだ。もともとの天分がいるまこの歳で、です」

「そのとおりです。何年修業しようと、ものにならない者もいる。でもさいわい、そういう天分というのは、半年あれば見分けがつきます。もし」フィクトルスはトビアに顔を向けた。「半年後、絵描きとしては一人前になれないとわかったら、謹んで息子さんを親方のもとに帰します」

「半年で？　せっかく弟子にしておいて、半年で見極めるというのは冷たすぎないか」

「残酷な言い方ですが、天分がないのなら、職を選び直すには早いほうがいい」

次郎左は麦酒をひと口あおり、トビアを見た。トビアの目は期待に輝いている。

次郎左はもうひと口麦酒を飲んでから言った。

「こいつのことは、母親に相談しなくちゃならない」

「親方は、奥さんさえ了解なら、賛同してくれるのですね」

「こいつと、母親と、ふたりがいいと言うなら、おれに何ができる？」

トビアが言った。

「父さん」

次郎左は思わず怒鳴った。

「黙ってろ。子供が口を出すな」

次郎左の剣幕に、トビアは身をすくめた。

フィクトルスがとりなすように言った。

「もしよければ、これから親方の奥さんにお目にかかってお願いしたいと思いますが」

腰を上げかけたので、次郎左はフィクトルスを制した。

「待て。ここにはおれを待ってる客がもうふたりいるんだ」

次郎左は、盃を持って立ち上がった。部屋の反対側の卓には金髪の、石工と見える男がいて次郎左を見つめている。しかし彼が立ち上がるよりも早く、商人ふうの男が目の前に立った。

「トナミ親方、エピスコピウスと言います。少しお話があってやってきたのですが」

客の多い日だ。自分の人生にはこんな日も何度かあったが、まず息子の働き口から用件が始まったというのはきょうが初めてだった。

「立ち話でもいいかな」

「お座りいただけませんか」

手近のテーブルで向かい合うと、エピスコピウスと名乗った男は、あらためて言った。

「この町で船会社を持っていますが、東インド会社設立に参加して、株仲間のひとりでもあります。会社のアムステルダム支店長代行です。東インド会社のことはご存知ですね」

「ああ」次郎左はぶっきらぼうに答えた。「東インドを経由して、おれはこの国にやってきた」

「日本からですね？」

「そうだ」

「日本に帰りませんか？」

次郎左は目を丸くした。

「乗せていってくれるというのか？」

「はい。いよいよわたしどもの会社は、数年内に日本との航路を拓《ひら》き、交易を開始する計画なのです」

「前にもそういう男たちがやって来た。ヤン・ヨーステンという名前を覚えているが、彼は日本にたどりつけたのかな」

「ポルトガル船からの情報では、いま日本の徳川家康という大名のもとに、何人かのオランダ人やイギリス人が家臣として仕えているそうです。ヤン・ヨーステンもそのひとりだと聞いています」

「そいつはよかった」日本にたどりついて徳川家康の家臣となっているのなら、彼は家康に自分の言づても伝えてくれたはずだ。返事はどうだったのだろう。「おれに手紙でも届いたのかな。日本に帰って、城壁を築けと」

エピスコピウスは怪訝《けげん》そうな顔をした。思い当たることはないようだ。

「いいえ」と彼は言った。「わたしたちの船団の、日本語通辞となりませんかという誘いなのです。東インド会社の雇員として」

「通辞?」

「交易のためには、両方の言葉を流暢《りゅうちょう》に話す人間が必要です。さいわいネーデルラントにはあなたがいた」

それは思いがけない誘いだった。次郎左は訊いた。

「日本に着いて取り引きがつつがなく終わったら、おれはお役御免にしてもらえるのかな」

エピスコピウスは首を振った。

「交易ができるとなれば、日本に商館が必要になります。あなたには引き続き、その商館で働いていただきたく思っているのですが」

「家族は連れてゆけるのか？　おれには妻と三人の」言いなおした。「ふたりの子供がいる」

「いいえ。残念ですが、厳しい航海となります。いまは無理です」

次郎左は笑って言った。

「あきらめてくれ。おれは石積み職人だ。日本に帰るとしたら、城壁を積むためだ。通辞をするためじゃなく。ましてや女房子供をここに残して、あんたたちの会社に雇われるわけにはいかない」

「どうしてもですか？」

「無理だ」

「あなたには一年八百ギルダー出します」

八百ギルダー。ふつうの石積み職人の一年の稼ぎの、ほぼ三倍ほどの額だ。逆に言えば、それほどに危険も大きい仕事だということである。通辞の仕事の、というよりは、航海そのものがいまだに。

エピスコピウスは続けた。

「残してゆくご家族のためには二千ギルダー出すと言ったら？」

「残してゆく家族のために？」次郎左は驚きを隠せなかった。「それは、手切れ金としてという意味か？」

「どうお考えになってもいいが、身軽になることが必要なら、そのための金として」

次郎左は立ち上がった。

「すまないが、ほかを当たってくれ」

「ほかに日本人がいますか？」

「ふたりいる。共和国軍の銃士だ。いまもどこかの戦役に就いているだろうが」

「その噂《うわさ》は聞いたことがあります。確かな話でしたか」

「瓜生《うりゅう》兄弟という、日本の男たちだ」

「通辞をやってくれそうな日本人ですか？」

「弟は、家族持ちだ。断るだろう。だが兄者は、ひとり身で豪傑。通辞としてだけじゃなく、傭兵としても働くだろう」

「もう一度、そのご兄弟の名前を」

「瓜生。兄者のほうは、瓜生小三郎というんだ」

「ウリュウ・コサブロ、ですな」

「そうだ。当たってみるといい。おれは乗れない」

言いながら、部屋の隅の金髪の石工ふうの男を見た。彼は、このテーブルにと言うように自分の前の椅子をてのひらで示した。次郎左は立ち上がった。エピスコピウスが、残念でならないというように首を振った。

もし、と不安にかられて次郎左は思った。この石工らしき男が息子を弟子に欲しいと言ってきたら、おれはフィクトルスではなくこちらに差し出すだろうか。トビアの意志など無視して。

しかし金髪の男は言ったのだった。

「親方が欲しいのです」

「詳しく話してくれ」と、次郎左は男の前の椅子に腰をおろして言った。

男は、ウィレム・ミュッセンブルークと名乗った。

どいつもこいつもネーデルラント人というのは、と次郎左は胸のうちで毒づいた。覚えにくく発音しにくい名前の野郎ばかりだ。

そのミュッセンブルークは石工で、築城家アントニスゾーンの使いできたのだという。

「師匠は、親方と一緒に仕事をしたことをとてもよく覚えております。このたびはまたぜひ手伝ってもらいたいとのことで、わたしが使いでデン・ハーハからまいりました」

「お達者なのか?」

「足腰は、やや弱っております。無理はききません」

「そして、こんどはどこの町だって?」

「フラーフェです。ご存知ですね?」

もちろんだ。その名は知っている。あのザルトボメルのほぼ真東十里ほどの距離にある小さな町のはずだ。マース川の南岸にあって、ザルトボメル防衛戦では、スパニィエ軍の攻撃拠点となり、補給の基地ともなった。その後オーステンデ防衛戦のさなかに、マウリッツ公率いる共和国軍がスパニィエ側のこの町を攻めて陥落させている。

「東部国境の防衛の要《かなめ》だ」

「そのとおりです。この次スパニィエ回廊からスパニィエ軍がネーデルラントに侵入するとき、共和国側についたあの町は、いわば道の上で牙《きば》を剝《む》く狼《おおかみ》となりました。かといって、迂回《うかい》するわけには行きません。背後を突かれることになる。スピノラ将軍は必ず奪回に出ます。逆に共和国にとっても、スパニィエ軍のネーデルラント中央部への侵入を阻《はば》むためにはどうしても確保し続けなければならない要衝です」

だからこそマウリッツ公は、オーステンデ救援よりも、このフラーフェを含むいくつかの共和国東部そして南部防衛線上の町の攻略を優先しなければならなかったのだ。

「だけどフラーフェも、いま様の稜堡様式の城壁で囲まれているんじゃなかったか」

ミュッセンブルークはうなずいた。

「ですから、城壁をあらためて拡張し、守りを強化する必要があるのです」

ミュッセンブルークは、自分の雑嚢からタブレを取り出した。裏表に図面が記されている。ミュッセンブルークがまず見せたのは、典型的な稜堡様式の城壁の図だった。ほぼ円形をしているが、市街の北寄りを大河が流れ、その対岸にも市街と城壁がある。川の流れを城壁の中に取り込んだ構造だった。

「この城壁であれば、マウリッツ公が包囲陣を敷くのは容易でした。一万の大軍で囲んで、一カ月の攻囲を続けたところで、町は降伏したのです」

「この城壁の町ならば、包囲はできても攻撃はしにくかったろう」

「マウリッツ公は、大がかりな力寄せはしませんでした。スピノラ将軍の主力はオーステンデを攻囲していたのです。フラーフェ救援の軍はなかった。町を囲んでいるだけでよかったのです。逆にいえば、それがフラーフェ防衛の弱みになります。完全に攻囲されて、救援の軍を送れなかった場合」

「ふたたびスパニィエの手に落ちるか」

ミュッセンブルークはタブレをひっくり返した。いま見せてもらった図面に、いくつもの稜郭が足された図だった。城壁の円周の外側に、ちょうど王冠状の曲輪を足したような格好に見える。王冠状の曲輪は、四角の前面側の隅に角をつけたような形とも言えた。これが城壁の外側に触手のようにせりだしている。

ミュッセンブルークが図面を示しながら言った。

「師匠はオーステンデ防衛戦を観戦、あの町が足かけ四年も攻囲に耐えた理由に気づきました。あの町の城壁にも、このような形の稜郭が接ぎ足されていましたね？」

「ああ。付け城を延ばしたようにいくつか。ずいぶん不格好に見えたが」

「スパニィエがてこずったのは、じつはこの不格好な稜郭のおかげです。これを外濠《そとぼり》のさらに外に等間隔で五個か六個配置する。互いに死角を補う格好で、です。町の防衛線は、城壁からさらに外に広がります。簡単に言えば、この稜郭を設けることで町の直径が二倍になったようなものです。城壁の直径が倍になったとき、攻囲線の長さはどのくらいになります？」

次郎左は図面を見ながら考えた。王冠状の稜郭の先端からさらに砲の射程外の距離に、その線を敷かねばならなくなる。城壁の直径が二倍になり、さらに二分の一里ほど外周が広がったことになるから、攻囲線としての円周の長さは。

「およそ三倍か四倍になるか？」

ミュッセンブルークは、わかってもらえたと喜んだ顔になった。

「そうです。二倍では収まらない。この稜郭を設ければ、次にスピノラ将軍が攻めるときは、三万から四万の兵力を動員しなければ攻囲線を作れないことになります。つまり、攻略は不可能となる」

次郎左は微苦笑して言った。

「オーステンデの戦いは、築城家にとってもほんとうに学校だったんだな」

「師匠のもとに来ていただけますか？」

「おれひとりでは決められない。でも条件は訊いておこう。おれは親方として、職人を引き連れてゆくのか？　師匠から普請を請け負うかたちで」

「いえ、師匠はあなたに自分の助手となってもらいたいのです。たぶん師匠はあまり普請場に詰めっきりにはなれません。親方については、師匠が誰かに声をかけるでしょう。町がその親方を雇うことになる」

つまり、ブオンタレンティのもとで働いたときのような立場ということだ。それならば、できるかもしれない。いや、むしろやってみたい。なにしろこのアムステルダムでやっているのは、民家の煉り瓦積み。自分が本来やりたいこととは違う。大聖堂のような複雑な構造も工夫もない建物であるし、城壁普請のような胸が躍るほどのやりがいもない。もう一度アントニスゾーンの助手として、新しい様式の城壁造りに関われるのなら、そっちのほうがずっといい。これからの仕事選びにも、そちらの経験のほうが重視してもらえるのはまちがいない。

「引き受けてもらえるなら、この秋から測地を手伝ってもらうことになります」

「雇い銭は？」

「師匠は、一年間の契約で六百ギルダー払うつもりでおります」

十分だ。それなら石工の親方の収入である。いま次郎左が職人頭としてバレンツ親方から受け取っているのは、一年で三百五十ギルダーという額だ。そこから大幅に増える。家族みなそこそこ裕福に暮らして行けるし、女中も雇える。少し貯《た》めることもできるだろう。あとはルチアに賛成してもらうだけだ。

「おれはいったんうちに帰って、女房に相談する。あんたはいつまでアムステルダムにいるんだ？」

「明日の朝には発《た》ちます」

「朝、ここに来てくれ。返事をする」

トビアを連れて、町の南端近くにある自宅に戻ると、部屋にはピーテルの女房アンジェリカが来ていた。子供ふたりを連れている。談笑が続いていたようだ。

「お帰りなさい」と、ルチアが言った。「すぐ夕御飯の支度をするわ」

「その前にふたつ、大事な話がある」

アンジェリカが微笑しながら立ち上がってルチアに言った。

「長居してしまった。またね」

アンジェリカが部屋を出ていってから、次郎左はテーブルに着いてルチアに言った。

「トビアを弟子にくれと、絵描きが言ってきた。フィクトルスという、ライデンの工房にいる男だ。前にオーステンデで会ったことがある」

ルチアは驚いた目でトビアを見つめた。

「あなたの跡を継がせるんじゃないの？」

「こういうことは、親の目はあてにならない。その絵描きのほうが、トビアの向き不向きを見抜いているかもしれない」

「だって、そのひとがトビアの何を知っているというの？」

トビアが言った。

「そのひとの前で、ぼくは少し絵を描いてみせたことがあるんだ。もっと描けと言ってもらった」

「うちから離れるつもりなの？　ライデンに行ってしまうの？」

「父さん母さんさえ許してくれるなら、行ってみたい」

「ものにならないようなら、半年で帰すとその絵描きは言っている。お前さえいいなら、試しに預けてもいいと思う」

トビアがルチアに言った。

「お願い、母さん。ぼく、やってみたい。あのひとの下で、絵の修業をしてみたい」

「もうそういう歳になっていたのね」

ルチアが次郎左に顔を向けてきた。あなたはいいの？　と訊いている。次郎左はうなずいた。

「おれにはハンスがいる」

部屋の隅で、やりとりを聞いていたハンスが、自分のことかと言うように目をみひらいた。彼ももう九歳だ。少し身体の弱いことが心配だが、とにかくここまで育っている。

「あなたさえいいなら」とルチアは言った。「ローマに行ってしまうというんじゃない。会いたいときには、会いに行けるわ」

「よし、トビアのことは決まった」

トビアが目を輝かせた。

「もうひとつ。仕事のことだ。いまの普請が終わったら、おれはフラーフェに行こうと思う。ザルトボメルのときのアントニスゾーン師匠が、おれを助手にしたいと言ってくれたんだ。新しい造りの城壁普請が始まる」

「フラーフェ？　東のほうの？」

「そうだ。マース川の南岸」

「ザルトボメルに近い」

「もっと東だ」

ルチアは顔を曇らせた。

「もう戦争は十分。この町で仕事を続けることはできないの？」

「この町の新しい城壁造りは、まだ先のことになる。おれはこの秋以降の仕事を決めなければならない」

「バレンツ親方はどうするつもり？」

「今年で隠居したいらしい」

「あなたが跡を継いで。職人頭なんだから、そうなるでしょう？　この町で仕事を続けて」

ルチアがそう言うとは予想外だった。いつものように、何の条件もつけずに賛同してくれるものと思っていた。

「いやか？」

ルチアは視線をそらし、娘のニナのほうに目をやった。彼女は部屋の隅で刺繍《ししゅう》をしている。そろそろこの子も、働きに出すころだった。織物か、裁縫の工房に。

ルチアは言った。

「この町にはアンジェリカがいる。言葉が通じる友達なのよ。それにこの町は便利だし、わたしは好きだわ」

「フラーフェには行きたくないのか？」

「ハンスにも、無理はさせたくない。この町なら、お医者さんも多い。何があっても安心だし」

次郎左は目をつむって思った。いまおれは長男を手放すと決めた。だったらこのあと、しばらく女房やほかの子供と離れたところで、それが何だというのだ？　何かおれを苦しめることになるか？　女房子供との別離が、仕事選びに何か障害になるというのか？　そんなことはない。家族がそれを望むならば、なおのことだ。

「わかった」次郎左はルチアに目を向けて言った。「お前たちをアムステルダムに残してゆく。おれはひとりフラーフェでの仕事を請ける」

不安そうにルチアが言った。

「怒った？」

「いいや。だけど、すぐにも返事をしてやらなきゃならない」

次郎左は帽子をかぶって部屋を出た。後ろ手に閉じたドアは、思いがけないほどに大きな音を立てた。

その夜、次郎左が自宅に帰ったのは、途中でアムステルダムの夜警団に呼び止められたほどの深夜だった。

衝撃音は、背後からきた。

それもひとつではない。立て続けに、四つ五つと。これに、小さく爆《は》ぜるような音がまじった。砲撃に続いて、マスケット銃の射撃が始まったのだ。

稜堡内にいた兵士たちは、一瞬呆気《あっけ》にとられて振り返った。攻撃は、城壁の反対側からなのか？　真正面の、あの稜堡側からではなく。稜堡の背後で昨日から背を伸ばしていったあの攻城機を押し立ててではなく。

後ろで士官が叫んだ。

「西へ。西の城門へ急げ！　攻撃は、後ろだ！」

瓜生小三郎は、隣りにいる弟に目を向けた。彼は視線が合うとうなずいて銃を持ち直し、稜堡の出口へと駆け出した。ほかの銃士たちもどっと塁壁から離れた。小三郎は、勘四郎に追いつくと、短く勘四郎に言った。

「死ぬなよ」

勘四郎が、うるさいとでも言うような目を向けてきた。たしかにおれは、やつにふたり目の子供ができたらしいという話を聞かされて以来、そればかり言ってきた。勘四郎はこの冬が来たところで、共和国軍を晴れて満期除隊となる。そのころ、彼はふたり目の子供を持つことになるのだ。絶対に死なせてはならなかった。

自分はすでに、もう三年、軍に留まる契約をすませた。噂では、スパニィエもなんとか休戦に持ち込みたいというのが本音だとか。となれば、自分にも三年の軍役の途中で、平和がくる。期限つきの休戦かもしれないが、とにかく戦死をおそれる必要はなくなるときがやってくる。その休戦まで、なんとか生き長らえればよい。

水濠《すいごう》に架かった橋を駆けて渡り、内側の城壁を抜けて、市街地に入った。右手方向の通りにも、駆けてゆく兵士たちの姿が見える。隣りの稜堡を守っていた、このフロールの町の市民兵のようだ。

西の方角からはまだ、激しく銃声が聞こえている。雄叫びや怒鳴り声もかすかに聞こえてきた。どうやら稜堡のひとつに、スパニィエ軍が侵入したようだ。白兵戦となっているのかもしれない。

くそっ、と小三郎は駆けながら呪《のろ》った。フロールの町はこの八月、スピノラ将軍による十二日間の攻囲を撃退した。いったん完全に包囲されながらも、スパニィエ軍はついに城壁に迫ることをあきらめて撤退したのだ。共和国軍のフロール救援の動きが早かったせいだ。小三郎たちの中隊を含むおよそ五百の軍勢が先鋒《せんぽう》としてフロールに向かうと、スピノラはただちに町の攻囲を解いて南方へと退却した。

そもそも小三郎たちは、この年三月の、すぐ隣りの町ブレーデフォルト防衛戦に急派され、町を解放してそのまま留まっていたのである。そうして次の戦いが、フロール救援だった。八月十四日、小三郎たちは、歓喜にわきかえるフロールの市民に迎えられて入城した。攻囲をはねのけることができたのは新様式の城壁のおかげだと、軍の幹部たちは言っていた。あの次郎左が普請に関わっていたはずである。いくらか歪《ゆが》んだ五角形の城壁に稜堡をつけて町を囲み、さらに東側には広く取った水濠の中にも稜堡を置いた様式の城壁だった。着いたときは、次郎左が積んだこの町の城壁が、なんとも頼もしいものに見えていたのだ。

共和国軍の主力はいったん撤収することになったが、まだスピノラの軍勢は完全にこの地方から転戦していったわけではない。その後、ラインベルクとロヘムの町の攻略にかかっている。フロールにも再攻略に出て来る可能性は残っていた。共和国軍の一部、三百ほどはそのまま城内に留まるよう命じられた。二百ばかりの市民兵と合同で、次の攻撃に備えよということだった。

しかし、いったん攻略に失敗した町である。スピノラがあらためて攻めて来るとは、小三郎には考えにくかった。そこまでスピノラは執念深くもないだろうし、愚かでもないだろう。しばらくは平和と安穏を愉しむことができると小三郎は思った。そうして冬がきたら、勘四郎は除隊する。彼は女房子供のいるデン・ハーハでただの市井《しせい》の男として生きるのだ。自分は休戦を待つ。兵役についているあいだに、休戦となることを期待する。その後は大都会であるロッテルダムかアムステルダムで、銃士ではなく、ただの市民として生きることになるだろう。仕事はなんでもいい。とにかく刀剣

から も槍《やり》からも銃からも離れた暮らしをする。最後の息を引き取るときまで。

ところが秋も深まった十月の末、スピノラはまたフロールに兵を進めて、町を攻囲したのだ。八日前のことだ。この報を受けて、北方にいるマウリッツ公の弟君、フレデリク・ヘンドリク殿下の率いる共和国軍数千も、すぐに動いたはずであるが。

通りの両側に建ち並ぶ家はいま、すべての窓の鎧戸《よろいど》を閉じている。ふた月前、あの八月の快晴の日は、どの窓の鎧戸も開かれて、女たちが手を振ってくれたものだ。八日前、スピノラ将軍からの降伏勧告を町は拒否した。スパニィエ軍の慣習としては、刃向かった町に対しては虐殺《ぎやくさつ》と凌辱《りようじよく》、掠奪《りやくだつ》で応《こた》えてくる。市民たちが怯《おび》えきってしまうのも当然だ。もしそうなったとしたら、市民の多くは自分が生き残ったことだけを喜ぶしかなくなるのだ。小三郎は、守備兵として務めを果たせなかったおのれの不甲斐《ふがい》なさを恥じることになるだろう。

小三郎は西の内城壁に達した。城壁上で、銃声が連続している。別の稜堡から駆けつけた銃士たちが、城門のある西の稜郭に向かって盛んに撃ちかけているのだ。ということは、まだ城門内側の稜郭は制圧されていない。稜郭に達したスパニィエ兵の数はまだ少ないのだろう。

撃退できるかもしれぬ。

小三郎は、城門下の通路に駆け込んだ。この通路は長さ二間ばかりで、馬車一台が通れるだけの幅と高さがある。もっとも外側に鉄格子《てつごうし》の落し戸が仕込んであった。その先は橋だ。橋を渡った先の稜郭内では守備兵と、攻め込んだスパニィエ兵数十が激しく斬《き》り合っている。長槍をふるうスパニィエ兵もいる。味方は押され気味だ。橋の向こう端に、味方がひとり倒れている。長槍が身体の横に転がっていた。

小三郎はさっと振り返った。いま自分と一緒にここに駆けつけてきた共和国軍兵士の数はおよそ二十だ。自分を含む六人が銃士。あとは長槍を持った兵だった。この数はすぐにも増える。やれるかもしれない。

小三郎は立ち止まって、味方の兵たちに言った。

「銃士は、内城壁に上がれ。槍組はおれに続け！」

小三郎は兵長ですらない。ただの古参兵だが、いったん戦闘が始まれば経験がものを言う。じっさい、四人の銃士たちはさっと内城壁の石段へ向かって駆けだした。勘四郎だけがためらっている。小三郎は自分のマスケット銃を勘四郎に突き出した。勘四郎が、目を丸くしてその銃を右手で受け取った。何も考えていなかったろう。ただ右手が動いたのだ。

「行け」

勘四郎が、驚愕《きょうがく》の声を上げた。

「兄者！」

応えることなく、小三郎は橋へ駆け出した。勘四郎は銃士としても有能だ。両手に銃を持つことになって、小三郎のあとを追ってきたりはしない。有効な銃撃のできる場所へ駆ける。内城壁の上か、もしスパニィエ兵が橋へ押してきたときは、横から狙《ねら》いうちできる城壁へ。

橋を渡り切ると倒れている兵士の長槍を拾った。その脇《わき》をふたりの槍組兵が駆け抜け、稜郭へと飛び込んでいった。小三郎も続いた。

正面の外城壁の上で、硝煙が上がった。短い破裂音がして、いま突撃していった兵のひとりが倒れた。味方が斬り結びながらあとじさってくる。横一列に壁を作っての応戦だが、完全に劣勢となっている。小三郎は味方の列の中に割り込んで、長槍を突き出した。手応えがあって、真正面のスパニィエ兵が膝《ひざ》から崩れ落ちた。味方がさらに後ろに加わり、壁は厚くなった。稜郭のもっとも狭い部分だから、長槍の味方はスパニィエ軍お得意のテルシオを作ったようなものだった。もちろん本物のテルシオよりもずっと小ぶりのものだが。

しかし外城壁を飛び越え、銃撃をかいくぐって、新手のスパニィエ兵も加わってくる。またひとり、左手の味方が倒れた。小テルシオはずるりと後退した。いったんひとりが後退すると、テルシオの並びの兵士たちはひとり自分だけ突出するというわけにはゆかない。怯懦《きょうだ》ではなくても、下がるしかない。するとまた全体が下がる。敵はそのかすかなひるみを見逃さなかった。突き出される長槍の勢いが強くなった。

小三郎は正面の敵の長槍を自分の長槍で押さえつけてひねり、一歩踏み込んで相手の胸を突いた。ぐさりと肉に刺さる感触があった。その兵士ははねのくように後ろに倒れた。

「行け！」と、小三郎は味方に怒鳴った。

しかしまた銃声があって、小三郎の右の兵士が前にのめった。味方はさらに後退した。そこに兵たちは一歩踏み込んできた。後ろが崩れたのがわかった。みな長槍をかまえたまま、橋の方へ退き始めた。

「退くな！」

遅かった。最後部の味方が駆け出した。ついで、そのすぐ前にいた兵士たちも。それを小三郎は横目で意識した。

正面のスパニィエ兵がさらに踏み込んできた。小三郎は相手の長槍を叩《たた》きながら、あとじさった。かわし方でわかる。相手はそこそこの長槍使いだ。相手と目が合った。

その兵はにやりと笑ったかもしれない。

来る。

腰が少し落ちた。そのとき、後方で銃声があった。にやりと笑った兵士は、その表情を顔に貼《は》りつけたまま、背骨がなくなったように崩れた。

いまのは勘四郎だと、とくに根拠もなく小三郎は思った。やつがおれを救ってくれた。

それでも味方の後退は止まらない。橋の上を駆ける足音が聞こえた。振り返った。いま味方の大部分は、橋を渡り切って、城門へと駆け込むところだ。

小三郎はさらにひとりを倒した。銃撃で倒れた者ももうひとり。しかしスパニィエ兵の押しの勢いは止まらなかった。

「兄者！」という呼び声が聞こえる。「戻れ！」

正面の敵の後方で、外城壁を飛び越えてくるスパニィエ兵の姿が増している。もうこの勢いは止まらない。

このまま城門を突破されたら……。

小三郎は振り向いて駆けだした。もう味方の大部分は橋を渡り切り、城門の中に駆け込んでいる。スパニィエ兵たちの足音も切迫したものになった。彼らは自分を突き飛ばし、追い抜いて城門に殺到しそうだった。

通路の内で、兵士が叫んでいる。

「早く！」

彼の手には斧《おの》。落し戸を吊《つ》るす綱を切るためだ。

「早く！」

長槍がもう邪魔だった。小三郎は長槍を足元に落して駆けた。

そのとき、背中に衝撃があった。ぶすりと、何かが裂けるような鈍い音が続いた。

足が空回りしてもつれた。通路の中まであと三歩だ。

足が重かった。動かない。目の前で、兵士が戸惑いながらも斧を降り下ろした。小三郎の上体だけが、ゆっくりと前に倒れた。目の前に鉄格子が落ちてきた。小三郎の顔が落ちてきた鉄格子にぶつかってはねとばされた。ついでまた、身体に衝撃。何か熱いものが背中から心臓にかけてを貫いた。

もう一度勘四郎の声を聞いた。

「兄者！　兄者！」

悲鳴のような絶叫であった。いや、聞こえたのは、自分自身の悲鳴であったのかもしれない。どっちであったか、判断することはできなかった。それを知る間もないうちに、世界は真っ暗となった。

次郎左は、その日もアントニスゾーンのもとで、フラーフェの測地にあたった。来春からの普請の準備である。次郎左をアムステルダムまで誘いに来たミュッセンブルークが一緒だった。

町に雇われた石積み親方であるフリースが、職人三人とともにこの仕事を手伝っていた。ただし、季節はもう十月も末、土が凍ってくる。丁張りのための水杭《みずぐい》を立てることも難しくなる。戸外での作業はあと二週間が限度だ。それまでに測地を終えて、あとはアントニスゾーンと共に図面引きにかかることになるだろう。

日が短くなってきている。寒気も少しずつ強まっていた。明日は雨になるかもしれない空模様だ。雨となったら、いやおうなく仕事は休みだ。そろそろ身体も、休みを欲していた。ちょうど日が落ちたところで、その日の仕事は終わった。次郎左はきょうの測地の場から城内に入り、宿に向かった。

次郎左がフラーフェで住んでいるのは、賄《まかな》いつきの下宿屋である。デロールという老夫婦が自宅に三人の下宿人を置いているのだ。下宿人のひとりは、四十代の男やもめで、織物取引所の書記だという男だ。もうひとりは若いタペストリー職人で、かつてはオーステンデで働いていたという。腕がよいらしく、一年前からこの町の大きな工房に働きに出ているとか。近々その下宿屋を出るという話だった。

帰路を進んでいると、通りの反対側を下宿の女中が歩いていることに気づいた。二十代なかばという黒髪の女で、下宿では料理をまかされている。マリーという名だ。デ経営者夫婦とはフラマン語で話している。ネーデルラントの言葉もかなり流暢だ。デロール夫人の話だと、南のほうの町から何かわけあってこのフラーフェにやってきたとか。それを口にしたときの夫人の意味ありげな顔から、たぶん男と駆け落ちした、というような事情なのだろう。そして捨てられて、ひとり暮らすようになった……。

マリーは両手にひとつずつ籠《かご》を提げているが、小柄な彼女には重そうだった。市場からの帰りだろうか。籠には布がかかっており、中身が何かはわからなかった。

次郎左は通りを横切ると、彼女の脇について籠のひとつを持ち上げた。

マリーが驚いた顔を見せた。次郎左が近づいたことに、その瞬間まで気づいていなかったようだ。

「重そうだから」と次郎左はマリーを見つめて言った。美人ではないが、愛嬌《あいきょう》のある顔だちだ。

「ありがとう、次郎左さん」マリーは好意の感じられる声で言った。「あいさつもなしだから、びっくりした」

「あんたの腕で、ふたつ持つのは無理だろう」

「このぐらい、しかたがないの」

「何を入れてるんだ？」

「それは葡萄酒《ぶどうしゅ》」

「重いわけだ」

「次郎左さんにも重いの？　悪いわ」

「男には平気だ。しかも葡萄酒の壜《びん》なら」

「葡萄酒が好きなのね」

「そうでもない」

「夕食のとき、よく飲んでいるじゃない」

「そうか？」たしかにこのところ、自分の酒の量が増えているという自覚はあった。

「寒くなると、どうしても」

「ひとつ聞いていい？」

「ああ」

「どうして奥さんたちと暮らさないの？　アムステルダムにいるんでしょう？」

「あんたはどうして、ひとり身なんだ？」

「わたしのことはどうでもいい。話したくないような訳なの？」

「おれの仕事は、数年ごとに場所を移る。ときには一年ごとに。ひとりのほうが身軽に仕事ができる」

「本気で言っているようには聞こえない」

「ネーデルラントの言葉は苦手なんだ」

「日本という国のひとなんですって？」

「そうだ」

「どこにあるの？」

「地球儀を見たことは？」

「あるけど、日本がどこかは知らない」

「東のほうだ。アジアの端。あんたは、どこの町の出身なんだ？」

「アントウェルペン」

「やっぱりあっちのほうなのか。どうしていまこの町に？」

「詮索《せんさく》好きなのね」嫌がっている、という声ではなかった。

「そういうことを訊いたのは、あんたが先だ」

「女がひとりで生きているんだもの。想像はつくんでしょう」

次郎左は嘘《うそ》をついた。

「見当もつかない」

もう下宿のすぐ近くまで来ていた。

「ほんとに知りたいの？」

「少しね」

「あなた、ローマに行ったことがあるってほんとう？」

「詮索好きはあんただ」

「これって、迷惑な問い？」

「いいや。ローマには五年いた」

「あなたの話を聞かせてもらいたいわ。ローマの話をとくに」

「いつでも」次郎左は空を見上げた。明日は雨になるのが確実という曇り空だ。「雨なら休む」

「明日、デロールさんたちは、娘さんの嫁ぎ先に行くと言っていた」

「雨でも？」

「娘さんのうちにも屋根はあるでしょ」

「そのあいだ、暖炉のそばで、葡萄酒を飲みながら話すか」

女とふたりで親しく話すことには、やはり慎みが必要だった。それも他人さまの使用人とは。やはり下宿の主人夫婦のいないときがいい。

戸口の前だった。マリーが右手をドアノブに伸ばして言った。

「わたしなら、もっと落ち着いて話ができるところをべつに思いつくけど」

それはどこだろうかと考えているあいだに、マリーは家の中に入ってしまった。


勘四郎が、共和国軍の野営地にたどり着いたのは、十一月の十日だった。ほかの二百の共和国軍兵士たちと一緒だった。フロールの町から北六里ほどの草原の中だった。

フロールの町はあの日、降伏したのだ。守備隊は城門前面の稜郭《りょうかく》を放棄した。同時にスパニィエ兵たちはその稜郭に孤立した。スピノラ将軍は、およそ百の先鋒を送ったはいいが、主力をフロールの町に入れることはできなかったのだ。その稜郭は三方から銃撃できるように作られていたから、立ち往生したスパニィエ兵はやがて殲滅《せんめつ》できる。かといって共和国軍の援軍の到着は、十日か十五日のあとと予想された。それまでには、スピノラ将軍は総攻撃をかけてくるだろう。市民兵と合わせて総勢五百の守備兵では、次の攻撃には耐えられるかどうかわからない。

降伏するなら、スパニィエの先鋒隊を孤立させたその日しかなかった。その日であれば、掠奪、暴行の被害をなんとか最小限に収められるよう条件をつけて降伏できるかもしれなかった。市長はスピノラ将軍へ使いを送り、稜郭に孤立したスパニィエ軍への銃撃を停止することを約束して、降伏を申し出た。スピノラはこれを受け入れ、守備兵の武装解除だけを条件に、フロールの町の降伏を受け入れた。

もちろんそれでも、守備兵の武装解除のあとには、スパニィエ軍による掠奪はあったし、凌辱も起きた。しかしいったんは降伏を拒否した町としては、なんとか我慢できる範囲の被害だった。少なくとも虐殺、殺戮《さつりく》はなかったのだから。

短剣の所持だけを許されて、共和国軍部隊が主力に合流できたのは、その降伏から二日後である。斥候《せっこう》に遭遇して野営地に連れて行かれたとき、町から意外なほど距離が近いことに勘四郎たちは驚いた。もっと遠くにあるものと思い込んでいたのだ。これであれば降伏はしないですんだかもしれないと思ったほどだった。

食事をし、勘四郎があてがわれた天幕に入ろうとしたときだ。兵士ではない男に呼び止められた。

「日本人ですか？」

商人ふうの中年男だった。

「そうだが、あんたは？」

「エピスコピウスといいます」と男は名乗った。「東インド会社の者です」

その会社のことは聞いている。喜望峰まわりでアジアとの航路に乗り出しているとか。

「おれに何か？」

エピスコピウスと名乗った男は、勘四郎のまわりを不思議そうに見渡した。

「ウリュウ・コサブロという日本人がいると聞いていました。フロールの町の守備に就いているとか」

「瓜生小三郎は兄だ」

「ここにご一緒ですか？」

「いいや。戦死した。こんどのフロールでの戦いで」

エピスコピウスという男は帽子を脱ぐと、胸の前で十字を切った。

「それは、失礼しました。お悔やみを申し上げます」

「ここにおれたちがいると誰に聞いた？」

「アムステルダムにいる、トナミという石積みの親方です。ご存知ですか？」

「もちろんだ。それで、何の用だ？」

「わたしどもの会社で働く気はありませんか？」

「働く？」

「日本へ向かう船団の傭兵として。日本に着いたら、通辞もやっていただけるとなおけっこう」

その言葉は、まるで馬を買うときの博労《ばくろう》のような調子だ。癇《かん》に障《さわ》った。

「戸波の親方は、おれなら雇われると言っていたのか？」

「いいえ。正確には、コサブロさんなら雇われるかもしれない、とです。弟さんは妻子があるので無理だろうと」

「そのとおりだ。そして兄は二日前に死んだんだ」

「こちらとしては、ぜったいにお兄さまでなければならないというわけでもない。正直、あなたでもいい。いかがです？」

「いやだ」

「航海士と同じだけの給料を払います。六百ギルダー」

勘四郎はエピスコピウスを睨《にら》んで鋭く言った。

「うるさい。おれは雇われるつもりはない」

勘四郎の剣幕に驚いたか、エピスコピウスは瞬《まばた》きした。

「何か誤解がありますかな？ わたしはただ働き口の話をしているだけです。お兄さまが生きていたら、同じ条件を出していたんですよ。日本に帰りたくはないんですか？」

勘四郎はエピスコピウスに一歩詰め寄って言った。背の高いエピスコピウスを少し見上げる格好となった。

「消えろ。おれは兄を失ったばかりで、気分がささくれだっている。気持ちを鎮《しず》めるために、お前を叩きのめしてもいいんだ」

エピスコピウスは、三歩勘四郎から離れて帽子をかぶり直した。

「考え直していただけませんか。次の船団は来年の三月にアムステルダムを出る。それまでに気が変わったらアムステルダムの……」

勘四郎はそばにいた兵士に視線を送ると、その腰の剣の柄《つか》にすっと手を伸ばした。

エピスコピウスはくるりと身体の向きを変えると、火をかざされた子馬のような勢いで逃げていった。

その朝、アントニスゾーンとフリース親方が、空を見上げながら言った。

「明日で、今年の仕事を終える」

ころあいだった。日が短くなり、気温もどんどん低くなっている。もう屋外作業も限界という季節なのだ。むしろ、仕事を終えるのが遅すぎたという感さえある。普請《ふしん》場《ば》の片づけなど、城壁積み以外の雑用が残っていたのだ。このあと来春、普請を再開するまで、親方も職人衆も、それぞれの地元に帰ることになる。アントニスゾーンとミュッセンブルークはデン・ハーハに。フリース親方はロッテルダムに。そして次郎左はアムステルダムにだ。

夜、マリーの屋根裏部屋で彼女と抱き合っているとき、次郎左は言った。

「明後日、この町を発つ」

マリーが、悔しげな顔をして次郎左を見つめてきた。

「どうしても？」

「おれのうちはアムステルダムにあるんだ」

「聖ニクラウスの日まで、この町にいない？」

聖ニクラウスというのは、ネーデルラントでもっとも人気のある聖人だ。ローマ教会では降誕祭のほうを盛大に祝うけれども、ネーデルラントではむしろ待降節中の聖ニクラウスの日を祝う。その前夜祭と合わせてだ。十二月の五日と六日ということになる。この日、子供たちには親が何かしら贈り物をするのが習慣だ。逆に言えば、たとえ仕事で家庭を離れて働いている親でも、この日は家族のもとに帰る。子供たちと一緒に過ごす。次郎左もネーデルラントに来てからは、その習慣に従ってきた。子供たちにも毎年何かしら喜ぶものを贈っていた。トビアやハンスには文具であったり、ニナにはハンカチやリボンといったようなものだ。今年も、アムステルダムに戻ったところで何か買うことになるだろう。

だから次郎左は答えた。

「帰る。子供が三人いるからな」

マリーは言った。

「あたしも、赤ん坊みたいなものよ」

「どういう意味だ？」

「ひとりにされると寂しくて泣いてしまうし、何かちょっとしたものを贈ってもらいたいもの」

甘えているのか、と次郎左は苦笑した。そうなる気持ちもわからないではない。彼女はこの町に身寄りはいないし、駆け落ち同然に家を出てきたのならば、聖ニクラウスの日だからといって、親元に帰ることははばかられるだろう。いや、そもそも両親が健在なのかどうかも、次郎左はよく知らなかった。マリーはほとんどそういう話をしない。

黙っていると、マリーが次郎左の胸に指を這《は》わせながら言った。

「聖ニクラウスの前夜祭は、ここにいる赤ん坊と一緒に過ごさない？　アムステルダムに帰るのは、次の日でもいいでしょう？」

「着くのに五日かかる」

「聖ニクラウスの日の前夜をあたしと過ごすのは、いや？」

「いやじゃない」

「じゃあ、いてくれるのね」

「それは難しいって」

「いやじゃないと言ったじゃない」

「いやじゃないけど、聖ニクラウスの日にうちに帰らないわけにはゆかない」

「あたしが奥さんなら、あんたが働きに行くところについて行くわ。アムステルダムで何をしてるの？」

「子供たちを育てる」

「乳飲み子じゃあるまいし。亭主をひとりで働きに出す女のところに、律儀に帰らなきゃならないの？」

「女房のことを悪く言うな。子供もいるんだ」

「怒った？」

「いや」

次郎左は寝台の上で上体を起こした。少し汗が引いていた。

たしかに自分がこのフラーフェの町で働くと決めたとき、ルチアの反応は意外すぎた。自分はアムステルダムに残る、と言われるとは予想もしていなかった。これまでどおり、あなたが決めたならどこにでも一緒に行く、と言ってくれると思っていたのだ。なのに今回ルチアは、同行をいやがった。なるほど彼女が言ったとおり、アムステルダムは大都会であるし、イタリア語を話す友人がいて、買い物でも、医者通いでも便利だ。音楽や芝居などの楽しみごともある。これまで次郎左と共に渡り歩いてきた小都市とは、快適さも楽しさもまるで違うだろう。次郎左は仕事の口があればどこにでも行く石積み職人であるが、彼女のほうにはそろそろどこかに落ち着きたいという気持ちが出てきていたのかもしれない。おれは子供のころから父親に従って、仕事のある土地からまたべつの仕事のある土地へと、移動ばかりの生き方だった。それ以外の生き方を知らない。でも、女は違うのではないかという気もする。

しかし。

次郎左はフラーフェの町で一人働くと決めた日の夜、それは、女房子供と一緒でないなら日の本には帰らないと、とある商人に告げた日でもあるのだが、ずいぶんと酒を飲んで荒れたことを思い出した。頭ではわかっていても、おれはルチアの反応が不満だったのだ。あれほど荒れた酒を飲むまでに。

「どうしたの？」とマリーがまた訊いた。「奥さんのことを思い出した？」

「ああ」次郎左はうなずいた。「この町での仕事も明日で終わる。女房のこと、子供たちのことを考える」

「もう少しいて。あたしはひとりぼっち。もう何年も、聖ニクラウスの前夜もその日も、家族と一緒にいたことはなかった。誰か好いたひとと一緒に過ごしたんでもない。今年は、そんなのいやなの」

微笑しているように見えるが、目には真剣な色があった。次郎左は返事をせずに、マリーを抱き寄せた。

二日後の朝、寝台を出て身支度をしているとき、マリーが掛布団《かけぶとん》の下で言った。

「やっぱり行ってしまうの？」

声に、はっきりと失望があった。なじる調子も。

次郎左はマリーを振り返って言った。

「そう言ったろう。ここにいるなんて、約束していないぞ」

「薄情けなのね。ひとりであんなに物欲しそうにしていたのに」

「物欲しそう？　おれが」

「そう、自分は何か大事なものを持っていない、という顔だった。抱かれてあげなきゃと思ってしまったぐらいに」

「おれに、足りないものなどない」

自分で期待したほど自信ある口調にはならなかった。

靴をはいて紐《ひも》を結び終えると、マリーが足を伸ばして次郎左の腿《もも》を蹴《け》ってきた。

「帰るがいいわ。だけど、あんたが来春この町に戻ってきても、あたしはもういない」

次郎左は振り返ってマリーを見つめた。

マリーは唇をきつく嚙《か》んでいる。

次郎左は動揺した。

「バンビーナ」思わず子供たちに、ときにはルチアに呼びかけるときにも使う言葉が口に出た。

「すまない。どうしてもおれは発たねばならない。お前がここにいなくなるというのなら、それもしかたがない。だけどもし」

「もし?」マリーは顎《あご》を突き出すようにして言った。「何なの?」

「何か困ったことがあったら、アムステルダムにおれを訪ねてこい。おれにできることなら、なんとかする」

「どこに行けばいいと言うの?」

「アムステルダムの石工組合の集会所だ。働いている場所も、おれの住んでいる通りもわかる」

「行ったら、何をしてくれるというのよ」

「だから、できることならなんでも。聖ニクラウスの祭にはできないことをして、埋め合わせさせてくれ」

「あんたの奥さんと、修羅場になるかもしれない」

少し戸惑ったが、次郎左は言った。

「しかたがない。おれの責任だ」

マリーは少しのあいだ次郎左を凝視していたが、やがてくるりと背を向けた。その肩が小刻みに揺れだしたように見えた。

次郎左は外套《がいとう》を手に取ると、そっと屋根裏部屋を出た。

自分の部屋に入って荷物を背負ってから、一階に降りた。居間には、下宿屋の女将がいた。昨日のうちに、きょう出発することは伝えてある。女将は、とうに次郎左とマリーとの関係には気づいているはずだ。意味ありげな笑みを向けてきた。

「お世話になりました。来年、復活祭のころにまたやってきます」

「道中、お気をつけて」

次郎左は頭を下げて、通りへと出た。外はかなりの寒さだ。次郎左は帽子を目深にかぶり直し、外套の襟を搔《か》き合わせた。


アムステルダムの家に帰り着いたのは、聖ニクラウスの日の前日だった。

ルチアが屈託なく両手を広げて、抱きついてくる。次郎左は思わず微笑して言った。

「何か変わったことは？」

「何もない。トビアも帰ってくるわ」

「不自由してなかったか」

「大丈夫」

ハンスとニナも、お帰りなさいと飛びついてきた。

背嚢《はいのう》を床におろすと、中から贈り物を取り出した。帰路、ロッテルダムに寄って買い物してきたのだ。

ニナには、樺《かば》細工の小さな裁縫箱を。ハンスにはタブレと鉛筆を与えた。ニナは裁縫箱を受け取ると顔いっぱいに歓喜を広げた。

ハンスのほうはニナの裁縫箱を一瞬うらやましげに見つめてから言った。

「父さん、ありがとう」

ルチアもうれしそうに次郎左を見つめてくる。お前はもう子供ではないだろうと思いつつ、次郎左は小さな紙包みを取り出した。これはフラーフェの町で買った品だ。精緻《せいち》なレースのハンカチーフだ。フランドル地方では優れたレースの技術が受け継がれており、フラーフェでも、いい品ができるのだ。

「ありがとう、あなた」

受け取ったルチアが、次郎左に頬ずりしてきた。

軽い抱擁のあと、次郎左は部屋の隅のほうに座るふたりの子供に目を向けながら言った。

「ハンスは、タブレをあまり喜んでいないな」

「あの子にも、針仕事を教えたの。好きになったみたい」

「ニナが覚えれば十分だろ」

「ハンスには、石積み職人は無理よ。何か居職の仕事につかせないと。仕立屋だって、悪くないでしょ」

そのときドアが開いた。振り返るとトビアだった。少し大人びた顔になっている。家族のもとを離れて、いやおうなく成長したということなのだろう。

「ただいま」とトビアが言った。「父さんもいま？」

「着いたばかりだ」

トビアはもう一人前だ。贈り物の代わりに小遣いをやることに決めていた。

「工房では、どうなんだ？　まさか帰されたんじゃないよな」

「三日後には、またライデンに戻るよ。ぼく、修業はうまくやれていると思う」

「見どころがあるんだな」

「そうはっきり言ってもらったわけじゃないけど」

そうは言うがトビアの顔は、じっさい苦労に耐えかねているようではない。次郎左はルチアに顔を向けた。

「きょうはごちそうが食えるんだろうな」

「下ごしらえはしてあるわ。鶏を焼くの。さ、着替えて」

次郎左は、外套と上着を脱ぎながら思った。どうやらハンスも、いずれ一人立ちしてゆくのだろう。その兆《きざ》しが見えた。おれは、息子たちとはべつに自分の弟子を持つことを考えなければならないのかもしれない。いつか日の本に帰る日が来るからと、ピーテルの再三の勧めにも拘《かかわ》らず、弟子を持たず、ひとり親方としてやってきた。いや、親方のあいだを移動する職人頭というところか。でも息子や家族を連れて日の本に帰る目がまったくなくなるのならば、自分には弟子が必要かもしれない。自分が育てる若い衆、自分の石積み技術を受け継いでくれる誰か。血を引いていない者でも。

聖ニクラウスの祭のあと、組合に顔を出してみると、スパニィエとはそろそろ休戦となるという噂《うわさ》がもっぱらになっていた。じっさいこのところ、大きな戦の話は耳にしていない。自分が城壁を積み、いったんはスパニィエ軍を退けたものの再攻撃を受けて降伏したフロールの町の防衛戦が最後だろうか。

組合で聞いた話では、その戦いのときに、コサブロという名の日本人銃士が死んだという。事実だとするなら、彼はとうとう故国を数千里も離れた土地で、武士としての生を終えたのだ。おそらくは日の本の武人らしく、雄々しく戦って果てたにちがいない。勘四郎は無事なのだろう。それが救いだ。

翌年春、次郎左はまたひとりでアムステルダムを出発し、フラーフェの町へと向かった。下宿屋に着くと、女将からマリーは町を出たと聞かされた。三月のはじめに南に向かったとか。行く先がどこかは、女将も聞いていなかった。

その二日後から、フラーフェの町の城壁積みが再開された。

デン・ハーハで休戦交渉が始まった、という報《しら》せがフラーフェに届いたのは、それからほぼ一カ月の後である。一六〇七年四月二十五日に、交渉は始まったのだった。スパニィエにはもう戦争を継続するだけの力がないのだと、ネーデルラントでは受けとめられていた。おそらく、いままた兵士たちに給金を支払うこともできぬほどに、本国の金倉は貧しいのだ。また国家破産が迫っているのだろう。

この報せを聞いたときに、アントニスゾーンはフリース親方や職人衆に言った。

「これでお前さんたちはいよいよ忙しくなるな」

ミュッセンブルークが、不思議そうに訊《き》いた。

「休戦と決まれば、城壁普請も止まるのでは？」

「いいや。これまでは、城壁を築き直すか降伏か、どっちが得かをはかりにかけていた町も多かったはず。普請の途中で攻められては、掛かりも無駄になるからな。だけど休戦となれば、城壁を広げて築き直すための時間の余裕ができる。いまだ、と城壁普請を決めるところがいくつも出てくる」

ミュッセンブルークは納得したようではなかった。

「休戦は、けっきょくそのまま、戦の終わりになるのでは？」

「いまのままでネーデルラントをスパニィエと分け合うと？」

「ええ」

「マウリッツ公がそれで満足するとは思わぬ。休戦のあいだに力を蓄えて、必ず再び攻勢に出る。休戦が永久の和平となることはない。そもそもスパニィエ支配下の諸都市がそれを望むか？」

ミュッセンブルークはもうそれ以上言葉を続けなかった。

次郎左にも、まだ城壁普請は続くという見方のほうが現実にかなっているように思えた。いや、そうでなくては困る。日の本から帰国してくれという要請がきていない以上、自分はまだネーデルラントで城壁を積みたい。もっと実績を重ねたい。アムステルダムでも、休戦するからといって市壁の拡張がとりやめにならないよう願いたいところだった。もしネーデルラントで城壁普請がなくなってしまったら、この先自分はどこで仕事の口をみつけたらよい？　またエウロパの地を遠くまで移動するのか？　自分には、かつてローマからフィレンツェに逃げたときのような体力も気力もなくなった。ルチアも遠くの町へ移り住むことをいやがるようになっている。遠くまでは行けない。フランスでも、新教徒とローマ教会派のキリスト教徒が対立を続けているという。仕事の口があるとしたら、あの国のどこかだろうか。

日の本までの船が女子供も乗せられるようになるまで、あと何年かかるだろう。五年か六年ですむか？　いや、十年か。そのあいだはまだ、エウロパの最新の築城術を学びたい。最新の城壁を築きたい。そのためにはいま、城壁普請の仕事がなくなってしまっては困るのだ……。

フラーフェの城壁普請は、足かけ四年がかりの仕事となった。このあいだ、次郎左は夏はアムステルダムの家族のもとを離れてフラーフェで暮らし、普請が止まる冬になると、アムステルダムに戻るという生活を続けた。最初の年はその暮らし方を理不尽とも感じたけれども、三年目の夏にはもう仕方のないことと受け入れることができた。ルチアの代わりになる誰かが必要とも感じなくなったし、そばにまがいものでよいから家族らしきものがあればとも望まなくなった。下宿に住んでいる限り、食事と身の回りの世話はしてもらえるのだし、男女の営みのことだけを別にするなら、不自由はない。それが欠けているからといって、もちろん仕事の出来に関わってくるということもなかった。気持ちも、そして身体も、夏のあいだの家族との別れ別れの暮らしに慣れた。

四年目の春にはもうアントニスゾーンは、まったくフラーフェに姿を見せなかった。高齢であるし、彼の仕事は石を積むことではない。測地して図面を引き、設計の意図を正確に石工の親方に伝えることだった。フリース親方は稜堡《りょうほ》様式の城壁にも慣れた親方だったから、普請が始まったところで、アントニスゾーンの図面の意味をすっかり理解できていた。じっさいのところ、アントニスゾーンは最初の年も普請の場にそれほど頻繁に顔を出したわけでもなかったし、細かな指示を出すわけでもなかった。要所要所でじっさいに積み上がった城壁を確認するだけだった。たぶん城壁が竣工《しゅんこう》して町への引き渡し式がおこなわれるときに、あらためて姿を見せることになるだろう。アントニスゾーンがいないあいだは、次郎左とミュッセンブルークがふたりで、彼の代行と連絡係を務めている。

普請が再開されて三日目、昼食のときにミュッセンブルークが次郎左の向かいにやってきた。

「どうやらこの町の城壁普請も、八月には終わる。次郎左はそのあとはどこへ？」

彼は言った。

次郎左は答えた。

「どこでも。おれに仕事をくれる町なら」

「次郎左なら、引く手あまただろう」

「いい石積みにならな、だ。お前にだってあるだろ」

「おれは、アントニスゾーン師匠に引き立てられてる石工にすぎないさ。師匠も引退の時期だし、おれも次の師匠を探さなきゃならない」

「ひとり立ちすればいい。師匠はそうさせるつもりじゃないのか？」

「それを期待しているけど、どうかな」ミュッセンブルークは質問してきた。「前から不思議に思っていたんだけど、次郎左はどうして弟子を取らないんだ？」

「おれは言葉もよくできない。ここで親方の仕事をするのは、荷が重すぎる」

「だからひとり親方か？」

「そのつど雇いの職人頭だ。いまはこのとおり、アントニスゾーン師匠とフリース親方に使われている」

「いずれ日本に帰るのだ、ということを、言っていたな」

たしかにその希望をもらしたことはある。

「そもそも、帰るつもりでエウロパに修業にきたんだ」

「それはいつになるんだ？　なんでも、東インド会社は近々日本との交易を始めると聞いた。航路も拓《ひら》かれたんだろう？」

「たぶんな。だから、仕事の依頼が日の本から届くかもしれない。来たらそのとき、おれは日の本に帰るのさ」

「ひとりで？」

「家族で行けるならそれがいいんだが」

いっとき夢見たことを思った。自分はエウロパで家族を持ち、実績を挙げた。家族と離れ離れになることはもう難しい。しかし日の本での仕事の声がかかれば、そのときは自分の技術を受け継いだ息子に行かせよう。まだ身軽な若い息子に、その仕事を託そう。自分はエウロパに残って、仕事を続けるのだと。

そのあと、女子供もいずれ船に乗れるようになるかもしれないと聞かされた。そのときはまた別の期待を持った。家族を連れて帰国できるかと。しかし、長男は絵師の工房に入ってしまった。次男は身体が丈夫ではなく、石積みの仕事に就くのはたぶん無理だ。つまり、家族で帰ったところで、築城に関わるのは自分ひとり。息子ふたりは役に立たない。だとしたら、なぜ家族で行かねばならない？　ルチアへの想《おも》い？　ルチアだって、いまはもうすっかりアムステルダムという都会の暮らしに慣れてしまったのだ。歳《とし》も歳だし、いまさら亭主とふたりで異国に行きたいとは願うまい。友人や娘のいる土地で生きたいと願っているのではないか。たとえ亭主と永の別れになるとしてもだ。自分にしても、いまのルチアに、彼女が知らぬ土地へついてきて苦労しろとは言えない。

次郎左は、いま初めて気づいたような気分で言った。

「そのときはたぶん、ひとりで行くことになるんだろうな」

自分が弟子を持ったとして、日の本に連れてゆくことができるかどうか、わからない。自分に心酔してくれる弟子ならともかく、この土地の親方と弟子のあいだはもう少し割り切られたものだ。情だけでは、弟子に冒険しろとも、苦難を選べとも、命じることはできない。次郎左が弟子を持つことを躊躇《ちゅうちょ》する最大の理由がそれだった。

ミュッセンブルークは小さく首を振った。理解できない部分があったのかもしれない。家族と離れて、という部分がわからないのか、それとも弟子も持たずにという部分なのか。

「戦争のあいだに」とミュッセンブルークは言った。「孤児がずいぶん増えた。そういう子供を仕込んで、連れて帰るというのも考えられるな」

「心配してくれるのか？」

「次郎左がいつまでもひとり親方ってのが不思議なんだ。不便だろうに」

「お師匠みたいなひとに使ってもらうには、おれ自身は身軽なほうがいいんだ」


普請が再開されて十日ばかりしたころである。デン・ハーハからの報せが、フラーフェの町に届いた。スパニィエとの休戦条約がついに結ばれたのだ。締結の日は、四月九日。この日から十二年間、ネーデルラント諸州とスパニィエとのあいだの戦争は、休止となるのだった。

その報せが届いた日、フラーフェの町ではすべての仕事が止まった。店も工房も、すべて事実上の休業となってしまったのだ。大人たちは盃を持って通りに繰り出し、片っ端から知人をつかまえては酒を酌《く》み交わしあった。市民兵たちも、武装はそのままに酒を飲み始めた。女たちも建物の外に出てきて、近所同士で休戦を喜び合った。踊り出す女もいた。若い市民兵に抱きついてくちづけする娘もいた。ちょうど復活祭と重なっていたから、町は浮かれた。たぶんこの報せを受けた日はネーデルラントのすべての町でも同様であったろう。もちろんフリース親方も早々に、きょうは仕事は休みだと宣言して、職人たちを普請場から解放した。

次郎左はミュッセンブルークを誘って、普請場に近い通りの酒場に入った。フリース親方や職人仲間たちともよく来ている店だ。

店の主人が、最初の一杯は自分の奢《おご》りだと言って、ジョッキに麦酒を注いで出してくれた。店の中はほぼ満杯だった。すでに顔を真っ赤にした男たちが、愉快そうに飲み、かつ談笑している。ひとり、左足に義足をつけた中年男が、何人もの客から盃をもらっていた。市民兵の英雄のひとりなのだろう。この町ではこれまで攻防戦はなかったけれども、べつの町で戦った男にちがいない。この町の出身者なのかもしれない。

そこに、フリース親方の弟子のひとりがやってきた。次郎左を探しに来たような顔だ。その若者は次郎左に気づくと、雑嚢から一通の書状らしきものを取り出して、近づいてきた。

「おれにか？」と次郎左は訊いた。

「はい。お師匠から親方のもとに届いたんです。あなたにも読んでもらうようにと」

次郎左はミュッセンブルークにその手紙を渡して言った。

「読んでくれ」

ミュッセンブルークが受け取って、声を上げて読み始めた。

「フラーフェの城壁普請もつつがなく進んでいることと思う。八月の末には完成するという目算でよいな。引き渡し式にはわたしも出席するので、その日がはっきりしたら連絡をくれ。

ところで次郎左に伝えて欲しい。ヘレフートスライスの町から、城壁の設計と普請を依頼されたが、わたしは設計には次郎左を推薦した。フラーフェでの仕事が終わり次第、そちらに行ってもらえるとありがたいと言ってくれ」

請負賃が記されていた。いまもらっている額よりも多かった。

ミュッセンブルークが読むのを続けた。

「小さな町なので、普請は来年いっぱいで済むだろう。じっさいの普請は、親方にお願いしたいが、やってくれるかどうか、返事をもらえないだろうか」

ミュッセンブルークは顔を上げてから、瞬きした。

「師匠は、あんたを築城家として扱ってるよ」

「おれは石積み職人だよ」

「断るのかい。せっかく師匠が推薦してくれたというのに」

そう問われたら、答えはひとつしかなかった。

「ヘレフートスライスと言ったか?」

「ああ。ロッテルダムの西のほうにある町だ。ホランスディープ川に面している」

「オーステンデに行ったとき、船を乗り換えた町だな。たしかにあの町の城壁は古いものだった」

ミュッセンブルークは、使いの若者に書状を返して訊いた。

「親方はすぐに返事を聞いてこいと言っていたのか?」

「ええ」

次郎左は言った。

「師匠に従う、と言っていたと伝えてくれ」

ミュッセンブルークが次郎左に言った。

「助手がいるな」

「あんたのことか?」

「師匠は、新しい仕事におれじゃなくあんたを推薦した。おれがあんたの助手になるのが自然だ」

「あんたにはべつの仕事を世話するのかもしれない」

「いいや」少し寂しげな微笑でミュッセンブルークは言った。「この手紙で、おれの実力がどの程度のものかもわかった。あんたについて、ヘレフートスライスに行ってみたいが、いいか？」

「おれにも、あんたが必要だ。手伝ってくれ」

「喜んで」とミュッセンブルークがうなずいた。

休戦祝いの酒を切り上げるとき、ふと思いついて次郎左はミュッセンブルークに訊《たず》ねた。

「あんたは、歳はいくつなんだ？」

「三十ちょうどだ」とミュッセンブルークが答えた。想像よりもずっと若かった。髭《ひげ》面《づら》だし、エウロパの男は日本人よりもおおむね老《ふ》けて見えるせいだ。「どうして？」

「いや、なんでもない。おれはこう見えても、けっこうな歳だから、お師匠は歳の功でおれを推薦したんだろうと思ってな」

「あのひとは、腕と能力以外を気にするひとじゃないよ」

「あんた、ひとり身なのか？」

「いまはね」

「というと？」

「一度結婚したことがあるが、仕事を求めてどこにでも行く暮らしだ。女房には愛想を尽かされたんだ。それが何か？」

「聞いてみただけだ」

酒場を出て、次郎左はミュッセンブルークと別れた。たぶん明日は、普請場にやってくる職人たちの大半は、宿酔いで使い物になるまいという気がした。


客人を迎えるための広間から、ネーデルラント人ふたりが退去していった。明日にもまた彼らはこの場に呼ばれるはずであるが、とりあえず引見の儀式は終わったのだ。

家康は、のっそりと立ち上がって、庭へと目をやった。完成したばかりの駿府城の本丸である。三重の水濠《すいごう》をめぐらした平城として二年前から普請にかかり、その年にいったん竣工していた。しかしすぐに失火、御殿や天主など本丸全体が消失するという不運に見舞われている。しかし家康は迷信めいたことは意に介さずすぐに再建にかかり、昨年には再竣工を見ていたのだった。そうしてきょう、この真新しい城に、ネーデルラント人一行を招いて、引見の儀式をとりおこなったのである。

ネーデルラント人たちは、かの国のマウリッツなる人物からの書状を持参して、この春、九州平戸に上陸したのだ。船はネーデルラント軍のものではなく、東インド会社なる株仲間所有の商船とのことだった。徳川家康は、ネーデルラント船の着岸と日本の国王に宛《あ》てた書状についての報せを受けると、この駿府へネーデルラント人を呼んだのだった。

もちろん家康は征夷《せいい》大将軍の座を四年前に秀忠に渡して、かたちの上では隠居しており、公的には何の権威も持ってはいない。当然ながらエウロパ人が考えるところの日本の君主ではなかった。しかし、その書状の宛て先が自分であるとみなすことについて、異議をはさむ者はないはずである。大御所である自分が、いや自分だけが、ネーデルラントなる国の代表からの書状を受け取る立場にあるはずだった。

季節は夏であり、暑い。使節の引見という儀式が終わったのであるから、いくらかは涼しげな場所に移りたかった。家康は廊下へと出て手を後ろに組んだ。引見のあいだ、広間の両側でこれを見守っていた側近たちも、みな立ち上がって廊下へと出た。

家康は、きょうの引見に同席していたふたりの家臣を近くに呼びよせた。

「按針《あんじん》、耶揚子《ややうす》、近《ちこ》うへ」

ふたりの白人男が、いくらか遠慮がちに進み出てきた。

耶揚子は先ほど通訳を務めていたのである。ふたりのネーデルラント人は、この場にエウロパ人がいると知って、かなり驚いたようであった。

書状も、耶揚子がその場で翻訳し、家康に伝えていた。交易を許してほしい、というのがその書状の大意であった。

家康は、廊下で振り返り、ふたりのうちの痩《や》せた長身の男のほうに目を向けた。

「按針、どうだ、いまの書状」

按針と呼ばれた男が言った。

「交易を認めてもかまわないでしょう」

彼は耶揚子と同じ船で、九年前に日本に漂着していたイギリス人である。本名をウイリアム・アダムスというが、家康に召し抱えられ、水先案内人の意味にあたる按針という名を与えられた。さらに三浦に所領を、駿河の城下にも屋敷を与えられて厚遇されている。家康はこのエウロパの男たちに、交易や軍事技術について助言を求めることがしばしばだった。

アダムスが続けた。

「かの国と交易をすることに、不都合はありません。もっともポルトガル人や、イエズス会は、これをよくは思わないでしょう。あることないこと、上様に吹き込むかとは思いますが」

家康は、およそ見当のついていることではあるが、あえて訊いた。

「あることないこと、とは？」

「ネーデルラントには、日の本を植民地としようとする野心があるとか、狙《ねら》っているのはキリスト教の布教であるとか、といったことですが」

「そのような野心はないか？」

「かの地の諸州は、わが祖国と同盟を結び、自由と独立を求めて長いことスペインと戦ってきました。自由と独立の価値を、ほかのどこの国よりも理解して尊重している者たちです」

「この書状の署名者、マウリッツという人物は何者か？」

「はい」アダムスはヤン・ヨーステンに顔を向けた。お前が語ったほうがよいという顔だ。

ヤン・ヨーステンが言った。

「マウリッツ公は、ネーデルラントの名家にして貴族の当主にございます」

「貴族？　大名とは違うのか？」

「封じられてはおりませぬ。代々みずからの所領を受け継ぎます」

「ネーデルラントの帝《みかど》ともちがうのだな」

「ネーデルラントには帝はおりませぬ」

「エウロパのどこぞの王の重臣であるとか」

「その昔、ネーデルラントの東、ライン川という川の畔に城を構えた騎士がナッサウ伯爵《はくしゃく》家の初代とか。その一族の血を引くのが、ネーデルラントのナッサウ家にございます」

「ネーデルラントすべてが所領なのか？」

「いいえ。そのあちこちに、町や村を」

「その程度の貴族が、ネーデルラントを統《す》べておるのか？」

「統べているのとも違います。ネーデルラント諸州は共和の土地でありますゆえ」

「細かなことはよいが、つまりネーデルラントの大将軍がこの人物ということでよいのか？」

「大将軍ともまた違います。しかし、ネーデルラント諸州を代表する者には相違ございませぬ」ヤン・ヨーステンは、適切な日本語を考えるためか、首を傾けてから言った。「ネーデルラントは、かつて堺という町がそうであったと聞きますような土地柄なのです」

「大名ではなく、町衆が治めていると？」

「町衆が、ものごとを決めます。頭領を決めるのも、町衆なのです」

そのあとヨーステンが不自由そうに語る日本語にこれまで聞き知った知識を加えて、家康はこう理解した。

ネーデルラントは、自由な市民からなる諸都市の会合衆《えごうしゅう》が州を作り、州の議会がまたべつの自由州と組んで連邦を作っている。そしてそれぞれの州総督としての権限を、人望ある貴族に委《ゆだ》ねている。ナッサウ伯爵マウリッツ公は、いまネーデルラント七州が選んだ総督である。父君がそもそもネーデルラントの独立のため、イスパーニャに対しての蜂起《ほうき》を率いたという経緯もある……。

「つまり、マウリッツ公は七つの国の上に立つ総頭領であると」

「そのとおりです。会合衆のおる諸州を代表する頭領です」

家康はうなずいた。これがヤン・ヨーステンの説明の限界であろう。

「ようし、交易を認めよう。その旨《むね》をマウリッツなる頭領に書き送る」

「交易船のためには、交易と上陸を許可する朱印状も必要かと」

「出す」

控えていた大久保長安が、一歩前に出てから訊いた。

「港は、どこを？」

家康は長安を、使節引見のこの日に合わせて駿府に呼び出しておいたのだ。

「どこでもよい」と家康は答えた。「浦賀でも伊豆でも、九州のどこであろうとも。日の本のどの港に着岸してもかまわぬ」

「ネーデルラントにこちらの希望を伝える件はいかがいたします？」

「どの件だ？」

「銀《しろがね》を取り出す技と、築城の術についてでございます」

「銀の件は、明日、もう一度会うときに伝える」家康は廊下に立ったまま、庭から広間のほうへと首をめぐらした。「江戸城の普請はおおむね終わった」

諸大名に命じた石垣普請のことを言っていた。普請を大名たちに分担させ、競わせたことで、大坂城にも匹敵する規模の水濠と石垣ができた。将軍の居館として、将軍の拠る砦として、その護りの堅さは十分と思える。いまさらあの石垣を崩して、江戸城をエウロパ様の城塞とする意味はあるまい。また、エウロパや漢土のような、町屋まで城壁の内側に囲い込む総構えの城壁を築くのにも、もはや遅すぎる。すでに江戸の町は、家康の想像を超えて成長し、拡大しつつあるのだ。その町をすっかり囲むための城壁を築くとなると、いったいどれほどの掛かりになることか。それに何年かかることか。それよりは、むしろ調略をもってして、江戸を攻めるだけの力のある敵をひとつひとつ追い落としていったほうが早い。

家康は言った。

「この駿府城も、出来上がっておる。三年前ならともかく、いまはもう要らぬわ。少なくとも、急を要することではない」

長安が頭を下げながら言った。

「御意に。交易が始まって、航路が開かれますれば、必要なときには呼べるのでございますしな」

そのとおりだ、と家康は胸のうちでうなずいた。ただひとつだけ心配なのは、豊臣家、あるいは豊臣がたの大名の誰かが自分を差し置いてエウロパから築城家を招くようなことがありはしないかということだ。それを思いつかれて実行されるのはうまくない。彼らが絶対に落とされぬ城を築いたと確信を持ったときには、調略もしにくくなろうから。

家康は首を振った。それほどの人物は、向こうにはおるまい。どうみても、器の小さな愚か者ばかりだ。

ヘレフートスライスの城壁普請は、これまで関わってきた町の中では、もっとも小さい部類に入った。戸数二百ばかりだろうか。ただし、ホランスディープ川の河口近くにあって、北海からの距離はすぐだ。半島の背の側にはロッテルダムという大都市がある。これまでは争奪戦の舞台とはならなかったが、それは地理的、軍事的価値がなかったからではなかった。スパニィエ側から見るなら、北部ネーデルラントの攻略戦に出る場合の橋頭堡となりうる町である。休戦となっているあいだになんとしてでも防備を固めておくべき場所と言えた。

次郎左はミュッセンブルークと共にその年の九月にヘレフートスライスに赴き、測地して図面を引いた。町長は船大工で、レーリンクという五十がらみの大男だった。彼の前に出たとき、次郎左が日本人だということでずいぶん驚かれた。しかしもちろん、アントニスゾーンが推薦した築城家である。次郎左がエウロパの人間ではないということで契約が解消されることはなかった。

町は中央に運河が掘り込まれており、この左右の岸に倉庫と町屋が建ち並ぶ。次郎左はこの町を、南北六町ばかり、東西三町ほどの広さの城壁と水濠で囲む縄張りとした。城壁は、縦に細長く、少し歪《ゆが》んだ八稜形となった。水濠は一重だ。

測地しながら思った。アントニスゾーンは、次郎左を築城家としてひとり立ちさせるにあたって、じつに頃合いの規模の町を選んだ。この町であれば、次郎左の経験でも十分に全体を把握できる。城壁のすべてにわたって自分の意志を貫き通すことができる。細部までありありと想像して、指図を引くことができる。いまの自分には、これ以上の規模の町ならば城壁の設計は難しかったろう。どこかで自信なげな縄張りとなったような気がする。しかしここであれば、これこそもっとも理に適《かな》ったものとして、自分の指図を町に対して示すことができる。この町で自信をつけられたならば、次はまたひとつ大きな普請に関わることも可能となろう。

翌年春からの普請は、町が雇ったフリース親方が請け負うことになった。次郎左は、普請が指図どおりに進行しているかどうかを確認し、ときに親方に助言を、あるいは修正の指示を出すだけだった。

この年、城壁が形をなしてきたころには、半島の反対側、二里ばかり北方にあるブリーレの町から視察の男たちが訪れた。町の有力者だという。ブリーレは戸数もヘレフートスライスの四倍、五倍という大きさの町である。そこが、いま様の城壁を築きたいと言うのだった。彼らもアントニスゾーンに城壁の設計を依頼したが、次郎左を推薦されたとのことだ。次郎左のローマから始まる石積み、城壁普請の実績についても承知していた。

ブリーレはまったく平坦《へいたん》な土地ということであり、次郎左は現地を見ることもなく、地図をもとにしてほぼ円形の城壁の素案を描いてみた。九つの稜角を持ち、さらに稜角のあいだに浮かぶ九つの稜堡を設けた構造である。水濠は二重となる。

掛かりはヘレフートスライスの城壁のおよそ四倍と見積もることができた。完成まで二年を要することだろう。

素案の図面を見せると、訪ねてきた男たちはみなうなずきながら言った。

「これでいい。いつからかかれます？」

次郎左は答えた。

「来春早々」

「お願いします」

「じっさいに城壁を積むのは、石工の親方とその職人衆の仕事となります。普請が始まれば、わたしはその普請の目付役になる」

「町には石工の親方がおります。彼に頼むことになるでしょう」

「わたしの設計料と目付料は？」

十分と言えるだけの額が示された。次郎左はブリーレの城壁の設計と普請の監督を引き受けることにした。

季節は過ぎブリーレの城壁が完成した年の初冬、聖ニクラウスの日まであと三日というころだ。アムステルダムの家庭に帰って玄関口のドアを開けると、居間に見知らぬ若者がいた。ルチアとニナが、同じテーブルに着いて談笑していたところだった。

ルチアとニナはすぐに立ち上がって、次郎左のもとに駆け寄ってきた。ふたりを軽く抱いてから、次郎左は訊いた。

「客がいるが、トビアの友達か？」

「いいえ」とルチアは言った。「ニナの」

次郎左はニナに顔を向けた。

「ニナの？」

ニナがはにかんで言った。

「母さんが言って」

ルチアは、うれしそうに言った。

「ニナと結婚したいってひとなの。ウィレムっていう子」

次郎左はちらりと青年に顔を向けた。視線が合うと青年は会釈《えしやく》してきた。少し緊張気味の顔だ。二十歳《はたち》をいくつか過ぎたあたりの歳か。そばかすが多い、頬の赤い青年だった。身なりから考えるに、何かの職人だろう。

「どういう若い衆なんだ？　ニナはどこで知り合ったんだ？」

「ここの大家に紹介されたのよ。父親は指物師《さしもの》。ウィレムも父親の下で働いているの。しっかりした、気持ちのいい青年だわ」

父親の下で働いている、という部分が耳に残った。父親とは違う道を歩く青年にだって、しっかり者もいれば好青年もいるはずだが。

ニナが言った。

「来て。紹介する」

ニナが席に戻っていった。次郎左は旅荷物を床におろしながらルチアに訊いた。

「もう結婚を許したのか？」

「まさか。あなたが帰るまで返事はできないと答えていた。きょう、あなたが帰ってくると思ったので、昼ご飯に招待したの」

「ニナの気持ちは？」

「すっかり嫁ぐつもりでいるわ」

「じゃあ、おれが口を出すまでもないな。ウィレムはいくつなんだ？」

「二十歳」

「向こうの親御さんの気持ちは？」

「うちさえよければと思っているみたい」

「お前はカトリックで、おれは異教徒だけれど、それでもかまわないと？」

ルチアが首を振った。

「この町で、誰がそんなことを気にするの？　ニナはカルバン派の教会に通っているんだし」

「障害になりそうなことは、いくつでも思いつくさ」

「ウィレムに意地悪なことを言ったりしないでね」

玄関口が開いて、次男のハンスが姿を見せた。前掛け姿だ。相変わらずひょろんとやせて、顔色もけっして健康的とは言えない青年だった。

「お帰り」とハンスが言った。

「どこかで仕事でも？」

次郎左の問いにルチアが答えた。

「あなたが帰ってきてから話そうと思っていた。近所の仕立屋で弟子にしてもらったの。そろそろ手に職をつけるころだから」

ハンスを見つめると、彼はそのとおりだと言うようにうなずいた。とくにその境遇に不満も持っていない様子だ。ルチアが早くから見抜いていたように、仕立屋の仕事がけっこう向いているのかもしれない。

「トビアは？」と次郎左は訊いた。

「明日には帰ってくるでしょう」

「うまくやっているのか？　手紙はあるのか？」

「ええ。そんなに苦労はしていないみたい」

次郎左はテーブルに近づくと、ウィレムという青年に右手を差し出した。あわてたように、彼が立ち上がって右手を出してきた。

その手を軽く握って次郎左は言った。

「会えてうれしいよ、ウィレム。おれは次郎左、ニナの父親だ。よろしく」

ウィレムがもごもごと言った。

「はじめまして。ウィレムです。ウィレム・ビーヘルです。よろしくお願いします」

「昼飯、食べていってくれ。おれはすぐまた出なきゃならないんだ」

鍋《なべ》を手にしてやってきたルチアが、驚いたように言った。

「帰ってきたばかりなのに、どこに行くの？」

「組合の集会所だ」と答えて、次郎左は家を出た。

集会所に行く途中に、東インド会社の本社の建物がある。二階建て煉り瓦造りの建物だ。去年建て直されたばかりだが、もう手狭になっているという評判を耳にした。そのうちまた増築工事が始まるかもしれない。

事務所に入ってから次郎左は書記に名乗り、エピスコピウスを呼んでもらった。かつて通訳にならないかと誘ってきた男だ。

エピスコピウスは二階からすぐにおりてきた。

「わたしに用事だとか、トナミさん」

次郎左は帽子を脱いで言った。

「その節は、通訳の仕事ではお役に立てずに、申し訳ありませんでした。瓜生小三郎とも、話はつかなかったようですね」

エピスコピウスは苦笑して言った。

「フロールの町まで出向いて行ったのですが、戦いがあったばかりで、行ったときは小三郎という日本人は戦死していました。弟さんのほうにも、きっぱり断られた」

「ほかに見つかったのですか？」

「いえ。ただ、東インドには日本からの使いも達して、われわれと連絡がつくようになっています。日本は我々との交易を許可しました。数年以内に、日本のどこかの港に商館を設けることになるでしょう」

「では、多少は日の本の事情もわかっているのですね」

「たとえば？」

「戦乱は治まったのか、とか。天下びとはいまどなたなのだろうかというようなことです」

「少し前までは豊臣、という一族が日本の実権を握っていたはず。ところがその後、徳川家康という貴族が豊臣がたと戦って勝ち、大将軍の地位に就いたそうです」

家康が将軍になった！　帝を別とするなら、家康が日の本の最高権力者となったことになる？

エピスコピウスは続けた。

「ところがこの家康という貴族は、すぐに息子のひとりに将軍という地位を譲ったそうです」

「隠居したと？」

「それが」エピスコピウスは頭をかいた。「そう単純なことでもない。報告では、いまなお日本の最高の地位にある人物はこの家康という貴族だとか。将軍の後見人となっていますが、事実上、まつりごとのすべては彼が決めているそうです」

「家康の居城はどこです。駿府というところでしょうか」

「江戸という町に巨大な城塞《じょうさい》を築いたそうです。ところが将軍職を息子に譲ったあとはそのスンプとかいう土地に、やはり新しい城を建てて、そこから、世の中に号令をしているらしい」

「江戸も駿府も、エウロパの様式の町と城塞なのですか？」

「そうは報告されておりませぬな」

「戦乱はどうなっているのでしょう。完全に平和が訪れているのでしょうか」

「十年ほど前の豊臣方との大戦のあとは、さほど乱れてもいないように耳にしましたな。でも、気になるなら、あなたが船に乗り組んで、じっさいに目にしてくるとよい」

「残念ながら、通訳としてはやはり無理です」

「聞きたいのはそれだけ？」

「ええ。その後、日の本との航路や交易はどこまで進んでいるかと思って」

「いまお話ししたように、やっと交易の許可が出て、商館を開くところまできております」

「わたしのような石積みやその家族が日の本に向かうのは、まだまだ先になりますな」

「航海も航路も安定しているとは言い難い」

「わかりました」

次郎左が帰ろうとすると、エピスコピウスが呼び止めた。

「通訳として乗り組みたいという意志があるなら、お早めに。数年のうちには、通訳ができる者などありふれてくるでしょうから」

次郎左はもう一度黙礼して、東インド会社の建物をあとにした。

家康が、江戸に新しい城塞を築き、駿府にも新しい城を建てた、というエピスコピウスの言葉に少し落胆していた。とても書状のやりとりができる状況ではなかったとはいえ、家康がけっきょくはエウロパの様式を採り入れることもなく、新しい城を築いてしまっていたとは。しかもその家康が日の本の実権を握っているとなると、ほかにエウロパ様の城壁と城塞を必要としている者は日の本にはおるまい。築城家も、石積み職人も、働き場所はない。

となればたったひとり、日の本に帰る望みもなくエウロパに居るおれを、ここにつなぎとめるものは何だ？

通りを歩いているうちに、無念は少しずつ大きくなっていった。

石工組合の集会所に入ると、壁の前にひとだかりがある。石工たちの背中ごしに見ると、ちょうど大きな図面が貼《は》り出されたところらしいとわかった。

城壁。拡張。二期に分けて。

といった言葉が聞こえてくる。

少し隙間《すきま》ができたところで、次郎左はその図面の前に出てみた。アムステルダムの都市図だ。その上に、城壁の拡張の構想がインクで記されている。しかも、その新城壁は、ふたつに色分けされていた。濃い黒インクで描かれているのは、最初に普請にかかる部分のようだ。市域の西側、すでに城壁の外にも広がっている町屋や倉庫群をすっかり囲い込む格好である。南と東側の農地部分には、ブルーのインクで城壁が描かれている。こちらは、二期目の普請で完成させる部分ということなのだろう。

次郎左の横にピーテルが立った。

「帰って来たのか」とピーテルが言った。

「ああ、いましがた」次郎左は答えた。「とうとう発表になったんだな？」

「ああ。アムステルダムも来年から城壁を広げる。新しい様式の城壁で、町を囲み直す。運河も、新しく何重にも掘るんだ」

「三期に分けるようだが」

「一気にできる規模じゃない。お前は、来年以降の仕事は決めてしまったのか？」

「まだだ」

「アムステルダムにいる以上、この普請に関わらないわけには行かないだろうな」

次郎左は図面を詳細に眺めてから言った。

「やるさ。何人もの親方に、部分部分を受け持たせる方式なんだろうな？」

「それでしかやれまい。お前はどういうかたちで引き受ける？　ひとり親方だと、町も普請の現場には雇いにくいかと思うが」

「お前がおれを職人頭として使ってくれ」

「築城家になってしまったお前をか」気乗りしないという様子だった。「お前はむしろ、普請の指図場詰めがよいのではないか。これだけの規模の普請だ。お前のような男が必要とされる」

「話がきたら考える」と次郎左は言った。

そうして少し皮肉に思った。この数年間おれを悶々《もんもん》とさせてきた悩みは、けっきょくその原因が消えたわけだ。日の本に帰る理由がなくなったのであれば、跡継ぎのこと、弟子のこと、家族のこと、それらあれやこれやを悩む意味はなくなった。おれはいまあらためて、このネーデルラントで、自分を必要としてくれる誰かを探せばよい。さいわいこの国では、石積みとしてのおれ、築城家としてのおれを求めてくれる誰かには、不自由しないのだ。

12

通されたのは、天井が高いひんやりとした部屋だった。壁の一方に、その高い天井まで届く書棚がある。革装の書物が、おそらくは数千巻並んでいた。

デン・ハーハの内堀の中にある広壮な邸宅だった。この一角には、連邦の議会が開かれる建物もあるし、連邦庁舎もある。ネーデルラント諸州の代表部も事務所を持っていた。軍中枢《ちゅうすう》もこの都市に置かれている。だからデン・ハーハは、小ぶりな都市ながら、共和国連邦の事実上の首都である。商業的に繁栄しているのは、ロッテルダムやアムステルダムであるにしてもだ。

部屋の奥に巨大な机があり、手前には五、六人が囲めるほどの大きさのテーブルがある。地図が広げられていた。どこかの都市のもののようだ。

長靴を履いた、高位の軍人と見える男がふたり、テーブルの脇《わき》でその地図を眺めていた。さらに、軍人とは見えぬ身なりの男もふたりいる。こちらのふたりは貴族だろうか。それとも裕福な商人だろうか。

次郎左とピーテルが案内の者にうながされて部屋の奥へと進んでゆくと、四人が次郎左たちに目を向けてきた。

アムステルダムの新城壁建設計画が発表されて七日後である。

案内してくれた執事ふうの男が言った。

「ピーテル・ホーヘンバンド親方と、ジロウザ・トナミ親方の到着です」

軍人ふうの年配の男が言った。

「こっちへ来てくれ」

次郎左はピーテルと目で合図しあって、部屋を奥へと進んだ。執事らしき男も後ろから続いた。

ほんの少しだけ気後れした。部屋は豪壮な屋敷の奥にあり、この部屋自体が入る者を選んでいるかのような敷居の高さを感じるのだ。

次郎左がピーテルと並んでテーブルの前まで進むと、声をかけた男が言った。

「いま軍の指揮をまかされているフレデリク・ヘンドリクだ」

執事が耳うちした。

「マウリッツ公の弟君であらせられる」

もうひとり、貴族と見える年配の男が言った。

「ブレダの知事を務めている」

また執事が後ろからささやく。

「ナッサウ伯爵《はくしゃく》ユスティノス公」

フレデリク・ヘンドリクが言った。

「ザルトボメルの城壁を築いた親方たちで、間違いはないか？」

ピーテルが答えた。

「アントニスゾーン師匠のもとで、たしかに」

「見事な城壁だった」と、ユスティノスは言った。「ついにスパニィエの軍勢を退けたのだからな」

「マウリッツ公が、すぐに救援に駆けつけてくださったおかげでございます」

「ザルトボメルのように、ブレダの城壁も築き直してほしいのだ。すっかりいま様のかたちに」

ブレダと言えば、と次郎左は思った。ナッサウ伯爵家領で、いわば一族の本家のある都市。大きさは中どころだろうが、ネーデルラントの南部を確保するためには、なんとしてでも押さえておかねばならない軍事的な要衝だった。二十二年前にマウリッツ公が詭計《きけい》をもって奪還して以来、スパニィエ支配地に打ち込まれた楔《くさび》にあたる町とも言える。休戦期が終わったとき、スパニィエ軍がなにより先に奪還したいと願う都市でもあるだろう。ここを押さえてしまえば、ネーデルラント南部での軍の展開がきわめて容易になるのだ。しかし攻略できなかった場合、逆にスパニィエ軍にとっては目の上のたんこぶとも言えるうっとうしい存在になる。戦が始まったとき、スパニィエ軍はまずブレダか、軍事的に似たような意味のある都市、フラーフェの攻略にかかってくるのではないか。

それを思いつつ、次郎左は言った。

「たしか先年奪い返した後、マウリッツ公は城壁を普請し直されたと伺っておりますが」

フレデリク・ヘンドリクが言った。

「それがこの図だ。いまブレダには、この通りの城壁がある」

次郎左は地図に目を落とした。ブレダはなるほど、稜堡《りようほ》様式の城壁で完全に囲まれている。城壁全体は少し扁平《へんぺい》な菱形《ひしがた》をしていた。十年前であれば、まったく当世様の城壁だと言ってもよかったろう。だが、このスパニィエとの戦いの中では、城壁の造りようも日進月歩だ。

フレデリク・ヘンドリクは言った。

「すでに、古くはないか。弱みはないか?」

「たしかに」と、慎重に次郎左は答えた。「スピノラ将軍が、これまでよりも多勢の軍を進めてきますれば、難攻不落とは言えますまい」

「そのほうなら、この城壁をどう直す?」

次郎左は図を素早く見渡してから言った。

「直す必要はございませぬが、稜堡を足したほうがよいかと」

「どんな?」

「王冠堡でございます」

すでにオーステンデで試され、フラーフェでも採用された造りである。

「どこに?」

次郎左は、図面の数カ所を順に示して言った。

「ここと、ここと、ここ。いまの城壁から王冠堡を突き出すように伸ばしますれば、攻める側の包囲線はさらに四分の一里後退することになる。ブレダを攻めるのは、より難しくなるでしょう」

その場の四人の男たちは、互いに顔を見交わしあった。予想できた、あるいは期待した答えだったのだろう。

ブレダ知事と名乗ったユスティノスが言った。

「その掛かりは？」

次郎左はピーテルに目をやった。

ピーテルは、少し考える様子を見せてから、普請にかかる費用を答えた。

「もちろん、使える職人と人夫の数によります。いまはざっと計算しただけですが」

「完成までの日数は？」

「急げと仰《おお》せられるのであれば、一年はかかりません。つまり春から始めて、冬の初めまで」

ユスティノスは言った。

「さいわい休戦の約定が切れるまでは間がある。二年がかりでもかまわない」

「十分です」

「決まったな」とフレデリク・ヘンドリクがうなずきながら言った。「ザルトボメルの伝説の城壁を築いたお主たちに、我がブレダの城壁の補強、やってもらおう」

次郎左は訊《き》いた。

「ピーテル親方にまかせるということでよいのですね？」

フレデリク・ヘンドリクは、次郎左を見つめて訊いた。

「そのほうの役割は何になるんだ？」

ピーテルが次郎左に代わって答えた。

「このトナミが図面を引きます。じっさいに普請が始まったら、職人頭としてわたしを補佐してくれます」

その場の男たちが、次郎左を見つめた。それでいいのかと訊いている顔だ。次郎左には何の異存もない。

ユスティノスがピーテルに訊いた。

「して、来春からでよいのか？」

来年には、アムステルダムでの大規模な城壁普請が始まる。アムステルダムに拠点を構える石工としては、あの大都市の普請に関わりたいという気持ちもあるだろうが。

ピーテルが言った。

「やらせていただきます」

「今年のうちに、やっておくべきこともあるだろう？」

「出向きますよ。アムステルダムに戻ったら、職人たちを連れてすぐに」

商人ふうの身なりの男が言った。

「後ほど仮契約としましょう」

「ひとつだけ」と、横からフレデリク・ヘンドリクが言った。「休戦が切れたとき、スパニィエは確実にブレダを攻めてくる。フラーフェだという読みもあるが、わたしはブレダだと思う。ナッサウ伯爵家の面目をつぶすためにもだ。スパニィエが軍をブレダに進めたときは、お主たち石積みにはただちにブレダに戻ってもらいたいのだ。戦いの最中に石垣を補修することまでひっくるめての、請負としてもらいたい」

次郎左はピーテルの顔を見た。

ピーテルは何の逡巡《しゅんじゅん》も見せなかった。

「もちろんです」

次郎左も了解できる。休戦が切れるまであと九年。直後にスパニィエがブレダに軍を進めてきたとして、それは一六二一年の初夏のことになる。自分はそのころ還暦を超えているが、十分働けるだろう。いや、ここ数年、体力は緩慢に落ちているから、それが最後の仕事になるかもしれない。それでも、補修まで含めての請負となることについて、自分には不服はない。

問題は、と次郎左は思った。もしそのあいだに家康から、日本で城壁を積んでほしいという要請がきた場合だ。駿府でも江戸でもよいが、家康の気が変わって日の本にエウロパの造りの城下町と城塞《じょうさい》を建設することがあれば、自分はやはりその仕事を受けてみたい。この件については、エウロパに着いて以来このかた三十年、ずっと考えに考え抜いてきたことだった。いっときは息子だけを日の本にやろうと考え、その後はルチアや息子たちを連れて日の本に戻ろうとも思った。いまは、家族を伴って日の本に帰るという道は消えている。息子ふたりは石積みではないし、ルチアもエウロパを離れることにはもう賛同しない。

しかし、この歳《とし》になってみると、自分はまた身軽になっていた。ルチアのことは、成人しようとしているふたりの息子にまかせてゆける。ニナだって、アムステルダムに住んでいるのだから何かと母親の面倒は見てくれるだろう。ルチアをエウロパに残すことに、いまやさほどの障害はなくなったのだ。自分は、ルチアがそれを嫌がらないなら、ひとりきりで日の本に戻ることをいとわない。日の本の、それも家康から仕事の声がかかるなら、だ。

ピーテルが、一瞬だけ怪訝《けげん》そうな顔で次郎左を見つめてきた。

ブレダが攻められたときは直ちに駆けつけるか？

次郎左も即座に、そのつもりです、と答えることを期待したのかもしれない。

次郎左はピーテルの視線を受け止めた。その条件で何も問題はない。請けてくれ。

ただ、もしもの場合、おれがその契約を破ることになるかもしれないことは覚悟しておいてくれ。家康からの要請がない場合、ブレダ攻囲戦が始まったなら自分は即座にピーテルと共にブレダに入る。攻囲戦の中に身を投じて、自分の城壁を守ることだろう。ただ、それまでに家康からの依頼があった場合は、自分は日の本に帰る道を選ぶ。そんな我《わ》が儘《まま》は聞いてもらえるだろうか。

次郎左は口にはしなかったが、ピーテルは長いあいだのその葛藤《かっとう》を知っているはずだった。いま自分の胸のうちにどんな想《おも》いが渦巻いたかも、すぐにわかったにちがいない。ピーテルはしっかりとうなずいてきた。

心配するな、承知していると、その目が語っていた。

ピーテルがブレダ知事ユスティノスと普請の仮契約をすませると、デン・ハーハでの用件は終わった。次郎左たちはその屋敷を出た。

城門へ向かっているときに、次郎左はピーテルに言った。

「お前はアムステルダムの城壁普請を楽しみにしているのだと思っていた」

ピーテルがにやりとして言った。

「いつのまにか、お前に感化された。いま切実に攻められるおそれのある町の城壁を築くことのほうが、面白い。大きさじゃない。かけられる金と時間に余裕があるかどうかでもない。ブレダは、マウリッツ公所領の町だ。面白い」

「石工組合に、引き受けると言ってしまったのじゃあないのか」

「ブレダが先だ。二年で終わる」

「三年後に、アムステルダムですんなり仕事が見つかるかな」

「何の心配もいらない。あの町のいまの発展ぶりを考えろ。仕事は増える一方だ」

「城壁積みの仕事のことだ」

「アムステルダムの城壁普請は二期もある。当面、アムステルダムの仕事はなくならない。だけどブレダは、べつの親方が引き受けると言ってしまったら、割り込む余地はないぞ」

ピーテルがそのように納得しているならそれでよいが。

「ひとつだけ」と次郎左は口調を変えて言った。「条件のことだが」

「わかってる。お前がいつか、日本に帰ってしまうかもしれないということだな」

「おれが呼び戻されるかどうかは、もうかなりあやしくなっている。それでも、その目がなくなったわけじゃない」

「お前がエウロパに来たのはそのためだ。いざというとき、おれが一党を率いてブレダにゆけばそれでいい」

「すまぬ」

「もうひとつ」と、次郎左は差し当たっての懸念《けねん》を口にした。「ルチアはアムステルダムが気に入っている。いまはなかなか離れたがらない」

「知っている。お前ひとりをよく出稼ぎに出すなと思っていた」

「こんども、そういうことになるかもしれない」

「ルチアは、うちのアンジェリカと仲がいい。うちのがブレダにくれば、それでもアムステルダムに残るとは言わないのじゃないか」

「どうかな。ニナも結婚する。いずれ孫もできるだろう。母親ってのは、娘のそばから離れがたいものじゃないのか」

「休戦したんだ。ブレダでの仕事も、安全だ。女連れの旅だって、不安はなくなる。冬になるたびにアムステルダムに帰ればいいんだ」

「そうしてくれるといいが」

二日後、アムステルダムに帰った次郎左は、ルチアに言った。

「来年から二年間、ピーテルとブレダの町で仕事をする。アンジェリカたちも一緒だ。来てくれるな？」

相談のつもりではなかった。決めたから従ってくれ、という意味の言葉だ。たぶん自分はこれまで、次の仕事を決めるとき、次に生きる土地を決めるとき、一度もルチアにこんなふうに言ってはこなかった。必ずルチアの気持ちを聞こうとしたし、彼女が気乗りしないならば考え直すつもりもあった。でも今回は――。

ルチアも、次郎左の言葉に含まれた強い調子に気づいたようだ。かすかに怪訝そうな顔をしながらも言った。

「あなたの行くところに行くわ、次郎左」

次郎左はルチアを抱き寄せた。

「ありがとう。ついてきてくれ」

ブレダの町は、アムステルダムの南、日の本の測り方で言うならおよそ三十里の距離にあった。スパニィエ領の大都市アントウェルペンからは、およそ十五里という位置である。

独立の動きがネーデルラント北部諸州に広がったときも、この町はスパニィエ軍の拠点として周囲の諸都市の独立の動きを牽制《けんせい》した。マウリッツ公による詭計を用いた奪取作戦が成功したのは、一五九〇年のことである。その後、古めかしい城壁に囲まれていた町には、いま様の稜堡様式の城壁が築かれた。少し扁平に押しつぶされた菱形の造りである。

次郎左がピーテルとその一党と共にブレダの町に着いたのは、その年も末に近い時期のことであった。翌春からの普請に備えての下見である。

次郎左たちはまず稜堡様式の城壁をぐるりと見てまわった。この検分には、ブレダ知事のユスティノスも同行した。

地図で見たとき、王冠堡は最低五カ所必要かと思えたが、現地を見てその判断は正しかったと確認できた。おおまかに言って、菱形の角の部分にまず四つの王冠堡を増築する。ブレダの周囲は湿地、沼沢地《しょうたくち》が多く、力寄せは当然これらの湿地を避けて進められる。北東から南にかけての平地が、その舞台となるだろう。それを考えれば、南東側の辺にもさらにひとつの王冠堡を築くのが基本の指図となるだろう。

次郎左がタブレに簡単に図面を描くと、ユスティノスが不安そうに言った。

「それで十分かな」

次郎左は、南の方角をみやりながら言った。

「ブレダがアントウェルペンから近いのが気になります。わたしは、ザルトボメルやオーステンデの攻囲軍程度の勢力を考えておりましたが」

「ということは、せいぜいが二万程度の？」

「そのとおりです。でも、その気になれば、スパニィエはアントウェルペンとその周辺の町の守備兵までかき集めて、この町の攻略に当てることができるのでは？　スパニィエ側諸都市との距離を考えますと、並の包囲陣ではすまないように感じますが」

「そうなのだ」とユスティノスは落ち着かない様子で口ひげに触れながら言った。

「休戦前なら、相手が動かせる兵力は一度にせいぜいが二万と予想がついた。しかし、休戦が明けた後はわからない。スパニィエ側の諸都市も城壁を固め直した。つまり、守備に回していた兵力まで攻撃に差し向けられるようになる。休戦のあいだに十分力をたくわえた上で、相手が五万の軍勢を進めてきたとなると」

「その数字は、けっして心配しすぎというものではありませんね。フランドルにはいまでもおそらく三万以上の軍がいるはずですから」

「その王冠堡を足すだけで、この町は守れるかな」

「攻囲陣を、いま一歩後退させるだけのものにする必要がありそうです。菱形の城壁なので、城壁が円形のものよりも攻囲側に有利だ」

「どうやるのだ」

次郎左は、いまひらめいたことを語った。

「王冠堡の先にもうひとつ、堡塁を突き出させるべきかと」

次郎左が、図面に線を書き足した。王冠堡のちょうど先、三個の稜角が前面に突き出したかたちを、もうひとつ重ねる格好である。

ユスティノスが訊いた。

「王冠堡を長いものにするのでは、不十分か？」

「王冠堡の側面が弱くなります。王冠堡の長さを一町弱とし、さらに水濠《すいどう》、その先の三稜堡と合わせて、およそ一町半、いまの城壁の外に突き出すのがよいかと。攻囲陣も一町半後退せざるを得ません。全体ではさらに三万の軍勢が必要になります」

「掛かりは？」とユスティノスは、ピーテルに顔を向けて訊いた。

ピーテルが答えた。

「先日申し上げた額のおよそ二割増し」

ユスティノスはため息をついた。

「そこまでかかるか。でも、それで五万の大軍にも攻囲できないとなれば、出すしかないな」

ピーテルが言った。

「もし了解していただけるなら、わたしたちはすぐにも測地し、当地の親方と会い、人夫、それに石や煉り瓦の手配について相談しますが。来春早々から普請にかかれるように」

「やってくれ。親方衆は集めておく」

ピーテルがうなずき、次郎左の肩を叩《たた》いてきた。

ブレダの王冠堡の普請を終えてアムステルダムにもどってから四年が経《た》った。いまアムステルダムの城壁拡張の普請は二期目に入っている。町の南側で普請が行われているのだ。一六一七年の夏になっていた。

その普請の場にやってきたのは、十代の後半かと見える若者だった。旅姿だ。少し小柄で髪も瞳《ひとみ》も黒い。でも、イタリア人やスパニィエ人のようではなかった。目は小さめで、鼻梁《びりょう》は細い。アジア人の血が混じっているようにも見えた。

若者はおずおずとした様子で、次郎左を見つめてくる。帽子を取っており、右手には何か書状のようなもの。

ピーテルも興味深そうにその若者を見つめている。

若者はようやく口を開いた。

「マルチン・ウリュウと言います。父が、アムステルダムに行ってあなたに会えと言い残しました」

「ウリュウ？」次郎左は驚いた。あの瓜生兄弟の血筋の者か？

「はい」と若者は言った。「父は、日の本からネーデルラントまで流れてきた武人でした」

「もしかして、瓜生勘四郎？」

「はい。それが父の名前です」

「ちょっと待て。お父上が何か言い残したと？」

「はい。父はひと月前に亡《な》くなりました。デン・ハーハで。そのとき、あなたを訪ねるようにと。弟子として雇ってもらえ、ということでした」

「順序立てて、ゆっくり話せ」あたりを見回してから、次郎左はマルチン・ウリュウと名乗った若者に目をやった。「ここを片づけてしまおう。デン・ハーハから来たんだな？」

「はい。これが父の書き残した手紙です。日の本の文字です」

次郎左は受け取ってから言った。

「待っていてくれ」

次郎左は組合の集会所まで若者を連れていって向かい合った。

瓜生勘四郎は、この年の春に病死したのだという。食欲を失い、ゆっくりと弱っていったとか。勘四郎には子供が四人いたが、みな独立している。最年少のマルチンだけがまだうちにいたのだった。十五歳だという。

手紙を開いたが、すでに次郎左は日の本の文字をかなり忘れていた。勘四郎も、同じだったのだろう。漢字と平仮名とネーデルラントの言葉が混じり合った、短い手紙だった。

「同じ日本人のよしみでお願いする。息子のマルチンを弟子にしてやってくれないか。丈夫で、気の利《き》く子だ。役に立つと思う」という内容だ。

次郎左はマルチンに訊いた。

「これまで働いたことは？」

「近所の普請場で、小僧をやったことはあります。弟子入りはしていません」

「石工になりたいのか？」

「はい。父も、石工の仕事はいいと、常日頃言っていました。次郎左親方の話を、よくしていました」

「どんなふうに？」

「日の本に、エウロパ式の町と城塞を造るために修業していると。エウロパでも有数の石工だと」

「お父上とは、不思議な縁があった。父上の兄者ともども、おれたちは日の本からここまできたんだ」

「とくと聞いております。弟子にしていただけますか？」

「おれは弟子は持たぬと決めてきたんだ」

マルチンは、石で殴られたような顔となった。

「でも、さっきの普請場では、ずいぶん多くの職人衆が働いていましたが」

次郎左は、脇の椅子《いす》に腰掛けているピーテルを顎《あご》で示して言った。

「この親方の職人だ。おれは親方でもないし、使っている弟子もいない」

「父は、何か思い違いをしていたのでしょうか？　あなたのことを、石工の親方だと思い込んでおりました」

「石工に過ぎない。せいぜい言って、ひとり親方」

ピーテルが、愉快そうに横から言った。

「嘘《うそ》だよ。この男は、築城家だ。だから職人も徒弟も持たない」

マルチンは次郎左とピーテルを交互に見て言った。

「わたしはどうしたらいいでしょう？　デン・ハーハから、弟子入りするためにやってきたのですが」

そのときだ。次郎左の目の前に、ひとりの男が立った。商人ふうの身なり。ずいぶん久しぶりだが、それが東インド会社のエピスコピウスだとわかった。次郎左を見つめてくる。

「おれに何か？」

「日本から、報告がありました」

「いい報《しら》せなのかな」

「徳川家康という人物が、死んだそうです」

エピスコピウスの言葉はそれだけだった。何も続かない。

聞こえたな、という表情でエピスコピウスは首を傾けた。

「ああ」次郎左は言った。「わざわざ伝えてくれるとは」

「その元将軍のことを、あなたが気にしていましたから」

「亡くなったのはいつです？」

「去年の六月」

「戦で？」

「その一年前に、豊臣家と戦ってこれを滅ぼしているそうです。最期《さいご》は、寝台の上でしょう。徳川という一族の治世は続いている。というか、磐石《ばんじゃく》のものになったということらしい」

「戦乱は終わったと？」

「報告では、そこまで書かれていませんでしたが」

次郎左は黙ったままでいた。さまざまな想いが去来した。三十年以上も考え続けてきたこと。想い悩み続けてきたこと。繰り返し繰り返し自分の葛藤の種となったこと。次郎左がとくに何も言わないせいか、エピスコピウスは黙礼して集会所を出ていった。

マルチンとピーテルが、次郎左を見つめてくる。その報告にどんな意味があるのかと訊いている顔だ。

次郎左は右手で顔をぬぐってから、マルチンに尋ねた。

「読み書きは学んだのか？」

「少しは」

「算数は？　幾何は？」

「ほんの少しだけ」

次郎左はピーテルをちらりと見てから言った。

「勘四郎の頼みとあらば、弟子にするしかないだろうな」

マルチンが目を輝かせて言った。

「ありがとうございます！」

ピーテルが目を丸くしていた。

しおどきだ、と次郎左は口には出さずに思った。自分の腕を、自分が獲得してきた術を、この地に残す。この地に生きる誰かに伝える。いまのおれの務めは、それ以外にない。息子たちに伝える時期は逸した。でも、息子の代わりになる若者がここに現れたのだ。縁というやつだ。勘四郎の忘れ形見、このマルチンを、おれの息子と思って、おれは自分が覚えたすべての技を伝える。お前はそれに応《こた》えてほしい。伝授は厳しいものになるが、弱音を吐くなよ。逃げるなよ。いいな、マルチン。

その想いがまるで届いたかのように、マルチンは頰を染めてうなずいてきた。

アムステルダムの壮大な市城壁が、ようやく完成しようとしている。

十二年前から始まった市壁の拡張では、まず一期目で町の西側に稜堡様式の城壁を築いた。古い城壁を完全に解体し、これまでの市域部分の外側に三本、およそ南北に延びる幅の広い運河を掘削している。この三本の運河によって構成された土地が、いわば倉庫街、商業街であった。倉庫を必要とする多くの貿易商や商人たちに払い下げられた。城壁ができる前に早くも、これら運河沿いにはぎっしりと四階、五階建ての煉り瓦造りの倉庫建築が建った。

もっとも外側にある運河に斜めにつながるように、細い運河が十数本、伸びている。ちょうど背骨に対する肋骨《ろっこつ》のような格好だ。これら細い運河で結ばれるよう造成された土地は、町家専用の区画だった。ここの運河には、荷を積んだ大きな船や艀《はしけ》は入れない。

その町家専用の区画の外に、もう一本南北に延びる運河ができている。この運河が、いわば内側の環濠となる。その環濠の外側に、新城壁が築かれた。稜堡を連続させた新様式の城壁であり、外側の環濠は三十間もあるほどの幅である。すべての稜堡の内側には風車が建ち、市域内部の水面が高くなったとき、水を汲《く》み出すようになっている。

この一期目の普請が終わったところでただちに、二期目の普請として町の東側も広げられた。すでにかなりの戸数の町家が建っていた部分を、すっかり城壁内に取り込むかたちである。そのため、かつてのセント・アントニウス門は市域奥側に取り残された格好となった。古い城壁は取り壊されたから、かつての枡形《ますがた》のあった一角は広場となった。市場が立つようになっている。その二期目の普請もいよいよ終わりだった。市は、早くも三期目の市域拡大計画を明らかにしている。町の南側、東側にさらに広く市域を取って、城壁と水濠で囲むのだ。普請が終わるとき、市域はそれまでの三割増しの広さとなる。そのときアムステルダムは、文句なくネーデルラント最大の都市となる。いや、すでにいまそうであるかもしれない。もっとも、さすがに繁栄するアムステルダムでも、ただちに三期目の普請の掛かりはまかなえないようだ。普請が始まるまでには、数年の時間が必要となるかもしれない。

次郎左は、その日新城壁のもっとも北側の稜堡の内にいた。排水用風車の基礎にあたる部分、水路の壁を積んでいたのだ。この水路を指図通りに造ったところで、大工たちがその上に巨大な風車を建てる。稜堡内に風車が設置されたアムステルダムの市城壁は、外側から遠望すると、城壁に囲まれたというよりは、風車塔に囲まれた町のように見える。もちろん背の高い風車は砲による攻撃を受けやすいだろうが、よしんば風車が少しずつ破壊されていったところで、ただちに町が水没してしまうわけではない。稜堡の内側に、城壁よりも高い塔を建てることは、理にかなわないわけではなかった。

監督している次郎左が、指図をあらためて確認しているときだ。近づいてきたピーテルが、愉快そうに言った。

「どうした？　何か面白いことでも？」

次郎左は顔を上げて、いま考えていたことを思いだしながら言った。

「いまさらだけれども」

「何だ？　愉快そうに見える」

「こと水利についてのネーデルラントの術は、もしかするとエウロパ一なのではないかと思ってな。運河、水濠、堤や水門、こうした水をはかすための風車のからくり。川面と高さの変わらぬアムステルダムの町があるのも、そのおかげだろう」

「たしかにネーデルラントの水利技術はエウロパ一だ。ローマにもないものだろう。だけど、巨大な円蓋を積む親方は、まだネーデルラントにはいない」

「アムステルダムの市城壁の普請に関われてよかった。ずいぶん多くを学んだ」

次郎左は横で煉り瓦を積んでいるマルチンに顔を向けた。マルチンにも、いまのやりとりは聞こえていたようだ。マルチンは、そのとおりです、というように微笑してきた。彼も次郎左に弟子入りしてから七年、二十二歳になっていた。風貌《ふうぼう》も、物腰も、すっかり一人前の石工である。じっさい、マルチンの物覚えはよかった。二十代なかばでエウロパ式の石積み術を学び始めた次郎左とは、出発の位置がそもそも違うのだ。次郎左は言葉を覚えることから始めねばならなかった。でもマルチンは、その段階を飛ばしていきなり石積み術に向かい合うことができた。彼はすでに、次郎左がリボルノの普請を終えたころの腕を身につけている。冬のあいだは、この町にいる数学者のもとで幾何学や初歩代数も学ばせている。そちらのほうの知識は、もしかすると次郎左を上回っているかもしれなかった。

一六二四年の十月、曇り空の午後である。

ひと休みとするかな、と次郎左が背を起こしたときだ。稜堡の中に靴音が響いた。城壁の内側から稜堡に、駆け込んでくる者がある。

通路に姿を見せたのは、軍服姿の男だった。

駆けながら、左右の普請の様子に目をやっている。

「ホーヘンバンド親方、トナミ親方はどこだ？」

次郎左はピーテルと顔を見合わせてから、その軍服姿の行く手に出た。三十代の髭《ひげ》づらの兵士だった。

「わたしたちだ」とピーテルが言った。

兵士は次郎左たちの前で立ち止まると、荒く息をついてから言った。

「ブレダから来た。知事のユスティノス閣下からの使いだ」

次郎左は身構えた。ということは。

「もう伝わっているかもしれぬが、スパニィエ軍が動いた」

休戦が終わってから三年、さんざんネーデルラントを焦《じ》らしていたスピノラ将軍が、ついに麾下《きか》の軍勢に出陣の号令を出したということだ。

使いの兵士は続けた。

「さんざん迷わせておいて、ブレダの町の正面に先鋒《せんぽう》が布陣したのだ」

「布陣？」とピーテル。「攻撃は？」

「まだだ。攻囲する構えだ。主力は、ブレダの南東にある。西にも。合わせて五万になろうとするという」

スピノラ将軍の狙《ねら》いは、やはりブレダ攻略であったか。それも五万の大軍で。いや、ブレダが狙いなら、それより少ない軍勢では奪取は不可能。スピノラはなんとしてでもブレダを落とすために、それだけの兵力を動員したのだ。

兵士は言った。

「閣下からの要請だ。城壁を積んだときの約束に従い、ただちにブレダに来てほしいと。いまはまだ包囲陣は完成していない。ブレダに入ることができる」

「ということは、攻撃を受けて立つということかな？」

「当たり前だ。返答は？」

ピーテルともう一度顔を見合わせた。ピーテルの目には、何の迷いもなかった。

「閣下に伝えてくれ。ホーヘンバンドとトナミは、一党を引き連れて明日ブレダに向かうと」

「たしかに」

兵士はくるりと身体《からだ》の向きを変えると、駆け込んできたときと同様に通路に長靴《ちょうか》の音を響かせて稜堡を出ていった。

マルチンが手を休め、指示を、という顔を向けてくる。

次郎左はマルチンに言った。

「きょうはおしまいだ。おれたちは明日、ブレダに向けて発《た》つ」

「戦なんですね」

「城壁に砲弾が撃ち込まれる。破壊された部分を片っ端から直さねばならない。きょうのうちに母親に手紙を書け」

「はい」

「ただし、あまり心配させるようなことは書くなよ。戦場に向かうが、戦いに行くんじゃない。石工の仕事をしに行くんだ」

「ええ。わかっています」

ピーテルも、自分のふたりの息子たち、テオとマックスに何ごとか指示していた。ピーテルの息子たちも成長し、いま父親のもとで石工として働いているのだ。ピーテルはほかにふたりの石工を使っているが、ブレダには彼らを伴うことはないのではないか。自分たちがヘンドリクやユスティノスと、いったんことあればブレダに駆けつけると約束したとき、職人たちはその場にはいなかったのだ。

このあと自分はピーテルと一緒に、この普請の総棟梁のもとに出向いて、普請場を離れる事情を伝えねばならない。ブレダが包囲されるとなれば、総棟梁だってそれを止めることはできない。

家に戻ると、ルチアが驚いた顔を見せた。仕事の上がりが早いと思ったのだろう。何かあったとも察したかもしれない。

ルチアが、まばたきして言った。

「もしかして」

「ああ」次郎左は言った。「前にも話していたとおりだ。マルチンを連れて、ブレダに行く。スパニィエ軍が攻囲にかかったんだ」

ルチアは止めもせず、いやだとも言わなかった。次郎左の表情から、その決断を覆《くつがえ》すことはできないとわかったのだろう。

「気をつけて。無事に帰ってきて」

「心配するな。ブレダは落ちない」

ルチアが身体を寄せてきた。次郎左はルチアを抱擁すると、その背中を軽く叩いた。


五日後、次郎左たちはホランスディープ川の南岸に上陸した。ここからブレダまでは、およそ四里。半日の道のりである。

船着場で渡し船の船頭に聞くと、スパニィエ軍は町の南東に本陣を置き、北と西側にも布陣して、共和国軍を近づけない構えとか。その防衛陣の内側で、ブレダを攻囲する陣が築かれているという。

老いた船頭が次郎左たちに訊いた。

「わざわざ戦場に入るつもりなのかい？」

次郎左が答えた。

「城壁を築くときの約束なんだ。攻囲されたときは、すぐにも籠城《ろうじょう》に加わると」

「石工なんだろう？」

「見てのとおりだ」

「ご苦労なことだ」

ピーテルが訊いた。

「おれたちは、城内に入れそうか？」

「いまならまだなんとか」

船頭は地面に地図を描いて教えてくれた。

町の東側はまだ堡塁《ほうるい》や陣が手薄で、隙間《すきま》があるという。スピノラ将軍は第二陣の到着を待っているのかもしれない。それでも、東に兵士が置かれていないわけではない。無理に攻囲線を突破しようとして発見されれば撃たれる。どうしても町に入りたければ、場所と時間を慎重に選ばねばならない。

船頭がそばを離れてから、次郎左たちは、王冠堡の普請のときに造った町の地図を囲んで、相談した。

ブレダの町は、おおまかに言って、北側がややつぶれた菱形をしている。城門は四個ある。菱形のそれぞれの角に城門が造られているのだ。城門の外に街道が伸びる。町の北にある城門がスパニィエ門である。ナッサウ伯爵家の居館に近く、もっとも堅固な造りだ。町の大手門ということになる。

ピーテルが言った。

「南へ回り込むのは無理だ。東の城門を目指そう。たしか北の湿地帯の東側に、小径《こみち》がついていた。夜のうちにあの道を使って水濠まで近づき、夜が明けたところで衛兵に名乗る」

「道という道は、スパニィエ軍がふさいでいるのではないか。むしろ真東の森を抜けるのがよくないかな」

「兵士がどの程度いるか、見てから決めてもいいか。いずれにせよ、目指すのは東の城門だ」

「スパニィエ側の間諜《かんちょう》だと疑われなければよいが」

「ユスティノスさまの名前を出す。身元がたしかだとわかったら、すぐにも小舟を出してくれるだろう」

「行こう」

次郎左たちは立ち上がった。

町の北側から、スパニィエ軍の防衛線を遠望するように東へと歩いた。土塁が五十間ほどの間隔で、延々と並んでいる。もちろん普請途中のものも多い。大勢の兵士たちが土盛りに従事している。土塁の中には、前面の壁面の長さが百間以上もあると見えるものもあった。奥行きがよく見えないが、おそらく大隊ひとつ程度は収容できると思える規模のものだ。また、見たところみな四稜形をしているように見える。一部では、土塁と土塁のあいだに塁壁が築かれているところもある。

共和国軍に対する守りの意志はほんものだ、と次郎左は確信した。スピノラは、小手調べとか様子見のつもりでブレダ攻略に出たのではないとわかる。たとえ攻囲が長期に及ぼうとも、本気でブレダを落とすつもりのようだ。戦役の成否がこれにかかっていると賭《か》けているのだろう。

防衛線の隙間から、ブレダ攻囲の陣が見えるところもあった。防衛戦の内側、百間か二百間ばかり引っ込んでいるところに敷かれている。ここでもやはり、四稜の土塁がずらりと並べて築かれているようだ。たしかに船頭の言うとおり、スパニィエ軍の陣は、二重だった。いまこの瞬間ならともかく、もしスパニィエ軍の陣が完成した後は、共和国軍による後詰めの戦いも難しくなる。防御の薄い場所がそもそも見当たらなくなるのではないか。

町の東側の森に達した。東側は、スパニィエ軍の陣は薄かった。ところどころに野営地があるが、土塁はかなり離れてぽつりぽつりとあるだけだ。完全に塞《ふさ》ぎ切れてはいない。町方向に通じる道はもちろんすべて抑えられているだろうが、森の中まで隙間なく兵士が配置されているわけではなかった。

次郎左たちは森を抜けてブレダの城壁が木立ごしに見えるところまでたどりついた。攻囲陣には隙がある。主力は東の城門に通じる街道沿いにあるようだ。森を抜けた先は、収穫の終わった畑である。水路も走っているようだ。

次郎左たちはここで日が暮れるまで待つことにした。深夜、真っ暗になってから、水路伝いにブレダの町を目指す。スパニィエ軍の兵士も、いまは不用意に町には近づかない。銃の射程距離内はもちろん、砲弾の届く範囲にも入り込むことはないだろう。逆に言えば、そこまで入り込んでしまえば、たとえスパニィエ軍に発見されたところで、なんとか水濠の岸にまでは達することができる。

真夜中を過ぎたと思えるあたりで、次郎左たちは森を出た。背を屈《かが》めて水路に沿って歩き、完全に攻囲陣を抜けたと思えるところで休んだ。ブレダの町に近づいてからは、むしろ身をさらしたほうがよい。暗い中で動けばスパニィエ軍の斥候か夜襲と間違われて銃撃されかねなかった。

空が白み出し、やがてすっかり明るくなってから、次郎左たちは水濠に向かって駆けた。遠くで何かひとの声がする。スパニィエ軍に発見されたのだろう。しかし銃撃はされなかった。

水濠は、幅十五間以上あった。これが一番外側の環濠である。ブレダの町は、二重の環濠で囲まれている。王冠堡のある部分などは、水濠は三重、場所によっては四重になっている。正面には、煉り瓦を積んだ城壁。稜堡のひとつだ。矢狭間《やはざま》に人影が動いているのが見えた。

次郎左たちは、岸に並んだ。敵軍の兵士ではないこと。武器と見えるようなものなど身につけていないことを見せるためだ。

ピーテルが、木の枝に前掛けを引っかけ、大きく振って叫んだ。

「われらは石工だ。ユスティノスさまの指示でやってきた。城内に入れてくれ」

城壁のうしろで兵士がひとり、姿を見せた。

「石工たちだと?」

「そうだ」

「そこにいるだけか？」

「これで全部だ」

「待て。舟を出す」

舟がやってくるまで、小半時もかかった。正面の稜堡の裏手から、二艘《そう》の川船が現れたのだ。舟には合わせて八人の兵士たちが乗っていた。石工だというピーテルの言葉を、完全には信用していなかったのかもしれない。

かなりの古参兵と見える男が、岸に上がって言った。

「なるほど、見たことのある石工たちだ」

ピーテルが言った。

「王冠堡を築いたのが、おれたちだ」

「まだ隙間があったとは」

「早晩、すっかり囲まれそうだ」

「急げ。早く舟に乗れ」

小舟は稜堡の裏手にまわり、細い水路を進んで内側の環濠に入った。稜堡の根元に舟をつけられる堀込みがある。三方の城壁から銃がのぞいている。敵兵がなんとかここにたどり着いたときは、銃弾と槍《やり》をさんざんに見舞われることになる造りだった。

ひとつの城壁の低い位置に穴が空いている。乗っていた男たちが身を屈めると、二艘の舟は、その穴の中に入った。背後で鉄格子《てつごうし》が下りて穴が塞がれた。次郎左たちはそこで舟を降りた。

階段を上がって稜堡の内側に出ると、士官がひとり待ち構えていた。無精髭が伸びている。

「スパニィエ軍の布陣の様子は見てきたか？」と士官が訊いた。

次郎左が答えた。

「北と東側だけは、見てきました」

「そいつを聞かせてくれ」

ピーテルが言った。

「その前に水を」

士官は髭面《ひげづら》を少しだけゆるめた。

部屋に入ってきたのは、マルチンだった。鉢とパンを持っている。

「親方」とマルチンは次郎左に呼びかけてきた。「きょうの具合はいかがです？」

次郎左は寝台の上で背を起こした。

「よくなった。心配かけたな」

「食事できそうですか？」

「ああ。腹も減っている」

マルチンは寝台の脇の小さな卓の上に鉢とパンを置いて言った。

「厠《かわや》にお連れしますか？」

「もう、ひとりで行ける」

「外におります。必要があったら呼んでください」

「ああ」

次郎左は寝台から足を出して、ベッドの脇に腰をかけた。いまマルチンに、身体の具合はだいぶよいと答えたのは嘘ではない。十日ばかり伏せっていたことになるが、もう悪寒《おかん》は消えた。起き上がれるだろう。

窓の鎧戸《よろいど》の隙間から、外は晴れているとわかる。復活祭なのだ。気温もそこそこ上がっているだろう。去年この町に入ってからほぼ六カ月が経っていた。この間、スパニィエ軍の陣は日毎《ひごと》に強化され、いまはネズミ一匹入る隙間もないほどに、町は厳重な包囲陣で囲まれている。教会の塔からは、包囲陣の外側に設けられたスパニィエ軍の防衛陣も望むことができた。こちらも四稜の大小の土塁、堡塁を並べ、一部では掻《か》き上げや丸太を使った塁壁で、防衛線を固めているとわかる。軍の野営地は、その二重の陣のあいだにある。およそ四万から五万の大軍が、そこにあると見積もられていた。

ただし、これまで一度も砲撃もないし、城壁に向けて兵士が繰り出されてもいない。スピノラ将軍は、ブレダの城壁を観察したうえで、力寄せはいたずらに自軍の消耗が増すだけだと判断したようだ。その結果の兵糧《ひょうろう》攻めである。オーステンデやフロールで取られたような塹壕《ざんごう》を掘り進めてくるという戦法も、小規模に試みられただけだった。おかげで、次郎左たち石工たちには、城壁の補修という仕事もなかった。

問題は、兵糧である。食料である。

ブレダの城内の人口は、守備兵六千五百を含めて、一万三千だという。ふだんの人口よりも三割がた増した数となっていたと次郎左は教えられた。近郊の農民たちも、スパニィエ軍の布陣が始まった直後にブレダの城内に逃げ込んでいるせいだ。ブレダは当初、九カ月籠城できるだけの食料を備蓄していたという。しかし人口が増えたために、食料は不足した。なんとか共和国軍によるスパニィエ軍撃破を待つべく食いつないでいるが、そろそろ残りが乏しくなってきているという。

この冬のあいだは食料不足、栄養不足のせいで、市民や兵士のあいだに風邪や肺炎が蔓延《まんえん》した。人口の三分の一がなんらかの病気にかかっているという状態だ。次郎左も、復活祭を前にしてとうとう寝込むことになってしまったのだった。

次郎左はシチューを平らげると、マルチンを呼んだ。マルチンはすぐに部屋に入ってきた。いま次郎左とピーテルの一党は、町の石工のゲルドフ親方の家に間借りしているのだ。

「ホーヘンバンド親方をここに呼んでくれ。いるか?」

「階下に」

ピーテルがマルチンと一緒に部屋に入ってきた。次郎左はマルチンに、外に出ているように指示した。

マルチンが部屋の外に出ると、ピーテルが言った。

「よくなってよかった」

「そうでもない」首を振ってから次郎左は言った。「熱を出しているあいだに考えたことがある」

「なんだ」ピーテルの顔が曇った。深刻な話題かと身構えたようだ。

次郎左は言った。

「おれは六十五歳になる。このとおり、身体も弱った。この戦がどうなるかはわからないが、あとのことを決めておきたい」

「何を言い出すんだ？　まだまだあんたは若いよ」

「自分の身体のことは、自分がいちばんよくわかっている。正直なところを聞かせて欲しいが、マルチンの仕事ぶりはどうだ？」

「立派なものだ。一人前だよ」

「ほんとうに一人前と思うか？」

「嘘は言わない。これまで積んできたのが城壁ばかりという点は惜しいが」

「そのこともある。おれはマルチンに、もっと仕事を覚えさせてやりたい。城壁ばかりじゃなく、水門、城館、教会、聖堂。いろいろと」

「修業に出すと？」

「そうすべき歳だ。このブレダの戦が終わったあとは」

「あんたはまたひとり親方になるのか？」

「おれは隠居の歳だよ。こんど倒れてわかった。マルチンをおれから離す。べつの親方のもとで、もっと経験を積ませる。そうさせたいんだ」

ピーテルが見つめてくる。次郎左の言葉にこめられている意味を、すべて吟味するぞと言っている目だった。

次郎左は、ピーテルが理解したと判断してうなずいた。

「おれの差し金とコンパスを、マルチンに渡す」

ピーテルが言った。

「それはつまり」

「ああ。やつが一人前なら、組合に入れてやりたい」

「攻囲されていても、その手続きぐらいはやってやれるだろう。ゲルドフ親方も、保証人になってくれるはずだ。だけど、あんたが差し金もコンパスも手放したら、仕事はどうなるんだ？」

「いまじゃ、ほとんど使っていない。この戦が終わるまで、仕事は続けられる」

「なあ」ピーテルが賛同できないという調子で言った。「焦《あせ》る必要はない。戦が終わるまで待てばいいだろう。組合入りの儀式は、アムステルダムでやったっていいんだ」

「まだおれが元気なうちにやっておきたいんだ。明日のことはわからないし」

「伏せっていたせいで、あんたは少し弱気になっているんだよ」

「元気なら、十日間も寝込んだりしなかった」

「どうしても？」

「町の銅職人にあたってくれないか。おれの名前を、差し金に彫り込んでもらいたいんだ。ゲルドフ親方には、おれがこれから話す」

ピーテルが、しょうがないと言うように首を振った。

「いつやるつもりだ？」

「二、三日のうちにでも」

「戦が終わったあとは、どこに行かせる？　誰か親方の当てはあるのか？」

「本人が決めるだろう。イタリアがいいかもしれない」

「マルチンにはもうこのことを話したのか？」

「まだだ。まず組合員にする」

二日後、町の計量所の倉庫を借りて、マルチン・ウリュウの石工組合入会の式が執り行われた。

上気した様子のマルチンに、次郎左は自分が愛用してきた黄銅製の差し金とコンパスを贈った。差し金には、持ち主の技量を保証する者として、あらたに次郎左自身の名が彫り込まれていた。

Jiroza Tonami

うれしさのあまりか、受け取って声もないマルチンに次郎左は微笑した。

「そうだ。このエウロパに、戸波次郎左という石積み職人がいたことを伝えてくれるのは、お前だ。お前がおれの下で覚えた石積み術、築城術を、また誰かほかの職人たちに伝えてほしい。絶やすことなく。

これをおれが贈るのは、それを期待してのことだ。いいな？」

マルチンがうなずいた。

守備兵の隊列が動き出した。

次郎左は空を見上げた。この数日、垂れ込めていた暗い雲はきれいに消え去った。北国の初夏の青空が広がっている。一六二五年六月五日である。攻囲戦が始まってからおよそ九カ月だった。十二年間の休戦が切れた日から数えると、四年と二カ月目だ。

ついに兵糧が尽き果て、三日前に降伏が決まった。そのあとブレダ城内の六千五百の守備隊は城館の前庭に集められていたのだ。馬に乗った将校たちを先頭に、隊列は内堀の橋へと向かっている。将校のひとりが掲げる黄金の獅子《しし》の旗印は、この町を所領としてきたナッサウ伯爵家のものだ。

その旗印のすぐ横を進む騎馬の男は、ブレダ知事であるナッサウ伯爵ユスティノスである。彼はマウリッツ公の異母兄であった。この数十年にわたってスパニィエとの戦いを指揮してきたマウリッツ公は、つい二カ月前にデン・ハーハで病没している。最後まで、ブレダの戦いを気にしていたと伝わっていた。

橋を抜けるとその先にスパニィエ門と名付けられた城門がある。隊列はこの門を抜けて、ブレダの町から撤退してゆくことになっている。

守備隊が庭に集められていた城館は、ナッサウ伯爵家にとって縁深い邸宅である。一族の歴史を刻み込んだ、いわば本家の屋敷とも言える建物なのだ。だからこの降伏は、ナッサウ伯爵家にとっては耐えがたいまでの屈辱だろう。逆にスパニィエにとっては、これほど長期間続いた戦役の中で数少ない、溜飲《りゅういん》を下げることのできる勝利の場面だった。ブレダから、ナッサウ伯爵家の黄金の獅子の旗を退去させる。そのためならば、とスパニィエも大きく譲歩して、ブレダにも配慮した降伏と開城になった。共和国軍は武装を解除されることなく、名誉ある撤退を許されている。町についても、スパニィエは信教の自由を認めた。カルバン派の住人が引き続き留まることを許したのだ。

すでに昨日のうちに、従軍していた商人たちは町を出ている。いま軍と共に前庭に残っているのは、少数の石積みや鉄砲鍛冶《かじ》などの職人衆だった。ピーテルは、攻防戦となった場合に最後まで城壁の補修を引き受けるため、職人たちと残っていた。職人の中にはピーテルの長男と次男もいる。もちろん次郎左もピーテルたちと共に留まったのだった。

今朝、内庭では兵士と従軍の職人衆に、最後の食事が提供された。包囲されてからほぼ九カ月。町の食料の備蓄は、その朝の粥《かゆ》で、ついに尽きたのだ。すでに兵営はもちろん、商人の倉庫も市民の住宅の室もすっかり空である。食料の尽きる日がこの日と計算されていたから、ユスティノスは六月五日をもって開城すると決めたのだった。今年に入ってからは、配給される食料の量も減っていた。少しでも食いつないで、援軍の到着を待つためだった。しかし今度の戦役については、スピノラが動員した兵の数はかつてないほどに多かった。ブレダを完全攻囲したうえで、攻囲線の外側に対共和国軍のための防衛線を厚く敷くこともできた。さらに、必要に応じて移動可能な遊軍も有していた。九カ月間、共和国軍はブレダ攻囲線をついに外から打ち破ることができなかったのだ。

守備兵たちがすべて前庭を出ていった。六騎の将校たちが、しんがりについた。次郎左は自分の背嚢《はいのう》を背負い直し、ピーテルに目で合図して、列のあとに続いた。城門を抜け、橋を渡ると、その先にはスパニィエ軍のテルシオが待ち構えていた。

長槍を立てて、街道の左右を固めている。ブレダを攻囲した部隊のうちでも最精鋭なのだろう。共和国軍は、そのスパニィエの軍団のあいだを通って、ブレダ攻囲線の外に出ることになる。攻囲線の外、砲撃の届かぬ距離に、共和国軍の主力も陣を設けているはずである。降伏した守備隊がめざすのは、共和国軍のキャンプのあるヘールトライデンベルフだと伝えられている。

テルシオの背後には、スパニィエ側堡塁があった。土盛りの四稜郭が、ほぼ等間隔に並んでいる。土盛りの内側には当然、砲が配備されている。堡塁同士は土盛りの塁壁や柵壁で結ばれている。

道を進む守備兵たちの足どりは重かった。空腹や疲労のせいばかりではない。ナッサウ伯爵領ブレダが降伏したことで、このスパニィエからの独立を求める戦いが大きな転換点にきたのではないかという不安を、みなが感じているせいだ。十二年の休戦のあいだに、共和国側の諸都市は城壁を築き直したし、連邦は兵に猛訓練を課し、武器を充実させた。なのにいざ休戦の約定が切れてみると、スパニィエは兵力を増して、再び共和国に襲いかかってきた。戦いのシンボルとも言えるマウリッツ公縁《ゆかり》の町を攻略したのだ。戦いはまだまだ終わらないのかもしれないが、ブレダが攻勢の序章だとしたら、共和国側の諸都市はこのあとひとつずつ落とされてゆくことになるのではないか。独立は、束の間《つかのま》の夢としてついえるのではないか。これまでの長い戦いは、いったい何だったのかと言うことになる。

それを思えば、兵士たちの足どりが重くなるのは当然だった。次郎左も、同じことを感じている。あれほど精魂傾けて多くの町の城壁を積んできたのに、戦に負けてしまうのだとしたら。城壁積みを依頼してきた多くの町の期待に、自分たちは応えることができなかった。ただ無用の長物を、多大な費用をかけて築いて、無駄にしたということになる。

街道を西に進んで、攻囲線の外に出た。平原に、多くの野営陣地が築かれている。ごく簡単な土盛りと木柵だけで設営されたものも多かった。平原のほうぼうに天幕が固まってしつらえられている。

やがてまた、一列に並ぶ陣地が堅固なものになってきた。攻囲陣を守るための、スパニィエ軍側の防衛線だ。延々と土盛の壁や柵壁が連なっている。ふたつの稜郭のあいだを抜けたとき、次郎左はその堡塁の前面に石が積まれていることに気づいた。兵士たちが剣鍬《けんしゅう》だけで作った堡塁ではないのだ。明らかに石積み職人の手が加わった、本格的なものだった。スパニィエ軍は、攻囲陣を守るために、多くの石積み衆もこの戦役に動員したのにちがいない。

次郎左たちがスパニィエ軍の防衛線の外に出ようというときだ。砲台の脇から声がかかった。

「次郎左！」

誰だ？　誰が自分を呼んだ？

声のした方向に首をめぐらすと、駆け寄ってくる男がいる。自分と同い年くらいか。黒い髪の男だ。

ジョバンニだ。ジョバンニ・カゾーネ。リボルノで、マエストロ・ブオンタレンティの助手を務めていた男。建築家だ。たしかオーステンデ攻防戦のときにも、彼は戦線の向こう側にいたと聞いている。

次郎左は足を止めた。

ジョバンニが次郎左の横に来て言った。

「覚えているだろう。ジョバンニだ」

「もちろんだ」と次郎左は思わず頬を緩めて言った。「ピーテル。覚えているか」

「あのピーテルか」

ピーテルも足を止めて会釈《えしやく》した。

「あんたが、ここにも来ていたとは」

「スピノラ将軍からまた声がかかったんだ。野戦陣地の普請をまかせたいと」

納得がいった。堡塁の建設には、イタリアの築城技師や石工たちの手が入っているのだ。土盛りだけの陣地とちがい、強固なわけだ。共和国軍が攻囲線を撃破できなかったのも無理はない。

「オーステンデにもいたな？」

「ああ。あのときは学ばせてもらった」

「いまここで、よくおれがわかったな」

「お前がいると聞いていたから」

「おれがいると？」

「ああ。ブレダの城壁を積んだんだろう？」

「王冠堡だけだ」

「攻囲戦が始まった直後に、またブレダに入ったと耳にしたんだ」

「誰から？」

「石工を通じてだ。誰がどこの城壁を積んだか、いまどこにいるか、石工のあいだには仲間うちのことは何でも広まる」

「おれが入ったのは、まだ攻囲線が完全じゃなかったころだ。隙間があった」

「どうして、わざわざ？」

「自分が城壁を積んだんだ。その町が包囲されたとなれば、石積みとしては、補修のためにも出てゆくしかない」

ジョバンニは笑った。

「お前らしいな。だけど、会えるのを楽しみにしていた。城壁を見るのと同じくらい楽しみだった」

「負けてしまったけれどな」

「いいや。お前の城壁には、小さな傷ひとつついていない。スピノラ将軍は、手も足も出せなかった。だから囲む以外できなかったんだ」

「おれの城壁じゃない」

「いや。わかっているくせに。石工たちのあいだでは、誰がどこを積んだか、それがどれほどの水準のものか、遠慮なしに語られる。ブレダの城壁に王冠堡を足して、最後の仕上げをほどこしたのは、お前だ」

そこにもうひとり、後ろから駆けてくる足音。男が次郎左の前に立った。

次郎左は驚いた。アントニオ・イモラだったのだ。さすがに年月ぶんの歳は重ねているが、ローマで同じ足場に上がっていたときの面影はある。彼もスパニィエ軍のネーデルラント戦役では、オーステンデ攻防戦に加わったと聞いていたが。

彼は屈託のない顔で次郎左に言った。

「ローマのイモラだ。覚えているか」

どう応えたらよいものか。自分は彼のでたらめな密告のために、ローマをあとにするしかなかったのだ。

その想いを見透かしたように、イモラは言った。

「まだわだかまりがあるのか？　お前がネーデルラントにいるという噂《うわさ》は聞いていたんだ。どの町の城壁を積んできたのかも、知っていた。ブレダもそうだと聞いて、こんどの戦役、楽しみだった」

次郎左は、いまジョバンニに言ったのと同じことを口にした。

「ブレダの城壁は、ごく一部を積んだだけだ」

「見事な縄張りだ」

「おれが思いついたことじゃない。戦の中で、石積みたちが会得した縄張りだ」

「堅固だった。いずれおれも、イタリアで広める」イモラは口調を変えた。「ルチアは元気か？」

覚えているとは意外だった。

「元気だ。アムステルダムにいる」

「そうか」

ジョバンニがまた言った。

「もうとっくに、日本に帰ってしまったかと思っていた。休戦のあいだに」

次郎左はジョバンニに顔を向けて言った。

「この土地がおれを必要としてくれた。だからそのままここにいた」

「いつか帰るのか？」

少しためらってから、次郎左は首を振った。

「いいや。この土地に骨を埋める」

「故郷に帰る日のためにと、あれほど熱心に学んでいたのに」

「事情はいろいろと変わった」

声が少しかすれたかもしれない。

ジョバンニが次郎左を凝視してくる。その目にはかすかに憐憫《れんびん》があると感じられた。

その事情は察しがつくとでも言っているようだ。お前にわかるはずもないのだが。

ジョバンニが、笑みを作って言った。

「お前は、いい仕事をしたよ」

「お互いにだ」

イモラも続けた。

「ネーデルラントの石工は優秀だ。とくにローマで修業した男は」

気がつくと、列の最後尾から遅れていた。ピーテルたちはもうとうに先へと歩いていた。

彼が呼んでいる。

「次郎左！」

ジョバンニが言った。

「いつか、またな」

「達者でな」とイモラ。

次郎左もうなずいた。

「あんたたちも」

次郎左は背嚢を背負い直すと、列を追って足を早めた。マルチンがあとを追ってくる。

いい仕事をした……。

建築家から、同じ築城に関わる者から、石工組合の仲間から、自分はそう評価された。自分の人生のおそらくは最後の仕事を、そのように褒められた。おれにとって、これ以上の幸福はあるだろうか。依頼人に喜んでもらえたのとはまた別のうれしさがある。それとはちがう誇らしさがある。

自分は故郷を離れたまま帰ることも能《あた》わず、異郷を流れた。しかしどこに暮らしていたときも、おれは石工として誠実に、真剣に生きた。石工仲間たちは、それを知ってくれている。何の偏見もない目で、それを認めてくれている。自分に、ほかに何か望むことはあるだろうか。これが足りぬと、悔やまねばならないようなものがあるか？

お前はいい仕事をした……。

スパニィエ軍防衛線の外に出ると、街道の西の方向から数騎が駆けてくる。共和国軍の迎えの将校たちのようだ。ひとりが掲げているのは、旗印。おそらくは黄金の獅子。マウリッツ公なきあと、その地位を継いだ弟のオランイェ公フレデリク・ヘンドリクが、その旗印も継承しているはずである。

次郎左は駆けてくる将校たちに目をやりながら、背を伸ばし、胸を張った。

そのとき街道の左手、ほんのわずかに起伏のあるその上から、次郎左のほうに近づいてくる者があった。すぐにわかった。息子のトビアだ。オーステンデで見たあの画家のような身なりをしている。画板や折り畳みの椅子のようなものを小わきに抱えていた。

「父さん」とトビアは次郎左の前まで来て言った。安堵《あんど》している顔だ。攻囲戦の中で死んでやしないかと心配していたのだろう。「よかった。元気なんだね？」

「このとおりだ。お前もここにいたのか」

「ぼくの仕事だから。三日前には、ユスティノス公とスピノラ将軍の会見の場も、簡単に描き留めた。いずれヨーロッパじゅうに、その場面を描いたぼくの銅版画が広まるはずだよ」

「共和国にとっては、あまり広まって欲しくない図だぞ。共和国が劣勢だと思われてしまうことは」

「戦争の行方を心配しているなら」とトビアは言った。「父さんは城内にいて、外のことはあまり聞いていないと思うけど、共和国軍は二十日ほど前にはブレダの北のテルヘイデンで、スパニィエ軍をあと一歩で破るところだったんだ。勢いは共和国側にある」

「最後には戦争に勝てると？」

「うん。スパニィエのフェリペ四世も、国の金庫が空で悩んでいるとか。スピノラ将軍の兵たちも、またすぐに飢えるよ。その反対に、アムステルダムはあの隆盛ぶりだ。スパニィエは、ブレダを落としても、戦争には勝てないよ」

「偉そうな口をきくようになったな」

「戦場を両方の陣営から眺めると、見えてくるものがあるんだ」

戦争は共和国側に勢いがある。つまり最後に勝利するのは共和国側か。それが正しければ、ブレダの攻防戦では共和国側は負けたかもしれないが、自分はやはり石工としてはそこそこ十分な働きをしたということになるか？　スパニィエ軍五万をこの町に九カ月も足止めして、ほかの町の攻略を許さなかったのだから。

もうひとつ思う。いましがたも自らに問うたことだ。

日の本には帰れなかったが、おれは石工としてこれ以上、ほかに何を望む？　何かあるだろうか？

次郎左は歩きながら振り返った。手前に堡塁の連なるスパニィエ軍の防衛線があり、その先にはブレダ攻囲の土塁や稜郭がある。そしてさらに先に、城壁こそ手前の土塁や陣地の陰に隠れているものの、町の城門や屋根、尖塔《せんとう》が見えた。一度見たオーステンデとはちがい、ブレダの街並みは無傷である。いずれ共和国はこの町を奪還するにちがいない。スパニィエに勝利するにちがいない。きょうの青空は、それを確信させてくれる。

次郎左はもう一度正面に向き直って、歩を進めた。横にトビアが並んでいる。すぐうしろにはマルチンがいる。

次郎左はあらためて自分の歳を思った。日の本ふうに言うなら還暦をとうに越えている。六十五歳になっていた。西洋式石積み術を身につけるのだと長崎を出航してから数えるなら、四十三年の歳月がたっていた。この年、一六二五年が、日の本ではなんと呼ばれる年になっているのか次郎左は知らない。それほどまでに、次郎左は遠くまで来てしまっていた。

もう日の本に帰る夢は、完全に意識から消えている。自分はおそらくこの数年のうちに、このネーデルラントで、静かに息を引き取るだろう。そのことに、悔いはなかった。自分の技術を引き継ぐ、優れた弟子もいるのだ。悔いはない。

慶安二年、西暦では一六四九年の晩秋、長崎奉行のひとり馬場《ばば》利重《としげ》のもとに、前年末に交替したばかりの阿蘭陀《オランダ》商館長ディルク・スヌークが最新のネーデルラント事情を伝えにきた。阿蘭陀とは、ポルトガル人たちが彼の国を呼ぶときの音に漢字をあてたものである。

このころにはすでにウィリアム・アダムスも没し、ヤン・ヨーステンも日の本を離れた後に遭難死している。しかしネーデルラントは長崎に商館を置いて日本とは活発な交易を続けていた。エウロパの事情はネーデルラント船からもたらされ、長崎奉行所を通じて幕府にも詳しく伝えられていたのだった。

スヌークは、型通りのあいさつが済むと、馬場利重に言った。

「長いことスパニィエとの戦いが続いておりましたが、このほどようやく和議となりました。昨年十月、ウエストファリアのミュンステルなる都市に諸国代表が集まる中、スパニィエは我が連邦共和国の主権を認めたにございます。ネーデルラントが完全なる独立国たることは、エウロパ諸国も認知いたしました」

阿蘭陀事情については、馬場利重も十三年前に着任して以来、詳細に報告を受けていた。

「ご同慶の至りに存じます」と利重は祝辞を述べたうえで言った。「それにしても、長い戦いにございましたな」

「オランイェ公ウィレムさまの蜂起《ほうき》から数えて、八十年の長きにわたった戦いにございました」

「小職、将軍閣下ゆかりのブレダという町の攻防を興味深く伺ってまいりました。奪還は十年前のことでしたか」

「十二年前となります。もしかすると、あの奪回が、このたびの勝利、和議につながったかもしれません」

「もし差し支えなければ、そのあたりの事情を伺いたく存じますが」

「では」と、スヌークは語り出した。

西暦一六二五年のブレダ降伏の後、共和国とスパニィエとの陸上での戦闘は、それ以上拡大しないままに時間が過ぎたのだった。双方の都市が城壁をより新しい様式のものに改修し、あるいは拡張したために、都市の攻略戦が難しいものになったせいもある。しかしフレデリク・ヘンドリクは、ナッサウ家の父祖の地ともいうべきブレダ奪回に執念を燃やし、降伏から十二年後の一六三七年に再攻略している。

さらにミラノからネーデルラントに至る「スパニィエ回廊」が、神聖ローマ帝国を舞台に起こった戦争によって切断されたために、スパニィエが大軍を陸路フランドルやネーデルラントに進めることも、これに補給することも不可能となった。一六三九年、スパニィエは一万三千の軍を海路移送しようと百隻《せき》の大艦隊を派遣するが、マールテン・ハルペルスゾーン・トロンプ提督率いるネーデルラント艦隊と戦って大敗する。スパニィエは陸に加えて海の輸送路も失ったのだった。ブレダ再奪還戦以降、戦いは膠着《こうちゃく》し、地上戦、都市攻防戦は稀《まれ》なものとなった。

そうして一六四八年一月、エウロパ各国はドイツ西部ミュンステルに集まって和平を協議する運びとなったのである。結果は現状の追認であった……。

「どうぞ」とスヌークは締めくくった。「今後とも我が国とは変わらぬご厚誼《こうぎ》をいただきたく」

「むろん」と馬場利重は応えた。「この件、江戸表にもすぐに報告いたします」

スヌークは日本式にていねいに頭を下げた。

戸波次郎左は、ウエストファリアの和議の成る十八年前、アムステルダムで没した。家族、それに石工仲間たちにより、カルバン派のしきたりで簡素な葬儀が営まれた。次郎左、七十一歳。日本を離れてから四十八年後の死であった。遺体はアムステルダム市外にある共同墓地に埋葬されたが、それからおよそ四百年弱たったいま、次郎左の正確な埋葬位置は不明である。またその名を刻んだ黄銅の差し金も残ってはいない。次郎左の死後長いこと、ネーデルラントには日本人の足跡が絶えた。ようやく次に日本人がネーデルラントの地を踏むのは、江戸時代も終わろうとするころである。一八六二年（文久二年）六月十四日、竹内保徳《やすのり》を団長とする幕府の遣欧使節団が、次郎左とも縁のあるヘレフートスライスの港に入ったのだ。翌一八六三年六月三日には、榎本武揚《たけあき》ら幕府第一次オランダ留学生団も同地に上陸している。文久遣欧使節団の訪蘭は、次郎左の死から二百三十二年後のことであった。

解説

佐藤賢一

佐々木譲といえば、冒険サスペンス小説の書き手であり、近年は警察小説の第一人者として知られている。ミステリ読者には意外なのかもしれないが、他方で多くの歴史小説を手がけてきたことは、もっと注目されてよい。大戦三部作（『ベルリン飛行指令』、『エトロフ発緊急電』、『ストックホルムの密使』）、蝦夷地《えぞち》三部作（『五稜郭残党伝』、『雪よ荒野よ』、『北辰《ほくしん》群盗録』）、幕末三部作（『武《ぶ》揚伝《ようでん》』『くろふね』『英竜伝』）はじめ、もはや佐々木譲の作品群の一流をなしているからである。

あるいは比較的近い時代を舞台にした作品などは、冒険サスペンス小説の延長とされるべきかもしれない。北海道の作家としても知られる佐々木であれば、作品によっては歴史に寄せる関心というより、土地に寄せる関心のほうが先だったかもしれない。いや、作家が筆を走らせ始めた動機としては、そうした事情もあったかもしれないが、なお歴史小説と特筆したい気持ちが私にはある。佐々木譲の作品からは現代小説だけを手がける作家には書きえない、時代のうねりのようなものが、確かに感じられるからである。あるいは過去に舞台を求めたからこそ、人間の普遍をより鮮明に描きえているというべきか。かかる歴史小説の光彩は、より大きく時代を遡《さかのぼ》るほど、より強く放たれる。お読みになられた『獅子の城塞』は、その典型のひとつである。

今を遡ること四百年、西暦にいう十六世紀、じき十七世紀に入らんとする時代が、物語の舞台である。西暦、つまりはキリスト紀元を用いて、少しも奇妙でないというのは、主人公の戸波次郎左が、遠くヨーロッパに渡航するからである。現代の日本から、時間ばかりか空間まで大きく隔たることになり、いきなりの長旅に付き合わされることになった読者諸氏には、もしや大変だったかもしれない。ところが、実はいきなりではない。二〇一三年の『獅子の城塞』は、二〇〇四年の『天下城』（二〇〇七年から新潮文庫）の続編なのである。『獅子の城塞』に入る前に、戸波次郎左の父親、戸波市郎太が主人公となる『天下城』について、いくらか紙幅を費やしたい。

市郎太は信濃佐久《さく》の中尾一族の生まれだが、拠《よ》って立つ志賀城は武田晴信（信玄）の軍に攻め落とされてしまった。奴隷《どれい》の身に落とされ、売られ、金山人夫として働かされるが、機をみて逃げ出し、軍師三浦石幹《せっかん》の弟子となる。自らも軍師として身を立てたいと諸国を流浪するが、やがて師は亡《な》くなり、ひょんな縁から名高き近江の石積み、穴太衆のもとに身を寄せることになった。戦略を知り、さらに石積みとしても最高の技術を身につけた市郎太は、日本一の城造りとして名を上げていく。松永久秀の多聞山城、浅井長政の小谷城、明智光秀の坂本城、羽柴秀吉の長浜城、そして織田信長の安土城と石を積み、あげくの天下城はなったのか――という物語だが、なかでも印象的な場面がある。

諸国流浪の旅の途中、市郎太は堺の町でザビエルに会う。日本にキリスト教を伝えたイエズス会士、あのフランシスコ・ザビエルである。城持ちの出だというので、西南蛮の城の造りをあれこれ尋ねるのだが、例えば城戸など形も構造も想像できない。市郎太に答えて、ザビエルが説明する箇所を引用しよう。

「一枚岩を渡すのではありませぬ。それでは上の石の重さで、岩が割れてしまう。先ほども申したように、弓なりに石を組むのです」

「でも、門柱の幅より小さな石を、どうやって積むと崩れずにすむのでしょうか？」

「弓なりという形が、下に崩れることを防いでくれるのです」

「想像がつきませぬ」

市郎太は、もどかしさに取りつかれる。それからもフロイスに話しかけ、バリニャーノを口説き、南蛮人に近寄らないではいられない気持ちというのは、天下城を築けと命じた信長に答えた、次の言葉の通りである。

「南蛮人がいっそう多く渡来するようになり、もし石積みの技なども伝えられましたならば、わたくし、その城の館も天主も、石で積んでみとうございます」

日本で最高の技術を身につけ、日本一の石積み、日本一の城造りになれたところで、満足できない。ヨーロッパの石積み、ひいては築城術を学びたくて仕方がない。しかし、その望みがかなわない。市郎太には仕事があり、家族がある。乱世に弄《もてあそ》ばれた人生は、ただでさえ遠回りさせられている。今できることをするしかない。そのもどかしさは、読者にも伝染する。

織田信長の安土城さえ、明智光秀による本能寺の変から数日、あっけなく灰燼《かいじん》に帰してしまった。天下城など所詮《しょせん》は夢幻か。絶対に落ちない城などありえないのか。いや、ヨーロッパの技術を用いれば、あるいは天下城を築けるのではないか。大坂城の石積みを頼まれると、それを断りながらも市郎太は、羽柴秀吉にこう告げる。

「息子の次郎左が、いま西南蛮におりまする。石積みの修業をしているはずでございますが、やがて帰って参ります。戻りました暁には、次郎左が、羽柴さまのために石造りの天守を築きます」

市郎太は手を打っていた。その技術を学ばせるため、次男をヨーロッパに送り出したのだ。天正十年（一五八二年）の、いわゆる「天正遣欧使節」に同行させたわけだが、その件も『天下城』のなかでは挿話の扱いでしかない。もっと読みたい。そうした読者の無念を晴らすかのように、次郎左の送り出しから始まるのが、この『獅子の城塞』なのだ。

「そのほう、西南蛮で十分に学んでこい。そしておれのために、あの安土城がみすぼらしく思えるほどの城を築くのだ」

織田信長は命令する。しかし、今さらながら、首を傾《かし》げる。なぜヨーロッパなのか。宣教師たちの魅力に当てられたからか。とにかく新しもの好きだったからか。いや、ヨーロッパからもたらされたのは、キリスト教だけではなかった。戦国の日本にとって、いっそう衝撃的だったのは、いうまでもなく鉄砲だった。織田信長が熱中したのも、それが単に目新しいからでなく、有効だったからだ。

　事実、鉄砲で日本の戦争は一変した。群雄割拠の様相も一気に天下統一に傾斜した。それは日本だけの話でなく、実はヨーロッパでも同じだった。歴史にいう「絶対王政」が建設されたというのは、この変革、つまりは現代の史家ジェフリー・パーカーが名づけた「軍事革命（Military Revolution）」に負うところが大きかったのだ。

　その「軍事革命」こそ、『獅子の城塞』の時代背景である。鉄砲が戦争を一変させたというが、正しくは火薬が、あるいは火器が一変させたといわなければならない。ヨーロッパでは銃より大砲が先だった。当然ながら、まず大きなものが作られ、それから小型化精密化が図られたのだ。大砲は十四世紀から使用が始まり、十五世紀の前半には特に珍しいものではなくなる。鉄砲のほうは十五世紀後半から出始めて、さかんに用いられるようになるのは十六世紀前半である。ヨーロッパで普及した直後には、もう種子《たねが》島《しま》に持ちこまれて、日本は鉄砲に関しては僅《わず》か半歩の遅れというか、世界標準でも早期に知ったほうだが、それも携行して船に乗れるほど小さかったから、簡単に持ってこられたのである。重くかさばる大砲のほうは、鉄砲で味をしめてから取り寄せ、ようやくもたらされたにすぎない。かくて順番が逆になってしまったことが、日本に築城術の遅れを強いる。

ヨーロッパでは古代ローマ時代から投石機（振り子式の腕で大きな石を飛ばす）の伝統があり、大砲はそれに代わるものとして受け入れられた。投石器が何に使われたかといえば、主に攻城戦だった。とはいえ、さすが石の文化といおうか、ヨーロッパでは個々の領主の居城であれ、都市が外敵に備える防備であれ、十二世紀頃には全て石造りになっていた。これを投石器で破壊することは、ほとんど不可能であり、その主たる用途は、大きく投げ出した石に城壁を越えさせて、城内または市内の建物を破壊することだった。籠城《ろうじょう》の人々に恐怖を与えて、降伏を引き出そうとするわけだが、それも我慢されてしまえば徒労に終わる。攻め手は兵糧《ひょうろう》攻めに持ちこむか、調略に訴えるしかない。まさに無敵の城塞だが、これも大砲さえ使えば簡単に落とせるというのだから、まさに革命なのである。

中世ヨーロッパの城というのは、お伽噺《とぎばなし》のイメージよろしく、まずもって空に高い。塔や櫓《やぐら》も高いが、なんといっても城壁が見上げる高さで築かれる。堀の石垣も高さというか、深さがある。これらの石積みは攻め寄せる兵士にも強い。容易に越えることができないし、弓矢を放たれるどころか、上から石を落とされるだけで、近づくこともかなわなくなる。この城壁を、火薬の力を借りる大砲なら破壊できた。それも高ければ高いほど、簡単に崩すことができた。上を狙えばグラグラと大きく揺れて、いったん不安定になるや、城壁は自分の重さで勝手に崩れ落ちてくれるからである。

大砲の火力により、多くの城塞が陥落させられた。大砲を持てる者は限られ、実質的には各国の王侯だけであり、それらが国内の反抗勢力を軒並み平らげてしまったから、「絶対王政」ができたのである。ヨーロッパ版の「天下布武」、あるいは「天下統一」であり、これと同じプロセスが、鉄砲そして大砲と手に入れた日本でもパラレルに進行した。まず織田信長、そして豊臣秀吉、最後に徳川家康と天下人が出現した所以《ゆえん》だが、それでめでたし、めでたしと、少なくともヨーロッパでは話は終わりにならなかった。

ヨーロッパでは外国が地続きである。せっかく築いた絶対王政も、国境地帯の城塞が抜かれるのでは危うい。イタリアなどは大砲を買える富裕な都市が多かったため、なお諸勢力が群雄割拠している「戦国時代」の体《てい》だ。富裕といえば、ベルギー、オランダの低地地方だが、こちらはスペインからの独立をめざしていた。城塞を落とされるわけにはいかない、大砲に屈するわけにはいかないと、考え出された新しい築城理論が、いうところの稜堡《りょうほ》様式だった。

高く作れば、大砲に弱い。砲撃の破壊力に負けないように、城壁を低く、そのかわりに厚く造るというのが、最初だった。その低い壁にも衝撃を逸《そ》らすために傾斜がつけられるので、もはや壁というより土手や堤の感が強くなる。これでは仮に大砲は阻めても、今度は兵士が簡単に乗り超えてくる。それも手に手に銃を構えながらである。もちろん攻め手だけでなく、守り手も銃を構えている。大砲だって、備える。こうした火砲を総動員して、敵の接近を許さない工夫が次なる一歩であり、考案されたのが外側に三角の堤をいくつも突き出し、鳥瞰《ちょうかん》では全体として星型にもみえる城塞、つまりは稜堡様式の城塞だった。

城の本体に到達するためには、兵士は三角と隣の三角に挟まれた最奥《さいおう》、つまりは角の懐《ふところ》に進まなければならない。が、突撃したとき左右の辺から砲火、銃火を加えられたら、どうなるか。兵士には逃げ場がない。死の危険をおかさなければ、城には辿《たど》りつくことができない。採用されたのは、銃撃、砲撃の死角をなくする十字砲火の応用だった。三角を並べ、いくつも、いくつも組み合わせ、さらに外側にも拡《ひろ》げて並べ、形も三角のみならず、より効果的な形状を考え出し、かくて錬成されたのが、十六世紀には「イタリア様式」と呼ばれ、それを完成させたフランス人の名前に因《ちな》んで、十七世紀には「ヴォーバン様式」と呼ばれた稜堡様式なのである。

簡単にいえば、幕末になって日本にも持ちこまれ、函館五稜郭に採用された、あの様式のことだ。その築城理論を、日本は十九世紀になるまで知らなかった。いや、『獅子の城塞』の主人公は、十七世紀のヨーロッパに送りこまれている。稜堡様式の城塞で石を積み、あるいは築城まで指図できるようになった次郎左が、もし日本に帰国していれば……。その理論で築城されたら、あるいは豊臣方が籠《こ》もる大坂城だって、徳川方の砲撃に堪えられたかも……。歴史そのものだって、変っていなかったともかぎらず……。

ありえない想像ではない。というのも、日本だけが特別でいられるわけではない。こと技術の分野に関していえば、その優劣は国の別を問うことなく、まさに否応《いやおう》なく発展してゆくものだからだ。目を背けても、差がなくなるわけではない。状況に恵まれて、仮に目を背けることが許されたとしても、いつか必ず突きつけられる。島国という状況に恵まれて、江戸幕府の鎖国政策で目を背けた、というより目をつぶった、つぶらされた日本だったが、それも幕末、まさに函館五稜郭が作られた幕末には、今や決定的ともなった欧米との技術の差に、苦しめられざるをえなかったのだ。

佐々木譲はその幕末の歴史にも取り組んでいる。箱館戦争を戦った旧幕臣、榎本武《たけ》揚《あき》を描いた『武揚伝』は、金字塔ともいうべき大作である。私が想像するに、佐々木が歴史における技術の重みに開眼し、それを小説のテーマとして積極的に取り上げ始めたのは、その頃からではなかったか。興味を持たれた方は、『幕臣たちと技術立国』(集英社新書)というノンフィクションもあるので、あわせてお読みいただきたいが、いずれにせよ、技術という決定的な現実に日本人はどう向き合ってきたのか、さらにいえば、人間はどう挑み、どう克服していくべきなのか、かかるテーマこそ前作『天下城』にも、今作『獅子の城塞』にも、一本の強固な背骨として貫かれているものなのだ。

そのこだわりは、なにより半端《はんぱ》ならない書きっぷりに表れる。例えば、サン・ピエトロ大聖堂の円蓋《えんがい》が完成する現場に、次郎左が立ち会う場面だ。

「要石を、ここに」

コレッリが次郎左に目と手で合図を送ってきた。次郎左もうしろの職人たちに合図した。要石をもう少し上げてから、腕木を振る。慎重に。しかし滑らかに。一度でフォンターナが指し示す位置にゆくように。

次郎左は要石とフォンターナを両方視野に入れながら、大きな手振りで綱をたぐり出す速度を指示した。ふたりの職人が腕木をゆっくりと円蓋頂部へと動かしていった。次郎左は車輪に手をかけ、もしものときいつでも綱を止められる態勢を作った。

要石が、円蓋真上に着いた。フォンターナが要石に手をかけ、少し回して位置を調整した。コレッリが次郎左に、下げろと合図してきた。次郎左も職人たちに合図して、綱を少しずつゆるめた。鉤《かぎ》に引っかけられた要石は、円蓋頂部のすぐ上、指一本ほどの高さで静止した。

フォンターナが言った。

「下ろせ。まっすぐに。そっと」

要石の半分が空間に埋まった。ちょうど石を吊《つ》り下げる鉤の部分までだ。次郎左の目には、要石は少しの傾きもなく、空間の中に収まったように見える。

「はずせ」とフォンターナが言った。

コレッリともうひとりの職人が、石の両側から鉤を外に引いた。ごつりと鈍い音がして、要石は埋まった。外殻とほんの少しの高さの差もなく。組み合わさった位置にほんの少しの隙間《すきま》もなく。

この筆の乗り、まさに日本屈指の技術系作家である。天分として、技術というものに対する感性に恵まれていなければ、こうは書けない。思えば佐々木譲という作家は、オートバイのモトクロスレースを描いたデビュー作『鉄騎兵、跳んだ』から技術系、筋金入りの技術系だったのだ。

羨《うらや》ましいばかりというのは、そうした技術の描写を介して、立体化する精神があるからである。それは幾多の困難にめげることなく、技術を追及する者のひたむきさである。与えられた使命を投げ出さない、仕事を持つ者の真面目《まじめ》さである。仮に手先は器用でも、生き方は不器用で、必ずしも思い通りにいかなかった人生ながら、それさえ最後は幸いと思える者の矜持《きょうじ》なのである。恐らくは人間普遍のあるべき理想のひとつだが、ぐっと胸が熱くなるのは、ついつい自分に引き寄せてしまうからだ。元来が日本人とは、こういう人種だったのかもしれないと。かかる人間性こそ、世界に誇れる美質なのだと。

次郎左はいう。

「いい仕事をした……。

建築家から、同じ築城に関わる者から、石工組合の仲間から、自分はそう評価された。自分の人生のおそらくは最後の仕事を、そのように褒《ほ》められた。おれにとって、これ以上の幸福はあるだろうか。依頼人に喜んでもらえたのとはまた別のうれしさがある。それとはちがう誇らしさがある」

次郎左の天下城は、そこにある。父親の市郎太が追いかけた天下城は、織田信長の安土城でもかなえられなかった。秀吉の大坂城や家康の江戸城を、帰国なった次郎左がヨーロッパの築城術で仕上げたなら、天下城はなったのか。答えは、残念ながら否《いな》である。大砲が石造りの堅固な城さえ無力にし、その大砲も稜堡式の城塞に克服されてしまったように、技術は必ず技術に凌駕《りょうが》されてしまうからである。なればこそ次郎左が辿り着いた境地を措《お》いて、他に天下城などありえないのだ。

作品はタイトルに「獅子の城塞」と掲げる。「獅子」とは、オランダ独立戦争を指導したナッサウ家の紋章である。ベルギー、オランダを合わせた低地地方は、地図上に版図を辿ると、横向きの獅子の像をなすことから、かねてラテン語で「レオ・ベルギクス（ベルギーの獅子）」とも称されてきた。いずれにせよ、次郎左が最も仕事に打ちこんだ土地に因んで、「獅子の城塞」なのであるが、それだけではないようにも思えてならなかった。「獅子」には己の仕事を全うした人間の、誇りに満ちた横顔が仮託されている気がしたのだ。試みにヘミングウェイを引くならば、人知られず異国の土となった次郎左も、きっと「ライオンの夢をみていた」に違いない。

（二〇一六年一月、作家）

この作品は二〇一三年十月新潮社より刊行された。

佐々木譲著
天下城（上・下）
鍛えあげた軍師の眼と日本一の石積み技術を備えた男・戸波市郎太。浅井、松永、織田、群雄たちは、彼を守護神として迎えた――。

佐々木譲著
ベルリン飛行指令
開戦前夜の一九四〇年、三国同盟を楯に取り、新戦闘機の機体移送を求めるドイツ。厳重な包囲網の下、飛べ、零戦。ベルリンを目指せ！

佐々木譲著
エトロフ発緊急電
日米開戦前夜、日本海軍機動部隊が集結し、激烈な諜報戦を展開していた択捉島に潜入したスパイ、ケニー・サイトウが見たものは。

佐々木譲著
ストックホルムの密使（上・下）
一九四五年七月、日本を救う極秘情報を携えて、二人の密使がストックホルムから放たれた……。〈第二次大戦秘話三部作〉完結編。

佐々木譲著
カウントダウン
この町を殺したのはお前だ！　青年市議と仲間たちは、二十年間支配を続けてきた市長に闘いを挑む。北海道に新たなヒーロー登場。

佐々木譲著
制服捜査
十三年前、夏祭の夜に起きてしまった少女失踪事件。新任の駐在警官は封印された禁忌に迫ってゆく――。絶賛を浴びた警察小説集。

獅子《しし》の城塞《じょうさい》

新潮文庫　さ－24－17

平成二十八年四月一日発行

著者　佐《さ》々《さ》木《き》譲《じょう》

発行者　佐藤隆信

発行所　株式会社新潮社

郵便番号　一六二―八七一一
東京都新宿区矢来町七一
電話　編集部(〇三)三二六六―五四四〇
読者係(〇三)三二六六―五一一一
http://www.shinchosha.co.jp

価格はカバーに表示してあります。

乱丁・落丁本は、ご面倒ですが小社読者係宛ご送付ください。送料小社負担にてお取替えいたします。

印刷・大日本印刷株式会社　製本・加藤製本株式会社

ISBN978-4-10-122327-8 C0193